Александр

Граф Монте-Кристо

Том 1

Часть 1
Часть 2
Часть 3

Часть первая

I. Марсель. Прибытие

Двадцать седьмого февраля 1815 года дозорный Нотр-Дам де-ла-Гард дал знать о приближении трехмачтового корабля «Фараон», идущего из Смирны, Триеста и Неаполя.

Как всегда, портовый лоцман тотчас же отбыл из гавани, миновал замок Иф и пристал к кораблю между мысом Моржион и островом Рион.

Тотчас же, по обыкновению, площадка форта Св. Иоанна наполнилась любопытными, ибо в Марселе прибытие корабля всегда большое событие, особенно если этот корабль, как «Фараон», выстроен, оснащен, гружен на верфях древней Фокеи и принадлежит местному арматору.

Между тем корабль приближался; он благополучно прошел пролив, который вулканическое сотрясение некогда образовало между островами Каласарень и Жарос, обогнул Помег и приближался под тремя марселями, кливером и контрбизанью, но так медленно и скорбно, что любопытные, невольно почуяв несчастье, спрашивали себя, что бы такое могло с ним случиться. Однако знатоки дела видели ясно, что если что и случилось, то не с самим кораблем, ибо он шел, как полагается хорошо управляемому судну: якорь был готов к отдаче, ватербакштаги отданы, а рядом с лоцманом, который готовился ввести «Фараон» узким входом в марсельскую гавань, стоял молодой человек, проворный и зоркий, наблюдавший за каждым движением корабля и повторявший каждую команду лоцмана.

Безотчетная тревога, витавшая над толпою, с особой силой охватила одного из зрителей, так что он не стал дожидаться, пока корабль войдет в порт; он бросился в лодку и приказал грести навстречу «Фараону», с которым и поравнялся напротив бухты Резерв.

Завидев этого человека, молодой моряк отошел от лоцмана и, сняв шляпу, стал у борта.

Это был юноша лет восемнадцати – двадцати, высокий, стройный, с красивыми черными глазами и черными, как смоль, волосами; весь его облик дышал тем спокойствием и решимостью, какие свойственны людям, с детства привыкшим бороться с опасностью.

– А! Это вы, Дантес! – крикнул человек в лодке. – Что случилось? Почему все так уныло у вас на корабле?

– Большое несчастье, господин Моррель, – отвечал юноша, – большое несчастье, особенно для меня: у Чивита-Веккии мы лишились нашего славного капитана Леклера.

– А груз? – живо спросил арматор.

– Прибыл в целости, господин Моррель, и, я думаю, в этом отношении вы будете довольны… Но бедный капитан Леклер…

– Что же с ним случилось? – спросил арматор с видом явного облегчения. – Что случилось с нашим славным капитаном?

– Он скончался.

– Упал за борт?

– Нет, умер от нервной горячки, в страшных мучениях, – сказал Дантес. Затем, обернувшись к экипажу, он крикнул: – Эй! По местам стоять! На якорь становиться!

Экипаж повиновался. Тотчас же восемь или десять матросов, из которых он состоял, бросились кто к шкотам, кто к брасам, кто к фалам, кто к кливер-ниралам, кто к гитовам.

Молодой моряк окинул их беглым взглядом и, видя, что команда выполняется, опять повернулся к своему собеседнику.

— А как же случилось это несчастье? — спросил арматор, возобновляя прерванный разговор.

— Да самым неожиданным образом. После продолжительного разговора с комендантом порта капитан Леклер в сильном возбуждении покинул Неаполь; через сутки у него началась горячка; через три дня он был мертв... Мы похоронили его, как полагается, и теперь он покоится, завернутый в холст с ядром в ногах и ядром в головах, у острова Дель-Джильо. Мы привезли вдове его крест и шпагу. Стоило, — прибавил юноша с печальной улыбкой, — стоило десять лет воевать с англичанами, чтобы умереть, как все, в постели!

— Что поделаешь, Эдмон! — сказал арматор, который, по-видимому, все более и более успокаивался. — Все мы смертны, и надо, чтобы старые уступали место молодым, — иначе все бы остановилось. И так как вы говорите, что груз...

— В полной сохранности, господин Моррель, я вам ручаюсь. И я думаю, что вы продешевите, если удовольствуетесь барышом в двадцать пять тысяч франков.

И видя, что «Фараон» уже миновал круглую башню, он крикнул:

— На марса-гитовы! Кливер-нирал! На бизань-шкот! Якорь к отдаче изготовить!

Приказание было исполнено почти с такой же быстротой, как на военном судне.

— Шкоты отдать! Паруса на гитовы!

При последней команде все паруса упали, и корабль продолжал скользить еле заметно, двигаясь только по инерции.

— А теперь не угодно ли вам подняться, господин Моррель, — сказал Дантес, видя нетерпение арматора. — Вот и господин Данглар, ваш бухгалтер, выходит из каюты. Он сообщит вам все сведения, какие вы только пожелаете. А мне надобно стать на якорь и позаботиться о знаках траура.

Вторичного приглашения не понадобилось. Арматор схватился за канат, брошенный Дантесом, и с ловкостью, которая сделала бы честь любому моряку, взобрался по скобам, вбитым в выпуклый борт корабля, а Дантес вернулся на свое прежнее место, уступая разговор тому, кого он назвал Дангларом, который, выйдя из каюты, действительно шел навстречу Моррелю.

Это был человек лет двадцати пяти, довольно мрачного вида, угодливый с начальниками, нетерпимый с подчиненными. За это, еще более чем за титул бухгалтера, всегда ненавистный матросам, экипаж настолько же его недолюбливал, насколько любил Дантеса.

— Итак, господин Моррель, — сказал Данглар, — вы уже знаете о нашем несчастье?

— Да! Да! Бедный капитан Леклер! Это был славный и честный человек!

— А главное — превосходный моряк, состарившийся между небом и водой, каким и должен быть человек, которому доверены интересы такой крупной фирмы, как «Моррель и Сын», — отвечал Данглар.

— Мне кажется, — сказал арматор, следя глазами за Дантесом, который выбирал место для стоянки, — что вовсе не нужно быть таким старым моряком, как вы говорите, чтобы знать свое дело. Вот наш друг Эдмон так хорошо справляется, что ему, по-моему, не требуется ничьих советов.

— Да, — отвечал Данглар, бросив на Дантеса косой взгляд, в котором блеснула ненависть, — да, молодость и самонадеянность. Не успел умереть капитан, как он принял команду, не посоветовавшись ни с кем, и заставил нас потерять полтора дня у острова Эльба, вместо того чтобы идти прямо на Марсель.

— Приняв команду, — сказал арматор, — он исполнил свой долг как помощник капитана, но терять полтора дня у острова Эльба было неправильно, если только корабль не нуждался в починке.

— Корабль был цел и невредим, господин Моррель, а эти полтора дня потеряны из чистого каприза, ради удовольствия сойти на берег, только и всего.

— Дантес! — сказал арматор, обращаясь к юноше. — Подите-ка сюда.

— Простите, сударь, — отвечал Дантес, — через минуту я к вашим услугам.

Потом, обращаясь к экипажу, скомандовал:
— Отдать якорь!

Тотчас же якорь отдали, и цепь с грохотом побежала. Дантес оставался на своем посту, несмотря на присутствие лоцмана, до тех пор, пока не был выполнен и этот последний маневр.

Потом он крикнул:
— Вымпел приспустить до половины, флаг завязать узлом, реи скрестить!

— Вот видите, — сказал Данглар, — он уже воображает себя капитаном, даю вам слово.

— Да он и есть капитан, — отвечал арматор.

— Да, только не утвержден еще ни вами, ни вашим компаньоном, господин Моррель.

— Отчего же нам не оставить его капитаном? — сказал арматор. — Правда, он молод, но, кажется, предан делу и очень опытен.

Лицо Данглара омрачилось.

— Извините, господин Моррель, — сказал Дантес, подходя, — якорь отдан, и я к вашим услугам. Вы, кажется, звали меня?

Данглар отступил на шаг.

— Я хотел вас спросить, зачем вы заходили на остров Эльба?

— Сам не знаю. Я исполнял последнее распоряжение капитана Леклера. Умирая, он велел мне доставить пакет маршалу Бертрану.

— Так вы его видели, Эдмон?

— Кого?

— Маршала.

— Да.

Моррель оглянулся и отвел Дантеса в сторону.

— А что император? — спросил он с живостью.

— Здоров, насколько я мог судить.

— Так вы и самого императора видели?

— Он вошел к маршалу, когда я у него был.

— И вы говорили с ним?

— То есть он со мной говорил, — отвечал Дантес с улыбкой.

— Что же он вам сказал?

— Спрашивал о корабле, о времени отбытия в Марсель, о нашем курсе, о грузе. Думаю, что, если бы корабль был пустой и принадлежал мне, он готов был бы купить его; но я сказал ему, что я только заступаю место капитана и что корабль принадлежит торговому дому «Моррель и Сын». «А, знаю, — сказал он, — Моррели — арматоры из рода в род, и один Моррель служил в нашем полку, когда я стоял в Валансе».

— Верно! — вскричал радостно арматор. — Это был Поликар Моррель, мой дядя, который дослужился до капитана. Дантес, вы скажете моему дяде, что император вспомнил о нем, и вы увидите, как старый ворчун заплачет. Ну, ну, – продолжал арматор, дружески хлопая молодого моряка по плечу, – вы хорошо сделали, Дантес, что исполнили приказ капитана Леклера и остановились у Эльбы; хотя, если узнают, что вы доставили пакет маршалу и говорили с императором, то это может вам повредить.

– Чем же это может мне повредить? – отвечал Дантес. – Я даже не знаю, что было в пакете, а император задавал мне вопросы, какие задал бы первому встречному. Но разрешите: вот едут карантинные и таможенные чиновники.

– Ступайте, ступайте, дорогой мой.

Молодой человек удалился, и в ту же минуту подошел Данглар.

– Ну что? – спросил он. – Он, по-видимому, объяснил вам, зачем он заходил в Порто-Феррайо?

– Вполне, дорогой Данглар.

– А! Тем лучше, – отвечал тот. – Тяжело видеть, когда товарищ не исполняет своего долга.

– Дантес свой долг исполнил, и тут ничего не скажешь, – возразил арматор. – Это капитан Леклер приказал ему остановиться у Эльбы.

– Кстати, о капитане Леклере; он отдал вам его письмо?

– Кто?

– Дантес.

– Мне? Нет. Разве у него было письмо?

– Мне казалось, что, кроме пакета, капитан дал ему еще и письмо.

– О каком пакете вы говорите, Данглар?

– О том, который Дантес отвез в Порто-Феррайо.

– А откуда вы знаете, что Дантес отвозил пакет в Порто-Феррайо?

Данглар покраснел.

– Я проходил мимо каюты капитана и видел, как он отдавал Дантесу пакет и письмо.

– Он мне ничего не говорил, но если у него есть письмо, то он мне его передаст.

Данглар задумался.

– Если так, господин Моррель, то прошу вас, не говорите об этом Дантесу. Я, верно, ошибся.

В эту минуту молодой моряк возвратился. Данглар опять отошел.

– Ну что, дорогой Дантес, вы свободны? – спросил арматор.

– Да, господин Моррель.

– Как вы скоро покончили!

– Да, я вручил таможенникам списки наших товаров, а из порта прислали с лоцманом человека, которому я и передал наши бумаги.

– Так вам здесь нечего больше делать?

Дантес быстро осмотрелся.

– Нечего, все в порядке, – сказал он.

– Так поедем обедать к нам.

– Прошу прощения, господин Моррель, но прежде всего я должен повидаться с отцом. Благодарю вас за честь...

– Правильно, Дантес, правильно. Я знаю, что вы хороший сын.

– А мой отец, – спросил Дантес нерешительно, – он здоров, вы не знаете?

– Думаю, что здоров, дорогой Эдмон, хотя я его не видал.

– Да, он все сидит в своей комнатушке.

– Это доказывает по крайней мере, что он без вас не нуждался ни в чем.

Дантес улыбнулся.

– Отец мой горд, и если бы он даже нуждался во всем, то ни у кого на свете, кроме бога, не попросил бы помощи.

— Итак, навестив отца, вы, надеюсь, придете к нам?

— Еще раз извините, господин Моррель, но у меня есть другой долг, который для меня так же драгоценен.

— Да! Я и забыл, что в Каталанах кто-то ждет вас с таким же нетерпением, как и ваш отец, — прекрасная Мерседес.

Дантес улыбнулся.

— Вот оно что! — продолжал арматор. — Теперь я понимаю, почему она три раза приходила справляться, скоро ли прибудет «Фараон». Черт возьми, Эдмон, вы счастливец, подружка хоть куда!

— Она мне не подружка, — серьезно сказал моряк, — она моя невеста.

— Иногда это одно и то же, — засмеялся арматор.

— Не для нас, — отвечал Дантес.

— Хорошо, Эдмон, я вас не удерживаю. Вы так хорошо устроили мои дела, что я должен дать вам время на устройство ваших. Не нужно ли вам денег?

— Нет, не нужно. У меня осталось все жалованье, полученное за время плавания, то есть почти за три месяца.

— Вы аккуратный человек, Эдмон.

— Не забудьте, господин Моррель, что мой отец беден.

— Да, да, я знаю, что вы хороший сын. Ступайте к отцу. У меня тоже есть сын, и я бы очень рассердился на того, кто после трехмесячной разлуки помешал бы ему повидаться со мной.

— Так вы разрешите? — сказал молодой человек, кланяясь.

— Идите, если вам больше нечего мне сказать.

— Больше нечего.

— Капитан Леклер, умирая, не давал вам письма ко мне?

— Он не мог писать; но ваш вопрос напомнил мне, что я должен буду попроситься у вас в двухнедельный отпуск.

— Для свадьбы?

— И для свадьбы, и для поездки в Париж.

— Пожалуйста. Мы будем разгружаться недель шесть и выйдем в море не раньше как месяца через три. Но через три месяца вы должны быть здесь, — продолжал арматор, хлопая молодого моряка по плечу. — «Фараон» не может идти в плавание без своего капитана.

— Без своего капитана! — вскричал Дантес, и глаза его радостно заблестели. — Говорите осторожнее, господин Моррель, потому что вы сейчас ответили на самые тайные надежды моей души. Вы хотите назначить меня капитаном «Фараона»?

— Будь я один, дорогой мой, я бы протянул вам руку и сказал: «Готово дело!» Но у меня есть компаньон, а вы знаете итальянскую пословицу: «Chi ha compagno ha padrone».[1] Но половина дела сделана, потому что из двух голосов один уже принадлежит вам. А добыть для вас второй — предоставьте мне.

— О господин Моррель! — вскричал юноша со слезами на глазах, сжимая ему руки. — Благодарю вас от имени отца и Мерседес.

— Ладно, ладно, Эдмон, есть же для честных людей бог на небе, черт возьми! Повидайтесь с отцом, повидайтесь с Мерседес, а потом приходите ко мне.

— Вы не хотите, чтобы я отвез вас на берег?

— Нет, благодарю. Я останусь здесь и просмотрю счета с Дангларом. Вы были довольны им во время плавания?

— И доволен, и нет. Как товарищем — нет. Мне кажется, он меня невзлюбил с тех пор, как однажды, повздорив с ним, я имел глупость предложить ему остановиться минут на десять у острова

---

[1] У кого компаньон, у того хозяин *(ит.)*.

Монте-Кристо, чтобы разрешить наш спор; конечно, мне не следовало этого говорить, и он очень умно сделал, что отказался. Как о бухгалтере о нем ничего нельзя сказать дурного, и вы, вероятно, будете довольны им.

— Но скажите, Дантес, — спросил арматор, — если бы вы были капитаном «Фараона», вы бы по собственной воле оставили у себя Данглара?

— Буду ли я капитаном или помощником, господин Моррель, я всегда буду относиться с полным уважением к тем лицам, которые пользуются доверием моих хозяев.

— Правильно, Дантес. Вы во всех отношениях славный малый. А теперь ступайте; я вижу, вы как на иголках.

— Так я в отпуску?

— Ступайте, говорят вам.

— Вы мне позволите взять вашу лодку?

— Возьмите.

— До свидания, господин Моррель. Тысячу раз благодарю вас.

— До свидания, Эдмон. Желаю удачи!

Молодой моряк спрыгнул в лодку, сел у руля и велел грести к улице Каннебьер. Два матроса налегли на весла, и лодка понеслась так быстро, как только позволяло множество других лодок, которые загромождали узкий проход, ведущий между двумя рядами кораблей от входа в порт к Орлеанской набережной.

Арматор с улыбкой следил за ним до самого берега, видел, как он выпрыгнул на мостовую и исчез в пестрой толпе, наполняющей с пяти часов утра до девяти часов вечера знаменитую улицу Каннебьер, которой современные фокейцы так гордятся, что говорят самым серьезным образом, с своим характерным акцентом: «Будь в Париже улица Каннебьер, Париж был бы маленьким Марселем».

Оглянувшись, арматор увидел за своей спиной Данглара, который, казалось, ожидал его приказаний, а на самом деле, как и он, провожал взглядом молодого моряка. Но была огромная разница в выражении этих двух взглядов, следивших за одним и тем же человеком.

II. Отец и сын

Пока Данглар, вдохновляемый ненавистью, старается очернить своего товарища в глазах арматора, последуем за Дантесом, который, пройдя всю улицу Каннебьер, миновал улицу Ноайль, вошел в небольшой дом по левой стороне Мельянских аллей, быстро поднялся по темной лестнице на пятый этаж и, держась одной рукой за перила, а другою прижимая к сильно бьющемуся сердцу, остановился перед полуотворенной дверью, через которую можно было видеть всю каморку. В этой каморке жил его отец.

Известие о прибытии «Фараона» не дошло еще до старика, который, взобравшись на стул, дрожащей рукой поправлял настурции и ломоносы, обвивавшие его окошко. Вдруг кто-то обхватил его сзади, и он услышал знакомый голос:

— Отец!

Старик вскрикнул и обернулся. Увидев сына, он бросился в его объятия, весь бледный и дрожащий.

— Что с вами, отец? — спросил юноша с беспокойством. — Вы больны?

— Нет, нет, милый Эдмон, сын мой, дитя мое, нет! Но я не ждал тебя... Ты застал меня врасплох... это от радости. Боже мой! Мне кажется, что я умру!

— Успокойтесь, отец, это же я. Все говорят, что радость не может повредить, вот почему я так прямо и вошел к вам. Улыбнитесь, не смотрите на меня безумными глазами. Я вернулся домой, и все будет хорошо.

— Тем лучше, дитя мое, — отвечал старик, — но как же все будет хорошо? Разве мы больше не расстанемся? Расскажи же мне о твоем счастье!

— Да простит мне господь, что я радуюсь счастью, построенному на горе целой семьи, но, видит бог, я не желал этого счастья. Оно пришло само собой, и у меня нет сил печалиться. Капитан Леклер скончался, и весьма вероятно, что благодаря покровительству Морреля я получу его место. Понимаете, отец? В двадцать лет я буду капитаном! Сто луидоров жалованья и доля в прибылях! Разве мог я, бедный матрос, ожидать этого?

— Да, сын мой, ты прав, — сказал старик, — это большое счастье.

— И я хочу, чтобы на первые же деньги вы завели себе домик с садом для ваших ломоносов, настурций и жимолости... Но что с вами, отец? Вам дурно?

— Ничего, ничего... сейчас пройдет!

Силы изменили старику, и он откинулся назад.

— Сейчас, отец! Выпейте стакан вина, это вас подкрепит. Где у вас вино?

— Нет, спасибо, не ищи, не надо, — сказал старик, стараясь удержать сына.

— Как не надо!.. Скажите, где вино?

Он начал шарить в шкафу.

— Не ищи... — сказал старик. — Вина нет...

— Как нет? — вскричал Дантес. Он с испугом глядел то на впалые бледные щеки старика, то на пустые полки. — Как нет вина? Вам не хватило денег, отец?

— У меня всего вдоволь, раз ты со мною, — отвечал старик.

— Однако же, — прошептал Дантес, отирая пот с лица, — я вам оставил двести франков назад тому три месяца, когда уезжал.

— Да, да, Эдмон, но ты, уезжая, забыл вернуть должок соседу Кадруссу; он мне об этом напомнил и сказал, что если я не заплачу за тебя, то он пойдет к господину Моррелю. Я боялся, что это повредит тебе...

— И что же?

— Я и заплатил.

— Но ведь я был должен Кадруссу сто сорок франков! — вскричал Дантес.

— Да, — пролепетал старик.

— И вы их заплатили из двухсот франков, которые я вам оставил?

Старик кивнул головой.

— И жили целых три месяца на шестьдесят франков?

— Много ли мне надо, — отвечал старик.

— Господи! — простонал Эдмон, бросаясь на колени перед отцом.

— Что с тобой?

— Никогда себе этого не прощу.

— Брось, — сказал старик с улыбкой, — ты вернулся, и все забыто. Ведь теперь все хорошо.

— Да, я вернулся, — сказал юноша, — вернулся с наилучшими надеждами и с кое-какими деньгами... Вот, отец, берите, берите и сейчас же пошлите купить что-нибудь.

И он высыпал на стол дюжину золотых, пять или шесть пятифранковых монет и мелочь.

Лицо старого Дантеса просияло.

— Чье это? — спросил он.

— Да мое... ваше... наше! Берите, накупите провизии, не

жалейте денег, завтра я еще принесу.

— Постой, постой, — сказал старик улыбаясь. — С твоего позволения я буду тратить деньги потихоньку; если я сразу много накуплю, то еще, пожалуй, люди подумают, что мне пришлось для этого ждать твоего возвращения.

— Делайте, как вам угодно, но прежде всего наймите служанку. Я не хочу, чтобы вы жили один. У меня в трюме припрятаны контрабандный кофе и чудесный табак; завтра же вы их получите. Тише! Кто-то идет.

— Это, должно быть, Кадрусс. Узнал о твоем приезде и идет поздравить тебя со счастливым возвращением.

— Вот еще уста, которые говорят одно, между тем как сердце думает другое, — прошептал Эдмон. — Но все равно, он наш сосед и оказал нам когда-то услугу! Примем его ласково.

Не успел Эдмон договорить, как в дверях показалась черная бородатая голова Кадрусса. Это был человек лет двадцати пяти – двадцати шести; в руках он держал кусок сукна, который он согласно своему ремеслу портного намеревался превратить в одежду.

— А! Приехал, Эдмон! — сказал он с сильным марсельским акцентом, широко улыбаясь, так что видны были все его зубы, белые, как слоновая кость.

— Как видите, сосед Кадрусс, я к вашим услугам, если вам угодно, — отвечал Дантес, с трудом скрывая холодность под любезным тоном.

— Покорно благодарю. К счастью, мне ничего не нужно, и даже иной раз другие во мне нуждаются. (Дантес вздрогнул.) Я не про тебя говорю, Эдмон. Я дал тебе денег взаймы, ты мне их отдал; так водится между добрыми соседями, и мы в расчете.

— Никогда не бываешь в расчете с теми, кто нам помог, — сказал Дантес. — Когда денежный долг возвращен, остается долг благодарности.

— К чему говорить об этом? Что было, то прошло. Поговорим лучше о твоем счастливом возвращении. Я пошел в порт поискать коричневого сукна и встретил своего приятеля Данглара.

«Как, ты в Марселе?» — говорю ему.

«Да, как видишь».

«А я думал, ты в Смирне».

«Мог бы быть и там, потому что прямо оттуда».

«А где же наш Эдмон?»

«Да, верно, у отца», — отвечал мне Данглар. Вот я и пришел, — продолжал Кадрусс, — чтобы приветствовать друга.

— Славный Кадрусс, как он нас любит! — сказал старик.

— Разумеется, люблю и притом еще уважаю, потому что честные люди редки... Но ты никак разбогател, приятель? — продолжал портной, искоса взглянув на кучку золота и серебра, выложенную на стол Дантесом.

Юноша заметил искру жадности, блеснувшую в черных глазах соседа.

— Это не мои деньги, — отвечал он небрежно. — Я сказал отцу, что боялся найти его в нужде, а он, чтобы успокоить меня, высыпал на стол все, что было у него в кошельке. Спрячьте деньги, отец, если только соседу они не нужны.

— Нет, друг мой, — сказал Кадрусс, — мне ничего не нужно; слава богу, ремесло мастера кормит. Береги денежки, лишних никогда не бывает. При всем том я тебе благодарен за твое предложение не меньше, чем если бы я им воспользовался.

— Я предложил от сердца, — сказал Дантес.

— Не сомневаюсь. Итак, ты в большой дружбе с Моррелем, хитрец ты этакий?

– Господин Моррель всегда был очень добр ко мне, – отвечал Дантес.

– В таком случае ты напрасно отказался от обеда.

– Как отказался от обеда? – спросил старый Дантес. – Разве он звал тебя обедать?

– Да, отец, – отвечал Дантес и улыбнулся, заметив, как поразила старика необычайная честь, оказанная его сыну.

– А почему же ты отказался, сын? – спросил старик.

– Чтобы пораньше прийти к вам, отец, – ответил молодой человек. – Мне не терпелось увидеться с вами.

– Моррель, должно быть, обиделся, – продолжал Кадрусс, – а когда метишь в капитаны, не следует перечить арматору.

– Я объяснил ему причину отказа, и он понял меня, надеюсь.

– Чтобы стать капитаном, надобно немножко подольститься к хозяевам.

– Я надеюсь быть капитаном и без этого, – отвечал Дантес.

– Тем лучше, тем лучше! Это порадует всех старых твоих друзей. А там, за фортом Святого Николая, я знаю кое-кого, кто будет особенно доволен.

– Мерседес? – спросил старик.

– Да, отец, – сказал Дантес. – И теперь, когда я вас повидал, когда я знаю, что вы здоровы и что у вас есть все, что вам нужно, я попрошу у вас позволения отправиться в Каталаны.

– Ступай, дитя мое, ступай, – отвечал старый Дантес, – и да благословит тебя господь женой, как благословил меня сыном.

– Женой! – сказал Кадрусс. – Как вы, однако, спешите; она еще не жена ему как будто!

– Нет еще, но, по всем вероятиям, скоро будет, – отвечал Эдмон.

– Как бы то ни было, – сказал Кадрусс, – ты хорошо сделал, что поспешил с приездом.

– Почему?

– Потому что Мерседес – красавица, а у красавиц нет недостатка в поклонниках; у этой – особенно: они дюжинами ходят за ней.

– В самом деле? – сказал Дантес с улыбкой, в которой заметна была легкая тень беспокойства.

– Да, да, – продолжал Кадрусс, – и притом завидные женихи; но, сам понимаешь, ты скоро будешь капитаном, и тебе едва ли откажут.

– Это значит, – подхватил Дантес с улыбкой, которая едва прикрывала его беспокойство, – это значит, что если бы я не стал капитаном…

– Гм! Гм! – пробормотал Кадрусс.

– Ну, – сказал молодой человек, – я лучшего мнения, чем вы, о женщинах вообще и о Мерседес в особенности, и я убежден, что, буду я капитаном или нет, она останется мне верна.

– Тем лучше, – сказал Кадрусс, – тем лучше! Когда женишься, нужно уметь верить; но все равно, приятель, я тебе говорю; не теряй времени, ступай объяви ей о своем приезде и поделись своими надеждами.

– Иду, – отвечал Эдмон.

Он поцеловал отца, кивнул Кадруссу и вышел.

Кадрусс посидел у старика еще немного, потом, простившись с ним, тоже вышел и вернулся к Данглару, который ждал его на углу улицы Сенак.

– Ну что? – спросил Данглар. – Ты его видел?

– Видел, – ответил Кадрусс.

– И он говорил тебе о своих надеждах на капитанство?

— Он говорит об этом так, как будто он уже капитан.
— Вот как! – сказал Данглар. – Уж больно он торопится!
— Но Моррель ему, как видно, обещал…
— Так он очень весел?
— Даже до дерзости; он уже предлагал мне свои услуги, как какая-нибудь важная особа; предлагал мне денег, как банкир.
— И ты отказался?
— Отказался. А мог бы взять у него взаймы, потому что не кто другой, как я, одолжил ему первые деньги, которые он видел в своей жизни. Но теперь господин Дантес ни в ком не нуждается: он скоро будет капитаном!
— Ну, он еще не капитан!
— Правду сказать, хорошо было бы, если бы он им и не стал, – продолжал Кадрусс, – а то с ним и говорить нельзя будет.
— Если мы захотим, – сказал Данглар, – он будет тем же, что и теперь, а может быть, и того меньше.
— Что ты говоришь?
— Ничего, я говорю сам с собою. И он все еще влюблен в прекрасную каталанку?
— До безумия; уже побежал туда. Но или я очень ошибаюсь, или с этой стороны его ждут неприятности.
— Скажи яснее.
— Зачем?
— Это гораздо важнее, чем ты думаешь. Ведь ты не любишь Дантеса?
— Я не люблю гордецов.
— Так скажи мне все, что знаешь о каталанке.
— Я не знаю ничего наверное, но видел такие вещи, что думаю, как бы у будущего капитана не вышло неприятностей на дороге у Старой Больницы.
— Что же ты видел? Ну, говори.
— Я видел, что каждый раз, как Мерседес приходит в город, ее провожает рослый детина, каталанец, с черными глазами, краснолицый, черноволосый, сердитый. Она называет его двоюродным братом.
— В самом деле!.. И ты думаешь, что этот братец за нею волочится?
— Предполагаю – как же может быть иначе между двадцатилетним детиной и семнадцатилетней красавицей?
— И ты говоришь, что Дантес пошел в Каталаны?
— Пошел при мне.
— Если мы пойдем туда же, мы можем остановиться в «Резерве» и за стаканом мальгского вина подождать новостей.
— А кто нам их сообщит?
— Мы будем на его пути и по лицу Дантеса увидим, что произошло.
— Идем, – сказал Кадрусс, – но только платишь ты.
— Разумеется, – отвечал Данглар.
И оба быстрым шагом направились к назначенному месту. Придя в трактир, они велели подать бутылку вина и два стакана.
От старика Памфила они узнали, что минут десять тому назад Дантес прошел мимо трактира.
Удостоверившись, что Дантес в Каталанах, они сели под молодой листвой платанов и сикомор, в ветвях которых веселая стая птиц воспевала один из первых ясных дней весны.

III. Каталанцы

В ста шагах от того места, где оба друга, насторожив уши и

поглядывая на дорогу, прихлебывали искрометное мальгское вино, за лысым пригорком, обглоданным солнцем и мистралями, лежало селение Каталаны.

Однажды из Испании выехали какие-то таинственные переселенцы и пристали к тому клочку земли, на котором они живут и поныне. Они явились неведомо откуда и говорили на незнакомом языке. Один из начальников, понимавший провансальский язык, попросил у города Марселя позволения завладеть пустынным мысом, на который они, по примеру древних мореходов, вытащили свои суда. Просьбу уважили, и три месяца спустя вокруг десятка судов, привезших этих морских цыган, выросло небольшое селение. В этом своеобразном и живописном селении, полумавританском, полуиспанском, и поныне живут потомки этих людей, говорящие на языке своих дедов. В продолжение трех или четырех веков они остались верны своему мысу, на который опустились, как стая морских птиц; они нимало не смешались с марсельскими жителями, женятся только между собой и сохраняют нравы и одежду своей родины так же, как сохранили ее язык.

Мы приглашаем читателя последовать за нами по единственной улице селения и зайти в один из домиков; солнце снаружи окрасило его стены в цвет опавших листьев, одинаковый для всех старинных построек этого края, а внутри кисть маляра сообщила им белизну, составляющую единственное украшение испанских posadas.[2]

Красивая молодая девушка, с черными, как смоль, волосами, с бархатными, как у газели, глазами, стояла, прислонившись к перегородке, и в тонких, словно выточенных античным ваятелем пальцах мяла ни в чем не повинную ветку вереска; оборванные цветы и листья уже усеяли пол; руки ее, обнаженные до локтя, покрытые загаром, но словно скопированные с рук Венеры Арльской, дрожали от волнения, а легкой ножкой с высоким подъемом она нетерпеливо постукивала по полу, так что можно было видеть ее стройные, изящные икры, обтянутые красным чулком с серыми и синими стрелками. В трех шагах от нее, покачиваясь на стуле и опершись локтем на старый комод, статный молодец лет двадцати – двадцати двух смотрел на нее с беспокойством и досадой; в его глазах был вопрос, но твердый и упорный взгляд девушки укрощал собеседника.

– Послушай, Мерседес, – говорил молодой человек, – скоро пасха, самое время сыграть свадьбу… Ответь же мне!

– Я тебе уже сто раз отвечала, Фернан, и ты сам себе враг, если опять спрашиваешь меня.

– Ну так повтори еще, умоляю тебя, повтори еще, чтобы я мог поверить. Скажи мне в сотый раз, что отвергаешь мою любовь, которую благословляла твоя мать; заставь меня понять, что ты играешь моим счастьем, что моя жизнь или смерть для тебя – ничто! Боже мой! Десять лет мечтать о том, чтобы стать твоим мужем, Мерседес, и потерять эту надежду, которая была единственной целью моей жизни!

– По крайней мере не я поддерживала в тебе эту надежду, – отвечала Мерседес, – ты не можешь меня упрекнуть, что я когда-нибудь завлекала тебя. Я всегда говорила тебе: я люблю тебя, как брата, по никогда не требуй от меня ничего, кроме этой братской дружбы, потому что сердце мое отдано другому. Разве я не говорила тебе этого, Фернан?

– Знаю, знаю, Мерседес, – прервал молодой человек. – Да, ты всегда была со мной до жестокости прямодушна, но ты забываешь, что для каталанцев брак только между своими – священный закон.

– Ты ошибаешься, Фернан, это не закон, а просто обычай,

---

[2] Posada – дом *(исп.)*.

только и всего, – и верь мне, тебе не стоит ссылаться на этот обычай. Ты вытянул жребий, Фернан. Если ты еще на свободе, то это просто поблажка; не сегодня так завтра тебя могут призвать на службу. А когда ты поступишь в солдаты, что ты станешь делать с бедной сиротой, горемычной, без денег, у которой нет ничего, кроме развалившейся хижины, где висят старые сети – жалкое наследство, оставленное моим отцом матери, а матерью – мне? Вот год, как она умерла, и подумай, Фернан, ведь я живу почти милостыней! Иногда ты притворяешься, будто я тебе помогаю, и это для того, чтобы иметь право разделить со мной улов; и я принимаю это, Фернан, потому что твой отец был братом моего отца, потому что мы выросли вместе и особенно потому, что отказ мой слишком огорчил бы тебя. Но я чувствую, что деньги, которые я выручаю за твою рыбу и на которые я покупаю себе лен для пряжи, – просто милостыня.

– Не все ли мне равно, Мерседес! Бедная и одинокая, ты мне дороже, чем дочь самого гордого арматора или самого богатого банкира в Марселе! Что надобно нам, беднякам? Честную жену и хорошую хозяйку. Где я найду лучше тебя?

– Фернан, – отвечала Мерседес, покачав головой, – можно стать дурной хозяйкой, и нельзя ручаться, что будешь честной женой, если любишь не мужа, а другого. Будь доволен моей дружбой, потому что, повторяю, это все, что я могу тебе обещать, а я обещаю только то, что могу исполнить наверное.

– Понимаю, – сказал Фернан, – ты терпеливо сносишь свою нищету, но боишься моей. Так знай же, Мерседес, если ты меня полюбишь, я попытаю счастья. Ты принесешь мне удачу, и я разбогатею. Я не останусь рыбаком; я могу наняться конторщиком, могу и сам завести торговлю.

– Ничего этого ты не можешь, Фернан; ты солдат, и если ты сейчас в Каталанах, то только потому, что нет войны. Оставайся рыбаком, не строй воздушных замков, после которых действительность покажется тебе еще тягостней, и удовольствуйся моей дружбой. Ничего другого я тебе дать не могу.

– Да, ты права, Мерседес, я буду моряком; надену вместо дедовской одежды, которую ты презираешь, лакированную шляпу, полосатую фуфайку и синюю куртку с якорями на пуговицах. Ведь так должен быть одет человек, который сможет тебе понравиться?

– Что ты хочешь сказать? – спросила Мерседес, с гордым вызовом взглянув на него. – Что ты хочешь сказать? Я не понимаю тебя.

– Я хочу сказать, Мерседес, ты так сурова и жестока со мной только потому, что ждешь человека, который одет, как я описал. А вдруг тот, кого ты ждешь, непостоянен, а если не он, непостоянно море?

– Фернан, – вскричала Мерседес, – я думала, что ты добрый, но я ошиблась. Ты злой, если на помощь своей ревности призываешь божий гнев! Да, я не скрываю: я жду и люблю того, о ком ты говоришь, и если он не вернется, я не стану упрекать его в непостоянстве, а скажу, что он умер, любя меня.

Каталанец яростно сжал кулаки.

– Я тебя поняла, Фернан: ты хочешь отомстить ему за то, что я не люблю тебя. Ты хочешь скрестить свой каталанский нож с его кинжалом! И что же? Ты лишишься моей дружбы, если будешь побежден; а если победишь ты, то моя дружба обернется ненавистью. Поверь мне, искать ссоры с человеком – плохое средство понравиться женщине, которая этого человека любит. Нет, Фернан, ты не поддашься дурным мыслям. Раз я не могу быть твоей женой, ты привыкнешь смотреть на меня, как на друга, как на свою сестру. Притом же, – прибавила она с влажными от слез глазами, – не спеши,

Фернан: ты сам сейчас сказал – море коварно, и вот уже четыре месяца как он уехал, а за четыре месяца я насчитала много бурь!

Фернан остался холоден; он не старался отереть слезы, бежавшие по щекам Мерседес; а между тем за каждую ее слезу он отдал бы стакан своей крови. Но эти слезы лились из-за другого!

Он встал, прошелся по хижине и остановился перед Мерседес; глаза его сверкали, кулаки были сжаты.

– Послушай, Мерседес, – сказал он, – отвечай еще раз: это решено?

– Я люблю Эдмона Дантеса, – спокойно ответила девушка, – и, кроме Эдмона, никто не будет моим мужем.

– И ты будешь всегда любить его?

– До самой смерти.

Фернан со стоном опустил голову, как человек, потерявший последнюю надежду; потом вдруг поднял голову и, стиснув зубы, спросил:

– А если он умер?

– Так и я умру.

– А если он тебя забыл?

– Мерседес! – раздался веселый голос за дверью. – Мерседес!

– Ах!.. – вскричала девушка, не помня себя от счастья и любви. – Вот видишь, он не забыл меня, он здесь!

Она бросилась к двери и отворила ее, крича:

– Сюда, Эдмон! Я здесь!

Фернан, бледный и дрожащий, попятился, как путник, внезапно увидевший змею, и, наткнувшись на свой стул, бессильно опустился на него.

Эдмон и Мерседес бросились друг другу в объятия. Палящее марсельское солнце, врываясь в раскрытую дверь, обливало их потоками света. Сначала они не видели ничего кругом. Неизмеримое счастье отделяло их от мира; они говорили несвязными словами, которые передают порывы такой острой радости, что становятся похожи на выражение боли.

Вдруг Эдмон заметил мрачное лицо Фернана, которое выступало из полумрака, бледное и угрожающее; бессознательно молодой каталанец держал руку на ноже, висевшем у него на поясе.

– Простите, – сказал Дантес, хмуря брови, – я и не заметил, что нас здесь трое. – Затем, обращаясь к Мерседес, он спросил: – Кто этот господин?

– Этот господин будет вашим лучшим другом, Дантес, потому что это мой друг, мой брат, Фернан, тот человек, которого после вас, Эдмон, я люблю больше всех на свете. Разве вы не узнали его?

– Да, узнал, – отвечал Эдмон, и, не выпуская руки Мерседес, он сердечно протянул другую руку каталанцу.

Но Фернан, не отвечая на это дружеское движение, оставался нем и недвижим, как статуя.

Тогда Эдмон испытующе посмотрел на дрожавшую Мерседес и на мрачного и грозного Фернана.

Один взгляд объяснил ему все. Он вспыхнул от гнева:

– Я не знал, когда спешил к тебе, Мерседес, что найду здесь врага.

– Врага! – вскричала Мерседес, гневно взглянув на двоюродного брата. – Найти врага у меня, в моем доме! Если бы я так думала, я взяла бы тебя под руку и ушла в Марсель, покинув этот дом навсегда.

Глаза Фернана сверкнули.

– И если бы с тобой приключилась беда, мой Эдмон, – продолжала она с неумолимым спокойствием, которое показывало Фернану, что Мерседес проникла в самую глубину его мрачных мыслей, — я взошла бы на мыс Моржион и бросилась со скалы вниз головой.

Фернан побледнел, как смерть.

— Но ты ошибся, Эдмон, — прибавила она, — здесь у тебя нет врагов; здесь только мой брат Фернан, и он сейчас пожмет тебе руку, как преданному другу.

И девушка устремила повелительный взгляд на каталанца, который, как завороженный, медленно подошел к Эдмону и протянул ему руку.

Ненависть его, подобно волне, бешеной, но бессильной, разбилась о неодолимую власть, которую эта девушка имела над ним.

Но едва он дотронулся до руки Эдмона, как почувствовал, что сделал все, что мог, и бросился вон из дому.

— Горе мне! — стонал он, в отчаянии ломая руки. — Кто избавит меня от этого человека! Горе мне!

— Эй, каталанец! Эй, Фернан! Куда ты? — окликнул его чей-то голос.

Фернан круто остановился, озираясь по сторонам, и увидал Кадрусса, сидевшего с Дангларом за столом под деревьями.

— Что же ты не идешь к нам? — сказал Кадрусс. — Или ты так спешишь, что тебе некогда поздороваться с друзьями?

— Особенно когда перед ними еще почти полная бутылка! — прибавил Данглар.

Фернан бессмысленно посмотрел на них и не ответил ни слова.

— Он совсем ошалел, — сказал Данглар, толкая Кадрусса ногой. — Что, если мы ошиблись и вопреки нашим ожиданиям Дантес торжествует победу?

— Сейчас узнаем, — отвечал Кадрусс и, повернувшись к молодому человеку, сказал: — Ну что же, каталанец, решаешься или нет?

Фернан отер пот с лица и вошел в беседку; ее тень как будто немного успокоила его волнение, а прохлада освежила истомленное тело.

— Здравствуйте, — сказал он, — вы, кажется, звали меня? — И он без сил опустился на один из стульев, стоявших вокруг стола.

— Я позвал тебя потому, что ты бежал, как сумасшедший, и я боялся, что ты, чего доброго, бросишься в море, — сказал, смеясь, Кадрусс. — Черт возьми! Друзей не только угощают вином; иной раз им еще мешают наглотаться воды.

Фернан не то вздохнул, не то всхлипнул и уронил голову на руки.

— Знаешь, что я тебе скажу, Фернан, — продолжал Кадрусс, начиная разговор с грубой откровенностью простых людей, которые от любопытства забывают все приличия. — Знаешь, ты похож на отставленного воздыхателя! — И он громко захохотал.

— Нет, — отвечал Данглар, — такой молодец не для того создан, чтобы быть несчастным в любви. Ты шутишь, Кадрусс.

— Вовсе не шучу, ты лучше послушай, как он вздыхает. Ну-ка, Фернан, подними нос да отвечай нам. Невежливо не отвечать друзьям, когда они спрашивают о здоровье.

— Я здоров, — сказал Фернан, сжимая кулаки, но не поднимая головы.

— А! Видишь ли, Данглар, — сказал Кадрусс, мигнув своему приятелю, — дело вот в чем: Фернан, которого ты здесь видишь, добрый и честный каталанец, один из лучших марсельских рыбаков, влюблен в красавицу по имени Мерседес, но, к несчастью, красавица, со своей стороны, по-видимому, влюблена в помощника капитана «Фараона», а так как «Фараон» сегодня воротился в порт, то... понимаешь?

– Нет, не понимаю, – отвечал Данглар.

– Бедняга Фернан получил отставку, – продолжал Кадрусс.

– Ну так что ж? – сказал Фернан, подняв голову и поглядывая на Кадрусса как человек, ищущий, на ком бы выместить досаду. – Мерседес ни от кого не зависит, не так ли? И вольна любить, кого ей угодно.

– Если ты так на это смотришь, тогда другое дело! – сказал Кадрусс. – Я-то думал, что ты каталанец; а мне рассказывали, что каталанцы не из тех людей, у которых можно отбивать возлюбленных; при этом даже прибавляли, что Фернан особенно страшен в своей мести.

Фернан презрительно улыбнулся.

– Влюбленный никогда не страшен, – сказал он.

– Бедняга! – подхватил Данглар, притворяясь, что жалеет его от всего сердца. – Что ж делать? Он не ожидал, что Дантес воротится так скоро. Он думал, что Дантес, быть может, умер, изменил, – как знать? Такие удары тем более тяжелы, что приходят всегда неожиданно.

– Как бы там ни было, – сказал Кадрусс, который все время пил и на которого хмельное мальгское вино начинало действовать, – как бы там ни было, благополучное возвращение Дантеса досаждает не одному Фернану, верно, Данглар?

– Верно, и я готов поручиться, что это кончится для него плохо.

– Тем не менее, – продолжал Кадрусс, наливая Фернану и наполняя в восьмой или десятый раз свой собственный стакан, между тем как Данглар едва пригубил свое вино, – тем не менее он женится на красавице Мерседес; по крайней мере он для этого воротился.

Все это время Данглар проницательным взором смотрел на Фернана и видел, что слова Кадрусса падают ему на сердце, как расплавленный свинец.

– А когда свадьба? – спросил Данглар.

– О! До свадьбы еще дело не дошло! – прошептал Фернан.

– Да, но дойдет, – сказал Кадрусс. – Это так же верно, как то, что Дантес будет капитаном «Фараона». Не правда ли, Данглар?

Данглар вздрогнул при этом неожиданном выпаде, повернулся к Кадруссу и пристально посмотрел на него, чтобы узнать, с умыслом ли были сказаны эти слова, но он не прочел ничего, кроме зависти, на этом лице, уже поглупевшем от опьянения.

– Итак, – сказал он, наполняя стаканы, – выпьем за капитана Эдмона Дантеса, супруга прелестной каталанки!

Кадрусс отяжелевшею рукою поднес стакан к губам и одним духом осушил его. Фернан схватил свой стакан и разбил вдребезги.

– Стойте! – сказал Кадрусс. – Что там такое на пригорке, по дороге из Каталан? Взгляни-ка, Фернан, у тебя глаза получше. У меня уже двоится в глазах. Ты знаешь, вино – предатель. Точно двое влюбленных идут рядышком рука об руку. Ах, боже ты мой! Они не подозревают, что мы их видим, и целуются!

Данглар следил за каждым движением Фернана, лицо которого приметно искажалось.

– Знаете вы их, Фернан? – спросил он.

– Да, – отвечал он глухим голосом, – это Эдмон и Мерседес.

– А! Вот оно что! – сказал Кадрусс. – А я и не узнал их. Эй, Дантес! Эй, красавица! Подите-ка сюда и скажите нам, скоро ли свадьба. Фернан такой упрямец, не хочет нам сказать.

– Да замолчишь ли ты? – прервал его Данглар, делая вид, будто останавливает Кадрусса, который с упрямством пьяницы высовывался из беседки. – Держись крепче на ногах и оставь влюбленных в покое. Бери пример с Фернана: он по крайней мере благоразумен.

Быть может, Фернан, выведенный из себя, подстрекаемый Дангларом, как бык на арене, не удержался бы, ибо он уже встал и, казалось, вот-вот кинется на соперника, но Мерседес, веселая и непринужденная, подняла прелестную головку и окинула всех светлым взором. Он вспомнил ее угрозу – умереть, если умрет Эдмон, – и бессильно опустился на стул.

Данглар посмотрел на своих собеседников – на отупевшего от вина и на сраженного любовью.

– От этих дураков я ничего не добьюсь, – прошептал он, – боюсь, что я имею дело с пьяницей и с трусом. Вот завистник, который наливается вином, между тем как ему следовало бы упиваться желчью; вот болван, у которого из-под носа похищают возлюбленную и который только и знает, что плачет и жалуется, как ребенок. А между тем у него пылающие глаза, как у испанцев, сицилийцев и калабрийцев, которые так искусно мстят за себя; у него такие кулаки, что размозжат голову быку вернее всякого обуха. Положительно, счастье улыбается Эдмону; он женится на красавице, будет капитаном и посмеется над нами, разве только… – мрачная улыбка искривила губы Данглара, – разве только я тут вмешаюсь.

– Эй! – продолжал кричать Кадрусс, привстав и опершись кулаком о стол. – Эй, Эдмон! Не видишь ты, что ли, друзей или уж так загордился, что не хочешь и говорить с ними?

– Нет, дорогой Кадрусс, – отвечал Дантес, – я совсем не горд, я счастлив, а счастье, очевидно, ослепляет еще больше, чем гордость.

– Дело! – сказал Кадрусс. – Вот это объяснение! Здравствуйте, госпожа Дантес!

Мерседес чинно поклонилась.

– Меня так еще не зовут, – сказала она. – У нас считается, что можно накликать беду, если называть девушку по имени ее жениха, когда этот жених еще не стал ей мужем; поэтому называйте меня Мерседес, прошу вас.

– Сосед Кадрусс не так уж виноват, – сказал Дантес, – он ненамного ошибся!

– Так, значит, свадьба будет скоро? – спросил Данглар, раскланиваясь с молодой парой.

– Как можно скорее. Сегодня сговор у моего отца, а завтра или послезавтра, никак не позже, обед в честь помолвки здесь, в «Резерве». Надеюсь, будут все друзья: это значит, что вы приглашены, господин Данглар; это значит, что и тебя ждут, Кадрусс.

– А Фернан? – спросил Кадрусс, смеясь пьяным смехом. – Фернан тоже будет?

– Брат моей жены – мой брат, – сказал Эдмон, – и мы, Мерседес и я, были бы глубоко огорчены, если бы его не было с нами в такую минуту.

Фернан хотел ответить, но голос замер у него в горле, и он не мог выговорить ни слова.

– Сегодня помолвка… завтра или послезавтра обручение… черт возьми, вы очень спешите, капитан!

– Данглар, – отвечал Эдмон с улыбкой, – я вам скажу то же, что Мерседес сказала сейчас Кадруссу: не наделяйте меня званием, которого я еще не удостоен; это накличет на меня беду.

– Прошу прощения, – отвечал Данглар. – Я только сказал, что вы очень спешите. Ведь времени у нас довольно: «Фараон» выйдет в море не раньше как через три месяца.

– Всегда спешишь быть счастливым, господин Данглар, – кто долго страдал, тот с трудом верит своему счастью. Но это не только себялюбие, – я должен ехать в Париж.

– Вот как! В Париж! И вы едете туда в первый раз?
– Да.
– У вас там есть дело?
– Не мое: надо исполнить последнее поручение бедного нашего

капитана Леклера. Вы понимаете, Данглар, это дело святое. Впрочем, будьте спокойны, я только съезжу и вернусь.

— Да, да, понимаю, — вслух сказал Данглар.

Потом прибавил про себя:

«В Париж, доставить по назначению письмо, которое ему дал маршал. Черт возьми! Это письмо подает мне мысль. А, Дантес, друг мой! Ты еще не значишься в реестре „Фараона" под номером первым!»

И он крикнул вслед удалявшемуся Эдмону:

— Счастливого пути!

— Благодарю, — отвечал Эдмон, оглядываясь через плечо и дружески кивая головой.

И влюбленные продолжали путь, спокойные и счастливые, как два избранника небес…

IV. Заговор

Данглар следил глазами за Эдмоном и Мерседес, пока они не скрылись за фортом Св. Николая; потом он снова повернулся к своим собутыльникам. Фернан, бледный и дрожащий, сидел неподвижно, а Кадрусс бормотал слова какой-то застольной песни.

— Мне кажется, — сказал Данглар Фернану, — эта свадьба не всем сулит счастье.

— Меня она приводит в отчаяние, — отвечал Фернан.

— Вы любите Мерседес?

— Я обожаю ее.

— Давно ли?

— С тех пор как мы знаем друг друга; я всю жизнь любил ее.

— И вы сидите тут и рвете на себе волосы, вместо того чтобы искать средства помочь горю! Черт возьми! Я думал, что не так водится между каталанцами.

— Что же, по-вашему, мне делать? — спросил Фернан.

— Откуда я знаю? Разве это мое дело? Ведь, кажется, не я влюблен в мадемуазель Мерседес, а вы ищите и обрящете, как сказано в Евангелии.

— Я уж нашел было.

— Что именно?

— Я хотел ударить его кинжалом, но она сказала, что, если с ним что-нибудь случится, она убьет себя.

— Бросьте! Такие вещи говорятся, да не делаются.

— Вы не знаете Мерседес. Если она пригрозила, так уж исполнит.

— Болван! — прошептал Данглар. — Пусть она убивает себя, мне какое дело, лишь бы Дантес не был капитаном.

— А прежде чем умрет Мерседес, — продолжал Фернан с твердой решимостью, — я умру.

— Вот любовь-то! — закричал Кадрусс пьяным голосом. — Вот это любовь так любовь, или я ничего в этом не понимаю!

— Послушайте, — сказал Данглар, — вы, сдается мне, славный малый, и я бы хотел, черт меня побери, помочь вашему горю, но…

— Да, — подхватил Кадрусс, — говори.

— Любезный, — прервал его Данглар, — ты уже почти пьян; допей бутылку, и ты будешь совсем готов. Пей и не мешайся в наши дела. Для наших дел надобно иметь свежую голову.

— Я пьян? — вскричал Кадрусс. — Вот тоже! Я могу выпить еще четыре такие бутылки: это же пузырьки из-под одеколона! Папаша Памфил, вина!

И Кадрусс стукнул стаканом по столу.

— Так вы говорите… — сказал Фернан Данглару, с жадностью

ожидая окончания прерванной фразы.

— Я уж не помню, что говорил. Этот пьяница спутал все мои мысли.

— Ну и пусть пьяница; тем хуже для тех, кто боится вина; у них, верно, дурные мысли, и они боятся, как бы вино не вывело их наружу.

И Кадрусс затянул песенку, бывшую в то время в большой моде:

> Все злодеи — водопийцы,
> Что доказано потопом.

— Вы говорили, — продолжал Фернан, — что хотели бы помочь моему горю, но, прибавили вы...

— Да. Но чтобы помочь вашему горю, надо помешать Дантесу жениться на той, которую вы любите, свадьба, по-моему, легко может не состояться и без смерти Дантеса.

— Только смерть может разлучить их, — сказал Фернан.

— Вы рассуждаете, как устрица, друг мой, — прервал его Кадрусс, — а Данглар у нас умник, хитрец, ученый, он докажет вам, что вы ошибаетесь. Докажи, Данглар. Я поручился за тебя. Докажи, что Дантесу не нужно умирать; притом жалко будет, если Дантес умрет. Он добрый малый, я люблю Дантеса. За твое здоровье, Дантес!

Фернан, досадливо махнув рукой, встал из-за стола.

— Пусть его, — сказал Данглар, удерживая каталанца, — он хоть пьян, а не так далек от истины. Разлука разделяет не хуже смерти; представьте себе, что между Дантесом и Мерседес выросла тюремная стена; она разлучит их точно так же, как могильный камень.

— Да, но из тюрьмы выходят, — сказал Кадрусс, который, напрягая остатки соображения, цеплялся за разговор, — а когда человек выходит из тюрьмы и когда он зовется Эдмон Дантес, то он мстит.

— Пусть! — прошептал Фернан.

— Притом же, — заметил Кадрусс, — за что сажать Дантеса в тюрьму? Он не украл, не убил, не зарезал...

— Замолчи! — прервал его Данглар.

— Не желаю молчать! — сказал Кадрусс. — Я желаю, чтобы мне сказали, за что сажать Дантеса в тюрьму. Я люблю Дантеса. За твое здоровье, Дантес! — И он осушил еще стакан вина.

Данглар посмотрел в окончательно посоловевшие глаза портного и, повернувшись к Фернану, сказал:

— Теперь вы понимаете, что нет нужды убивать его?

— Разумеется, не нужно, если только, как вы говорите, есть средство засадить Дантеса в тюрьму. Но где это средство?

— Если хорошенько поискать, так найдется, — сказал Данглар. — А впрочем, — продолжал он, — чего ради я путаюсь в это дело? Ведь меня оно не касается.

— Не знаю, касается ли оно вас, — вскричал Фернан, хватая его за руку, — но знаю, что у вас есть причины ненавидеть Дантеса. Кто сам ненавидит, тот не ошибается и в чужом чувстве.

— У меня причины ненавидеть Дантеса? Никаких, даю вам слово. Я видел, что вы несчастны, и ваше горе возбудило во мне участие, вот и все. Но если вы думаете, что я стараюсь для себя, тогда прощайте, любезный друг, выпутывайтесь из беды как знаете.

Данглар сделал вид, что хочет встать.

— Нет, останьтесь! — сказал Фернан, удерживая его. — Не все ли мне равно в конце концов, ненавидите вы Дантеса или нет. Я его ненавижу и не скрываю этого. Найдите средство, и я все исполню; только не смерть, потому что Мерседес сказала, что она умрет, если убьют Дантеса.

Кадрусс, опустивший голову на стол, поднял ее и посмотрел тяжелым и бессмысленным взглядом на Фернана и Данглара.

— Убьют Дантеса! — сказал он. — Кто собирается убить Дантеса? Не желаю, чтобы его убивали. Он мне друг, еще сегодня утром он предлагал поделиться со мной деньгами, как поделился с ним я. Не желаю, чтобы убивали Дантеса!

— Да кто тебе говорит, что его хотят убить, дурак! — прервал Данглар — Мы просто шутим. Выпей за его здоровье, — продолжал он, наполняя стакан Кадрусса, — и оставь нас в покое.

— Да, да, за здоровье Дантеса! — сказал Кадрусс, выпивая вино. — За его здоровье!.. За его здоровье!.. Вот!..

— Но… средство?.. средство? — спрашивал Фернан.

— Так вы еще не нашли его?

— Нет, ведь вы взялись сами…

— Это правда, — сказал Данглар. — У французов перед испанцами то преимущество, что испанцы обдумывают, а французы придумывают.

— Ну так придумайте! — нетерпеливо крикнул Фернан.

— Человек! — крикнул Данглар. — Перо, чернил и бумаги!

— Перо, чернил и бумаги? — пробормотал Фернан.

— Да, я бухгалтер: перо, чернила и бумага — мои орудия, без них я ничего не могу сделать.

— Перо, чернил и бумаги! — крикнул, в свою очередь, Фернан.

— На том столе, — сказал трактирный слуга, указывая рукой.

— Так подайте сюда.

Слуга взял перо, чернила и бумагу и принес их в беседку.

— Как подумаешь, — сказал Кадрусс, ударяя рукой по бумаге, — что вот этим вернее можно убить человека, чем подкараулив его на опушке леса! Недаром я пера, чернил и бумаги всегда боялся больше, чем шпаги или пистолета.

— Этот шут не так еще пьян, как кажется, — заметил Данглар. — Подлейте ему, Фернан.

Фернан наполнил стакан Кадрусса, и тот, как истый пьяница, отнял руку от бумаги и протянул ее к стакану.

Каталанец подождал, пока Кадрусс, почти сраженный этим новым залпом, не поставил или, вернее, не уронил стакан на стол.

— Итак? — сказал каталанец, видя, что последние остатки рассудка Кадрусса утонули в этом стакане.

— Итак, — продолжал Данглар, — если бы, например, после такого плавания, какое совершил Дантес, заходивший в Неаполь и на остров Эльба, кто-нибудь донес на него королевскому прокурору, что он бонапартистский агент…

— Я донесу! — живо вскричал каталанец.

— Да, но вам придется подписать донос, вас поставят на очную ставку с тем, на кого вы донесли. Я, разумеется, снабжу вас всем необходимым, чтобы поддерживать обвинение, но Дантес не вечно будет в тюрьме. Когда-нибудь он выйдет оттуда, и тогда горе тому, кто его засадил!

— Мне только и нужно, чтобы он затеял со мною ссору.

— А Мерседес? Мерседес, которая возненавидит вас, если вы хоть пальцем тронете ее возлюбленного Эдмона!

— Это верно, — сказал Фернан.

— Нет, нет, — продолжал Данглар, — если уж решаться на такой поступок, то лучше всего просто взять перо, вот так, обмакнуть его в чернила и написать левой рукой, чтобы не узнали почерка, маленький доносец следующего содержания.

И Данглар, дополняя наставление примером, написал левой рукой косыми буквами, которые не имели ничего общего с его обычным почерком, следующий документ, который и передал

Фернану.

Фернан прочел вполголоса:

— «Приверженец престола и веры уведомляет господина королевского прокурора о том, что Эдмон Дантес, помощник капитана на корабле „Фараон", прибывшем сегодня из Смирны с заходом в Неаполь и Порто-Феррайо, имел от Мюрата письмо к узурпатору, а от узурпатора письмо к бонапартистскому комитету в Париже.

Если он будет задержан, уличающее его письмо будет найдено при нем, или у его отца, или в его каюте на «Фараоне».

— Ну вот, — сказал Данглар, — это похоже на дело, потому что такой донос никак не мог бы обернуться против вас самих, и все пошло бы само собой. Оставалось бы только сложить письмо вот так и надписать: «Господину королевскому прокурору». И все было бы кончено. — И Данглар, посмеиваясь, написал адрес.

— Да, все было бы кончено, — закричал Кадрусс, который, собрав последние остатки рассудка, следил за чтением письма и инстинктивно чувствовал, какие страшные последствия мог иметь подобный донос, — да, все было бы кончено, но это было бы подло! — И он протянул руку, чтобы взять письмо.

— Именно потому, — отвечал Данглар, отодвигая от него письмо, — все, что я говорю, и все, что я делаю, это только шутка, и я первый был бы весьма огорчен, если бы что-нибудь случилось с нашим славным Дантесом. Посмотри!

Он взял письмо, скомкал его и бросил в угол беседки.

— Вот это дело! — сказал Кадрусс. — Дантес — мой друг, и я не хочу, чтобы ему вредили.

— Да кто же думает ему вредить! Уж верно, не я и не Фернан! — сказал Данглар, вставая и посматривая на каталанца, который искоса поглядывал на бумагу, брошенную в угол.

— В таком случае, — продолжал Кадрусс, — еще вина! Я хочу выпить за здоровье Эдмона и прекрасной Мерседес.

— Ты и так уж слишком много пил, бражник, — сказал Данглар, — и если еще выпьешь, то тебе придется заночевать здесь, потому что ты не сможешь держаться на ногах.

— Я? — с пьяным хвастовством сказал Кадрусс, поднимаясь. — Я не могу держаться на ногах? Бьюсь об заклад, что взберусь на Аккульскую колокольню и даже не покачнусь.

— Хорошо, — прервал Данглар, — побьемся об заклад, но только завтра. А сегодня пора домой. Дай мне руку и пойдем.

— Пойдем, — отвечал Кадрусс, — но мне не требуется твоей руки. А ты идешь, Фернан? Идешь с нами в Марсель?

— Нет, — сказал Фернан, — я пойду домой, в Каталаны.

— Напрасно; пойдем с нами в Марсель, пойдем.

— Мне незачем в Марсель, я не хочу туда.

— Как ты сказал? Не хочешь?.. Ну ладно, как хочешь! Вольному воля… Пойдем, Данглар, а этот господин пусть идет в Каталаны, если ему угодно.

Данглар воспользовался уступчивостью Кадрусса и повел его по марсельской дороге. Но только, чтобы оставить Фернану более короткий и удобный путь, он пошел не вдоль набережной Рив-Нев, а к воротам Сен-Виктор. Кадрусс, шатаясь, следовал за ним, повиснув у него на руке.

Пройдя шагов двадцать, Данглар обернулся и увидел, как Фернан бросился к измятому письму, схватил его и, выскочив из беседки, побежал к городу.

— Что же он делает? — сказал Кадрусс. — Он соврал: сказал, что пойдет в Каталаны, а сам идет в город. Эй, Фернан! Ты не туда идешь, приятель!

– Это у тебя в глазах мутится, – прервал Данглар, – он идет прямо к Старой Больнице.

– Правда? – сказал Кадрусс. – А я бы поклялся, что он свернул направо… Верно говорят, что вино – предатель.

– Дело как будто на мази, – прошептал Данглар, – теперь уж оно пойдет само собой.

V. Обручение

На следующий день утро выдалось теплое и ясное. Солнце встало яркое и сверкающее, и его первые пурпурные лучи расцветили рубинами пенистые гребни волн.

Пир был приготовлен во втором этаже того самого «Резерва», с беседкой которого мы уже знакомы. Это была большая зала, в шесть окон, и над каждым окном (бог весть почему) было начертано имя одного из крупнейших французских городов.

Вдоль этих окон шла галерея, деревянная, как и все здание.

Хотя обед назначен был только в полдень, однако уже с одиннадцати часов по галерее прогуливались нетерпеливые гости. То были моряки с «Фараона» и несколько солдат, приятелей Дантеса. Все они из уважения к жениху и невесте нарядились в парадное платье.

Среди гостей пронесся слух, что свадебный пир почтят своим присутствием хозяева «Фараона», но это была такая честь для Дантеса, что никто не решался поверить.

Однако Данглар, придя вместе с Кадруссом, в свою очередь, подтвердил это известие. Утром он сам видел г-на Морреля, и г-н Моррель сказал ему, что будет обедать в «Резерве».

И в самом деле через несколько минут в залу вошел Моррель. Матросы приветствовали его дружными рукоплесканиями. Присутствие арматора служило для них подтверждением уже распространившегося слуха, что Дантес будет назначен капитаном. Они очень любили Дантеса и выражали благодарность своему хозяину за то, что хоть раз его выбор совпал с их желаниями. Едва г-н Моррель вошел, как, по единодушному требованию, Данглара и Кадрусса послали к жениху с поручением известить его о прибытии арматора, появление которого возбудило всеобщую радость, и сказать ему, чтобы он поторопился.

Данглар и Кадрусс пустились бегом, но не пробежали и ста шагов, как встретили жениха и невесту.

Четыре каталанки, подруги Мерседес, провожали невесту; Эдмон вел ее под руку. Рядом с невестой шел старик Дантес, а сзади Фернан. Злобная улыбка кривила его губы.

Ни Мерседес, ни Эдмон не замечали этой улыбки. Они были так счастливы, что видели только себя и безоблачное небо, которое, казалось, благословляло их.

Данглар и Кадрусс исполнили возложенное на них поручение; потом, крепко и дружески пожав руку Эдмону, заняли свои места – Данглар рядом с Фернаном, а Кадрусс рядом со стариком Дантесом, предметом всеобщего внимания.

Старик надел свой шелковый кафтан с гранеными стальными пуговицами. Его худые, но мускулистые ноги красовались в великолепных бумажных чулках с мушками, которые за версту отдавали английской контрабандой. На треугольной шляпе висел пук белых и голубых лент. Он опирался на витую палку, загнутую наверху, как античный посох. Словом, он ничем не отличался от щеголей 1796 года, прохаживавшихся во вновь открытых садах Люксембургского и Тюильрийского дворцов.

К нему, как мы уже сказали, присоединился Кадрусс, Кадрусс, которого надежда на хороший обед окончательно примирила с

Дантесами, Кадрусс, у которого в уме осталось смутное воспоминание о том, что происходило накануне, как бывает, когда, проснувшись утром, сохраняешь в памяти тень сна, виденного ночью.

Данглар, подойдя к Фернану, пристально взглянул на обиженного поклонника. Фернан, шагая за будущими супругами, совершенно забытый Мерседес, которая в упоении юной любви, ничего не видела, кроме своего Эдмона, – то бледнел, то краснел. Время от времени он посматривал в сторону Марселя и при этом всякий раз невольно вздрагивал. Казалось, Фернан ожидал или по крайней мере предвидел какое-то важное событие.

Дантес был одет просто. Служа в торговом флоте, он носил форму, среднюю между военным мундиром и штатским платьем, и его открытое лицо, просветленное радостью, было очень красиво.

Мерседес была хороша, как кипрская или хиосская гречанка, с черными глазами и коралловыми губками. Она шла шагом вольным и свободным, как ходят арлезианки и андалузки. Городская девушка попыталась бы, может быть, скрыть свою радость под вуалью или по крайней мере под бархатом ресниц, но Мерседес улыбалась и смотрела на всех окружавших, и ее улыбка и взгляд говорили так же откровенно, как могли бы сказать уста: «Если вы друзья мне, то радуйтесь со мною, потому что я поистине очень счастлива!»

Когда жених, невеста и провожатые подошли к «Резерву», г-н Моррель пошел к ним навстречу, окруженный матросами и солдатами, которым он повторил обещание, данное Дантесу, что он будет назначен капитаном на место покойного Леклера. Увидев его, Дантес выпустил руку Мерседес и уступил место г-ну Моррелю. Арматор и невеста, подавая пример гостям, взошли по лестнице в столовую, и еще добрых пять минут деревянные ступени скрипели под тяжелыми шагами гостей.

– Батюшка, – сказала Мерседес, остановившись у середины стола, – садитесь по правую руку от меня, прошу вас, а по левую я посажу того, кто заменил мне брата, – прибавила она с лаской в голосе, которая кинжалом ударила Фернана в самое сердце. Губы его посинели, и видно было, как под загорелой кожей вся кровь, приливая к сердцу, отхлынула от лица.

Дантес возле себя посадил г-на Морреля и Данглара: первого по правую, второго по левую сторону; потом сделал знак рукой, приглашая остальных рассаживаться, как им угодно.

Уже путешествовали вокруг стола румяные и пахучие аральские колбасы, лангусты в ослепительных латах, венерки с розоватой раковиной, морские ежи, напоминающие каштаны с их колючей оболочкой, кловиссы, с успехом заменяющие южным гастрономам северные устрицы; словом, все те изысканные лакомства, которые волна выносит на песчаный берег и которые благодарные рыбаки называют общим именем «морские плоды».

– Какая тишина! – сказал старик Дантес, прихлебывая желтое, как топаз, вино, принесенное и поставленное перед Мерседес самим хозяином. – Кто бы сказал, что здесь тридцать человек, которые только и ждут, чтобы побалагурить?

– Жених не всегда бывает весел, – заметил Кадрусс.

– Да, – подхватил Эдмон, – я слишком счастлив, чтобы быть веселым. Если вы это хотели сказать, сосед, то вы совершенно правы. Радость производит иногда странное действие, она гнетет, как печаль.

Данглар взглянул на Фернана, на лице которого отражалось каждое движение его души.

– Полноте! Или вы боитесь чего-нибудь? – спросил он. – Мне, напротив, кажется, что все ваши желания исполняются.

– Это-то и пугает меня, – отвечал Дантес. – Мне кажется, что человек не создан для такого легкого счастья! Счастье похоже на сказочные дворцы, двери которых стерегут драконы. Надобно бороться, чтобы овладеть ими, а я, право, не знаю, чем я заслужил счастье быть мужем Мерседес.

– Мужем!.. – сказал Кадрусс со смехом. – Нет еще, капитан; попробуй-ка разыгрывать мужа, так увидишь, как тебя примут.

Мерседес покраснела.

Фернан ерзал на стуле, вздрагивал при малейшем шуме и то и дело отирал пот, который выступал на его лбу, словно первые капли грозового дождя.

– Не стоит спорить из-за мелочей, сосед, – отвечал Эдмон Кадруссу, – Мерседес еще не жена мне, это верно...

Он посмотрел на часы.

– Но через полтора часа она ею будет!

Все вскрикнули от удивления, кроме старика Дантеса, который широко осклабился, показывая еще крепкие зубы. Мерседес улыбнулась, но уже не покраснела. Фернан судорожно схватился за ручку своего ножа.

– Через полтора часа! – сказал Данглар, тоже побледнев. – Как так?

– Да, друзья мои, – отвечал Дантес, – благодаря содействию господина Морреля, которому, после моего отца, я обязан больше всех на свете, все препятствия устранены. Мы сделали денежный взнос, чтобы обойтись без оглашения, и в половине третьего марсельский мэр ждет нас в ратуше. А так как уже пробило четверть второго, то едва ли я очень ошибусь, если скажу, что через час и тридцать минут Мерседес будет называться госпожою Дантес.

Фернан закрыл глаза: огненный туман обжег ему веки; он облокотился на стол, чтобы не упасть, и, несмотря на все свои усилия, не мог удержать стона, который потонул в хохоте и шумных возгласах гостей.

– Вот это дело, как вы находите? – сказал старик Дантес. – Это называется не терять времени! Вчера утром приехал. Сегодня в три часа женат! Только моряки так умеют!

– Но разные формальности, – нерешительно вставил Данглар, – контракт, бумаги?..

– Контракт! – сказал Дантес смеясь. – Контракт готов. У Мерседес ничего нет, у меня тоже! Все у нас общее... Это недолго было написать, да и стоит недорого.

Эта шутка вызвала новый взрыв хохота и рукоплесканий.

– Значит, мы присутствуем не на обручении, – сказал Данглар, – а попросту на свадьбе.

– Нет, – возразил Эдмон, – вы ничего не потеряете, будьте спокойны. Завтра утром я еду в Париж. Четыре дня туда, четыре дня обратно, один день на выполнение данного мне поручения, и девятого марта я буду здесь, а десятого числа будет настоящий свадебный пир.

Надежда на новое пиршество удвоила общую веселость, так что старик Дантес, который в начале обеда жаловался на тишину, теперь среди общего шума тщетно пытался предложить тост за счастье будущих супругов.

Дантес угадал мысль отца и отвечал ему улыбкой, полной любви. Мерседес посмотрела на стенные часы и кивнула Эдмону.

За столом царило то шумное и непринужденное веселье, которое всегда сопровождает конец обеда у простых людей. Недовольные своими местами встали из-за стола и подсели к другим, более приятным собеседникам. Все говорили зараз, никто не отвечал на вопросы, каждый был занят только своими собственными мыслями.

Данглар был почти так же бледен, как Фернан; что же касается последнего, то он еле дышал и казался грешником, погруженным в огненное озеро. Он встал одним из первых и прохаживался по зале, напрягая слух среди гула голосов и стука стаканов.

Кадрусс подошел к Фернану, и тотчас же к ним присоединился Данглар, которого Фернан, казалось, избегал.

— Что верно, то верно, — сказал Кадрусс, в котором радушие Эдмона и доброе вино старика Памфила окончательно заглушили зависть, зародившуюся в его душе при виде неожиданного счастья Дантеса. — Дантес — славный малый; гляжу я на него, как он сидит со своей невестой, и думаю: нехорошо было бы сыграть с ним ту скверную штуку, которую вы вчера задумали.

— Да ведь ты видел, что мы не дали ей ходу, — сказал Данглар. — Бедный Фернан был в таком отчаянии, что сначала мне стало жаль его; но раз он примирился со своим горем, даже согласился быть шафером у своего соперника, так и говорить больше нечего.

Кадрусс взглянул на Фернана. Тот был мертвенно-бледен.

— Жертва тем более велика, что невеста в самом деле красавица, — продолжал Данглар. — Черт возьми! Мой будущий капитан — счастливчик! Хотел бы я зваться Дантесом хоть один денек.

— Идем? — раздался нежный голос Мерседес. — Вот уже бьет два часа, а нас ждут в четверть третьего.

— Да, да, идем, — сказал Дантес, быстро вставая.

— Идем! — хором подхватили гости.

В ту же минуту Данглар, который пристально следил за Фернаном, сидевшим на подоконнике, увидел, что тот дико вытаращил глаза, привскочил и снова сел на подоконник. Снаружи донесся неясный шум; стук тяжелых шагов, невнятные голоса и бряцание оружия заглушили веселый говор гостей, который сразу сменился тревожным молчанием.

Шум приближался; в дверь три раза ударили. Гости с изумлением переглянулись.

— Именем закона! — раздался громкий голос; никто не ответил.

Тотчас дверь отворилась, и полицейский комиссар, опоясанный шарфом, вошел в залу в сопровождении четырех вооруженных солдат и капрала.

Тревога сменилась ужасом.

— В чем дело? — спросил арматор, подходя к комиссару, с которым был знаком. — Это, наверное, недоразумение.

— Если это недоразумение, господин Моррель, — отвечал комиссар, — то можете быть уверены, что оно быстро разъяснится, а пока у меня есть приказ об аресте, и хоть я с сожалением исполняю этот долг, я все же должен его исполнить. Кто из вас, господа, Эдмон Дантес?

Все взгляды обратились на Эдмона, который в сильном волнении, но сохраняя достоинство, выступил вперед и сказал:

— Я. Что вам угодно?

— Эдмон Дантес, — сказал комиссар, — именем закона я вас арестую!

— Арестуете? — переспросил Эдмон, слегка побледнев. — За что вы меня арестуете?

— Не знаю, но на первом допросе вы все узнаете.

Моррель понял, что делать нечего: комиссар, опоясанный шарфом, — не человек; это статуя, воплощающая закон, холодная, глухая, безмолвная.

Но старик Дантес бросился к комиссару; есть вещи, которые сердце отца или матери понять не может. Он просил, умолял. Слезы и мольбы были напрасны. Но отчаяние его было так велико, что комиссар почувствовал сострадание.

— Успокойтесь, сударь! — сказал он. — Может быть, ваш сын не исполнил каких-нибудь карантинных или таможенных предписаний, и, когда он даст нужные разъяснения, его, вероятно, тотчас же освободят.

— Что это значит? — спросил, нахмурив брови, Кадрусс у Данглара, который притворялся удивленным.

— Я почем знаю! — отвечал Данглар. — Я, как и ты, вижу, что делается, ничего не понимаю и дивлюсь.

Кадрусс искал глазами Фернана, но тот исчез. Тогда вся вчерашняя сцена представилась ему с ужасающей ясностью: разыгравшаяся трагедия словно сдернула покров, который вчерашнее опьянение набросило на его память.

— Уж не последствия ли это шутки, о которой вы говорили вчера? — сказал он хрипло. — В таком случае горе тому, кто ее затеял, — в ней веселого мало.

— Да нет же! — воскликнул Данглар. — Ведь ты знаешь, что я разорвал записку.

— Ты не разорвал ее, — сказал Кадрусс, — а бросил в угол, только и всего.

— Молчи, ты ничего не видел, ты был пьян.

— Где Фернан? — спросил Кадрусс.

— Почему я знаю? — отвечал Данглар. — Верно, ушел по своим делам. Но чем заниматься пустяками, пойдем лучше поможем несчастному старику.

Дантес уже успел с улыбкой подать руки всем своим друзьям и отдался в руки солдат.

— Будьте спокойны, ошибка объяснится, и, вероятно, я даже не дойду до тюрьмы, — сказал он.

— О, разумеется, я готов поручиться! — подхватил подошедший Данглар.

Дантес спустился с лестницы. Впереди него шел комиссар, по бокам — солдаты. Карета с раскрытой дверцей ждала у порога. Дантес сел, с ним сели комиссар и два солдата. Дверца захлопнулась, и карета покатила в Марсель.

— Прощай, Дантес! Прощай, Эдмон! — закричала Мерседес, выбегая на галерею.

Узник услышал этот последний крик, вырвавшийся словно рыдание, из растерзанного сердца его невесты, выглянул в окно кареты, крикнул: «До свидания, Мерседес!» — и исчез за углом форта Св. Николая.

— Подождите меня здесь, — сказал арматор, — я сяду в первую карету, какая мне встретится, съезжу в Марсель и вернусь к вам с известиями.

— Поезжайте, — закричали все в один голос, — поезжайте и возвращайтесь поскорее!

После этого двойного отъезда среди оставшихся несколько минут царило мрачное уныние.

Отец Эдмона и Мерседес долго стояли врозь, погруженные каждый в свою скорбь; наконец, глаза их встретились. Оба почувствовали, что они две жертвы, пораженные одним и тем же ударом, и бросились друг другу в объятия.

В это время в залу воротился Фернан, налил себе стакан воды, выпил и сел на стул.

Случайно на соседний стул опустилась Мерседес.

Фернан невольно отодвинул свой стул.

— Это он! — сказал Данглару Кадрусс, не спускавший глаз с каталанца.

— Не думаю, — отвечал Данглар, — он слишком глуп; во всяком случае, грех на том, кто это сделал.

— Ты забываешь о том, кто ему посоветовал, — сказал Кадрусс.

— Ну, знаешь! — ответил Данглар. — Если бы пришлось отвечать за все то, что говоришь на ветер!

— Должен отвечать, когда то, что говоришь на ветер, падает другому на голову!

Между тем гости на все лады истолковывали арест Дантеса.

— А вы, Данглар, — спросил чей-то голос, — что думаете об этом?

— Я думаю, — отвечал Данглар, — не провез ли он каких-нибудь запрещенных товаров.

— Но вы, Данглар, как бухгалтер, должны были бы знать об этом.

— Да, конечно, но бухгалтер знает только то, что ему предъявляют. Я знаю, что мы привезли хлопчатую бумагу, вот и все; что мы взяли груз в Александрии у Пастре и в Смирне у Паскаля; больше у меня ничего не спрашивайте.

— О! Теперь я вспоминаю, — прошептал несчастный отец, цепляясь за последнюю надежду. — Он говорил мне вчера, что привез для меня ящик кофе и ящик табаку.

— Вот видите, — сказал Данглар, — так и есть! В наше отсутствие таможенники обыскали «Фараон» и нашли контрабанду.

Мерседес этому не верила. Долго сдерживаемое горе вдруг вырвалось наружу, и она разразилась рыданиями.

— Полно, полно, будем надеяться, — сказал старик, сам не зная, что говорит.

— Будем надеяться! — повторил Данглар.

«Будем надеяться!» — хотел сказать Фернан, но слова застряли у него в горле, только губы беззвучно шевелились.

— Господа! — закричал один из гостей, сторожививший на галерее. — Господа, карета! Моррель! Он, наверное, везет нам добрые вести!

Мерседес и старик отец бросились навстречу арматору. Они столкнулись в дверях. Моррель был очень бледен.

— Ну что? — спросили они в один голос.

— Друзья мои! — отвечал арматор, качая головой. — Дело оказалось гораздо серьезнее, чем мы думали.

— О, господин Моррель! — вскричала Мерседес. — Он невиновен!

— Я в этом убежден, — отвечал Моррель, — но его обвиняют...

— В чем же? — спросил старик Дантес.

— В том, что он бонапартистский агент.

Те из читателей, которые жили в эпоху, к которой относится мой рассказ, помнят, какое это было страшное обвинение.

Мерседес вскрикнула; старик упал на стул.

— Все-таки, — прошептал Кадрусс, — вы меня обманули, Данглар, и шутка сыграна; но я не хочу, чтобы бедный старик и невеста умерли с горя, я сейчас же расскажу им все.

— Молчи, несчастный! — крикнул Данглар, хватая его за руку. — Молчи, если тебе дорога жизнь. Кто тебе сказал, что Дантес не виновен? Корабль заходил на остров Эльба, Дантес сходил на берег, пробыл целый день в Порто-Феррайо. Что, если при нем найдут какое-нибудь уличающее письмо? Тогда всех, кто за него заступится, обвинят в сообщничестве.

Кадрусс, с присущим эгоизму чутьем, сразу понял всю вескость этих доводов; он посмотрел на Данглара растерянным взглядом и, вместо того чтобы сделать шаг вперед, отскочил на два шага назад.

— Если так, подождем, — прошептал он.

— Да, подождем, — сказал Данглар. — Если он невиновен, его освободят; если виновен, то не стоит подвергать себя опасности ради заговорщика.

— Тогда уйдем, я больше не в силах оставаться здесь.

— Пожалуй, пойдем, — сказал Данглар, обрадовавшись, что ему есть с кем уйти. — Пойдем, и пусть они делают как знают...

Все разошлись. Фернан, оставшись опять единственной опорой Мерседес, взял ее за руку и отвел в Каталаны. Друзья Дантеса, со своей стороны, отвели домой, на Мельянские аллеи, обессилевшего старика.

Вскоре слух об аресте Дантеса как бонапартистского агента разнесся по всему городу.

– Кто бы мог подумать, Данглар? – сказал Моррель, нагнав своего бухгалтера и Кадрусса. Он спешил в город за новостями о Дантесе, надеясь на свое знакомство с помощником королевского прокурора, г-ном де Вильфором. – Кто бы мог подумать?

– Что вы хотите, сударь, – отвечал Данглар. – Я же говорил вам, что Дантес без всякой причины останавливался у острова Эльба; эта остановка показалась мне подозрительной.

– А вы рассказывали о ваших подозрениях кому-нибудь, кроме меня?

– Как можно, – прибавил Данглар вполголоса. – Вы сами знаете, что из-за вашего дядюшки, господина Поликара Морреля, который служил при *том* и не скрывает своих мыслей, и вас подозревают, что вы жалеете о Наполеоне… Я побоялся бы повредить Эдмону, а также и вам. Есть вещи, которые подчиненный обязан сообщать своему хозяину и строго хранить в тайне от всех других.

– Правильно, Данглар, правильно, вы честный малый! Зато я уже позаботился о вас на случай, если бы этот бедный Дантес занял место капитана на «Фараоне».

– Как так?

– Да, я заранее спросил Дантеса, что он думает о вас и согласен ли оставить вас на прежнем месте; не знаю почему, но мне казалось, что между вами холодок.

– И что же он вам ответил?

– Что был такой случай – он не сказал, какой именно, – когда он действительно в чем-то провинился перед вами, но что он всегда готов доверять тому, кому доверяет его арматор.

– Притворщик! – прошептал Данглар.

– Бедный Дантес! – сказал Кадрусс. – Он был такой славный!

– Да, но пока что «Фараон» без капитана, – сказал Моррель.

– Раз мы выйдем в море не раньше чем через три месяца, – сказал Данглар, – то можно надеяться, что за это время Эдмона освободят.

– Конечно, но до тех пор?

– А до тех пор, господин Моррель, я к вашим услугам, – сказал Данглар. – Вы знаете, что я умею управлять кораблем не хуже любого капитана дальнего плавания; вам даже выгодно будет взять меня, потому что, когда Эдмон выйдет из тюрьмы, вам некого будет и благодарить. Он займет свое место, а я – свое, только и всего.

– Благодарю вас, Данглар, – сказал арматор, – это действительно выход. Итак, примите командование, я вас уполномочиваю, и наблюдайте за разгрузкой, дело не должно страдать, какое бы несчастье ни постигало отдельных людей.

– Будьте спокойны, господин Моррель; но нельзя ли будет хоть навестить бедного Эдмона?

– Я это сейчас узнаю; я попытаюсь увидеться с господином де Вильфором и замолвить ему словечко за арестованного. Знаю, что он отъявленный роялист, но хоть он роялист и королевский прокурор, однако ж все-таки человек, и притом, кажется, не злой.

– Нет, не злой, но я слышал, что он честолюбив, а это почти одно и то же.

– Словом, увидим, – сказал Моррель со вздохом. – Ступайте на борт, я скоро буду. – И он направился к зданию суда.

– Видишь, какой оборот принимает дело? – сказал Данглар

Кадруссу. – Тебе все еще охота заступаться за Дантеса?

– Разумеется, нет, но все-таки ужасно, что шутка могла иметь такие последствия.

– Кто шутил? Не ты и не я, а Фернан. Ты же знаешь, что я бросил записку; кажется, даже разорвал ее.

– Нет, нет! – вскричал Кадрусс. – Я как сейчас вижу ее в углу беседки, измятую, скомканную, и очень желал бы, чтобы она была там, где я ее вижу!

– Что ж делать? Верно, Фернан поднял ее, переписал или велел переписать, а то, может быть, даже и не взял на себя этого труда... Боже мой! Что, если он послал мою же записку! Хорошо, что я изменил почерк.

– Так ты знал, что Дантес – заговорщик?

– Я ровно ничего не знал. Я тебе уже говорил, что хотел пошутить, и только. По-видимому, я, как арлекин, шутя, сказал правду.

– Все равно, – продолжал Кадрусс, – я дорого бы дал, чтобы всего этого не было или по крайней мере чтобы я не был в это дело замешан. Ты увидишь, оно принесет нам несчастье, Данглар.

– Если оно должно принести кому-нибудь несчастье, так только настоящему виновнику, а настоящий виновник – Фернан, а не мы. Какое несчастье может случиться с нами? Нам нужно только сидеть спокойно, ни слова не говорить, и гроза пройдет без грома.

– Аминь, – сказал Кадрусс, кивнув Данглару, и направился к Мельянским аллеям, качая головой и бормоча себе под нос, как делают сильно озабоченные люди.

«Так, – подумал Данглар, – дело принимает оборот, какой я предвидел; вот я капитан, пока на время, а если этот дурак Кадрусс сумеет молчать, то и навсегда. Остается только тот случай, если правосудие выпустит Дантеса из своих когтей... Но правосудие есть правосудие, – улыбнулся он, – я вполне на него могу положиться».

Он прыгнул в лодку и велел грести к «Фараону», где арматор, как мы помним, назначил ему свидание.

VI. Помощник королевского прокурора

В тот же самый день, в тот же самый час на улице Гран-Кур, против фонтана Медуз, в одном из старых аристократических домов, выстроенных архитектором Пюже, тоже праздновали обручение.

Но герои этого празднества были не простые люди, не матросы и солдаты, они принадлежали к высшему марсельскому обществу. Это были старые сановники, вышедшие в отставку при узурпаторе; военные, бежавшие из французской армии в армию Конде; молодые люди, которых родители – все еще не уверенные в их безопасности, хотя уже поставили за них по четыре или по пять рекрутов, – воспитали в ненависти к тому, кого пять лет изгнания должны были превратить в мученика, а пятнадцать лет Реставрации – в бога.

Все сидели за столом, и разговор кипел всеми страстями того времени, страстями особенно неистовыми и ожесточенными, потому что на юге Франции уже пятьсот лет политическая вражда усугубляется враждой религиозной.

Император, ставший королем острова Эльба, после того как он был властителем целого материка, и правящий населением в пять-шесть тысяч душ, после того как сто двадцать миллионов подданных на десяти языках кричали ему: «Да здравствует Наполеон!» – казался всем участникам пира человеком, навсегда потерянным для Франции и престола. Сановники вспоминали его политические ошибки, военные рассуждали о Москве и Лейпциге, женщины – о разводе с Жозефиной. Этому роялистскому сборищу, которое радовалось – не падению человека, а уничтожению принципа, – казалось, что для него начинается новая жизнь, что оно очнулось от мучительного кошмара.

Осанистый старик, с орденом св. Людовика на груди, встал и предложил своим гостям выпить за короля Людовика XVIII. То был маркиз де Сен-Меран.

Этот тост в честь гартвельского изгнанника и короля – умиротворителя Франции был встречен громкими кликами; по английскому обычаю, все подняли бокалы; женщины откололи свои букеты и усеяли ими скатерть. В этом едином порыве была почти поэзия.

– Они признали бы, – сказала маркиза де Сен-Меран, женщина с сухим взглядом, тонкими губами, аристократическими манерами, еще изящная, несмотря на свои пятьдесят лет, – они признали бы, будь они здесь, все эти революционеры, которые нас выгнали и которым мы даем спокойно злоумышлять против нас в наших старинных замках, купленных ими за кусок хлеба во времена Террора, – они признали бы, что истинное самоотвержение было на нашей стороне, потому что мы остались верны рушившейся монархии, а они, напротив, приветствовали восходившее солнце и наживали состояния, в то время как мы разорялись. Они признали бы, что наш король поистине был Людовик Возлюбленный, а их узурпатор всегда оставался Наполеоном Проклятым; правда, де Вильфор?

– Что прикажете, маркиза?.. Простите, я не слушал.

– Оставьте детей, маркиза, – сказал старик, предложивший тост. – Сегодня их помолвка, и им, конечно, не до политики.

– Простите, мама, – сказала молодая и красивая девушка, белокурая, с бархатными глазами, подернутыми влагой, – это я завладела господином де Вильфором. Господин де Вильфор, мама хочет говорить с вами.

– Я готов отвечать маркизе, если ей будет угодно повторить вопрос, которого я не расслышал, – сказал г-н де Вильфор.

– Я прощаю тебе, Рене, – сказала маркиза с нежной улыбкой, которую странно было видеть на этом холодном лице; но сердце женщины так уж создано, что, как бы ни было оно иссушено предрассудками и требованиями этикета, в нем всегда остается плодоносный и живой уголок, – тот, в который бог заключил материнскую любовь. – Я говорила, Вильфор, что у бонапартистов нет ни нашей веры, ни нашей преданности, ни нашего самоотвержения.

– Сударыня, у них есть одно качество, заменяющее все наши, – это фанатизм. Наполеон – Магомет Запада; для всех этих людей низкого происхождения, но необыкновенно честолюбивых он не только законодатель и владыка, но еще символ – символ равенства.

– Равенства! – воскликнула маркиза. – Наполеон – символ равенства? А что же тогда господин де Робеспьер? Мне кажется, вы похищаете его место и отдаете корсиканцу; казалось бы, довольно и одной узурпации.

– Нет, сударыня, – возразил Вильфор, – я оставляю каждого на его пьедестале: Робеспьера – на площади Людовика Пятнадцатого, на эшафоте; Наполеона – на Вандомской площади, на его колонне. Но только один вводил равенство, которое принижает, а другой – равенство, которое возвышает; один низвел королей до уровня гильотины, другой возвысил народ до уровня трона. Это не мешает тому, – прибавил Вильфор, смеясь, – что оба они – гнусные революционеры и что девятое термидора и четвертое апреля тысяча восемьсот четырнадцатого года – два счастливых дня для Франции, которые одинаково должны праздновать друзья порядка и монархии;

но этим объясняется также, почему Наполеон, даже поверженный – и, надеюсь, навсегда, – сохранил ревностных сторонников. Что вы хотите, маркиза? Кромвель был только половиной Наполеона, а и то имел их!

– Знаете, Вильфор, все это за версту отдает революцией. Но я вам прощаю – ведь нельзя же быть сыном жирондиста и не сохранить революционный душок.

Краска выступила на лице Вильфора.

– Мой отец был жирондист, это правда; но мой отец не голосовал за смерть короля; он подвергался гонениям в дни Террора, как и вы, и чуть не сложил голову на том самом эшафоте, на котором скатилась голова вашего отца.

– Да, – отвечала маркиза, на лице которой ничем не отразилось это кровавое воспоминание, – только они взошли бы на эшафот ради диаметрально противоположных принципов, и вот вам доказательство: все наше семейство сохранило верность изгнанным Бурбонам, а ваш отец тотчас же примкнул к новому правительству; гражданин Нуартье был жирондистом, а граф Нуартье стал сенатором.

– Мама, – сказала Рене, – вы помните наше условие: никогда не возвращаться к этим мрачным воспоминаниям.

– Сударыня, – сказал Вильфор, – я присоединяюсь к мадемуазель де Сен-Меран и вместе с нею покорнейше прошу вас забыть о прошлом. К чему осуждать то, перед чем даже божья воля бессильна? Бог властен преобразить будущее; в прошлом он ничего не может изменить. Мы можем если не отречься от прошлого, то хотя бы набросить на него покров. Я, например, отказался не только от убеждений моего отца, но даже от его имени. Отец мой был или, может статься, и теперь еще бонапартист и зовется Нуартье; я – роялист и зовусь де Вильфор. Пусть высыхают на старом дубе революционные соки; вы смотрите только на ветвь, которая отделилась от него и не может, да, пожалуй, и не хочет оторваться от него совсем.

– Браво, Вильфор! – вскричал маркиз. – Браво! Хорошо сказано! Я тоже всегда убеждал маркизу забыть о прошлом, но без успеха; вы будете счастливее, надеюсь.

– Хорошо, – сказала маркиза, – забудем о прошлом, я сама этого хочу; но зато Вильфор должен быть непреклонен в будущем. Не забудьте, Вильфор, что мы поручились за вас перед его величеством, что его величество согласился забыть, по нашему ручательству, – она протянула ему руку, – как и я забываю, по вашей просьбе. Но если вам попадет в руки какой-нибудь заговорщик, помните: за вами тем строже следят, что вы принадлежите к семье, которая, быть может, сама находится в сношениях с заговорщиками.

– Увы, сударыня, – отвечал Вильфор, – моя должность и особенно время, в которое мы живем, обязывают меня быть строгим. И я буду строг. Мне уже несколько раз случалось поддерживать обвинение по политическим делам, и в этом отношении я хорошо себя зарекомендовал. К сожалению, это еще не конец.

– Вы думаете? – спросила маркиза.

– Я этого опасаюсь. Остров Эльба – слишком близок к Франции. Присутствие Наполеона почти в виду наших берегов поддерживает надежду в его сторонниках. Марсель кишит военными, состоящими на половинном жалованье; они беспрестанно ищут повода для ссоры с роялистами. Отсюда – дуэли между светскими людьми, а среди простонародья – поножовщина.

– Да, – сказал граф де Сальвьё, старый друг маркиза де Сен-Мерана и камергер графа д'Артуа. – Но вы разве не знаете, что Священный Союз хочет переселить его?

– Да, об этом шла речь, когда мы уезжали из Парижа, – отвечал маркиз. – Но куда же его пошлют?

– На Святую Елену.

– На Святую Елену! Что это такое? – спросила маркиза.

– Остров, в двух тысячах миль отсюда, по ту сторону экватора, – отвечал граф.

– В добрый час! Вильфор прав, безумие оставлять такого человека между Корсикой, где он родился, Неаполем, где еще царствует его зять, и Италией, из которой он хотел сделать королевство для своего сына.

– К сожалению, – сказал Вильфор, – имеются договоры тысяча восемьсот четырнадцатого года, и нельзя тронуть Наполеона, не нарушив этих договоров.

– Так их нарушат! – сказал граф де Сальвьё. – Он не был особенно щепетилен, когда приказал расстрелять несчастного герцога Энгиенского.

– Отлично, – сказала маркиза, – решено: Священный Союз избавит Европу от Наполеона, а Вильфор избавит Марсель от его сторонников. Либо король царствует, либо нет; если он царствует, его правительство должно быть сильно и его исполнители – непоколебимы; только таким образом можно предотвратить зло.

– К сожалению, сударыня, – сказал Вильфор с улыбкой, – помощник королевского прокурора всегда видит зло, когда оно уже совершилось.

– Так он должен его исправить.

– Я мог бы сказать, сударыня, что мы не исправляем зло, а мстим за него, и только.

– Ах, господин де Вильфор, – сказала молоденькая и хорошенькая девица, дочь графа де Сальвьё, подруга мадемуазель де Сен-Меран, – постарайтесь устроить какой-нибудь интересный процесс, пока мы еще в Марселе. Я никогда не видала суда присяжных, а это, говорят, очень любопытно.

– Да, в самом деле очень любопытно, – отвечал помощник королевского прокурора. – Это уже не искусственная трагедия, а подлинная драма; не притворные страдания, а страдания настоящие. Человек, которого вы видите, по окончании спектакля идет не домой, ужинать со своим семейством и спокойно лечь спать, чтобы завтра начать сначала, а в тюрьму, где его ждет палач. Так что для нервных особ, ищущих сильных ощущений, не может быть лучшего зрелища. Будьте спокойны – если случай представится, я не премину воспользоваться им.

– От его слов нас бросает в дрожь… а он смеется! – сказала Рене, побледнев.

– Что прикажете?.. Это поединок… Я уже пять или шесть раз требовал смертной казни для подсудимых, политических и других… Кто знает, сколько сейчас во тьме точится кинжалов или сколько их уже обращено на меня!

– Боже мой! – вскричала Рене. – Неужели вы говорите серьезно, господин де Вильфор?

– Совершенно серьезно, – отвечал Вильфор с улыбкой. – И от этих занимательных процессов, которых графиня жаждет из любопытства, а я из честолюбия, опасность для меня только усилится. Разве эти наполеоновские солдаты, привыкшие слепо идти на врага, рассуждают, когда надо выпустить пулю или ударить штыком? Неужели у них дрогнет рука убить человека, которого они считают своим личным врагом, когда они, не задумываясь, убивают русского, австрийца или венгерца, которого они и в глаза не видали? К тому же опасность необходима; иначе наше ремесло не имело бы оправдания. Я сам воспламеняюсь, когда вижу в глазах обвиняемого вспышку ярости: это придает мне силы. Тут уже не тяжба, а битва; я борюсь с ним, он защищается, я наношу новый удар, и битва кончается, как всякая битва, победой или поражением. Вот что значит выступать в суде! Опасность порождает красноречие. Если бы обвиняемый улыбнулся мне после моей речи, то я решил бы, что говорил плохо, что слова мои были бледны, слабы, невыразительны. Представьте себе, какая гордость наполняет душу прокурора, убежденного в виновности подсудимого, когда он видит, что преступник бледнеет и склоняет голову под тяжестью улик и под разящими ударами его красноречия! Голова преступника склоняется и падает!

Рене тихо вскрикнула.

– Как говорит! – заметил один из гостей.

– Вот такие люди и нужны в наше время, – сказал другой.

– В последнем процессе, – подхватил третий, – вы были великолепны, Вильфор. Помните – негодяй, который зарезал своего отца? Вы буквально убили его, прежде чем до него дотронулся палач.

– О, отцеубийцы – этих мне не жаль. Для таких людей нет достаточно тяжкого наказания, – сказала Рене. – Но несчастные политические преступники...

– Они еще хуже, Рене, потому что король – отец народа и хотеть свергнуть или убить короля – значит хотеть убить отца тридцати двух миллионов людей.

– Все равно, господин де Вильфор, – сказала Рене. – Обещайте мне, что будете снисходительны к тем, за кого я буду просить вас...

– Будьте спокойны, – отвечал Вильфор с очаровательной улыбкой, – мы будем вместе писать обвинительные акты.

– Дорогая моя, – сказала маркиза, – занимайтесь своими колибри, собачками и тряпками и предоставьте вашему будущему мужу делать свое дело. Теперь оружие отдыхает и тога в почете; об этом есть прекрасное латинское изречение.

– Cedant arma togae,³ – сказал Вильфор.

– Я не решилась сказать по-латыни, – отвечала маркиза.

– Мне кажется, что мне было бы приятнее видеть вас врачом, – продолжала Рене. – Карающий ангел, хоть он и ангел, всегда страшил меня.

– Добрая моя Рене! – прошептал Вильфор, бросив на молодую девушку взгляд, полный любви.

– Господин де Вильфор, – сказал маркиз, – будет нравственным и политическим врачом нашей провинции; поверь мне, дочка, это почетная роль.

– И это поможет забыть роль, которую играл его отец, – вставила неисправимая маркиза.

– Сударыня, – отвечал Вильфор с грустной улыбкой, – я уже имел честь докладывать вам, что отец мой, как я по крайней мере надеюсь, отрекся от своих былых заблуждений, что он стал ревностным другом религии и порядка, лучшим роялистом, чем я, ибо он роялист по раскаянию, а я – только по страсти.

И Вильфор окинул взглядом присутствующих, как он это делал в суде после какой-нибудь великолепной тирады, проверяя действие своего красноречия на публику.

– Правильно, Вильфор, – сказал граф де Сальвьё, – эти же слова я сказал третьего дня в Тюильри министру двора, который выразил удивление по поводу брака между сыном жирондиста и дочерью офицера, служившего в армии Конде, и министр отлично понял меня. Сам король покровительствует этому способу объединения. Мы и не подозревали, что он слушает нас, а он вдруг вмешался в разговор и говорит: «Вильфор (заметьте, король не сказал Нуартье, а подчеркнул

---

³ Оружие да уступит тоге *(лат.)*.

имя Вильфор), Вильфор, – сказал король, – пойдет далеко; это молодой человек уже вполне сложившийся и принадлежит к моему миру. Я с удовольствием узнал, что маркиз и маркиза де Сен-Меран выдают за него свою дочь, и я сам посоветовал бы им этот брак, если бы они не явились первые ко мне просить позволения».

– Король это сказал, граф? – воскликнул восхищенный Вильфор.

– Передаю вам собственные его слова; и если маркиз захочет быть откровенным, то сознается, что эти же слова король сказал ему самому, когда он полгода назад сообщил королю о своем намерении выдать за вас свою дочь.

– Это верно, – подтвердил маркиз.

– Так, значит, я всем обязан королю! Чего я не сделаю, чтобы послужить ему!

– Таким вы мне нравитесь, – сказала маркиза. – Пусть теперь явится заговорщик, – добро пожаловать!

– А я, мама, – сказала Рене, – молю бога, чтобы он вас не услышал и чтобы он посылал господину де Вильфору только мелких воришек, беспомощных банкротов и робких жуликов; тогда я буду спать спокойно.

– Это все равно что желать врачу одних мигреней, веснушек, осиных укусов и тому подобное, – сказал Вильфор со смехом. – Если вы хотите видеть меня королевским прокурором, пожелайте мне, напротив, страшных болезней, исцеление которых делает честь врачу.

В эту минуту, словно судьба только и ждала пожелания Вильфора, вошел лакей и сказал ему несколько слов на ухо.

Вильфор, извинившись, вышел из-за стола и воротился через несколько минут с довольной улыбкой на губах.

Рене посмотрела на своего жениха с восхищением: его голубые глаза сверкали на бледном лице, окаймленном черными бакенбардами; в эту минуту он и в самом деле был очень красив. Рене с нетерпением ждала, чтобы он объяснил причину своего внезапного исчезновения.

– Вы только что выразили желание иметь мужем доктора, – сказал Вильфор, – так вот у меня с учениками Эскулапа (так еще говорили в тысяча восемьсот пятнадцатом году) есть некоторое сходство: я не могу располагать своим временем. Меня нашли даже здесь, подле вас, в день нашего обручения.

– А почему вас вызвали? – спросила молодая девушка с легким беспокойством.

– Увы, из-за больного, который, если верить тому, что мне сообщили, очень плох. Случай весьма серьезный, и болезнь грозит эшафотом.

– Боже! – вскричала Рене, побледнев.

– Что вы говорите! – воскликнули гости в один голос.

– По-видимому, речь идет не более и не менее как о бонапартистском заговоре.

– Неужели! – вскричала маркиза.

– Вот что сказано в доносе.

И Вильфор прочел:

– «Приверженец престола и веры уведомляет господина королевского прокурора о том, что Эдмон Дантес, помощник капитана на корабле „Фараон", прибывшем сегодня из Смирны с заходом в Неаполь и Порто-Феррайо, имел от Мюрата письмо к узурпатору, а от узурпатора письмо к бонапартистскому комитету в Париже.

Если он будет задержан, уличающее его письмо будет найдено при нем, или у его отца, или в его каюте на «Фараоне».

– Позвольте, – сказала Рене, – это письмо не подписано и

адресовано не вам, а королевскому прокурору.

— Да, но королевский прокурор в отлучке; письмо подали его секретарю, которому поручено распечатывать почту; он вскрыл это письмо, послал за мной и, не застав меня дома, сам отдал приказ об аресте.

— Так виновный арестован? — спросила маркиза.

— То есть обвиняемый, — поправила Рене.

— Да, арестован, — отвечал Вильфор, — и, как я уже говорил мадемуазель Рене, если у него найдут письмо, то мой пациент опасно болен.

— А где этот несчастный? — спросила Рене.

— Ждет у меня.

— Ступайте, друг мой, — сказал маркиз, — не пренебрегайте вашими обязанностями. Королевская служба требует вашего личного присутствия; ступайте же, куда вас призывает королевская служба.

— Ах, господин де Вильфор! — воскликнула Рене, умоляюще сложив руки. — Будьте снисходительны, сегодня день нашего обручения.

Вильфор обошел вокруг стола и, облокотившись на спинку стула, на котором сидела его невеста, сказал:

— Ради вашего спокойствия обещаю вам сделать все, что можно. Но если улики бесспорны, если обвинение справедливо, придется скосить эту бонапартистскую сорную траву.

Рене вздрогнула при слове «скосить», ибо у этой сорной травы, как выразился Вильфор, была голова.

— Не слушайте ее, Вильфор, — сказала маркиза, — это ребячество; она привыкнет.

И маркиза протянула Вильфору свою сухую руку, которую он поцеловал, глядя на Рене; глаза его говорили: «Я целую вашу руку или по крайней мере хотел бы поцеловать».

— Печальное предзнаменование! — прошептала Рене.

— Перестань, Рене, — сказала маркиза. — Ты выводишь меня из терпения своими детскими выходками. Желала бы я знать, что важнее — судьба государства или твои чувствительные фантазии?

— Ах, мама, — вздохнула Рене.

— Маркиза, простите нашу плохую роялистку, — сказал де Вильфор, — обещаю вам, что исполню долг помощника королевского прокурора со всем усердием, то есть буду беспощаден.

Но в то время как помощник прокурора говорил эти слова маркизе, жених украдкой посылал взгляд невесте, и взгляд этот говорил: «Будьте спокойны, Рене; ради вас я буду снисходителен».

Рене отвечала ему нежной улыбкой, и Вильфор удалился, преисполненный блаженства.

VII. Допрос

Выйдя из столовой, Вильфор тотчас же сбросил с себя маску веселости и принял торжественный вид, подобающий человеку, на которого возложен высший долг — решать участь своего ближнего. Однако, несмотря на подвижность своего лица, которой он часто, как искусный актер, учился перед зеркалом, на этот раз ему трудно было нахмурить брови и омрачить чело. И в самом деле, если не считать политического прошлого его отца, которое могло повредить его карьере, если от него не отмежеваться решительно, Жерар де Вильфор был в эту минуту так счастлив, как только может быть счастлив человек: располагая солидным состоянием, он занимал в двадцать семь лет видное место в судебном мире; он был женихом молодой и красивой девушки, которую любил не страстно, но разумно, как может любить помощник королевского прокурора. Мадемуазель де

Сен-Меран была не только красива, но вдобавок принадлежала к семейству, бывшему в большой милости при дворе. Кроме связей своих родителей, которые, не имея других детей, могли целиком воспользоваться ими в интересах своего зятя, невеста приносила ему пятьдесят тысяч экю приданого, к коему, ввиду надежд (ужасное слово, выдуманное свахами), могло со временем прибавиться полумиллионное наследство. Все это вместе взятое составляло итог блаженства до того ослепительный, что Вильфор находил пятна даже на солнце, если перед тем долго смотрел в свою душу внутренним взором.

У дверей его ждал полицейский комиссар. Вид этой мрачной фигуры заставил его спуститься с высоты седьмого неба на бренную землю, по которой мы ходим; он придал своему лицу подобающее выражение и подошел к полицейскому.

– Я готов! – сказал он. – Я прочел письмо, вы хорошо сделали, что арестовали этого человека; теперь сообщите мне о нем и о заговоре все сведения, какие вы успели собрать.

– О заговоре мы еще ничего не знаем; все бумаги, найденные при нем, запечатаны в одну связку и лежат на вашем столе. Что же касается самого обвиняемого, то его зовут, как вы изволили видеть из самого доноса, Эдмон Дантес, он служит помощником капитана на трехмачтовом корабле «Фараон», который возит хлопок из Александрии и Смирны и принадлежит марсельскому торговому дому «Моррель и Сын».

– До поступления на торговое судно он служил во флоте?

– О нет! Это совсем молодой человек.

– Каких лет?

– Лет девятнадцати – двадцати, не больше.

Когда Вильфор, пройдя Гран-рю, уже подходил к своему дому, к нему приблизился человек, по-видимому его поджидавший. То был г-н Моррель.

– Господин де Вильфор! – вскричал он. – Как хорошо, что я застал вас! Подумайте, произошла страшная ошибка, арестовали моего помощника капитана, Эдмона Дантеса.

– Знаю, – отвечал Вильфор, – я как раз иду допрашивать его.

– Господин де Вильфор, – продолжал Моррель с жаром, – вы не знаете обвиняемого, а я его знаю. Представьте себе человека, самого тихого, честного и, я готов сказать, самого лучшего знатока своего дела во всем торговом флоте… Господин де Вильфор! Прошу вас за него от всей души.

Вильфор, как мы уже видели, принадлежал к аристократическому лагерю, а Моррель – к плебейскому; первый был крайний роялист, второго подозревали в тайном бонапартизме. Вильфор свысока посмотрел на Морреля и холодно ответил:

– Вы знаете, сударь, что можно быть тихим в домашнем кругу, честным в торговых сношениях и знатоком своего дела и тем не менее быть преступником в политическом смысле. Вы это знаете, правда, сударь?

Вильфор сделал ударение на последних словах, как бы намекая на самого Морреля; испытующий взгляд его старался проникнуть в самое сердце этого человека, который дерзал просить за другого, хотя он не мог не знать, что сам нуждается в снисхождении.

Моррель покраснел, потому что совесть его была не совсем чиста в отношении политических убеждений, притом же тайна, доверенная ему Дантесом о свидании с маршалом и о словах, которые ему сказал император, смущала его ум. Однако он сказал с искренним участием:

– Умоляю вас, господин де Вильфор, будьте справедливы, как вы должны быть, и добры, как вы всегда бываете, и поскорее верните нам бедного Дантеса!

В этом «верните нам» уху помощника королевского прокурора почудилась революционная нотка.

«Да! – подумал он. – „Верните нам"... Уж не принадлежит ли этот Дантес к какой-нибудь секте карбонариев, раз его покровитель так неосторожно говорит во множественном числе? Помнится, комиссар сказал, что его взяли в кабаке, и притом в многолюдной компании, – это какая-нибудь тайная ложа».

Он продолжал вслух:

– Вы можете быть совершенно спокойны, сударь, и вы не напрасно просите справедливости, если обвиняемый не виновен; если же, напротив, он виновен, мы живем в трудное время, и безнаказанность может послужить пагубным примером. Поэтому я буду вынужден исполнить свой долг.

Он поклонился с ледяной учтивостью и величественно вошел в свой дом, примыкающий к зданию суда, а бедный арматор, как окаменелый, остался стоять на улице.

Передняя была полна жандармов и полицейских; среди них, окруженный пылающими ненавистью взглядами, спокойно и неподвижно стоял арестант.

Вильфор, пересекая переднюю, искоса взглянул на Дантеса и, взяв из рук полицейского пачку бумаг, исчез за дверью, бросив на ходу:

– Введите арестанта.

Как ни был мимолетен взгляд, брошенный Вильфором на арестанта, он все же успел составить себе мнение о человеке, которого ему предстояло допросить. Он прочел ум на его широком и открытом челе, мужество в его упорном взоре и нахмуренных бровях и прямодушие в его полных полуоткрытых губах, за которыми блестели два ряда зубов, белых, как слоновая кость.

Первое впечатление было благоприятно для Дантеса; но Вильфору часто говорили, что политическая мудрость повелевает не поддаваться первому порыву, потому что это всегда голос сердца; и он приложил это правило к первому впечатлению, забыв о разнице между впечатлением и порывом.

Он задушил добрые чувства, которые пытались ворваться к нему в сердце, чтобы оттуда завладеть его умом, принял перед зеркалом торжественный вид и сел, мрачный и грозный, за свой письменный стол.

Через минуту вошел Дантес.

Он был все так же бледен, но спокоен и приветлив; он с непринужденной учтивостью поклонился своему судье, потом поискал глазами стул, словно находился в гостиной арматора Морреля.

Тут только встретил он тусклый взгляд Вильфора – взгляд, свойственный блюстителям правосудия, которые не хотят, чтобы кто-нибудь читал их мысли, и потому превращают свои глаза в матовое стекло. Этот взгляд дал почувствовать Дантесу, что он стоит перед судом.

– Кто вы и как ваше имя? – спросил Вильфор, перебирая бумаги, поданные ему в передней; за какой-нибудь час дело уже успело вырасти в довольно объемистую тетрадь: так быстро язва шпионства разъедает несчастное тело, именуемое обвиняемым.

– Меня зовут Эдмон Дантес, – ровным и звучным голосом отвечал юноша, – я помощник капитана на корабле «Фараон», принадлежащем фирме «Моррель и Сын».

– Сколько вам лет? – продолжал Вильфор.

– Девятнадцать, – отвечал Дантес.

– Что вы делали, когда вас арестовали?

— Я обедал с друзьями по случаю моего обручения, — отвечал Дантес слегка дрогнувшим голосом, настолько мучителен был контраст между радостным празднеством и мрачной церемонией, которая совершалась в эту минуту, между хмурым лицом Вильфора и лучезарным личиком Мерседес.

— По случаю вашего обручения? — повторил помощник прокурора, невольно вздрогнув.

— Да, я женюсь на девушке, которую люблю уже три года.

Вильфор вопреки своему обычному бесстрастию был все же поражен таким совпадением, и взволнованный голос юноши пробудил сочувственный отзвук в его душе. Он тоже любил свою невесту, тоже был счастлив, и вот его радости помешали, для того чтобы он разрушил счастье человека, который, подобно ему, был так близок к блаженству.

«Такое философическое сопоставление, — подумал он, — будет иметь большой успех в гостиной маркиза де Сен-Мерана»; и, пока Дантес ожидал дальнейших вопросов, он начал подбирать в уме антитезы, из которых ораторы строят блестящие фразы, рассчитанные на аплодисменты и подчас принимаемые за истинное красноречие.

Сочинив в уме изящный спич, Вильфор улыбнулся и сказал, обращаясь к Дантесу:

— Продолжайте.

— Что же мне продолжать?

— Осведомите правосудие.

— Пусть правосудие скажет мне, о чем оно желает быть осведомлено, и я ему скажу все, что знаю. Только, — прибавил он с улыбкою, — предупреждаю, что я знаю мало.

— Вы служили при узурпаторе?

— Меня должны были зачислить в военный флот, когда он пал.

— Говорят, вы весьма крайних политических убеждений, — сказал Вильфор, которому об этом никто ничего не говорил, но он решил на всякий случай предложить этот вопрос в виде обвинения.

— Мои политические убеждения!.. Увы, мне стыдно признаться, но у меня никогда не было того, что называется убеждениями, мне только девятнадцать лет, как я уже имел честь доложить вам; я ничего не знаю, никакого видного положения я занять не могу; всем, что я есть и чем я стану, если мне дадут то место, о котором я мечтаю, я буду обязан одному господину Моррелю. Поэтому все мои убеждения, и то не политические, а частные, сводятся к трем чувствам: я люблю моего отца, уважаю господина Морреля и обожаю Мерседес. Вот, милостивый государь, все, что я могу сообщить правосудию; как видите, все это для него мало интересно.

Пока Дантес говорил, Вильфор смотрел на его честное, открытое лицо и невольно вспомнил слова Рене, которая, не зная обвиняемого, просила о снисхождении к нему. Привыкнув иметь дело с преступлением и преступниками, помощник прокурора в каждом слове Дантеса видел новое доказательство его невиновности. В самом деле, этот юноша, почти мальчик, простодушный, откровенный, красноречивый тем красноречием сердца, которое никогда не дается, когда его ищешь, полный любви ко всем, потому что был счастлив, а счастье и самых злых превращает в добрых, — изливал даже на своего судью нежность и доброту, переполнявшие его душу. Вильфор был с ним суров и строг, а у Эдмона во взоре, в голосе, в движениях не было ничего, кроме приязни и доброжелательности к тому, кто его допрашивал.

«Честное слово, — подумал Вильфор, — вот славный малый, и, надеюсь, мне нетрудно будет угодить Рене, исполнив первую ее просьбу; этим я заслужу сердечное рукопожатие при всех, а в уголке, тайком, нежный поцелуй».

От этой сладостной надежды лицо Вильфора прояснилось, и когда, оторвавшись от своих мыслей, он перевел взгляд на Дантеса, Дантес, следивший за всеми переменами его лица, тоже улыбнулся.

— У вас есть враги? — спросил Вильфор.

— Враги? — сказал Дантес. — Я, по счастью, еще так мало значу, что не успел нажить их. Может быть, я немного вспыльчив, но я всегда старался укрощать себя в отношениях с подчиненными. У меня под началом человек десять — двенадцать матросов. Спросите их, милостивый государь, и они вам скажут, что любят и уважают меня не как отца, — я еще слишком молод для этого, — а как старшего брата.

— Если у вас нет врагов, то, может быть, есть завистники. Вам только девятнадцать лет, а вас назначают капитаном, это высокая должность в вашем звании; вы женитесь на красивой девушке, которая вас любит, а это редкое счастье во всех званиях мира. Вот две веские причины, чтобы иметь завистников.

— Да, вы правы. Вы, верно, лучше меня знаете людей, а может быть, это и так. Но если эти завистники из числа моих друзей, то я предпочитаю не знать, кто они, чтобы мне не пришлось их ненавидеть.

— Это неверно. Всегда надо, насколько можно, ясно видеть окружающее. И, сказать по правде, вы кажетесь мне таким достойным молодым человеком, что для вас я решаюсь отступить от обычных правил правосудия и помочь вам раскрыть истину… Вот донос, который возводит на вас обвинение. Узнаете почерк?

Вильфор вынул из кармана письмо и протянул его Дантесу. Дантес посмотрел, прочел, нахмурил лоб и сказал:

— Нет, я не знаю этой руки; почерк искажен, но довольно тверд. Во всяком случае, это писала искусная рука. Я очень счастлив, — прибавил он, глядя на Вильфора с благодарностью, — что имею дело с таким человеком, как вы, потому что действительно этот завистник — настоящий враг!

По молнии, блеснувшей в глазах юноши при этих словах, Вильфор понял, сколько душевной силы скрывается под его наружной кротостью.

— А теперь, — сказал Вильфор, — отвечайте мне откровенно не как обвиняемый судье, а как человек, попавший в беду, отвечает человеку, который принимает в нем участие: есть ли правда в этом безыменном доносе?

И Вильфор с отвращением бросил на стол письмо, которое вернул ему Дантес.

— Все правда, и в то же время ни слова правды; а вот чистая правда, клянусь честью моряка, клянусь моей любовью к Мерседес, клянусь жизнью моего отца!

— Говорите, — сказал Вильфор.

И прибавил про себя:

«Если бы Рене могла меня видеть, надеюсь, она была бы довольна мною и не называла бы меня палачом».

— Так вот: когда мы вышли из Неаполя, капитан Леклер заболел нервной горячкой; на корабле не было врача, а он не хотел приставать к берегу, потому что очень спешил на остров Эльба, и потому состояние его так ухудшилось, что на третий день, почувствовав приближение смерти, он позвал меня к себе.

«Дантес, — сказал он, — поклянитесь мне честью, что исполните поручение, которое я вам дам; дело чрезвычайно важное».

«Клянусь, капитан», — отвечал я.

«Так как после моей смерти командование переходит к вам, как помощнику капитана, вы примете командование, возьмете курс на остров Эльба, остановитесь в Порто-Феррайо, пойдете к маршалу и отдадите ему это письмо; может быть, там дадут вам другое письмо или еще какое-нибудь поручение. Это поручение должен был получить я; вы, Дантес, исполните его вместо меня, и вся заслуга будет ваша».

«Исполню, капитан, но, может быть, не так-то легко добраться до маршала?»

«Вот кольцо, которое вы попросите ему передать, – сказал капитан, – это устранит все препятствия».

И с этими словами он дал мне перстень. Через два часа он впал в беспамятство, а на другой день скончался.

– И что же вы сделали?

– То, что я должен был сделать, то, что всякий другой сделал бы на моем месте. Просьба умирающего всегда священна; но у нас, моряков, просьба начальника – это приказание, которое нельзя не исполнить. Итак, я взял курс на Эльбу и прибыл туда на другой день; я всех оставил на борту и один сошел на берег. Как я и думал, меня не хотели допустить к маршалу; но я послал ему перстень, который должен был служить условным знаком; и все двери раскрылись передо мной. Он принял меня, расспросил о смерти бедного Леклера и, как тот и предвидел, дал мне письмо, приказав лично доставить его в Париж. Я обещал, потому что это входило в исполнение последней воли моего капитана. Прибыв сюда, я устроил все дела на корабле и побежал к моей невесте, которая показалась мне еще прекрасней и милей прежнего. Благодаря господину Моррелю мы уладили все церковные формальности; и вот, как я уже говорил вам, я сидел за обедом, готовился через час вступить в брак и думал завтра же ехать в Париж, как вдруг по этому доносу, который вы, по-видимому, теперь так же презираете, как и я, меня арестовали.

– Да, да, – проговорил Вильфор, – все это кажется мне правдой, и если вы в чем виновны, так только в неосторожности; да и неосторожность ваша оправдывается приказаниями капитана. Отдайте нам письмо, взятое вами на острове Эльба, дайте честное слово, что явитесь по первому требованию, и возвращайтесь к вашим друзьям.

– Так я свободен! – вскричал Дантес вне себя от радости.

– Да, только отдайте мне письмо.

– Оно должно быть у вас, его взяли у меня вместе с другими моими бумагами, и я узнаю некоторые из них в этой связке.

– Постойте, – сказал Вильфор Дантесу, который взялся уже было за шляпу и перчатки, – постойте! Кому адресовано письмо?

– Господину Нуартье, улица Кок-Эрон, в Париже.

Если бы гром обрушился на Вильфора, он не поразил бы его таким быстрым и внезапным ударом; он упал в кресло, с которого привстал, чтобы взять связку с бумагами, захваченными у Дантеса, и, лихорадочно порывшись в них, вынул роковое письмо, устремив на него взгляд, полный невыразимого ужаса.

– Господину Нуартье, улица Кок-Эрон, номер тринадцать, – прошептал он, побледнев еще сильнее.

– Точно так, – сказал изумленный Дантес. – Разве вы его знаете?

– Нет, – быстро ответил Вильфор, – верный слуга короля не знается с заговорщиками.

– Стало быть, речь идет о заговоре? – спросил Дантес, который, после того как уже считал себя свободным, почувствовал, что дело принимает другой оборот. – Во всяком случае, я уже сказал вам, что ничего не знал о содержании этого письма.

– Да, – сказал Вильфор глухим голосом, – но вы знаете имя того, кому оно адресовано!

– Чтобы отдать письмо лично ему, я должен был знать его имя.

– И вы никому его не показывали? – спросил Вильфор, читая письмо и все более и более бледнея.

— Никому, клянусь честью!

— Никто не знает, что вы везли письмо с острова Эльба к господину Нуартье?

— Никто, кроме того, кто вручил мне его.

— И это еще много, слишком много! — прошептал Вильфор.

Лицо его становилось все мрачнее, по мере того как он читал; его бледные губы, дрожащие руки, пылающие глаза внушали Дантесу самые дурные предчувствия.

Прочитав письмо, Вильфор схватился за голову и замер.

— Что с вами, сударь? — робко спросил Дантес.

Вильфор не отвечал, потом поднял бледное, искаженное лицо и еще раз перечел письмо.

— И вы уверяете, что ничего не знаете о содержании этого письма? — сказал Вильфор.

— Повторяю и клянусь честью, что не знаю ничего. Но что с вами? Вам дурно? Хотите, я позвоню? Позову кого-нибудь?

— Нет, — сказал Вильфор, быстро вставая, — стойте на месте и молчите; здесь я приказываю, а не вы.

— Простите, — обиженно сказал Дантес, — я только хотел помочь вам.

— Мне ничего не нужно. Минутная слабость — только и всего. Думайте о себе, а не обо мне. Отвечайте.

Дантес ждал вопроса, но тщетно; Вильфор опустился в кресло, нетвердой рукой отер пот с лица и в третий раз принялся перечитывать письмо.

— Если он знает, что тут написано, — прошептал он, — и если он когда-нибудь узнает, что Нуартье — отец Вильфора, то я погиб, погиб безвозвратно!

И он время от времени взглядывал на Эдмона, как будто его взгляды могли проникнуть сквозь невидимую стену, ограждающую в сердце тайну, о которой молчат уста.

— Нечего сомневаться! — воскликнул он вдруг.

— Ради самого неба, — сказал несчастный юноша, — если вы сомневаетесь во мне, если вы подозреваете меня, допрашивайте. Я готов отвечать вам.

Вильфор сделал над собой усилие и голосом, которому он старался придать уверенность, сказал:

— Вследствие ваших показаний на вас ложатся самые тяжкие обвинения; поэтому я не властен тотчас же отпустить вас, как надеялся. Прежде чем решиться на такой шаг, я должен снестись со следователем. А пока вы видели, как я отнесся к вам.

— О да, и я благодарю вас! — вскричал Дантес. — Вы обошлись со мною не как судья, а как друг.

— Ну так вот, я задержу вас еще на некоторое время, надеюсь, ненадолго, главная улика против вас — это письмо, и вы видите…

Вильфор подошел к камину, бросил письмо в огонь и подождал, пока оно сгорело.

— Вы видите, — продолжал он, — я уничтожил его.

— Вы больше, чем правосудие, — вскричал Дантес, — вы само милосердие!

— Но выслушайте меня, — продолжал Вильфор. — После такого поступка вы, конечно, понимаете, что можете довериться мне.

— Приказывайте, я исполню ваши приказания.

— Нет, — сказал Вильфор, подходя к Дантесу, — нет, я не собираюсь вам приказывать; я хочу только дать вам совет, понимаете?

— Говорите, я исполню ваш совет, как приказание.

— Я оставлю вас здесь, в здании суда, до вечера. Может быть, кто-нибудь другой будет вас допрашивать. Говорите все, что вы мне рассказывали, но ни полслова о письме!

— Обещаю, сударь.

Теперь Вильфор, казалось, умолял, а обвиняемый успокаивал судью.

— Вы понимаете, — продолжал Вильфор, посматривая на пепел, сохранявший еще форму письма, — теперь письмо уничтожено. Только вы да я знаем, что оно существовало; его вам не предъявят; если вам станут говорить о нем, отрицайте, отрицайте смело, и вы спасены.

— Я буду отрицать, не беспокойтесь, — сказал Дантес.

— Хорошо, — сказал Вильфор и взялся за звонок; потом помедлил немного и спросил: — У вас было только это письмо?

— Только это.

— Поклянитесь!

Дантес поднял руку.

— Клянусь! — сказал он.

Вильфор позвонил.

Вошел полицейский комиссар.

Вильфор сказал ему на ухо несколько слов; комиссар отвечал кивком головы.

— Ступайте за комиссаром, — сказал Вильфор Дантесу.

Дантес поклонился, еще раз бросил на Вильфора благодарный взгляд и вышел.

Едва дверь затворилась, как силы изменили Вильфору, и он упал в кресло почти без чувств.

Через минуту он прошептал:

— Боже мой! От чего иногда зависит жизнь и счастье!.. Если бы королевский прокурор был в Марселе, если бы вместо меня вызвали следователя, я бы погиб… И это письмо, это проклятое письмо ввергло бы меня в пропасть!.. Ах, отец, отец! Неужели ты всегда будешь мешать моему счастью на земле? Неужели я должен вечно бороться с твоим прошлым?

Но вдруг его словно осенило: на искривленных губах появилась улыбка; его блуждающий взгляд, казалось, остановился на какой-то мысли.

— Да, да, — вскричал он, — это письмо, которое должно было погубить меня, может стать источником моего счастья… Ну, Вильфор, за дело!

И, удостоверившись, что обвиняемого уже нет в передней, помощник королевского прокурора тоже вышел и быстрыми шагами направился к дому своей невесты.

VIII. Замок Иф

Полицейский комиссар, выйдя в переднюю, сделал знак двум жандармам. Один стал по правую сторону Дантеса, другой по левую. Отворилась дверь, которая выходила в здание суда, и арестованного повели по одному из тех длинных и мрачных коридоров, где трепет охватывает даже тех, у кого нет никаких причин трепетать.

Как квартира Вильфора примыкала к зданию суда, так здание суда примыкало к тюрьме, угрюмому сооружению, на которое с любопытством смотрит всеми своими зияющими отверстиями возвышающаяся перед ним Аккульская колокольня.

Сделав несколько поворотов по коридору, Дантес увидел дверь с решетчатым окошком. Комиссар ударил три раза железным молотком, и Дантесу показалось, что молоток бьет по его сердцу. Дверь отворилась, жандармы слегка подтолкнули арестанта, который все еще стоял в растерянности. Дантес переступил через порог, и дверь с шумом захлопнулась за ним. Он дышал уже другим воздухом, спертым и тяжелым; он был в тюрьме.

Его отвели в камеру, довольно опрятную, но с тяжелыми

засовами и решетками на окнах. Вид нового жилища не вселил в него особого страха; притом же слова, сказанные помощником королевского прокурора с таким явным участием, раздавались у него в ушах как обнадеживающее утешение.

Было четыре часа пополудни, когда Дантеса привели в камеру. Все это происходило, как мы уже сказали, 28 февраля; арестант скоро очутился в темноте.

Тотчас же слух его обострился вдвое. При малейшем шуме, доносившемся до него, он вскакивал и бросался к двери, думая, что за ним идут, чтобы возвратить ему свободу; но шум исчезал в другом направлении, и Дантес снова опускался на скамью.

Наконец, часов в десять вечера, когда Дантес начинал терять надежду, послышался новый шум, который на этот раз несомненно приближался к его камере. Потом в коридоре раздались шаги и остановились у двери; ключ повернулся в замке, засовы заскрипели, и плотная дубовая дверь отворилась, впустив в темную камеру ослепительный свет двух факелов.

При свете их Дантес увидел, как блеснули ружья и палаши четырех жандармов.

Он бросился было вперед, но тут же остановился при виде этой усиленной охраны.

– Вы за мной? – спросил Дантес.

– Да, – отвечал один из жандармов.

– По приказу помощника королевского прокурора?

– Разумеется.

– Хорошо, – сказал Дантес, – я готов следовать за вами.

Уверенность, что за ним пришли от имени де Вильфора, рассеяла все опасения бедного юноши; спокойно и непринужденно он вышел и сам занял место посреди жандармов.

У дверей тюрьмы стояла карета; на козлах сидел кучер, рядом с кучером – пристав.

– Эта карета для меня? – спросил Дантес.

– Для вас, – ответил один из жандармов, – садитесь.

Дантес хотел возразить, но дверца отворилась, и его втолкнули в карету. Он не мог, да и не хотел сопротивляться; в одно мгновение он очутился на заднем сиденье между двумя жандармами; двое других сели напротив, и тяжелый экипаж покатил со зловещим грохотом.

Узник посмотрел на окна; они были забраны железной решеткой. Он только переменил тюрьму; новая тюрьма была на колесах и катилась к неизвестной цели. Сквозь частые прутья, между которыми едва можно было просунуть руку, Дантес все же разглядел, что его провезли по улице Кессари, а затем по улицам Сен-Лоран и Тарамис спустились к набережной.

Немного погодя сквозь решетку окна и сквозь ограду памятника, мимо которого они ехали, он увидел огни портового Управления.

Карета остановилась, пристав сошел с козел и подошел к кордегардии; оттуда вышли с десяток солдат и стали в две шеренги. Ружья их блестели в свете фонарей, горевших на набережной.

«Неужели все это ради меня?» – подумал Эдмон.

Отперев дверцу ключом, пристав молчаливо ответил на этот вопрос, ибо Дантес увидел между двумя рядами солдат оставленный для него узкий проход от кареты до набережной.

Два жандарма, сидевшие на переднем сиденье, вышли из кареты первыми, за ними вышел он, а за ним и остальные два, сидевшие по бокам его. Все направились к лодке, которую таможенный служитель удерживал у берега за цепь. Солдаты смотрели на Дантеса с тупым любопытством. Его тотчас же посадили к рулю, между четырьмя жандармами, а пристав сел на носу. Сильный толчок отделил лодку от берега; четыре гребца принялись быстро грести по направлению к Пилону. По окрику с лодки цепь, заграждающая порт, опустилась, и Дантес очутился в так называемом Фриуле, то есть вне порта.

Первое ощущение арестанта, когда он выехал на свежий воздух, было ощущение радости. Воздух – почти свобода. Он полной грудью вдыхал живительный ветер, несущий на своих крыльях таинственные запахи ночи и моря. Скоро, однако, он горестно вздохнул: он плыл мимо «Резерва», где был так счастлив еще утром, за минуту до ареста; сквозь ярко освещенные окна до него доносились веселые звуки танцев.

Дантес сложил руки, поднял глаза к небу и стал молиться.

Лодка продолжала свой путь; она миновала Мертвую Голову, поравнялась с бухтой Фаро и начала огибать батарею; Дантес ничего не понимал.

– Куда же меня везут? – спросил он одного из жандармов.
– Сейчас узнаете.
– Однако…
– Нам запрещено говорить с вами.

Дантес был наполовину солдат; расспрашивать жандармов, которым запрещено отвечать, показалось ему нелепым, и он замолчал.

Тогда самые странные мысли закружились в его голове; в утлой лодке нельзя было далеко уехать, кругом не было ни одного корабля на якоре; он подумал, что его довезут до отдаленного места на побережье и там объявят, что он свободен. Его не связывали, не пытались надевать наручники; все это казалось ему добрым предзнаменованием; при этом разве не сказал ему помощник прокурора, такой добрый и ласковый, что если только он не произнесет рокового имени Нуартье, то ему нечего бояться? Ведь на его глазах Вильфор сжег опасное письмо, единственную улику, которая имелась против него.

В молчании ждал он, чем все это кончится, глазом моряка, привыкшим в темноте измерять пространство, стараясь рассмотреть окрестность.

Остров Ратонно, на котором горел маяк, остался справа, и лодка, держась близко к берегу, подошла к Каталанской бухте. Взгляд арестанта стал еще зорче: здесь была Мерседес, и ему ежеминутно казалось, что на темном берегу вырисовывается неясный силуэт женщины.

Как предчувствие не шепнуло Мерседес, что ее возлюбленный в трехстах шагах от нее?

Во всех Каталанах только в одном окне горел огонь. Приглядевшись, Дантес убедился, что это комната его невесты. Только одна Мерседес не спала во всем селении. Если бы он громко закричал, голос его долетел бы до ее слуха. Ложный стыд удержал его. Что сказали бы жандармы, если бы он начал кричать, как исступленный? Поэтому он не раскрыл рта и проехал мимо, не отрывая глаз от огонька.

Между тем лодка продвигалась вперед; но арестант не думал о лодке, он думал о Мерседес. Наконец освещенное окошко скрылось за выступом скалы. Дантес обернулся и увидел, что лодка удаляется от берега.

Пока он был поглощен своими мыслями, весла заменили парусами, и лодка шла по ветру.

Хотя Дантесу не хотелось снова расспрашивать жандарма, однако же он придвинулся к нему и, взяв его за руку, сказал:

– Товарищи! Именем совести вашей и вашим званием солдата заклинаю: сжальтесь и ответьте мне. Я капитан Дантес, добрый и честный француз, хоть меня и обвиняют в какой-то измене. Куда вы меня везете? Скажите, я даю вам честное слово моряка, что я исполню свой долг и покорюсь судьбе.

Жандарм почесал затылок и посмотрел на своего товарища. Тот сделал движение, которое должно было означать: «Теперь уж, кажется, можно сказать», – и жандарм повернулся к Дантесу:

– Вы уроженец Марселя и моряк и еще спрашиваете, куда мы едем?

– Да, честью уверяю, что не знаю.

– Вы не догадываетесь?

– Нет.

– Не может быть.

– Клянусь всем священным в мире! Скажите, ради бога!

– А приказ?

– Приказ не запрещает вам сказать мне то, что я все равно узнаю через десять минут, через полчаса или, быть может, через час. Вы только избавите меня от целой вечности сомнений. Я прошу вас, как друга. Смотрите, я не собираюсь ни сопротивляться, ни бежать. Да это и невозможно. Куда мы едем?

– Либо вы ослепли, либо вы никогда не выходили из марсельского порта; иначе вы не можете не угадать, куда вас везут.

– Не могу.

– Так гляньте вокруг.

Дантес встал, посмотрел в ту сторону, куда направлялась лодка, и увидел в ста саженях перед собой черную отвесную скалу, на которой высился мрачный замок Иф.

Этот причудливый облик, эта тюрьма, которая вызывает такой беспредельный ужас, эта крепость, которая уже триста лет питает Марсель своими жуткими преданиями, возникнув внезапно перед Дантесом, и не помышлявшим о ней, произвела на него такое же действие, какое производит эшафот на приговоренного к смерти.

– Боже мой! – вскричал он. – Замок Иф? Зачем мы туда едем?

Жандарм улыбнулся.

– Но меня же не могут заключить туда! – продолжал Дантес. – Замок Иф – государственная тюрьма, предназначенная только для важных политических преступников. Я никакого преступления не совершил. Разве в замке Иф есть какие-нибудь следователи, какие-нибудь судьи?

– Насколько я знаю, – сказал жандарм, – там имеются только комендант, тюремщики, гарнизон да крепкие стены. Полно, полно, приятель, не представляйтесь удивленным, не то я, право, подумаю, что вы платите мне насмешкой за мою доброту.

Дантес сжал руку жандарма так, что чуть не сломал ее.

– Так вы говорите, что меня везут в замок Иф и там оставят?

– Вероятно, – сказал жандарм, – но, во всяком случае, незачем жать мне руку так крепко.

– Без всякого следствия? Без всяких формальностей?

– Все формальности выполнены, следствие закончено.

– И невзирая на обещание господина де Вильфора?

– Я не знаю, что вам обещал господин де Вильфор, – сказал жандарм, – знаю только, что мы едем в замок Иф. Эге! Да что вы делаете? Ко мне, товарищи! Держите!

Движением быстрым, как молния, и все же не ускользнувшим от опытного глаза жандарма, Дантес хотел броситься в море, но четыре сильные руки схватили его в ту самую минуту, когда ноги его отделились от днища.

Он упал в лодку, рыча от ярости.

– Эге, брат! – сказал жандарм, упираясь ему коленом в грудь. – Так-то ты держишь честное слово моряка! Вот и полагайся на тихонь! Ну, теперь, любезный, только шевельнись, и я влеплю тебе пулю в лоб! Я ослушался первого пункта приказа, но не беспокойся, второй будет выполнен в точности.

И он действительно приставил дуло своего ружья к виску Дантеса. В первое мгновение Дантес хотел сделать роковое движение и покончить с нежданным бедствием, которое обрушилось на него и схватило в свои ястребиные когти. Но именно потому, что это бедствие было столь неожиданным, Дантес подумал, что оно не может быть продолжительным; потом он вспомнил обещание Вильфора; к тому же надо признаться, смерть на дне лодки от руки жандарма показалась ему гадкой и жалкой.

Он опустился на доски и в бессильном бешенстве впился зубами в свою руку.

Лодка покачнулась от сильного толчка. Один из гребцов прыгнул на утес, о который легкое суденышко ударилось носом, заскрипела веревка, разматываясь вокруг ворота, и Дантес понял, что они причаливают.

Жандармы, державшие его за руки и за шиворот, заставили его подняться, сойти на берег и потащили его к ступенькам, ведшим к крепостным воротам; сзади шел пристав, вооруженный ружьем с примкнутым штыком.

Впрочем, Дантес и не помышлял о бесполезном сопротивлении. Его медлительность происходила не от противодействия, а от апатии. У него кружилась голова, и он шатался, как пьяный. Он опять увидел два ряда солдат, выстроившихся на крутом откосе, почувствовал, что ступеньки принуждают его поднимать ноги, заметил, что вошел в ворота и что эти ворота закрылись за ним, но все это бессознательно, точно сквозь туман, не будучи в силах ничего различить. Он даже не видел моря, источника мучений для заключенных, которые смотрят на его простор и с ужасом сознают, что бессильны преодолеть его.

Во время минутной остановки Дантес немного пришел в себя и огляделся. Он стоял на четырехугольном дворе, между четырьмя высокими стенами; слышался размеренный шаг часовых, и всякий раз, когда они проходили мимо двух-трех освещенных окон, ружья их поблескивали.

Они простояли минут десять. Зная, что Дантесу уже не убежать, жандармы выпустили его. Видимо, ждали приказаний; наконец раздался чей-то голос:

– Где арестант?

– Здесь, – отвечали жандармы.

– Пусть идет за мной, я проведу его в камеру.

– Ступайте, – сказали жандармы, подталкивая Дантеса.

Он пошел за проводником, который действительно привел его в полуподземную камеру; из голых и мокрых стен, казалось, сочились слезы. Поставленная на табурет плошка, фитиль которой плавал в каком-то вонючем жире, осветила лоснящиеся стены этого страшного жилища и проводника; это был человек плохо одетый, с грубым лицом – по всей вероятности, из низших служителей тюрьмы.

– Вот вам камера на нынешнюю ночь, – сказал он. – Теперь уже поздно, и господин комендант лег спать. Завтра, когда он встанет и прочтет распоряжения, присланные на ваш счет, может быть, он назначит вам другую. А пока вот вам хлеб; тут, в этой кружке, вода; там, в углу, солома. Это все, чего может пожелать арестант. Спокойной ночи.

И прежде чем Дантес успел ответить ему, прежде чем он заметил, куда тюремщик положил хлеб, прежде чем он взглянул, где стоит кружка с водой, прежде чем он повернулся к углу, где лежала солома – его будущая постель, – тюремщик взял плошку и, закрыв дверь, лишил арестанта и того тусклого света, который показал ему, словно при вспышке зарницы, мокрые стены его тюрьмы.

Он остался один, среди тишины и мрака, немой, угрюмый, как своды подземелья, мертвящий холод которых он чувствовал на своем пылающем челе.

Когда первые лучи солнца едва осветили этот вертеп, тюремщик возвратился с приказом оставить арестанта здесь. Дантес стоял на том же месте. Казалось, железная рука пригвоздила его там, где он остановился накануне; только глаза его опухли от невыплаканных слез. Он не шевелился и смотрел в землю.

Он провел всю ночь стоя и ни на минуту не забылся сном.

Тюремщик подошел к нему, обошел вокруг него, но Дантес, казалось, его не видел.

Он тронул его за плечо. Дантес вздрогнул и покачал головой.

– Вы не спали? – спросил тюремщик.

– Не знаю, – отвечал Дантес.

Тюремщик посмотрел на него с удивлением.

– Вы не голодны? – продолжал он.

– Не знаю, – повторил Дантес.

– Вам ничего не нужно?

– Я хочу видеть коменданта.

Тюремщик пожал плечами и вышел.

Дантес проводил его взглядом, протянул руки к полурастворенной двери, но дверь захлопнулась.

Тогда громкое рыдание вырвалось из его груди. Накопившиеся слезы хлынули в два ручья. Он бросился на колени, прижал голову к полу и долго молился, припоминая в уме всю свою жизнь и спрашивая себя, какое преступление совершил он в своей столь еще юной жизни, чтобы заслужить такую жестокую кару.

Так прошел день. Дантес едва проглотил несколько крошек хлеба и выпил несколько глотков воды. Он то сидел, погруженный в думы, то кружил вдоль стен, как дикий зверь в железной клетке.

Одна мысль с особенной силой приводила его в неистовство: во время переезда, когда он, не зная, куда его везут, сидел так спокойно и беспечно, он мог бы десять раз броситься в воду и, мастерски умея плавать, умея нырять, как едва ли кто другой в Марселе, мог бы скрыться под водой, обмануть охрану, добраться до берега, бежать, спрятаться в какой-нибудь пустынной бухте, дождаться генуэзского или каталанского корабля, перебраться в Италию или Испанию и оттуда написать Мерседес, чтобы она приехала к нему. О своем пропитании он не беспокоился: в какую бы страну ни бросила его судьба – хорошие моряки везде редкость; он говорил по-итальянски, как тосканец, по-испански, как истый сын Кастилии. Он жил бы свободным и счастливым, с Мерседис, с отцом, потому что выписал бы и отца. А вместо этого он арестант, запертый в замке Иф, в этой тюрьме, откуда нет возврата, и не знает, что сталось с отцом, что сталось с Мерседес; и все это из-за того, что он поверил слову Вильфора. Было отчего сойти с ума, и Дантес в бешенстве катался по свежей соломе, которую принес тюремщик.

На другой день в тот же час явился тюремщик.

– Ну что, – спросил он, – поумнели немного?

Дантес не отвечал.

– Да бросьте унывать! Скажите, чего бы вам хотелось. Ну, говорите!

– Я хочу видеть коменданта.

– Я уже сказал, что это невозможно, – отвечал тюремщик с досадой.

– Почему невозможно?

– Потому что тюремным уставом арестантам запрещено к нему обращаться.

– А что же здесь позволено? – спросил Дантес.

— Пища получше – за деньги, прогулка, иногда книги.

— Книг мне не нужно; гулять я не хочу, а пищей я доволен. Я хочу только одного – видеть коменданта.

— Если вы будете приставать ко мне с этим, я перестану носить вам еду.

— Ну что ж, – отвечал Дантес, – если ты перестанешь носить мне еду, я умру с голоду, вот и все!

Выражение, с которым Дантес произнес эти слова, показало тюремщику, что его узник был бы рад умереть; а так как всякий арестант приносит тюремщику круглым числом десять су дохода в день, то тюремщик Дантеса тотчас высчитал убыток, могущий произойти от его смерти, и сказал уже более ласково:

— Послушайте: то, о чем вы просите, невозможно; стало быть, и не просите больше; не было примера, чтобы комендант по просьбе арестанта являлся к нему в камеру; поэтому ведите себя смирно, вам разрешат гулять, а на прогулке, может статься, вы как-нибудь встретите коменданта. Тогда и обратитесь к нему, и если ему угодно будет ответить вам, так это уж его дело.

— А сколько мне придется ждать этой встречи?

— Кто знает? – сказал тюремщик. – Месяц, три месяца, полгода, может быть год.

— Это слишком долго, – прервал Дантес, – я хочу видеть его сейчас же!

— Не упорствуйте в одном невыполнимом желании или через две недели вы сойдете с ума.

— Ты думаешь? – сказал Дантес.

— Да, сойдете с ума; сумасшествие всегда так начинается. У нас уже есть такой случай; здесь до вас жил аббат, который беспрестанно предлагал коменданту миллион за свое освобождение и на этом сошел с ума.

— А давно он здесь не живет?

— Два года.

— Его выпустили на свободу?

— Нет, посадили в карцер.

— Послушай, – сказал Дантес, – я не аббат и не сумасшедший; может быть, я и сойду с ума, но пока, к сожалению, я в полном рассудке; я предложу тебе другое.

— Что же?

— Я не стану предлагать тебе миллиона, потому что у меня его нет, но предложу тебе сто экю, если ты согласишься, когда поедешь в Марсель, заглянуть в Каталаны и передать письмо девушке, которую зовут Мерседес… даже не письмо, а только две строчки.

— Если я передам эти две строчки и меня поймают, я потеряю место, на котором получаю тысячу ливров в год, не считая дохода и стола; вы видите, я был бы дураком, если бы вздумал рисковать тысячей ливров, чтобы получить триста.

— Хорошо! – сказал Дантес. – Так слушай и запомни хорошенько: если ты не отнесешь записки Мерседес или по крайней мере не дашь ей знать, что я здесь, то когда-нибудь я подкараулю тебя за дверью и, когда ты войдешь, размозжу тебе голову табуретом!

— Ага, угрозы! – закричал тюремщик, отступая на шаг и приготовляясь к защите. – Положительно у вас голова не в порядке; аббат начал, как вы, и через три дня вы будете буйствовать, как он; хорошо, что в замке Иф есть карцеры.

Дантес поднял табурет и повертел им над головой.

— Ладно, ладно, – сказал тюремщик, – если уж вы непременно хотите, я уведомлю коменданта.

— Давно бы так, – отвечал Дантес, ставя табурет на пол и садясь на него, с опущенной головой и блуждающим взглядом, словно он действительно начинал сходить с ума.

Тюремщик вышел и через несколько минут вернулся с четырьмя солдатами и капралом.

– По приказу коменданта, – сказал он, – переведите арестанта этажом ниже.

– В темную, значит, – сказал капрал.

– В темную; сумасшедших надо сажать с сумасшедшими.

Четверо солдат схватили Дантеса, который впал в какое-то забытье и последовал за ними без всякого сопротивления.

Они спустились вниз на пятнадцать ступеней; отворилась дверь темной камеры, в которую он вошел, бормоча:

– Он прав, сумасшедших надо сажать с сумасшедшими.

Дверь затворилась, и Дантес пошел вперед, вытянув руки, пока не дошел до стены; тогда он сел в угол и долго не двигался с места, между тем как глаза его, привыкнув мало-помалу к темноте, начали различать предметы. Тюремщик не ошибся: Дантес был на волосок от безумия.

IX. Вечер дня обручения

Вильфор, как мы уже сказали, отправился опять на улицу Гран-Кур и, войдя в дом г-жи де Сен-Меран, застал гостей уже не в столовой, а в гостиной, за чашками кофе.

Рене ждала его с нетерпением, которое разделяли и прочие гости. Поэтому его встретили радостными восклицаниями.

– Ну, головорез, оплот государства, роялистский Брут! – крикнул один из гостей. – Что случилось? Говорите!

– Уж не готовится ли новый Террор? – спросил другой.

– Уж не вылез ли из своего логова корсиканский людоед? – спросил третий.

– Маркиза, – сказал Вильфор, подходя к своей будущей теще, – простите меня, но я принужден просить у вас разрешения удалиться... Маркиз, разрешите сказать вам два слова наедине?

– Значит, это и вправду серьезное дело? – сказала маркиза, заметив нахмуренное лицо Вильфора.

– Очень серьезное, и я должен на несколько дней покинуть вас. Вы можете по этому судить, – прибавил Вильфор, обращаясь к Рене, – насколько это важно.

– Вы уезжаете? – вскричала Рене, не умея скрыть своего огорчения.

– Увы! – отвечал Вильфор. – Это необходимо.

– А куда? – спросила маркиза.

– Это – судебная тайна. Однако если у кого-нибудь есть поручения в Париж, то один мой приятель едет туда сегодня, и он охотно примет их на себя.

Все переглянулись.

– Вы хотели поговорить со мною? – спросил маркиз.

– Да, если позволите, пройдемте к вам в кабинет.

Маркиз взял Вильфора под руку, и они вместе вышли.

– Что случилось? – сказал маркиз, входя в кабинет. – Говорите.

– Нечто весьма важное, требующее моего немедленного отъезда в Париж. Теперь, маркиз, простите мне нескромный и бестактный вопрос: у вас есть государственные облигации?

– В них все мое состояние; на шестьсот или семьсот тысяч франков.

– Так продайте, маркиз, продайте, или вы разорены.

– Как я могу продать их отсюда?

– У вас есть маклер в Париже?

– Есть.

— Дайте мне письмо к нему: пусть продает, не теряя ни минуты, ни секунды; может быть, даже я приеду слишком поздно.

— Черт возьми! — сказал маркиз. — Не будем терять времени!

Он сел к столу и написал своему агенту распоряжение о продаже всех облигаций по любой цене.

— Одно письмо есть, — сказал Вильфор, бережно пряча его в бумажник, — теперь мне нужно еще другое.

— К кому?

— К королю.

— К королю?

— Да.

— Но не могу же я так прямо писать его величеству.

— Да я и не прошу письма от вас, а только хочу, чтобы вы попросили его у графа де Сальвьё. Чтобы не терять драгоценного времени, мне нужно такое письмо, с которым я мог бы явиться прямо к королю, не подвергаясь всяким формальностям, связанным с получением аудиенции.

— А министр юстиции? Он же имеет право входа в Тюильри, и через него вы в любое время можете получить доступ к королю.

— Разумеется. Но зачем мне делиться с другими той важной новостью, которую я везу. Вы понимаете? Министр юстиции, естественно, отодвинет меня на второй план и похитит у меня всю заслугу. Скажу вам одно, маркиз: если я первый явлюсь в Тюильри, карьера моя обеспечена, потому что я окажу королю услугу, которой он никогда не забудет.

— Если так, друг мой, ступайте, собирайтесь в дорогу; я вызову Сальвьё, и он напишет письмо, которое вам послужит пропуском.

— Хорошо, но не теряйте времени; через четверть часа я должен быть в почтовой карете.

— Велите остановиться у нашего дома.

— Вы, конечно, извинитесь за меня перед маркизой и мадемуазель де Сен-Меран, с которой я расстаюсь в такой день с глубочайшим сожалением.

— Они будут ждать вас в моем кабинете, и вы проститесь с ними.

— Тысячу благодарностей. Так приготовьте письмо.

Маркиз позвонил.

Вошел лакей.

— Попросите сюда графа де Сальвьё... А вы идите, — сказал маркиз, обращаясь к Вильфору.

— Я сейчас же буду обратно.

И Вильфор торопливо вышел; но в дверях он решил, что вид помощника королевского прокурора, куда-то стремительно шагающего, может возмутить спокойствие целого города; поэтому он пошел своей обычной внушительной походкой.

Дойдя до своего дома, он заметил в темноте какой-то белый призрак, который ждал его, не шевелясь.

То была Мерседес, которая, не получая вестей об Эдмоне, решила сама разузнать, почему арестовали ее жениха.

Завидев Вильфора, она отделилась от стены и загородила ему дорогу. Дантес говорил Вильфору о своей невесте, и Мерседес незачем было называть себя; Вильфор и без того узнал ее. Его поразили красота и благородная осанка девушки, и когда она спросила его о своем женихе, то ему показалось, что обвиняемый — это он, а она — судья.

— Тот, о ком вы говорите, тяжкий преступник, — отвечал Вильфор, — и я ничего не могу сделать для него.

Мерседес зарыдала; Вильфор хотел пройти мимо, но она остановила его.

— Скажите по крайней мере, где он, — проговорила она, — чтобы я могла узнать, жив он или умер?

— Не знаю. Он больше не в моем распоряжении, — отвечал Вильфор.

Ее проницательный взгляд и умоляющий жест тяготили его; он оттолкнул Мерседес, вошел в дом и быстро захлопнул за собою дверь, как бы желая отгородиться от горя этой девушки.

Но горе не так легко отогнать. Раненный им уносит его с собою, как смертельную стрелу, о которой говорит Вергилий. Вильфор запер дверь, поднялся в гостиную, но тут ноги его подкосились; из его груди вырвался вздох, похожий на рыдание, и он упал в кресло.

Тогда-то в этой больной душе обнаружились первые зачатки смертельного недуга. Тот, кого он принес в жертву своему честолюбию, ни в чем не повинный юноша, который пострадал за вину его отца, предстал перед ним, бледный и грозный, под руку со своей невестой, такой же бледной, неся ему угрызения совести, — не те угрызения, от которых больной вскакивает, словно гонимый древним роком, а то глухое, мучительное постукивание, которое время от времени терзает сердце воспоминанием содеянного и до гробовой доски все глубже и глубже разъедает совесть.

Вильфор пережил еще одну — последнюю — минуту колебания. Уже не раз, не испытывая ничего, кроме волнения борьбы, он требовал смертной казни для подсудимых; и эти казни, совершившиеся благодаря его громовому красноречию, увлекавшему присяжных или судей, ни единым облачком не омрачали его чела, ибо эти подсудимые были виновны, или по крайней мере Вильфор считал их таковыми.

Но на этот раз было совсем другое: к пожизненному заключению он приговорил невинного — невинного, которому предстояло счастье: он отнял у него не только свободу, но и счастье; на этот раз он был уже не судья, а палач.

И, думая об этом, он почувствовал те глухие мучительные удары, которых он до той поры не знал; они отдавались в его груди и наполняли сердце безотчетным страхом. Так нестерпимая боль предостерегает раненого, и он никогда без содрогания не коснется пальцем открытой и кровоточащей раны, пока она не зажила.

Но рана Вильфора была из тех, которые не заживают или заживают только затем, чтобы снова открыться, причиняя еще большие муки, чем прежде.

Если бы в эту минуту раздался нежный голос Рене, моля его о пощаде, если бы прелестная Мерседес вошла и сказала ему: «Именем бога, который нас видит и судит, заклинаю вас, отдайте мне моего жениха», — Вильфор, уже почти побежденный неизбежностью, покорился бы ей окончательно и оледенелой рукой, невзирая на все, чем это ему грозило, наверно, подписал бы приказ об освобождении Дантеса; но ничей голос не прозвучал в тишине, и дверь отворилась только для камердинера, который пришел доложить Вильфору, что почтовые лошади запряжены в дорожную коляску.

Вильфор встал или, вернее, вскочил, как человек, вышедший победителем из внутренней борьбы, подбежал к бюро, сунул в карман все золото, какое хранилось в одном из ящиков, покружил еще по комнате, растерянно потирая рукою лоб и бормоча бессвязные слова; наконец, почувствовав, что камердинер набросил ему на плечи плащ, он вышел, вскочил в карету и отрывисто приказал заехать на улицу Гран-Кур, к маркизу де Сен-Мерану.

Несчастный Дантес был осужден безвозвратно.

Как обещал маркиз де Сен-Меран, Вильфор застал у него в кабинете его жену и дочь. При виде Рене молодой человек вздрогнул: он боялся, что она опять станет просить за Дантеса. Но, увы! Надо сознаться, в укор нашему эгоизму, что молодая девушка была занята только одним: отъездом своего жениха.

Она любила Вильфора; Вильфор уезжал накануне их свадьбы; Вильфор сам точно не знал, когда вернется, и Рене, вместо того чтобы жалеть Дантеса, проклинала человека, преступление которого разлучало ее с женихом.

Каково же было Мерседес!

На углу улицы де-ла-Лож ее ждал Фернан, который вышел за ней следом; она вернулась в Каталаны и, полумертвая, в отчаянии, бросилась на постель. Перед этой постелью Фернан стал на колени и, взяв холодную руку, которой Мерседес не отнимала, покрывал ее жаркими поцелуями, но Мерседес даже не чувствовала их.

Так прошла ночь. Когда все масло выгорело, ночник погас, но она не заметила темноты, как не замечала света; и когда забрезжило утро, она и этого не заметила.

Горе пеленой застлало ей глаза, и она видела одного Эдмона.

– Ты здесь! – сказала она наконец, оборачиваясь к Фернану.

– Со вчерашнего дня я не отходил от тебя, – отвечал Фернан с горестным вздохом.

Моррель не считал себя побежденным. Он знал, что после допроса Дантеса отвели в тюрьму; тогда он обегал всех своих друзей, перебывал у всех, кто мог иметь влияние, но повсюду уже распространился слух, что Дантес арестован как бонапартистский агент, и так как в то время даже смельчаки считали безумием любую попытку Наполеона вернуть себе престол, то Моррель встречал только холодность, боязнь или отказ. Он воротился домой в отчаянии, сознавая в душе, что дело очень плохо и что помочь никто не в силах.

Со своей стороны Кадрусс тоже был в большом беспокойстве. Вместо того чтобы бегать по всему городу, как Моррель, и пытаться чем-нибудь помочь Дантесу, что, впрочем, ни к чему бы не привело, он засел дома с двумя бутылками наливки и старался утопить свою тревогу в вине. Но, для того чтобы одурманить его смятенный ум, двух бутылок было мало. Поэтому он остался сидеть, облокотясь на хромоногий стол, между двумя пустыми бутылками, не имея сил ни выйти из дому за вином, ни забыть о случившемся, и смотрел, как при свете коптящей свечи перед ним кружились и плясали все призраки, которые Гофман черной фантастической пылью рассеял по своим влажным от пунша страницам.

Один Данглар не беспокоился и не терзался. Данглар даже радовался; он отомстил врагу и обеспечил себе на «Фараоне» должность, которой боялся лишиться. Данглар был одним из тех расчетливых людей, которые родятся с пером за ухом и с чернильницей вместо сердца; все, что есть в мире, сводилось для него к вычитанию или к умножению, и цифра значила для него гораздо больше, чем человек, если эта цифра увеличивала итог, который мог быть уменьшен этим человеком.

Поэтому Данглар лег спать в обычный час и спал спокойно.

Вильфор, получив от графа де Сальвьё рекомендательное письмо, поцеловал Рене в обе щеки, прильнул губами к руке маркизы де Сен-Меран, пожал руку маркизу и помчался на почтовых по дороге в Экс.

Старик Дантес, убитый горем, томился в смертельной тревоге.

Что же касается Эдмона, то мы знаем, что с ним сталось.

X. Малый покой в Тюильри

Оставим Вильфора на парижской дороге, где, платя тройные прогоны, он мчался во весь опор, и заглянем, миновав две-три гостиные, в малый тюильрийский покой, с полуциркульным окном, знаменитый тем, что это был любимый кабинет Наполеона и Людовика XVIII, а затем Луи-Филиппа.

В этом кабинете, сидя за столом орехового дерева, который он вывез из Гартвеля и который, в силу одной из причуд, свойственных выдающимся личностям, он особенно любил, король Людовик XVIII рассеянно слушал человека лет пятидесяти, с седыми волосами, с аристократическим лицом, изысканно одетого. В то же время он делал пометки на полях Горация, издания Грифиуса, издания довольно неточного, хоть и почитаемого и дававшего его величеству обильную пищу для хитроумных филологических наблюдений.

— Так вы говорите, сударь... — сказал король.

— Что я чрезвычайно обеспокоен, ваше величество.

— В самом деле? Уж не приснились ли вам семь коров тучных и семь тощих?

— Нет, ваше величество. Это означало бы только, что нас ждут семь годов обильных и семь голодных; а при таком предусмотрительном государе, как ваше величество, голода нечего бояться.

— Так что же вас беспокоит, милейший Блакас?

— Ваше величество, мне кажется, есть основания думать, что на юге собирается гроза.

— В таком случае, дорогой герцог, — отвечал Людовик XVIII, — мне кажется, вы плохо осведомлены. Я, напротив, знаю наверняка, что там прекрасная погода.

Людовик XVIII, хоть и был человеком просвещенного ума, любил нехитрую шутку.

— Сир, — сказал де Блакас, — хотя бы для того, чтобы успокоить верного слугу, соблаговолите послать в Лангедок, в Прованс и в Дофине надежных людей, которые доставили бы точные сведения о состоянии умов в этих трех провинциях.

— Canimus surdis,[4] — отвечал король, продолжая делать пометки на полях Горация.

— Ваше величество, — продолжал царедворец, усмехнувшись, чтобы показать, будто он понял полустишие венузинского поэта, — ваше величество, быть может, совершенно правы, надеясь на преданность Франции; но, думается мне, что я не так уж не прав, опасаясь какой-нибудь отчаянной попытки...

— С чьей стороны?

— Со стороны Бонапарта или хотя бы его партии.

— Дорогой Блакас, — сказал король, — ваш страх не дает мне работать.

— А ваше спокойствие, сир, мешает мне спать.

— Постойте, дорогой мой, погодите: мне пришло на ум пресчастливое замечание о Pastor quum traheret;[5] погодите, потом скажете.

Наступило молчание, и король написал мельчайшим почерком несколько строк на полях Горация.

— Продолжайте, дорогой герцог, — сказал он, самодовольно подымая голову, как человек, считающий, что сам набрел на мысль, когда истолковал мысль другого. — Продолжайте, я вас слушаю.

— Ваше величество, — начал Блакас, который сначала надеялся один воспользоваться вестями Вильфора, — я должен сообщить вам,

---

[4] Мы поем глухим *(лат.)*.

[5] Когда вез пастух... *(лат.)* (Гораций. Оды, I, 15).

что не пустые слухи и не голословные предостережения беспокоят меня. Человек благомыслящий, заслуживающий моего полного доверия и имевший от меня поручение наблюдать за югом Франции, – герцог слегка замялся, произнося эти слова, – прискакал ко мне на почтовых, чтобы сказать: страшная опасность угрожает королю. Вот почему я и поспешил к вашему величеству.

— Mala ducis avi domum,[6] – продолжал король, делая пометки.

— Может быть, вашему величеству угодно, чтобы я оставил этот предмет?

— Нет, нет, дорогой герцог, но протяните руку...

— Которую?

— Какую угодно; вот там, налево...

— Здесь, ваше величество?

— Я говорю налево, а вы ищете направо; я хочу сказать – налево от меня; да, тут; тут должно быть донесение министра полиции от вчерашнего числа... Да вот и сам Дандре... Ведь вы сказали: господин Дандре? – продолжал король, обращаясь к камердинеру, который вошел доложить о приезде министра полиции.

— Да, сир, барон Дандре, – отвечал камердинер.

— Да, барон, – сказал Людовик XVIII с едва заметной улыбкой, – войдите, барон, и расскажите герцогу все последние новости о господине Бонапарте. Не скрывайте ничего, как бы серьезно ни было положение. Правда ли, что остров Эльба – вулкан и он извергает войну, ощетинившуюся и огненную: bella, horrida bella?[7]

Дандре, изящно опираясь обеими руками на спинку стула, сказал:

— Вашему величеству угодно было удостоить взглядом мое вчерашнее донесение?

— Читал, читал; но расскажите сами герцогу, который никак не может его найти, что там написано; расскажите ему подробно, чем занимается узурпатор на своем острове.

— Все верные слуги его величества, – обратился барон к герцогу, – должны радоваться последним новостям, полученным с острова Эльба. Бонапарт...

Дандре посмотрел на Людовика XVIII, который, увлекшись каким-то примечанием, не поднял даже головы.

— Бонапарт, – продолжал барон, – смертельно скучает; по целым дням он созерцает работы минеров в Порто-Лангоне.

— И почесывается для развлечения, – прибавил король.

— Почесывается? – сказал герцог. – Что вы хотите сказать, ваше величество?

— Разве вы забыли, что этот великий человек, этот герой, этот полубог страдает накожной болезнью?

— Мало того, герцог, – продолжал министр полиции, – мы почти уверены, что в ближайшее время узурпатор сойдет с ума.

— Сойдет с ума?

— Несомненно; ум его мутится, он то плачет горькими слезами, то хохочет во все горло; иной раз сидит целыми часами на берегу и бросает камешки в воду, и если камень сделает пять или шесть рикошетов, то он радуется, точно снова выиграл битву при Маренго или Аустерлице. Согласитесь сами, это явные признаки сумасшествия.

---

[6] Везешь к горю ты горькому... *(лат.)* (Гораций. Оды, I, 15).

[7] Войны, ужасные войны *(лат.)*.

— Или мудрости, господин барон, — смеясь, сказал Людовик XVIII, — великие полководцы древности в часы досуга забавлялись тем, что бросали камешки в воду; разверните Плутарха и загляните в жизнь Сципиона Африканского.

Де Блакас задумался, видя такую беспечность и в министре, и в короле. Вильфор не выдал ему всей своей тайны, чтобы другой не воспользовался ею, но все же сказал достаточно, чтобы поселить в нем немалые опасения.

— Продолжайте, Дандре, — сказал король, — Блакас еще не убежден; расскажите, как узурпатор обратился на путь истинный.

Министр полиции поклонился.

— На путь истинный, — прошептал герцог, глядя на короля и на Дандре, которые говорили поочередно, как вергилиевские пастухи. — Узурпатор обратился на путь истинный?

— Безусловно, любезный герцог.

— На какой же?

— На путь добра. Объясните, барон.

— Дело в том, герцог, — вполне серьезно начал министр, — что недавно Наполеон принимал смотр; двое или трое из его старых ворчунов, как он их называет, изъявили желание возвратиться во Францию; он их отпустил, настойчиво советуя им послужить их доброму королю; это его собственные слова, герцог, могу вас уверить.

— Ну, как, Блакас? Что вы на это скажете? — спросил король с торжествующим видом, отрываясь от огромной книги, раскрытой перед ним.

— Я скажу, ваше величество, что один из нас ошибается, или господин министр полиции, или я; но так как невозможно, чтобы ошибался господин министр полиции, ибо он охраняет благополучие и честь вашего величества, то, вероятно, ошибаюсь я. Однако на месте вашего величества я все же расспросил бы то лицо, о котором я имел честь докладывать; я даже настаиваю, чтобы ваше величество удостоили его этой чести.

— Извольте, герцог; по вашему указанию я приму кого хотите, но я хочу принять его с оружием в руках. Господин министр, нет ли у вас донесения посвежее? На этом проставлено двадцатое февраля, а ведь сегодня уже третье марта.

— Нет, ваше величество, но я жду нового донесения с минуты на минуту. Я выехал из дому с утра, и может быть, оно получено без меня.

— Поезжайте в префектуру, и если оно еще не получено, то... — Людовик засмеялся, — то сочините сами; ведь так это делается?

— Хвала богу, сир, нам не нужно ничего выдумывать, — отвечал министр, — нас ежедневно заваливают самыми подробными доносами; их пишут всякие горемыки в надежде получить что-нибудь за услуги, которых они не оказывают, но хотели бы оказать. Они рассчитывают на счастливый случай и надеются, что какое-нибудь нежданное событие оправдает их предсказания.

— Хорошо, ступайте, — сказал король, — и не забудьте, что я вас жду.

— Ваше величество, через десять минут я здесь...

— А я, ваше величество, — сказал де Блакас, — пойду приведу моего вестника.

— Постойте, постойте, — сказал король. — Знаете, Блакас, мне придется изменить ваш герб; я дам вам орла с распущенными крыльями, держащего в когтях добычу, которая тщетно силится вырваться, и с девизом: Tenax.[8]

---

[8] Цепкий *(лат.).*

— Я вас слушаю, ваше величество, — отвечал герцог, кусая ногти от нетерпения.

— Я хотел посоветоваться с вами об этом стихе: Molli fugiens anhelitu...[9] Полноте, дело идет об олене, которого преследует волк. Ведь вы же охотник и обер-егермейстер; как вам нравится это Molli anhelitu?

— Превосходно, ваше величество. Но мой вестник похож на того оленя, о котором вы говорите, ибо он проехал двести двадцать лье на почтовых, и притом меньше чем в три дня.

— Это лишний труд и беспокойство, когда у нас есть телеграф, который сделал бы то же самое в три или четыре часа, и притом без всякой одышки.

— Ваше величество, вы плохо вознаграждаете рвение бедного молодого человека, который примчался издалека, чтобы предостеречь ваше величество. Хотя бы ради графа Сальвьё, который мне его рекомендует, примите его милостиво, прошу вас.

— Граф Сальвьё? Камергер моего брата?

— Он самый.

— Да, да, ведь он в Марселе.

— Он оттуда мне и пишет.

— Так и он сообщает об этом заговоре?

— Нет, но рекомендует господина де Вильфора и поручает мне представить его вашему величеству.

— Вильфор! — вскричал король. — Так его зовут Вильфор?

— Да, сир.

— Это он и приехал из Марселя?

— Он самый.

— Что же вы сразу не назвали его имени? — сказал король, и на лице его показалась легкая тень беспокойства.

— Сир, я думал, что его имя неизвестно вашему величеству.

— Нет, нет, Блакас; это человек дельный, благородного образа мыслей, главное — честолюбивый. Да вы же знаете его отца, хотя бы по имени...

— Его отца?

— Ну да, Нуартье.

— Жирондист? Сенатор?

— Вот именно.

— И ваше величество доверили государственную должность сыну такого человека?

— Блакас, мой друг, вы ничего не понимаете; я вам сказал, что Вильфор честолюбив; чтобы выслужиться, Вильфор пожертвует всем, даже родным отцом.

— Так прикажете привести его?

— Сию же минуту; где он?

— Ждет внизу, в моей карете.

— Ступайте за ним.

— Бегу.

И герцог побежал с живостью молодого человека; его искренний роялистский пыл придавал ему силы двадцатилетнего юноши.

Людовик XVIII, оставшись один, снова устремил взгляд на раскрытого Горация и прошептал: Justum et tenacem propositi virum...».[10]

---

[9] Так и ты побежишь, задыхаясь... *(лат.)* (Гораций. Оды, I, 15).

[10] Муж справедливый и твердый в решеньях... *(лат.)* (Гораций. Оды,

Де Блакас возвратился так же поспешно, как вышел, но в приемной ему пришлось сослаться на волю короля: пыльное платье Вильфора, его наряд, отнюдь не отвечающий придворному этикету, возбудили неудовольствие маркиза де Брезе, который изумился дерзости молодого человека, решившегося в таком виде явиться к королю. Но герцог одним словом: «По велению его величества» — устранил все препятствия, и, несмотря на возражения, которые порядка ради продолжал бормотать церемониймейстер, Вильфор вошел в кабинет.

Король сидел на том же месте, где его оставил герцог. Отворив дверь, Вильфор очутился прямо против него; молодой человек невольно остановился.

— Войдите, господин де Вильфор, — сказал король, — войдите!

Вильфор поклонился и сделал несколько шагов в ожидании вопроса короля.

— Господин де Вильфор, — начал Людовик XVIII, — герцог Блакас говорит, что вы имеете сообщить нам нечто важное.

— Сир, герцог говорит правду, и я надеюсь, что и вашему величеству угодно будет согласиться с ним.

— Прежде всего так ли велика опасность, как меня хотят уверить?

— Ваше величество, я считаю ее серьезной; но благодаря моей поспешности она, надеюсь, предотвратима.

— Говорите подробно, не стесняйтесь, — сказал король, начиная и сам заражаться волнением, которое отражалось на лице герцога и в голосе Вильфора, — говорите, но начните сначала, я во всем и везде люблю порядок.

— Я представлю вашему величеству подробный отчет; но прошу извинить, если мое смущение несколько затемнит смысл моих слов.

Взгляд, брошенный на короля после этого вкрадчивого вступления, сказал Вильфору, что августейший собеседник внимает ему с благосклонностью, и он продолжал:

— Ваше величество, я приехал со всей поспешностью в Париж, чтобы уведомить ваше величество о том, что по долгу службы я открыл не какое-нибудь обыденное и пустое сообщничество, какие каждый день затеваются в низших слоях населения и войска, но подлинный заговор, который угрожает трону вашего величества. Сир, узурпатор снаряжает три корабля; он замышляет какое-то дело, может быть безумное, но тем не менее и грозное, несмотря на все его безумие. В настоящую минуту он уже, должно быть, покинул остров Эльба и направился – куда? – не знаю. Без сомнений, он попытается высадиться либо в Неаполе, либо на берегах Тосканы, а может быть, даже и во Франции. Вашему величеству небезызвестно, что властитель острова Эльба сохранил сношения и с Италией, и с Францией.

— Да, — отвечал король в сильном волнении, — совсем недавно мы узнали, что бонапартисты собираются на улице Сен-Жак; но продолжайте, прошу вас; как вы получили все эти сведения?

— Ваше величество, я почерпнул их из допроса, который я учинил одному марсельскому моряку. Я давно начал следить за ним и в самый день моего отъезда отдал приказ о его аресте. Этот человек, несомненный бонапартист, тайно ездил на остров Эльба; там он виделся с маршалом, и тот дал ему устное поручение к одному парижскому бонапартисту, имени которого я от него так и не добился; но поручение состояло в том, чтобы подготовить умы к возвращению (прошу помнить, ваше величество, что я передаю слова подсудимого),

III, 3).

к возвращению, которое должно последовать в самое ближайшее время.

— А где этот человек? – спросил король.

— В тюрьме, ваше величество.

— И дело показалось вам серьезным?

— Настолько серьезным, что, узнав о нем на семейном торжестве, в самый день моего обручения, я тотчас все бросил, и невесту и друзей, все отложил до другого времени и явился повергнуть к стопам вашего величества и мои опасения, и заверения в моей преданности.

— Да, — сказал Людовик, — ведь вы должны были жениться на мадемуазель де Сен-Меран.

— На дочери одного из преданнейших ваших слуг.

— Да, да; но вернемся к этому сообщничеству, господин де Вильфор.

— Ваше величество, боюсь, что это нечто большее, чем сообщничество, боюсь, что это заговор.

— В наше время, — отвечал Людовик с улыбкой, — легко затеять заговор, но трудно привести в исполнение уже потому, что мы, недавно возвратясь на престол наших предков, обращаем взгляд одновременно на прошлое, на настоящее и на будущее. Вот уже десять месяцев как мои министры зорко следят за тем, чтобы берега Средиземного моря бдительно охранялись. Если Бонапарт высадится в Неаполе, то вся коалиция подымется против него, прежде чем он успеет дойти до Пьомбино; если он высадится в Тоскане, то ступит на вражескую землю; если он высадится во Франции, то лишь с горсточкой людей, и мы справимся с ним без труда, потому что население ненавидит его. Поэтому успокойтесь, но будьте все же уверены в нашей королевской признательности.

— А! Вот и господин Дандре, — воскликнул герцог Блакас.

На пороге кабинета стоял министр полиции, бледный, трепещущий; взгляд его блуждал, словно сознание покидало его. Вильфор хотел удалиться, но де Блакас удержал его за руку.

XI. Корсиканский людоед

Людовик XVIII, увидев отчаянное лицо министра полиции, с силой оттолкнул стол, за которым сидел.

— Что с вами, барон? – воскликнул он. – Почему вы в таком смятении? Неужели из-за догадок герцога Блакаса, которые подтверждает господин де Вильфор?

Герцог тоже быстро подошел к барону, но страх придворного пересилил злорадство государственного деятеля: в самом деле, положение было таково, что несравненно лучше было самому оказаться посрамленным, чем видеть посрамленным министра полиции.

— Ваше величество... — пролепетал барон.

— Говорите! — сказал король.

Тогда министр полиции, уступая чувству отчаяния, бросился на колени перед Людовиком XVIII, который отступил назад и нахмурил брови.

— Заговорите вы или нет? — спросил он.

— Ах, ваше величество! Какое несчастье! Что мне делать? Я безутешен!

— Милостивый государь, — сказал Людовик XVIII, — я вам приказываю говорить.

— Ваше величество, узурпатор покинул остров Эльба двадцать восьмого февраля и пристал к берегу первого марта.

— Где? — быстро спросил король.

— Во Франции, ваше величество, в маленькой гавани близ Антиба, в заливе Жуан.

— Первого марта узурпатор высадился во Франции близ Антиба, в заливе Жуан, в двухстах пятидесяти лье от Парижа, а вы узнали об этом только нынче, третьего марта!.. Нет, милостивый государь, этого не может быть; либо вас обманули, либо вы сошли с ума.

— Увы, ваше величество, это совершенная правда!

Людовик XVIII задрожал от гнева и страха и порывисто вскочил, словно неожиданный удар поразил его вдруг в самое сердце.

— Во Франции! — закричал он. — Узурпатор во Франции! Стало быть, за этим человеком не следили? Или, почем знать, были с ним заодно?

— Сир, — воскликнул герцог Блакас, — такого человека, как барон Дандре, нельзя обвинять в измене! Ваше величество, все мы были слепы, и министр полиции поддался общему ослеплению, вот и все!

— Однако... — начал Вильфор, но вдруг осекся, — простите великодушно, ваше величество, — сказал он с поклоном. — Мое усердие увлекло меня; прошу ваше величество простить меня.

— Говорите, сударь, говорите смело, — сказал король. — Вы один предуведомили нас о несчастье; помогите нам найти средство отразить его.

— Ваше величество, узурпатора на юге ненавидят; полагаю, что если он решится идти через юг, то легко будет поднять против него Прованс и Лангедок.

— Верно, — сказал министр, — но он идет через Гап и Систерон.

— Идет! — прервал король. — Стало быть, он идет на Париж?

Министр полиции не ответил ничего, что было равносильно признанию.

— А Дофине? — спросил король, обращаясь к Вильфору. — Можно ли, по-вашему, и эту провинцию поднять, как Прованс?

— Мне горько говорить вашему величеству жестокую правду, но настроение в Дофине много хуже, чем в Провансе и в Лангедоке. Горцы — бонапартисты, ваше величество.

— Он был хорошо осведомлен, — прошептал король. — А сколько у него войска?

— Не знаю, ваше величество, — отвечал министр полиции.

— Как не знаете? Вы забыли справиться об этом? Правда, это не столь важно, — прибавил король с убийственной улыбкой.

— Ваше величество, я не мог об этом справиться; депеша сообщает только о высадке узурпатора и о пути, по которому он идет.

— А как вы получили депешу? — спросил король.

Министр опустил голову и покраснел, как рак.

— По телеграфу, ваше величество.

Людовик XVIII сделал шаг вперед и скрестил руки на груди, как Наполеон.

— Итак, — сказал он, побледнев от гнева, — семь союзных армий ниспровергли этого человека; чудом возвратился я на престол моих предков после двадцатипятилетнего изгнания; все эти двадцать пять лет я изучал, обдумывал, узнавал людей и дела той Франции, которая была мне обещана, — и для чего? Для того чтобы в ту минуту, когда я достиг цели моих желаний, сила, которую я держал в руках, разразилась громом и разбила меня!

— Ваше величество, это рок, — пробормотал министр, чувствуя, что такое бремя, невесомое для судьбы, достаточно, чтобы раздавить человека.

— Стало быть, то, что говорили про нас наши враги, справедливо: мы ничему не научились, ничего не забыли! Если бы меня предали, как его, я мог бы еще утешиться. Но быть среди людей, которых я осыпал почестями, которые должны бы беречь меня больше, чем самих себя, ибо мое счастье – их счастье: до меня они были ничем, после меня опять будут ничем, – и погибнуть из-за их беспомощности, их глупости! Да, милостивый государь, вы правы, это – рок!

Министр, не смея поднять голову, слушал эту грозную отповедь. Блакас отирал пот с лица; Вильфор внутренне улыбался, чувствуя, что значение его возрастает.

– Пасть, – продолжал Людовик XVIII, который с первого взгляда измерил глубину пропасти, разверзшейся перед монархией, – пасть и узнать о своем падении по телеграфу! Мне было бы легче взойти на эшафот, как мой брат, Людовик XVI, чем спускаться по тюильрийской лестнице под бичом насмешек... Вы не знаете, милостивый государь, что значит во Франции стать посмешищем, а между тем вам следовало это знать.

– Ваше величество, – бормотал министр, – пощадите!..

– Подойдите, господин де Вильфор, – продолжал король, обращаясь к молодому человеку, который неподвижно стоял поодаль, следя за разговором, который касался судьбы целого государства, – подойдите и скажите ему, что можно было знать наперед все то, чего он не знал.

– Ваше величество, физически невозможно было предугадать замыслы, которые узурпатор скрывал решительно от всех.

– Физически невозможно! Какой веский довод! К сожалению, веские доводы то же, что и люди с весом, я узнаю им цену. Министру, имеющему в своем распоряжении целое управление, департаменты, агентов, сыщиков, шпионов и секретный фонд в полтора миллиона франков, невозможно знать, что делается в шестидесяти милях от берегов Франции? Вот молодой человек, у которого не было ни одного из этих средств, и он, простой судейский чиновник, знал больше, чем вы со всей вашей полицией, и он спас бы мою корону, если бы имел право, как вы, распоряжаться телеграфом.

Взгляд министра полиции с выражением глубочайшей досады обратился на Вильфора, который склонил голову со скромностью победителя.

– Про вас я не говорю, Блакас, – продолжал король, – если вы ничего и не открыли, то по крайней мере были настолько умны, что упорствовали в своих подозрениях; другой, может быть, отнесся бы к сообщению господина де Вильфора, как к пустякам, или подумал бы, что оно внушено корыстным честолюбием.

Это был намек на те слова, которые министр полиции с такой уверенностью произнес час тому назад.

Вильфор понял игру короля. Другой, может быть, упоенный успехом, дал бы увлечь себя похвалами; но он боялся нажить смертельного врага в министре полиции, хотя и чувствовал, что тот погиб безвозвратно. Однако министр, не умевший, в полноте власти, предугадать замыслы Наполеона, мог, в судорогах своей агонии, проникнуть в тайну Вильфора: для этого ему стоило только допросить Дантеса. Поэтому, вместо того чтобы добить министра, он пришел ему на помощь.

– Ваше величество, – сказал Вильфор, – стремительность событий доказывает, что только бог, послав бурю, мог остановить их. То, что вашему величеству угодно приписывать моей проницательности, всего-навсего дело случая; я только воспользовался этим случаем как преданный слуга. Не цените меня выше, чем я заслуживаю, сир, чтобы потом не разочароваться в вашем первом впечатлении.

Министр полиции поблагодарил Вильфора красноречивым взглядом, а Вильфор понял, что успел в своем намерении и, не утратив благодарности короля, приобрел друга, на которого в случае нужды мог надеяться.

– Пусть будет так, – сказал король. – А теперь, господа, – продолжал он, обращаясь к де Блакасу и министру полиции, – вы мне более не нужны, можете идти… То, что теперь остается делать, относится к ведению военного министра.

– К счастью, – сказал герцог, – мы можем надеяться на армию: вашему величеству известно, что все донесения свидетельствуют о ее преданности вашей короне.

– Не говорите мне о донесениях; теперь я знаю, как им можно верить. Да, кстати о донесениях, барон: какие новости об улице Сен-Жак?

– Об улице Сен-Жак! – невольно воскликнул Вильфор, но тотчас спохватился: – Простите, сир, преданность вашему величеству то и дело заставляет меня забывать не о моем уважении, оно слишком глубоко запечатлено в моем сердце, но о правилах этикета.

– Прошу вас, – отвечал король, – сегодня вы приобрели право спрашивать.

– Сир, – начал министр полиции, – я как раз хотел доложить сегодня вашему величеству о новых сведениях, собранных по этому делу, но внимание вашего величества было отвлечено грозным событием в заливе Жуан; теперь эти сведения уже не могут представлять для вашего величества никакого интереса.

– Напротив, – отвечал король, – это дело имеет, мне кажется, прямую связь с тем, которое теперь занимает нас, и смерть генерала Кенеля, может быть, наведет нас на след большого внутреннего заговора.

Услышав имя Кенеля, Вильфор вздрогнул.

– Действительно, ваше величество, – продолжал министр полиции, – судя по всему, это не самоубийство, как полагали сначала, а убийство. Генерал Кенель, по-видимому, исчез по выходе из бонапартистского клуба. Какой-то неизвестный приходил к нему в то утро и назначил ему свидание на улице Сен-Жак. К сожалению, камердинер, который причесывал генерала, когда незнакомца ввели в кабинет, и слышал, как он назначил свидание на улице Сен-Жак, не запомнил номера дома.

Пока министр полиции сообщал королю эти сведения, Вильфор, ловивший каждое слово, то краснел, то бледнел.

Король повернулся к нему:

– Не думаете ли вы, господин де Вильфор, что генерал Кенель, которого почитали приверженцем узурпатора, между тем как на самом деле он был всецело предан мне, мог погибнуть от руки бонапартистов?

– Это возможно, ваше величество; но неужели больше ничего не известно?

– Уже напали на след человека, назначившего свидание.

– Напали на след? – повторил Вильфор.

– Да, камердинер сообщил его приметы: это человек лет пятидесяти или пятидесяти двух, черноволосый, глаза черные, брови густые, с усами, носит синий сюртук, застегнутый доверху; в петлице – ленточка Почетного легиона. Вчера выследили человека, который в точности отвечает приметам, но он скрылся на углу улиц ла-Жюсьен и Кок-Эрон.

Вильфор с первых слов министра оперся на спинку кресла, ноги у него подкашивались, но когда он услышал, что незнакомец ушел от полиции, он облегченно вздохнул.

– Найдите этого человека, – сказал король министру полиции, – потому что, если генерал Кенель, который был бы нам сейчас так нужен, пал от руки убийц, будь то бонапартисты или кто иной, я хочу, чтобы его убийцы были жестоко наказаны.

Вильфору понадобилось все его хладнокровие, чтобы не выдать ужаса, в который повергли его последние слова короля.

— Странное дело! — продолжал король с досадой. — Полиция считает, что все сказано, когда она говорит: совершено убийство, и что все сделано, когда она прибавляет: напали на след виновных.

— В этом случае, я надеюсь, ваше величество останетесь довольны.

— Хорошо, увидим; не задерживаю вас, барон. Господин де Вильфор, вы устали после долгого пути, ступайте отдохните. Вы, верно, остановились у вашего отца?

У Вильфора потемнело в глазах.

— Нет, ваше величество, я остановился на улице Турнон, в гостинице «Мадрид».

— Но вы его видели?

— Ваше величество, я прямо поехал к герцогу Блакасу.

— Но вы его увидите?

— Не думаю, ваше величество!

— Да, правда, — сказал король, и по его улыбке видно было, что все эти вопросы заданы не без умысла. — Я забыл, что вы не в дружбе с господином Нуартье и что это также жертва, принесенная моему трону, за которую я должен вас вознаградить.

— Милость ко мне вашего величества — награда, настолько превышающая все мои желания, что мне нечего больше просить у короля.

— Все равно, мы вас не забудем, будьте спокойны; а пока, — король снял с груди крест Почетного легиона, который всегда носил на своем синем фраке, возле креста св. Людовика, над звездой Кармильской богоматери и св. Лазаря, и подал Вильфору, — пока возьмите этот крест.

— Ваше величество ошибаетесь, — сказал Вильфор, — этот крест офицерский.

— Не важно, возьмите его; у меня нет времени потребовать другой. Блакас, позаботьтесь о том, чтобы господину де Вильфору была выдана грамота.

На глазах Вильфора блеснули слезы горделивой радости; он принял крест и поцеловал его.

— Какие еще приказания угодно вашему величеству дать мне? — спросил Вильфор.

— Отдохните, а потом не забывайте, что если в Париже вы не в силах служить мне, то в Марселе вы можете оказать мне большие услуги.

— Ваше величество, — отвечал Вильфор, кланяясь, — через час я покину Париж.

— Ступайте, — сказал король, — и если бы я вас забыл (у королей короткая память), то не бойтесь напомнить о себе... Барон, прикажите позвать ко мне военного министра. Блакас, останьтесь.

— Да, сударь, — сказал министр полиции Вильфору, выходя из Тюильри. — Вы не ошиблись дверью, и карьера ваша обеспечена.

— Надолго ли? — прошептал Вильфор, раскланиваясь с министром, карьера которого была кончена, и стал искать глазами карету.

По набережной проезжал фиакр, Вильфор подозвал его, фиакр подъехал; Вильфор сказал адрес, бросился в карету и предался честолюбивым мечтам. Через десять минут он уже был у себя, велел подать лошадей через два часа и спросил завтрак.

Он уже садился за стол, когда чья-то уверенная и сильная рука дернула звонок. Слуга пошел отворять, и Вильфор услышал голос, называвший его имя.

«Кто может знать, что я в Париже?» — подумал помощник

королевского прокурора. Слуга воротился.

— Что там такое? — спросил Вильфор. — Кто звонил? Кто меня спрашивает?

— Незнакомый господин и не хочет сказать своего имени.

— Как? Не хочет сказать своего имени? А что ему нужно от меня?

— Он хочет переговорить с вами.

— Со мной?

— Да.

— Он назвал меня по имени?

— Да.

— А каков он собой?

— Да человек лет пятидесяти.

— Маленький? Высокий?

— С вас ростом.

— Брюнет или блондин?

— Брюнет, темный брюнет; черные волосы, черные глаза, черные брови.

— А одет? — с живостью спросил Вильфор. — Как он одет?

— В синем сюртуке, застегнутом доверху, с лентой Почетного легиона.

— Это он! — прошептал Вильфор бледнея.

— Черт возьми! — сказал, появляясь в дверях, человек, приметы которого мы описывали уже дважды. — Сколько церемоний! Или в Марселе сыновья имеют обыкновение заставлять отцов дожидаться в передней?

— Отец! — вскричал Вильфор. — Так я не ошибся... Я так и думал, что это вы...

— А если ты думал, что это я, — продолжал гость, ставя в угол палку и кладя шляпу на стул, — то позволь тебе сказать, милый Жерар, что с твоей стороны не очень-то любезно заставлять меня дожидаться.

— Идите, Жермен, — сказал Вильфор.

Слуга удалился с выражением явного удивления.

XII. Отец и сын

Господин Нуартье — ибо это действительно был он — следил глазами за слугою, пока дверь не закрылась за ним; потом, опасаясь, вероятно, чтобы слуга не стал подслушивать из передней, он снова приотворил дверь: предосторожность оказалась не лишней, и проворство, с которым Жермен ретировался, не оставляло сомнений, что и он не чужд пороку, погубившему наших праотцев. Тогда г-н Нуартье собственноручно затворил дверь из передней, потом запер на задвижку дверь в спальню и, наконец, подал руку Вильфору, глядевшему на него с изумлением.

— Знаешь, Жерар, — сказал он сыну с улыбкой, истинный смысл которой трудно было определить, — нельзя сказать, чтобы ты был в восторге от встречи со мной.

— Что вы, отец, я чрезвычайно рад; но я, признаться, так мало рассчитывал на ваше посещение, что оно меня несколько озадачило.

— Но, мой друг, — продолжал г-н Нуартье, садясь в кресло, — я мог бы сказать вам то же самое. Как? Вы мне пишете, что ваша помолвка назначена в Марселе на двадцать восьмое февраля, а третьего марта вы в Париже?

— Да, я здесь, — сказал Жерар, придвигаясь к г-ну Нуартье, — но вы на меня не сетуйте; я приехал сюда ради вас, и мой приезд спасет вас, быть может.

— Вот как! — отвечал г-н Нуартье, небрежно развалившись в кресле. — Расскажите же мне, господин прокурор, в чем дело; это очень любопытно.

— Вы слыхали о некоем бонапартистском клубе на улице Сен-Жак?

— В номере пятьдесят третьем? Да; я его вице-президент.

— Отец, ваше хладнокровие меня ужасает.

— Что ты хочешь, милый? Человек, который был приговорен к смерти монтаньярами, бежал из Парижа в возе сена, прятался в бордоских равнинах от ищеек Робеспьера, успел привыкнуть ко многому. Итак, продолжай. Что же случилось в этом клубе на улице Сен-Жак?

— Случилось то, что туда пригласили генерала Кенеля и что генерал Кенель, выйдя из дому в девять часов вечера, через двое суток был найден в Сене.

— И кто вам рассказал об этом занятном случае?

— Сам король.

— Ну, а я, — сказал Нуартье, — в ответ на ваш рассказ сообщу вам новость.

— Мне кажется, что я уже знаю ее.

— Так вы знаете о высадке его величества императора?

— Молчите, отец, умоляю вас; во-первых, ради вас самих, а потом и ради меня. Да, я знал эту новость, и знал даже раньше, чем вы, потому что я три дня скакал из Марселя в Париж и рвал на себе волосы, что не могу перебросить через двести лье ту мысль, которая жжет мне мозг.

— Три дня? Вы с ума сошли? Три дня тому назад император еще не высаживался.

— Да, но я уже знал о его намерении.

— Каким это образом?

— Из письма с острова Эльба, адресованного вам.

— Мне?

— Да, вам; и я его перехватил у гонца. Если бы это письмо попало в руки другого, быть может, вы были бы уже расстреляны.

Отец Вильфора рассмеялся.

— По-видимому, — сказал он, — Бурбоны научились у императора действовать без проволочек... Расстрелян! Друг мой, как вы спешите! А где это письмо? Зная вас, я уверен, что вы его тщательно припрятали.

— Я сжег его до последнего клочка, ибо это письмо — ваш смертный приговор.

— И конец вашей карьеры, — холодно отвечал Нуартье. — Да, вы правы, но мне нечего бояться, раз вы мне покровительствуете.

— Мало того: я вас спасаю.

— Вот как? Это становится интересно! Объяснитесь.

— Вернемся к клубу на улице Сен-Жак.

— Видно, этот клуб не на шутку волнует господ полицейских. Что же они так плохо ищут его? Давно бы нашли!

— Они его не нашли, но напали на след.

— Это сакраментальные слова, я знаю; когда полиция бессильна, она говорит, что напала на след, и правительство спокойно ждет, пока она не явится с виноватым видом и не доложит, что след утерян.

— Да, но найден труп; генерал Кенель мертв, а во всех странах мира это называется убийством.

— Убийством? Но нет никаких доказательств, что генерал стал жертвою убийства. В Сене каждый день находят людей, которые бросились в воду с отчаяния или утонули, потому что не умели плавать.

— Вы очень хорошо знаете, что генерал не утопился с отчаяния и что в январе месяце в Сене не купаются. Нет, нет, не обольщайтесь: эту смерть называют убийством.

— А кто ее так называет?

— Сам король.

— Король? Я думал, он философ и понимает, что в политике нет убийств. В политике, мой милый, – вам это известно, как и мне, – нет людей, а есть идеи; нет чувств, а есть интересы. В политике не убивают человека, а устраняют препятствие, только и всего. Хотите знать, как все это произошло? Я вам расскажу. Мы думали, что на генерала Кенеля можно положиться, нам рекомендовали его с острова Эльба. Один из нас отправился к нему и пригласил его на собрание на улицу Сен-Жак; он приходит, ему открывают весь план, отъезд с острова Эльба и высадку на французский берег; потом, все выслушав, все узнав, он заявляет, что он роялист; все переглядываются; с него берут клятву, он ее дает, но с такой неохотой, что поистине уж лучше бы он не искушал господа бога; и все же генералу дали спокойно уйти. Он не вернулся домой. Что ж вы хотите? Он, верно, сбился с дороги, когда вышел от нас, только и всего. Убийство! Вы меня удивляете, Вильфор; помощник королевского прокурора хочет построить обвинение на таких шатких уликах. Разве мне когда-нибудь придет в голову сказать вам, когда вы как преданный роялист отправляете на тот свет одного из наших: «Сын мой, вы совершили убийство!» Нет, я скажу: «Отлично, милостивый государь, вы победили; очередь за нами».

— Берегитесь, отец; когда придет наша очередь, мы будем безжалостны.

— Я вас не понимаю.

— Вы рассчитываете на возвращение узурпатора?

— Не скрою.

— Вы ошибаетесь, он не сделает и десяти лье в глубь Франции; его выследят, догонят и затравят, как дикого зверя.

— Дорогой друг, император сейчас на пути в Гренобль; десятого или двенадцатого он будет в Лионе, а двадцатого или двадцать пятого в Париже.

— Население подымется…

— Чтобы приветствовать его.

— У него горсточка людей, а против него вышлют целые армии.

— Которые с кликами проводят его до столицы; поверьте мне, Жерар, вы еще ребенок; вам кажется, что вы все знаете, когда телеграф через три дня после высадки сообщает вам: «Узурпатор высадился в Каннах с горстью людей, за ним выслана погоня». Но где он? Что он делает? Вы ничего не знаете. Вы только знаете, что выслана погоня. И так за ним будут гнаться до самого Парижа без единого выстрела.

— Гренобль и Лион – роялистские города, они воздвигнут перед ним непреодолимую преграду.

— Гренобль с радостью распахнет перед ним ворота; весь Лион выйдет ему навстречу. Поверьте мне, мы осведомлены не хуже вас, и наша полиция стоит вашей. Угодно вам доказательство: вы хотели скрыть от меня свой приезд, а я узнал о нем через полчаса после того, как вы миновали заставу. Вы дали свой адрес только кучеру почтовой кареты, а мне он известен, как явствует из того, что я явился к вам в ту самую минуту, когда вы садились за стол. Поэтому позвоните и спросите еще прибор; мы пообедаем вместе.

— В самом деле, – отвечал Вильфор, глядя на отца с удивлением, – вы располагаете самыми точными сведениями.

— Да это очень просто; вы, стоящие у власти, владеете только теми средствами, которые можно купить за деньги; а мы, ожидающие власти, располагаем всеми средствами, которые дает нам в руки преданность, которые нам дарит самоотвержение.

— Преданность? – повторил Вильфор с улыбкой.

— Да, преданность; так для приличия называют честолюбие, питающее надежды на будущее.

И отец Вильфора, видя, что тот не зовет слугу, сам протянул руку к звонку.

Вильфор удержал его.

— Подождите, отец, еще одно слово.

— Говорите.

— Как наша полиция ни плоха, она знает одну страшную тайну.

— Какую?

— Приметы того человека, который приходил за генералом Кенелем в тот день, когда он исчез.

— Вот как! Она их знает? Да неужели? И какие же это приметы?

— Смуглая кожа, волосы, бакенбарды и глаза черные, синий сюртук, застегнутый доверху, ленточка Почетного легиона в петлице, широкополая шляпа и камышовая трость.

— Ага! Полиция это знает? — сказал Нуартье. — Почему же в таком случае она не задержала этого человека?

— Потому что он ускользнул от нее вчера или третьего дня на углу улицы Кок-Эрон.

— Недаром я вам говорил, что ваша полиция — дура.

— Да, но она в любую минуту может найти его.

— Разумеется, — сказал Нуартье, беспечно поглядывая кругом. — Если этот человек не будет предупрежден, но его предупредили. Поэтому, — прибавил он с улыбкой, — он изменит лицо и платье.

При этих словах он встал, снял сюртук и галстук, подошел к столу, на котором лежали вещи из дорожного несессера Вильфора, взял бритву, намылил себе щеки и твердой рукой сбрил уличающие его бакенбарды, имевшие столь важное значение для полиции.

Вильфор смотрел на него с ужасом, не лишенным восхищения.

Сбрив бакенбарды, Нуартье изменил прическу; вместо черного галстука повязал цветной, взяв его из раскрытого чемодана; снял свой синий двубортный сюртук и надел коричневый однобортный сюртук Вильфора; примерил перед зеркалом его шляпу с загнутыми полями и, видимо, остался ею доволен; свою палку он оставил в углу за камином, а вместо нее в руке его засвистала легкая бамбуковая тросточка, сообщавшая походке изящного помощника королевского прокурора ту непринужденность, которая являлась его главным достоинством.

— Ну что? — сказал он, оборачиваясь к ошеломленному Вильфору. — Как ты думаешь, опознает меня теперь полиция?

— Нет, отец, — пробормотал Вильфор, — по крайней мере надеюсь.

— А что касается этих вещей, которые я оставляю на твое попечение, то я полагаюсь на твою осмотрительность. Ты сумеешь припрятать их.

— Будьте покойны! — сказал Вильфор.

— И скажу тебе, что ты, пожалуй, прав; может быть, ты и в самом деле спас мне жизнь, но не беспокойся, мы скоро поквитаемся.

Вильфор покачал головой.

— Не веришь?

— По крайней мере надеюсь, что вы ошибаетесь.

— Ты еще увидишь короля?

— Может быть.

— Хочешь прослыть у него пророком?

— Пророков, предсказывающих несчастье, плохо принимают при дворе.

— Да, но рано или поздно им отдают должное; допустим, что будет вторичная реставрация; тогда ты прослывешь великим человеком.

— Что же я должен сказать королю?

— Скажи ему вот что: «Ваше величество, вас обманывают относительно состояния Франции, настроения городов, духа армии; тот, кого в Париже вы называете корсиканским людоедом, кого еще зовут узурпатором в Невере, именуется уже Бонапартом в Лионе и императором в Гренобле. Вы считаете, что его преследуют, гонят, что он бежит; а он летит, как орел, которого он нам возвращает. Вы считаете, что его войско умирает с голоду, истощено походом, готово разбежаться; оно растет, как снежный ком. Ваше величество, уезжайте, оставьте Францию ее истинному владыке, тому, кто не купил ее, а завоевал; уезжайте, не потому, чтобы вам грозила опасность: ваш противник достаточно силен, чтобы проявить милость, а потому, что потомку Людовика Святого унизительно быть обязанным жизнью победителю Арколи, Маренго и Аустерлица». Скажи все это королю, Жерар, или, лучше, не говори ему ничего, скрой от всех, что ты был в Париже, не говори, зачем сюда ездил и что здесь делал: найми лошадей, и если сюда ты скакал, то обратно лети; вернись в Марсель ночью; войди в свой дом с заднего крыльца и сиди там тихо, скромно, никуда не показываясь, а главное — сиди смирно, потому что на этот раз, клянусь тебе, мы будем действовать, как люди сильные, знающие своих врагов. Уезжайте, сын мой, уезжайте, и в награду за послушание отцовскому велению, или, если вам угодно, за уважение к советам друга, мы сохраним за вами ваше место. Это позволит вам, — добавил Нуартье с улыбкой, — спасти меня в другой раз, если когда-нибудь на политических качелях вы окажетесь наверху, а я внизу. Прощайте, Жерар; в следующий приезд остановитесь у меня.

И Нуартье вышел с тем спокойствием, которое ни на минуту не покидало его во все продолжение этого нелегкого разговора.

Вильфор, бледный и встревоженный, подбежал к окну и, раздвинув занавески, увидел, как отец его невозмутимо прошел мимо двух-трех подозрительных личностей, стоявших на улице, вероятно, для того, чтобы задержать человека с черными бакенбардами, в синем сюртуке и в широкополой шляпе.

Вильфор, весь дрожа, не отходил от окна, пока отец его не исчез за углом. Потом он схватил оставленные отцом вещи, засунул на самое дно чемодана черный галстук и синий сюртук, скомкал шляпу и бросил ее в нижний ящик шкафа, изломал трость и кинул ее в камин, надел дорожный картуз, позвал слугу, взглядом пресек все вопросы, расплатился, вскочил в ожидавшую его карету, узнал в Лионе, что Бонапарт уже вступил в Гренобль, и среди возбуждения, царившего по всей дороге, приехал в Марсель, терзаемый всеми муками, какие проникают в сердце человека вместе с честолюбием и первыми успехами.

XIII. Сто дней

Нуартье оказался хорошим пророком, и все совершилось так, как он предсказывал. Всем известно возвращение с острова Эльба, возвращение странное, чудесное, без примера в прошлом и, вероятно, без повторения в будущем.

Людовик XVIII сделал лишь слабую попытку отразить жестокий удар; не доверяя людям, он не доверял и событиям. Только что восстановленная им королевская или, вернее, монархическая власть зашаталась в своих еще не окрепших устоях, и по первому мановению императора рухнуло все здание — нестройная смесь старых предрассудков и новых идей. Поэтому награда, которую Вильфор получил от своего короля, была не только бесполезна, но и опасна, и он никому не показал своего ордена Почетного легиона, хотя герцог

Блакас, во исполнение воли короля, и озаботился выслать ему грамоту.

Наполеон непременно отставил бы Вильфора, если бы не покровительство Нуартье, ставшего всемогущим при императорском дворе в награду за мытарства, им перенесенные, и за услуги, им оказанные. Жирондист 1793-го и сенатор 1806 года сдержал свое слово и помог тому, кто подал ему помощь накануне.

Всю свою власть во время восстановления Империи, чье вторичное падение, впрочем, легко было предвидеть, Вильфор употребил на сокрытие тайны, которую чуть было не разгласил Дантес.

Королевский же прокурор был отставлен по подозрению в недостаточной преданности бонапартизму.

Едва императорская власть была восстановлена, то есть едва Наполеон поселился в Тюильрийском дворце, только что покинутом Людовиком XVIII, и стал рассылать свои многочисленные и разнообразные приказы из того самого кабинета, куда мы вслед за Вильфором ввели наших читателей и где на столе из орехового дерева император нашел еще раскрытую и почти полную табакерку Людовика XVIII, – как в Марселе вопреки усилиям местного начальства начала разгораться междоусобная распря, всегда тлеющая на юге; дело грозило не ограничиться криками, которыми осаждали отсиживающихся дома роялистов, и публичными оскорблениями тех, кто решался выйти на улицу.

Вследствие изменившихся обстоятельств почтенный арматор, принадлежавший к плебейскому лагерю, если и не стал всемогущ, – ибо г-н Моррель был человек осторожный и несколько робкий, как все те, кто прошел медленную и трудную коммерческую карьеру, – то все же, хоть его и опережали рьяные бонапартисты, укорявшие его за умеренность, приобрел достаточный вес, чтобы возвысить голос и заявить жалобу. Жалоба эта, как легко догадаться, касалась Дантеса.

Вильфор устоял, несмотря на падение своего начальника. Свадьба его хоть и не расстроилась, но была отложена до более благоприятных времен. Если бы император удержался на престоле, то Жерару следовало бы искать другую партию, и Нуартье нашел бы ему невесту; если бы Людовик XVIII вторично возвратился, то влияние маркиза де Сен-Мерана удвоилось бы, как и влияние самого Вильфора, – и этот брак стал бы особенно подходящим.

Таким образом, помощник королевского прокурора занимал первое место в марсельском судебном мире, когда однажды утром ему доложили о приходе г-на Морреля.

Другой поспешил бы навстречу арматору и тем показал бы свою слабость; но Вильфор был человек умный и обладал если не опытом, то превосходным чутьем. Он заставил Морреля дожидаться в передней, как сделал бы при Реставрации, не потому, что был занят, а просто потому, что принято, чтобы помощник прокурора заставлял ждать в передней. Через четверть часа, просмотрев несколько газет различных направлений, он велел позвать г-на Морреля.

Моррель думал, что увидит Вильфора удрученным, а нашел его точно таким, каким он был полтора месяца тому назад, то есть спокойным, твердым и полным холодной учтивости, а она является самой неодолимой из всех преград, отделяющих человека с положением от человека простого. Он шел в кабинет Вильфора в убеждении, что тот задрожит, увидев его, а вместо того сам смутился и задрожал при виде помощника прокурора, который ждал его, сидя за письменным столом.

Моррель остановился в дверях. Вильфор посмотрел на него, словно не узнавая. Наконец, после некоторого молчания, во время которого почтенный арматор вертел в руках шляпу, он проговорил:

— Господин Моррель, если не ошибаюсь?

— Да, сударь, это я, — отвечал арматор.

— Пожалуйста, войдите, — сказал Вильфор с покровительственным жестом, — и скажите, чему я обязан, что вы удостоили меня вашим посещением?

— Разве вы не догадываетесь? – спросил Моррель.

— Нет, нисколько не догадываюсь; но тем не менее я готов быть вам полезным, если это в моей власти.

— Это всецело в вашей власти, — сказал Моррель.

— Так объясните, в чем дело.

— Сударь, — начал Моррель, понемногу успокаиваясь, черпая твердость в справедливости своей просьбы и в ясности своего положения, — вы помните, что за несколько дней до того, как стало известно о возвращении его величества императора, я приходил к вам просить о снисхождении к одному молодому человеку, моряку, помощнику капитана на моем судне; его обвиняли, если вы помните, в сношениях с островом Эльба; подобные сношения, считавшиеся тогда преступлением, ныне дают право на награду. Тогда вы служили Людовику Восемнадцатому и не пощадили обвиняемого; это был ваш долг. Теперь вы служите Наполеону и обязаны защитить невинного; это тоже наш долг. Поэтому я пришел спросить у вас, что с ним сталось?

Вильфор сделал над собой громадное усилие.

— Как его имя? – спросил он. — Будьте добры, назовите его имя.

— Эдмон Дантес.

Надо думать, Вильфору было бы приятнее подставить лоб под пистолет противника на дуэли на расстоянии двадцати пяти шагов, чем услышать это имя, брошенное ему в лицо; однако он и глазом не моргнул.

«Никто не может обвинить меня в том, что я арестовал этого молодого человека по личным соображениям», – подумал Вильфор.

— Дантес? – повторил он. — Вы говорите Эдмон Дантес?

— Да, сударь.

Вильфор открыл огромный реестр, помещавшийся в стоявшей рядом конторке, потом пошел к другому столу, от стола перешел к полкам с папками дел и, обернувшись к арматору, спросил самым естественным голосом:

— А вы не ошибаетесь, милостивый государь?

Если бы Моррель был подогадливее или лучше осведомлен об обстоятельствах этого дела, то он нашел бы странным, что помощник прокурора удостаивает его ответом по делу, вовсе его не касающемуся; он задал бы себе вопрос: почему Вильфор не отсылает его к арестантским спискам, к начальникам тюрем, к префекту департамента? Но Моррель, тщетно искавший признаков страха, усмотрел в его поведении одну благосклонность: Вильфор рассчитал верно.

— Нет, — отвечал Моррель, — я не ошибаюсь; я знаю беднягу десять лет, а служил он у меня четыре года. Полтора месяца тому назад – помните? – я просил вас быть великодушным, как теперь прошу быть справедливым; вы еще приняли меня довольно немилостиво и отвечали с неудовольствием. В то время роялисты были неласковы к бонапартистам!

— Милостивый государь, — отвечал Вильфор, парируя удар со свойственным ему хладнокровием и проворством, — я был роялистом, когда думал, что Бурбоны не только законные наследники престола, но и избранники народа; но чудесное возвращение, которого мы были свидетелями, доказало мне, что я ошибался. Гений Наполеона победил: только любимый монарх – монарх законный.

— В добрый час, — воскликнул Моррель с грубоватой

откровенностью. — Приятно слушать, когда вы так говорите, и я вижу в этом хороший знак для бедного Эдмона.

— Погодите, — сказал Вильфор, перелистывая новый реестр, — я припоминаю: моряк, так, кажется? Он еще собирался жениться на каталанке? Да, да, теперь я вспоминаю; это было очень серьезное дело.

— Разве?

— Вы ведь знаете, что от меня его повели прямо в тюрьму при здании суда.

— Да, а потом?

— Потом я послал донесение в Париж и приложил бумаги, которые были найдены при нем. Я был обязан это сделать... Через неделю арестанта увезли.

— Увезли? — вскричал Моррель. — Но что же сделали с бедным малым?

— Не пугайтесь! Его, вероятно, отправили в Фенестрель, в Пиньероль или на острова Святой Маргариты, что называется — сослали; и в одно прекрасное утро он к вам вернется и примет командование на своем корабле.

— Пусть возвращается когда угодно: место за ним. Но как же он до сих пор не возвратился? Казалось бы, наполеоновская юстиция первым делом должна освободить тех, кого засадила в тюрьму юстиция роялистская.

— Не спешите обвинять, господин Моррель, — отвечал Вильфор, — во всяком деле требуется законность. Предписание о заключении в тюрьму было получено от высшего начальства; надо от высшего же начальства получить приказ об освобождении. Наполеон возвратился всего две недели тому назад; предписания об освобождении заключенных только еще пишут.

— Но разве нельзя, — спросил Моррель, — ускорить все эти формальности? Ведь мы победили. У меня есть друзья, есть связи; я могу добиться отмены приговора.

— Приговора не было.

— Так постановления об аресте.

— В политических делах нет арестантских списков; иногда правительство заинтересовано в том, чтобы человек исчез бесследно; списки могли бы помочь розыскам.

— Так, может статься, было при Бурбонах, но теперь...

— Так бывает во все времена, дорогой господин Моррель; правительства сменяют друг друга и похожи друг на друга; карательная машина, заведенная при Людовике Четырнадцатом, действует по сей день; нет только Бастилии. Император в соблюдении тюремного устава всегда был строже, чем даже Людовик Четырнадцатый, и количество арестантов, не внесенных в списки, неисчислимо.

Такая благосклонная откровенность обезоружила бы любую уверенность, а у Морреля не было даже подозрений.

— Но скажите, господин де Вильфор, что вы мне посоветуете сделать, чтобы ускорить возвращение бедного Дантеса?

— Могу посоветовать одно: подайте прошение министру юстиции.

— Ах, господин де Вильфор! Мы же знаем, что значат прошения: министр получает их по двести в день и не прочитывает и четырех.

— Да, — сказал Вильфор, — но он прочтет прошение, посланное мною, снабженное моей припиской и исходящее непосредственно от меня.

— И вы возьметесь препроводить ему это прошение?

— С величайшим удовольствием. Дантес раньше мог быть

виновен, но теперь он не виновен; и я обязан возвратить ему свободу, так же как был обязан заключить его в тюрьму.

Вильфор предотвращал таким образом опасное для него следствие, маловероятное, но все-таки возможное, – следствие, которое погубило бы его безвозвратно.

– А как нужно писать министру?

– Садитесь сюда, господин Моррель, – сказал Вильфор, уступая ему свое место. – Я вам продиктую.

– Вы будете так добры?

– Помилуйте! Но не будем терять времени, и так уж довольно потеряно.

– Да, да! Вспомним, что бедняга ждет, страдает, может быть, отчаивается.

Вильфор вздрогнул при мысли об узнике, проклинающем его в безмолвии и мраке; но он зашел слишком далеко и отступать уже нельзя было: Дантес должен был быть раздавлен жерновами его честолюбия.

– Я готов, – сказал Моррель, сев в кресло Вильфора и взявшись за перо.

И Вильфор продиктовал прошение, в котором, несомненно, с наилучшими намерениями преувеличивал патриотизм Дантеса и услуги, оказанные им делу бонапартистов. В этом прошении Дантес представал как один из главных пособников возвращению Наполеона. Очевидно, что министр, прочитав такую бумагу, должен был тотчас же восстановить справедливость, если это еще не было сделано.

Когда прошение было написано, Вильфор прочел его вслух.

– Хорошо, – сказал он, – теперь положитесь на меня.

– А когда вы отправите его?

– Сегодня же.

– С вашей припиской?

– Лучшей припиской будет, если я удостоверю, что все сказанное в прошении совершенная правда.

Вильфор сел в кресло и сделал нужную надпись в углу бумаги.

– Что же мне дальше делать? – спросил Моррель.

– Ждать, – ответил Вильфор. – Я все беру на себя.

Такая уверенность вернула Моррелю надежду; он ушел в восторге от помощника королевского прокурора и пошел известить старика Дантеса, что тот скоро увидит своего сына.

Между тем Вильфор, вместо того чтобы послать прошение в Париж, бережно сохранил его у себя; спасительное для Дантеса в настоящую минуту, оно могло стать для него гибельным впоследствии, если бы случилось то, чего можно было уже ожидать по положению в Европе и обороту, какой принимали события, – то есть вторичная реставрация.

Итак, Дантес остался узником; забытый и затерянный во мраке своего подземелья, он не слышал громоподобного падения Людовика XVIII и еще более страшного грохота, с которым рухнула Империя.

Но Вильфор зорко следил за всем, внимательно прислушивался ко всему. Два раза, за время короткого возвращения Наполеона, которое называется Сто дней, Моррель возобновлял атаку, настаивая на освобождении Дантеса, и оба раза Вильфор успокаивал его обещаниями и надеждами. Наконец наступило Ватерлоо. Моррель уже больше не являлся к Вильфору: он сделал для своего юного друга все, что было в человеческих силах; новые попытки, при вторичной реставрации, могли только понапрасну его скомпрометировать.

Людовик XVIII вернулся на престол. Вильфор, для которого Марсель был полон воспоминаний, терзавших его совесть, добился должности королевского прокурора в Тулузе; через две недели после переезда в этот город он женился на маркизе Рене де Сен-Меран, отец которой был теперь в особой милости при дворе.

Вот почему Дантес во время Ста дней и после Ватерлоо оставался в тюрьме, забытый если не людьми, то во всяком случае богом.

Данглар понял, какой удар он нанес Дантесу, когда узнал о возвращении Наполеона во Францию; донос его попал в цель, и, как все люди, обладающие известною одаренностью к преступлению и умеренными способностями в обыденной жизни, он назвал это странное совпадение «волею провидения».

Но когда Наполеон вступил в Париж и снова раздался его повелительный и мощный голос, Данглар испугался. С минуты на минуту он ждал, что явится Дантес, Дантес, знающий все, Дантес, угрожающий и готовый на любое мщение. Тогда он сообщил г-ну Моррелю о своем желании оставить морскую службу и просил рекомендовать его одному испанскому негоцианту, к которому и поступил конторщиком в конце марта, то есть через десять или двенадцать дней после возвращения Наполеона в Тюильри; он уехал в Мадрид, и больше о нем не слышали.

Фернан – тот ничего не понял. Дантеса не было, – это все, что ему было нужно. Что сталось с Дантесом? Он даже не старался узнать об этом. Все его усилия были направлены на то, чтобы обманывать Мерседес вымышленными причинами невозвращения ее жениха или же на обдумывание плана, как бы уехать и увезти ее; иногда он садился на вершине мыса Фаро, откуда видны и Марсель, и Каталаны, и мрачно, неподвижным взглядом хищной птицы смотрел на обе дороги, не покажется ли вдали красавец моряк, который должен принести с собой суровое мщение. Фернан твердо решил застрелить Дантеса, а потом убить и себя, чтобы оправдать убийство. Но он обманывался; он никогда не наложил бы на себя руки, ибо все еще надеялся.

Между тем среди всех этих горестных треволнений император громовым голосом призвал под ружье последний разряд рекрутов, и все, кто мог носить оружие, выступили за пределы Франции.

Вместе со всеми отправился в поход и Фернан, покинув свою хижину и Мерседес и терзаясь мыслью, что в его отсутствие, быть может, возвратится соперник и женится на той, кого он любит.

Если бы Фернан был способен на самоубийство, он застрелился бы в минуту разлуки с Мерседес.

Его участие к Мерседес, притворное сочувствие ее горю, усердие, с которым он предупреждал малейшее ее желание, произвели действие, какое всегда производит преданность на великодушные сердца; Мерседес всегда любила Фернана как друга; эта дружба усугубилась чувством благодарности.

– Брат мой, – сказала она, привязывая ранец к плечам каталанца, – единственный друг мой, береги себя, не оставляй меня одну на этом свете, где я проливаю слезы и где у меня нет никого, кроме тебя.

Эти слова, сказанные в минуту расставания, оживили надежды Фернана. Если Дантес не вернется, быть может, наступит день, когда Мерседес станет его женой.

Мерседес осталась одна, на голой скале, которая никогда еще не казалась ей такой бесплодной, перед безграничной далью моря. Вся в слезах, как та безумная, чью печальную повесть рассказывают в этом краю, она беспрестанно бродила вокруг Каталан; иногда останавливалась под жгучим южным солнцем, неподвижная, немая, как статуя, и смотрела на Марсель; иногда сидела на берегу и слушала стенание волн, вечное, как ее горе, и спрашивала себя: не лучше ли наклониться вперед, упасть, низринуться в морскую пучину, чем выносить жестокую муку безнадежного ожидания? Не страх удержал

Мерседес от самоубийства – она нашла утешение в религии, и это спасло ее.

Кадрусса тоже, как и Фернана, призвали в армию, но он был восемью годами старше каталанца и притом женат, и потому его оставили в третьем разряде, для охраны побережья.

Старик Дантес, который жил только надеждой, с падением императора потерял последние проблески ее.

Ровно через пять месяцев после разлуки с сыном, почти в тот же час, когда Эдмон был арестован, он умер на руках Мерседес.

Моррель взял на себя похороны и заплатил мелкие долги, сделанные стариком за время болезни.

Это был не только человеколюбивый, это был смелый поступок. Весь юг пылал пожаром междоусобиц, и помочь, даже на смертном одре, отцу такого опасного бонапартиста, как Дантес, было преступлением.

XIV. Арестант помешанный и арестант неистовый

Приблизительно через год после возвращения Людовика XVIII главный инспектор тюрем производил ревизию.

Дантес в своей подземной камере слышал стук и скрип, весьма громкие наверху, но внизу различимые только для уха заключенного, привыкшего подслушивать в ночной тишине паука, прядущего свою паутину, да мерное падение водяной капли, которой нужно целый час, чтобы скопиться на потолке подземелья.

Он понял, что у живых что-то происходит; он так долго жил в могиле, что имел право считать себя мертвецом.

Инспектор посещал поочередно комнаты, камеры, казематы. Некоторые заключенные удостоились расспросов: они принадлежали к числу тех, которые, по скромности или по тупости, заслужили благосклонность начальства. Инспектор спрашивал у них, хорошо ли их кормят и нет ли у них каких-либо просьб. Все отвечали в один голос, что кормят их отвратительно и что они просят свободы. Тогда инспектор спросил, не скажут ли они еще чего-нибудь. Они покачали головой. Чего могут просить узники, кроме свободы?

Инспектор, улыбаясь, оборотился к коменданту и сказал:

– Не понимаю, кому нужны эти бесполезные ревизии? Кто видел одну тюрьму, видел сто; кто выслушал одного заключенного, выслушал тысячу; везде одно и то же: их плохо кормят и они невинны. Других у вас нет?

– Есть еще опасные или сумасшедшие, которых мы держим в подземельях.

– Что ж, – сказал инспектор с видом глубокой усталости, – исполним наш долг до конца – спустимся в подземелья.

– Позвольте, – сказал комендант, – надо взять с собой хотя бы двух солдат; иногда заключенные решаются на отчаянные поступки, хотя бы уже потому, что чувствуют отвращение к жизни и хотят, чтобы их приговорили к смерти. Вы можете стать жертвой покушения.

– Так примите меры предосторожности, – сказал инспектор.

Явились двое солдат, и все начали спускаться по такой вонючей, грязной и сырой лестнице, что уже один спуск по ней был тягостен для всех пяти чувств.

– Черт возьми! – сказал инспектор, останавливаясь. – Кто же здесь может жить?

– Чрезвычайно опасный заговорщик; нас предупредили, что это человек, способный на все.

– Он один?

– Разумеется.

— Давно он здесь?

— Около года.

— И его сразу посадили в подземелье?

— Нет, после того как он пытался убить сторожа, который носил ему пищу.

— Он хотел убить сторожа?

— Да, того самого, который нам сейчас светит. Верно, Антуан? – спросил комендант.

— Точно так, он хотел меня убить, – отвечал сторож.

— Да это сумасшедший!

— Хуже, – отвечал сторож, – это просто дьявол!

— Если хотите, можно на него пожаловаться, – сказал инспектор коменданту.

— Не стоит; он и так достаточно наказан; притом же он близок к сумасшествию, и мы знаем по опыту, что не пройдет и года, как он совсем сойдет с ума.

— Тем лучше для него, – сказал инспектор, – когда он сойдет с ума, он меньше будет страдать.

Как видите, инспектор был человеколюбив и вполне достоин своей филантропической должности.

— Вы совершенно правы, – отвечал комендант, – и ваши слова доказывают, что вы хорошо знаете заключенных. У нас здесь, тоже в подземной камере, куда ведет другая лестница, сидит старик аббат, бывший глава какой-то партии в Италии; он здесь с тысяча восемьсот одиннадцатого года и помешался в конце тысяча восемьсот тринадцатого года; с тех пор его узнать нельзя; прежде он все плакал, а теперь смеется; прежде худел, теперь толстеет. Не угодно ли вам посмотреть его вместо этого? Сумасшествие его веселое и никак не опечалит вас.

— Я посмотрю и того и другого, – отвечал инспектор, – надо исполнять долг службы добросовестно.

Инспектор еще в первый раз осматривал тюрьмы и хотел, чтобы начальство осталось довольно им.

— Пойдем прежде к этому, – добавил он.

— Извольте, – отвечал комендант и сделал знак сторожу.

Сторож отпер дверь.

Услышав лязг тяжелых засовов и скрежет заржавелых петель, поворачивающихся на крюках, Дантес, который сидел в углу и с неизъяснимым наслаждением ловил тоненький луч света, проникавший в узкую решетчатую щель, приподнял голову.

При виде незнакомого человека, двух сторожей с факелами, двух солдат и коменданта со шляпой в руках Дантес понял, в чем дело, и видя наконец случай воззвать к высшему начальству, бросился вперед, умоляюще сложив руки.

Солдаты тотчас скрестили штыки, вообразив, что заключенный бросился к инспектору с дурным умыслом.

Инспектор невольно отступил на шаг.

Дантес понял, что его выдали за опасного человека.

Тогда он придал своему взору столько кротости, сколько может вместить сердце человеческое, и смиренной мольбой, удивившей присутствующих, попытался тронуть сердце своего высокого посетителя.

Инспектор выслушал Дантеса до конца; потом повернулся к коменданту.

— Он кончит благочестием, – сказал он вполголоса, – он уже и сейчас склоняется к кротости и умиротворению. Видите, ему знаком страх; он отступил, увидев штыки, а ведь сумасшедший ни перед чем не отступает. Я по этому вопросу сделал очень любопытные наблюдения в Шарантоне.

Потом он обратился к заключенному:

— Короче говоря, о чем вы просите?

— Я прошу сказать мне, в чем мое преступление: прошу суда, прошу следствия, прошу, наконец, чтобы меня расстреляли, если я виновен, и чтобы меня выпустили на свободу, если я невиновен.

— Хорошо ли вас кормят? – спросил инспектор.

— Да. Вероятно. Не знаю. Но это не важно. Важно, и не только для меня, несчастного узника, но и для властей, творящих правосудие, и для короля, который нами правит, чтобы невиновный не стал жертвой подлого доноса и не умирал под замком, проклиная своих палачей.

— Вы сегодня очень смиренны, – сказал комендант, – вы не всегда были таким. Вы говорили совсем иначе, когда хотели убить сторожа.

— Это правда, – сказал Дантес, – и я от души прошу прощения у этого человека, который очень добр ко мне... Но что вы хотите? Я тогда был сумасшедший, бешеный.

— А теперь нет?

— Нет, тюрьма меня сломила, уничтожила. Я здесь уже так давно!

— Так давно?.. Когда же вас арестовали? – спросил инспектор.

— Двадцать восьмого февраля тысяча восемьсот пятнадцатого года, в два часа пополудни.

Инспектор принялся считать.

— Сегодня у нас тридцатое июля тысяча восемьсот шестнадцатого года. Что же вы говорите? Вы сидите в тюрьме всего семнадцать месяцев.

— Только семнадцать месяцев! – повторил Дантес. – Вы не знаете, что такое семнадцать месяцев тюрьмы, – это семнадцать лет, семнадцать веков! Особенно для того, кто, как я, был так близок к счастью, готовился жениться на любимой девушке, видел перед собою почетное поприще – и лишился всего; для кого лучезарный день сменился непроглядной ночью, кто видит, что будущность его погибла, кто не знает, любит ли его та, которую он любил, не ведает, жив ли его старик отец! Семнадцать месяцев тюрьмы для того, кто привык к морскому воздуху, к вольному простору, к необозримости, к бесконечности! Семнадцать месяцев тюрьмы! Это слишком много даже за те преступления, которые язык человеческий называет самыми гнусными именами. Так сжальтесь надо мною и испросите для меня – не снисхождения, а строгости, не милости, а суда; судей, судей прошу я; в судьях нельзя отказать обвиняемому.

— Хорошо, – сказал инспектор, – увидим.

Затем, обращаясь к коменданту, он сказал:

— В самом деле мне жаль этого беднягу. Когда вернемся наверх, вы покажете мне его дело.

— Разумеется, – отвечал комендант, – но боюсь, что вы там найдете самые неблагоприятные сведения о нем.

— Я знаю, – продолжал Дантес, – я знаю, что вы не можете освободить меня своей властью; но вы можете передать мою просьбу высшему начальству, вы можете произвести следствие, вы можете, наконец, предать меня суду. Суд! Вот все, чего я прошу; пусть мне скажут, какое я совершил преступление и к какому я присужден наказанию. Ведь неизвестность хуже всех казней в мире!

— Я наведу справки, – сказал инспектор.

— Я по голосу вашему слышу, что вы тронуты! – воскликнул Дантес. – Скажите мне, что я могу надеяться!

— Я не могу вам этого сказать, – отвечал инспектор, – я могу только обещать вам, что рассмотрю ваше дело.

— В таком случае я свободен, я спасен!

— Кто приказал арестовать вас? – спросил инспектор.

— Господин де Вильфор, – отвечал Дантес. – Снеситесь с ним.

— Господина де Вильфора уже нет в Марселе; вот уже год, как он в Тулузе.

— Тогда нечему удивляться! – прошептал Дантес. – Моего единственного покровителя здесь нет!

— Не имел ли господин де Вильфор каких-либо причин ненавидеть вас? – спросил инспектор.

— Никаких; он, напротив, был ко мне очень милостив.

— Так я могу доверять тем сведениям, которые он дал о вас или которые он мне сообщит?

— Вполне.

— Хорошо. Ждите.

Дантес упал на колени, поднял руки к небу и стал шептать молитву, в которой молил бога за этого человека, спустившегося к нему в темницу, подобно Спасителю, пришедшему вывести души из ада.

Дверь за инспектором затворилась, но надежда, которую он принес, осталась в камере Дантеса.

— Угодно вам сейчас просмотреть арестантские списки? – спросил комендант. – Или вы желаете зайти в подземелье к аббату?

— Прежде кончим осмотр, – отвечал инспектор. – Если я подымусь наверх, то у меня, быть может, не хватит духу еще раз спуститься.

— О, аббат не похож на этого, его сумасшествие веселое, не то что разум его соседа.

— А на чем он помешался?

— На очень странной мысли: он вообразил себя владельцем несметных сокровищ. В первый год он предложил правительству миллион, если его выпустят, на второй – два миллиона, на третий – три и так далее. Теперь уж он пять лет в тюрьме; он попросит позволения переговорить с вами наедине и предложит вам пять миллионов.

— Это в самом деле любопытно, – сказал инспектор. – А как зовут этого миллионера?

— Аббат Фариа.

— Номер двадцать седьмой! – сказал инспектор.

— Да, он здесь. Отоприте, Антуан.

Сторож повиновался, и инспектор с любопытством заглянул в подземелье «сумасшедшего аббата», как все называли этого заключенного. Посреди камеры, в кругу, нацарапанном куском известки, отбитой от стены, лежал человек, почти нагой, – платье его превратилось в лохмотья. Он чертил в этом кругу отчетливые геометрические линии и был так же поглощен решением задачи, как Архимед в ту минуту, когда его убил солдат Марцелла. Поэтому он даже не пошевелился при скрипе двери и очнулся только тогда, когда пламя факелов осветило необычным светом влажный пол, на котором он работал. Тут он обернулся и с изумлением посмотрел на многочисленных гостей, спустившихся в его подземелье.

Он быстро вскочил, схватил одеяло, лежавшее в ногах его жалкой постели, и поспешно накинул его на себя, чтобы явиться в более пристойном виде перед посетителями.

— О чем вы просите? – спросил инспектор, не изменяя своей обычной формулы.

— О чем я прошу? – переспросил аббат с удивлением. – Я ни о чем не прошу.

— Вы не понимаете меня, – продолжал инспектор, – я прислан правительством для осмотра тюрем и принимаю жалобы заключенных.

— А! Это другое дело, — живо воскликнул аббат, — и я надеюсь, мы поймем друг друга.

— Вот видите, — сказал комендант, — начинается так, как я вам говорил.

— Милостивый государь, — продолжал заключенный, — я аббат Фариа, родился в Риме, двадцать лет был секретарем кардинала Роспильози; меня арестовали, сам не знаю за что, в начале тысяча восемьсот одиннадцатого года, и с тех пор я тщетно требую освобождения от итальянского и французского правительств.

— Почему от французского? — спросил комендант.

— Потому, что меня схватили в Пьомбино, и я полагаю, что Пьомбино, подобно Милану и Флоренции, стал главным городом какого-нибудь французского департамента.

Инспектор и комендант с улыбкой переглянулись.

— Ну, дорогой мой, — заметил инспектор, — ваши сведения об Италии не отличаются свежестью.

— Они относятся к тому дню, когда меня арестовали, — отвечал аббат Фариа, — а так как в то время его величество император создал Римское королевство для дарованного ему небом сына, то я полагал, что, продолжая пожинать лавры победы, он претворил мечту Макиавелли и Цезаря Борджиа, объединив всю Италию в единое и неделимое государство.

— К счастью, — возразил инспектор, — провидение несколько изменило этот грандиозный план, который, видимо, встречает ваше живое сочувствие.

— Это единственный способ превратить Италию в сильное, независимое и счастливое государство, — сказал аббат.

— Может быть, — отвечал инспектор, — но я пришел сюда не затем, чтобы рассматривать с вами курс итальянской политики, а для того, чтобы спросить у вас, что я и сделал, довольны ли вы помещением и пищей.

— Пища здесь такая же, как и во всех тюрьмах, то есть очень плохая, — отвечал аббат, — а помещение, как видите, сырое и нездоровое, но, в общем, довольно приличное для подземной тюрьмы. Дело не в этом, а в чрезвычайно важной тайне, которую я имею сообщить правительству.

— Начинается, — сказал комендант на ухо инспектору.

— Вот почему я очень рад вас видеть, — продолжал аббат, — хоть вы и помешали мне в очень важном вычислении, которое, если окажется успешным, быть может, изменит всю систему Ньютона. Могу я попросить у вас разрешения поговорить с вами наедине?

— Что я вам говорил? — шепнул комендант инспектору.

— Вы хорошо знаете своих постояльцев, — отвечал инспектор улыбаясь, затем обратился к аббату: — Я не могу исполнить вашу просьбу.

— Однако, если бы речь шла о том, чтобы доставить правительству возможность получить огромную сумму, пять миллионов, например?

— Удивительно, — сказал инспектор, обращаясь к коменданту, — вы предсказали даже сумму.

— Хорошо, — продолжал аббат, видя, что инспектор хочет уйти, — мы можем говорить и не наедине; господин комендант может присутствовать при нашей беседе.

— Дорогой мой, — перебил его комендант, — к сожалению, мы знаем наперед и наизусть все, что вы нам скажете. Речь идет о ваших сокровищах, да?

Фариа взглянул на насмешника глазами, в которых непредубежденный наблюдатель несомненно увидел бы трезвый ум и чистосердечие.

— Разумеется, — сказал аббат, — о чем же другом могу я говорить?

— Господин инспектор, — продолжал комендант, — я могу рассказать вам эту историю не хуже аббата; вот уже пять лет как я беспрестанно ее слышу.

— Это доказывает, господин комендант, — проговорил аббат, — что вы принадлежите к тем людям, о которых в Писании сказано, что они имеют глаза и не видят, имеют уши и не слышат.

— Милостивый государь, — сказал инспектор, — государство богато и, слава богу, не нуждается в ваших деньгах; приберегите их до того времени, когда вас выпустят из тюрьмы.

Глаза аббата расширились; он схватил инспектора за руку.

— А если я не выйду из тюрьмы, — сказал он, — если меня вопреки справедливости оставят в этом подземелье, если я здесь умру, не завещав никому моей тайны, — значит, эти сокровища пропадут даром? Не лучше ли, чтобы ими воспользовалось правительство и я вместе с ним? Я согласен на шесть миллионов; да, я уступлю шесть миллионов и удовольствуюсь остальным, если меня выпустят на свободу.

— Честное слово, — сказал инспектор вполголоса, — если не знать, что это сумасшедший, можно подумать, что все это правда: с таким убеждением он говорит.

— Я не сумасшедший и говорю сущую правду, — отвечал Фариа, который, по тонкости слуха, свойственной узникам, слышал все, что сказал инспектор. — Клад, о котором я говорю, действительно существует, и я предлагаю вам заключить со мной договор, в силу которого вы поведете меня на место, назначенное мною, при нас произведут раскопки, и если я солгал, если ничего не найдут, если я сумасшедший, как вы говорите, тогда отведите меня опять сюда, в это подземелье, и я останусь здесь навсегда и здесь умру, не утруждая ни вас, ни кого бы то ни было моими просьбами.

Комендант засмеялся.

— А далеко отсюда ваш клад? — спросил он.

— Милях в ста отсюда, — сказал Фариа.

— Недурно придумано, — сказал комендант. — Если бы все заключенные вздумали занимать тюремщиков прогулкою за сто миль и если бы тюремщики на это согласились, то для заключенных не было бы ничего легче, как бежать при первом удобном случае. А во время такой долгой прогулки случай, наверное, представился бы.

— Это способ известный, — сказал инспектор, — и господин аббат не может даже похвалиться, что он его изобрел.

Затем, обращаясь к аббату, он сказал:

— Я спрашивал вас, хорошо ли вас кормят?

— Милостивый государь, — отвечал Фариа, — поклянитесь Иисусом Христом, что вы меня освободите, если я сказал вам правду, и я укажу вам место, где зарыт клад.

— Хорошо ли вас кормят? — повторил инспектор.

— При таком условии вы ничем не рискуете: и вы видите, что я не ищу случая бежать; я останусь в тюрьме, пока будут отыскивать клад.

— Вы не отвечаете на мой вопрос, — прервал инспектор с нетерпением.

— А вы на мою просьбу! — воскликнул аббат. — Будьте же прокляты, как и все те безумцы, которые не хотели мне верить! Вы не хотите моего золота — оно останется при мне; не хотите дать свободу — господь пошлет мне ее. Идите, мне больше нечего вам сказать.

И аббат, сбросив с плеч одеяло, поднял кусок известки, сел опять в круг и принялся за свои чертежи и вычисления.

— Что это он делает? — спросил инспектор, уходя.

— Считает свои сокровища, — отвечал комендант.

Фариа отвечал на эту насмешку взглядом, исполненным высшего презрения.

Они вышли. Сторож запер за ними дверь.

— Может быть, у него в самом деле были какие-нибудь сокровища, — сказал инспектор, поднимаясь по лестнице.

— Или он видел их во сне, — подхватил комендант, — и наутро проснулся сумасшедшим.

— Правда, — сказал инспектор с простодушием взяточника, — если бы он действительно был богат, то не попал бы в тюрьму.

Этим кончилось дело для аббата Фариа. Он остался в тюрьме, и после этого посещения слава о его забавном сумасшествии еще более упрочилась.

Калигула или Нерон, великие искатели кладов, мечтавшие о несбыточном, прислушались бы к словам этого несчастного человека и даровали бы ему воздух, о котором он просил, простор, которым он так дорожил, и свободу, за которую он предлагал столь высокую плату. Но владыки наших дней, ограниченные пределами вероятного, утратили волю к дерзаниям, они боятся уха, которое выслушивает их приказания, глаза, который следит за их действиями; они уже не чувствуют превосходства своей божественной природы, они – коронованные люди, и только. Некогда они считали или по крайней мере называли себя сынами Юпитера и кое в чем походили на своего бессмертного отца; не так легко проверить, что творится за облаками; ныне земные владыки досягаемы. Но так как деспотическое правительство всегда остерегается показывать при свете дня последствия тюрьмы и пыток, так как редки примеры, чтобы жертва любой инквизиции могла явить миру свои переломанные кости и кровоточащие раны, то и безумие, эта язва, порожденная в тюремной клоаке душевными муками, всегда заботливо прячется там, где оно возникло, а если оно и выходит оттуда, то его хоронят в какой-нибудь мрачной больнице, где врачи тщетно ищут человеческий облик и человеческую мысль в тех изуродованных останках, которые передают им тюремщики.

Аббат Фариа, потеряв рассудок в тюрьме, самым своим безумием был приговорен к пожизненному заключению.

Что же касается Дантеса, то инспектор сдержал данное ему слово. Возвратясь в кабинет коменданта, он потребовал арестантские списки. Заметка о Дантесе была следующего содержания:

Эдмон Дантес
Отъявленный бонапартист; принимал деятельное участие в возвращении узурпатора с острова Эльба.
Соблюдать строжайшую тайну, держать под неослабным надзором.

Заметка была написана не тем почерком и не теми чернилами, что остальной список; это доказывало, что ее прибавили после заключения Дантеса в тюрьму.

Обвинение было так категорично, что нельзя было спорить против него; поэтому инспектор приписал:

«Ничего нельзя сделать».

Посещение инспектора оживило Дантеса. С минуты заключения в тюрьму он забыл счет дням, но инспектор сказал ему число и месяц, и Дантес не забыл его. Куском известки, упавшим с потолка, он написал на стене: 30 июля 1816, и с тех пор каждый день делал отметку, чтобы не потерять счет времени.

Проходили дни, недели, месяцы. Дантес все ждал; сначала он назначил себе двухнедельный срок. Если бы даже инспектор проявил к его делу лишь половину того участия, которое он, по-видимому, выказал, то и в таком случае двух недель было достаточно. Когда эти две недели прошли, Дантес сказал себе, что нелепо было думать, будто инспектор займется его судьбой раньше, чем возвратится в Париж; а возвратится он в Париж только по окончании порученной ему ревизии, а ревизия эта может продлиться месяц или два. Поэтому он назначил новый срок – три месяца вместо двух недель. Когда эти три месяца истекли, ему пришли на помощь новые соображения, и он дал себе полгода сроку; а по прошествии этого полугода оказалось, если подсчитать дни, что он ждал уже девять с половиной месяцев.

За эти месяцы не произошло никакой перемены в его положении; он не получил ни одной утешительной вести; тюремщик по-прежнему был нем. Дантес перестал доверять своим чувствам, начал думать, что принял игру воображения за свидетельство памяти и что ангел-утешитель, явившийся в его тюрьму, слетел к нему на крыльях сновидения.

Через год коменданта сменили; ему поручили форт Гам; он увез с собой кое-кого из подчиненных и в числе их тюремщика Дантеса.

Приехал новый комендант; ему показалось скучно запоминать арестантов по именам; он велел представить себе только их номера. Эта страшная гостиница состояла из пятидесяти комнат; постояльцев начали обозначать номерами, и несчастный юноша лишился имени Эдмон и фамилии Дантес – он стал номером тридцать четвертым.

XV. Номер 34 и номер 27

Дантес прошел через все муки, какие только переживают узники, забытые в тюрьме.

Он начал с гордости, которую порождают надежда и сознание своей невиновности; потом он стал сомневаться в своей невиновности, что до известной степени подтверждало теорию коменданта о сумасшествии; наконец, он упал с высоты своей гордыни, он стал умолять – еще не бога, но людей; бог – последнее прибежище. Человек в горе должен бы прежде всего обращаться к богу, но он делает это, только утратив все иные надежды.

Дантес просил, чтобы его перевели в другое подземелье, пусть еще более темное и сырое. Перемена, даже к худшему, все-таки была бы переменой и на несколько дней развлекла бы его. Он просил, чтобы ему разрешили прогулку, он просил воздуха, книг, инструментов. Ему не дали ничего, но он продолжал просить. Он приучился говорить со своим тюремщиком, хотя новый был, если это возможно, еще немее старого; но поговорить с человеком, даже с немым, было все же отрадой. Дантес говорил, чтобы слышать собственный голос; он пробовал говорить в одиночестве, но тогда ему становилось страшно.

Часто в дни свободы воображение Дантеса рисовало ему страшные тюремные камеры, где бродяги, разбойники и убийцы в гнусном веселье празднуют страшную дружбу и справляют дикие оргии. Теперь он был бы рад попасть в один из таких вертепов, чтобы видеть хоть чьи-нибудь лица, кроме бесстрастного, безмолвного лица тюремщика, он жалел, что он не каторжник в позорном платье, с цепью на ногах и клеймом на плече. Каторжники – те хоть живут в обществе себе подобных, дышат воздухом, видят небо, – каторжники счастливцы.

Он стал молить тюремщика, чтобы ему дали товарища, кто бы

он ни был, хотя бы того сумасшедшего аббата, о котором он слышал. Под внешней суровостью тюремщика, даже самой грубой, всегда скрывается остаток человечности. Тюремщик Дантеса, хоть и не показывал вида, часто в душе жалел бедного юношу, так тяжело переносившего свое заточение; он передал коменданту просьбу номера 34; но комендант с осторожностью, достойной политического деятеля, вообразив, что Дантес хочет возмутить заключенных или заручиться товарищем для побега, отказал.

Дантес истощил все человеческие средства. Поэтому он обратился к богу.

Тогда все благочестивые мысли, которыми живут несчастные, придавленные судьбою, оживили его душу; он вспомнил молитвы, которым его учила мать, и нашел в них смысл, дотоле ему неведомый; ибо для счастливых молитва остается однообразным и пустым набором слов, пока горе не вложит глубочайший смысл в проникновенные слова, которыми несчастные говорят с богом. Он молился не с усердием, а с неистовством. Молясь вслух, он уже не пугался своего голоса; он впадал в какое-то исступление при каждом слове, им произносимом, он видел бога; все события своей смиренной и загубленной жизни он приписывал воле могущественного бога, извлекал из них уроки, налагал на себя обеты и все молитвы заканчивал корыстными словами, с которыми человек гораздо чаще обращается к людям, чем к богу: и отпусти нам долги наши, как и мы отпускаем должникам нашим.

Несмотря на жаркие молитвы, Дантес остался в тюрьме.

Тогда дух его омрачился, и словно туман застлал ему глаза. Дантес был человек простой, необразованный; наука не приподняла для него завесу, которая скрывает прошлое. Он не мог в уединении тюрьмы и в пустыне мысли воссоздать былые века, воскресить отжившие народы, возродить древние города, которые воображение наделяет величием и поэзией и которые проходят перед внутренним взором, озаренные небесным огнем, как вавилонские картины Мартина.[11] У Дантеса было только короткое прошлое, мрачное настоящее и неведомое будущее; девятнадцать светлых лет, о которых ему предстояло размышлять в бескрайней, быть может, ночи! Поэтому он ничем не мог развлечься – его предприимчивый ум, который с такой радостью устремил бы свой полет сквозь века, был заключен в тесные пределы, как орел в клетку. И тогда он хватался за одну мысль, за мысль о своем счастье, разрушенном без причины, по роковому стечению обстоятельств; над этой мыслью он бился, выворачивал ее на все лады и, если можно так выразиться, впивался в нее зубами, как в дантовском аду безжалостный Уголино грызет череп архиепископа Руджиери. Дантес имел лишь мимолетную веру, основанную на мысли о всемогуществе; он скоро потерял ее, как другие теряют ее, дождавшись успеха. Но только он успеха не дождался.

Благочестие сменилось исступлением. Он изрыгал богохульства, от которых тюремщик пятился в ужасе; он колотился головой о тюремные стены от малейшего беспокойства, причиненного ему какой-нибудь пылинкой, соломинкой, струей воздуха. Донос, который он видел, который Вильфор ему показывал, который он держал в своих руках, беспрестанно вспоминался ему; каждая строка пылала огненными буквами на стене, как «Мене, Текел, Фарес»[12]

---

[11] Джон Мартин – английский художник (1789–1854).

[12] «Сочтено, взвешено, разделено» *(библ.)*.

Валтасара. Он говорил себе, что ненависть людей, а не божия кара ввергла его в пропасть; он предавал этих неизвестных ему людей всем казням, какие только могло изобрести его пламенное воображение, и находил их слишком милостивыми и, главное, недостаточно продолжительными: ибо после казни наступает смерть, а в смерти – если не покой, то по крайней мере бесчувствие, похожее на покой.

Беспрерывно, при мысли о своих врагах, повторяя себе, что смерть – это покой и что для жестокой кары должно казнить не смертью, он впал в угрюмое оцепенение, приходящее с мыслями о самоубийстве. Горе тому, кто на скорбном пути задержится на этих мрачных мыслях! Это – мертвое море, похожее на лазурь прозрачных вод, но в нем пловец чувствует, как ноги его вязнут в смолистой тине, которая притягивает его, засасывает и хоронит. Если небо не подаст ему помощи, все кончено, и каждое усилие к спасению только еще глубже погружает его в смерть.

И все же эта нравственная агония не так страшна, как муки, ей предшествующие, и как наказание, которое, быть может, последует за нею; в ней есть опьяняющее утешение, она показывает зияющую пропасть, но на дне пропасти – небытие. Эдмон нашел утешение в этой мысли; все его горести, все его страдания, вся вереница призраков, которую они влачили за собой, казалось, отлетели из того угла тюрьмы, куда ангел смерти готовился ступить своей легкой стопой. Дантес взглянул на свою прошлую жизнь спокойно, на будущую – с ужасом и выбрал то, что казалось ему прибежищем.

– Во время дальних плаваний, – говорил он себе, – когда я еще был человеком и когда этот человек, свободный и могущественный, отдавал другим людям приказания, которые тотчас же исполнялись, мне случалось видеть, как небо заволакивается тучами, волны вздымаются и бушуют, на краю неба возникает буря и, словно исполинский орел, машет крыльями над горизонтом, тогда я чувствовал, что мой корабль – утлое пристанище, ибо он трепетал и колыхался, словно перышко на ладони великана; под грозный грохот валов я смотрел на острые скалы, предвещавшие мне смерть, и смерть страшила меня, и я всеми силами старался отразить ее, и, собрав всю мощь человека и все умение моряка, я вступал в единоборство с богом!.. Но тогда я был счастлив; тогда возвратиться к жизни значило возвратиться к счастью; та смерть была неведомой смертью, и я не выбирал ее; я не хотел уснуть навеки на ложе водорослей и камней и с негодованием думал о том, что я, сотворенный по образу и подобию божию, послужу пищей ястребам и чайкам. Иное дело теперь: я лишился всего, что привязывало меня к жизни; теперь смерть улыбается мне, как кормилица, убаюкивающая младенца; теперь я умираю добровольно, засыпаю усталый и разбитый, как засыпал после приступов отчаяния и бешенства, когда делал по три тысячи кругов в этом подземелье – тридцать тысяч шагов, около десяти лье!

Когда эта мысль запала в душу Дантеса, он стал кротче, веселее; легче мирился с жесткой постелью и черным хлебом; ел мало, не спал вовсе и находил сносной эту жизнь, которую в любую минуту мог с себя сбросить, как сбрасывают изношенное платье.

Было два способа умереть; один был весьма прост: привязать носовой платок к решетке окна и повеситься; другой состоял в том, чтобы только делать вид, что ешь, и умереть с голоду. К первому способу Дантес чувствовал отвращение; он был воспитан в ненависти к пиратам, которых вешают на мачте; поэтому петля казалась ему позорной казнью, и он отверг ее. Он решился на второе средство и в тот же день начал приводить его в исполнение.

Пока Дантес проходил через все эти мытарства, протекло около четырех лет. К концу второго года Дантес перестал делать отметки на стене и опять, как до посещения инспектора, потерял счет дням.

Он сказал себе: «Я хочу умереть», – и сам избрал род смерти, тогда он тщательно все обдумал и, чтобы не отказаться от своего намерения, дал себе клятву умереть с голоду. «Когда мне будут приносить обед или ужин, – решил он, – я стану бросать пищу за окно; будут думать, что я все съел».

Так он и делал. Два раза в день в решетчатое отверстие, через которое он видел только клочок неба, он выбрасывал приносимую ему пищу, сначала весело, потом с раздумьем, наконец с сожалением; только воспоминание о клятве давало ему силу для страшного замысла. Эту самую пищу, которая прежде внушала ему отвращение, острозубый голод рисовал ему заманчивой на вид и восхитительно пахнущей; иногда он битый час держал в руках тарелку и жадными глазами смотрел на гнилую говядину или на вонючую рыбу и кусок черного заплесневелого хлеба. И последние проблески жизни инстинктивно сопротивлялись в нем и иногда брали верх над его решимостью. Тогда тюрьма казалась ему не столь уже мрачной, судьба его – не столь отчаянной; он еще молод, ему, вероятно, не больше двадцати пяти, двадцати шести лет, ему осталось еще жить лет пятьдесят, а значит, вдвое больше того, что он прожил. За этот бесконечный срок любые события могли сорвать тюремные двери, проломить стены замка Иф и возвратить ему свободу. Тогда он подносил ко рту пищу, в которой, добровольный Тантал, он себе отказывал; но тотчас вспоминал данную клятву и, боясь пасть в собственных глазах, собирал все свое мужество и крепился. Непреклонно и безжалостно гасил он в себе искры жизни, и настал день, когда у него не хватило сил встать и бросить ужин в окно.

На другой день он ничего не видел, едва слышал. Тюремщик решил, что он тяжело болен; Эдмон надеялся на скорую смерть.

Так прошел день. Эдмон чувствовал, что им овладевает какое-то смутное оцепенение, впрочем, довольно приятное. Резь в желудке почти прошла; жажда перестала мучить; когда он закрывал глаза, перед ним кружился рой блестящих точек, похожих на огоньки, блуждающие по ночам над болотами, – это была заря той неведомой страны, которую называют смертью.

Вдруг вечером, часу в девятом, он услышал глухой шум за стеной, у которой стояла его койка.

Столько омерзительных тварей возилось в этой тюрьме, что мало-помалу Эдмон привык спать, не смущаясь такими пустяками; но на этот раз, потому ли, что его чувства были обострены голодом, или потому, что шум был громче обычного, или, наконец, потому, что в последние мгновения жизни все приобретает значимость, Эдмон поднял голову и прислушался.

То было равномерное поскребывание по камню, производимое либо огромным когтем, либо могучим зубом, либо каким-нибудь орудием.

Мысль, никогда не покидающая заключенных, – свобода! – мгновенно пронзила затуманенный мозг Дантеса.

Этот звук донесся до него в ту самую минуту, когда все звуки должны были навсегда умолкнуть для него, и он невольно подумал, что бог наконец сжалился над его страданиями и посылает ему этот шум, чтобы остановить его у края могилы, в которой он уже стоял одной ногой. Как знать, может быть, кто-нибудь из его друзей, кто-нибудь из тех дорогих его сердцу, о которых он думал до изнеможения, сейчас печется о нем и пытается уменьшить разделяющее их расстояние?

Не может быть, вероятно, ему просто почудилось, и это только сон, реющий на пороге смерти.

Но Эдмон все же продолжал прислушиваться. Поскребывание длилось часа три. Потом Эдмон услышал, как что-то посыпалось, после чего все стихло.

Через несколько часов звук послышался громче и ближе. Эдмон мысленно принимал участие в этой работе и уже не чувствовал себя столь одиноким; и вдруг вошел тюремщик.

Прошла неделя с тех пор, как Дантес решил умереть, уже четыре дня он ничего не ел; за это время он ни разу не заговаривал с тюремщиком, не отвечал, когда тот спрашивал, чем он болен, и отворачивался к стене, когда тот смотрел на него слишком пристально. Но теперь все изменилось: тюремщик мог услышать глухой шум, насторожиться, прекратить его и разрушить последний проблеск смутной надежды, одна мысль о которой оживила умирающего Дантеса.

Тюремщик принес завтрак.

Дантес приподнялся на постели и, возвысив голос, начал говорить о чем попало – о дурной пище, о сырости; он роптал и бранился, чтобы иметь предлог кричать во все горло, к великой досаде тюремщика, который только что выпросил для больного тарелку бульона и свежий хлеб. К счастью, он решил, что Дантес бредит, поставил, как всегда, завтрак на хромоногий стол и вышел. Эдмон вздохнул свободно и с радостью принялся слушать.

Шум стал настолько отчетлив, что он уже слышал его, не напрягая слуха.

– Нет сомнения, – сказал он себе, – раз этот шум продолжается и днем, то это, верно, какой-нибудь несчастный заключенный вроде меня трудится ради своего освобождения. Если бы я был подле него, как бы я помогал ему!

Потом внезапная догадка черной тучей затмила зарю надежды; ум, привыкший к несчастью, лишь с трудом давал веру человеческой радости. Он почти не сомневался, что это стучат рабочие, присланные комендантом для какой-нибудь починки в соседней камере.

Удостовериться в этом было не трудно, но как решиться задать вопрос? Конечно, проще всего было бы подождать тюремщика, указать ему на шум и посмотреть, с каким выражением он будет его слушать; но не значило ли это ради мимолетного удовлетворения рисковать, быть может, спасением?.. Голова Эдмона шла кругом; он так ослабел, что мысли его растекались, точно туман, и он не мог сосредоточить их на одном предмете. Эдмон видел только одно средство возвратить ясность своему уму: он обратил глаза на еще не остывший завтрак, оставленный тюремщиком на столе, встал, шатаясь, добрался до него, взял чашку, поднес к губам и выпил бульон с чувством неизъяснимого блаженства.

У него хватило твердости удовольствоваться этим; он слышал, что, когда моряки, подобранные в море после кораблекрушения, с жадностью набрасывались на пищу, они умирали от этого. Эдмон положил на стол хлеб, который поднес было ко рту, и снова лег. Он уже не хотел умирать.

Вскоре он почувствовал, что ум его проясняется, мысли его, смутные, почти безотчетные, снова начали выстраиваться в положенном порядке на той волшебной шахматной доске, где одно лишнее поле, быть может, предопределяет превосходство человека над животными. Он мог уже мыслить и подкреплять свою мысль логикой.

Итак, он сказал себе:

– Надо попытаться узнать, никого не выдав. Если тот, кто там скребется, просто рабочий, то мне стоит только постучать в стену, и он тотчас же прекратит работу и начнет гадать, кто стучит и зачем. Но так как работа его не только дозволенная, но и предписанная, то он опять примется за нее. Если же, напротив, это заключенный, то мой стук испугает его; он побоится, что его поймают за работой, бросит долбить и примется за дело не раньше вечера, когда, по его мнению, все лягут спать.

Эдмон тотчас же встал с койки. Ноги уже не подкашивались, в глазах не рябило. Он пошел в угол камеры, вынул из стены камень, подточенный сыростью, и ударил им в стену, по тому самому месту, где стук слышался всего отчетливее.

При первом же ударе стук прекратился, словно по волшебству.

Эдмон весь превратился в слух. Прошел час, прошло два часа – ни звука. Удар Эдмона породил за стеной мертвое молчание.

Окрыленный надеждой, Эдмон поел немного хлеба, выпил глоток воды и благодаря могучему здоровью, которым наградила его природа, почти восстановил силы.

День прошел, молчание не прерывалось.

Пришла ночь, но стук не возобновлялся.

«Это заключенный», – подумал Эдмон с невыразимой радостью. Он уже не чувствовал апатии; жизнь пробудилась в нем с новой силой – она стала деятельной.

Ночь прошла в полной тишине.

Всю эту ночь Эдмон не смыкал глаз.

Настало утро; тюремщик принес завтрак. Дантес уже съел остатки вчерашнего обеда и с жадностью принялся за еду. Он напряженно прислушивался, не возобновится ли стук, трепетал при мысли, что, быть может, он прекратился навсегда, делал по десять, по двенадцать лье в своей темнице, по целым часам тряс железную решетку окна, старался давно забытыми упражнениями возвратить упругость и силу своим мышцам, чтобы быть во всеоружии для смертельной схватки с судьбой; так борец, выходя на арену, натирает тело маслом и разминает руки. Иногда он останавливался и слушал, не раздастся ли стук, досадуя на осторожность узника, который не догадывался, что его работа была прервана другим таким же узником, столь же пламенно жаждавшим освобождения.

Прошло три дня, семьдесят два смертельных часа, отсчитанных минута за минутой!

Наконец однажды вечером, после ухода тюремщика, когда Дантес в сотый раз прикладывал ухо к стене, ему показалось, будто едва приметное содрогание глухо отдается в его голове, прильнувшей к безмолвным камням.

Дантес отодвинулся, чтобы вернуть равновесие своему потрясенному мозгу, обошел несколько раз вокруг камеры и опять приложил ухо к прежнему месту.

Сомнения не было: за стеною что-то происходило; по-видимому, узник понял, что прежний способ опасен, и избрал другой; чтобы спокойнее продолжать работу, он, вероятно, заменил долото рычагом.

Ободренный своим открытием, Эдмон решил помочь неутомимому труженику. Он отодвинул свою койку, потому что именно за ней, как ему казалось, совершалось дело освобождения, и стал искать глазами, чем бы расковырять стену, отбить сырую известку и вынуть камень.

Но у него ничего не было, ни ножа, ни острого орудия; были железные прутья решетки; но он так часто убеждался в ее крепости, что не стоило и пытаться расшатать ее.

Вся обстановка его камеры состояла из кровати, стула, стола, ведра и кувшина.

У кровати были железные скобы, но они были привинчены к дереву винтами. Требовалась отвертка, чтобы удалить винты и снять скобы.

У стола и стула – ничего, у ведра прежде была ручка, но и ту сняли.

Дантесу оставалось одно: разбить кувшин и работать его остроконечными черепками.

Он бросил кувшин на пол: кувшин разлетелся вдребезги.

Дантес выбрал два-три острых черепка, спрятал их в тюфяк, а прочие оставил на полу. Разбитый кувшин – дело обыкновенное, он не мог навести на подозрения.

Эдмон мог бы работать всю ночь; но в темноте дело шло плохо; действовать приходилось ощупью и вскоре он заметил, что его жалкий инструмент тупится о твердый камень. Он опять придвинул кровать к стене и решил дождаться дня. Вместе с надеждой к нему вернулось и терпение.

Всю ночь он прислушивался к подземной работе, которая шла за стеной, не прекращаясь до самого утра.

Настало утро; когда явился тюремщик, Дантес сказал ему, что он вечером захотел напиться и кувшин выпал у него из рук и разбился. Тюремщик, ворча, пошел за новым кувшином, не подобрав даже черепков.

Вскоре он воротился, посоветовал быть поосторожнее и вышел.

С невыразимой радостью Дантес услышал лязг замка; а прежде при этом звуке у него каждый раз сжималось сердце. Едва затихли шаги тюремщика, как он бросился к кровати, отодвинул ее и при свете бледного луча солнца, проникавшего в его подземелье, увидел, что напрасно трудился полночи, – он долбил камень, тогда как следовало скрести вокруг него.

Сырость размягчила известку.

Сердце у Дантеса радостно забилось, когда он увидел, что штукатурка поддается; правда, она отваливалась кусками не больше песчинки, но все же за четверть часа Дантес отбил целую горсть. Математик мог бы сказать ему, что, работая таким образом года два, можно, если не наткнуться на скалу, прорыть ход в два квадратных фута длиною в двадцать футов.

И Дантес горько пожалел, что не употребил на эту работу минувшие бесконечные часы, которые были потрачены даром на пустые надежды, молитвы и отчаяния.

За шесть лет, что он сидел в этом подземелье, какую работу, даже самую кропотливую, не успел бы он кончить!

Эта мысль удвоила его рвение.

В три дня, работая с неимоверными предосторожностями, он сумел отбить всю штукатурку и обнажить камень. Стена была сложена из бутового камня, среди которого местами, для большей крепости, были вставлены каменные плиты. Одну такую плиту он и обнажил, и теперь ее надо было расшатать.

Дантес попробовал пустить в дело ногти, но оказалось, что это бесполезно.

Когда он вставлял в щели черепки и пытался действовать ими как рычагом, они ломались.

Напрасно промучившись целый час, Дантес в отчаянии бросил работу.

Неужели ему придется отказаться от всех попыток и ждать в бездействии, пока сосед сам закончит работу?

Вдруг ему пришла в голову новая мысль; он встал и улыбнулся, вытирая вспотевший лоб.

Каждый день тюремщик приносил ему суп в жестяной кастрюле. В этой кастрюле, по-видимому, носили суп и другому арестанту: Дантес заметил, что она бывала либо полна, либо наполовину пуста, смотря по тому, начинал тюремщик раздачу пищи с него или с его соседа.

У кастрюли была железная ручка; эта-то железная ручка и нужна была Дантесу, и он с радостью отдал бы за нее десять лет жизни.

Тюремщик, как всегда, вылил содержимое кастрюли в тарелку Дантеса. Эту тарелку, выхлебав суп деревянной ложкой, Дантес сам вымывал каждый день.

Вечером Дантес поставил тарелку на пол, на полпути от двери к столу; тюремщик, войдя в камеру, наступил на нее, и тарелка разбилась.

На этот раз Дантеса ни в чем нельзя было упрекнуть; он напрасно оставил тарелку на полу, это правда, но и тюремщик был виноват, потому что не смотрел себе под ноги.

Тюремщик только проворчал; потом поискал глазами, куда бы вылить суп, но вся посуда Дантеса состояла из одной этой тарелки.

– Оставьте кастрюлю, – сказал Дантес, – возьмете ее завтра, когда принесете мне завтрак.

Такой совет понравился тюремщику; это избавляло его от необходимости подняться наверх, спуститься и снова подняться.

Он оставил кастрюлю.

Дантес затрепетал от радости.

Он быстро съел суп и говядину, которую, по тюремному обычаю, клали прямо в суп. Потом, выждав целый час, чтобы убедиться, что тюремщик не передумал, он отодвинул кровать, взял кастрюлю, всунул конец железной ручки в щель, пробитую им в штукатурке, между плитой и соседними камнями, и начал действовать ею как рычагом. Легкое сотрясение стены показало Дантесу, что дело идет на лад.

И действительно, через час камень был вынут; в стене осталась выемка фута в полтора в диаметре.

Дантес старательно собрал куски известки, перенес их в угол, черепком кувшина наскоблил сероватой земли и прикрыл ею известку.

Потом, чтобы не потерять ни минуты этой ночи, во время которой благодаря случаю или, вернее, своей изобретательности он мог пользоваться драгоценным инструментом, он с остервенением продолжал работу.

Как только рассвело, он вложил камень обратно в отверстие, придвинул кровать к стене и лег спать.

Завтрак состоял из куска хлеба. Тюремщик вошел и положил кусок хлеба на стол.

– Вы не принесли мне другой тарелки? – спросил Дантес.

– Нет, не принес, – отвечал тюремщик, – вы все бьете; вы разбили кувшин; по вашей вине я разбил вашу тарелку; если бы все заключенные столько ломали, правительство не могло бы их содержать. Вам оставят кастрюлю и будут наливать в нее суп; может быть, тогда вы перестанете бить посуду.

Дантес поднял глаза к небу и молитвенно сложил руки под одеялом.

Этот кусок железа, который очутился в его руках, пробудил в его сердце такой порыв благодарности, какого он никогда еще не чувствовал, даже в минуты величайшего счастья.

Только одно огорчало его. Он заметил, что с тех пор как он начал работать, того, другого, не стало слышно.

Но из этого отнюдь не следовало, что он должен отказаться от своего намерения; если сосед не идет к нему, он сам придет к соседу.

Весь день он работал без передышки; к вечеру благодаря новому инструменту он извлек из стены десять с лишним горстей щебня и известки.

Когда настал час обеда, он выпрямил, как мог, искривленную ручку и поставил на место кастрюлю. Тюремщик влил в нее обычную порцию супа с говядиной или, вернее, с рыбой, потому что день был постный, а заключенных три раза в неделю заставляли поститься. Это тоже могло бы служить Дантесу календарем, если бы он давно не бросил считать дни.

Тюремщик налил суп и вышел.

На этот раз Дантес решил удостовериться, точно ли его сосед перестал работать.

Он принялся слушать.

Все было тихо, как в те три дня, когда работа была приостановлена.

Дантес вздохнул; очевидно, сосед опасался его. Однако он не пал духом и продолжал работать; но, потрудившись часа три, наткнулся на препятствие.

Железная ручка не забирала больше, а скользила по гладкой поверхности.

Дантес ощупал стену руками и понял, что уперся в балку.

Она загораживала все отверстие, сделанное им. Теперь надо было рыть выше или ниже балки. Несчастный юноша и не подумал о возможности такого препятствия.

— Боже мой, боже мой! — вскричал он. — Я так молил тебя, я надеялся, что ты услышишь мои мольбы! Боже, ты отнял у меня приволье жизни, отнял покой смерти, воззвал меня к существованию, так сжалься надо мной, боже, не дай мне умереть в отчаянии!

— Кто в таком порыве говорит о боге и об отчаянии? — произнес голос, доносившийся словно из-под земли; заглушенный толщею стен, он прозвучал в ушах узника, как зов из могилы.

Эдмон почувствовал, что у него волосы становятся дыбом; не вставая с колен, он попятился от стены.

— Я слышу человеческий голос! — прошептал он.

В продолжение четырех-пяти лет Эдмон слышал только голос тюремщика, а для узника тюремщик — не человек; это живая дверь вдобавок к дубовой двери, это живой прут вдобавок к железным прутьям.

— Ради бога, — вскричал Дантес, — говорите, говорите еще, хоть голос ваш и устрашил меня. Кто вы?

— А вы кто? — спросил голос.

— Несчастный узник, — не задумываясь, отвечал Дантес.

— Какой нации?

— Француз.

— Ваше имя?

— Эдмон Дантес.

— Ваше звание?

— Моряк.

— Как давно вы здесь?

— С двадцать восьмого февраля тысяча восемьсот пятнадцатого года.

— За что?

— Я невиновен.

— Но в чем вас обвиняют?

— В участии в заговоре с целью возвращения императора.

— Как! Возвращение императора? Разве император больше не на престоле?

— Он отрекся в Фонтенбло в тысяча восемьсот четырнадцатом году и был отправлен на остров Эльба. Но вы сами — как давно вы здесь, что вы этого не знаете?

— С тысяча восемьсот одиннадцатого года.

Дантес вздрогнул. Этот человек находился в тюрьме четырьмя

годами дольше, чем он.

— Хорошо, бросьте рыть, — торопливо заговорил голос. — Но скажите мне только, на какой высоте отверстие, которое вы вырыли?

— Вровень с землей.

— Чем оно скрыто?

— Моей кроватью.

— Двигали вашу кровать за то время, что вы в тюрьме?

— Ни разу.

— Куда выходит ваша комната?

— В коридор.

— А коридор?

— Ведет во двор.

— Какое несчастье! — произнес голос.

— Боже мой! Что такое? — спросил Дантес.

— Я ошибся; несовершенство моего плана ввело меня в заблуждение; отсутствие циркуля меня погубило; ошибка в одну линию на плане составила пятнадцать футов в действительности; я принял вашу стену за наружную стену крепости!

— Но ведь вы дорылись бы до моря?

— Я этого и хотел.

— И если бы вам удалось…

— Я бросился бы вплавь, доплыл до одного из островов, окружающих замок Иф, до острова Дом, или до Тибулена, или до берега и был бы спасен.

— Разве вы могли бы переплыть такое пространство?

— Господь дал бы мне силу. А теперь все погибло.

— Все?

— Все. Заделайте отверстие как можно осторожнее, не ройте больше, ничего не делайте и ждите известий от меня.

— Да кто вы?.. Скажите мне по крайней мере, кто вы?

— Я… я — номер двадцать седьмой.

— Вы мне не доверяете? — спросил Дантес.

Горький смех долетел до его ушей.

— Я добрый христианин! — вскричал он, инстинктивно почувствовав, что неведомый собеседник хочет покинуть его. — И я клянусь богом, что я скорее дам себя убить, чем открою хоть тень правды вашим и моим палачам. Но ради самого неба не лишайте меня вашего присутствия, вашего голоса; или, клянусь вам, я размозжу себе голову о стену, ибо силы мои приходят к концу, и смерть моя ляжет на вашу совесть.

— Сколько вам лет? Судя по голосу, вы молоды.

— Я не знаю, сколько мне лет, потому что я потерял здесь счет времени. Знаю только, что, когда меня арестовали, двадцать восьмого февраля тысяча восемьсот пятнадцатого года, мне было неполных девятнадцать.

— Так вам нет еще двадцати шести лет, — сказал голос. — В эти годы еще нельзя быть предателем.

— Нет! Нет! Клянусь вам! — повторил Дантес. — Я уже сказал вам и еще раз скажу, что скорее меня изрежут на куски, чем я вас выдам.

— Вы хорошо сделали, что поговорили со мной, хорошо сделали, что попросили меня, а то я уже собирался составить другой план и хотел отдалиться от вас. Но ваш возраст меня успокаивает, я приду к вам, ждите меня.

— Когда?

— Это надо высчитать; я подам вам знак.

— Но вы меня не покинете, вы не оставите меня одного, вы придете ко мне или позволите мне прийти к вам? Мы убежим вместе, а если нельзя бежать, будем говорить — вы о тех, кого любите, я — о тех, кого я люблю. Вы же любите кого-нибудь?

— Я один на свете.

— Так вы полюбите меня: если вы молоды, я буду вашим товарищем; если вы старик, я буду вашим сыном. У меня есть отец, которому теперь семьдесят лет, если он жив; я любил только его и девушку, которую звали Мерседес. Отец не забыл меня, в этом я уверен; но она... как знать, вспоминает ли она обо мне! Я буду любить вас, как любил отца.

— Хорошо, — сказал узник, — до завтра.

Эти слова прозвучали так, что Дантес сразу поверил им; больше ему ничего не было нужно; он встал, спрятал, как всегда, извлеченный из стены мусор и придвинул кровать к стене.

Потом он безраздельно отдался своему счастью. Теперь уж он, наверное, не будет один; а может быть, удастся и бежать. Если он даже останется в тюрьме, у него все же будет товарищ; разделенная тюрьма — это уже только наполовину тюрьма. Жалобы, произносимые сообща, — почти молитвы; молитвы, воссылаемые вдвоем, — почти благодать.

Весь день Дантес прошагал взад и вперед по своему подземелью. Радость душила его. Иногда он садился на постель, прижимая руку к груди. При малейшем шуме в коридоре он подбегал к двери. То и дело его охватывал страх, как бы его не разлучили с этим человеком, которого он не знал, но уже любил, как друга. И он решил: если тюремщик отодвинет кровать и наклонится, чтобы рассмотреть отверстие, он размозжит ему голову камнем, на котором стоит кувшин с водой.

Его приговорят к смерти, он это знал; но разве он не умирал от тоски и отчаяния в ту минуту, когда услыхал этот волшебный стук, возвративший его к жизни?

Вечером пришел тюремщик. Дантес лежал на кровати; ему казалось, что так он лучше охраняет недоделанное отверстие. Вероятно, он странными глазами посмотрел на докучливого посетителя, потому что тот сказал ему:

— Что? Опять с ума сходите?

Дантес не отвечал. Он боялся, что его дрожащий голос выдаст его. Тюремщик вышел, покачивая головой.

Когда наступила ночь, Дантес надеялся, что сосед его воспользуется тишиной и мраком для продолжения начатого разговора; но он ошибся: ночь прошла, ни единым звуком не успокоив его лихорадочного ожидания. Но наутро, после посещения тюремщика, отодвинув кровать от стены, он услышал три мерных удара; он бросился на колени.

— Это вы? — спросил он. — Я здесь.

— Ушел тюремщик? — спросил голос.

— Ушел, — отвечал Дантес, — и придет только вечером; в нашем распоряжении двенадцать часов.

— Так можно действовать? — спросил голос.

— Да, да, скорее, сию минуту, умоляю вас!

Тотчас же земля, на которую Дантес опирался обеими руками, подалась под ним; он отпрянул, и в тот же миг груда земли и камней посыпалась в яму, открывшуюся под вырытым им отверстием. Тогда из темной ямы, глубину которой он не мог измерить глазом, показалась голова, плечи и, наконец, весь человек, который не без ловкости выбрался из пролома.

XVI. Итальянский ученый

Дантес сжал в своих объятиях этого нового друга, так давно и с таким нетерпением ожидаемого, и подвел его к окну, чтобы слабый свет, проникавший в подземелье, мог осветить его всего.

Это был человек невысокого роста, с волосами, поседевшими не столько от старости, сколько от горя, с проницательными глазами, скрытыми под густыми седеющими бровями, и с черной еще бородой, доходившей до середины груди; худоба его лица, изрытого глубокими морщинами, смелые и выразительные черты изобличали в нем человека, более привыкшего упражнять свои духовные силы, нежели физические. По лбу его струился пот. Что касается его одежды, то не было никакой возможности угадать ее первоначальный покрой; от нее остались одни лохмотья.

На вид ему казалось не менее шестидесяти пяти лет, движения его были еще достаточно энергичны, чтобы предположить, что причина его дряхлости не возраст, что, быть может, он еще не так стар и лишь изнурен долгим заточением.

Ему была, видимо, приятна восторженная радость молодого человека; казалось, его оледенелая душа на миг согрелась и оттаяла, соприкоснувшись с пламенной душой Дантеса. Он тепло поблагодарил его за радушный прием, хоть и велико было его разочарование, когда он нашел только другую темницу там, где думал найти свободу.

– Прежде всего, – сказал он, – посмотрим, нельзя ли скрыть от наших сторожей следы моего подкопа. Все будущее наше спокойствие зависит от этого.

Он нагнулся к отверстию, поднял камень и без особого труда, несмотря на его тяжесть, вставил на прежнее место.

– Вы вынули этот камень довольно небрежно, – сказал он, покачав головой. – Разве у вас нет инструментов?

– А у вас есть? – спросил Дантес с удивлением.

– Я себе кое-какие смастерил. Кроме напильника, у меня есть все, что нужно: долото, клещи, рычаг.

– Как я хотел бы взглянуть на эти плоды вашего терпения и искусства, – сказал Дантес.

– Извольте – вот долото.

И он показал железную полоску, крепкую и отточенную, с буковой рукояткой.

– Из чего вы это сделали? – спросил Дантес.

– Из скобы моей кровати. Этим орудием я и прорыл себе дорогу, по которой пришел сюда, почти пятьдесят футов.

– Пятьдесят футов! – вскричал Дантес с ужасом.

– Говорите тише, молодой человек, говорите тише; у дверей заключенных часто подслушивают.

– Да ведь знают, что я один.

– Все равно.

– И вы говорите, что прорыли дорогу в пятьдесят футов?

– Да, приблизительно такое расстояние отделяет мою камеру от вашей; только я неверно вычислил кривую, потому что у меня не было геометрических приборов, чтобы установить масштаб; вместо сорока футов по эллипсу оказалось пятьдесят. Я думал, как уже говорил вам, добраться до наружной стены, пробить ее и броситься в море. Я рыл вровень с коридором, куда выходит ваша камера, вместо того чтобы пройти под ним; все мои труды пропали даром, потому что коридор ведет во двор, полный стражи.

– Это правда, – сказал Дантес, – но коридор идет только вдоль одной стороны моей камеры, а ведь у нее четыре стороны.

– Разумеется; но вот эту стену образует утес; десять рудокопов, со всеми необходимыми орудиями, едва ли пробьют этот утес в десять лет; та стена упирается в фундамент помещения коменданта; через нее мы попадем в подвал, без сомнения, запираемый на ключ, и нас поймают; а эта стена выходит... Постойте!.. Куда же выходит эта стена?

В этой стене была пробита бойница, через которую проникал свет; бойница эта, суживаясь, шла сквозь толщу стены: в нее не протискался бы и ребенок; тем не менее ее защищали три ряда железных прутьев, так что самый подозрительный тюремщик мог не опасаться побега. Гость, задав вопрос, подвинул стол к окну.

– Становитесь на стол, – сказал он Дантесу.

Дантес повиновался, взобрался на стол и, угадав намерение товарища, уперся спиной в стену и подставил обе ладони.

Тогда старик, который назвал себя номером своей камеры и настоящего имени которого Дантес еще не знал, проворнее, чем от него можно было ожидать, с легкостью кошки или ящерицы взобрался сначала на стол, потом со стола на ладони Дантеса, а оттуда на его плечи; согнувшись, потому что низкий свод мешал ему выпрямиться, он просунул голову между прутьями и посмотрел вниз.

Через минуту он быстро высвободил голову.

– Ого! – сказал он. – Я так и думал.

И он спустился с плеч Дантеса на стол, а со стола соскочил на пол.

– Что такое? – спросил Дантес с беспокойством, спрыгнув со стола вслед за ним.

Старик задумался.

– Да, – сказал он. – Так и есть; четвертая стена вашей камеры выходит на наружную галерею, нечто вроде круговой дорожки, где ходят патрули и стоят часовые.

– Вы в этом уверены?

– Я видел кивер солдата и кончик его ружья; я потому и отдернул голову, чтобы он меня не заметил.

– Так что же? – сказал Дантес.

– Вы сами видите, через вашу камеру бежать невозможно.

– Что ж тогда? – продолжал Дантес.

– Тогда, – сказал старик, – да будет воля божия!

И выражение глубокой покорности легло на его лицо.

Дантес с восхищением посмотрел на человека, так спокойно отказывавшегося от надежды, которую он лелеял столько лет.

– Теперь скажите мне, кто вы? – спросил Дантес.

– Что ж, пожалуй, если вы все еще хотите этого теперь, когда я ничем не могу быть вам полезен.

– Вы можете меня утешить и поддержать, потому что вы кажетесь мне сильнейшим из сильных.

Узник горько улыбнулся.

– Я аббат Фариа, – сказал он, – и сижу в замке Иф, как вы знаете, с тысяча восемьсот одиннадцатого года; но перед тем я просидел три года в Фенестрельской крепости. В тысяча восемьсот одиннадцатом году меня перевели из Пьемонта во Францию. Тут я узнал, что судьба, тогда, казалось, покорная Наполеону, послала ему сына и что этот сын в колыбели наречен римским королем. Тогда я не предвидел того, что узнал от вас; не воображал, что через четыре года исполин будет свергнут. Кто же теперь царствует во Франции? Наполеон Второй?

– Нет, Людовик Восемнадцатый.

– Людовик Восемнадцатый, брат Людовика Шестнадцатого! Пути провидения неисповедимы. С какой целью унизило оно того, кто был им вознесен, и вознесло того, кто был им унижен?

Дантес не сводил глаз с этого человека, который, забывая о собственной участи, размышлял об участи мира.

– Да, да, – продолжал тот, – как в Англии: после Карла Первого – Кромвель; после Кромвеля – Карл Второй и, быть может, после Якова Второго – какой-нибудь шурин или другой родич, какой-нибудь принц Оранский; бывший штатгальтер станет королем, и тогда опять — уступки народу, конституция, свобода! Вы это еще увидите, молодой человек, — сказал он, поворачиваясь к Дантесу и глядя на него вдохновенным взором горящих глаз, какие, должно быть, бывали у пророков. — Вы еще молоды, вы это увидите!

— Да, если выйду отсюда.

— Правда, — отвечал аббат Фариа. — Мы в заточении, бывают минуты, когда я об этом забываю и думаю, что свободен, потому что глаза мои проникают сквозь стены тюрьмы.

— Но за что же вас заточили?

— Меня? За то, что я в тысяча восемьсот седьмом году мечтал о том, что Наполеон хотел осуществить в тысяча восемьсот одиннадцатом; за то, что я, как Макиавелли, вместо мелких княжеств, гнездящихся в Италии и управляемых слабыми деспотами, хотел видеть единую, великую державу, целостную и мощную; за то, что мне показалось, будто я нашел своего Цезаря Борджиа в коронованном глупце, который притворялся, что согласен со мной, чтобы легче предать меня. Это был замысел Александра Шестого и Климента Седьмого; он обречен на неудачу, они тщетно брались за его осуществление, и даже Наполеон не сумел завершить его; поистине над Италией тяготеет проклятие!

Старик опустил голову на грудь.

Дантесу было непонятно, как может человек рисковать жизнью из таких побуждений; правда, если он знал Наполеона, потому что видел его и говорил с ним, то о Клименте Седьмом и Александре Шестом он не имел ни малейшего представления.

— Не вы ли, — спросил Дантес, начиная разделять всеобщее мнение в замке Иф, — не вы ли тот священник, которого считают... больным?

— Сумасшедшим, хотите вы сказать?

— Я не осмелился, — сказал Дантес с улыбкой.

— Да, — промолвил Фариа с горьким смехом, — да, меня считают сумасшедшим; я уже давно служу посмешищем для жителей этого замка и потешал бы детей, если бы в этой обители безысходного горя были дети.

Дантес стоял неподвижно и молчал.

— Так вы отказываетесь от побега? — спросил он.

— Я убедился, что бежать невозможно, предпринимать невозможное — значит восставать против бога.

— Зачем отчаиваться? Желать немедленной удачи — это тоже значит требовать от провидения слишком многого. Разве нельзя начать подкоп в другом направлении?

— Да знаете ли вы, чего мне стоил этот подкоп? Знаете ли вы, что я четыре года потратил на одни инструменты? Знаете ли вы, что я два года рыл землю, твердую, как гранит? Знаете ли вы, что я вытаскивал камни, которые прежде не мог бы сдвинуть с места; что я целые дни проводил в этой титанической работе; что иной раз, вечером, я считал себя счастливым, если мне удавалось отбить квадратный дюйм затвердевшей, как камень, известки? Знаете ли вы, что, для того чтобы прятать землю и камни, которые я выкапывал, мне пришлось пробить стену и сбрасывать все это под лестницу и что теперь там все полно доверху, так что мне некуда было бы девать горсть пыли? Знаете ли вы, что я уже думал, что достиг цели моих трудов, чувствовал, что моих сил хватит только на то, чтобы кончить работу, и вдруг бог не только отодвигает эту цель, но и переносит ее неведомо куда? Нет! Я вам сказал и повторю еще раз: отныне я и пальцем не шевельну, ибо господу угодно, чтобы я был навеки лишен свободы!

Эдмон опустил голову, чтобы не показать старику, что радость иметь его своим товарищем мешает ему в должной мере сочувствовать горю узника, которому не удалось бежать.

Аббат Фариа опустился на постель.

Эдмон никогда не думал о побеге. Иные предприятия кажутся столь несбыточными, что даже не приходит в голову браться за них; какой-то инстинкт заставляет избегать их. Прорыть пятьдесят футов под землей, посвятить этому труду три года, чтобы дорыться, в случае удачи, до отвесного обрыва над морем; броситься с высоты в пятьдесят, шестьдесят, а то и сто футов, чтобы размозжить себе голову об утесы, если раньше не убьет пуля часового, а если удастся избежать всех этих опасностей, проплыть целую милю, – этого было больше чем достаточно, чтобы покориться неизбежности, и мы убедились, что эта покорность привела Дантеса на порог смерти.

Но, увидев старика, который цеплялся за жизнь с такой энергией и подавал пример отчаянной решимости, Дантес стал размышлять и измерять свое мужество. Другой попытался сделать то, о чем он даже не мечтал; другой, менее молодой, менее сильный, менее ловкий, чем он, трудом и терпением добыл себе все инструменты, необходимые для этой гигантской затеи, которая не удалась только из-за ошибки в расчете; другой сделал все это, стало быть, и для него нет ничего невозможного. Фариа прорыл пятьдесят футов, он пророет сто: пятидесятилетний Фариа трудился три года, он вдвое моложе Фариа и проработает шесть лет; Фариа, аббат, ученый, священнослужитель, решился проплыть от замка Иф до острова Дом, Ратонно или Лемер; а он, Дантес, моряк, смелый водолаз, так часто нырявший на дно за коралловой ветвью, неужели не проплывет одной мили? Сколько надобно времени, чтобы проплыть милю? Час? Так разве ему не случалось по целым часам качаться на волнах, не выходя на берег? Нет, нет, ему нужен был только ободряющий пример. Все, что сделал или мог бы сделать другой, сделает и Дантес.

Он задумался, потом сказал:

– Я нашел то, что вы искали.

Фариа вздрогнул.

– Вы? – спросил он, подняв голову, и видно было, что если Дантес сказал правду, то отчаяние его сотоварища продлится недолго. – Что же вы нашли?

– Коридор, который вы пересекли, тянется в том же направлении, что и наружная галерея?

– Да.

– Между ними должно быть шагов пятнадцать.

– Самое большее.

– Так вот: от середины коридора мы проложим путь под прямым углом. На этот раз вы сделаете расчет более тщательно. Мы выберемся на наружную галерею, убьем часового и убежим. Для этого нужно только мужество, оно у вас есть, и сила, – у меня ее довольно. Не говорю о терпении, – вы уже доказали свое на деле, а я постараюсь доказать свое.

– Постойте, – сказал аббат, – вы не знаете, какого рода мое мужество и на что я намерен употребить свою силу. Терпения у меня, по-видимому, довольно: я каждое утро возобновлял ночную работу и каждую ночь – дневные труды. Но тогда мне казалось – вслушайтесь в мои слова, молодой человек, – тогда мне казалось, что я служу богу, пытаясь освободить одно из его созданий, которое, будучи невиновным, не могло быть осуждено.

– А разве теперь не то? – спросил Дантес. – Или вы признали себя виновным, с тех пор как мы встретились?

– Нет, но я не хочу стать им. До сих пор я имел дело только с вещами, а вы предлагаете мне иметь дело с людьми. Я мог пробить стену и уничтожить лестницу, но я не стану пробивать грудь и уничтожать чью-нибудь жизнь.

Дантес с удивлением посмотрел на него.

— Как? — сказал он. — Если бы вы могли спастись, такие соображения удержали бы вас?

— А вы сами, — сказал Фариа, — почему вы не убили тюремщика ножкой от стола, не надели его платья и не попытались бежать?

— Потому, что мне это не пришло в голову, — отвечал Дантес.

— Потому что в вас природой заложено отвращение к убийству: такое отвращение, что вы об этом даже не подумали, — продолжал старик, — в делах простых и дозволенных наши естественные побуждения ведут нас по прямому пути. Тигру, который рожден для пролития крови, — это его дело, его назначение, — нужно только одно: чтобы обоняние дало ему знать о близости добычи. Он тотчас же бросается на нее и разрывает на куски. Это его инстинкт, и он ему повинуется. Но человеку, напротив, кровь претит; не законы общества запрещают нам убийство, а законы природы.

Дантес смутился. Слова аббата объяснили ему то, что бессознательно происходило в его уме или, лучше сказать в его душе, потому что иные мысли родятся в мозгу, а иные в сердце.

— Кроме того, — продолжал Фариа, — сидя в тюрьме двенадцать лет, я перебрал в уме все знаменитые побеги. Я увидел, что они удавались редко. Счастливые побеги, увенчанные полным успехом, это те, над которыми долго думали, которые медленно подготовлялись. Так герцог Бофор бежал из Венсенского замка, аббат Дюбюкуа из Фор-Левека, а Латюд из Бастилии. Есть еще побеги случайные; это — самые лучшие, поверьте мне, подождем благоприятного случая и, если он представится, воспользуемся им.

— Вы-то могли ждать, — прервал Дантес со вздохом, — ваш долгий труд занимал вас ежеминутно, а когда вас не развлекал труд, вас утешала надежда.

— Я занимался не только этим, — сказал аббат.

— Что же вы делали?

— Писал или занимался.

— Так вам дают бумагу, перья, чернила?

— Нет, — сказал аббат, — но я их делаю сам.

— Вы делаете бумагу, перья и чернила? — воскликнул Дантес.

— Да.

Дантес посмотрел на старого аббата с восхищением; но он еще плохо верил его словам. Фариа заметил, что он сомневается.

— Когда вы придете ко мне, — сказал он, — я покажу вам целое сочинение, плод мыслей, изысканий и размышлений всей моей жизни, которое я обдумывал в тени Колизея в Риме, у подножия колонны святого Марка в Венеции, на берегах Арно во Флоренции, не подозревая, что мои тюремщики дадут мне досуг написать его в стенах замка Иф. Это «Трактат о возможности всеединой монархии в Италии». Он составит толстый том in-quarto.

— И вы написали его?

— На двух рубашках. Я изобрел вещество, которое делает холст гладким и плотным, как пергамент.

— Так вы химик?

— Отчасти. Я знавал Лавуазье и был дружен с Кабанисом.

— Но для такого труда вы нуждались в исторических материалах. У вас были книги?

— В Риме у меня была библиотека в пять тысяч книг. Читая и перечитывая их, я убедился, что сто пятьдесят хорошо подобранных сочинений могут дать если не полный итог человеческих знаний, то, во всяком случае, все, что полезно знать человеку. Я посвятил три года жизни на изучение этих ста пятидесяти томов и знал их почти наизусть, когда меня арестовали. В тюрьме, при небольшом усилии памяти, я все их припомнил. Я мог бы вам прочесть наизусть

Фукидида, Ксенофонта, Плутарха, Тита Ливия, Тацита, Страду, Иорнанда, Данте, Монтеня, Шекспира, Спинозу, Макиавелли и Боссюэ. Я вам называю только первостепенных.

— Вы знаете несколько языков?

— Я говорю на пяти живых языках: по-немецки, по-французски, по-итальянски, по-английски и по-испански; с помощью древнегреческого понимаю нынешний греческий язык; правда, я еще плохо говорю на нем, но я изучаю его.

— Вы изучаете греческий язык? – спросил Дантес.

— Да, я составил лексикон слов, мне известных; я их расположил всеми возможными способами так, чтобы их было достаточно для выражения моих мыслей. Я знаю около тысячи слов, больше мне и не нужно, хотя в словарях их содержится чуть ли не сто тысяч. Красноречивым я не буду, но понимать меня будут вполне, а этого мне довольно.

Все более и более изумляясь, Эдмон начинал находить способности этого странного человека почти сверхъестественными. Он хотел поймать его на чем-нибудь и продолжал:

— Но если вам не давали перьев, то чем же вы написали такую толстую книгу?

— Я сделал себе прекрасные перья – их предпочли бы гусиным, если бы узнали о них, – из головных хрящей тех огромных мерланов, которые нам иногда подают в постные дни. И я очень люблю среду, пятницу и субботу, потому что эти дни приумножают запас моих перьев, а исторические труды мои, признаюсь, мое любимое занятие. Погружаясь в прошлое, я не думаю о настоящем; свободно и независимо прогуливаясь по истории, я забываю, что я в тюрьме.

— А чернила? – спросил Дантес. – Из чего вы сделали чернила?

— В моей камере прежде был камин, – отвечал Фариа. – Трубу его заложили, по-видимому, незадолго до того, как я там поселился, но в течение долгих лет его топили, и все его стенки обросли сажей. Я растворяю эту сажу в вине, которое мне дают по воскресеньям, и таким образом добываю превосходные чернила. Для некоторых заметок, которые должны бросаться в глаза, я накалываю палец и пишу кровью.

— А когда мне можно увидеть все это? – спросил Дантес.

— Когда вам угодно, – сказал Фариа.

— Сейчас же!

— Так ступайте за мною, – сказал аббат.

Он спустился в подземный ход и исчез в нем; Дантес последовал за ним.

XVII. Камера аббата

Пройдя довольно легко, хоть и согнувшись, подземным ходом, Дантес достиг конца коридора, прорытого аббатом. Тут проход суживался, и в него едва можно было пролезть ползком. Пол в камере аббата был вымощен плитами; подняв одну из них, в самом темном углу, он и начал трудную работу, окончание которой видел Дантес.

Проникнув в камеру и став на ноги, Эдмон с любопытством стал оглядываться по сторонам. С первого взгляда в этой камере не было ничего необыкновенного.

— Так, – сказал аббат, – теперь только четверть первого, и у нас остается еще несколько часов.

Дантес посмотрел кругом, ища глазами часы, по которым аббат определял время с такой точностью.

— Посмотрите, – сказал аббат, – на солнечный луч, проникающий в мое окно, и на эти линии, вычерченные мною на стене. По этим линиям я определяю время вернее, чем если бы у меня были часы, потому что часы могут испортиться, а солнце и земля всегда работают исправно.

Дантес ничего не понял из этого объяснения; видя, как солнце встает из-за гор и опускается в Средиземное море, он всегда думал, что движется солнце, а не земля. Незаметное для него двойное движение земного шара, на котором он жил, казалось ему неправдоподобным; в каждом слове его собеседника ему чудились тайны науки, столь же волшебные, как те золотые и алмазные копи, которые он видел еще мальчиком во время путешествия в Гузерат и Голконду.

– Мне не терпится, – сказал он аббату, – увидеть ваши богатства.

Аббат подошел к очагу и с помощью долота, которое он не выпускал из рук, вынул камень, некогда служивший подом и прикрывавший довольно просторное углубление; в этом углублении и хранились все те вещи, о которых он говорил Дантесу.

– Что же вам показать для начала? – спросил он.
– Покажите ваше сочинение о монархии в Италии.

Фариа вытащил из тайника четыре свитка, скатанные, как листы папируса. Свитки состояли из холщовых полос шириной в четыре дюйма и длиной дюймов в восемнадцать. Полосы были пронумерованы, и Дантес без труда прочел несколько строк. Сочинение было написано на родном языке аббата, то есть по-итальянски, а Дантес, уроженец Прованса, отлично понимал этот язык.

– Видите, тут все; неделю тому назад я написал «конец» на шестьдесят восьмой полосе. Две рубашки и все мои носовые платки ушли на это; если я когда-нибудь выйду на свободу, если в Италии найдется типограф, который отважится напечатать мою книгу, я прославлюсь.

– Да, – отвечал Дантес, – вижу. А теперь, прошу вас, покажите мне перья, которыми написана эта книга.

– Вот, смотрите, – сказал Фариа.

И он показал Дантесу палочку шести дюймов в длину, толщиною в полдюйма; к ней при помощи нитки был привязан рыбий хрящик, запачканный чернилами; он был заострен и расщеплен, как обыкновенное перо.

Дантес рассмотрел перо и стал искать глазами инструмент, которым оно было так хорошо очинено.

– Вы ищете перочинный ножик? – сказал Фариа. – Это моя гордость. Я сделал и его, и этот большой нож из старого железного подсвечника.

Ножик резал, как бритва, а нож имел еще то преимущество, что мог служить и ножом, и кинжалом.

Дантес рассматривал все эти вещи с таким же любопытством, с каким, бывало, в марсельских лавках редкостей разглядывал орудия, сделанные дикарями и привезенные с южных островов капитанами дальнего плавания.

– Что же касается чернил, – сказал Фариа, – то вы знаете, из чего я их делаю; я изготовляю их по мере надобности.

– Теперь я удивляюсь только одному, – сказал Дантес, – как вам хватило дней на всю эту работу.

– Я работал и по ночам, – сказал Фариа.
– По ночам? Что же вы, как кошка, видите ночью?
– Нет; но бог дал человеку ум, который возмещает несовершенство чувств; я создал себе освещение.

– Каким образом?
– От говядины, которую мне дают, я срезаю жир, растапливаю его и извлекаю чистое сало; вот мой светильник.

И аббат показал Дантесу плошку, вроде тех, которыми освещают улицы в торжественные дни.

– А огонь?

– Вот два кремня и трут, сделанный из лоскута рубашки.

– А спички?

– Я притворился, что у меня накожная болезнь, и попросил серы; мне ее дали.

Дантес положил все вещи на стол и опустил голову, потрясенный упорством и силою этого ума.

– Это еще не все, – сказал Фариа, – ибо не следует прятать все свои сокровища в одно место. Закроем этот тайник.

Они вдвинули камень на прежнее место; аббат посыпал его пылью и растер ее ногою, чтобы не было заметно, что камень вынимали; потом подошел к кровати и отодвинул ее.

За изголовьем было отверстие, почти герметически закрытое камнем; в этом отверстии лежала веревочная лестница футов тридцати длиною. Дантес испробовал ее; она могла выдержать любую тяжесть.

– Где вы достали веревку для этой превосходной лестницы? – спросил Дантес.

– Во-первых, из моих рубашек, а потом из простынь, которые я раздергивал в продолжение трех лет, пока сидел в Фенестреле. Когда меня перевели сюда, я ухитрился захватить с собою заготовленный материал; здесь я продолжал работу.

– И никто не замечал, что ваши простыни не подрублены?

– Я их зашивал.

– Чем?

– Вот этой иглой.

И аббат достал из-под лохмотьев своего платья длинную и острую рыбью кость с продетой в нее ниткой.

– Дело в том, – продолжал Фариа, – что я сначала хотел выпилить решетку и бежать через окно, оно немного шире вашего, как вы видите; я бы его еще расширил перед самым побегом; но я заметил, что оно выходит во внутренний двор, и отказался от этого намерения. Однако я сохранил лестницу на тот случай, если бы, как я вам уже говорил, представилась возможность непредвиденного побега.

Но Дантес, рассматривая лестницу, думал совсем о другом. В голове его мелькнула новая мысль. Быть может, этот человек, такой умный, изобретательный, ученый, разберется в его несчастье, которое для него самого всегда было окутано тьмою.

– О чем вы думаете? – спросил аббат с улыбкой, принимая задумчивость Дантеса за высшую степень восхищения.

– Во-первых, о том, какую огромную силу ума вы потратили, чтобы дойти до цели. Что совершили бы вы на свободе!

– Может быть, ничего. Я растратил бы свой ум на мелочи. Только несчастье раскрывает тайные богатства человеческого ума; для того чтобы порох дал взрыв, его надо сжать. Тюрьма сосредоточила все мои способности, рассеянные в разных направлениях; они столкнулись на узком пространстве, – а вы знаете, из столкновения туч рождается электричество, из электричества молния, из молнии – свет.

– Нет, я ничего не знаю, – отвечал Дантес, подавленный своим невежеством. – Некоторые ваши слова лишены для меня всякого смысла. Какое счастье быть таким ученым, как вы!

Аббат улыбнулся.

– Но вы еще о чем-то думали?

– Да.

– Об одном вы мне сказали, а второе?

— Второе вот что: вы мне рассказали свою жизнь, а моей не знаете.

— Ваша жизнь так еще коротка, что не может заключать в себе важных событий.

— Она заключает огромное несчастье, — сказал Дантес, — несчастье, которого я ничем не заслужил. И я бы желал, чтобы никогда больше не богохульствовать, убедиться в том, что в моем несчастье виноваты люди.

— Так вы считаете себя невиновным в том преступлении, которое вам приписывают?

— Я невинен, клянусь жизнью тех, кто мне дороже всего на свете: жизнью моего отца и Мерседес.

— Хорошо, — сказал аббат, закрывая тайник и подвигая кровать на прежнее место. — Расскажите мне вашу историю.

И Дантес рассказал то, что аббат назвал его историей; она ограничивалась путешествием в Индию и двумя-тремя поездками на Восток; рассказал про свой последний рейс, про смерть капитана Леклера, поручение к маршалу, свидание с ним, его письмо к г-ну Нуартье; рассказал про возвращение в Марсель, свидание с отцом, про свою любовь к Мерседес, про обручение, арест, допрос, временное заключение в здании суда и, наконец, окончательное заточение в замке Иф. Больше он ничего не знал; не знал даже, сколько времени находится в тюрьме.

Выслушав его рассказ, аббат глубоко задумался.

— В науке права, — сказал он, помолчав, — есть мудрая аксиома, о которой я вам уже говорил; кроме тех случаев, когда дурные мысли порождены испорченной натурой, человек сторонится преступления. Но цивилизация сообщила нам искусственные потребности, пороки и желания, которые иногда заглушают в нас доброе начало и приводят ко злу. Отсюда положение: если хочешь найти преступника, ищи того, кому совершенное преступление могло принести пользу. Кому могло принести пользу ваше исчезновение?

— Да никому. Я так мало значил.

— Не отвечайте опрометчиво; в вашем ответе нет ни логики, ни философии. На свете все относительно, дорогой друг, начиная с короля, который мешает своему преемнику, до канцеляриста, который мешает сверхштатному писцу. Когда умирает король, его преемник наследует корону; когда умирает канцелярист, писец наследует тысячу двести ливров жалованья. Эти тысяча двести ливров — его цивильный лист; они ему так же необходимы, как королю двенадцать миллионов. Каждый человек сверху донизу общественной лестницы образует вокруг себя мирок интересов, где есть свои вихри и свои крючковатые атомы, как в мирах Декарта. Чем ближе к верхней ступени, тем эти миры больше. Это опрокинутая спираль, которая держится на острие, благодаря эквилибристике вокруг точки равновесия. Итак, вернемся к вашему миру. Вас хотели назначить капитаном «Фараона»?

— Да.

— Вы хотели жениться на красивой девушке?

— Да.

— Нужно ли было кому-нибудь, чтобы вас не назначили капитаном «Фараона»? Нужно ли было кому-нибудь, чтобы вы не женились на Мерседес? Отвечайте сначала на первый вопрос: последовательность — ключ ко всем загадкам. Нужно ли было кому-нибудь, чтобы вас не назначили капитаном «Фараона»?

— Никому; меня очень любили на корабле. Если бы матросам разрешили выбрать начальника, то они, я уверен, выбрали бы меня. Только один человек имел причину не жаловать меня: я поссорился с ним, предлагал ему дуэль, но он отказался.

— Ага! Как его звали?
— Данглар.
— Кем он был на корабле?
— Бухгалтером.
— Заняв место капитана, вы бы оставили его в прежней должности?
— Нет, если бы это от меня зависело; я заметил в его счетах кое-какие неточности.
— Хорошо. Присутствовал ли кто-нибудь при вашем последнем разговоре с капитаном Леклером?
— Нет; мы были одни.
— Мог ли кто-нибудь слышать ваш разговор?
— Да, дверь была отворена... и даже... постойте... да-да, Данглар проходил мимо в ту самую минуту, когда капитан Леклер передавал мне пакет для маршала.
— Отлично, мы напали на след. Брали вы кого-нибудь с собой, когда сошли на острове Эльба?
— Никого.
— Там вам вручили письмо?
— Да, маршал вручил.
— Что вы с ним сделали?
— Положил в бумажник.
— Так при вас был бумажник? Каким образом бумажник с официальным письмом мог поместиться в кармане моряка?
— Вы правы, бумажник оставался у меня в каюте.
— Так, стало быть, вы только в своей каюте положили письмо в бумажник?
— Да.
— От Порто-Феррайо до корабля где было письмо?
— У меня в руках.
— Когда вы поднимались на «Фараон», любой мог видеть, что у вас в руках письмо?
— Да.
— И Данглар мог видеть?
— Да, и Данглар мог видеть.
— Теперь слушайте внимательно и напрягите свою память; помните ли вы, как был написан донос?
— О да; я прочел его три раза, и каждое слово врезалось в мою память.
— Повторите его мне.
Дантес задумался.
— Вот он, слово в слово: «Приверженец престола и веры уведомляет господина королевского прокурора, что Эдмон Дантес, помощник капитана на корабле „Фараон", прибывшем сегодня из Смирны с заходом в Неаполь и Порто-Феррайо, имел от Мюрата письмо к узурпатору, а от узурпатора письмо к бонапартистскому комитету в Париже. В случае его ареста письмо будет найдено при нем, или у его отца, или в его каюте на „Фараоне"».
Аббат пожал плечами.
— Ясно как день, — сказал он, — и велико же ваше простодушие, что вы сразу не догадались.
— Так вы думаете?.. — вскричал Дантес. — Какая подлость!
— Какой был почерк у Данглара?
— Очень красивый и четкий, с наклоном вправо.
— А каким почерком был написан донос?
— С наклоном влево.
Аббат улыбнулся.
— Измененным!
— Почерк настолько твердый, что едва ли он был изменен.

— Постойте, — сказал аббат.

Он взял перо или, вернее, то, что называл пером, обмакнул в чернила и написал левой рукой, на холсте, заменяющем бумагу, первые строки доноса.

Дантес отпрянул и со страхом взглянул на аббата.

— Невероятно! — воскликнул он. — Как этот почерк похож на тот!

— Донос написан левой рукой. А я сделал любопытное наблюдение, — продолжал аббат.

— Какое?

— Все почерки правой руки разные, а почерки левой все похожи друг на друга.

— Все-то вы изучили!.. Все знаете!

— Будем продолжать.

— Да, да.

— Перейдем ко второму вопросу.

— Я слушаю вас.

— Нужно ли было кому-нибудь, чтобы вы не женились на Мерседес?

— Да, одному молодому человеку, который любил ее.

— Его имя?

— Фернан.

— Имя испанское.

— Он каталанец.

— Считаете ли вы, что он мог написать донос?

— Нет, он ударил бы меня ножом, только и всего.

— Да, это в испанском духе: убийство, но не подлость.

— Да он и не знал подробностей, описанных в доносе.

— Вы никому их не рассказывали?

— Никому.

— Даже невесте?

— Даже ей.

— Так это Данглар.

— Теперь я в этом уверен.

— Постойте... Знал ли Данглар Фернана?

— Нет... Да... Вспомнил!

— Что?

— За день до моей свадьбы они сидели за одним столом в кабачке старика Памфила. Данглар был дружелюбен и весел, а Фернан бледен и смущен.

— Их было только двое?

— Нет, с ними сидел третий, мой хороший знакомый: он-то, верно, и познакомил их... портной Кадрусс. Но он был уже пьян... Постойте... постойте... Как я не вспомнил этого раньше! На столе, где они пили, стояла чернильница, лежали бумага, перья. — Дантес провел рукою по лбу. — О! Подлецы, подлецы!

— Хотите знать еще что-нибудь? — спросил аббат с улыбкой.

— Да, да, вы так все разбираете, так ясно все видите. Я хочу знать, почему меня допрашивали только один раз, почему меня обвинили без суда?

— Это уже посложнее, — сказал аббат. — Пути правосудия темны и загадочны, в них трудно разобраться. Проследить поведение обоих ваших врагов — это было просто детской игрой, а теперь вам придется дать мне самые точные показания.

— Извольте, спрашивайте. Вы поистине лучше знаете мою жизнь, чем я сам.

— Кто вас допрашивал? Королевский прокурор, или его помощник, или следователь?

— Помощник.

— Молодой, старый?

— Молодой, лет двадцати семи.

— Так, еще не испорченный, но уже честолюбивый, – сказал аббат. – Как он с вами обращался?

— Скорее ласково, нежели строго.

— Вы все ему рассказали?

— Все.

— Обращение его менялось во время допроса?

— На одно мгновение, когда он прочел письмо, служившее уликой против меня, он, казалось, был потрясен моим несчастьем.

— Вашим несчастьем?

— Да.

— И вы уверены, что он скорбел именно о вашем несчастье?

— Во всяком случае, он дал мне явное доказательство своего участия.

— Какое именно?

— Он сжег единственную улику, которая могла мне повредить.

— Которую? Донос?

— Нет, письмо.

— Вы уверены в этом?

— Это произошло на моих глазах.

— Тут что-то не то. Сдается мне, что этот помощник прокурора более низкий негодяй, чем можно предположить.

— Честное слово, меня бросает в дрожь, – сказал Дантес, – неужели мир населен только тиграми и крокодилами?

— Да, но только двуногие тигры и крокодилы куда опаснее всех других.

— Пожалуйста, будем продолжать!

— Извольте. Вы говорите, он сжег письмо?

— Да, и прибавил: «Видите, против вас имеется только эта улика, и я уничтожаю ее».

— Такой поступок слишком благороден и потому неестествен.

— Вы думаете?

— Я уверен. К кому было письмо?

— К господину Нуартье, в Париже, улица Кок-Эрон, номер тринадцать.

— Не думаете ли вы, что помощник прокурора мог быть заинтересован в том, чтобы это письмо исчезло?

— Может быть; он несколько раз заставил меня обещать – будто бы для моей же пользы, – не говорить никому об этом письме и взял с меня клятву, что я никогда не произнесу имени, написанного на конверте.

— Нуартье! – повторил аббат. – Нуартье! Я знал одного Нуартье при дворе бывшей королевы Этрурии; знал Нуартье – жирондиста во время революции. А как звали вашего помощника прокурора?

— Де Вильфор.

Аббат расхохотался.

Дантес посмотрел на него с изумлением.

— Что с вами? – сказал он.

— Видите этот солнечный луч? – спросил аббат.

— Вижу.

— Ну так вот: теперь ваше дело для меня яснее этого луча. Бедный мальчик! И он был ласков с вами?

— Да.

— Этот достойный человек сжег, уничтожил письмо?

— Да.

— Благородный поставщик палача взял с вас клятву, что вы никогда не произнесете имени Нуартье?

— Да.

— А этот Нуартье, несчастный вы слепец, да знаете ли вы, кто такой этот Нуартье? Этот Нуартье – его отец!

Если бы молния ударила у ног Дантеса и разверзла перед ним пропасть, на дне которой он увидел бы ад, она не поразила бы его так внезапно и так ошеломляюще, как слова аббата. Он вскочил и схватился руками за голову.

– Его отец! Его отец! – вскричал он.

– Да, его отец, которого зовут Нуартье де Вильфор, – отвечал аббат.

И тогда ослепительный свет озарил мысли Дантеса; все, что прежде казалось ему темным, внезапно засияло в ярких лучах. Изменчивое поведение Вильфора во время допроса, уничтожение письма, требование клятвы, просительный голос судьи, который не грозил, а, казалось, умолял, – все пришло ему на память. Он закричал, зашатался, как пьяный; потом бросился к подкопу, который вел из камеры аббата в его темницу.

– Мне надо побыть одному! – воскликнул он. – Я должен обдумать все это!

И, добравшись до своей камеры, он бросился на постель. Вечером, когда пришел тюремщик, Дантес сидел на койке с остановившимся взглядом и искаженным лицом, неподвижный и безмолвный, как статуя.

В эти долгие часы размышления, пролетевшие, как секунды, он принял грозное решение и поклялся страшной клятвой.

Дантеса пробудил от задумчивости человеческий голос, голос аббата Фариа, который после ухода тюремщика пришел пригласить Эдмона отужинать с ним. Звание сумасшедшего, и притом забавного сумасшедшего, давало старому узнику некоторые привилегии, а именно: право на хлеб побелее и на графинчик вина по воскресеньям. Было как раз воскресенье, и аббат пришел звать своего молодого товарища разделить с ним хлеб и вино.

Дантес последовал за ним. Лицо его прояснилось и приняло прежнее выражение, но в глазах были жестокость и твердость, свидетельствовавшие о том, что в юноше созрело какое-то решение. Аббат посмотрел на него пристально.

– Я сожалею о том, что помог вам в ваших поисках правды, и сожалею о словах, сказанных мною.

– Почему? – спросил Дантес.

– Потому что я поселил в вашей душе чувство, которого там не было, – жажду мщения.

Дантес улыбнулся.

– Поговорим о другом, – сказал он.

Аббат еще раз взглянул на него и печально покачал головой. Но, уступая просьбе Дантеса, заговорил о другом. Беседа с аббатом, как с любым собеседником, много перенесшим, много страдавшим, была поучительна и неизменно занимательна, но в ней не было эгоизма, этот страдалец никогда не говорил о своих страданиях.

Дантес с восторгом ловил каждое его слово; иные слова аббата отвечали мыслям, ему уже знакомым, и его знаниям моряка; другие касались предметов, ему неведомых, и, как северное сияние, которое светит мореплавателям в полуночных широтах, открывали ему новые просторы, освещенные фантастическими отблесками. Он понял, какое счастье для просвещенного человека сопутствовать этому возвышенному уму на высотах нравственных, философских и социальных идей, где он привык парить.

– Научите меня чему-нибудь из того, что вы знаете, – сказал Дантес, – хотя бы для того, чтобы не соскучиться со мной. Боюсь, что вы предпочитаете уединение обществу такого необразованного и ничтожного товарища, как я. Если вы согласитесь на мою просьбу, я обещаю вам не говорить больше о побеге.

Аббат улыбнулся.

– Увы, дитя мое, – сказал он, – знание человеческое весьма ограниченно, и когда я научу вас математике, физике, истории и трем-четырем живым языкам, на которых я говорю, вы будете знать то, что я сам знаю; и все эти знания я передам вам в какие-нибудь два года.

– Два года! Вы думаете, что я могу изучить все эти науки в два года?

– В их приложении – нет; в их основах – да. Выучиться не значит знать; есть знающие и есть ученые – одних создает память, других – философия.

– А разве нельзя научиться философии?

– Философии не научаются; философия есть сочетание приобретенных знаний и высокого ума, применяющего их; философия – это сверкающее облако, на которое ступил Христос, возносясь на небо.

– Чему же вы станете учить меня сначала? – спросил Дантес. – Мне хочется поскорее начать, я жажду знания.

– Всему! – отвечал аббат.

В тот же вечер узники составили план обучения и на другой день начали приводить его в исполнение. Дантес обладал удивительной памятью и необыкновенной понятливостью; математический склад его ума помогал ему усваивать все путем исчисления, а романтизм моряка смягчал чрезмерную прозаичность доказательств, сводящихся к сухим цифрам и прямым линиям; кроме того, он уже знал итальянский язык и отчасти новогреческий, которому научился во время своих путешествий на Восток. При помощи этих двух языков он скоро понял строй остальных и через полгода начал уже говорить по-испански, по-английски и по-немецки.

Потому ли, что наука доставляла ему развлечение, заменявшее свободу, потому ли, что он, как мы убедились, умел держать данное слово, во всяком случае, он, как обещал аббату, не заговаривал больше о побеге, и дни текли для него быстро и содержательно. Через год это был другой человек.

Что же касается аббата Фариа, то, несмотря на развлечение, доставляемое ему обществом Дантеса, старик с каждым днем становился мрачнее. Казалось, какая-то неотступная мысль занимала его ум, он то впадал в глубокую задумчивость, тяжело вздыхал, то вдруг вскакивал и, скрестив руки на груди, часами шагал по камере.

Как-то раз он внезапно остановился и воскликнул:

– Если бы не часовой!

– Будет часовой или нет, это зависит от вас, – сказал Дантес, читавший мысли аббата, словно его череп был из стекла.

– Я уже сказал вам, что убийство претит мне.

– Но это убийство, если оно совершится, будет совершено по инстинкту самосохранения, для самозащиты.

– Все равно, я не могу.

– Однако вы думаете об этом?

– Неустанно, – прошептал аббат.

– И вы нашли способ? – живо спросил Дантес.

– Нашел, если бы на галерею поставили часового, который был бы слеп и глух.

– Он будет и слеп, и глух, – отвечал Эдмон с твердостью, испугавшей аббата.

– Нет, нет, – крикнул он, – это невозможно!

Дантес хотел продолжать этот разговор, но аббат покачал головой и не стал отвечать.

Прошло три месяца.

– Вы сильный? – спросил однажды Дантеса аббат.

Дантес вместо ответа взял долото, согнул его подковой и снова выпрямил.

— Дадите честное слово, что убьете часового только в случае крайней необходимости?

— Даю честное слово.

— Тогда мы можем исполнить наше намерение, — сказал аббат.

— А сколько потребуется времени на то, чтобы его исполнить?

— Не меньше года.

— И можно приняться за работу?

— Хоть сейчас.

— Вот видите, мы потеряли целый год! — вскричал Дантес.

— По-вашему, потеряли?

— Простите меня, ради бога! — воскликнул Эдмон, покрасне́в.

— Полно! — сказал аббат. — Человек всегда только человек, а вы еще один из лучших, каких я знавал. Так слушайте, вот мой план.

И аббат показал Дантесу сделанный им чертеж; то был план его камеры, камеры Дантеса и прохода, соединявшего их. Посредине этого прохода ответвлялся боковой ход, вроде тех, какие прокладывают в рудниках. Этот боковой ход кончался под галереей, где шагал часовой; тут предполагалось сделать широкую выемку, подрывая и расшатывая одну из плит, образующих пол галереи: в нужную минуту плита осядет под тяжестью солдата, и он провалится в выемку, оглушенный падением, он не в силах будет защищаться, и в этот миг Дантес кинется на него, свяжет, заткнет ему рот, и оба узника, выбравшись через окно галереи, спустятся по наружной стене при помощи веревочной лестницы и убегут.

Дантес захлопал в ладоши, и глаза его заблистали радостью; план был так прост, что непременно должен был удаться.

В тот же день наши землекопы принялись за работу; они трудились тем более усердно, что этот труд следовал за долгим отдыхом и, по-видимому, отвечал заветному желанию каждого из них.

Они рыли без устали, бросая работу только в те часы, когда принуждены были возвращаться к себе и ждать посещения тюремщика. Впрочем, они научились уже издали различать его шаги, и ни одного из них ни разу не застали врасплох. Чтобы земля, вынутая из нового подкопа, не завалила старый, они выкидывали ее понемногу и с невероятными предосторожностями в окно камеры Дантеса или Фариа; ее тщательно измельчали в порошок, и ночной ветер уносил ее.

Более года ушло на эту работу, выполненную долотом, ножом и деревянным рычагом; весь этот год аббат продолжал учить Дантеса, говорил с ним то на одном, то на другом языке, рассказывал ему историю народов и тех великих людей, которые время от времени оставляют за собою блистательный след, называемый славою. К тому же аббат, как человек светский, принадлежавший к высшему обществу, в обращении своем сохранял какую-то грустную величавость; Дантес благодаря врожденной переимчивости сумел усвоить изящную учтивость, которой ему недоставало, и аристократические манеры, приобретаемые обычно только в общении с высшими классами или в обществе просвещенных людей.

Через пятнадцать месяцев проход был вырыт; под галереей была сделана выемка; можно было слышать шаги часового, расхаживавшего взад и вперед; и узники, вынужденные для успешности побега ждать темной и безлунной ночи, боялись одного: что земля не выдержит и сама прежде времени осыплется под ногами солдата. Чтобы предотвратить эту опасность, узники подставили подпорку, которую нашли в фундаменте.

Дантес как раз был занят этим, когда вдруг услышал, что аббат Фариа, остававшийся в его камере, где он обтачивал гвоздь, предназначенный для укрепления веревочной лестницы, зовет его испуганным голосом. Дантес поспешил к нему и увидел, что аббат стоит посреди камеры, бледный, в поту, с судорожно стиснутыми руками.

— Боже мой! — вскрикнул Дантес. — Что такое? Что с вами?

— Скорей, скорей! — сказал аббат. — Слушайте!

Дантес посмотрел на посеревшее лицо аббата, на его глаза, окруженные синевой, на белые губы, на взъерошенные волосы и в страхе выронил из рук долото.

— Что случилось? — воскликнул он.

— Я погиб! — сказал аббат. — Слушайте. Мною овладевает страшная, быть может, смертельная болезнь; припадок начинается, я чувствую; я уже испытал это за год до тюрьмы. Есть только одно средство против этой болезни, я назову вам его; бегите ко мне, поднимите ножку кровати, она полая, в ней вы найдете пузырек с красным настоем. Принесите его сюда... или, нет, нет, постойте! Меня могут застать здесь; помогите мне дотащиться к себе, пока у меня есть еще силы. Кто знает, что может случиться и сколько времени продолжится припадок.

Дантес не потерял присутствия духа, несмотря на страшное несчастье, обрушившееся на него; он спустился в подкоп, таща за собой бедного аббата; с неимоверными усилиями он довел больного до его камеры и уложил в постель.

— Благодарю, — сказал аббат, дрожа всем телом, как будто он только что вышел из холодной воды. — Припадок сейчас начнется, я буду в каталепсии; может быть, буду лежать без движения, не издавая ни единого стона, а может быть, на губах выступит пена, я буду корчиться и кричать. Сделайте так, чтобы не было слышно моих криков; это самое важное; иначе меня, чего доброго, переведут в другую камеру, и нас разлучат навеки. Когда вы увидите, что я застыл, окостенел, словом, все равно что мертвец, тогда — только тогда, слышите? — разожмите мне зубы ножом и влейте в рот десять капель настоя; и, может быть, я очнусь.

— Может быть? — скорбно воскликнул Дантес.

— Помогите! Помогите! — закричал аббат. — Я... я ум...

Припадок начался с такой быстротой и силой, что несчастный узник не успел даже кончить начатого слова. Тень мелькнула на его челе, быстрая и мрачная, как морская буря; глаза раскрылись, рот искривился, щеки побагровели; он бился, рычал, на губах выступила пена. Исполняя его приказание, Дантес зажал ему рот одеялом. Так продолжалось два часа. Наконец, бесчувственный, как камень, холодный и бледный, как мрамор, беспомощный, как растоптанная былинка, он забился в последних судорогах, потом вытянулся на постели и остался недвижим.

Эдмон ждал, пока эта мнимая смерть завладеет всем телом и оледенит самое сердце. Тогда он взял нож, просунул его между зубами, с величайшими усилиями разжал стиснутые челюсти, влил одну за другой десять капель красного настоя и стал ждать.

Прошел час, старик не шевелился. Дантес испугался, что ждал слишком долго, и смотрел на него с ужасом, схватившись за голову. Наконец, легкая краска показалась на щеках; в глазах, все время остававшихся открытыми и пустыми, мелькнуло сознание; легкий вздох вылетел из уст; старик пошевелился.

— Спасен! Спасен! — закричал Дантес.

Больной еще не мог говорить, но с явной тревогой протянул руку к двери. Дантес насторожился и услышал шаги тюремщика. Было уже семь часов, а Дантесу было не до того, чтобы следить за временем.

Эдмон бросился в подкоп, заложил за собою камень и очутился

в своей камере.

Через несколько мгновений дверь отворилась, и тюремщик, как и всегда, увидел узника сидящим на постели.

Едва успел он выйти, едва затих шум его шагов, как Дантес, терзаемый беспокойством, забыв про обед, поспешил обратно и, подняв камень, воротился в камеру аббата.

Аббат пришел в чувство, но еще лежал пластом, совершенно обессиленный.

– Я уж думал, что больше не увижу вас, – сказал он Эдмону.

– Почему? – спросил тот. – Разве вы боялись умереть?

– Нет; но все готово к побегу, и я думал, что вы убежите.

Краска негодования залила щеки Дантеса.

– Без вас! – вскричал он. – Неужели вы в самом деле думали, что я на это способен?

– Теперь вижу, что ошибался, – сказал больной. – Ах, как я слаб, разбит, уничтожен!

– Не падайте духом, силы восстановятся, – сказал Дантес, садясь возле постели аббата и беря его за руки.

Аббат покачал головой.

– Последний раз, – сказал он, – припадок продолжался полчаса, после чего мне захотелось есть, и я встал без посторонней помощи, а сегодня я не могу пошевелить ни правой ногой, ни правой рукой; голова у меня тяжелая, что указывает на кровоизлияние в мозг. При третьем припадке меня разобьет паралич или я сразу умру.

– Нет, нет, успокойтесь, вы не умрете; третий припадок, если и будет, застанет вас на свободе. Тогда мы вас вылечим, как и в этот раз, и даже лучше; ведь у нас будет все необходимое.

– Друг мой, – отвечал старик, – не обманывайте себя; этот припадок осудил меня на вечное заточение: для побега надо уметь ходить…

– Так что ж? Мы подождем неделю, месяц, два месяца, если нужно; тем временем силы воротятся к вам; все готово к нашему побегу; мы можем сами выбрать день и час. Как только вы почувствуете, что можете плавать, мы тотчас же бежим.

– Мне уже больше не плавать, – отвечал Фариа, – эта рука парализована, и не на один день, а навсегда. Поднимите ее, и вы увидите, как она тяжела.

Дантес поднял руку больного; она упала, как камень. Он вздохнул.

– Теперь вы убедились, Эдмон? – сказал Фариа. – Верьте мне, я знаю, что говорю. С первого приступа моей болезни я не переставал думать о ней. Я ждал ее, потому что она у меня наследственная – мой отец умер при третьем припадке, дед тоже. Врач, который дал мне рецепт настоя, а это не кто иной, как знаменитый Кабанис, предсказал мне такую же участь.

– Врач ошибается, – воскликнул Дантес, – а паралич ваш не помешает нам: я возьму вас на плечи и поплыву вместе с вами.

– Дитя, – сказал аббат, – вы моряк, вы опытный пловец, стало быть, вы должны знать, что человек с такой ношей недалеко уплывет в море. Бросьте обольщать себя пустыми надеждами, которым не верит даже ваше доброе сердце. Я останусь здесь, пока не пробьет час моего освобождения, час смерти. А вы спасайтесь, бегите! Вы молоды, ловки и сильны; не считайтесь со мной, я возвращаю вам ваше честное слово.

– Хорошо, – сказал Дантес. – В таком случае и я остаюсь.

Он встал и торжественно простер руку над стариком:

– Клянусь кровью Христовой, что не оставлю вас до вашей смерти.

Фариа посмотрел на юношу, такого благородного,

великодушного и безыскусственного, и на лице его, одушевленном самой чистой преданностью, прочел искренность его любви и чистосердечие его клятвы.

— Хорошо, — сказал больной, — я принимаю вашу жертву. Спасибо. — И он протянул Эдмону руку. — Быть может, ваша бескорыстная преданность будет вознаграждена, — сказал он, — но так как я не могу, а вы не хотите уйти отсюда, то нам надо заложить ход под галереей. Часовой может обратить внимание на гулкое место и позвать надзирателя; тогда все откроется, и нас разлучат. Ступайте, займитесь этим делом, в котором, к сожалению, я уже не могу вам помочь. Употребите на это всю ночь, если нужно, и возвращайтесь завтра утром после обхода. Мне нужно сказать вам нечто очень важное.

Дантес пожал руку аббату, который успокоил его улыбкой, и послушно и почтительно вышел от своего старого друга.

XVIII. Сокровища аббата Фариа

Наутро, войдя в камеру своего товарища по заключению, Дантес застал аббата сидящим на постели. Лицо его было спокойно; луч солнца, проникавший через узкое окно, падал на клочок бумаги, который он держал в левой руке, — правой, как читатель помнит, он не владел; листок долго хранился в виде туго свернутой трубки и, вероятно, поэтому плохо раскручивался.

Аббат молча указал Дантесу на бумагу.

— Что это такое? — спросил Дантес.

— Посмотрите хорошенько, — отвечал аббат с улыбкой.

— Я смотрю во все глаза, — отвечал Дантес, — и вижу только обгоревшую бумажку, на которой какими-то странными чернилами написаны готические буквы.

— Эта бумага, друг мой, — сказал Фариа, — теперь я вам все могу открыть, ибо я испытал вас, — эта бумага — мое сокровище, половина которого, начиная с этой минуты, принадлежит вам.

Холодный пот выступил на лбу Дантеса. До сего дня он старался не говорить с аббатом об этом сокровище, из-за которого несчастный старик прослыл сумасшедшим; в силу врожденного такта Эдмон не хотел касаться этого больного места, сам Фариа тоже молчал; это молчание Эдмон принимал за возвращение рассудка. И вот теперь эти слова, вырвавшиеся у старика после тяжелого припадка, казалось, свидетельствовали о новом приступе душевного недуга.

— Ваше сокровище? — прошептал Дантес.

Фариа улыбнулся.

— Да, — отвечал он, — у вас благородная душа, Эдмон, и я понимаю, по вашей бледности, по вашему трепету, что происходит в вас. Успокойтесь, я не сумасшедший. Это сокровище существует, Дантес, и если мне не дано было им владеть, то вы — вы будете владеть им. Никто не хотел ни слушать меня, ни верить мне, потому что все считали меня сумасшедшим; но вы-то знаете, что я в полном разуме; так выслушайте меня, а потом верьте или не верьте, как хотите.

«Увы! — подумал Дантес. — Он опять сошел с ума; недоставало только этого несчастья!»

Потом прибавил вслух:

— Друг мой, припадок изнурил вас; не лучше ли вам отдохнуть? Завтра, если угодно, я выслушаю ваш рассказ, а сегодня мне хочется просто поухаживать за вами; к тому же, — прибавил он улыбаясь, — не такое уж для нас с вами спешное дело это сокровище!

— Очень спешное, Эдмон! — отвечал старик. — Кто знает, может быть, завтра или послезавтра случится третий припадок. Ведь тогда все будет кончено! Правда, я часто с горькой радостью думал об этих богатствах, которые могли бы составить счастье десяти семейств; они потеряны для тех, кто меня преследовал. Мысль эта была моим мщением, и я упивался ею во мраке тюрьмы. Но теперь, когда я простил миру ради любви к вам, теперь, когда я вижу в вас молодость и будущее, когда я думаю, какое счастье вам может принести моя тайна, я боюсь опоздать, боюсь лишить такого достойного владельца, как вы, обладания этим зарытым богатством.

Эдмон со вздохом отвернулся.

– Вы все еще не верите, Эдмон, – продолжал Фариа, – слова мои не убедили вас. Я вижу, вам нужны доказательства. Извольте. Прочтите эти строчки, которых я никогда никому не показывал.

– Завтра, друг мой, – отвечал Эдмон, не в силах потворствовать безумию старика. – Ведь мы условились поговорить об этом завтра.

– Говорить мы будем завтра, а записку прочтите сегодня.

«Не надо сердить его», – подумал Дантес. Он взял полусгоревший клочок бумаги и прочитал:

> в этих пещерах: клад зарыт в самом даль
> каковой клад завещаю ему и отдаю в по
> единственному моему наследнику.
> **25 апреля 149**
> **Чез**

– Ну что? – спросил Фариа, когда Дантес кончил.

– Да тут только начала строчек, – отвечал Дантес, – слова без связи: половина сгорела, и смысл непонятен.

– Для вас, потому что вы читаете в первый раз, но не для меня, который просидел над этим клочком много ночей, воссоздал каждую фразу, каждую мысль.

– И вы полагаете, что восстановили утраченный смысл?

– Я в этом уверен; судите сами; но прежде выслушайте историю этого документа.

– Тише! – вскричал Дантес. – Шаги!.. Я ухожу!.. Прощайте!

Дантес, радуясь, что может уклониться от рассказа и от объяснения, которые только подтвердили бы ему сумасшествие его друга, скользнул, как змея, в подземный ход, а Фариа, собрав последние силы, толкнул ногою плиту и прикрыл ее рогожей, чтобы не заметили щелей, которых он не успел присыпать землей.

Вошел комендант; узнав от сторожа о болезни аббата, он пожелал сам взглянуть на него.

Фариа принял его сидя, избегая всякого неловкого движения, так что ему удалось скрыть от коменданта, что правая сторона его тела парализована. Он боялся, что комендант из сострадания к нему велит перевести его в другую, лучшую камеру и таким образом разлучит с его молодым товарищем. Но, к счастью, этого не случилось, и комендант удалился в полном убеждении, что у бедного безумца, к которому он в глубине души питал некоторую привязанность, просто легкое недомогание.

Тем временем Дантес, сидя на постели и опустив голову на руки, старался собраться с мыслями. За время своего знакомства с аббатом он видел столько доказательств ясного ума, глубочайшей рассудительности и логической последовательности, что не мог понять, каким образом высочайшая мудрость может проявляться во всем и только относительно одного предмета уступать место помешательству. Кто заблуждается: Фариа, говоря о своем сокровище, или все, считая Фариа сумасшедшим?

Дантес просидел у себя весь день, не решаясь вернуться к

своему другу. Он старался отдалить ту страшную минуту, когда он убедится, что Фариа – сумасшедший.

Вечером, после обычного обхода, не дождавшись Эдмона, Фариа сам попытался преодолеть разделявшее их расстояние. Эдмон услышал шорох и содрогнулся, представив себе мучительные усилия, с которыми полз разбитый параличом старик. Эдмон принужден был втащить его к себе, потому что старик никак не мог пролезть в узкое отверстие, ведшее в камеру Дантеса.

– Видите, с каким ожесточением я вас преследую, – сказал Фариа, ласково улыбаясь, – вы думали уклониться от моей щедрости, но это вам не удастся. Итак, слушайте.

Эдмон, видя, что иного выхода нет, посадил старика на свою кровать, а сам примостился возле него на табурете.

– Вам известно, – сказал аббат, – что я был секретарем, доверенным другом кардинала Спада, последнего представителя древнего рода. Этому достойному вельможе я обязан всем счастьем, которое я знал в жизни. Он не был богат, хотя богатства его рода стали притчей во языцех, и мне часто приходилось слышать выражение: «Богат, как Спада». И он, и молва жили за счет этих пресловутых богатств. Его дворец был раем для меня. Я учил его племянников, которые потом скончались, и когда он остался один на свете, то я отплатил ему беззаветной преданностью за все, что он для меня сделал в продолжение десяти лет.

В доме кардинала от меня не было тайн; не раз видел я, как он усердно перелистывает старинные книги и жадно роется в пыли фамильных рукописей. Когда я как-то упрекнул его за бесполезные бессонные ночи, после которых он впадал в болезненное уныние, он взглянул на меня с горькой улыбкой и раскрыл передо мною историю города Рима. В этой книге, в двадцатой главе жизнеописания папы Александра Шестого, я прочел следующие строки, навсегда оставшиеся в моей памяти.

Походы в Романье закончились; Цезарь Борджиа, завершив свои завоевания, нуждался в деньгах, чтобы купить всю Италию. Папа тоже нуждался в деньгах, чтобы покончить с французским королем Людовиком Двенадцатым, все еще грозным, несмотря на понесенные им поражения. Необходимо было задумать выгодное дело, что становилось затруднительным в разоренной Италии.

Его святейшеству пришла счастливая мысль. Он решил назначить двух новых кардиналов.

Выбор двух римских вельмож, притом непременно богатых, давал святому отцу следующие выгоды: во-первых, он мог продать доходные места и высокие должности, занимаемые обоими будущими кардиналами; во-вторых, он мог надеяться на щедрую плату за две кардинальские шапки.

Оставалась еще третья сторона дела, о которой мы скоро узнаем.

Папа и Цезарь Борджиа наметили двух кардиналов: Джованни Роспильози, занимавшего четыре важнейшие должности при святейшем престоле, и Чезаре Спада, одного из благороднейших и богатейших вельмож Рима. Оба дорого ценили папскую милость. Оба были честолюбивы. Затем Цезарь Борджиа нашел покупателей на их должности.

Таким образом Роспильози и Спада заплатили за кардинальство, а еще восемь человек заплатили за должности, прежде занимаемые двумя новыми кардиналами. Сундуки ловких дельцов пополнились восьмьюстами тысячами скудо.

Перейдем к третьей части сделки. Обласкав Роспильози и Спада, возложив на них знаки кардинальского звания и зная, что для уплаты весьма ощутимого долга благодарности и для переезда на жительство в Рим они должны обратить свои состояния в наличные деньги, папа, вкупе с Цезарем Борджиа, пригласил обоих кардиналов на обед.

По этому поводу между отцом и сыном завязался спор. Цезарь считал, что достаточно применить одно из тех средств, которые он всегда держал наготове для своих ближайших друзей, а именно: пресловутый ключ, которым то одного, то другого просили отпереть некий шкаф. На ключе был крохотный железный шип – недосмотр слесаря. Каждый, кто трудился над тугим замком, накалывал себе палец и на другой день умирал. Был еще перстень с львиной головой, который Цезарь надевал, когда хотел пожать руку той или иной особе. Лев впивался в кожу этих избранных рук, и через сутки наступала смерть.

Поэтому Цезарь предложил отцу либо послать обоих кардиналов отпереть шкаф, либо дружески пожать руку обоим. Но Александр Шестой отвечал ему:

«Не поскупимся на обед ради достойнейших кардиналов Спада и Роспильози. Сдается мне, что мы вернем расходы. Притом ты забываешь, Цезарь, что несварение желудка сказывается тотчас же, а укол или укус действует только через день-два».

Цезарь согласился с таким рассуждением. Вот почему обоих кардиналов позвали обедать.

Стол накрыли в папских виноградниках возле Сан-Пьетро-ин-Винколи, в прелестном уголке, понаслышке знакомом кардиналам.

Роспильози, в восторге от своего нового звания и предвкушая пир, явился с самым веселым лицом. Спада, человек осторожный и очень любивший своего племянника, молодого офицера, подававшего блистательные надежды, взял лист бумаги, перо и написал свое завещание. Потом он послал сказать племяннику, чтобы тот ждал его у виноградников; но посланный, по-видимому, не застал того дома.

Спада знал, что значит приглашение на обед. С тех пор как христианство – глубоко цивилизующая сила – восторжествовало в Риме, уже не центурион являлся объявить от имени тирана: «Цезарь желает, чтобы ты умер», – а любезный легат с улыбкой говорил от имени папы: «Его святейшество желает, чтобы вы с ним отобедали».

В два часа дня Спада отправился на виноградники Сан-Пьетро-ин-Винколи; папа уже ждал его. Первый, кого он там увидел, был его племянник, разодетый и веселый; Цезарь Борджиа осыпал его ласками. Спада побледнел, а Цезарь бросил на него насмешливый взгляд, давая понять, что он все предвидел и подстроил ловушку.

Сели обедать. Спада успел только спросить племянника: «Видел ты моего посланного?» Племянник отвечал, что нет, отлично понимая значение вопроса. Но было уже поздно; он успел выпить стакан превосходного вина, особо налитый ему папским чашником. В ту же минуту подали еще бутылку, из которой щедро угостили кардинала Спада. Через час врач объявил, что оба они отравились сморчками. Спада умер у входа в виноградник, а племянник скончался у ворот своего дома, пытаясь что-то сообщить своей жене, но она не поняла его.

Тотчас же Цезарь и папа захватили наследство под тем предлогом, что следует рассмотреть бумаги покойных. Но все наследство состояло из листа бумаги, на котором Спада написал: «Завещаю возлюбленному моему племяннику мои сундуки и книги, между коими мой молитвенник с золотыми углами, дабы он хранил его на память о любящем дяде».

Наследники все обыскали, полюбовались молитвенником, наложили руку на мебель, дивясь, что богач Спада оказался на поверку беднейшим из дядей. Сокровищ – ни следа, если не считать сокровищ знания, заключенных в библиотеке и лабораториях.

Больше не нашлось ничего. Цезарь и его отец искали, рылись, выведывали, но наскребли самую малость: золотых и серебряных вещей на какую-нибудь тысячу скудо и столько же наличных денег; но племянник успел сказать жене, возвратясь домой: «Ищите в бумагах дяди, там должно быть подлинное завещание».

Родня покойного принялась искать с еще большим усердием, быть может, чем державные наследники. Тщетно: ей достались два дворца да виноградники за Палатином. В те времена недвижимость ценилась дешево – оба дворца и виноградник остались во владении семейства покойного, как слишком ничтожные для алчности папы и его сына.

Прошли месяцы, годы. Александр Шестой, как известно, умер от яда благодаря ошибке; Цезарь, отравившийся вместе с ним, отделался тем, что, как змея, сбросил кожу и облекся в новую, на которой яд оставил пятна, похожие на тигровые; наконец, вынужденный покинуть Рим, он бесславно погиб в какой-то ночной стычке, почти забытый историей.

После смерти папы, после изгнания его сына все ожидали, что фамилия Спада опять заживет по-княжески, как жила во времена кардинала Спада. Ничуть не бывало. Спада жили в сомнительном довольстве, вечная тайна тяготела над этим темным делом. Молва решила, что Цезарь, бывший похитрее отца, похитил у него наследство обоих кардиналов; говорю обоих, потому что кардинал Роспильози, не принявший никаких мер предосторожности, был ограблен до нитки.

– До сих пор, – сказал Фариа с улыбкой, прерывая свой рассказ, – вы не услышали ничего особенно безрассудного, правда?

– Напротив, – отвечал Дантес, – мне кажется, что я читаю занимательнейшую летопись. Продолжайте, прошу вас.

– Продолжаю.

Спада привыкли к безвестности. Прошли годы. Среди их потомков были военные, дипломаты; иные приняли духовный сан, иные стали банкирами; одни разбогатели, другие совсем разорились. Дохожу до последнего в роде, до того графа Спада, у которого и служил секретарем.

Он часто жаловался на несоответствие своего состояния с его положением; я посоветовал ему обратить все оставшееся у него небольшое имущество в пожизненную ренту; он последовал моему совету и удвоил свои доходы.

Знаменитый молитвенник остался в семье и теперь принадлежал графу Спада; он переходил от отца к сыну, превратившись, благодаря загадочной статье единственного обнаруженного завещания, в своего рода святыню, хранившуюся с суеверным благоговением. Это была книга с превосходными готическими миниатюрами и до такой степени отягченная золотом, что в торжественные дни ее нес перед кардиналом слуга.

Увидав всякого рода документы, акты, договоры, пергаменты, оставшиеся после отравленного кардинала и сохраняемые в семейном архиве, я тоже начал разбирать эти огромные связки бумаг, как их разбирали до меня двадцать служителей, двадцать управляющих, двадцать секретарей. Несмотря на терпеливые и ревностные розыски, я ровно ничего не нашел. А между тем я много читал, я даже написал подробную, чуть ли не подневную историю фамилии Борджиа, только для того, чтобы узнать, не умножились ли их богатства со смертью моего Чезаре Спада, и нашел, что они пополнились только имуществом кардинала Роспильози, его товарища по несчастью.

Я был почти убежден, что наследство Спада не досталось ни его семье, ни Борджиа, а пребывает без владельца, как клады арабских сказок, лежащие в земле под охраной духа. Я изучал, подсчитывал, проверял тысячу раз приходы и расходы фамилии Спада за триста лет; все было напрасно: я оставался в неведении, а граф Спада в нищете.

Мой покровитель умер. Обращая имущество в пожизненную ренту, он оставил себе только семейный архив, библиотеку в пять тысяч томов и знаменитый молитвенник. Все это он завещал мне и еще тысячу римских скудо наличными, с условием, чтобы я каждый год служил заупокойную мессу по нему и составил родословное древо и историю его фамилии, что я и исполнил в точности...

Терпение, дорогой Эдмон, мы приближаемся к концу. В тысяча восемьсот седьмом году, за месяц до моего ареста и через две недели после смерти графа, двадцать пятого декабря (вы сейчас поймете, почему это число осталось в моей памяти), я в тысячный раз перечитывал бумаги, которые приводил в порядок. Дворец был продан, и я собирался переселиться из Рима во Флоренцию со всем моим имуществом, состоявшим из двенадцати тысяч ливров, библиотеки и знаменитого молитвенника. Утомленный усердной работой и чувствуя некоторую вялость после чрезмерно сытного обеда, я опустил голову на руки и заснул. Было три часа пополудни.

Когда я проснулся, часы били шесть.

Я поднял голову; кругом было совсем темно. Я позвонил, чтобы спросить огня, но никто не пришел. Тогда я решил помочь делу сам. К тому же мне следовало привыкать к образу жизни философа. Одной рукой я взял спичку, а другой, так как спичек в коробке не оказалось, стал искать какую-нибудь бумажку, чтобы зажечь ее в камине, где еще плясал огонек; я боялся взять в темноте какой-нибудь ценный документ вместо бесполезного клочка бумаги, как вдруг вспомнил, что в знаменитом молитвеннике, который был тут же на столе, вместо закладки лежит пожелтевший листок, так благоговейно сохраненный наследниками. Я нащупал эту ненужную бумажку, скомкал ее и поднес к огню.

И вдруг, словно по волшебству, по мере того как разгорался огонь, на белой бумаге начали проступать желтоватые буквы; мне стало страшно: я сжал бумагу ладонями, погасил огонь, зажег свечку прямо в камине, с неизъяснимым волнением расправил смятый листок и убедился, что эти буквы написаны симпатическими чернилами, выступающими только при сильном нагревании. Огонь уничтожил более трети записки; это та самая, которую вы читали сегодня утром. Перечтите еще раз, Дантес, и, когда перечтете, я восполню пробелы и в словах, и в смысле.

И Фариа с торжеством подал листок Дантесу, который на этот раз с жадностью прочел следующие слова, написанные рыжими, похожими на ржавчину чернилами:

Сего 25 апреля 1498 года, бу
Александром VI и опасаясь, что он, не
пожелает стать моим наследником и го
и Бентивольо, умерших от яда,
единственному моему наследнику, что я зар
ибо он посещал его со мною, а именно в
ка Монте-Кристо, все мои зол
ни, алмазы и драгоценности; что один я
ценностью до двух мил
найдет его под двадцатой ска
малого восточного залива по прямой линии.
  Два отв
   в этих пещерах; клад зарыт в самом даль
   каковой клад завещаю ему и отдаю в по

единственному моему наследнику.
25 апреля 149
Чез

— А теперь, — сказал аббат, — прочтите вот это. И он протянул Дантесу другой листок. Дантес взял его и прочел:

*дучи приглашен к обеду его святейшеством
довольствуясь платою за кардинальскую шапку,
товит мне участь кардиналов Капрара
объявляю племяннику моему Гвидо Спада,
ыл в месте, ему известном,
пещерах остров-
отые слитки, монеты, кам-
знаю о существовании этого клада,
лионов римских скудо, и что он
лой, если идти от
ерстия вырыты
нем углу второго отверстия;
лную собственность, как
8 года
аре Спада».*

Фариа следил за ним пылающим взглядом.
— Теперь, — сказал он, видя, что Дантес дошел до последней строки, — сложите оба куска и судите сами.
Дантес повиновался; из соединенных кусков получилось следующее:

«Сего 25 апреля 1498 года, бу...дучи приглашен к обеду его святейшеством Александром VI и опасаясь, что он, не... довольствуясь платою за кардинальскую шапку, пожелает стать моим наследником и го...товит мне участь кардиналов Капрара и Бентивольо, умерших от яда... объявляю племяннику моему Гвидо Спада, единственному моему наследнику, что я зар...ыл в месте, ему известном, ибо он посещал его со мною, а именно в... пещерах островка Монте-Кристо, все мои зол...отые слитки, монеты, камни, алмазы и драгоценности, что один я... знаю о существовании этого клада, ценностью до двух мил...лионов римских скудо, и что он найдет его под двадцатой ска...лой, если идти от малого восточного залива по прямой линии. Два отв...ерстия вырыты в этих пещерах: клад зарыт в самом даль...нем углу второго отверстия; каковой клад завещаю ему и отдаю в по...лную собственность, как единственному моему наследнику.
25 апреля 149...8 года.
Чез...аре Спада».

— Понимаете теперь? — спросил Фариа.
— Это заявление кардинала Спада и завещание, которое так долго искали? — отвечал Эдмон, все еще не вполне убежденный.
— Да, тысячу раз да.
— Кто же восстановил его?

— Я. По уцелевшему отрывку я разгадал остальное, соразмеряя длину строк с шириной бумаги, проникая в скрытый смысл по смыслу видимому, как отыскиваешь путь в подземелье по слабому свету, падающему сверху.

— И что же вы сделали, когда у вас не осталось сомнений?

— Я тотчас же отправился в путь, захватив с собою начатое мною большое сочинение о едином итальянском королевстве; но императорская полиция уже давно следила за мной; в то время Наполеон стремился к разобщению провинций, в противоположность тому, чего он пожелал впоследствии, когда у него родился сын. Спешный отъезд мой, причину которого никто не знал, возбудил подозрение, и в ту минуту, как я садился на корабль в Пьомбино, меня арестовали.

— Теперь, — продолжал Фариа, взглянув на Дантеса с почти отеческой нежностью, — теперь, друг мой, вы знаете столько же, сколько я. Если мы когда-нибудь бежим вместе, то половина моего сокровища принадлежит вам; если я умру здесь и вы спасетесь один, оно принадлежит вам целиком.

— Однако, — возразил Дантес нерешительно, — нет ли у этого клада более законного владельца, чем мы?

— Нет, нет, будьте спокойны, вся семья вымерла; притом последний граф Спада назначил меня своим наследником; завещав мне этот знаменательный молитвенник, он тем самым завещал мне все, что в нем содержалось. Если это богатство достанется нам, мы можем пользоваться им со спокойной совестью.

— И вы говорите, что этот клад оценивается в...

— Два миллиона римских скудо, около тринадцати миллионов на наши деньги.

— Не может быть! — вскричал Дантес, устрашенный огромностью суммы.

— Почему же не может быть? — сказал старик — Род Спада был один из древнейших и могущественнейших в пятнадцатом веке. Притом же в те времена, когда не было ни крупных денежных сделок, ни промышленности, такие накопления золота и драгоценностей не были редкостью; и теперь еще в Риме есть семьи, которые умирают с голоду, обладая миллионом в алмазах и драгоценных камнях, составляющих наследственный майорат, к которому они не смеют прикоснуться.

Эдмону казалось, что он видит сон; он колебался между неверием и радостью.

— Я долго хранил от вас эту тайну, — продолжал Фариа, — потому, во-первых, что хотел вас испытать, а во-вторых, потому, что хотел изумить вас. Если бы мы бежали до моего припадка, я бы вас повез на Монте-Кристо. Теперь, — прибавил он со вздохом, — вы повезете меня. Что же, Дантес, вы меня не благодарите?

— Это сокровище принадлежит вам, друг мой, — сказал Дантес, — оно принадлежит вам одному, я не имею на него никакого права; я не ваш родственник.

— Вы мой сын, Дантес! — воскликнул старик. — Вы дитя моей неволи! Мой сан обрек меня на безбрачие; бог послал мне вас, чтобы утешить человека, который не мог стать отцом, и узника, который не мог стать свободным.

И Фариа протянул Эдмону здоровую руку; тот со слезами обнял старика.

XIX. Третий припадок

Теперь, когда это сокровище, бывшее столь долгое время предметом размышлений аббата Фариа, могло осчастливить того, кого он полюбил, как родного сына, оно стало вдвое дороже его сердцу; ежедневно он говорил об этом несметном богатстве, рисовал Дантесу, сколько добра в современном мире можно сделать своим друзьям, обладая состоянием в тринадцать-четырнадцать миллионов; тогда лицо Дантеса омрачалось; он вспоминал о страшной клятве, которой он поклялся самому себе, и думал, сколько в современном мире, имея тринадцать или четырнадцать миллионов, можно сделать зла своим врагам.

Аббат не знал острова Монте-Кристо, но Дантес знал его; он часто проходил мимо этого острова, лежащего в двадцати пяти милях от Пианозы, между Корсикой и Эльбой, и как-то раз даже останавливался там. Остров Монте-Кристо всегда был, да и теперь еще остается пустынным и необитаемым; это утес почти конической формы, по-видимому, поднятый из морских глубин на поверхность вулканическим потрясением. Дантес чертил аббату план острова, а Фариа давал Дантесу советы, каким способом отыскать клад.

Но Дантес далеко не был так увлечен, как старый аббат, а главное, не разделял его уверенности. Конечно, теперь он знал, что Фариа отнюдь не сумасшедший, и находчивость, благодаря которой аббат сделал открытие, создавшее ему славу помешанного, только увеличивала восхищение Дантеса; но в то же время ему не верилось, чтобы этот клад, пусть он даже когда-нибудь и был, существовал еще и теперь; если он не считал его вымышленным, то, во всяком случае, считал его исчезнувшим.

Между тем словно судьба хотела лишить узников последней надежды и дать им понять, что они осуждены на вечное заключение, их постигло новое несчастье: наружную галерею, давно угрожавшую обвалом, перестроили; починили фундамент и заложили огромными камнями отверстие, уже наполовину заваленное Дантесом. Не прими он этой предосторожности, которую, как мы помним, ему посоветовал аббат, их постигла бы еще большая беда: их приготовления к побегу были бы обнаружены и их, несомненно, разлучили бы. Итак, за ними захлопнулась новая дверь, еще более прочная и неумолимая, чем все прежние.

– Вот видите, – с тихой грустью говорил Дантес аббату, – богу угодно, чтобы даже в моей преданности вам не было моей заслуги. Я обещал вам навсегда остаться с вами и теперь поневоле должен сдержать свое слово. Клад не достанется ни мне, ни вам, и мы никогда отсюда не выйдем. Впрочем, истинный клад, дорогой друг, это не тот, который ждал меня под темными скалами Монте-Кристо; это – ваше присутствие, это наше общение по пять, по шесть часов в день, вопреки нашим тюремщикам, это те лучи знания, которыми вы озарили мой ум, это чужие наречия, которые вы насадили в моей памяти и которые разрастаются в ней всеми своими филологическими разветвлениями; это науки, ставшие для меня такими доступными благодаря глубине ваших познаний и ясности принципов, к которым вы их свели. Вот мое сокровище, дорогой друг, вот чем вы дали мне и богатство, и счастье. Поверьте мне и утешьтесь, это больше на благо мне, нежели бочки с золотом и сундуки с алмазами, даже если бы они не были призрачны, как те облака, которые ранним утром носятся над поверхностью моря и кажутся твердою землею, но испаряются и исчезают по мере приближения к ним. Быть подле вас как можно долее, слушать ваш проникновенный голос, просвещать свой ум, закалять душу, готовить себя к свершению великих и грозных деяний, – если мне суждено когда-нибудь вырваться на свободу, навсегда покончить с отчаянием, которому я предавался до знакомства с вами, – вот мое богатство; оно не призрачно; этим подлинным богатством я обязан вам, и все властители мира, будь они цезарями Борджиа, не отнимут его у меня.

Итак, время потекло для двух несчастных узников если не счастливо, то по крайней мере довольно быстро. Фариа, столько лет молчавший о своем сокровище, теперь не переставал говорить о нем. Как он и предвидел, его правая рука и нога остались парализованными, и он почти потерял надежду самому воспользоваться кладом; но он по-прежнему мечтал, что его младший товарищ будет выпущен из тюрьмы или сумеет бежать, и радовался за него. Опасаясь, как бы записка как-нибудь не затерялась или не пропала, он заставил Дантеса выучить ее наизусть, и Дантес знал ее на память от первого слова до последнего. Тогда он уничтожил вторую половину записки, будучи уверен, что если бы даже нашли первую половину, то смысла ее не разберут. Иногда Фариа по целым часам давал Дантесу наставления, которые могли быть ему полезны впоследствии в случае освобождения; с первого же дня, с первого часа, с первого мгновения свободы Дантесом должна была владеть одна-единственная мысль – во что бы то ни стало добраться до Монте-Кристо, не возбуждая подозрений, остаться там одному под каким-нибудь предлогом, постараться отыскать волшебные пещеры и начать рыть в указанном месте. Указанным местом, как мы помним, был самый отдаленный угол второго отверстия.

Между тем время проходило не то чтобы незаметно, но во всяком случае сносно. Фариа, как мы уже говорили, хоть и был разбит параличом, снова обрел прежнюю ясность ума и мало-помалу научил своего молодого товарища, кроме отвлеченных наук, о которых уже шла речь, тому терпеливому и высокому искусству узника, которое состоит в том, чтобы делать что-нибудь из ничего. Они постоянно были чем-нибудь заняты, Фариа – страшась старости, Дантес – чтобы не вспоминать о своем прошлом, почти угасшем и мерцавшем в глубине его памяти лишь как далекий огонек, затерянный в ночи. И жизнь их походила на жизнь людей, устоявших перед несчастьем, которая течет спокойно и размеренно под оком провидения.

Но под этим наружным спокойствием в сердце юноши, а быть может, и в сердце старика таились насильно сдерживаемые душевные порывы; быть может, подавленный стон вырывался у них из груди, когда Фариа оставался один и Эдмон возвращался в свою камеру.

Однажды ночью Эдмон внезапно проснулся; ему почудилось, что кто-то зовет его. Напрягая зрение, он пытался проникнуть в ночной мрак.

Он услышал свое имя или, вернее, жалобный голос, силившийся произнести его.

Он приподнялся на кровати и, похолодев от страха, начал прислушиваться. Сомнения не было: стон доносился из подземелья аббата.

– Великий боже! – прошептал Дантес. – Неужели?..

Он отодвинул кровать, вынул камень, бросился в подкоп и дополз до противоположного конца: плита была поднята.

При тусклом свете самодельной плошки, о которой мы уже говорили, Эдмон увидел старика: он был мертвенно-бледен и едва стоял на ногах, держась за кровать. Черты его лица были обезображены теми зловещими признаками, которые были уже знакомы Эдмону и которые так испугали его, когда он увидел их в первый раз.

– Вы понимаете, друг мой, – коротко произнес Фариа. – Мне не нужно объяснять вам.

Эдмон застонал и, обезумев от горя, бросился к двери с криком:
– Помогите! Помогите!

У Фариа хватило сил удержать его за руку.

– Молчите! – сказал он. – Не то вы погибли. Будем думать только о вас, мой друг, о том, как бы сделать сносным ваше заключение или возможным ваш побег. Вам потребовались бы годы, чтобы сделать заново все то, что я здесь сделал и что тотчас же будет уничтожено, если наши тюремщики узнают о нашем общении. Притом же не тревожьтесь, друг мой; камера, которую я покидаю, не останется долго пустой; другой несчастный узник заступит мое место. Этому другому вы явитесь, как ангел-избавитель. Он, может быть, будет молод, силен и терпелив, как вы, он сумеет помочь вам бежать, между тем как я только мешал вам. Вы уже не будете прикованы к полутрупу, парализующему все ваши движения. Положительно, бог наконец вспомнил о вас; он дает вам больше, чем отнимает, и мне давно пора умереть.

В ответ Эдмон только сложил руки и воскликнул:

– Друг мой, замолчите, умоляю вас!

Потом, оправившись от внезапного удара и вернув себе твердость духа, которой слова старика лишили его, он воскликнул:

– Я спас вас однажды, спасу и в другой раз!

Он приподнял ножку кровати и достал оттуда склянку, еще на одну треть наполненную красным настоем.

– Смотрите, – сказал он, – вот он – спасительный напиток! Скорей, скорей скажите мне, что надо делать. Дайте мне указания! Говорите, мой друг, я слушаю.

– Надежды нет, – отвечал Фариа, качая головой, – но все равно: богу угодно, чтобы человек, которого он создал и в сердце которого он вложил столь сильную любовь к жизни, делал все возможное для сохранения этого существования, порой столь тягостного, но неизменно столь драгоценного.

– Да, да, – воскликнул Дантес, – я вас спасу!

– Пусть так! Я уже холодею; я чувствую, что кровь приливает к голове; эта дрожь, от которой у меня стучат зубы и ноют кости, охватывает меня всего: через пять минут начнется припадок, через четверть часа я стану трупом.

– Боже! – вскричал Дантес в душевной муке.

– Поступите, как в первый раз, только не ждите так долго. Все мои жизненные силы уже истощены, и смерти, – продолжал он, показывая на свою руку и ногу, разбитые параличом, – остается только половина работы. Влейте мне в рот двенадцать капель этой жидкости вместо десяти и, если вы увидите, что я не прихожу в себя, влейте все остальное. Теперь помогите мне лечь, я больше не могу держаться на ногах.

Эдмон взял старика на руки и уложил на кровать.

– Друг мой, – сказал Фариа, – вы единственная отрада моей загубленной жизни, отрада, которую небо послало мне, хоть и поздно, но все же послало, – я благодарю его за этот неоценимый дар и, расставаясь с вами навеки, желаю вам всего того счастья и благополучия, которых вы достойны. Сын мой, благословляю тебя!

Дантес упал на колени и приник головой к постели старика.

– Но прежде всего выслушайте внимательно, что я вам скажу в эти последние минуты: сокровище кардинала Спада существует. По милости божьей для меня нет больше ни расстояний, ни препятствий. Я вижу его отсюда в глубине второй пещеры; взоры мои проникают в недра земли и видят ослепительные богатства. Если вам удастся бежать, то помните, что бедный аббат, которого все считали сумасшедшим, был вовсе не безумец. Спешите на Монте-Кристо, овладейте нашим богатством, насладитесь им, вы довольно страдали.

Судорога оборвала речь старика. Дантес поднял голову и увидел, что глаза аббата наливаются кровью. Казалось, кровавая волна хлынула от груди к голове.

– Прощайте! Прощайте! – прошептал старик, схватив Эдмона за руку. – Прощайте!

— Нет! Нет! — воскликнул тот. — Не оставь нас, господи боже мой, спаси его!.. Помогите!.. Помогите!..

— Тише, тише! — пролепетал умирающий. — Молчите, а то нас разлучат, если вы меня спасете!

— Вы правы. Будьте спокойны, я спасу вас! Хоть вы очень страдаете, но, мне кажется, меньше, чем в первый раз.

— Вы ошибаетесь: я меньше страдаю потому, что во мне осталось меньше сил для страдания. В ваши лета верят в жизнь, верить и надеяться — привилегия молодости. Но старость яснее видит смерть. Вот она!.. Подходит!.. Кончено!.. В глазах темнеет!.. Рассудок мутится!.. Вашу руку, Дантес!.. Прощайте!.. Прощайте!.. — И, собрав остаток своих сил, он приподнялся в последний раз. — Монте-Кристо! — произнес он. — Помните — Монте-Кристо! — И упал на кровать.

Припадок был ужасен: сведенные судорогой члены, вздувшиеся веки, кровавая пена, бесчувственное тело — вот что осталось на этом ложе страданий от разумного существа, лежавшего на нем за минуту перед тем.

Дантес взял плошку и поставил ее у изголовья постели на выступавший из стены камень; мерцающий свет бросал причудливый отблеск на искаженное лицо и бездыханное, оцепеневшее тело.

Устремив на него неподвижный взор, Дантес бестрепетно ждал той минуты, когда надо будет применить спасительное средство.

Наконец он взял нож, разжал зубы, которые поддались легче, чем в прошлый раз, отсчитал двенадцать капель и стал ждать; в склянке оставалось еще почти вдвое против того, что он вылил.

Он прождал десять минут, четверть часа, полчаса, — Фариа не шевелился. Дрожа всем телом, чувствуя, что волосы у него встали дыбом и лоб покрылся испариной, Дантес считал секунды по биению своего сердца.

Тогда он решил, что настало время испытать последнее средство; он поднес склянку к посиневшим губам аббата и влил в раскрытый рот весь остаток жидкости.

Снадобье произвело гальваническое действие: страшная дрожь потрясла члены старика, глаза его дико раскрылись, он испустил вздох, похожий на крик, потом мало-помалу трепещущее тело снова стало неподвижным.

Только глаза остались открытыми.

Прошло полчаса, час, полтора часа. В продолжение этих мучительных полутора часов Эдмон, склонившись над своим другом и приложив руку к его сердцу, чувствовал, как тело аббата холодеет и биение сердца замирает, становясь все глуше и невнятнее.

Наконец все кончилось; сердце дрогнуло в последний раз, лицо посинело; глаза остались открытыми, но взгляд потускнел.

Было шесть часов утра, заря занималась, и бледные лучи солнца, проникая в камеру, боролись с тусклым пламенем плошки. Отблески света скользили по лицу мертвеца и порой казалось, что оно живое. Пока продолжалась эта борьба света с мраком, Дантес мог еще сомневаться, но когда победил свет, он понял, что перед ним лежит труп.

Тогда неодолимый ужас овладел им; он не смел пожать эту руку, свесившуюся с постели, не смел взглянуть в эти белые и неподвижные глаза, которые он тщетно пытался закрыть. Он погасил плошку, тщательно спрятал ее и бросился прочь, задвинув как можно лучше плиту над своей головой.

К тому же медлить было нельзя; скоро должен был явиться тюремщик.

На этот раз он начал обход с Дантеса; от него он намеревался идти к аббату, которому нес завтрак и белье.

Впрочем, ничто не указывало, чтобы он знал о случившемся. Он вышел.

Тогда Дантес почувствовал непреодолимое желание узнать, что произойдет в камере его бедного друга; он снова вошел в подземный ход и услышал возгласы тюремщика, звавшего на помощь.

Вскоре пришли другие тюремщики; потом послышались тяжелые и мерные шаги, какими ходят солдаты, даже когда они не в строю. Вслед за солдатами вошел комендант.

Эдмон слышал скрип кровати, на которой переворачивали тело. Он слышал, как комендант велел спрыснуть водой лицо мертвеца и, видя, что узник не приходит в себя, послал за врачом.

Комендант вышел, и до Эдмона донеслись слова сожаления вместе с насмешками и хохотом.

– Ну вот, – говорил один, – сумасшедший отправился к своим сокровищам; счастливого пути!

– Ему не на что будет при всех своих миллионах купить саван, – говорил другой.

– Саваны в замке Иф стоят недорого, – возразил третий.

– Может быть, ради него пойдут на кое-какие издержки – все-таки духовное лицо.

– В таком случае его удостоят мешка.

Эдмон слушал, не пропуская ни слова, но понял из всего этого немного. Вскоре голоса умолкли, и ему показалось, что все вышли из камеры.

Однако он не осмелился войти – там могли оставить тюремщика караулить мертвое тело.

Поэтому он остался на месте и продолжал слушать, не шевелясь и затаив дыхание.

Через час снова послышался шум.

В камеру возвратился комендант в сопровождении врача и нескольких офицеров.

На минуту все смолкло. Очевидно, врач подошел к постели и осматривал труп.

Потом начались расспросы.

Врач, освидетельствовав узника, объявил, что он мертв.

В вопросах и ответах звучала небрежность, возмутившая Дантеса. Ему казалось, что все должны чувствовать к бедному аббату хоть долю той сердечной привязанности, которую он сам питал к нему.

– Я очень огорчен, – сказал комендант в ответ на заявление врача, что старик умер, – это был кроткий и безобидный арестант, который всех забавлял своим сумасшествием, а главное, за ним легко было присматривать.

– За ним и вовсе не нужно было смотреть, – вставил тюремщик. – Он просидел бы здесь пятьдесят лет и, ручаюсь вам, ни разу не попытался бы бежать.

– Однако, – сказал комендант, – мне кажется, что, несмотря на ваше заверение, – не потому, чтобы я сомневался в ваших познаниях, но для того, чтобы не быть в ответе, – нужно удостовериться, что арестант в самом деле умер.

Наступила полная тишина; Дантес, прислушиваясь, решил, что врач еще раз осматривает и ощупывает тело.

– Вы можете быть спокойны, – сказал наконец доктор, – он умер, ручаюсь вам за это.

– Но вы знаете, – возразил комендант, – что в подобных случаях мы не довольствуемся одним осмотром; поэтому, несмотря на видимые признаки, благоволите исполнить формальности, предписанные законом.

– Ну что же, раскалите железо, – сказал врач, – но, право же, это излишняя предосторожность.

При этих словах о раскаленном железе Дантес вздрогнул.

Послышались торопливые шаги, скрип двери, снова шаги, и через несколько минут тюремщик сказал:

— Вот жаровня и железо.

Снова наступила тишина; потом послышался треск прижигаемого тела, и тяжелый, отвратительный запах проник даже сквозь стену, за которой притаился Дантес. Почувствовав запах горелого человеческого мяса, Эдмон весь покрылся холодным потом, и ему показалось, что он сейчас потеряет сознание.

— Теперь вы видите, что он мертв, — сказал врач. — Прижигание пятки — самое убедительное доказательство. Бедный сумасшедший излечился от помешательства и вышел из темницы.

— Его звали Фариа? — спросил один из офицеров, сопровождавших коменданта.

— Да, и он уверял, что это старинный род. Впрочем, это был человек весьма ученый и довольно разумный во всем, что не касалось его сокровища. Но в этом пункте, надо сознаться, он был несносен.

— Это болезнь, которую мы называем мономанией, — сказал врач.

— Вам никогда не приходилось жаловаться на него? — спросил комендант у тюремщика, который носил аббату пищу.

— Никогда, господин комендант, — отвечал тюремщик, — решительно никогда; напротив того, сначала он очень веселил меня, рассказывал разные истории; а когда жена моя заболела, он даже прописал ей лекарство и вылечил ее.

— Вот как! — сказал врач. — Я и не знал, что имею дело с коллегой. Надеюсь, господин комендант, — прибавил он смеясь, — что вы обойдетесь с ним поучтивее.

— Да, да, будьте спокойны, он будет честь честью зашит в самый новый мешок, какой только найдется. Вы удовлетворены?

— Прикажете сделать это при вас, господин комендант? — спросил тюремщик.

— Разумеется. Но только поскорее, не торчать же мне целый день в этой камере.

Снова началась ходьба взад и вперед; вскоре Дантес услышал шуршание холстины, кровать заскрипела, послышались грузные шаги человека, поднимающего тяжесть, потом кровать опять затрещала.

— До вечера, — сказал комендант.

— Отпевание будет? — спросил один из офицеров.

— Это невозможно, — отвечал комендант. — Тюремный священник отпросился у меня вчера на неделю в Гьер. Я на это время поручился ему за своих арестантов. Если бы бедный аббат не так спешил, то его отпели бы как следует.

— Не беда, — сказал врач со свойственным людям его звания вольнодумством, — он особа духовная; господь бог уважит его сан и не доставит аду удовольствие заполучить священника.

Громкий хохот последовал за этой пошлой шуткой.

Тем временем тело укладывали в мешок.

— До вечера! — повторил комендант, когда все кончилось.

— В котором часу? — спросил тюремщик.

— Часов в десять, в одиннадцать.

— Оставить караульного у тела?

— Зачем? Заприте его, как живого, вот и все.

Затем шаги удалились, голоса стали глуше, послышались резкий скрип замыкаемой двери и скрежет засовов; угрюмая тишина, тишина уже не одиночества, а смерти объяла все, вплоть до оледеневшей души Эдмона.

Тогда он медленно приподнял плиту головой и бросил в камеру

испытующий взгляд.

Она была пуста. Дантес вышел из подземного хода.

XX. Кладбище замка Иф

На кровати, в тусклом свете туманного утра, проникавшем в окошко тюрьмы, лежал мешок из грубой холстины, под складками которого смутно угадывались очертания длинного, неподвижного тела: это и был саван аббата, который, по словам тюремщиков, так дешево стоил.

Итак, все было кончено. Дантес физически был уже разлучен со своим старым другом. Он уже не мог ни видеть его глаза, оставшиеся открытыми, словно для того, чтобы глядеть по ту сторону смерти, ни пожать его неутомимую руку, которая приподняла перед ним завесу, скрывавшую тайны мира. Фариа, отзывчивый, опытный товарищ, к которому он так сильно привязался, существовал только в его воспоминаниях. Тогда он сел у изголовья страшного ложа и предался горькой, безутешной скорби.

Один! Снова один! Снова окружен безмолвием, снова лицом к лицу с небытием!

Один! Уже не видеть, не слышать единственного человека, который привязывал его к жизни! Не лучше ли, подобно Фариа, спросить у бога разгадку жизни, хотя бы для этого пришлось пройти через страшную дверь страданий?

Мысль о самоубийстве, изгнанная другом, отстраняемая его присутствием, снова возникла, точно призрак, у тела Фариа.

— Если бы я мог умереть, — сказал он, — я последовал бы за ним и, конечно, увидел бы его. Но как умереть? Ничего нет легче, — продолжал он усмехнувшись. — Я останусь здесь, брошусь на первого, кто войдет, задушу его, и меня казнят.

Но в сильных горестях, как и при сильных бурях, пропасть лежит между двумя гребнями волн; Дантес ужаснулся позорной смерти и вдруг перешел от отчаяния к неутолимой жажде жизни и свободы.

— Умереть? Нет! — воскликнул он. — Не стоило столько жить, столько страдать, чтобы теперь умереть! Умереть! Я мог бы это сделать прежде, много лет тому назад, когда я решился; но теперь я не желаю играть на руку моей злосчастной судьбе. Нет, я хочу жить; хочу бороться до конца; хочу отвоевать счастье, которое у меня отняли! Прежде чем умереть, я должен наказать моих палачей и, может быть, — кто знает? — наградить немногих друзей. Но меня забыли здесь, в моей тюрьме, и я выйду только так, как Фариа.

При этих словах он замер, глядя прямо перед собой, как человек, которого осенила внезапная мысль, но мысль страшная. Он вскочил, прижал руку ко лбу, словно у него закружилась голова, прошелся по камере и снова остановился у кровати.

— Кто внушил мне эту мысль? — прошептал он. — Не ты ли, господи? Если только мертвецы выходят отсюда, займем место мертвеца.

И, стараясь не думать, торопливо, чтобы размышление не успело помешать безрассудству отчаяния, он наклонился, распорол страшный мешок ножом аббата, вытащил труп из мешка, перенес его в свою камеру, положил на свою кровать, обернул ему голову тряпкой, которой имел обыкновение повязываться, накрыл его своим одеялом, поцеловал последний раз холодное чело, попытался закрыть упрямые глаза, которые по-прежнему глядели страшным, бездумным взглядом, повернул мертвеца лицом к стене, чтобы тюремщик, когда принесет ужин, подумал, что узник лег спать: потом спустился в подземный ход, придвинул кровать к стене, вернулся в камеру аббата, достал из тайника иголку с ниткой, снял с себя свое рубище, чтобы под холстиною чувствовалось голое тело, влез в распоротый мешок, принял в нем то же положение, в каком находился труп, и заделал шов изнутри.

Если бы на беду в эту минуту кто-нибудь вошел, стук сердца выдал бы Дантеса.

Он мог бы подождать и сделать все это после вечернего обхода. Но он боялся, как бы комендант не передумал и не велел вынести труп раньше назначенного часа. Тогда рухнула бы его последняя надежда.

Так или иначе – решение было принято.

План его был таков.

Если по пути на кладбище могильщики догадаются, что они несут живого человека, Дантес, не давая им опомниться, сильным ударом ножа распорет мешок сверху донизу, воспользуется их смятением и убежит. Если они захотят схватить его, он пустит в дело нож.

Если они отнесут его на кладбище и опустят в могилу, то он даст засыпать себя землей; так как это будет происходить ночью, то, едва могильщики уйдут, он разгребет рыхлую землю и убежит. Он надеялся, что тяжесть земли будет не настолько велика, чтобы он не мог поднять ее. Если же окажется, что он ошибся, если земля будет слишком тяжела, то он задохнется и тем лучше: все будет кончено.

Дантес не ел со вчерашнего дня, но утром он не чувствовал голода, да и теперь не думал о нем. Положение его было так опасно, что он не имел времени сосредоточиться ни на чем другом.

Первая опасность, которая грозила Дантесу, заключалась в том, что тюремщик, войдя с ужином в семь часов вечера, заметит подмену. К счастью, уже много раз то от тоски, то от усталости Дантес дожидался ужина лежа; в таких случаях тюремщик обыкновенно ставил суп и хлеб на стол и уходил, не говоря ни слова.

Но на этот раз тюремщик мог изменить своей привычке, заговорить с Дантесом и, видя, что Дантес не отвечает, подойти к постели и обнаружить обман.

Чем ближе к семи часам, тем сильнее становился страх Дантеса. Прижав руку к сердцу, он старался умерить его биение, а другой рукой вытирал пот, ручьями струившийся по лицу. Иногда дрожь пробегала по его телу, и сердце сжималось, как в ледяных тисках. Ему казалось, что он умирает. Но время шло, в замке было тихо, и Дантес понял, что первая опасность миновала. Это было хорошим предзнаменованием. Наконец, в назначенный комендантом час на лестнице послышались шаги. Эдмон понял, что долгожданный миг настал; он собрал все свое мужество и затаил дыхание; он горько сожалел, что не может, подобно дыханию, удержать стремительное биение своего сердца.

Шаги остановились у дверей. Дантес различил двойной топот ног и понял, что за ним пришли два могильщика. Эта догадка превратилась в уверенность, когда он услышал стук поставленных на пол носилок.

Дверь отворилась, сквозь покрывавшую его холстину Дантес различил две тени, подошедшие к его кровати. Третья остановилась у дверей, держа в руках фонарь. Могильщики взялись за мешок, каждый за свой конец.

– Такой худой старичишка, а не легонький, – сказал один из них, поднимая Дантеса за голову.

– Говорят, что каждый год в костях прибавляется полфунта весу, – сказал другой, беря его за ноги.

– Узел приготовил? – спросил первый.

– Зачем нам тащить лишнюю тяжесть? – отвечал второй. – Там

сделаю.

— И то правда; ну, идем.

«Что это за узел?» – подумал Дантес.

Мнимого мертвеца сняли с кровати и понесли к носилкам. Эдмон напрягал мышцы, чтобы больше походить на окоченевшее тело. Его положили на носилки, и шествие, освещаемое сторожем с фонарем, двинулось по лестнице.

Вдруг свежий и терпкий ночной воздух обдал Дантеса; он узнал мистраль. Это внезапное ощущение было исполнено наслаждения и мучительной тревоги.

Носильщики прошли шагов двадцать, потом остановились и поставили носилки на землю.

Один из них отошел в сторону, и Дантес услышал стук его башмаков по плитам.

«Где я?» – подумал он.

— А знаешь, он что-то больно тяжел, – сказал могильщик, оставшийся подле Дантеса, садясь на край носилок.

Первой мыслью Дантеса было высвободиться из мешка, но, к счастью, он удержался.

— Да посвети же мне, болван, – сказал носильщик, отошедший в сторону, – иначе я никогда не найду, что мне нужно.

Человек с фонарем повиновался, хотя приказание было выражено довольно грубо.

«Что это он ищет? – подумал Дантес. – Заступ, должно быть».

Радостное восклицание возвестило, что могильщик нашел то, что искал.

— Наконец, – сказал второй, – насилу-то.

— Что ж, – отвечал первый, – ему спешить некуда.

При этих словах он подошел к Эдмону и положил подле него какой-то тяжелый и гулкий предмет. В ту же минуту ему больно стянули ноги веревкой.

— Ну что, привязал? – спросил второй могильщик.

— В лучшем виде! – отвечал другой. – Без ошибки.

— Ну так – марш!

И, подняв носилки, они двинулись дальше. Прошли шагов пятьдесят, потом остановились, отперли какие-то ворота и опять пошли дальше. Шум волн, разбивающихся о скалы, на которых высился замок, все отчетливее долетал до слуха Дантеса, по мере того как носильщики подвигались вперед.

— А погода плохая! – сказал один из носильщиков. – Худо быть в море в такую ночь!

— Да! Как бы аббат не подмок, – сказал другой.

И оба громко захохотали.

Дантес не понял шутки, но волосы у него встали дыбом.

— Вот и пришли, – сказал первый.

— Дальше, дальше, – возразил другой, – забыл, как в прошлый раз он не долетел до места и разбился о камни, и еще комендант назвал нас на другой день лодырями.

Они прошли еще пять или шесть шагов, поднимаясь все выше; потом Дантес почувствовал, что его берут за голову, за ноги и раскачивают.

— Раз! – сказал могильщик.

— Два!

— Три!

В ту же секунду Дантес почувствовал, что его бросают в неизмеримую пустоту, что он рассекает воздух, как раненая птица, и падает, падает в леденящем сердце ужасе... Хотя что-то тяжелое влекло его книзу, ускоряя быстроту его полета, ему казалось, что он падает целую вечность. Наконец, с оглушительным шумом он вонзился, как стрела в ледяную воду и испустил было крик, но тотчас же захлебнулся.

Дантес был брошен в море, и тридцатишестифунтовое ядро, привязанное к ногам, тянуло его на дно.

Море – кладбище замка Иф.

XXI. Остров Тибулен

Дантес, оглушенный, почти задохшийся, все же догадался сдержать дыхание; и так как он в правой руке держал нож наготове, то он быстро вспорол мешок, высунул руку, потом голову; но, несмотря на все его усилия приподнять ядро, оно продолжало тянуть его ко дну; тогда он согнулся, нащупал веревку, которой были связаны его ноги, и, сделав последнее усилие, перерезал ее в тот самый миг, когда начинал уже задыхаться; оттолкнувшись ногами, он вынырнул на поверхность, между тем как ядро увлекало в морскую пучину грубый холст, едва не ставший его саваном.

Дантес только один раз перевел дыхание и снова нырнул, ибо больше всего боялся, как бы его не заметили.

Когда он вторично вынырнул, он был уже по меньшей мере в пятидесяти шагах от места падения; он увидел над головой черное грозовое небо, по которому быстро неслись облака, открывая иногда небольшой уголок лазури с мерцающей звездой; перед ним расстилалась мрачная и бурная ширь, на которой, предвеща грозу, начинали закипать волны, а позади, чернее моря, чернее неба, подобно грозному призраку, высилась гранитная громада, и ее темный шпиль казался рукой, протянутой за ускользнувшей добычей; на самом высоком утесе мигал свет фонаря, освещая две тени.

Дантесу казалось, что обе тени с беспокойством наклоняются к морю. Эти своеобразные могильщики, вероятно, слышали его крик при падении. Поэтому Дантес снова нырнул и поплыл под водой. Этот прием был ему некогда хорошо знаком и собирал вокруг него, в бухте Фаро, многочисленных поклонников, не раз провозглашавших его самым искусным пловцом в Марселе.

Когда он вынырнул на поверхность, фонарь исчез. Он начал осматриваться. Из островов, окружающих замок Иф, Ратонно и Помег – ближайшие; но Ратонно и Помег населены, населен и маленький остров Дом, а потому самыми надежными были острова Тибулен и Лемер; оба они расположены в миле от замка Иф.

Дантес тем не менее решил доплыть до одного из этих островов. Но как найти их во мраке ночи, который с каждым мгновением становится все непрогляднее?

В эту минуту он увидел сиявший, подобно звезде, маяк Планье.

Держа прямо на маяк, он оставлял остров Тибулен немного влево. Следовательно, взяв немного левее, он должен был встретить этот остров на своем пути.

Но мы уже сказали, что от замка Иф до этого острова по крайней мере целая миля.

Не раз в тюрьме Фариа говорил Эдмону, видя, что он предается унынию и лени: «Дантес, опасайтесь бездействия, вы утонете, пытаясь спастись, если не будете упражнять свои силы».

Теперь, чувствуя на себе смертоносную тяжесть воды, Дантес вспомнил совет старика; он поспешил вынырнуть и начал рассекать волны, чтобы проверить, не утратил ли он былую силу; он с радостью убедился, что вынужденное бездействие нисколько не убавило его выносливости и ловкости, и почувствовал, что по-прежнему владеет стихией, к которой привык с младенчества.

К тому же страх, этот неотступный гонитель, удваивал силы Дантеса. Рассекая волну, он прислушивался, не раздастся ли подозрительный шум. Всякий раз, как его поднимало на гребень, он быстрым взглядом окидывал горизонт, пытаясь проникнуть в густой мрак. Каждая волна, вздымавшаяся выше других, казалась ему лодкой, высланной в погоню за ним, и тогда он плыл быстрее, что, конечно, сокращало его путь, но вместе с тем истощало его силы.

Но он плыл и плыл, и грозный замок мало-помалу сливался с ночным туманом. Он уже не различал его, но все еще чувствовал.

Так прошел целый час, в продолжение которого Дантес, воодушевленный живительным чувством свободы, продолжал рассекать волны в принятом им направлении.

«Скоро час, как я плыву, – говорил он себе, – но ветер противный, и я, должно быть, потерял четверть моей скорости. Все же, если я не сбился с пути, то, вероятно, я уже недалеко от Тибулена. Но что, если я сбился!»

Дрожь пробежала по телу пловца. Он хотел для отдыха лечь на спину; но море становилось все более бурным, и он скоро понял, что передышка, на которую он надеялся, невозможна.

– Ну что ж, – сказал он, – буду плыть, пока можно, пока руки не устанут, пока меня не сведет судорога, а там пойду ко дну!

И он поплыл дальше с силою и упорством отчаяния. Вдруг ему показалось, что небо, и без того уже черное, еще более темнеет, что густая, тяжелая, плотная туча нависает над ним; в ту же минуту он почувствовал сильную боль в колене. Воображение мгновенно подсказало ему, что это удар пули и что он сейчас услышит звук выстрела; но выстрела не было. Дантес протянул руку и нащупал что-то твердое. Он подогнул ноги и коснулся земли. Тогда он понял, что он принял за тучу.

В двадцати шагах от него возвышалась груда причудливых утесов, похожая на огромный костер, окаменевший внезапно, в минуту самого яркого горения. То был остров Тибулен. Дантес встал, сделал несколько шагов и, возблагодарив бога, растянулся на гранитных скалах, показавшихся ему в эту минуту мягче самой мягкой постели.

Потом, невзирая на ветер, на бурю, на начавшийся дождь, он заснул сладостным сном человека, у которого тело цепенеет, но душа бодрствует в сознании нежданного счастья.

Через час оглушительный раскат грома разбудил Эдмона. Буря разбушевалась и в своем стремительном полете била крыльями по морю и по небу. Молния сверкала, как огненная змея, освещая волны и тучи, которые катились, перегоняя друг друга, словно валы беспредельного хаоса.

Опытный глаз моряка не ошибся. Дантес пристал к первому из двух островов – это и был остров Тибулен. Дантес знал, что это голый утес, открытый со всех сторон, не представляющий ни малейшего убежища. Но он предполагал, когда буря утихнет, опять броситься в море и достигнуть вплавь острова Лемер, такого же дикого, но более пространного и, следовательно, более гостеприимного.

Нависшая скала доставила Дантесу временный приют; он спрятался под нее, и почти в ту же минуту буря разразилась во всем неистовстве.

Эдмон чувствовал, как сотрясается скала, под которой он укрылся. Брызги волн, разбивавшихся о подножие этой огромной глыбы, долетали до него. Хоть он и был в безопасности, но от страшного гула, от ослепительных вспышек у него закружилась голова; ему казалось, что остров дрожит под ним и вот-вот, словно корабль, сорвется с якоря и унесет его в этот чудовищный водоворот.

Тут он вспомнил, что уже сутки не ел; его мучил голод, томила жажда. Дантес вытянул руки и голову и напился дождевой воды из выемки в скале.

В ту минуту как он поднимал голову, молния, которая, казалось, расколола небо до самого подножия божьего престола, озарила пространство; в блеске этой молнии между островом Лемер и мысом Круавиль, в четверти мили от Дантеса, словно призрак, возникло маленькое рыболовное судно, уносимое ветром и волнами. Через секунду этот призрак, приближаясь со страшной быстротой, появился на гребне другой волны. Дантес хотел крикнуть, хотел найти какой-нибудь лоскут, чтобы подать им сигнал, что они идут навстречу гибели, но они сами это знали; при блеске новой молнии Эдмон увидел четырех человек, ухватившихся за мачты и штаги, пятый стоял у разбитого руля. Эти люди, вероятно, тоже увидели его, потому что отчаянные крики, заглушаемые свистом ветра, долетели до его ушей. Над мачтою, гнувшейся, как тростник, хлопал изодранный в клочья парус; вдруг снасти, на которых он еще держался, лопнули, ветер подхватил его, и он исчез в темных глубинах неба, подобно огромной белой птице, мелькнувшей в черных облаках.

В тот же миг раздался оглушительный треск; Дантес услышал крики тонущих. Прижавшись, подобно сфинксу, к своему утесу, Дантес смотрел в морскую бездну и при новой вспышке молнии увидел разбитое суденышко и между обломками отчаянные лица и руки, простертые к небу.

Потом все исчезло во мраке ночи; страшное видение продолжалось не дольше вспышки молнии.

Дантес бросился вниз по скользким скалам, ежеминутно рискуя свалиться в море. Он смотрел, прислушивался, но ничего не было ни слышно, ни видно; ни криков, ни людей; одна только буря продолжала реветь вместе с ветром и пениться вместе с волнами.

Мало-помалу ветер улегся; по небу гнало к западу большие серые тучи, словно полинявшие от грозы; снова проступила лазурь с еще более яркими звездами. Вскоре на востоке широкая красноватая полоса прочертила черно-синий горизонт; волны, вздымаясь, вспыхнули внезапным светом, их пенистые гребни превратились в золотые гривы.

Занялся день.

Дантес неподвижно и безмолвно глядел на это величественное зрелище, словно видел его впервые; и в самом деле, за то время, что он пробыл в замке Иф, он успел забыть, как восходит солнце. Он оборотился к крепости и долгим взглядом окинул землю и море.

Мрачное здание – страж и властелин – вставало из волн в грозном величии.

Было часов пять утра; море постепенно утихало. «Через два-три часа, – сказал себе Эдмон, – тюремщик войдет в мою камеру, обнаружит труп моего бедного друга, опознает его, будет тщетно меня искать и поднимет тревогу; тогда найдут отверстие, подземный ход; спросят людей, которые бросили меня в море и, наверное, слышали мой крик. Тотчас же лодки с вооруженными солдатами пустятся в погоню за несчастным беглецом, который, очевидно, не мог уйти далеко. Пушечные выстрелы возвестят всему побережью, что нельзя давать убежище голодному и раздетому бродяге. Марсельская полиция будет уведомлена и оцепит берег, между тем как комендант замка Иф начнет обшаривать море. Что тогда? Окруженный на воде, затравленный на суше, куда я денусь? Я голоден, озяб, я даже бросил спасительный нож, потому что он мешал мне плыть; я во власти первого встречного, который захочет заработать двадцать франков, выдав меня. У меня нет больше ни сил, ни мыслей, ни решимости! Боже! Боже! Ты видишь мои страдания, помоги мне, ибо сам я не в силах помочь себе!»

В ту минуту, как Эдмон в полубреду от истощения, потеряв способность мыслить, шептал эту пламенную молитву, со страхом оглядываясь на замок Иф, он увидел близ оконечности острова Помег маленькое судно, подобно чайке летящее над самой водой; только глаз моряка мог распознать в этом судне на еще полутемной полосе моря генуэзскую тартану. Она шла из марсельского порта в открытое море, и сверкающая пена расступалась перед узким носом, давая дорогу ее округлым бокам.

– Через полчаса, – вскричал Эдмон, – я мог бы настигнуть это судно, если бы не опасался, что меня начнут расспрашивать, догадаются, кто я, и доставят обратно в Марсель! Что делать? Что им сказать? Какую басню выдумать, чтобы обмануть их? Эти люди – контрабандисты, полупираты. Под видом торговли они занимаются разбоем и скорее продадут меня, чем решатся на бескорыстное, доброе дело.

Подождем…

Но ждать невозможно; я умираю с голоду, через несколько часов последние силы покинут меня; к тому же близится час обхода; тревоги еще не подняли, быть может, меня и не заподозрят; я могу выдать себя за матроса с этого суденышка, разбившегося ночью; это будет правдоподобно, опровергнуть меня некому, они все утонули. Итак, вперед!..

Дантес поглядел в ту сторону, где разбилось маленькое судно, и вздрогнул. На утесе, зацепившись за выступ, висел фригийский колпак одного из утонувших матросов, а поблизости плавали обломки, тяжелые бревна, которые качались на волнах, ударяясь о подножие острова, словно бессильные тараны.

Дантес отбросил последние сомнения; он вплавь добрался до колпака, надел его на голову, схватил одно из бревен и поплыл наперерез тартане.

– Теперь я спасен, – прошептал он.

Эта уверенность возвратила ему силы.

Вскоре он увидел тартану, которая, идя почти против ветра, лавировала между замком Иф и башней Кланье. Одно время Дантес опасался, что, вместо того чтобы держаться берега, тартана уйдет в открытое море, как она должна бы сделать, держи она курс на Корсику или Сардинию; но вскоре по ее ходу он убедился, что она готовится пройти, как то обыкновенно делают суда, идущие в Италию, между островами Жарос и Каласарень.

Между тем тартана и пловец неприметно приближались друг к другу; при одном своем галсе она даже очутилась в какой-нибудь четверти мили от Дантеса. Он приподнялся и замахал колпаком, подавая сигнал бедствия; но никто не приметил его; тартана переложила руль и легла на ровный галс. Дантес хотел крикнуть, но, измерив глазом расстояние, понял, что голос его, относимый ветром и заглушаемый шумом волн, не долетит до тартаны.

Тогда он понял, какое для него счастье, что он прихватил бревно. Он был так истощен, что едва ли продержался бы на воде без него до встречи с тартаной, а если бы тартана, что весьма легко могло случиться, прошла мимо, не заметив его, то он уж наверняка не добрался бы до берега.

Хотя Дантес был почти уверен в направлении, которого держалась тартана, он все же не без тревоги следил за нею, пока не увидел, что она опять поворотила и идет к нему.

Он поплыл к ней навстречу, но, прежде чем они сошлись, тартана начала ложиться на другой галс.

Тогда Дантес, собрав все свои силы, поднялся над водой почти во весь рост и, махая колпаком, закричал тем жалобным криком утопающих, который звучит словно вопль морского духа.

На этот раз его увидели и услышали. Тартана переменила курс и повернула в его сторону; в то же время он увидел, что готовятся спустить шлюпку. Минуту спустя шлюпка с двумя гребцами направилась к нему. Тогда Дантес выпустил бревно из рук, полагая, что в нем больше нет надобности, и быстро поплыл навстречу гребцам, чтобы сократить им путь. Но пловец не рассчитал своих истощенных сил; он горько пожалел, что расстался с куском дерева, который уже лениво качался на волнах в ста шагах от него. Руки его немели, ноги потеряли гибкость, движения стали угловаты и порывисты, дыхание спирало в груди.

Он закричал во второй раз; гребцы удвоили усилия, и один из них крикнул ему по-итальянски:

– Держись!

Это слово долетело до него в тот самый миг, когда волна, на которую он уже не имел сил подняться, захлестнула его и покрыла пеной. Он еще раз вынырнул, барахтаясь в воде бессильно и отчаянно, в третий раз вскрикнул и почувствовал, что погружается в море, словно к его ногам все еще привязано тяжелое ядро.

Вода покрыла его, и сквозь нее он увидел бледное небо с черными пятнами.

Он сделал еще одно нечеловеческое усилие и еще раз всплыл на поверхность. Ему показалось, что его хватают за волосы; потом он ничего уже не видел, ничего не слышал; сознание покинуло его.

Очнувшись и открыв глаза, Дантес увидел себя на палубе тартаны, продолжавшей путь. Первым движением его было взглянуть, по какому направлению она идет; она удалялась от замка Иф.

Дантес был так слаб, что его радостный возглас прозвучал как стон.

Итак, Дантес лежал на палубе; один из матросов растирал его шерстяным одеялом; другой, в котором он узнал того, кто крикнул: «Держись!» – совал ему в рот горлышко фляги; третий, старый моряк, бывший в одно и то же время и шкипером, и судохозяином, смотрел на него с эгоистическим сочувствием, обыкновенно испытываемым людьми при виде несчастья, которое вчера миновало их, но может постигнуть завтра.

Несколько капель рому из фляги подкрепили Дантеса, а растирание, которое усердно совершал стоявший возле него на коленях матрос, вернуло гибкость его онемевшим членам.

– Кто вы такой? – спросил на ломаном французском языке хозяин тартаны.

– Я мальтийский матрос, – отвечал Дантес на ломаном итальянском, – мы шли из Сиракуз с грузом вина и полотна. Вчерашняя буря застигла нас у мыса Моржион, и мы разбились вон о те утесы.

– Откуда вы приплыли?

– Мне удалось ухватиться за утес, а наш бедный капитан разбил себе голову. Остальные трое утонули. Должно быть, я один остался в живых; я увидел вашу тартану и, боясь долго оставаться на этом пустом и необитаемом острове, решил доплыть до вас на обломке нашего судна. Благодарю вас, – продолжал Дантес, – вы спасли мне жизнь; я уже тонул, когда один из ваших матросов схватил меня за волосы.

– Это я, – сказал матрос с открытым и приветливым лицом, обрамленным черными бакенбардами, – и пора было: вы шли ко дну.

– Да, – сказал Дантес, протягивая ему руку, – да, друг мой, еще раз благодарю вас.

– Признаюсь, меня было взяло сомнение, – продолжал матрос, – вы так обросли волосами, что я принял вас за разбойника.

Дантес вспомнил, что за все время своего заточения в замке Иф он ни разу не стриг волос и не брил бороды.

– Да, – сказал он, – в минуту опасности я дал обет божией

матери дель Пье де ла Гротта десять лет не стричь волос и не брить бороды. Сегодня истекает срок моему обету, и я чуть не утонул в самую годовщину.

— А теперь что нам с вами делать? – спросил хозяин.

— Увы! – сказал Дантес. – Что вам будет угодно; фелука, на которой я плавал, погибла, капитан утонул. Как видите, я уцелел, но остался в чем мать родила. К счастью, я неплохой моряк; высадите меня в первом порту, куда вы зайдете, и я найду работу на любом торговом корабле.

— Вы знаете Средиземное море?

— Я плаваю здесь с детства.

— Вы знаете хорошие стоянки?

— Не много найдется портов, даже самых трудных, где я не мог бы войти и выйти с закрытыми глазами.

— Ну что ж, хозяин, – сказал матрос, крикнувший Дантесу «Держись!», – если товарищ говорит правду, отчего бы ему не остаться с нами?

— Да, если он говорит правду, – отвечал хозяин с оттенком недоверия. – Но в таком положении, как этот бедняга, обещаешь много, а исполняешь, что можешь.

— Я исполню больше, чем обещал, – сказал Дантес.

— Ого! – сказал хозяин, смеясь. – Посмотрим.

— Когда вам будет угодно, – отвечал Дантес, вставая. – Вы куда идете?

— В Ливорно.

— В таком случае, вместо того чтобы лавировать и терять драгоценное время, почему бы вам просто не пойти по ветру?

— Потому что тогда мы упремся в Рион.

— Нет, вы оставите его метрах в сорока.

— Ну-тко, возьмитесь за руль, – сказал хозяин, – посмотрим, как вы справитесь.

Эдмон сел у румпеля, легким нажимом проверил, хорошо ли судно слушается руля, и, видя, что, не будучи особенно чутким, оно все же повинуется, скомандовал:

— На брасы и булиня!

Четверо матросов, составлявших экипаж, бросились по местам, между тем как хозяин следил за ними.

— Выбирай брасы втугую! Булиня прихватить! – продолжал Дантес.

Матросы исполнили команду довольно проворно.

— А теперь завернуть!

Эта команда была выполнена, как и обе предыдущие, и тартана, уже не лавируя больше, двинулась к острову Рион, мимо которого и прошла, как предсказывал Дантес, оставив его справа метрах в сорока.

— Браво! – сказал хозяин.

— Браво! – повторили матросы.

И все с удивлением смотрели на этого человека, в чьем взгляде пробудился ум, а в теле – сила, которых они в нем и не подозревали.

— Вот видите, – сказал Дантес, оставляя руль, – я вам пригожусь хотя бы на время рейса. Если в Ливорно я вам больше не потребуюсь, оставьте меня там, а я из первого жалованья заплачу вам за пищу и платье, которое вы мне дадите.

— Хорошо, – сказал хозяин. – Мы уж как-нибудь поладим, если вы не запросите лишнего.

— Один матрос стоит другого, – сказал Дантес. – Что вы платите товарищам, то заплатите и мне.

— Это несправедливо, – сказал матрос, вытащивший Дантеса из воды, – вы знаете больше нас.

— А тебе какое дело, Джакопо? – сказал хозяин. – Каждый волен наниматься за такую плату, за какую ему угодно.

— И то правда, — сказал Джакопо, — я просто так сказал.

— Ты бы лучше ссудил его штанами и курткой, если только у тебя найдутся лишние.

— Лишней куртки у меня нет, — отвечал Джакопо, — но есть рубашка и штаны.

— Это все, что мне надо, — сказал Дантес. — Спасибо, друг.

Джакопо спустился в люк и через минуту возвратился, неся одежду, которую Дантес натянул на себя с неизъяснимым блаженством.

— Не нужно ли вам чего-нибудь еще? — спросил хозяин.

— Кусок хлеба и еще глоток вашего чудесного рома, который я уже пробовал; я давно ничего не ел.

В самом деле он не ел почти двое суток. Дантесу принесли ломоть хлеба, а Джакопо подал ему флягу.

— Лево руля! — крикнул капитан рулевому.

Дантес поднес было флягу к губам, но его рука остановилась на полдороге.

— Смотрите, — сказал хозяин, — что такое творится в замке Иф?

Над зубцами южного бастиона замка Иф появилось белое облачко.

Секунду спустя до тартаны долетел звук отдаленного пушечного выстрела.

Матросы подняли головы, переглядываясь.

— Что это значит? — спросил хозяин.

— Верно, какой-нибудь арестант бежал этой ночью, — сказал Дантес, — вот и подняли тревогу.

Хозяин пристально взглянул на молодого человека, который, произнеся эти слова, поднес флягу к губам. Но Дантес потягивал ром с таким невозмутимым спокойствием, что если хозяин и заподозрил что-нибудь, то это подозрение только мелькнуло в его уме и тотчас же исчезло.

— Ну и забористый же ром! — сказал Дантес, вытирая рукавом рубашки пот, выступивший у него на лбу.

— Если даже это он, — проворчал хозяин, поглядывая на него, — тем лучше: мне достался лихой малый.

Дантес попросил позволения сесть у руля. Рулевой, обрадовавшись смене, взглянул на хозяина, который сделал ему знак, что он может передать руль своему новому товарищу.

Сидя у руля, Дантес мог, не возбуждая подозрений, глядеть в сторону Марселя.

— Какое у нас сегодня число? — спросил Дантес у подсевшего к нему Джакопо, когда замок Иф исчез из виду.

— Двадцать восьмое февраля, — отвечал матрос.

— Которого года? — спросил Дантес.

— Как которого года! Вы спрашиваете, которого года?

— Да, — отвечал Дантес, — я спрашиваю, которого года.

— Вы забыли, в котором году мы живем?

— Что поделаешь! — сказал Дантес, смеясь. — Я так перепугался сегодня ночью, что чуть не лишился рассудка, и у меня совсем отшибло память; а потому я и спрашиваю: которого года у нас сегодня двадцать восьмое февраля?

— Тысяча восемьсот двадцать девятого года, — сказал Джакопо.

Прошло ровно четырнадцать лет со дня заточения Дантеса. Он переступил порог замка Иф девятнадцати лет от роду, а вышел оттуда тридцати трех.

Горестная улыбка мелькнула на его устах; он спрашивал себя, что сталось за это время с Мерседес, которая, вероятно, считала его умершим.

Потом пламя ненависти вспыхнуло в его глазах – он вспомнил о трех негодяях, которым был обязан долгим мучительным заточением.

И он снова, как некогда в тюрьме, поклялся страшной клятвой – беспощадно отомстить Данглару, Фернану и Вильфору.

И теперь эта клятва была не пустой угрозой, ибо самый быстроходный парусник Средиземного моря уже не догнал бы маленькой тартаны, которая на всех парусах неслась к Ливорно.

Часть вторая

I. Контрабандисты

Дантес еще и дня не пробыл на тартане, как уже понял, с кем имеет дело. Хотя достойный хозяин «Юной Амелии» (так называлась генуэзская тартана) и не учился у аббата Фариа, однако он владел чуть ли не всеми языками, на которых говорят по берегам обширного озера, именуемого Средиземным морем, – начиная от арабского и кончая провансальским. Это избавляло его от переводчиков, людей всегда докучных, а подчас и нескромных, и облегчало ему сношения со встречными кораблями, с мелкими прибрежными судами и, наконец, с теми людьми без имени, без родины, без определенной профессии, которые всегда шатаются в морских портах и существуют на какие-то загадочные средства, посылаемые им, вероятно, самим провидением, потому что каких-либо источников пропитания, различимых невооруженным глазом, у них не имеется. Читатель догадывается, что Дантес попал к контрабандистам.

Не мудрено, что хозяин взял Дантеса на борт с некоторой опаской; он был весьма известен береговой таможенной страже, а так как и он, и эти господа пускались на всевозможные хитрости, чтобы обмануть друг друга, то он сначала подумал, что Дантес просто таможенный досмотрщик, воспользовавшийся этим остроумным способом, чтобы проникнуть в таинства его ремесла. Но когда Дантес, взяв круто к ветру, блестяще вышел из испытания, он совершенно успокоился. Потом, когда он увидел облачко дыма, взвившееся, как султан, над бастионом замка Иф, и услышал отдаленный звук выстрела, у него мелькнула мысль, не подобрал ли он одного из тех людей, которых, как короля при входе и выходе, чествуют пушечными выстрелами; по правде сказать, это тревожило его меньше, чем если бы его гость оказался таможенным досмотрщиком; но и это второе подозрение скоро рассеялось, подобно первому, при виде невозмутимого спокойствия Дантеса.

Итак, Эдмон имел то преимущество, что знал, кто его хозяин, между тем как хозяину неизвестно было, кто его новый матрос. Как ни осаждали его старый моряк и товарищи, Дантес не поддавался и не признавался ни в чем; он подробно рассказывал о Неаполе и Мальте, которые знал, как Марсель, и повторял свою первоначальную басню с твердостью, делавшей честь его памяти. Таким образом, генуэзец, при всей своей хитрости, спасовал перед Эдмоном, на стороне которого были кротость, опыт моряка, а главное – умение не выдавать себя.

Притом же генуэзец, быть может, как благоразумный человек, предпочитал знать только то, что ему должно знать, и верить только тому, чему выгодно верить.

Так обстояли дела, когда они прибыли в Ливорно.

Тут Эдмону предстояло подвергнуться новому испытанию: проверить, узнает ли он самого себя после четырнадцатилетнего заключения. Он помнил довольно ясно, каков он был в молодости; теперь он увидит, каким он стал в зрелые годы. В глазах его товарищей его обет был выполнен. Он уже раз двадцать бывал в

Ливорно и знал там одного цирюльника, на улице Сан-Фернандо; он отправился к нему и велел остричь волосы и сбрить бороду.

Цирюльник с удивлением посмотрел на этого длинноволосого человека с густой черной бородой, похожего на тициановский портрет. В то время еще не носили длинных волос и бороды; ныне цирюльник удивился бы только, что человек, одаренный от природы таким превосходным украшением, отказывается от него.

Ливорнский цирюльник без лишних слов принялся за работу.

Когда она была окончена и Эдмон почувствовал, что подбородок его гладко выбрит, а волосы острижены до обычной длины, он попросил зеркало.

Как мы уже сказали, ему было теперь тридцать три года; четырнадцатилетнее тюремное заключение произвело большую перемену в выражении его лица.

Дантес вошел в замок Иф с круглым, веселым и цветущим лицом счастливого юноши, которому первые шаги в жизни дались легко и который надеется на будущее, как на естественный вывод из прошлого. От всего этого не осталось и следа.

Овал лица удлинился, улыбающийся рот принял твердое и решительное выражение; брови изогнулись; чело пересекла суровая, прямая морщинка; в глазах притаилась глубокая грусть, и временами они сверкали мрачным огнем ненависти; кожа лица его, так долго лишенная дневного света и солнечных лучей, приняла матовый оттенок, который придает аристократичность лицам северян, если они обрамлены черными волосами; к тому же приобретенные им знания наложили на его черты отпечаток ума и уверенности; хотя от природы он был довольно высокого роста, в его фигуре появилась кряжистость – следствие постоянного накапливания сил.

Изящество нервного и хрупкого сложения сменилось крепостью округлых и мускулистых форм. Что же касается его голоса, то мольбы, рыдания и проклятия совершенно изменили его, и он звучал то необычайно нежно, то резко и даже хрипло.

Кроме того, находясь все время либо в полутьме, либо в полном мраке, его глаза приобрели странную способность различать предметы ночью, подобно глазам гиены или волка.

Эдмон улыбнулся, увидев себя; лучший друг, если только у него еще остались друзья на свете, не узнал бы его; он сам себя не узнавал.

Хозяину «Юной Амелии» весьма хотелось оставить у себя такого матроса, как Эдмон, а потому он предложил ему немного денег в счет его доли в будущих барышах, и Эдмон согласился. Выйдя от цирюльника, произведшего в нем первое превращение, он прежде всего пошел в магазин и купил себе полный костюм матроса. Костюм этот, как известно, очень прост и состоит из белых панталон, полосатой фуфайки и фригийского колпака.

В этом наряде, возвратив Джакопо рубашку и штаны, которыми тот его ссудил, Эдмон явился к капитану «Юной Амелии» и принужден был повторить ему свою историю. Капитан не узнавал в этом красивом и щегольски одетом матросе человека с густой бородой, с волосами, полными водорослей, вымокшего в морской воде, которого он принял голым и умирающим на борт своей тартаны.

Плененный его приятной наружностью, он повторил Дантесу предложение поступить к нему на службу; но Дантес, у которого были другие намерения, согласился наняться к нему не больше чем на три месяца.

Экипаж «Юной Амелии» состоял из людей деятельных, и командовал им капитан, не привыкший терять времени. Не прошло и недели, как просторный трюм тартаны наполнился цветным муслином, запрещенными к ввозу бумажными тканями, английским порохом и картузами табаку, к которым акцизное управление забыло приложить свою печать. Все это требовалось вывезти из Ливорно и выгрузить на берегах Корсики, откуда некие дельцы брались доставить груз во Францию.

Итак, тартана отправилась в путь. Эдмон снова рассекал лазурное море, колыбель его юности, которое так часто снилось ему в его темнице. Он оставил Горгону справа, Пианозу – слева и держал курс на отечество Паоли и Наполеона.

На другой день капитан, выйдя на палубу по своему обыкновению рано утром, застал Дантеса, облокотившегося о борт и глядевшего со странным выражением на груду гранитных утесов, розовевших в лучах восходящего солнца: это был остров Монте-Кристо.

«Юная Амелия» оставила его справа в трех четвертях мили и продолжала свой путь к Корсике.

Идя мимо острова, имя которого так много для него значило, Дантес думал о том, что ему стоит только кинуться в море и через полчаса он будет на обетованной земле. Но что он может сделать, не имея ни инструментов для откапывания клада, ни оружия для его защиты? И что скажут матросы? Что подумает капитан? Приходилось ждать.

К счастью, Дантес умел ждать; он ждал свободы четырнадцать лет; теперь, когда он был на свободе, ему нетрудно было подождать богатства полгода или год.

Разве он не принял бы свободы без богатства, если бы ему предложили ее?

Да и не химера ли это богатство? Родившись в больной голове бедного аббата Фариа, не исчезло ли оно вместе с ним?

Правда, письмо кардинала Спада было удивительно точно.

И Дантес мысленно повторял это письмо, которое он помнил от слова до слова.

Наступил вечер. Эдмон видел, как остров постепенно терялся в сгущающихся сумерках, и скоро он для всех исчез во мраке; но Эдмон, привыкнув к темноте своей камеры, вероятно, все еще видел его, потому что оставался на палубе позже всех.

Утро застало их в виду Алерии. Весь день они лавировали, а вечером на берегу засветились огни; расположение этих огней, по-видимому, указывало, что можно выгружать товары, потому что на гафеле подняли сигнальный огонь вместо флага и подошли на ружейный выстрел к берегу.

Дантес заметил, что капитан, вероятно по случаю этих торжественных обстоятельств, поставил на палубе «Юной Амелии» две маленькие кулеврины, которые без особого шума могли выпустить на тысячу шагов хорошенькую четырехфунтовую пулю.

Но на этот раз такая предосторожность оказалась излишней; все обошлось тихо и благопристойно. Четыре шлюпки без шума подошли к «Амелии», которая, вероятно из учтивости, спустила и свою шлюпку; эти пять шлюпок работали весьма проворно, и к двум часам утра весь груз с «Юной Амелии» был перевезен на сушу.

Капитан «Юной Амелии» так любил порядок, что в ту же ночь разделил прибыль между экипажем: каждый матрос получил по сто тосканских ливров, то есть около восьмидесяти франков.

Но на этом экспедиция не закончилась: взяли курс на Сардинию. Надо было снова нагрузить разгруженное судно.

Вторая операция сошла так же удачно, как и первая: «Юной Амелии», видимо, везло.

Новый груз предназначался для герцогства Лукккского. Он почти весь состоял из гаванских сигар, хереса и малаги.

Тут случилось недоразумение с таможней, этим извечным

врагом капитана «Юной Амелии». Один стражник остался на месте, двое матросов было ранено. Одним из этих двух матросов был Дантес. Пуля, не задев кости, пробила ему левое плечо.

Дантес был доволен этой стычкой и почти рад полученной ране; этот суровый урок показал ему, как он умеет смотреть в лицо опасности и переносить страдания. Опасность он встретил с улыбкой, а получив рану, сказал, подобно греческому философу: «Боль, ты не зло».

Притом же он видел смертельно раненного стражника, и оттого ли, что он разгорячился во время стычки, или оттого, что чувства его притупились, но это зрелище не смутило его. Дантес уже ступил на тот путь, по которому намеревался идти, и шел прямо к намеченной цели – сердце его превращалось в камень.

Увидев, что Дантес упал замертво, Джакопо бросился к нему, поднял его и потом заботливо ухаживал за ним.

Итак, если свет не так добр, как думал доктор Панглос, то и не так зол, как казалось Дантесу, раз этот матрос, который ничего не мог ожидать от товарища, кроме доли прибыли в случае его смерти, так огорчался, полагая, что он умер.

К счастью, как мы уже сказали, Эдмон был только ранен. С помощью целебных трав, которые сардинские старухи собирали в таинственные, им одним ведомые дни и часы, а потом продавали контрабандистам, рана скоро зажила. Тогда Эдмон решил испытать Джакопо. Он предложил ему в благодарность за его усердие свою долю прибыли; но Джакопо отверг ее с негодованием.

Уважение и преданность, которыми Джакопо с первого же взгляда проникся к Эдмону, привели к тому, что и Эдмон почувствовал к Джакопо некоторую привязанность. Но Джакопо большего и не требовал; он инстинктивно чувствовал, что Эдмон создан для более высокого положения, чем то, которое он занимает, хотя Эдмон старался ничем не выдавать своего превосходства. И добрый малый вполне довольствовался тем, что Эдмон снисходил к нему.

В долгие часы плавания, когда «Амелия» спокойно шла по лазурному морю и благодаря попутному ветру, надувавшему ее паруса, не нуждалась ни в ком, кроме рулевого, Эдмон с морскою картою в руках становился наставником Джакопо, подобно тому как бедный аббат Фариа был его собственным наставником. Он показывал ему положение берегов, объяснял склонения компаса, учил его читать великую книгу, раскрытую над нашими головами и называемую небом, в которой бог пишет по лазури алмазными буквами.

И когда Джакопо его спрашивал:

– Стоит ли учить всему этому бедного матроса?

Эдмон отвечал:

– Как знать? Быть может, ты когда-нибудь станешь капитаном корабля; твой земляк Бонапарт стал же императором!

Мы забыли сказать, что Джакопо был корсиканец.

Прошло уже два с половиной месяца беспрерывного плавания. Эдмон стал теперь столь же искусным береговым промышленником, сколь был прежде смелым моряком; он завязал знакомство со всеми прибрежными контрабандистами; изучил все масонские знаки, посредством которых эти полупираты узнают друг друга.

Двадцать раз проходил он мимо своего острова Монте-Кристо, но ни разу не имел случая побывать на нем.

Поэтому вот что он решил сделать.

Как только кончится срок его службы на «Юной Амелии», он наймет небольшую лодку за свой собственный счет (Дантес мог это сделать, потому что за время плавания скопил сотню пиастров) и под каким-нибудь предлогом отправится на Монте-Кристо.

Там на свободе он начнет поиски.

Конечно, не совсем на свободе, – ибо за ним, вероятно, будут следить те, кто его туда доставит.

Но в жизни иногда приходится рисковать.

Тюрьма научила Эдмона осторожности, и он предпочел бы обойтись без риска.

Но сколько он ни рылся в своем богатом воображении, он не находил иного способа попасть на желанный остров.

Дантес еще колебался, когда однажды вечером его капитан, питавший к нему большое доверие и очень желавший оставить его у себя на службе, взял его под руку и повел с собой в таверну на виа дель-Олью, где по обыкновению собирался цвет ливорнских контрабандистов. Там-то обычно и заключались торговые сделки. Дантес уже два-три раза побывал на этой морской бирже; и, глядя на лихих удальцов, собравшихся с побережья в две тысячи лье, он думал о том, каким могуществом располагал бы человек, которому удалось бы подчинить своей воле все эти соединенные или разрозненные нити.

На этот раз речь шла о крупном деле: нужно было в безопасном месте выгрузить корабль с турецкими коврами, восточными тканями и кашемиром, а потом перекинуть эти товары на французский берег.

В случае успеха обещано было огромное вознаграждение – по пятидесяти пиастров на человека.

Хозяин «Юной Амелии» предложил выбрать местом выгрузки остров Монте-Кристо, который, будучи необитаем и лишен охраны солдат и таможенных чиновников, словно нарочно во времена языческого Олимпа поставлен среди моря Меркурием, богом торговцев и воров, двух сословий, которые мы ныне разделяем, если и не всегда различаем, но которые древние, по-видимому, относили к одной категории.

При слове «Монте-Кристо» Дантес вздрогнул от радости; чтобы скрыть свое волнение, он встал и прошелся по дымной таверне, где все наречия мира растворялись во франкском языке.

Когда он снова подошел к собеседникам, то было уже решено, что причалят к Монте-Кристо, а в путь отправятся назавтра в ночь.

Когда спросили мнение Эдмона, он ответил, что остров вполне безопасное место и что большие начинания должны приводиться в исполнение безотлагательно.

Итак, план остался без изменений. Условились сняться с якоря вечером следующего дня и ввиду благоприятной погоды и попутного ветра постараться сутки спустя пристать к необитаемому острову.

II. Остров Монте-Кристо

Наконец-то Дантес благодаря неожиданной удаче, иной раз выпадающей на долю тех, кого долгое время угнетала жестокая судьба, мог достигнуть своей цели простым и естественным образом и ступить на остров, не внушая подозрений.

Одна только ночь отделяла его от долгожданного путешествия.

Эта ночь была одной из самых беспокойных, которые когда-либо проводил Дантес. В продолжение этой ночи ему попеременно мерещились все удачи и неудачи, с которыми он мог столкнуться: когда он закрывал глаза, он видел письмо кардинала Спада, начертанное огненными буквами на стене; когда он на минуту забывался сном, самые безумные видения вихрем кружились в его мозгу; ему чудилось, что он входит в пещеру с изумрудным полом, рубиновыми стенами, алмазными сталактитами. Жемчужины падали капля за каплей, как просачиваются подземные воды.

Восхищенный, очарованный, Эдмон наполнял карманы

драгоценными камнями; потом он выходил на свет, и драгоценные камни превращались в обыкновенные голыши. Тогда он пытался вернуться в волшебные пещеры, виденные только мельком; но дорога вдруг начинала извиваться бесконечными спиралями, и он не находил входа. Тщетно искал он в своей утомленной памяти магическое слово, отворявшее арабскому рыбаку великолепные пещеры Али-Бабы. Все было напрасно; исчезнувшее сокровище снова стало достоянием духов земли, у которых Дантес одно мгновение надеялся похитить его.

Забрезжило утро, почти столь же лихорадочное, как и ночь; но на помощь воображению пришла логика, и Дантес разработал план, до тех пор смутно и неясно витавший в его мозгу.

Наступил вечер, а вместе с ним и приготовления к отплытию. Это дало Дантесу возможность скрыть свое возбуждение. Мало-помалу он сумел приобрести власть над своими товарищами и командовал ими, как капитан. А так как приказания его всегда были ясны, точны и легко исполнимы, то товарищи повиновались ему не только с поспешностью, но и с охотой.

Старый моряк не мешал ему; он также признал превосходство Дантеса над остальными матросами и над самим собой; он смотрел на молодого моряка как на своего естественного преемника и жалел, что у него нет дочери, чтобы такой блестящей партией еще крепче привязать к себе Эдмона.

В семь часов вечера все было готово; в десять минут восьмого судно уже огибало маяк, в ту самую минуту, когда на нем вспыхнул свет.

Море было спокойно, дул свежий юго-восточный ветер. Они плыли под лазоревым небом, где бог тоже зажигал свои маяки, из которых каждый – целый мир. Дантес объявил, что все могут идти спать и что он останется на руле.

Когда мальтиец (так называли Дантеса) делал такое заявление, никто не спорил, и все спокойно уходили спать.

Это случалось неоднократно. Дантес, из одиночества внезапно возвращенный в мир, чувствовал по временам непреодолимое желание остаться одному. А где одиночество может быть так беспредельно и поэтично, как не на корабле, который несется по морской пустыне, во мраке ночи, в безмолвии бесконечности, под оком вседержителя?

Но в ту ночь одиночество было переполнено мыслями Дантеса, тьма озарена его мечтами, безмолвие оживлено его надеждами.

Когда капитан проснулся, «Амелия» шла под всеми парусами. Не было ни одного клочка холста, который бы не надувался ветром. Корабль делал более двух с половиной миль в час.

Остров Монте-Кристо вставал на горизонте.

Эдмон сдал вахту капитану и пошел, в свою очередь, прилечь на койку. Но, несмотря на бессонную ночь, он ни на минуту не сомкнул глаз.

Два часа спустя он снова вышел на палубу. «Амелия» огибала остров Эльба и находилась против Маречаны, в виду плоского зеленого острова Пианоза; в лазурное небо подымалась пламенеющая вершина Монте-Кристо.

Дантес велел рулевому взять право руля, чтобы оставить Пианозу справа. Он рассчитал, что этот маневр сократит путь на два-три узла.

В пятом часу вечера весь остров был уже виден как на ладони. В прозрачном вечернем воздухе, пронизанном лучами заходящего солнца, можно было различить малейшие подробности.

Эдмон пожирал глазами скалистую громаду, переливавшуюся всеми закатными красками, от ярко-розового до темно-синего. По временам кровь приливала к его лицу, лоб покрывался краской, и багровое облако застилало глаза.

Ни один игрок, поставивший на карту все свое состояние, не испытывал такого волнения, как Эдмон в пароксизме исступленных надежд.

Настала ночь. В десять часов вечера пристали к берегу. «Юная Амелия» первая пришла на условленное место.

Дантес, несмотря на свое обычное самообладание, не мог удержаться и первый соскочил на берег. Если бы он посмел, то, подобно Бруту, поцеловал бы землю.

Ночь была темная. Но в одиннадцать часов луна взошла над морем и посеребрила его трепещущую поверхность; по мере того как она всходила, ее лучи заливали потоками белого света нагромождения утесов этого второго Пелиона.

Остров Монте-Кристо был знаком экипажу «Юной Амелии»; это была одна из обычных его стоянок. Дантес видел его издали каждый раз, когда ходил на восток, но никогда не приставал к нему.

Он обратился к Джакопо:
– Где мы проведем ночь?
– Да на тартане, – отвечал матрос.
– А не лучше ли нам будет в пещерах?
– В каких пещерах?
– В пещерах на острове.
– Я не знаю там никаких пещер, – отвечал Джакопо.
Холодный пот выступил на лбу Дантеса.
– Разве на Монте-Кристо нет пещер? – спросил он.
– Нет.

Ответ Джакопо, как громом, поразил Дантеса; потом он подумал, что эти пещеры могли быть засыпаны случайным обвалом, а то и нарочно заделаны из предосторожности самим кардиналом Спада.

В таком случае дело сводилось к тому, чтобы отыскать исчезнувшее отверстие. Бесполезно было бы искать его ночью; а потому Дантес отложил поиски до следующего дня. К тому же сигнал с моря, поднятый в полумиле от берега и на который «Юная Амелия» тотчас же ответила таким же сигналом, возвестил о том, что пора приниматься за работу.

Запоздавшее судно, успокоенное сигналом, означавшим, что путь свободен, вскоре приблизилось, белое и безмолвное, словно призрак, и бросило якорь в кабельтове от берега.

Тотчас же началась перегрузка.

Дантес, работая, думал о тех радостных возгласах, которые единым словом он мог бы вызвать среди этих людей, если бы он высказал вслух неотвязную мысль, неотступно стучавшую у него в голове; но он не только не открыл своей тайны – он, напротив, опасался, что уже и так слишком много сказал и мог возбудить подозрения своим поведением, своими расспросами, высматриванием, своей озабоченностью. К счастью для него, по крайней мере в этом случае, тяжелое прошлое наложило на его лицо неизгладимую печать грусти, и редкие проблески веселости казались вспышками молнии, озаряющими грозовую тучу.

Итак, никто не заметил в нем ничего необычного, и когда наутро Дантес взял ружье, пороху и дроби и объявил, что хочет пострелять диких коз, которые во множестве прыгали по утесам, то в этом увидели всего лишь страсть к охоте или любовь к уединению. Один только Джакопо пожелал сопутствовать ему; Дантес не спорил, боясь возбудить в нем подозрение. Но едва они прошли несколько шагов, как Дантес подстрелил козленка и попросил Джакопо вернуться к товарищам, зажарить добычу, а когда обед поспеет, подать ему сигнал ружейным выстрелом, чтобы он пришел за своей долей; сушеные фрукты и бутыль монтепульчанского вина дополнят пиршество.

Дантес продолжал путь, время от времени оглядываясь назад. Взобравшись на вершину скалы, он увидел в тысяче футов под собою своих товарищей, к которым присоединился Джакопо, усердно занятых приготовлением трапезы.

Он с минуту глядел на них с кроткой и печальной улыбкой человека, сознающего свое превосходство.

– Через два часа, – сказал он себе, – эти люди с пятьюдесятью пиастрами в кармане отправятся дальше, чтобы с опасностью для жизни заработать еще по пятидесяти; потом, сколотив по шестьсот ливров, они промотают их в каком-нибудь городе, горделивые, как султаны, и беспечные, как набобы. Сегодня я живу надеждой и презираю их богатство, которое кажется мне глубочайшей нищетой; завтра, быть может, меня постигнет разочарование, и я буду считать эту нищету величайшим счастьем.

– Нет, – воскликнул Эдмон, – этого не будет; мудрый, непогрешимый Фариа не мог ошибаться! Да и лучше умереть, чем влачить такую жалкую, беспросветную жизнь!

Итак, Дантес, который три месяца тому назад жаждал только свободы, уже не довольствовался свободой и жаждал богатства. Повинен в этом был не Дантес, а бог, который, ограничив могущество человека, наделил его беспредельными желаниями. Подвигаясь между двумя стенами утесов, по вырытой потоком тропинке, которую, вероятно, никогда еще не попирала человеческая нога, Дантес приблизился к тому месту, где, по его предположению, должны были находиться пещеры. Следуя вдоль берега и с глубоким вниманием вглядываясь в мельчайшие предметы, он заметил на некоторых скалах зарубки, сделанные, по-видимому, рукою человека.

Время, облекающее все вещественное, покровом мха, подобно тому, как оно набрасывает на все духовное покров забвения, казалось, пощадило эти знаки, намечающие некое направление и, вероятно, предназначенные для того, чтобы указать дорогу. Иногда, впрочем, эти отметки пропадали, скрытые цветущим миртовым кустом или лишайником. Тогда Эдмон раздвигал ветви или приподнимал мох, чтобы найти путеводные знаки, которые, окрыляя его надеждой, вели по этому новому лабиринту. Кто знает, не сам ли кардинал, не предвидевший полноты несчастья, поразившего семью Спада, начертал их, чтобы они послужили вехами его племяннику? Это уединенное место как раз подходило для того, чтобы здесь зарыть клад. Но только не привлекли ли уже эти нескромные знаки другие взоры, не те, для которых они предназначались, и свято ли сохранил этот остров, полный мрачных чудес, свою дивную тайну?

Шагах в шестидесяти от гавани Эдмон, все еще скрытый скалами от глаз товарищей, убедился, что зарубки прекратились; но они не привели к пещере. Перед Эдмоном была большая круглая скала, покоившаяся на мощном основании. Он подумал, что, может быть, пришел не к концу, а, напротив того, к началу отметок; поэтому он повернул и пошел обратно по той же дороге.

Тем временем товарищи его занимались приготовлением обеда: ходили за водой к ручью, переносили хлеб и фрукты на берег и жарили козленка. В ту самую минуту, когда они снимали жаркое с самодельного вертела, они увидели Эдмона, который с проворством и смелостью серны прыгал с утеса на утес; они выстрелили из ружья, чтобы подать ему сигнал. Он тотчас же повернулся и со всех ног поспешил к ним. Они следили за его отважными прыжками, укоряя его за безрассудство, и вдруг, как бы для того, чтобы оправдать их опасения, Эдмон оступился на вершине утеса; он зашатался, вскрикнул и скрылся из глаз.

Все разом вскочили, потому что все любили Эдмона, несмотря на то что чувствовали его превосходство над ними. Однако первым подбежал к нему Джакопо.

Эдмон лежал окровавленный и почти без чувств. Он, по-видимому, упал с высоты двенадцати, пятнадцати футов. Ему влили в рот несколько капель рому, и это лекарство, которое уже однажды так ему помогло, и на сей раз оказало такое же благодетельное действие.

Эдмон открыл глаза и пожаловался на сильную боль в колене, на тяжесть в голове и нестерпимую боль в пояснице. Его хотели перенести на берег. Но когда его стали поднимать, хотя этим распоряжался Джакопо, он застонал и заявил, что не в силах вытерпеть переноску.

Разумеется, Дантесу было не до козленка: но он потребовал, чтобы остальные, которые не имели, подобно ему, причин поститься, возвратились на берег. Сам же он, по его словам, нуждался только в отдыхе и обнадежил их, что, когда они вернутся, ему будет уже лучше.

Матросы не заставили себя долго упрашивать; они были голодны, до них долетал запах козлятины, а морские волки не церемонятся между собой.

Час спустя они возвратились. Все, что Эдмон был в состоянии сделать тем временем, – это проползти несколько шагов и прислониться к мшистому утесу.

Но боль его не только не утихла, а, по-видимому, еще усилилась. Старик капитан, которому необходимо было отплыть в то же утро, чтобы выгрузить товары на границе Пьемонта и Франции, между Ниццей и Фрежюсом, настаивал, чтобы Дантес попытался встать. С нечеловеческими усилиями Дантес исполнил его желание, но при каждой попытке он снова падал, бледный и измученный.

– У него сломаны ребра, – сказал шепотом капитан. – Все равно, он славный товарищ, и нельзя его покидать; постараемся перенести его на тартану.

Но Дантес объявил, что он лучше умрет на месте, чем согласится терпеть муки, которые причиняло ему малейшее движение.

– Ну что ж, – сказал капитан. – Будь, что будет. Пусть не говорят, что мы бросили без помощи такого славного малого, как вы. Мы поднимем якорь не раньше вечера.

Это предложение очень удивило матросов, хотя ни один из них не перечил, – напротив. Капитана знали как человека строгого и точного, и не было случая, чтобы он отказывался от своего намерения или хотя бы откладывал его исполнение. Поэтому Дантес не согласился, чтобы ради него произошло такое неслыханное нарушение заведенного на борту порядка.

– Нет, – сказал он капитану, – я сам виноват и должен быть наказан за свою неловкость: оставьте мне небольшой запас сухарей, ружье, пороху и пуль – чтобы стрелять коз, а может быть, и для самозащиты, и кирку, чтобы я мог построить себе жилище на тот случай, если вы задержитесь.

– Но ты умрешь с голоду, – сказал капитан.

– Я предпочитаю умереть, – отвечал Эдмон, – чем терпеть невыносимые страдания.

Капитан взглянул в сторону маленькой гавани, где «Амелия» покачивалась на волнах, готовясь выйти в море.

– Что же нам делать с тобой, мальтиец? – сказал он. – Мы не можем бросить тебя, но и оставаться нам нельзя.

– Уезжайте! – сказал Дантес.

— Мы пробудем в отлучке не меньше недели, — отвечал капитан, — и нам еще придется свернуть с пути, чтобы зайти за тобой.

— Послушайте, — сказал Дантес, — если через два-три дня вы встретите рыбачью или какую-нибудь другую лодку, идущую в эту сторону, то скажите, чтобы она зашла за мной, я заплачу двадцать пять пиастров за переезд в Ливорно. Если никого не встретите, вернитесь сами.

Капитан покачал головой.

— Послушайте, капитан Бальди, есть способ все уладить, — сказал Джакопо, — уезжайте, а я останусь с раненым и буду ходить за ним.

— И ты отказался бы от своей доли в дележе, — спросил Эдмон, — чтобы остаться со мной?

— Да, — отвечал Джакопо, — и без сожаления.

— Ты славный малый, Джакопо, — сказал Дантес, — и бог наградит тебя за твое доброе намерение; спасибо тебе, но я ни в ком не нуждаюсь. Отдохнув день-другой, я поправлюсь, а среди этих утесов я надеюсь найти кое-какие травы — превосходное средство от ушибов.

И загадочная улыбка мелькнула на губах Дантеса; он крепко пожал руку Джакопо, но был непреклонен в своем решении остаться на острове, и притом одному.

Контрабандисты оставили Эдмону все, что он просил, и удалились, часто оглядываясь назад и дружески прощаясь с ним, на что Эдмон отвечал, поднимая одну только руку, словно он и пошевелиться не мог.

Когда они совсем скрылись из виду, Дантес засмеялся.

— Странно, — прошептал он, — что именно среди таких людей находишь преданность и дружбу!

Потом он осторожно вполз на вершину скалы, закрывавшей от него море, и оттуда увидел тартану, которая закончила свои приготовления, подняла якорь, легко качнулась, словно чайка, расправляющая крылья, и тронулась.

Час спустя она исчезла, — во всяком случае с того места, где лежал раненый, ее не было видно.

Тогда Дантес вскочил на ноги, проворнее и легче дикой серны, прыгающей по этим пустынным утесам среди миртовых и мастиковых деревьев, схватил одною рукою ружье, другою кирку и побежал к той скале, у которой кончались зарубки, замеченные им на утесах.

— А теперь, — вскричал он, вспомнив сказку про арабского рыбака, которую рассказывал ему Фариа, — теперь, Сезам, откройся!

III. Волшебный блеск

Солнце прошло уже почти треть своего пути, и его майские лучи, жаркие и живительные, падали на утесы, которые, казалось, чувствовали их тепло; тысячи кузнечиков, скрытых в вереске, оглашали воздух однообразным и непрерывным стрекотанием; листья миртов и олив трепетали, издавая почти металлический звук; каждый шаг Эдмона по нагретому солнцем граниту спугивал зеленых, как изумруд, ящериц; вдали, на горных склонах, виднелись резвые серны, так привлекающие охотников; словом, остров казался обитаемым, полным жизни, и, несмотря на это, Эдмон чувствовал, что он один, под десницей бога.

Его охватило странное чувство, похожее на страх; причиной тому был яркий дневной свет, при котором даже в пустыне нам чудится, что чьи-то пытливые взоры следят за нами.

Это чувство было так сильно, что, раньше чем приняться за дело, он отложил кирку, снова взял в руки ружье, еще раз вскарабкался на самую высокую вершину и внимательным глазом окинул окрестность.

Но нужно признаться, что внимание его не было привлечено ни поэтической Корсикой, на которой он различал даже дома, ни почти неведомой ему Сардинией, ни Эльбой, воскрешающей в памяти великие события, ни едва приметной чертой, тянувшейся на горизонте, которая для опытного глаза моряка означала великолепную Геную и торговый Ливорно; нет, взгляд его искал бригантину, отплывшую на рассвете, и тартану, только что вышедшую в море.

Первая уже исчезла в Бонифациевом проливе; вторая, следуя по противоположному пути, шла вдоль берегов Корсики, готовясь обогнуть ее.

Это успокоило Эдмона.

Тогда он обратил свои взоры на близлежащие предметы. Он увидел, что стоит на самой возвышенной точке остроконечного острова, подобно хрупкой статуе на огромном пьедестале; под ним – ни души; вокруг – ни единой лодки; ничего, кроме лазурного моря, бьющегося о подножие утесов и оставляющего серебристую кайму на прибрежном граните.

Тогда он поспешно, но в то же время осторожно начал спускаться; он очень опасался, как бы его на самом деле не постиг несчастный случай, который он так искусно и удачно разыграл.

Дантес, как мы уже сказали, пошел обратно по зарубкам, сделанным на утесах, и увидел, что следы ведут к маленькой бухточке, укромной, как купальня античной нимфы. Вход в эту бухту был довольно широк, и она была достаточно глубока, чтобы небольшое суденышко вроде сперонары могло войти в нее и там укрыться. Тогда, следуя той нити, которая в руках аббата Фариа так превосходно вела разум по лабиринту вероятностей, он решил, что кардинал Спада, желая остаться незамеченным, вошел в эту бухточку, укрыл там свое маленькое судно, пошел по направлению, обозначенному зарубками, и там, где они кончаются, зарыл свой клад. Это предположение и привело Дантеса снова к круглому камню.

Только одно соображение беспокоило Эдмона и переворачивало все его представления о динамике: каким образом можно было без непосильного труда водрузить этот камень, весивший, вероятно, пять или шесть тысяч фунтов, на то подобие пьедестала, на котором он покоился?

Вдруг внезапная мысль осенила Дантеса.

– Может быть, его вовсе не поднимали, – сказал он самому себе, – а просто скатили сверху вниз.

И он поспешно взобрался выше камня, чтобы отыскать его первоначальное местоположение.

Он в самом деле увидел, что на горе имелась небольшая покатость, по которой камень мог сползти. Другой обломок скалы, поменьше, послужил ему подпоркой и остановил его. Кругом него были навалены мелкие камни и булыжники, и вся эта кладка засыпана плодоносной землей, которая поросла травами, покрылась мхом, вскормила миртовые и мастиковые побеги, и теперь огромный камень был неотделим от скалы.

Дантес бережно разрыл землю и разгадал или решил, что разгадал, весь этот хитроумный маневр.

Тогда он начал разбивать киркой эту промежуточную стену, укрепленную временем.

После десяти минут работы стена подалась, и в ней появилось отверстие, в которое можно было просунуть руку.

Дантес повалил самое толстое оливковое дерево, какое только мог найти, обрубил ветви, просунул его в отверстие и стал действовать им, как рычагом.

Но камень был так тяжел и так прочно подперт нижним камнем, что ни один человек, обладай он даже геркулесовой силой, не мог бы сдвинуть его с места.

Тогда Дантес решил, что прежде всего нужно удалить подпорку.

Но как?

В замешательстве он рассеянно поглядел по сторонам, и вдруг его взор упал на бараний рог с порохом, оставленный ему Джакопо.

Он улыбнулся: адское изобретение выручит его.

С помощью кирки Дантес вырыл между верхним камнем и нижним ход для мины, как делают землекопы, когда хотят избежать долгой и тяжелой работы; наполнил этот ход порохом, разорвал свой платок и с помощью селитры сделал из него фитиль.

Потом он запалил фитиль и отошел в сторону.

Взрыв не заставил себя ждать. Верхний камень был мгновенно приподнят неизмеримой силой пороха, нижний разлетелся на куски. Из маленького отверстия, проделанного Дантесом, хлынули целые полчища трепещущих насекомых, и огромный уж, страж этого таинственного прохода, развернул свои голубоватые кольца и исчез.

Дантес приблизился; верхний камень, оставшись без опоры, висел над пропастью. Неустрашимый искатель обошел его кругом, выбрал самое шаткое место и, подобно Сизифу, изо всех сил налег на рычаг.

Камень, уже поколебленный сотрясением, качнулся; Дантес удвоил усилия; он походил на титана, вырывающего утес, чтобы сразиться с повелителем богов. Наконец камень подался, покатился, подпрыгнул, устремился вниз и исчез в морской пучине.

Под ним оказалась круглая площадка, посредине которой виднелось железное кольцо, укрепленное в квадратной плите.

Дантес вскрикнул от радости и изумления – каким успехом увенчалась его первая попытка!

Он хотел продолжать поиски, но ноги его так дрожали, сердце билось так сильно, глаза застилал такой горячий туман, что он принужден был остановиться.

Однако эта задержка длилась единый миг. Эдмон продел рычаг в кольцо, с силою двинул им, и плита поднялась; под ней открылось нечто вроде лестницы, круто, спускавшейся во все сгущавшийся мрак темной пещеры.

Другой на его месте бросился бы туда, закричал бы от радости. Дантес побледнел и остановился в раздумье.

– Стой! – сказал он самому себе. – Надо быть мужчиной. Я привык к несчастьям, и разочарование не сломит меня; разве страдания ничему меня не научили? Сердце разбивается, когда, чрезмерно расширившись под теплым дуновением надежды, оно вдруг сжимается от холода действительности! Фариа бредил: кардинал Спада ничего не зарывал в этой пещере, может быть, даже никогда и не был здесь; а если и был, то Цезарь Борджиа, неустрашимый авантюрист, неутомимый и мрачный разбойник, пришел вслед за ним, нашел его след, направился по тем же зарубкам, что и я, как я, поднял этот камень и, спустившись прежде меня, ничего мне не оставил.

Он простоял с минуту неподвижно, устремив глаза на мрачное и глубокое отверстие.

– Да, да, такому приключению нашлось бы место в жизни этого царственного разбойника, где перемешаны свет и тени, в сплетении необычайных событий, составляющих пеструю ткань его судьбы. Это сказочное похождение было необходимым звеном в цепи его подвигов; да, Борджиа некогда побывал здесь с факелом в одной руке и мечом в другой, а в двадцати шагах, быть может у этой самой скалы, стояли два стража, мрачные и зловещие, зорко оглядывавшие землю, воздух и море, в то время как их властелин входил в пещеру, как собираюсь это сделать я, рассекая мрак своей грозной пламенеющей рукой.

«Так; но что сделал Борджиа с этими стражами, которым он доверил свою тайну?» – спросил себя Дантес.

«То, что сделали с могильщиками Алариха, которых закопали вместе с погребенным», – отвечал он себе, улыбаясь.

«Но, если бы Борджиа здесь побывал, – продолжал Дантес, – он бы нашел сокровище и унес его; Борджиа – человек, сравнивавший Италию с артишоком и общипывавший ее листик за листиком, – Борджиа хорошо знал цену времени и не стал бы тратить его даром, водружая камень на прежнее место.

Итак, спустимся в пещеру».

И он вступил на лестницу, с недоверчивой улыбкой на устах, шепча последнее слово человеческой мудрости: «Быть может!..»

Но вместо мрака, который он ожидал здесь найти, вместо удушливого, спертого воздуха Дантес увидел мягкий, голубоватый сумрак; воздух и свет проникали не только в сделанное им отверстие, но и в незаметные извне расщелины утесов, и сквозь них видно было синее небо, зеленый узор дубовой листвы и колючие волокна ползучего терновника.

Пробыв несколько секунд в пещере, где воздух – не сырой и не затхлый, а скорее теплый и благовонный, – был настолько же мягче наружного воздуха, насколько голубоватый сумрак был мягче яркого солнца, Дантес, обладавший способностью видеть в потемках, уже успел осмотреть самые отдаленные углы; стены пещеры были из гранита, и его мелкие блестки сверкали, как алмазы.

– Увы! – сказал Эдмон улыбаясь. – Вот, вероятно, и все сокровища, оставленные кардиналом, а добрый аббат, видя во сне сверкающие стены, преисполнился великих надежд.

Но Дантес вспомнил слова завещания, которое он знал наизусть. «В самом отдаленном углу второго отверстия», – гласили они.

Он проник только в первую пещеру; надо было найти вход во вторую.

Дантес оглянулся кругом. Вторая пещера могла только уходить в глубь острова. Он осмотрел каменные плиты и начал стучать в ту стену пещеры, в которой, по его мнению, должно было находиться отверстие, очевидно, заделанное для большей предосторожности.

Несколько минут слышались гулкие удары кирки о гранит, настолько твердый, что лоб Дантеса покрылся испариной; наконец неутомимому рудокопу показалось, что в одном месте гранитная стена отвечает более глухим и низким звуком на его призывы; он вгляделся горящим взглядом в стену и чутьем узника понял то, чего не понял бы, может быть, никто другой: в этом месте должно быть отверстие.

Однако, чтобы не трудиться напрасно, Дантес, который не меньше Цезаря Борджиа дорожил временем, испытал киркой остальные стены пещеры, постучал в землю прикладом ружья, разрыл песок в подозрительных местах и, не обнаружив ничего, возвратился к стене, издававшей утешительный звук.

Он ударил снова, и с большей силой.

И вдруг, к своему удивлению, он заметил, что под ударами кирки от стены отделяется как бы штукатурка, вроде той, которую наносят под фрески, и отваливается кусками, открывая беловатый и мягкий камень, подобный обыкновенному строительному камню. Отверстие в скале было заложено этим камнем, камень покрыт штукатуркой, а штукатурке приданы цвет и зерно гранита.

Тогда Дантес ударил острым концом кирки, и она на дюйм вошла в стену.

Вот где надо было искать.

По странному свойству человеческой природы, чем больше доказательств находил Дантес, что Фариа не ошибся, тем сильнее его терзали сомнения, тем ближе он был к отчаянию. Это новое открытие, которое, казалось, должно было придать ему мужества, напротив того, отняло у него последние силы. Кирка скользнула по стене, едва не выпав из его рук, он положил ее на землю, вытер лоб и вышел из пещеры, говоря самому себе, что хочет взглянуть, не подсматривает ли кто-нибудь за ним, а на самом деле для того, чтобы подышать свежим воздухом; он чувствовал, что вот-вот упадет в обморок.

Остров был безлюден, и высоко стоящее солнце заливало его своими палящими лучами. Вдали рыбачьи лодки раскинули свои крылья над сапфирно-синим морем.

Дантес с утра ничего не ел, но ему было не до еды; он подкрепился глотком рома и вернулся в пещеру.

Кирка, казавшаяся ему такой тяжелой, стала снова легкой; он поднял ее, как перышко, и бодро принялся за работу.

После нескольких ударов он заметил, что камни ничем не скреплены между собой, а просто положены один на другой и покрыты штукатуркой, о которой мы уже говорили. Воткнув в одну из расщелин конец кирки, Эдмон налег на рукоятку – и камень упал к его ногам!

После этого Дантесу осталось только выворачивать камни концом кирки, и все они один за другим упали рядом с первым.

Дантес давно уже мог бы войти в пробитое им отверстие, но он все еще медлил, чтобы отдалить уверенность и сохранить надежду.

Наконец, преодолев минутное колебание, Дантес перешел из первой пещеры во вторую.

Вторая пещера была ниже, темнее и мрачнее первой; воздух, проникавший туда через только что пробитое отверстие, был затхлый и промозглый, чего, к удивлению Дантеса, не было в первой пещере.

Дантес подождал, пока наружный воздух несколько освежил эту мертвую атмосферу, и вошел.

Налево от входного отверстия был глубокий и темный угол.

Но мы уже говорили, что для Дантеса не существовало темноты.

Он осмотрел пещеру. Она была пуста, как и первая. Клад, если только он существовал, был зарыт в этом темном углу.

Мучительная минута наступила. Фута два земли – вот все, что отделяло Дантеса от величайшего счастья или глубочайшего отчаяния.

Он подошел к углу и, как бы охваченный внезапной решимостью, смело начал раскапывать землю.

При пятом или шестом ударе кирка ударилась о железо.

Никогда похоронный звон, никогда тревожный набат не производили такого впечатления на того, кто их слышал.

Если бы Дантес ничего не нашел, он не побледнел бы так страшно.

Он ударил киркой в другом месте, рядом, и встретил то же сопротивление, но звук был другой.

– Это деревянный сундук, окованный железом, – сказал он себе.

В эту минуту, заслоняя свет, мелькнула чья-то быстрая тень.

Дантес выпустил из рук кирку, схватил ружье и выбежал из пещеры.

Дикая коза проскочила мимо входа в пещеру и щипала траву в нескольких шагах от него.

Это был удобный случай обеспечить себе обед; но Дантес

боялся, что ружейный выстрел привлечет кого-нибудь.

Он подумал, потом срубил смолистое дерево, зажег его от курившегося еще костра контрабандистов, на котором жарился козленок, и возвратился с этим факелом в пещеру.

Он не хотел упустить ни одной мелочи из того, что ему предстояло увидеть. Он поднес факел к выкопанному им бесформенному углублению и понял, что не ошибся: кирка в самом деле била попеременно то в железо, то в дерево.

Он воткнул свой факел в землю и снова принялся за работу.

В несколько минут Дантес расчистил пространство в три фута длиной и в два шириной и увидел сундук из дубового дерева, окованный чеканным железом. На крышке блестела не потускневшая под землей серебряная бляха с гербом рода Спада, – отвесно поставленный меч в овальном итальянском щите, увенчанном кардинальской шапкой.

Дантес легко узнал этот герб, – сколько раз аббат Фариа его рисовал!

Теперь уже не оставалось сомнений. Клад был здесь; никто не стал бы с такой тщательностью прятать пустой сундук.

В одну минуту Дантес расчистил землю вокруг сундука. Сначала показался верхний затвор, потом два висячих замка, потом ручки на боковых стенках. Все это было выточено с мастерством, отличавшим эпоху, когда искусство облагораживало грубый металл.

Дантес схватил сундук за ручки и попытался приподнять его – тщетно.

Тогда он решил открыть сундук, но и затвор, и висячие замки были крепко заперты. Эти верные стражи, казалось, не хотели отдавать порученного им сокровища.

Дантес вдвинул острый конец кирки между стенкой сундука и крышкой, налег на рукоятку, и крышка, завизжав, треснула; широкий пролом ослабил железные полосы, они, в свою очередь, слетели, все еще сжимая своими цепкими когтями поврежденные доски, – и сундук открылся.

Лихорадочная дрожь охватила Дантеса. Он поднял ружье, взвел курок и положил его подле себя. Сначала он закрыл глаза, как это делают дети, чтобы увидеть в сверкающей ночи своего воображения больше звезд, чем они могут насчитать в еще светлом небе, потом открыл их и замер, ослепленный.

В сундуке было три отделения.

В первом блистали красноватым отблеском золотые червонцы.

Во втором – уложенные в порядке слитки, не обделанные, обладавшие только весом и ценностью золота.

Наконец, в третьем отделении, наполненном до половины, Эдмон погрузил руки в груду алмазов, жемчугов, рубинов, которые, падая друг на друга сверкающим водопадом, стучали, подобно граду, бьющему в стекла.

Насытившись этим зрелищем и несколько раз погрузив дрожащие руки в золото и драгоценные камни, Эдмон вскочил и в исступлении бросился вон из пещеры, как человек, близкий к безумию. Он взбежал на утес, с которого видно было море, и не увидел никого. Он был один, совершенно один, с этим неисчислимым, неслыханным, баснословным богатством, которое принадлежало ему. Но сон это или явь? Пригрезилось ему мимолетное видение, или он сжимает в руках подлинную действительность?

Его тянуло снова увидеть свое золото, а между тем он чувствовал, что в эту минуту он бы не вынес этого зрелища. Он схватился обеими руками за голову, точно желая удержать рассудок, готовый покинуть его, потом бросился бежать по острову, не только не выбирая дороги, потому что на острове Монте-Кристо дорог нет, но даже без определенного направления, пугая диких коз и морских птиц своими криками и неистовыми движениями. Потом кружным путем он возвратился назад и, все еще не доверяя самому себе, бросился в первую пещеру, оттуда во вторую и опять увидел перед собой этот золотой и алмазный рудник…

На этот раз он упал на колени, судорожно прижимая руки к трепещущему сердцу и шепча молитву, внятную одному богу.

Немного погодя он стал спокойнее и вместе с тем счастливее; только теперь он начинал верить своему счастью. И он начал считать свое богатство. В сундуке оказалась тысяча золотых слитков, каждый весом от двух до трех фунтов; потом он насчитал двадцать пять тысяч золотых червонцев, стоимостью каждый около восьмидесяти франков на нынешние деньги, все с изображением папы Александра VI и его предшественников, и при этом убедился, что только наполовину опустошил отделение; наконец, он обеими руками намерил десять пригоршней жемчуга, алмазов и других драгоценных камней, из которых многие, оправленные лучшими мастерами того времени, представляли художественную ценность, немалую даже по сравнению с их денежной стоимостью.

День уже склонялся к вечеру. Дантес заметил, что близятся сумерки. Он боялся быть застигнутым в пещере и вышел с ружьем в руках. Кусок сухаря и несколько глотков вина заменили ему ужин. Потом он положил плиту на прежнее место, лег на нее и проспал несколько часов, закрывая своим телом вход в пещеру.

Эта ночь была одной из тех сладостных и страшных ночей, которые уже два-три раза выпадали на долю этого обуреваемого страстями человека.

IV. Незнакомец

Наступило утро. Дантес давно уже ожидал его с открытыми глазами. С первым лучом солнца он встал и взобрался, как накануне, на самый высокий утес острова, чтобы осмотреть окрестности. Все было безлюдно, как и тогда. Эдмон спустился, подошел к пещере и, отодвинув камень, вошел; он наполнил карманы драгоценными камнями, закрыл как можно плотнее крышку сундука, утоптал землю, посыпал ее песком, чтобы скрыть разрытое место, вышел из пещеры, заложил вход плитой, навалил на нее камни, промежутки между ними засыпал землей, посадил там миртовые деревца и вереск и полил их водой, чтобы они принялись и казались давно растущими здесь, затер следы своих ног и с нетерпением стал ожидать возвращения товарищей. Теперь уже незачем было тратить время на созерцание золота и алмазов и сидеть на острове, подобно дракону, стерегущему бесполезные сокровища. Теперь нужно было возвратиться в жизнь, к людям, и добиться положения, влияния и власти, которые даются в свете богатством, первою и величайшею силою, какою может располагать человек.

Контрабандисты возвратились на шестой день. Дантес еще издали по виду и ходу узнал «Юную Амелию»; он дотащился до пристани, подобно раненому Филоктету, и, когда его товарищи сошли на берег, объявил им, все еще жалуясь на боль, что ему гораздо лучше. Потом, в свою очередь, выслушал рассказы об их приключениях. Успех сопутствовал им; но едва они кончили выгрузку, как узнали, что сторожевой бриг вышел из Тулона и направился в их сторону. Тогда они поспешили уйти, жалея, что с ними нет Дантеса, который так искусно умел ускорять ход «Амелии». Вскоре они увидели бриг, который гнался за ними; но, пользуясь темнотою, они успели обогнуть мыс Коре и благополучно уйти.

В общем, плавание было удачным, и все они, в особенности

Джакопо, жалели, что Дантес не участвовал в нем и не получил своей доли прибыли – причитающихся каждому пятидесяти пиастров.

Эдмон остался невозмутим; он даже не улыбнулся при исчислении выгод, которые он получил бы, если бы мог покинуть остров; а так как «Юная Амелия» пришла на Монте-Кристо только за ним, то он в тот же вечер перебрался на борт и последовал за капитаном в Ливорно.

Прибыв в Ливорно, он отправился к еврею-меняле и продал ему четыре из своих самых мелких камней по пяти тысяч франков каждый. Еврей мог бы спросить, откуда у матроса такие драгоценности, но промолчал, ибо на каждом камне он взял тысячу франков барыша.

На следующий день Дантес купил новую рыбачью лодку и подарил ее Джакопо, прибавив к этому подарку сто пиастров для найма матросов, с одним лишь условием, чтобы Джакопо отправился в Марсель и привез ему вести о старике по имени Луи Дантес, живущем в Мельянских аллеях, и молодой женщине по имени Мерседес, живущей в селении Каталаны.

Тут уже Джакопо решил, что видит сон; но Эдмон сказал ему, что он пошел в матросы из озорства, потому что его родные не давали ему денег, но что, прибыв в Ливорно, он получил наследство после дяди, который все свое состояние завещал ему. Высокая просвещенность Дантеса придавала убедительность этому рассказу, так что Джакопо ни минуты не сомневался, что недавний его товарищ сказал ему правду.

Затем, так как срок его службы на «Юной Амелии» истек, Дантес простился с капитаном, который хотел было удержать его, но, узнав про наследство, отказался от надежды уговорить своего бывшего матроса остаться на судне.

На другой день Джакопо отплыл в Марсель. Он условился с Дантесом встретиться на острове Монте-Кристо.

В тот же день уехал и Дантес, не сказав никому, куда он едет, щедро наградив на прощание экипаж «Юной Амелии» и обещав капитану когда-нибудь подать весточку о себе. Дантес поехал в Геную.

Здесь, в гавани, как раз испытывали маленькую яхту, заказанную одним англичанином, который, услышав, что генуэзцы лучшие кораблестроители на Средиземном море, пожелал иметь яхту генуэзской работы. Англичанин заказал ее за сорок тысяч франков; Дантес предложил за нее шестьдесят тысяч, с тем чтобы она была ему сдана в тот же день. В ожидании своей яхты англичанин отправился путешествовать по Швейцарии. Его ждали не раньше чем через месяц; строитель решил, что успеет тем временем приготовить другую. Дантес повел строителя в лавку к еврею, прошел с ним в заднюю комнату, и еврей отсчитал строителю шестьдесят тысяч франков.

Строитель предложил Дантесу свои услуги для найма экипажа. Но Дантес поблагодарил его, сказав, что имеет привычку плавать один, и просил его только сделать в каюте, у изголовья кровати, шкаф с секретным замком, разгороженный на три отделения, тоже с секретными замками. Он указал размеры этих отделений, и все было исполнено на следующий же день.

Два часа спустя Дантес выходил из генуэзского порта, провожаемый взорами любопытных, собравшихся посмотреть на испанского вельможу, который имел привычку плавать один.

Дантес справился превосходно: с помощью одного только руля он заставлял яхту исполнять все необходимые маневры, так что она казалась разумным существом, готовым повиноваться малейшему понуждению, и Дантес в душе согласился, что генуэзцы по справедливости заслужили звание первых кораблестроителей в мире.

Толпа провожала глазами яхту, пока не потеряла ее из виду, и тогда начались толки о том, куда она идет: одни говорили – на Корсику, другие – на Эльбу; иные бились об заклад, что она идет в Испанию; иные утверждали, что в Африку; но никому не пришло в голову назвать остров Монте-Кристо.

А между тем Дантес шел именно туда.

Он пристал к острову в конце второго дня. Яхта оказалась очень легка на ходу и сделала рейс в тридцать пять часов. Дантес отлично изучил очертания берегов и, не заходя в гавань, бросил якорь в маленькой бухточке.

Остров был пуст; по-видимому, никто не высаживался на нем с тех пор, как Дантес его покинул. Он вошел в пещеру и нашел клад в том же положении, в каком оставил его.

На следующий день несметные сокровища Дантеса были перенесены на яхту и заперты в трех отделениях потайного шкафа.

Дантес прождал еще неделю. Всю эту неделю он лавировал на яхте вокруг острова, объезжая ее, как берейтор объезжает лошадь. За эти дни он узнал все ее достоинства и все недостатки. Дантес решил усугубить первые и исправить последние.

На восьмой день Дантес увидел лодку, шедшую к острову на всех парусах, и узнал лодку Джакопо; он подал сигнал, на который Джакопо ответил, и два часа спустя лодка подошла к яхте.

Эдмона ждал печальный ответ на оба его вопроса.

Старик Дантес умер. Мерседес исчезла.

Эдмон спокойно выслушал эти вести; но тотчас же сошел на берег, запретив следовать за собой.

Через два часа он возвратился; два матроса с лодки Джакопо перешли на его яхту, чтобы управлять парусами; он велел взять курс на Марсель. Смерть отца он предвидел; но что сталось с Мерседес?

Эдмон не мог бы дать ни одному агенту исчерпывающих указаний, не открыв своей тайны; кроме того, он хотел получить еще некоторые другие сведения, а это мог сделать только он один. В Ливорно зеркало парикмахера показало ему, что ему нечего опасаться быть узнанным. К тому же в его распоряжении были теперь все средства изменить свой облик. И вот однажды утром парусная яхта Дантеса в сопровождении рыбачьей лодки смело вошла в марсельский порт и остановилась против того самого места, где когда-то, в роковой вечер, Эдмона посадили в шлюпку, чтобы отвезти в замок Иф.

Дантес не без трепета увидел подъезжавшего к нему в карантинной шлюпке жандарма. Но он с приобретенной им спокойной уверенностью подал ему английский паспорт, купленный в Ливорно, и с помощью этого иностранного пропуска, уважаемого во Франции гораздо более французских паспортов, беспрепятственно сошел на берег.

Первый, кого встретил Дантес на улице Каннебьер, был матрос с «Фараона». Этот человек некогда служил под его началом и, как нарочно, находился тут, чтобы Дантес мог убедиться в происшедшей в нем перемене. Дантес прямо подошел к матросу и задал ему несколько вопросов, на которые тот отвечал так, как говорят с человеком, которого видят первый раз в жизни.

Дантес дал матросу монету в благодарность за сообщенные им сведения; минуту спустя он услышал, что добрый малый бежит за ним вслед.

Дантес обернулся.

– Прошу прощения, сударь, – сказал матрос, – но вы, должно быть, ошиблись; вы, верно, хотели дать мне двухфранковую монету, а вместо того дали двойной наполеондор.

– Ты прав, друг мой, я ошибся, – сказал Дантес, – но твоя честность заслуживает награды, и я прошу тебя принять от меня еще второй и выпить с товарищами за мое здоровье.

Матрос был так изумлен, что даже не поблагодарил Эдмона, он посмотрел ему вслед и сказал:

– Какой-нибудь набоб из Индии.

Дантес продолжал путь; с каждым шагом сердце его замирало все сильнее; воспоминания детства, неизгладимые, никогда не покидающие наши мысли, возникали перед ним на каждом углу, на каждом перекрестке. Дойдя до конца улицы Ноайль и увидев Мельянские аллеи, он почувствовал, что ноги у него подкашиваются, и едва не попал под колеса проезжавшего экипажа. Наконец он подошел к дому, где когда-то жил его отец. Ломоносы и настурции исчезли с окна мансарды, где, бывало, старик так старательно ухаживал за ними.

Дантес прислонился к дереву и задумчиво смотрел на верхние этажи старого дома; наконец он подошел к двери, переступил порог, спросил, нет ли свободной квартиры и, хотя комнаты в пятом этаже оказались заняты, выразил такое настойчивое желание осмотреть их, что привратник поднялся наверх и попросил у жильцов позволения показать иностранцу помещение. Эту квартирку, состоявшую из двух комнат, занимали молодожены, всего только неделю как повенчанные. При виде счастливой молодой четы Дантес тяжело вздохнул.

Впрочем, ничто не напоминало Дантесу отцовского жилища; обои были другие; все старые вещи, друзья его детства, встававшие в его памяти во всех подробностях, исчезли. Одни только стены были те же.

Дантес взглянул на кровать; она стояла на том же самом месте, что и кровать его отца. Глаза Эдмона невольно наполнились слезами: здесь старик испустил последний вздох, призывая сына.

Молодые супруги с удивлением смотрели на этого сурового человека, по неподвижному лицу которого катились крупные слезы. Но всякое горе священно, и они не задавали незнакомцу никаких вопросов. Они только отошли, чтобы не мешать ему, а когда он стал прощаться, проводили его, говоря, что он может приходить, когда ему угодно, и что они всегда рады будут видеть его в своей скромной квартирке.

Спустившись этажом ниже, Эдмон остановился перед другой дверью и спросил, тут ли еще живет портной Кадрусс. Но привратник ответил ему, что человек, о котором он спрашивает, разорился и держит теперь трактир на дороге из Бельгарда в Бокер.

Дантес вышел, спросил адрес хозяина дома, отправился к нему, велел доложить о себе под именем лорда Уилмора (так он был назван в паспорте) и купил у него весь дом за двадцать пять тысяч франков. Он переплатил по меньшей мере десять тысяч. Но если бы хозяин потребовал с Дантеса полмиллиона, он заплатил бы, не торгуясь.

В тот же день молодые супруги, жившие в пятом этаже, были уведомлены нотариусом, совершившим купчую на дом, что новый хозяин предоставляет им на выбор любую квартиру в доме за ту же плату, если они уступят ему снятые ими две комнаты.

Это странное происшествие занимало в продолжение целой недели всех обитателей Мельянских аллей и породило тысячу догадок, из которых ни одна не соответствовала истине.

Но еще более смутило все умы и сбило с толку то обстоятельство, что тот самый иностранец, который днем побывал в доме на Мельянских аллеях, вечером прогуливался по каталанской деревне и заходил в бедную рыбачью хижину, где пробыл более часа, расспрашивая о разных людях, которые умерли или исчезли уже лет пятнадцать тому назад.

На другой день рыбаки, к которым он заходил для расспросов,

получили в подарок новую лодку, снабженную двумя неводами и ахатом.

Рыбакам очень хотелось поблагодарить великодушного посетителя, но они узнали, что накануне, поговорив с каким-то матросом, он сел на лошадь и выехал из Марселя через Эксские ворота.

V. Трактир «Гарский мост»

Кто, как я, путешествовал пешком по Южной Франции, вероятно, видел между Бельгардом и Бокером, приблизительно на полпути между селением и городом, но все же ближе к Бокеру, чем к Бельгарду, небольшой трактир, где на висячей жестяной вывеске, скрипящей при малейшем дуновении ветра, презабавно изображен Гарский мост. Этот трактир, если идти по течению Роны, стоит по левую сторону от большой дороги, задней стеной к реке. При нем имеется то, что в Лангедоке называют садом, то есть огороженный участок земли на задворках, где чахнет несколько малорослых оливковых деревьев и диких смоковниц с посеребренной пылью листвой; между этими деревьями произрастают овощи, преимущественно чеснок, красный стручковый перец и лук; наконец, в углу, словно забытый часовой, высокая пиния одиноко возносит к небу свою вершину, потрескивающую на тридцатиградусном солнце.

Все эти деревья, большие и малые, искривлены от природы и кренятся в ту сторону, в которую дует мистраль – один из трех бичей Прованса; двумя другими, как известно, или как, может быть, неизвестно, считались Дюранса[13] и парламент.

Кругом, на равнине, похожей на большое озеро пыли, произрастают там и сям редкие пшеничные колосья, которые местные садоводы, вероятно, выращивают из любопытства и которые служат насестом для цикад, преследующих своим пронзительным и однообразным треском путешественников, забредших в эту пустыню.

Уже лет семь этот трактир принадлежал супружеской паре, вся прислуга которой состояла из работницы по имени Тринетта и конюха, прозывавшегося Пако; впрочем, двух слуг было вполне достаточно, ибо с тех пор как между Бокером и Эг-Мортом провели канал, барки победоносно заменили почтовых лошадей, а перевозное судно – дилижанс.

Этот канал, к вящей досаде бедного трактирщика, проходил между питающей его Роной и поглощаемой им дорогой в каких-нибудь ста шагах от трактира, который мы кратко, но верно только что описали.

Хозяин этого убогого трактирчика был человек лет сорока пяти, истый южанин – высокий, сухощавый и жилистый, с блестящими, глубоко сидящими глазами, орлиным носом и белыми, как у хищника, зубами. Волосы его, видимо не желавшие седеть, несмотря на первые предостережения старости, были, как и его круглая борода, густые и курчавые и только кое-где тронуты сединой. Лицо его, от природы смуглое, стало почти черным вследствие привычки бедного малого торчать с утра до вечера на пороге и высматривать, не покажется ли – пеший или конный – какой-нибудь постоялец; ждал он обычно понапрасну, и ничто не защищало его лица от палящего зноя, кроме красного платка, повязанного вокруг головы, как у испанских погонщиков. Это был наш старый знакомый, Гаспар Кадрусс.

Жена его, звавшаяся в девицах Мадлена Радель, была женщина бледная, худая и хворая; она родилась в окрестностях Арля и

---

[13] Приток Роны.

сохранила следы былой красоты, которою славятся женщины того края; но лицо ее рано поблекло от приступов скрытой лихорадки, столь распространенной среди людей, живущих близ эг-мортских прудов и камаргских болот. Поэтому она почти никогда не выходила из комнаты во втором этаже и проводила целые дни, дрожа от лихорадки, полулежа в кресле или полусидя на кровати, между тем как муж ее по обыкновению стоял на часах у порога, весьма неохотно покидая свой пост, ибо каждый раз, когда он возвращался к своей сварливой половине, она донимала его вечными жалобами на судьбу, на что муж обычно отвечал философски:

– Молчи, Карконта! Видно, так богу угодно.

Прозвище Карконта произошло оттого, что Мадлена Радель родилась в деревне Карконте, между Салоном и Ламбеском; а так как в тех местах людей почти всегда называют не по имени, а по прозвищу, то и муж ее заменил этим прозвищем имя Мадлена, быть может, слишком нежное и благозвучное для его грубой речи.

Однако, несмотря на такую мнимую покорность воле провидения, не следует думать, будто наш трактирщик не сетовал на бедственное положение, в которое ввергнул его проклятый Бокерский канал, и равнодушно переносил беспрестанные причитания жены. Подобно всем южанам, он был человек весьма воздержанный и неприхотливый, но тщеславный по всем, что касалось внешности; во времена своего благоденствия он не пропускал ни одной феррады, ни одного шествия с тараском[14] и торжественно появлялся со своей Карконтой: он – в живописном костюме южанина, представляющем нечто среднее между каталонским и андалузским, она – в прелестном наряде арлезианок, словно заимствованном у греков и арабов. Но мало-помалу часовые цепочки, ожерелья, разноцветные пояса, вышитые корсажи, бархатные куртки, шелковые чулки с изящными стрелками, пестрые гетры, башмаки с серебряными пряжками исчезли, а Гаспар Кадрусс, лишенный возможности показываться в своем былом великолепии, отказался вместе с женой от участия в празднествах, чьи веселые отклики, терзая его сердце, долетали до убогого трактира, который он продолжал держать не столько ради доходов, сколько для того, чтобы иметь какое-нибудь занятие.

Кадрусс по обыкновению простоял уже пол-утра перед дверью трактира, переводя грустный взгляд от небольшого лужка, по которому бродили куры, к двум крайним точкам пустынной дороги, одним концом уходящей на юг, а другим – на север, – как вдруг пронзительный голос его жены заставил его покинуть свой пост. Он ворча вошел в трактир и поднялся во второй этаж, оставив, однако, дверь отворенной настежь, как бы приглашая проезжих завернуть к нему.

В ту минуту, когда Кадрусс входил в трактир, большая дорога, о которой мы говорили и на которую были устремлены его взоры, была пуста и безлюдна, как пустыня в полдень. Она тянулась бесконечной белой лентой меж двух рядов тощих деревьев, и ясно было, что ни один путник по своей воле не пустится в такой час по этой убийственной Сахаре.

Между тем вопреки всякой вероятности, если бы Кадрусс остался на месте, он увидел бы, что со стороны Бельгарда приближается всадник тем благопристойным и спокойным аллюром, который указывает на наилучшие отношения между конем и седоком; всадник был священник, в черной сутане и треугольной шляпе, несмотря на палящий зной полуденного солнца; конь –

---

[14] Феррада – провансальский праздник по случаю таврения быков; тараск – сказочное чудовище.

мерин-иноходец – шел легкой рысцой.

У дверей трактира священник остановился; трудно сказать, лошадь ли остановила ездока, или же ездок остановил лошадь; но как бы то ни было священник спешился и, взяв лошадь за поводья, привязал ее к задвижке ветхого ставня, державшегося на одной петле; потом, подойдя к двери и вытирая красным бумажным платком пот, градом катившийся по его лицу, он три раза постучал о порог кованым концом трости, которую держал в руке.

Тотчас же большая черная собака встала и сделала несколько шагов, заливаясь лаем и скаля свои белые острые зубы, – вдвойне враждебное поведение, доказывавшее, как мало она привыкла видеть посторонних.

Деревянная лестница, примыкавшая к стене, тотчас же затрещала под тяжелыми шагами хозяина убогого жилища; весь согнувшись, он задом спускался к стоявшему в дверях священнику.

– Иду, иду, – говорил весьма удивленный Кадрусс. – Да замолчишь ли ты, Марго! Не бойтесь, сударь, она хоть и лает, но не укусит. Вы желаете винца, не правда ли? Ведь жара-то канальская... Ах, простите, – продолжал Кадрусс, увидев, с какого рода проезжим имеет дело. – Простите, я не рассмотрел, кого имею честь принимать у себя. Что вам угодно? Чем могу служить, господин аббат?

Аббат несколько секунд очень пристально смотрел на Кадрусса; казалось, он даже старался и сам обратить на себя его внимание. Но так как лицо трактирщика не выражало ничего, кроме удивления, что посетитель не отвечает, он счел нужным положить конец этой сцене и сказал с сильным итальянским акцентом:

– Не вы ли будете господин Кадрусс?

– Да, сударь, – отвечал хозяин, быть может, еще более удивленный вопросом, нежели молчанием, – я самый; Гаспар Кадрусс, ваш слуга.

– Гаспар Кадрусс?.. Да... Кажется, так и есть. Вы жили когда-то в Мельянских аллеях, на четвертом этаже?

– Точно так.

– И занимались ремеслом портного?

– Да; но дело не пошло. В этом проклятом Марселе так жарко, что я думаю, там скоро вовсе перестанут одеваться. Кстати, о жаре; не угодно ли вам будет немного освежиться, господин аббат?

– Пожалуй. Принесите бутылку вашего самого лучшего вина, и мы продолжим наш разговор.

– Как прикажете, господин аббат, – сказал Кадрусс.

И чтобы не упустить случая продать одну из своих последних бутылок кагора, Кадрусс поспешил поднять люк, устроенный в полу комнаты, служившей одновременно и залой, и кухней.

Когда пять минут спустя он снова появился, аббат уже сидел на табурете, опершись локтем на стол, между тем как Марго, которая, видимо, сменила гнев на милость, услышав, что странный путешественник спросил вина, положила ему на колени свою худую шею и смотрела на него умильными глазами.

– Вы один здесь живете? – спросил аббат у хозяина, когда тот ставил перед ним бутылку и стакан.

– Да, один, или почти один, господин аббат, так как жена мне не в помощь; она вечно хворает, моя бедная Карконта.

– Так вы женаты! – сказал аббат с оттенком участия, бросив вокруг себя взгляд, которым он словно оценивал скудное имущество бедной четы.

– Вы находите, что я небогат, не правда ли, господин аббат? – сказал, вздыхая, Кадрусс. – Но что поделаешь; мало быть честным человеком, чтобы благоденствовать на этом свете.

Аббат устремил на него проницательный взгляд.

— Да, честным человеком; этим я могу похвалиться, господин аббат, — сказал хозяин, смотря аббату прямо в глаза и прижав руку к груди, — а в наше время не всякий может это сказать.

— Тем лучше, если то, чем вы хвалитесь, правда, — сказал аббат. — Я твердо верю, что рано или поздно честный человек будет вознагражден, а злой наказан.

— Вам по сану положено так говорить, господин аббат, — возразил Кадрусс с горечью, — а каждый волен верить или не верить вашим словам.

— Напрасно вы так говорите, сударь, — сказал аббат, — может быть, я сам докажу вам справедливость моих слов.

— Как это так? — удивленно спросил Кадрусс.

— А вот как: прежде всего мне нужно удостовериться, точно ли вы тот человек, в ком я имею надобность.

— Какие же доказательства вам надо?

— Знавали вы в тысяча восемьсот четырнадцатом или в тысяча восемьсот пятнадцатом году моряка по имени Дантес?

— Дантес!.. Знавал ли я беднягу Эдмона! Еще бы, да это был мой лучший друг! — воскликнул Кадрусс, густо покраснев, между тем как ясные и спокойные глаза аббата словно расширялись, чтобы единым взглядом охватить собеседника.

— Да, кажется, его звали Эдмоном.

— Конечно, его звали Эдмон! Еще бы! Это так же верно, как то, что меня зовут Гаспар Кадрусс. А что с ним сталось, господин аббат, с бедным Эдмоном? — продолжал трактирщик. — Вы его знали? Жив ли он еще? Свободен ли? Счастлив ли?

— Он умер в тюрьме в более отчаянном и несчастном положении, чем каторжники, которые волочат ядро на тулонской каторге.

Смертельная бледность сменила разлившийся было по лицу Кадрусса румянец. Он отвернулся, и аббат увидел, что он вытирает слезы уголком красного платка, которым была повязана его голова.

— Бедняга! — пробормотал Кадрусс. — Вот вам еще доказательство в подтверждение моих слов, господин аббат, что бог милостив только к дурным людям. Да, — продолжал Кадрусс, — свет становится день ото дня хуже. Пусть бы небеса послали на землю сначала серный дождь, потом огненный — и дело с концом!

— Видимо, вы от души любили этого молодого человека, — сказал аббат.

— Да, я его очень любил, — сказал Кадрусс, — хотя должен покаяться, что однажды позавидовал его счастью; но после, клянусь вам честью, я горько жалел о его несчастной участи.

На минуту воцарилось молчание, в продолжение которого аббат не отводил пристального взора от выразительного лица трактирщика.

— И вы знали беднягу? — спросил Кадрусс.

— Я был призван к его смертному одру и подал ему последние утешения веры, — отвечал аббат.

— А отчего он умер? — спросил Кадрусс сдавленным голосом.

— Отчего умирают в тюрьме на тридцатом году жизни, как не от самой тюрьмы?

Кадрусс отер пот, струившийся по его лицу.

— Всего удивительнее, — продолжал аббат, — что Дантес на смертном одре клялся мне перед распятием, которое он лобызал, что ему не известна истинная причина его заточения.

— Верно, верно, — прошептал Кадрусс, — он не мог ее знать. Да, господин аббат, бедный мальчик сказал правду.

— Потому-то он и поручил мне доискаться до причины его несчастья и восстановить честь его имени, если оно было чем-либо запятнано.

И взгляд аббата, становившийся все пристальнее, впился в омрачившееся лицо Кадрусса.

— Один богатый англичанин, — продолжал аббат, — его товарищ по несчастью, выпущенный из тюрьмы при второй реставрации, обладал алмазом большой ценности. При выходе из тюрьмы он подарил этот алмаз Дантесу в благодарность за то, что во время его болезни тот ухаживал за ним, как за родным братом. Дантес, вместо того чтобы подкупить тюремщиков, которые, впрочем, могли бы взять награду, а потом выдать его, бережно хранил камень при себе на случай своего освобождения; если бы он вышел из тюрьмы, он сразу стал бы богачом, продав этот алмаз.

— Так вы говорите, — спросил Кадрусс, глаза которого разгорелись, — что это был алмаз большой ценности?

— Все в мире относительно, — отвечал аббат. — Для Эдмона это было богатство; его оценивали в пятьдесят тысяч франков.

— Пятьдесят тысяч франков! — вскричал Кадрусс. — Так он был с грецкий орех, что ли?

— Нет, поменьше, — отвечал аббат, — но вы сами можете об этом судить, потому что он со мною.

Глаза Кадрусса, казалось, шарили под платьем аббата, разыскивая камень.

Аббат вынул из кармана коробочку, обтянутую черной шагреневой кожей, раскрыл ее и показал изумленному Кадруссу сверкающий алмаз, вправленный в перстень чудесной работы.

— И это стоит пятьдесят тысяч франков?

— Без оправы, которая сама по себе довольно дорога, — отвечал аббат.

Он закрыл футляр и положил в карман алмаз, продолжавший сверкать в воображении Кадрусса.

— Но каким образом этот камень находится в ваших руках, господин аббат? — спросил Кадрусс. — Разве Эдмон назначил вас своим наследником?

— Не наследником, а душеприказчиком. «У меня было трое добрых друзей и невеста, — сказал он мне, — я уверен, что все четверо горько жалеют обо мне; один из этих друзей звался Кадрусс».

Кадрусс вздрогнул.

— «Другого, — продолжал аббат, делая вид, что не замечает волнения Кадрусса, — звали Данглар, третий, прибавил он, хоть и был мой соперник, но тоже любил меня».

Дьявольская улыбка появилась на губах Кадрусса; он хотел прервать аббата.

— Постойте, — сказал аббат, — дайте мне кончить, и, если вы имеете что сказать мне, вы скажете потом. «Третий, хоть и был мой соперник, но тоже любил меня, и звали его Фернан; а мою невесту звали…» Я забыл имя невесты, — сказал аббат.

— Мерседес, — сказал Кадрусс.

— Да, да, совершенно верно, — с подавленным вздохом подтвердил аббат, — Мерседес.

— Ну и что же дальше? — спросил Кадрусс.

— Дайте мне графин с водой, — сказал аббат.

Кадрусс поспешил исполнить его желание.

Аббат налил воды в стакан и отпил несколько глотков.

— На чем мы остановились? — спросил он, поставив стакан на стол.

— Невесту звали Мерседес.

— Да, да. «Вы поедете в Марсель…» Это все Дантес говорил, вы понимаете?

— Понимаю.

— «Вы продадите этот алмаз и разделите вырученные за него

деньги между моими пятью друзьями, единственными людьми, любившими меня на земле».

— Как так пятью? – сказал Кадрусс. – Вы назвали мне только четверых.

— Потому что пятый умер, как мне сказали... Пятый был отец Дантеса.

— Увы, это верно, – сказал Кадрусс, раздираемый противоречивыми чувствами, – бедный старик умер.

— Я узнал об этом в Марселе, – отвечал аббат, стараясь казаться равнодушным, – но смерть его произошла так давно, что я не мог узнать никаких подробностей... Может быть, вы что-нибудь знаете о смерти старика?

— Кому и знать, как не мне? – сказал Кадрусс. – Я был его соседом... О господи! Не прошло и года после исчезновения его сына, как бедный старик умер!

— А отчего он умер?

— Доктора называли его болезнь... кажется, воспалением желудка; люди, знавшие его, говорили, что он умер с горя... а я, который видел, как он умирал, я говорю, что он умер...

Кадрусс запнулся.

— Отчего? – с тревогой спросил аббат.

— С голоду он умер!

— С голоду? – вскричал аббат, вскакивая на ноги. – С голоду! Последняя тварь не умирает с голоду. Пес, блуждающий по улицам, находит милосердную руку, которая бросает кусок хлеба, а человек, христианин, умирает с голоду среди других людей, также называющих себя христианами! Невозможно! Это невозможно!

— Я вам говорю правду, – сказал Кадрусс.

— И напрасно, – послышался голос с лестницы. – Чего ты суешься не в свое дело?

Собеседники обернулись и увидели сквозь перила лестницы бледное лицо Карконты; она притащилась сюда из своей каморки и подслушивала их разговор, сидя на верхней ступеньке и опершись головой на руки.

— А ты сама чего суешься не в свое дело, жена? – сказал Кадрусс. – Господин аббат просит у меня сведений; учтивость требует, чтобы я их сообщил ему.

— А благоразумие требует, чтобы ты молчал. Почем ты знаешь, с какими намерениями тебя расспрашивают, дуралей?

— С наилучшими, сударыня, – сказал аббат, – ручаюсь вам. Вашему супругу нечего опасаться, лишь бы он говорил чистосердечно.

— Знаем мы это... Начинают со всяких обещаний, потом довольствуются тем, что просят не опасаться, потом уезжают, не исполнив обещанного, а в одно прекрасное утро неведомо откуда на тебя сваливается беда.

— Будьте спокойны, – отвечал аббат, – уверяю вас, что из-за меня вам не будет никакой беды.

Карконта проворчала еще что-то, чего нельзя было разобрать, снова опустила голову на руки, и трясясь в лихорадке, предоставила мужу продолжать разговор, впрочем, стараясь не пропустить ни слова.

Между тем аббат выпил немного воды и успокоился.

— Неужели, – снова начал он, – этот бедный старик был так всеми покинут, что умер голодной смертью?

— О нет, – отвечал Кадрусс, – каталанка Мерседес и господин Моррель не покинули его; но бедный старик вдруг возненавидел Фернана, того самого, – прибавил Кадрусс с насмешливой улыбкой, – которого Дантес назвал вам своим другом.

— А разве он не был ему другом? — спросил аббат.

— Гаспар! Гаспар! — сказала больная со ступеньки лестницы. — Подумай, раньше чем говорить!

Кадрусс с досадой махнул рукой и не удостоил жену ответом.

— Можно ли быть другом человека, у которого хочешь отбить женщину? — ответил он аббату. — Дантес по доброте сердечной называл всех этих людей друзьями... Бедный Эдмон! Впрочем, лучше, что он ничего не узнал; ему трудно было бы простить им на смертном одре... И что бы там ни говорили, — продолжал Кадрусс, речь которого была не чужда своего рода грубоватой поэзии, — а я все же больше боюсь проклятия мертвых, чем ненависти живых.

— Болван! — сказала Карконта.

— А вам известно, — продолжал аббат, — что этот Фернан сделал?

— Известно ли? Разумеется, известно!

— Так говорите.

— Твоя воля, Гаспар, — сказала жена, — делай как знаешь, но только лучше бы тебе помолчать.

— На этот раз ты, пожалуй, права, — сказал Кадрусс.

— Итак, вы не хотите говорить? — продолжал аббат.

— К чему? — отвечал Кадрусс. — Если бы бедняга Эдмон был жив и пришел ко мне узнать раз навсегда, кто ему друг, а кто враг, тогда другое дело; но вы говорите, что он в могиле; он уже не может ненавидеть, не может мстить, а потому бросим все это.

— Так вы хотите, — сказал аббат, — чтобы этим людям, которых вы считаете вероломными и ложными друзьями, досталась награда за верную дружбу?

— Вы правы, — сказал Кадрусс. — Притом же, что значило бы для них наследство бедного Эдмона? Капля в море!

— Не говоря уже о том, что эти люди могут раздавить тебя одним пальцем, — сказала жена.

— Вот как? Разве эти люди могущественны и богаты?

— Так вы ничего про них не знаете?

— Нет. Расскажите мне.

Кадрусс задумался.

— Нет, знаете, это было бы слишком длинно.

— Как хотите, друг мой, можете ничего не говорить, — сказал аббат с видом полнейшего равнодушия, — я уважаю ваши колебания. Вы поступаете, как должен поступать добрый человек; не будем больше об этом говорить. Что мне было поручено? Исполнить последнюю волю умирающего. Итак, я продам этот алмаз.

И он снова вынул футляр из кармана, открыл его, и снова камень засверкал перед восхищенными глазами Кадрусса.

— Поди-ка сюда, жена, погляди, — проговорил он хриплым голосом.

— Алмаз? — спросила Карконта, вставая. Довольно твердыми шагами она спустилась с лестницы. — Что это за алмаз?

— Разве ты не слышала? — сказал Кадрусс. — Этот алмаз Эдмон завещал нам: во-первых, своему отцу, потом трем друзьям: Фернану, Данглару и мне, и своей невесте Мерседес. Алмаз стоит пятьдесят тысяч франков.

— Ах, какой чудесный камень! — сказала она.

— Так, значит, пятая часть этой суммы принадлежит нам? — спросил Кадрусс.

— Да, — отвечал аббат, — с прибавкой за счет доли отца Дантеса, которую я считаю себя вправе разделить между вами четырьмя.

— А почему же между четырьмя? — спросила Карконта.

— Потому что вас четверо — друзей Эдмона.

— Предатели — не друзья! — глухо проворчала Карконта.

— Это самое и я говорил, — сказал Кадрусс. — Награждать

предательство, а то и преступление – это грех, это даже кощунство.

— Вы сами этого хотите, — спокойно отвечал аббат, снова пряча алмаз в карман своей сутаны. – Теперь дайте мне адреса друзей Эдмона, чтобы я мог исполнить его последнюю волю.

Пот градом катился по лицу Кадрусса. Аббат встал, подошел к двери, чтобы взглянуть на лошадь, и снова вернулся на свое место. Кадрусс и его жена смотрели друг на друга с неизъяснимым выражением.

— Алмаз мог бы достаться нам одним, — сказал Кадрусс.

— Ты думаешь? – сказала жена.

— Духовная особа не станет нас обманывать.

— Делай как хочешь, — сказала Карконта, — мое дело – сторона.

И она опять пошла на лестницу, дрожа от лихорадки. Зубы ее стучали, несмотря на жару.

На последней ступеньке она задержалась.

— Подумай хорошенько, Гаспар, – сказала она.

— Я решился, — отвечал Кадрусс.

Карконта со вздохом скрылась в своей комнате; слышно было, как пол заскрипел под ее ногами и как затрещало кресло, в которое она упала.

— На что это вы решились? – спросил аббат.

— Рассказать вам все, — отвечал Кадрусс.

— По правде сказать, мне кажется, это лучшее, что вы можете сделать, — сказал священник. — Не потому, чтобы мне хотелось узнать то, что вы предпочли бы скрыть от меня, а потому, что будет лучше, если вы мне поможете разделить наследство согласно с волей завещателя.

— Надеюсь, что так, — отвечал Кадрусс, щеки которого пылали от надежды и алчности.

— Я вас слушаю, — произнес аббат.

— Постойте, — сказал Кадрусс, — нас могут некстати прервать, и это будет неприятно. Притом же другим незачем знать, что вы были здесь.

Он подошел к двери, запер ее и для большей верности наложил ночной засов. Между тем аббат выбрал себе удобное местечко; он уселся в уголок, чтобы оставаться в тени, в то время как свет будет падать на лицо собеседника. Опустив голову и сложив, или, вернее, стиснув руки, он весь превратился в слух.

Кадрусс придвинул табурет и сел против него.

— Помни, что не я тебя заставила! — послышался дрожащий голос Карконты, словно она видела сквозь половицы, что происходит внизу.

— Ладно, ладно, – сказал Кадрусс, – довольно; я все беру на себя.

И он начал.

VI. Рассказ Кадрусса

— Прежде всего, – сказал Кадрусс, – я должен просить вас, господин аббат, дать мне одно обещание.

— Какое? – спросил аббат.

— Если вы когда-нибудь воспользуетесь сведениями, которые я сообщу, то никто не должен знать, что вы получили их от меня; люди, о которых я буду говорить, богаты и могущественны, и если они дотронутся до меня хоть пальцем, то раздавят меня, как стекло.

— Будьте спокойны, друг мой, — сказал аббат, — я священник, и тайны умирают в моей груди; помните, что у нас нет другой цели, как только достойным образом исполнить последнюю волю нашего друга. Говорите, не щадя никого, но и без ненависти; говорите правду, только правду. Я не знаю и, вероятно, никогда не узнаю тех людей, о которых вы мне расскажете. К тому же я итальянец, а не француз, принадлежу богу, а не людям; я возвращаюсь в свой монастырь, из которого вышел единственно, чтобы исполнить последнюю волю умершего.

Эти убедительные доводы, по-видимому, вселили в Кадрусса немного уверенности.

— В таком случае я хочу, я должен разуверить вас в этой дружбе, которую бедный Эдмон считал такой искренней и верной.

— Прошу вас, начните с его отца, — сказал аббат. — Эдмон много говорил мне о старике, он питал к нему горячую любовь.

— Это печальная история, — сказал Кадрусс, качая головой, — начало вы, верно, знаете.

— Да, — отвечал аббат. — Эдмон рассказал мне все, что было до той минуты, когда его арестовали в маленьком трактире в окрестностях Марселя.

— В «Резерве»! Я как сейчас все это вижу.

— Ведь это был чуть ли не день обручения?

— Да, и обед, весело начавшийся, кончился печально; вошел полицейский комиссар с четырьмя солдатами и арестовал Дантеса.

— На этом и кончаются мои сведения, — сказал священник. — Дантес знал только то, что относилось лично к нему, потому что он никогда уже больше не видел никого из тех, кого я вам назвал, и ничего о них не слышал.

— Так вот. Когда Дантеса арестовали, господин Моррель поспешил в Марсель, чтобы узнать, в чем дело, и получил очень грустные сведения. Старик отец возвратился домой один, рыдая, снял с себя парадное платье, целый день ходил взад и вперед по комнате и так и не ложился спать. Я жил тогда под ним и слышал, как он всю ночь ходил по комнате; признаться, я и сам не спал: горе несчастного отца очень меня мучило, и каждый его шаг разрывал мне сердце, словно он и в самом деле наступал мне на грудь.

На другой день Мерседес пришла в Марсель просить господина де Вильфора о заступничестве; она ничего не добилась, но заодно зашла проведать старика; увидев его таким мрачным и унылым и узнав, что он не спал всю ночь и ничего не ел со вчерашнего дня, она хотела увести его с собой, чтобы позаботиться о нем. Но старик ни за что не соглашался.

«Нет, — говорил он, — я не покину своего дома. Мой бедный сын любит меня больше всех на свете, и, если его выпустят из тюрьмы, он прибежит первым делом ко мне. Что он скажет, если не найдет меня дома?»

Я слышал все это, стоя на площадке лестницы, потому что очень хотел, чтобы Мерседес уговорила старика пойти с нею. Его беспокойные шаги, весь день раздававшиеся над моей головой, не давали мне ни минуты покоя.

— А разве вы сами не заходили к старику, чтобы его утешить? — спросил священник.

— Ах, господин аббат! — отвечал Кадрусс. — Можно утешать того, кто ищет утешения; а он его не искал. Притом же, право, не знаю почему, но мне казалось, что он не хочет меня видеть. Впрочем, однажды ночью, услышав его рыдания, я не выдержал и поднялся наверх; но, когда я подошел к двери, он уже не плакал, а молился. Каких он только не находил красноречивых слов и жалобных выражений, я вам и сказать не могу, господин аббат; это было больше, чем молитва, больше, чем скорбь; и так как я не святоша и не люблю иезуитов, то я сказал себе: «Счастье мое, что я один и что бог не дал мне детей; если бы я был отцом и чувствовал такую скорбь, как этот несчастный старик, то, не находя в памяти и в сердце всего того, что он говорит господу богу, я бы прямехонько пошел и бросился в море, чтобы уйти от страданий».

— Бедный отец! — прошептал священник.

— С каждым днем он все больше уединялся; часто господин Моррель и Мерседес приходили навестить его, но дверь его была заперта; я знал, что он дома, но он не отвечал им. Однажды, когда он, против своего обыкновения, принял Мерседес и бедная девушка, сама в полном отчаянии, пыталась ободрить его, он сказал:

«Поверь мне, дочь моя, он умер; не нам его ждать, а он нас ждет; мне хорошо, потому что я много старше тебя и, конечно, первый с ним встречусь».

Как бы человек ни был добр, он перестает навещать людей, на которых тяжело смотреть. Кончилось тем, что старик Дантес остался в полном одиночестве. Я больше не видел, чтобы кто-нибудь подымался к нему, кроме каких-то неизвестных людей, которые время от времени заходили к нему и затем потихоньку спускались с узлами. Я скоро догадался, что было в этих узлах: он продавал мало-помалу все, что имел, для насущного хлеба. Наконец, бедняга дошел до своего последнего скарба. Он задолжал за квартиру; хозяин грозился выгнать его; он попросил подождать еще неделю, и тот согласился; я знаю это от самого хозяина, он зашел ко мне, выходя от старика.

После этого я еще три дня слышал, как он по-прежнему расхаживает по комнате, но на четвертый день я уже ничего не слышал. Я решил зайти к нему; дверь была заперта. В замочную скважину я увидел его бледным и изнуренным и подумал, что он захворал; я уведомил господина Морреля и побежал за Мерседес. Оба тотчас же пришли. Господин Моррель привел с собой доктора; доктор нашел у больного желудочно-кишечное воспаление и предписал ему диету. Я был при этом, господин аббат, и никогда не забуду улыбки старика, когда он услышал это предписание. С тех пор он уже не запирал двери: у него было законное основание не есть; доктор предписал ему диету.

У аббата вырвался подавленный стон.

— Мой рассказ вас занимает, господин аббат? — спросил Кадрусс.

— Да, — отвечал аббат, — он очень трогателен.

— Мерседес пришла во второй раз; она нашла в нем такую перемену, что, как и в первый раз, хотела взять его к себе. Господин Моррель был того же мнения и хотел перевезти его силой. Но старик так страшно кричал, что они испугались. Мерседес осталась у его постели, а господин Моррель ушел, сделав ей знак, что оставляет кошелек с деньгами на камине. Но старик, вооруженный докторским предписанием, ничего не хотел есть. Наконец, после девятидневного поста он умер, проклиная тех, кто был причиной его несчастья. Он говорил Мерседес:

«Если вы когда-нибудь увидите Эдмона, скажите ему, что я умер, благословляя его».

Аббат встал, прошелся два раза по комнате, прижимая дрожащую руку к пересохшему горлу.

— И вы полагаете, что он умер…

— С голоду, господин аббат, с голоду! — отвечал Кадрусс. — Я в этом так же уверен, как в том, что мы с вами христиане.

Аббат судорожно схватил наполовину полный стакан с водой, выпил его залпом и с покрасневшими глазами и бледным лицом снова сел на свое место.

— Согласитесь, что это большое несчастье, — сказал он глухим голосом.

— Тем более что не бог, а люди ему причиной.

— Перейдемте же к этим людям, — сказал аббат. — Но помните, —

добавил он почти угрожающим голосом, – что вы обязались сказать мне все. Так кто же эти люди, которые умертвили сына отчаянием, а отца голодом?

— Двое его завистников: один – из-за любви, другой – из честолюбия: Фернан и Данглар.

— До чего довела их зависть? Говорите!

— Они донесли на Эдмона, что он бонапартистский агент.

— Но кто из них донес на него? Кто подлинный виновник?

— Оба, господин аббат; один написал письмо, другой отнес его на почту.

— А где было написано это письмо?

— В самом «Резерве», накануне свадьбы.

— Так и есть! – прошептал аббат. – О Фариа, Фариа! Как ты знал людей и их дела!

— Что вы говорите? – спросил Кадрусс.

— Ничего, – отвечал аббат, – продолжайте.

— Данглар написал донос левой рукой, чтобы не узнали его почерка, а Фернан отнес на почту.

— Но и вы были при этом! – воскликнул вдруг аббат.

— Я? – отвечал удивленный Кадрусс. – Кто вам сказал, что я был при этом?

Аббат увидел, что зашел слишком далеко.

— Никто не говорил, – сказал он, – но, чтобы знать такие подробности, нужно было быть при этом.

— Вы правы, – сказал Кадрусс глухим голосом, – я был при этом.

— И вы не воспротивились этой гнусности? – сказал аббат. – Тогда вы их сообщник.

— Господин аббат, – отвечал Кадрусс, – они напоили меня до того, что я почти совсем лишился рассудка. Я видел все, как в тумане. Я говорил им все, что может сказать человек в таком состоянии, но они отвечали мне, что это только шутка с их стороны и что эта шутка не будет иметь никаких последствий.

— Но на следующий день, сударь, на следующий день вы увидели, что она все же имела последствия. Однако вы промолчали, хотя были при том, как арестовали Дантеса.

— Да, господин аббат, я был при этом и хотел говорить; я хотел все рассказать, но Данглар удержал меня.

«А если окажется, – сказал он мне, – что он виновен, что он в самом деле был на Эльбе и ему поручили передать письмо бонапартистскому комитету в Париже, если это письмо при нем найдут, то ведь на его заступников будут смотреть, как на его сообщников».

Я побоялся в такие времена быть замешанным в политическое дело и промолчал; сознаюсь, это была подлая трусость с моей стороны, но не преступление.

— Понимаю; вы умыли руки, вот и все.

— Да, господин аббат, – отвечал Кадрусс, – и совесть мучит меня за это день и ночь. Клянусь вам, я часто молю бога, чтобы он простил мне, тем более что это прегрешение, единственное за всю мою жизнь, в котором я серьезно виню себя, – несомненно причина всех моих бед. Я расплачиваюсь за минуту слабости; поэтому-то я всегда говорю Карконте, когда она жалуется на судьбу: «Молчи, жена, видно, так богу угодно».

И Кадрусс с искренним раскаянием опустил голову.

— Ваше чистосердечие заслуживает похвалы, – сказал аббат, – кто так кается, тот достоин прощения.

— К несчастью, – прервал Кадрусс, – Эдмон умер, не простив меня.

— Он ничего не знал... — сказал аббат.

— Но теперь он, может быть, знает, — возразил Кадрусс, — говорят, мертвые знают все.

Наступило молчание. Аббат встал и в задумчивости прохаживался по комнате, потом возвратился на свое место и снова сел.

— Вы мне уже несколько раз называли какого-то господина Морреля, — сказал он. — Кто это такой?

— Это владелец «Фараона», хозяин Дантеса.

— А какую роль играл этот человек во всем этом печальном деле? — спросил аббат.

— Роль честного человека, мужественного и отзывчивого. Он раз двадцать ходатайствовал за Дантеса. Когда возвратился император, он писал, умолял, грозил, так что при второй реставрации его самого сильно преследовали за бонапартизм. Десять раз, как я вам уже говорил, он приходил к отцу Дантеса с намерением взять его к себе, а накануне или за два дня до его смерти, как я тоже вам уже говорил, он оставил на камине кошелек с деньгами; из этих денег заплатили долги старика и на них же его похоронили, так что бедняга мог по крайней мере умереть так же, как жил, не будучи никому в тягость. У меня и по сей день хранится этот кошелек, большой красный кошелек, вязаный.

— Этот господин Моррель жив? — спросил аббат.

— Жив, — сказал Кадрусс.

— И, верно, небо благословило его — он богат, счастлив?..

Кадрусс горько усмехнулся.

— Счастлив, вроде меня, — сказал он.

— Как, господин Моррель несчастлив? — воскликнул аббат.

— Он на краю нищеты, господин аббат, и, что еще хуже, ему грозит бесчестие.

— Почему?

— Дело в том, — начал Кадрусс, — что после двадцатипятилетних трудов, заняв самое почетное место среди марсельских купцов, господин Моррель разорен дотла. Он потерял в два года пять кораблей, стал жертвой трех банкротств, и теперь вся его надежда на этот самый «Фараон», которым командовал бедный Дантес; он скоро должен возвратиться из Индии с грузом кошенили и индиго. Если этот корабль потонет, как и другие, господин Моррель погиб.

— А есть ли у этого несчастного жена, дети?

— Да, у него есть жена, которая все переносит, как святая; у него есть дочь, которая хотела выйти замуж за любимого человека, но теперь родители не позволяют ему жениться на обедневшей девушке. Кроме того, у него есть сын, офицер; но вы понимаете, что все это только усугубляет горе несчастного, а не утешает его. Если бы он был один, он пустил бы себе пулю в лоб, и кончено.

— Это ужасно! — прошептал аббат.

— Вот как господь награждает добродетель, господин аббат, — сказал Кадрусс. — Посмотрите на меня; я не сделал ни одного худого дела, кроме того, в чем я вам повинился, и я дошел до нищеты. Мне суждено увидеть, как моя бедная жена умрет от лихорадки, и я ничем не смогу ей помочь, а сам я умру с голода, как умер старик Дантес, между тем как Фернан и Данглар купаются в золоте.

— Как так?

— Потому что им повезло, а честным людям никогда не везет.

— Что же сталось с Дангларом, с главным виновником? Ведь он подстрекатель, правда?

— Что с ним сталось? Он уехал из Марселя и, по рекомендации господина Морреля, который ничего не знал о его преступлении, нанялся к одному испанскому банкиру. Во время испанской войны он занимался поставками на французскую армию и разбогател; потом он стал играть на бирже и таким образом утроил свой капитал, а потеряв жену, дочь своего банкира, женился на вдове, госпоже де Наргони, дочери камергера нынешнего короля, господина де Сервьё, который сейчас в большой милости. Он стал миллионером, его сделали бароном, так что он теперь барон Данглар; у него особняк на улице Монблан, десять лошадей на конюшне, шесть лакеев в передней и не знаю уж сколько миллионов в сундуках.

— Вот оно что! — сказал аббат со странной интонацией. — И что же, он счастлив?

— Счастлив? Кто может это знать? Счастье или несчастье, про это знают стены; у стен есть уши, но нет языка. Если богатство составляет счастье, так Данглар счастлив.

— А Фернан?

— О, Фернану, тому еще пуще повезло.

— Но каким образом мог разбогатеть и выйти в люди бедный каталанский рыбак, без всяких средств, без образования? Признаюсь, это меня удивляет.

— Это и всех удивляет; вероятно, в его жизни есть какая-то тайна, которой никто не знает.

— Но какими видимыми путями дошел он до большого богатства или до высокого положения?

— Он дошел и до того и до другого, господин аббат, и до богатства и до высокого положения.

— Так только в сказках бывает!

— Правда, это похоже на сказку, но послушайте, и вы все поймете.

За несколько дней до возвращения императора Фернан попал в рекруты. Бурбоны не трогали его. Но вернулся Наполеон, был издан указ о чрезвычайном наборе, и Фернану пришлось идти в армию. Я тоже пошел; но так как я был старше Фернана и только что женился на моей несчастной жене, меня назначили охранять побережье. Фернан, тот попал в действующую армию, пошел с полком на границу и участвовал в сражении при Линьи.

В ночь после сражения он состоял ординарцем при одном генерале, имевшем тайные сношения с неприятелем. В ту самую ночь генерал должен был перебежать к англичанам; он предложил Фернану сопровождать его. Фернан согласился, ушел с поста и последовал за генералом.

Поступок, за который Фернана предали бы военному суду, если бы Наполеон остался на троне, был вменен ему в заслугу при Бурбонах. Он возвратился во Францию с эполетами подпоручика, и так как этот генерал, который был в большой милости у короля, не оставлял его своим покровительством, то его произвели в капитаны в тысяча восемьсот двадцать третьем году, во время испанской войны, то есть в то самое время, когда Данглар пустился в свои первые коммерческие спекуляции. Фернан был родом испанец, а потому он был послан в Мадрид, чтобы узнать, каково настроение умов. Там он встретился с Дангларом, столкнулся с ним, обещал своему генералу содействие роялистов в столице и в провинции, заручился от него обещаниями, взял на себя, со своей стороны, некоторые обязательства, провел свой полк по одному ему известным ущельям, охраняемым роялистами, — одним словом, оказал в этом кратковременном походе такие услуги, что после взятия Трокадеро его произвели в полковники и наградили офицерским крестом Почетного легиона и титулом графа.

— О судьба, судьба! — прошептал аббат.

— Да, но послушайте, это еще не все. Испанская война кончилась, длительный мир, который обещал воцариться в Европе, мог повредить карьере Фернана. Одна только Греция восстала против Турции и начала войну за независимость; общее внимание устремлено было на Афины. Тогда было в моде жалеть и поддерживать греков. Французское правительство, не покровительствуя им открыто, позволяло, как вам известно, оказывать им частную помощь. Фернан испросил разрешения отправиться в Грецию, продолжая в то же время числиться в армии.

Через некоторое время узнали, что граф де Морсер – он носил это имя – поступил на службу к Али-паше в чине генерал-инструктора. Али-паша, как вам известно, был убит; но перед смертью он щедро наградил Фернана; Фернан возвратился во Францию и был утвержден в чине генерал-лейтенанта.

– Так что теперь?.. – спросил аббат.

– Так что теперь, – продолжал Кадрусс, – он живет в великолепном особняке в Париже, по улице Эльдер, номер двадцать семь.

Аббат хотел что-то сказать, но остановился в нерешимости; наконец, сделав над собою усилие, он спросил:

– А Мерседес? Я слышал, что она скрылась?

– Скрылась! – отвечал Кадрусс. – Да, как скрывается солнце, чтобы утром вновь появиться в еще большем блеске.

– Уж не улыбнулось ли счастье и ей? – спросил аббат, иронически усмехаясь.

– Мерседес одна из первых дам парижского света, – сказал Кадрусс.

– Продолжайте, – сказал аббат, – я словно слушаю рассказ о каком-то сновидении. Но я сам видел столько необыкновенного, что ваш рассказ не очень меня удивляет.

– Мерседес сначала была в отчаянии от внезапного удара, разлучившего ее с Эдмоном. Я уже говорил вам о том, как она умоляла господина де Вильфора и как преданно заботилась об отце Дантеса. Отчаяние ее усугубилось новою горестью: отъездом Фернана в полк; она не знала об его преступлении и любила его как брата.

Фернан уехал, Мерседес осталась одна.

Три месяца провела она в слезах; никаких вестей ни об Эдмоне, ни о Фернане; никого, кроме умирающего от горя старика.

Однажды, просидев целый день, по своему обыкновению, на распутье двух дорог, ведущих из Марселя в Каталаны, она вернулась домой вечером, еще более убитая, чем когда-либо; ни ее возлюбленный, ни ее друг не вернулись к ней ни по одной из этих дорог, и она не получала вестей ни о том, ни о другом.

Вдруг ей послышались знакомые шаги. Она с волнением оглянулась, дверь отворилась, и она увидела перед собой Фернана в мундире подпоручика.

Хоть она тосковала и плакала не о нем, но ей показалось, что часть ее прежней жизни вернулась к ней. Мерседес схватила Фернана за руки с такой радостью, что он принял ее за любовь; но это была только радость от мысли, что она не одна на свете и что наконец после долгих дней одиночества видит перед собой друга. И притом надобно сказать, что Фернан никогда не внушал ей отвращения; он не внушал ей любви, только и всего. Сердце Мерседес принадлежало другому, этот другой был далеко... исчез... умер, быть может. При этой мысли Мерседес рыдала и в отчаянии ломала руки. Но эта мысль, которую она прежде отвергала, когда кто-нибудь другой высказывал ее, теперь сама собой приходила ей в голову. И старый Дантес не переставал твердить ей: «Наш Эдмон умер, если бы он был жив, то возвратился бы к нам».

Старик умер, как я вам уже сказал. Если бы он остался жив, то, может быть, Мерседес никогда не вышла бы за другого. Старик стал бы упрекать ее в неверности. Фернан понимал это. Узнав о смерти старика, он возвратился. На этот раз он явился в чине поручика. В первое свое возвращение он не сказал Мерседес ни слова о любви; во второе он напомнил ей, что любит ее. Мерседес попросила у него еще полгода срока на то, чтобы ждать и оплакивать Эдмона.

— Правда, — сказал аббат с горькой улыбкой, — ведь это составляло целых полтора года! Чего еще может требовать самый страстно любимый человек? — И он тихо прибавил про себя слова английского поэта: «Frailty, thy name is woman!».[15]

— Через полгода, — продолжал Кадрусс, — они обвенчались в Аккульской церкви.

— Это та самая церковь, где она должна была венчаться с Эдмоном, — прошептал аббат, — она переменила жениха, только и всего.

— Итак, Мерседес вышла замуж, — продолжал Кадрусс. — Хоть она и казалась спокойной, она все же упала в обморок, проходя мимо «Резерва», где полтора года тому назад праздновали ее обручение с тем, кого она все еще любила в глубине своего сердца.

Фернан обрел счастье, но не покой; я видел его в эту пору, он все время боялся возвращения Эдмона. Поэтому он поспешил увезти жену подальше и уехать самому. В Каталанах было слишком много опасностей и слишком много воспоминаний.

Через неделю после свадьбы они уехали.

— А после вы когда-нибудь встречали Мерседес? — спросил священник.

— Да, я видел ее во время испанской войны, в Перпиньяне, где Фернан ее оставил; она тогда была занята воспитанием сына.

Аббат вздрогнул.

— Сына? — спросил он.

— Да, — отвечал Кадрусс, — маленького Альбера.

— Но если она учила сына, — продолжал аббат, — так, стало быть, она сама получила образование? Мне помнится, Эдмон говорил мне, что это была дочь простого рыбака, красавица, но необразованная.

— Неужели он так плохо знал свою невесту? — сказал Кадрусс. — Мерседес могла бы стать королевой, господин аббат, если бы корона всегда венчала самые прекрасные и самые умные головы. Судьба вознесла ее высоко, и она сама становилась все выше и выше. Она училась рисованию, училась всему. Впрочем, между нами будь сказано, по-моему, она занималась всем этим, только чтобы отвлечь свои мысли, чтобы забыться. Она забивала свою голову, чтобы не слышать того, чем было полно ее сердце. Но теперь со всем этим, должно быть, покончено, — продолжал Кадрусс, — богатство и почет, наверное, утешили ее. Она богата, знатна, а между тем…

Кадрусс остановился.

— Что? — спросил аббат.

— Между тем я уверен, что она несчастлива, — сказал Кадрусс.

— Почему вы так думаете?

— А вот почему: когда я очутился в бедственном положении, я подумал, не помогут ли мне чем-нибудь мои прежние друзья. Я пошел к Данглару, но он даже не принял меня. Потом я был у Фернана: он выслал мне через лакея сто франков.

— Так что вы ни того, ни другого не видели?

— Нет; но графиня де Морсер меня видела.

— Каким образом?

— Когда я выходил, к моим ногам упал кошелек; в нем было

---

[15] Непостоянство, имя твое — женщина! (Шекспир. Гамлет, акт 1, сц. 2).

двадцать пять луидоров. Я быстро поднял голову и увидел Мерседес: она затворяла окошко.

— А господин де Вильфор? — спросил аббат.

— Этот никогда не был моим другом, а я и не знал его вовсе и ни о чем не мог его просить.

— А не знаете ли вы, что с ним сталось и в чем заключалось его участие в беде, постигшей Эдмона?

— Нет; знаю только, что спустя некоторое время, после того как он арестовал Эдмона, он женился на мадемуазель де Сен-Меран и вскоре уехал из Марселя. Наверное, счастье улыбнулось ему так же, как и остальным; наверное, он богат, как Данглар, и занимает такое же высокое положение, как Фернан; вы видите, один только я остался в нищете, в ничтожестве, позабытый богом.

— Вы ошибаетесь, мой друг, — сказал аббат. — Нам кажется, что бог забыл про нас, когда его правосудие медлит; но рано или поздно он вспоминает о нас, и вот тому доказательство.

При этих словах аббат вынул алмаз из кармана и протянул его Кадруссу.

— Вот, мой друг, — сказал он, — возьмите этот алмаз, он принадлежит вам.

— Как! Мне одному? — вскричал Кадрусс. — Что вы, господин аббат! Вы смеетесь надо мной?

— Этот алмаз требовалось разделить между друзьями Эдмона. У Эдмона был один только друг, значит, дележа быть не может. Возьмите этот алмаз и продайте его; как я вам уже сказал, он стоит пятьдесят тысяч франков, и эти деньги, я надеюсь, спасут вас от нищеты.

— Господин аббат, — сказал Кадрусс, робко протягивая руку, а другою отирая пот, градом катившийся по его лицу, — господин аббат, не шутите счастьем и отчаянием человека!

— Мне знакомо и счастье и отчаяние, и я никогда не стал бы шутить этими чувствами. Берите же, но взамен…

Кадрусс, уже прикоснувшийся к алмазу, отдернул руку.

Аббат улыбнулся.

— …взамен, — продолжал он, — отдайте мне кошелек, который господин Моррель оставил на камине у старика Дантеса; вы сказали, что он все еще у вас.

Кадрусс, все более удивляясь, подошел к большому дубовому шкафу, открыл его и подал аббату длинный кошелек из выцветшего красного шелка, стянутый двумя когда-то позолоченными медными кольцами.

Аббат взял кошелек и отдал Кадруссу алмаз.

— Вы поистине святой человек, господин аббат! — воскликнул Кадрусс. — Ведь никто не знал, что Эдмон отдал вам этот алмаз, и вы могли бы оставить его у себя.

«Ага! — сказал про себя аббат. — Сам-то ты, видно, так бы и поступил!»

Аббат встал, взял шляпу и перчатки.

— Послушайте! — сказал он. — Все, что вы мне рассказали, сущая правда? Я могу верить вам вполне?

— Вот, господин аббат, — сказал Кадрусс, — здесь в углу висит святое распятие; там, на комоде, лежит Евангелие моей жены. Откройте эту книгу, и я поклянусь вам на ней, перед лицом распятия, поклянусь вам спасением моей души, моей верой в Спасителя, что я сказал вам все, как было, в точности так, как ангел-хранитель скажет об этом на ухо господу богу в день Страшного суда!

— Хорошо, — сказал аббат, которого искренность, звучавшая в голосе Кадрусса, убедила в том, что тот говорит правду, — хорошо; желаю, чтобы эти деньги пошли вам на пользу! Прощайте. Я снова удаляюсь от людей, которые причиняют друг другу так много зла.

И аббат, с трудом отделавшись от восторженных излияний Кадрусса, сам снял засов с двери, вышел, сел на лошадь, поклонился еще раз трактирщику, расточавшему многословные прощальные приветствия, и ускакал по той же дороге, по которой приехал.

Обернувшись, Кадрусс увидел стоявшую позади него Карконту, еще более бледную и дрожащую, чем всегда.

– Верно я слышала? – сказала она.

– Что? Что он отдал алмаз нам одним? – сказал Кадрусс, почти обезумевший от радости.

– Да.

– Истинная правда, алмаз у меня.

Жена посмотрела на него, потом сказала глухим голосом:

– А если он фальшивый?

Кадрусс побледнел и зашатался.

– Фальшивый! – прошептал он. – Фальшивый... А чего ради он стал бы давать фальшивый алмаз?

– Чтобы даром выманить у тебя твои тайны, болван!

Кадрусс, сраженный таким предположением, окаменел на месте. Минуту спустя он схватил шляпу и надел ее поверх красного платка, повязанного вокруг головы.

– Мы это сейчас узнаем, – сказал он.

– Как?

– В Бокере ярмарка; там есть приезжие ювелиры из Парижа; я пойду покажу им алмаз. Ты, жена, стереги дом; через два часа я вернусь.

И Кадрусс выскочил на дорогу и побежал в сторону, противоположную той, куда направился незнакомец.

– Пятьдесят тысяч франков! – проворчала Карконта, оставшись одна. – Это деньги... но не богатство.

VII. Тюремные списки

На другой день после того, как на дороге между Бельгардом и Бокером происходила описанная нами беседа, человек, лет тридцати, в василькового цвета фраке, нанковых панталонах и белом жилете, по осанке и выговору чистокровный англичанин, явился к марсельскому мэру.

– Милостивый государь, – сказал он, – я старший агент римского банкирского дома Томсон и Френч; мы уже десять лет состоим в сношениях с марсельским торговым домом «Моррель и Сын». У нас с этой фирмой в оборотах до ста тысяч франков, и вот, услышав, что ей грозит банкротство, мы обеспокоены. А потому я нарочно приехал из Рима, чтобы попросить у вас сведений об этом торговом доме.

– Милостивый государь, – отвечал мэр, – мне действительно известно, что за последние годы господина Морреля словно преследует несчастье: он потерял один за другим четыре или пять кораблей и понес убытки от нескольких банкротств. Но хотя он мне самому должен около десяти тысяч франков, я все же не считаю возможным давать вам какие-либо сведения о его финансовом положении. Если вы спросите меня как мэра, какого я мнения о господине Морреле, я вам отвечу, что это человек самой строгой честности, выполнявший до сих пор все свои обязательства с величайшей точностью. Вот все, что я могу вам сказать о нем. Если вам этого недостаточно, обратитесь к господину де Бовилю, инспектору тюрем, улица Ноайль, дом номер пятнадцать. Он поместил в эту фирму, если не ошибаюсь, двести тысяч франков, и если и вправду имеется повод для каких-нибудь опасений, то, поскольку эта сумма гораздо значительнее моей, вы, вероятно, получите от него по этому вопросу более обстоятельные сведения.

Англичанин, по-видимому, оценил деликатность мэра, поклонился, вышел и походкой истого британца направился на указанную ему улицу.

Господин де Бовиль сидел у себя в кабинете. Англичанин, увидев его, сделал удивленное движение, словно не в первый раз встречался с инспектором. Но господин де Бовиль был в таком отчаянии, что все его умственные способности явно поглощала одна-единственная мысль, не позволявшая ни его памяти, ни его воображению блуждать в прошлом. Англичанин с обычной для его нации флегматичностью задал ему почти слово в слово тот же вопрос, что и марсельскому мэру.

— Ах, сударь! — воскликнул г-н де Бовиль. — К несчастью, ваши опасения вполне основательны, и вы видите перед собой человека, доведенного до отчаяния. У господина Морреля находилось в обороте двести тысяч франков моих денег; эти двести тысяч составляли приданое моей дочери, которую я намерен был выдать замуж через две недели. Эти двести тысяч он обязан был уплатить мне в два срока: пятнадцатого числа этого месяца и пятнадцатого числа следующего. Я уведомил господина Морреля, что желаю непременно получить эти деньги в назначенный срок, и, представьте, не далее как полчаса тому назад он приходил ко мне, чтобы сказать, что если его корабль «Фараон» не придет к пятнадцатому числу, то он будет лишен возможности уплатить мне деньги.

— Это весьма похоже на отсрочку платежа, — сказал англичанин.

— Скажите лучше, что это похоже на банкротство! — воскликнул г-н Бовиль, хватаясь за голову.

Англичанин подумал, потом сказал:

— Так что, эти долговые обязательства внушают вам некоторые опасения?

— Я попросту считаю их безнадежными.

— Я покупаю их у вас.

— Вы?

— Да, я.

— Но, вероятно, с огромной скидкой?

— Нет, за двести тысяч франков; наш торговый дом, — прибавил англичанин смеясь, — не занимается подобными сделками.

— И вы заплатите мне…

— Наличными деньгами.

И англичанин вынул из кармана пачку ассигнаций, представляющих, должно быть, сумму вдвое больше той, которую г-н де Бовиль боялся потерять.

Радость озарила лицо г-на де Бовиля; однако он взял себя в руки и сказал:

— Милостивый государь, я должен вас предупредить, что, по всей вероятности, вы не получите и шести процентов с этой суммы.

— Это меня не касается, — отвечал англичанин, — это дело банкирского дома Томсон и Френч, от имени которого я действую. Может быть, в его интересах ускорить разорение конкурирующей фирмы. Как бы то ни было, я готов отсчитать вам сейчас же эту сумму под вашу передаточную надпись; но только я желал бы получить с вас куртаж.

— Да, разумеется! Это более чем справедливое желание! — воскликнул г-н де Бовиль. — Куртаж составляет обыкновенно полтора процента; хотите два? три? пять? хотите больше? Говорите!

— Милостивый государь, — возразил, смеясь, англичанин, — я — как моя фирма; я не занимаюсь такого рода делами; я желал бы получить куртаж совсем другого рода.

— Говорите, я вас слушаю.
— Вы инспектор тюрем?
— Уже пятнадцатый год.
— У вас ведутся тюремные списки?
— Разумеется.
— В этих списках, вероятно, есть отметки, касающиеся заключенных?
— О каждом заключенном имеется особое дело.
— Так вот, милостивый государь, в Риме у меня был воспитатель, некий аббат, который вдруг исчез. Впоследствии я узнал, что он содержался в замке Иф, и я желал бы получить некоторые сведения о его смерти.
— Как его звали?
— Аббат Фариа.
— О, я отлично помню его, — воскликнул г-н де Бовиль, — он был сумасшедший.
— Да, так я слышал.
— Он несомненно был сумасшедший.
— Возможно; а в чем выражалось его сумасшествие?
— Он утверждал, что знает про какой-то клад, про несметные сокровища, и предлагал правительству огромные суммы за свою свободу.
— Бедняга! И он умер?
— Да, с полгода тому назад, в феврале.
— У вас превосходная память.
— Я помню это потому, что смерть аббата сопровождалась весьма странными обстоятельствами.
— Могу ли я узнать, что это за обстоятельства? — спросил англичанин с выражением любопытства, которое вдумчивый наблюдатель с удивлением заметил бы на его бесстрастном лице.
— Пожалуйста; камера аббата находилась футах в пятидесяти от другой, в которой содержался бывший бонапартистский агент, один из тех, кто наиболее способствовал возвращению узурпатора в тысяча восемьсот пятнадцатом году, человек чрезвычайно решительный и чрезвычайно опасный.
— В самом деле? — сказал англичанин.
— Да, — отвечал г-н де Бовиль, — я имел случай лично видеть этого человека в тысяча восемьсот шестнадцатом или в тысяча восемьсот семнадцатом году; к нему в камеру спускались не иначе, как со взводом солдат; этот человек произвел на меня сильное впечатление; я никогда не забуду его лица.
На губах англичанина мелькнула улыбка.
— И вы говорите, — сказал он, — что эти две камеры…
— Были отделены одна от другой пространством в пятьдесят футов. Но, по-видимому, этот Эдмон Дантес…
— Этого опасного человека звали…
— Эдмон Дантес. Да, сударь, по-видимому, этот Эдмон Дантес раздобыл инструменты или сам сделал их, потому что был обнаружен проход, посредством которого заключенные общались друг с другом.
— Этот проход был вырыт, вероятно, для того чтобы бежать?
— Разумеется; но на их беду с аббатом Фариа случился каталептический припадок, и он умер.
— Понимаю; и это сделало побег невозможным.
— Для мертвого — да, — отвечал г-н де Бовиль, — но не для живого. Напротив, Дантес увидел в этом средство ускорить свой побег. Он, должно быть, думал, что заключенных, умирающих в замке Иф, хоронят на обыкновенном кладбище; он перенес покойника в свою камеру, влез вместо него в мешок, в который того зашили, и стал ждать минуты погребения.

— Это было смелое предприятие, доказывающее известную храбрость, — заметил англичанин.

— Я уже сказал вам, что это был очень опасный человек; к счастью, он сам избавил правительство от беспокойства на его счет.

— Каким образом?

— Неужели вы не понимаете?

— Нет.

— В замке Иф нет кладбища; умерших просто бросают в море, привязав к их ногам тридцатишестифунтовое ядро.

— Ну и что же?.. — с туповатым видом сказал англичанин.

— Вот и ему привязали к ногам тридцатишестифунтовое ядро и бросили в море.

— Да что вы! — воскликнул англичанин.

— Да, сударь, — продолжал инспектор. — Можете себе представить, каково было удивление беглеца, когда он почувствовал, что его бросают со скалы. Желал бы я видеть его лицо в ту минуту.

— Это было бы трудно.

— Все равно, — сказал г-н де Бовиль, которого уверенность, что он вернет свои двести тысяч франков, привела в отличное расположение духа, — все равно, я представляю его себе! — И он громко захохотал.

— И я также, — сказал англичанин.

И он тоже начал смеяться одними кончиками губ, как смеются англичане.

— Итак, — продолжал англичанин, первый вернувший себе хладнокровие, — итак, беглец пошел ко дну.

— Как ключ.

— И комендант замка Иф разом избавился и от сумасшедшего и от бешеного?

— Вот именно.

— Но об этом происшествии, по всей вероятности, составлен акт? — спросил англичанин.

— Да, да, свидетельство о смерти. Вы понимаете, родственники Дантеса, если у него таковые имеются, могут быть заинтересованы в том, чтобы удостовериться, жив он или умер.

— Так что теперь они могут быть спокойны, если ждут после него наследства. Он погиб безвозвратно?

— Еще бы! И им выдадут свидетельство, как только они пожелают.

— Мир праху его, — сказал англичанин, — но вернемся к спискам.

— Вы правы. Мой рассказ вас отвлек. Прошу прощения.

— За что же? За рассказ? Помилуйте, он показался мне весьма любопытным.

— Он и в самом деле любопытен. Итак, вы желаете видеть все, что касается вашего бедного аббата; он-то был сама кротость.

— Вы очень меня обяжете.

— Пройдемте в мою контору, и я вам все покажу.

И они отправились в контору де Бовиля.

Инспектор сказал правду: все было в образцовом порядке; каждая ведомость имела свой номер; каждое дело лежало на своем месте. Инспектор усадил англичанина в свое кресло и подал ему папку, относящуюся к замку Иф, предоставив ему свободно рыться в ней, а сам уселся в угол и занялся чтением газеты.

Англичанин без труда отыскал бумаги, касающиеся аббата Фариа; но, по-видимому, случай, рассказанный ему де Бовилем, живо заинтересовал его; ибо, пробежав глазами эти бумаги, он продолжал перелистывать дело, пока не дошел до документов об Эдмоне Дантесе. Тут он нашел все на своем месте: донос, протокол допроса, прошение Морреля с пометкой де Вильфора. Он украдкой сложил донос, спрятал его в карман, прочитал протокол допроса и увидел, что имя Нуартье там не упоминалось; пробежал прошение от 10 апреля 1815 года, в котором Моррель, по совету помощника королевского прокурора, с наилучшими намерениями – ибо в то время на престоле был Наполеон, – преувеличивал услуги, оказанные Дантесом делу Империи, что подтверждалось подписью Вильфора. Тогда он понял все. Это прошение на имя Наполеона, сохраненное Вильфором, при второй реставрации стало грозным оружием в руках королевского прокурора. Поэтому он не удивился, увидев в ведомости нижеследующее примечание:

Эдмон Дантес

Отъявленный бонапартист; принимал деятельное участие в возвращении узурпатора с острова Эльба.
Соблюдать строжайшую тайну, держать под неослабным надзором.

Под этими строками было приписано другой рукой:

«Ничего нельзя сделать».

Сравнив почерк примечания с почерком пометки на прошении Морреля, он убедился, что примечание писано той же самой рукой, что и пометка, то есть рукой Вильфора.

Что же касается приписки, сопровождавшей примечание, то англичанин понял, что она сделана тюремным инспектором, который принял мимолетное участие в судьбе Дантеса, но ввиду указанного примечания был лишен возможности чем-либо проявить это участие.

Господин де Бовиль, как мы уже сказали, из учтивости и чтобы не мешать воспитаннику аббата Фариа в его розысках, сидел в углу и читал «Белое знамя».

Поэтому он и не видел, как англичанин сложил и спрятал в карман донос, написанный Дангларом в беседке «Резерва» и снабженный штемпелем марсельской почты, удостоверяющим, что он вынут из ящика 27 февраля в 6 часов вечера.

Впрочем, если бы он и заметил, то не показал бы виду, ибо придавал слишком мало значения этой бумажке и слишком много значения своим двумстам тысячам франков, чтобы помешать англичанину, хотя его поступок и нарушал все правила.

— Благодарю вас, — сказал англичанин, с шумом захлопывая папку. — Я нашел все, что мне нужно. Теперь моя очередь исполнить свое обещание; сделайте просто передаточную надпись, удостоверьте в ней, что получили сумму сполна, и я тотчас же ее вам отсчитаю.

И он уступил свое место за письменным столом де Бовилю, который сел, не чинясь, и поспешно сделал требуемую надпись, между тем как англичанин на краю стола отсчитывал кредитные билеты.

VIII. Торговый дом Моррель

Если бы кто-нибудь из знавших торговый дом Моррель на несколько лет уехал из Марселя и возвратился в описываемое нами время, то он нашел бы большую перемену.

Вместо оживления, довольства и счастья, которые, так сказать, излучает благоденствующий торговый дом; вместо веселых лиц, мелькающих за оконными занавесками; вместо хлопотливых конторщиков, бегающих по коридорам, заложив за ухо перо; вместо двора, заваленного всевозможными тюками и оглашаемого хохотом и криком носильщиков, – он застал бы атмосферу заброшенности и безлюдья. Из множества служащих, когда-то населявших контору, в пустынных коридорах и на опустелом дворе осталось только двое: молодой человек, лет двадцати трех, по имени Эмманюель Эрбо, влюбленный в дочь г-на Морреля и вопреки настояниям родителей не покинувший фирму, и бывший помощник казначея, кривой на один глаз и прозванный Коклесом;[16] это прозвище ему дала молодежь, некогда наполнявшая этот огромный, шумный улей, теперь почти необитаемый, причем оно столь прочно заменило его настоящее имя, что он, вероятно, даже не оглянулся бы, если бы кто-нибудь окликнул его по имени.

Коклес остался на службе у г-на Морреля, и в положении этого честного малого произошла своеобразная перемена; он в одно и то же время возвысился до чина казначея и опустился до звания слуги.

Но, несмотря ни на что, он остался все тем же Коклесом – добрым, усердным, преданным, но непреклонным во всем, что касалось арифметики, единственного вопроса, в котором он готов был восстать против целого света, даже против самого г-на Морреля; он верил только таблице умножения, которую знал назубок, как бы ее ни выворачивали и как бы ни старались его сбить.

Среди всеобщего уныния, в которое погрузился дом Морреля, один только Коклес остался невозмутим. Но не нужно думать, что эта невозмутимость проистекала от недостатка привязанности; напротив того, она была следствием непоколебимого доверия. Как крысы заранее бегут с обреченного корабля, пока он еще не снялся с якоря, так и весь сонм служащих и конторщиков, земное благополучие которых зависело от фирмы арматора, мало-помалу, как мы уже говорили, покинул контору и склады; но Коклес, видя всеобщее бегство, даже не задумался над тем, чем оно вызвано; для него все сводилось к цифрам, а так как за свою двадцатилетнюю службу в торговом доме Моррель он привык видеть, что платежи производятся с неизменной точностью, то он не допускал мысли, что этому может настать конец и что эти платежи могут прекратиться, подобно тому как мельник, чья мельница приводится в движение силой течения большой реки, не может себе представить, чтобы эта река могла вдруг остановиться. И в самом деле до сих пор ничто еще не поколебало уверенности Коклеса. Последний месячный платеж совершился с непогрешимой точностью. Коклес нашел ошибку в семьдесят сантимов, сделанную г-ном Моррелем себе в убыток, и в тот же день представил ему эти переплаченные четырнадцать су. Г-н Моррель с грустной улыбкой взял их и положил в почти пустой ящик кассы.

– Хорошо, Коклес; вы самый исправный казначей на свете.

И Коклес удалился, как нельзя более довольный, ибо похвала г-на Морреля, самого честного человека в Марселе, была для него приятнее награды в пятьдесят экю.

Но после этого последнего платежа, столь благополучно произведенного, для г-на Морреля настали тяжелые дни; чтобы рассчитаться с кредиторами, он собрал все свои средства и, опасаясь, как бы в Марселе не распространился слух о его разорении, если бы увидели, что он прибегает к таким крайностям, он лично съездил на Бокерскую ярмарку, где продал кое-какие драгоценности, принадлежавшие жене и дочери, и часть своего столового серебра. С помощью этой жертвы на этот раз все обошлось благополучно для торгового дома Моррель; но зато касса совершенно опустела. Кредит,

---

[16] Cocles *(лат.)* – одноглазый: прозвище древнеримского героя Горация Коклеса.

напуганный молвой, отвернулся от него с обычным своим эгоизмом; и, чтобы уплатить г-ну де Бовилю пятнадцатого числа текущего месяца сто тысяч франков, а пятнадцатого числа будущего месяца еще сто тысяч, г-н Моррель мог рассчитывать только на возвращение «Фараона», о выходе которого в море его уведомило судно, одновременно с ним снявшееся с якоря и уже благополучно прибывшее в марсельский порт.

Но это судно, вышедшее, как и «Фараон», из Калькутты, прибыло уже две недели тому назад, между тем как о «Фараоне» не было никаких вестей.

Таково было положение дел, когда поверенный римского банкирского дома Томсон и Френч на другой день после своего посещения г-на де Бовиля явился к г-ну Моррелю.

Его принял Эммануэль. Молодой человек, которого пугало всякое новое лицо, ибо оно означало нового кредитора, обеспокоенного слухами и пришедшего к главе фирмы за справками, хотел избавить своего патрона от неприятной беседы; он начал расспрашивать посетителя; но тот заявил, что ничего не имеет сказать г-ну Эммануэлю и желает говорить лично с г-ном Моррелем.

Эммануэль со вздохом позвал Коклеса. Коклес явился, и молодой человек велел ему провести незнакомца к г-ну Моррелю.

Коклес пошел вперед; незнакомец следовал за ним. На лестнице они встретили прелестную молодую девушку лет шестнадцати – семнадцати, с беспокойством взглянувшую на незнакомца.

Коклес не заметил этого выражения ее лица, но от незнакомца оно, по-видимому, не ускользнуло.

– Господин Моррель у себя в кабинете, мадемуазель Жюли? – спросил казначей.

– Да, вероятно, – отвечала неуверенно молодая девушка. – Загляните туда, Коклес, и, если отец там, доложите ему о посетителе.

– Докладывать обо мне было бы бесполезно, – сказал англичанин. – Господин Моррель не знает моего имени; достаточно сказать, что я старший агент фирмы Томсон и Френч, с которой торговый дом вашего батюшки состоит в сношениях.

Молодая девушка побледнела и стала спускаться с лестницы, между тем как Коклес и незнакомец поднялись наверх.

Жюли вошла в контору, где занимался Эммануэль; а Коклес с помощью имевшегося у него ключа, что свидетельствовало о его свободном доступе к хозяину, отворил дверь в углу площадки третьего этажа, впустил незнакомца в переднюю, отворил затем другую дверь, прикрыл ее за собой, оставив посланца фирмы Томсон и Френч на минуту одного, и вскоре снова появился, делая ему знак, что он может войти.

Англичанин вошел; г-н Моррель сидел за письменным столом и, бледный от волнения, с ужасом смотрел на столбцы своего пассива.

Увидев незнакомца, г-н Моррель закрыл счетную книгу, встал, подал ему стул; потом, когда незнакомец сел, опустился в свое кресло.

За эти четырнадцать лет достойный негоциант сильно переменился; в начале нашего рассказа ему было тридцать шесть лет, а теперь он приближался к пятидесяти. Волосы его поседели; заботы избороздили морщинами лоб; самый его взгляд, прежде столь твердый и решительный, стал тусклым и неуверенным, словно боялся остановиться на какой-нибудь мысли или на чьем-нибудь лице.

Англичанин смотрел на него с любопытством, явно смешанным с участием.

– Милостивый государь, – сказал г-н Моррель, смущение которого увеличивалось от этого пристального взгляда, – вы желали говорить со мной?

– Да, сударь. Вам известно, от чьего имени я явился?

— От имени банкирского дома Томсон и Френч; так по крайней мере сказал мне мой казначей.

— Совершенно верно. Банкирский дом Томсон и Френч в течение ближайших двух месяцев должен уплатить во Франции от трехсот до четырехсот тысяч франков; зная вашу строгую точность в платежах, он собрал все какие мог обязательства за вашей подписью и поручил мне, по мере истечения сроков этих обязательств, получать по ним с вас причитающиеся суммы и расходовать их.

Моррель, тяжело вздохнув, провел рукой по влажному лбу.

— Итак, — спросил Моррель, — у вас имеются векселя за моей подписью?

— Да, и притом на довольно значительную сумму.

— А на какую именно? — спросил Моррель, стараясь говорить ровным голосом.

— Во-первых, — сказал англичанин, вынимая из кармана сверток бумаг, — вот передаточная надпись на двести тысяч франков, сделанная на вашу фирму господином де Бовилем, инспектором тюрем. Вы признаете этот долг господину де Бовилю?

— Да, он поместил у меня эту сумму из четырех с половиной процентов пять лет тому назад.

— И вы должны возвратить их ему…

— Одну половину пятнадцатого числа этого месяца, а другую — пятнадцатого числа будущего.

— Совершенно верно. Затем вот еще векселя на тридцать две тысячи пятьсот франков, которым срок в конце этого месяца. Они подписаны вами и переданы нам предъявителями.

— Я признаю их, — сказал Моррель, краснея от стыда при мысли, что, быть может, он первый раз в жизни будет не в состоянии уплатить по своим обязательствам. — Это все?

— Нет, сударь; у меня есть еще векселя, срок которым истекает в конце будущего месяца, переданные нам торговым домом Паскаль и торговым домом Уайлд и Тэрнер, на сумму около пятидесяти пяти тысяч франков; всего двести восемьдесят семь тысяч пятьсот франков.

Несчастный Моррель в продолжение этого исчисления терпел все муки ада.

— Двести восемьдесят семь тысяч пятьсот франков, — повторил он машинально.

— Да, сударь, — отвечал англичанин. — Однако, — продолжал он после некоторого молчания, — я не скрою от вас, господин Моррель, что при всем уважении к вашей честности, до сих пор не подвергавшейся ни малейшему упреку, в Марселе носится слух, что вы скоро окажетесь несостоятельным.

При таком почти грубом заявлении Моррель страшно побледнел.

— Милостивый государь, — сказал он, — до сих пор — а уже прошло больше двадцати четырех лет с того дня, как мой отец передал мне нашу фирму, которую он сам возглавлял в продолжение тридцати пяти лет, — до сих пор ни одно представленное в мою кассу обязательство за подписью «Моррель и Сын» не осталось неоплаченным.

— Да, я это знаю, — отвечал англичанин, — но будем говорить откровенно, как подобает честным людям. Скажите: можете вы заплатить и по этим обязательствам с такой же точностью?

Моррель вздрогнул, но с твердостью посмотрел в лицо собеседнику.

— На такой откровенный вопрос должно и отвечать откровенно, — сказал он. — Да, сударь, я заплачу по ним, если, как я надеюсь, мой корабль благополучно прибудет, потому что его прибытие вернет мне кредит, которого меня лишили постигшие меня неудачи; но если «Фараон», моя последняя надежда, потерпит крушение...

Глаза несчастного арматора наполнились слезами.

– Итак, – сказал англичанин, – если эта последняя надежда вас обманет?..

– Тогда, – продолжал Моррель, – как ни тяжело это выговорить... но, привыкнув к несчастью, я должен привыкнуть и к стыду... тогда, вероятно, я буду вынужден прекратить платежи.

– Разве у вас нет друзей, которые могли бы вам помочь?

Моррель печально улыбнулся:

– В делах, сударь, не бывает друзей, вы это знаете; есть только корреспонденты.

– Это правда, – прошептал англичанин. – Итак, у вас остается только одна надежда?

– Только одна.

– Последняя?

– Последняя.

– И если эта надежда вас обманет...

– Я погиб, безвозвратно погиб.

– Когда я шел к вам, то какой-то корабль входил в порт.

– Знаю, сударь; один из моих служащих, оставшийся мне верным в моем несчастье, проводит целые дни в бельведере, на крыше дома, в надежде, что первый принесет мне радостную весть. Он уведомил меня о прибытии корабля.

– И это не ваш корабль?

– Нет, это «Жиронда», корабль из Бордо. Он также пришел из Индии; но это не мой.

– Может быть, он знает, где «Фараон», и привез вам какое-нибудь известие о нем?

– Признаться вам? Я почти столь же страшусь вестей о моем корабле, как неизвестности. Неизвестность – все-таки надежда. – Помолчав, г-н Моррель прибавил глухим голосом: – Такое опоздание непонятно; «Фараон» вышел из Калькутты пятого февраля; уже больше месяца, как ему пора быть здесь.

– Что это, – вдруг сказал англичанин, прислушиваясь, – что это за шум?

– Боже мой! Боже мой! – побледнев, как смерть, воскликнул Моррель. – Что еще случилось?

С лестницы в самом деле доносился громкий шум; люди бегали взад и вперед; раздался даже чей-то жалобный вопль.

Моррель встал было, чтобы отворить дверь, но силы изменили ему, и он снова опустился в кресло.

Они остались сидеть друг против друга, Моррель – дрожа всем телом, незнакомец – глядя на него с выражением глубокого сострадания. Шум прекратился, но Моррель, видимо, ждал чего-то: этот шум имел свою причину, которая должна была открыться.

Незнакомцу показалось, что кто-то тихо поднимается по лестнице и что на площадке остановилось несколько человек.

Потом он услышал, как в замок первой двери вставили ключ и как она заскрипела на петлях.

– Только у двоих есть ключ от этой двери, – прошептал Моррель, – у Коклеса и Жюли.

В ту же минуту отворилась вторая дверь, и на пороге показалась Жюли, бледная и в слезах.

Моррель встал, дрожа всем телом, и оперся на ручку кресла, чтобы не упасть. Он хотел заговорить, но голос изменил ему.

– Отец, – сказала девушка, умоляюще сложив руки, – простите вашей дочери, что она приносит вам дурную весть!

Моррель страшно побледнел; Жюли бросилась в его объятия.

— Отец, отец! – сказала она. – Не теряйте мужества!

— «Фараон» погиб? – спросил Моррель сдавленным голосом.

Жюли ничего не ответила, но утвердительно кивнула головой, склоненной на грудь отца.

— А экипаж? – спросил Моррель.

— Спасен, – сказала Жюли, – спасен бордоским кораблем, который только что вошел в порт.

Моррель поднял руки к небу с непередаваемым выражением смирения и благодарности.

— Благодарю тебя, боже! – сказал он. – Ты поразил одного меня!

Как ни хладнокровен был англичанин, у него на глаза навернулись слезы.

— Войдите, – сказал Моррель, – войдите; я догадываюсь, что вы все за дверью.

Едва он произнес эти слова, как, рыдая, вошла госпожа Моррель; за нею следовал Эмманюель. В глубине, в передней, видны были суровые лица семи-восьми матросов, истерзанных и полунагих. При виде этих людей англичанин вздрогнул. Он, казалось, хотел подойти к ним, но сдержался и, напротив, отошел в самый темный и отдаленный угол кабинета.

Госпожа Моррель села в кресло и взяла руку мужа в свои, а Жюли по-прежнему стояла, склонив голову на грудь отца. Эмманюель остался посреди комнаты, служа как бы звеном между семейством Моррель и матросами, столпившимися в дверях.

— Как это случилось? – спросил Моррель.

— Подойдите, Пенелон, – сказал Эмманюель, – и расскажите.

Старый матрос, загоревший до черноты под тропическим солнцем, подошел, вертя в руках обрывки шляпы.

— Здравствуйте, господин Моррель, – сказал он, как будто бы только вчера покинул Марсель и возвратился из поездки в Экс или Тулон.

— Здравствуйте, друг мой, – сказал хозяин, невольно улыбнувшись сквозь слезы, – но где же капитан?

— Что до капитана, господин Моррель, то он захворал и остался в Пальме; но, с божьей помощью, он скоро поправится, и через несколько дней он будет здоров, как мы с вами.

— Хорошо… Теперь рассказывайте, Пенелон, – сказал г-н Моррель.

Пенелон передвинул жвачку справа налево, прикрыл рот рукой, отвернулся, выпустил в переднюю длинную струю черноватой слюны, выставил ногу вперед, и, покачиваясь, начал:

— Так вот, господин Моррель, шли мы этак между мысом Бланко и мысом Бояодор и под юго-западным ветром, после того как целую неделю проштилевали; и вдруг капитан Гомар подходит ко мне (а я, надобно сказать, был на руле) и говорит мне:

«Дядя Пенелон, что вы думаете об этих облаках, которые поднимаются там на горизонте?»

А я уж и сам глядел на них.

«Что я о них думаю, капитан? Думаю, что они подымаются чуточку быстрее, чем полагается, и что они больно уж черны для облаков, не замышляющих ничего дурного».

«Я такого же мнения, – сказал капитан, – и на всякий случай приму меры предосторожности. Мы слишком много несем парусов для такого ветра, какой сейчас подует… Эй, вы! Бом-брамсель и бом-кливер долой!»

И пора было: не успели исполнить команду, как ветер налетел, и корабль начало кренить.

«Все еще много парусов, – сказал капитан. – Грот на гитовы!»

Через пять минут грот был взят на гитовы, и мы шли под

фоком, марселями и брамселями.

«Ну что, дядя Пенелон, – сказал мне капитан, – что вы качаете головой?»

«А то, что на вашем месте я велел бы убрать еще».

«Ты, пожалуй, прав, старик, – сказал он, – будет свежий ветер».

«Ну, знаете, капитан, – отвечаю я ему, – про свежий ветер забудьте, это шторм, и здоровый шторм, если я в этом что-нибудь смыслю!»

Надо вам сказать, что ветер летел на нас, как пыль на большой дороге. К счастью, наш капитан знает свое дело.

«Взять два рифа у марселей! – крикнул капитан. – Трави булиня, брасопить к ветру, марселя долой, подтянуть тали на реях!»

– Этого недостаточно под теми широтами, – внезапно сказал англичанин. – Я взял бы четыре рифа и убрал бы фок.

Услышав этот твердый и звучный голос, все вздрогнули. Пенелон заслонил рукой глаза и посмотрел на того, кто так смело критиковал распоряжения его капитана.

– Мы сделали еще больше, сударь, – сказал старый моряк с некоторым почтением, – мы взяли на гитовы контрбизань и повернули через фордевинд, чтобы идти вместе с бурей. Десять минут спустя мы взяли на гитовы марселя и пошли под одними снастями.

– Корабль был слишком старый, чтобы так рисковать, – сказал англичанин.

– Вот то-то! Это нас и погубило. После двенадцатичасовой трепки, от которой чертям бы тошно стало, открылась течь.

«Пенелон, – говорит капитан, – сдается мне, мы идем ко дну; дай мне руль, старина, и ступай в трюм».

Я отдал ему руль, схожу вниз; там было уже три фута воды; я на палубу, кричу: «Выкачивай!» Какое там! Уже было поздно. Принялись за работу; но чем больше мы выкачивали, тем больше ее прибывало.

«Нет, знаете, – говорю я, промаявшись четыре часа, – тонуть так тонуть, двум смертям не бывать, одной не миновать!»

«Так-то ты подаешь пример, дядя Пенелон? – сказал капитан. – Ну, погоди же!»

И он пошел в свою каюту и принес пару пистолетов.

«Первому, кто бросит помпу, – сказал он, – я раздроблю череп!»

– Правильно, – сказал англичанин.

– Ничто так не придает храбрости, как дельное слово, – продолжал моряк, – тем более что погода успела проясниться и ветер стих; но вода прибывала – не слишком сильно, каких-нибудь дюйма на два в час, но все же прибывала. Два дюйма в час – оно как будто и пустяки, но за двенадцать часов это составит по меньшей мере двадцать четыре дюйма, а двадцать четыре дюйма составляют два фута. Два фута да три, которые мы уже раньше имели, составят пять. А когда у корабля пять футов воды в брюхе, то можно сказать, что у него водянка.

«Ну, – сказал капитан, – теперь довольно, и господин Моррель не может упрекнуть нас ни в чем: мы сделали все, что могли, для спасения корабля; теперь надо спасать людей. Спускай шлюпку, ребята, и поторапливайтесь!»

– Послушайте, господин Моррель, – продолжал Пенелон, – мы очень любили «Фараона», но как бы моряк ни любил свой корабль, он еще больше любит свою шкуру; а потому мы и не заставили просить себя дважды; к тому же корабль так жалобно скрипел и, казалось, говорил нам: «Да убирайтесь поскорее!» И бедный «Фараон» говорил правду. Мы чувствовали, как он погружается у нас под ногами. Словом, в один миг шлюпка была спущена, и мы, все восемь, уже сидели в ней.

Капитан сошел последний, или, вернее сказать, он не сошел, потому что не хотел оставить корабль; это я схватил его в охапку и бросил товарищам, после чего и сам соскочил. И в самое время. Едва успел я соскочить, как палуба треснула с таким шумом, как будто дали залп с сорокавосьмипушечного корабля.

Через десять минут он клюнул носом, потом кормой, потом начал вертеться на месте, как собака, которая ловит свой хвост. А потом, будьте здоровы! Фью! Кончено дело, и нет «Фараона»!

А что до нас, то мы три дня не пили и не ели, так что уже поговаривали о том, не кинуть ли жребий, кому из нас кормить остальных, как вдруг увидели «Жиронду»; подали ей сигналы; она нас заметила, поворотила к нам, выслала шлюпку и подобрала нас. Вот как было дело, господин Моррель, верьте слову моряка! Так, товарищи?

Ропот одобрения показал, что рассказчик заслужил всеобщую похвалу правдивым изложением сути дела и картинным описанием подробностей.

— Хорошо, друзья мои, — сказал г-н Моррель, — вы славные ребята, и я заранее знал, что в постигшем меня несчастье виновата только моя злая судьба. Здесь воля божия, а не вина людей. Покоримся же воле божией. Теперь скажите мне, сколько вам следует жалованья.

— Полноте, господин Моррель, об этом не будем говорить!

— Напротив, поговорим об этом, — сказал арматор с печальной улыбкой.

— Нам, стало быть, следует за три месяца... — сказал Пенелон.

— Коклес, выдайте им по двести франков. В другое время, — продолжал г-н Моррель, — я сказал бы: дайте им по двести франков наградных; но сейчас плохие времена, друзья мои, и те крохи, которые у меня остались, принадлежат не мне. Поэтому простите меня и не осуждайте.

Пенелон скорчил жалостливую гримасу, обернулся к товарищам, о чем-то с ними посовещался и снова обратился к хозяину.

— Значит, это самое, господин Моррель, — сказал он, перекладывая жвачку за другую щеку и выпуская в переднюю новую струю слюны под стать первой, — это самое, которое...

— Что?

— Деньги...

— Ну и что же?

— Так товарищи говорят, господин Моррель, что им пока хватит по пятидесяти франков и что с остальным они подождут.

— Благодарю вас, друзья мои, благодарю! — сказал г-н Моррель, тронутый до глубины души. — Вы все славные люди; но все-таки возьмите деньги. И если найдете другую службу, то нанимайтесь. Вы свободны.

Эти последние слова произвели на честных моряков ошеломляющее впечатление. Они испуганно переглянулись. У Пенелона захватило дух, и он едва не проглотил свою жвачку; к счастью, он вовремя схватился рукой за горло.

— Как, господин Моррель? — сказал он сдавленным голосом. — Вы нас увольняете? Мы вам не угодили?

— Нет, друзья мои, — отвечал арматор, — нет, наоборот, я очень доволен вами. Я не увольняю вас. Но что же делать? Кораблей у меня больше нет, и матросов мне не нужно.

— Как нет больше кораблей? — сказал Пенелон. — Ну так велите выстроить новые; мы подождем. Слава богу, мы привыкли штилевать.

— У меня нет больше денег на постройку кораблей, Пенелон, — сказал арматор с печальной улыбкой, — и я не могу принять вашего предложения, как оно ни лестно для меня.

— А если у вас нет денег, тогда не нужно нам платить. Мы сделаем, как наш бедный «Фараон», и пойдем под одними снастями, вот и все!

— Довольно, довольно, друзья мои! – сказал Моррель, задыхаясь от волнения. – Идите, прошу вас. Увидимся в лучшие времена. Эммануэль, – прибавил он, – ступайте с ними и присмотрите за тем, чтобы мое распоряжение было в точности исполнено.

— Но только мы не прощаемся, господин Моррель, мы скажем «до свидания», ладно? – сказал Пенелон.

— Да, друзья мои, надеюсь, что так. Ступайте.

Он сделал знак Коклесу, и тот пошел вперед; моряки последовали за казначеем, а Эммануэль вышел после всех.

— Теперь, – сказал арматор своей жене и дочери, – оставьте меня на минуту; мне нужно поговорить с этим господином.

И он указал глазами на поверенного дома Томсон и Френч, который в продолжение всей сцены стоял неподвижно в углу и участвовал в ней только несколькими вышеприведенными словами. Обе женщины взглянули на незнакомца, про которого они совершенно забыли, и удалились. Но Жюли, обернувшись в дверях, бросила на него трогательно умоляющий взгляд, и тот отвечал на него улыбкой, которую странно было видеть на этом ледяном лице. Мужчины остались одни.

— Ну вот, – сказал Моррель, опускаясь в кресло, – вы всё видели, всё слышали, мне нечего добавить.

— Я видел, – сказал англичанин, – что вас постигло новое несчастье, столь же незаслуженное, как и прежние, и это еще более утвердило меня в моем желании быть вам полезным.

— Ах, сударь! – сказал Моррель.

— Послушайте, – продолжал незнакомец. – Ведь я один из главных ваших кредиторов, не правда ли?

— Во всяком случае, в ваших руках обязательства, сроки которых истекают раньше всех.

— Вы желали бы получить отсрочку?

— Отсрочка могла бы спасти мою честь, а следовательно, и жизнь.

— Сколько вам нужно времени?

Моррель задумался.

— Два месяца, – сказал он.

— Хорошо, – сказал незнакомец, – я даю вам три.

— Но уверены ли вы, что фирма Томсон и Френч…

— Будьте спокойны, я беру все на свою ответственность. У нас сегодня пятое июня?

— Да.

— Так вот, перепишите мне все эти векселя на пятое сентября, и пятого сентября в одиннадцать часов утра (стрелки стенных часов показывали ровно одиннадцать) я явлюсь к вам.

— Я буду вас ожидать, – сказал Моррель, – и вы получите деньги, или меня не будет в живых.

Последние слова были сказаны так тихо, что незнакомец не расслышал их.

Векселя были переписаны, старые разорваны, и бедный арматор получил по крайней мере три месяца передышки, чтобы собрать свои последние средства.

Англичанин принял изъявления его благодарности с флегматичностью, свойственной его нации, и простился с Моррелем, который проводил его до дверей, осыпая благословениями.

На лестнице он встретил Жюли.

Она притворилась, что спускается по лестнице, но на самом

деле она поджидала его.

— Ах, сударь! — сказала она, умоляюще сложив руки.

— Мадемуазель, — сказал незнакомец, — вы вскоре получите письмо, подписанное... Синдбад-мореход... Исполните в точности все, что будет сказано в этом письме, каким бы странным оно вам ни показалось.

— Хорошо, — ответила Жюли.

— Обещаете вы мне это сделать?

— Клянусь вам!

— Хорошо. Прощайте, мадемуазель. Будьте всегда такой же доброй и любящей дочерью, и я надеюсь, что бог наградит вас, дав вам Эмманюеля в мужья.

Жюли тихо вскрикнула, покраснела, как вишня, и схватилась за перила, чтобы не упасть. Незнакомец продолжал свой путь, сделав ей рукою прощальный знак.

Во дворе он встретил Пенелона, державшего в каждой руке по свертку в сто франков и словно не решавшегося унести их.

— Пойдемте, друг мой, — сказал ему англичанин, — мне нужно поговорить с вами.

IX. Пятое сентября

Отсрочка, данная Моррелю поверенным банкирского дома Томсон и Френч в ту минуту, когда он меньше всего ее ожидал, показалась несчастному арматору одним из тех возвратов счастья, которые возвещают человеку, что судьба наконец устала преследовать его. В тот же день он все рассказал своей дочери, жене и Эмманюелю, и некоторая надежда, если и не успокоение, вернулась в дом. Но, к сожалению, Моррель имел дело не только с фирмой Томсон и Френч, проявившей по отношению к нему такую предупредительность. В торговых делах, как он сказал, есть корреспонденты, но нет друзей. В глубине души он недоумевал, думая о великодушном поступке фирмы Томсон и Френч; он объяснял его только разумно эгоистическим рассуждением: лучше поддержать человека, который нам должен около трехсот тысяч франков, и получить эти деньги через три месяца, нежели ускорить его разорение и получить шесть или восемь процентов.

К сожалению, по злобе или по безрассудству все остальные кредиторы Морреля размышляли не так, а иные даже наоборот. А потому векселя, подписанные Моррелем, были представлены в его кассу в установленный срок и благодаря отсрочке, данной англичанином, были немедленно оплачены Коклесом. Таким образом, Коклес пребывал по-прежнему в своем безмятежном спокойствии. Один только г-н Моррель с ужасом видел, что если бы ему пришлось заплатить пятнадцатого числа сто тысяч франков де Бовилю, а тридцатого числа тридцать две тысячи пятьсот франков по другим, тоже отсроченным векселям, то он бы погиб уже в этом месяце.

Все марсельские негоцианты были того мнения, что Моррель не выдержит свалившихся на него неудач. А потому велико было всеобщее удивление, когда он с обычной точностью произвел июньскую оплату векселей. Однако несмотря на это, к нему продолжали относиться недоверчиво и единодушно отложили банкротство несчастного арматора до конца следующего месяца.

Весь июль Моррель прилагал нечеловеческие усилия, чтобы собрать нужную сумму. Бывало, его обязательства на какой бы то ни было срок принимались с полным доверием и были даже в большом спросе. Моррель попытался выдать трехмесячные векселя, но ни один банк их не принял. К счастью, сам Моррель рассчитывал на кое-какие поступления; эти поступления состоялись; таким образом, к концу месяца Моррель опять удовлетворил кредиторов.

Поверенного фирмы Томсон и Френч в Марселе больше не видели; он исчез на другой или на третий день после своего посещения г-на Морреля; а так как в Марселе он имел дело только с мэром, инспектором тюрем и арматором, то его мимолетное пребывание в этом городе не оставило иных следов, кроме тех несходных воспоминаний, которые сохранили о нем эти трое. Что касается матросов с «Фараона», то они, по-видимому, нанялись на другую службу, потому что тоже исчезли.

Капитан Гомар, поправившись после болезни, задержавшей его в Пальме, возвратился в Марсель. Он не решался явиться к г-ну Моррелю; но тот, узнав о его приезде, сам отправился к нему. Честному арматору было уже известно со слов Пенелона о мужественном поведении капитана во время кораблекрушения, и он сам старался утешить его. Он принес ему полностью его жалованье, за которым капитан Гомар не решился бы прийти.

Выходя от него, г-н Моррель столкнулся на лестнице с Пенелоном, который, по-видимому, хорошо распорядился полученными деньгами, ибо был одет во все новое. Увидев арматора, честный рулевой пришел в большое замешательство. Он забился в самый дальний угол площадки, переложил свою жвачку сначала справа налево, потом слева направо, испуганно вытаращил глаза и ответил только робким пожатием на дружелюбное, как всегда, рукопожатие г-на Морреля. Г-н Моррель приписал замешательство Пенелона его щегольскому наряду; вероятно, старый матрос не за свой счет пустился на такую роскошь; очевидно, он уже нанялся на какой-нибудь другой корабль и стыдился того, что так скоро, если можно так выразиться, снял траур по «Фараону». Быть может даже, он явился к капитану Гомару поделиться с ним своей удачей и передать ему предложение от имени своего нового хозяина.

– Славные люди! – сказал, удаляясь, Моррель. – Дай бог, чтобы ваш новый хозяин любил вас так же, как я, и оказался счастливее меня.

Август месяц протек в беспрестанных попытках Морреля восстановить свой прежний кредит или же открыть себе новый. Двадцатого августа в Марселе стало известно, что он купил себе место в почтовой карете, и все тотчас же решили, что Моррель объявит себя несостоятельным в конце месяца и нарочно уезжает, чтобы не присутствовать при этом печальном обряде, который он, вероятно, препоручил своему старшему приказчику Эмманюэлю и казначею Коклесу. Но, вопреки всем ожиданиям, когда наступило 31 августа, касса открылась, как всегда. Коклес сидел за решеткой невозмутимо, как «праведный муж» Горация, рассматривал с обычным вниманием предъявляемые ему векселя и с обычной своей точностью оплатил их от первого до последнего. Пришлось даже, как предвидел г-н Моррель, погасить два чужих обязательства, и по ним Коклес уплатил с той же аккуратностью, как и по личным векселям арматора. Никто ничего не понимал, и всякий с упрямством, свойственным предсказателям печальных событий, откладывал объявление несостоятельности до конца сентября.

Первого сентября Моррель вернулся. Все семейство с большой тревогой ожидало его; от этого путешествия в Париж зависела последняя возможность спасения. Моррель вспомнил о Дангларе, ставшем миллионером и когда-то обязанном ему, потому что именно по его рекомендации Данглар поступил на службу к испанскому банкиру, с которой и началось его быстрое обогащение. По слухам, Данглар владел шестью или восемью миллионами и неограниченным кредитом. Данглар, не вынимая ни одного червонца из кармана, мог выручить Морреля. Ему стоило только поручиться за него, и Моррель был бы спасен. Моррель давно уже думал о Данглape; но из-за какого-то безотчетного отвращения Моррель до последней минуты медлил и не прибегал к этому крайнему средству. И он оказался прав, ибо возвратился домой, подавленный унизительным отказом.

Но, переступив порог своего дома, Моррель не обмолвился ни словом жалобы или упрека; он со слезами обнял жену и дочь, дружески протянул руку Эмманюелю, потом заперся в своем кабинете, в третьем этаже, и потребовал к себе Коклеса.

— На этот раз, — сказали обе женщины Эмманюелю, — мы пропали.

После короткого совещания они решили, что Жюли напишет брату, стоявшему с полком в Ниме, чтобы он немедленно приехал.

Бедные женщины инстинктивно чувствовали, что им нужно собрать все силы, чтобы выдержать грозящий им удар.

К тому же Максимилиан Моррель, хотя ему было только двадцать два года, имел большое влияние на отца.

Это был молодой человек прямого и твердого нрава. Когда ему пришлось избирать род деятельности, отец не захотел принуждать его и предоставил молодому человеку свободный выбор согласно его вкусам и склонностям. Тот заявил, что намерен поступить на военную службу. Порешив на этом, он прилежно занялся науками, выдержал конкурсный экзамен в Политехническую школу и был назначен подпоручиком в 53-й пехотный полк. Он уже около года служил в этом чине и рассчитывал на производство в поручики. В полку Максимилиан Моррель считался строгим исполнителем не только солдатского, но и человеческого долга, и его прозвали «стоиком». Разумеется, многие из тех, кто награждал его этим прозвищем, повторяли его за другими, даже не зная, что оно означает.

Этого-то молодого офицера мать и сестра и призвали на помощь, чтобы он поддержал их в тяжкую минуту, наступление которой они предчувствовали.

Они не ошибались в серьезности положения, ибо через несколько минут после того как г-н Моррель прошел в свой кабинет вместе с Коклесом, Жюли увидела, как казначей выходит оттуда весь бледный и дрожащий, с помутившимся взглядом.

Она хотела остановить его, когда он проходил мимо, и расспросить, но бедный малый, спускаясь с несвойственной ему поспешностью по лестнице, ограничился тем, что, воздев руки к небу, воскликнул:

— Ах, мадемуазель Жюли! Какое горе! И кто бы мог подумать!

Спустя несколько минут он вернулся, неся несколько толстых счетных книг, бумажник и мешок с деньгами.

Моррель просмотрел счетные книги, раскрыл бумажник и пересчитал деньги.

Весь его наличный капитал равнялся восьми тысячам франков; можно было ожидать к пятому сентября поступления еще четырех-пяти тысяч, что составляло в наилучшем случае актив в четырнадцать тысяч франков, в то время как ему нужно было уплатить по долговым обязательствам двести восемьдесят семь тысяч пятьсот франков. Не было никакой возможности предложить такую сумму даже в зачет.

Однако, когда Моррель вышел к обеду, он казался довольно спокойным. Это спокойствие испугало обеих женщин больше, чем самое глубокое уныние.

После обеда Моррель имел обыкновение выходить из дому; он отправлялся в «Клуб фокейцев» выпить чашку кофе за чтением «Семафора»; но на этот раз он не вышел из дому и вернулся к себе в кабинет.

Коклес, тот, по-видимому, совсем растерялся. Большую часть

дня он просидел на камне во дворе, с непокрытой головой, при тридцатиградусной жаре.

Эммануель пытался ободрить г-жу Моррель и Жюли; но дар красноречия изменил ему. Он слишком хорошо знал дела фирмы, чтобы не предвидеть, что семье Моррель грозит страшная катастрофа.

Наступила ночь. Ни г-жа Моррель, ни Жюли не ложились спать, надеясь, что Моррель, выйдя из кабинета, зайдет к ним. Но они слышали, как он, крадучись, чтобы его не окликнули, прошел мимо их двери.

Они прислушались, но он вошел в свою спальню и запер за собой дверь.

Госпожа Моррель велела дочери лечь спать; потом, через полчаса после того как Жюли ушла, она встала, сняла башмаки и тихо вышла в коридор, чтобы подсмотреть в замочную скважину, что делает муж.

В коридоре она заметила удаляющуюся тень. Это была Жюли, которая, также снедаемая беспокойством, опередила свою мать.

Молодая девушка подошла к г-же Моррель.

– Он пишет, – сказала она.

Обе женщины без слов поняли друг друга.

Госпожа Моррель наклонилась к замочной скважине. Моррель писал; но госпожа Моррель заметила то, чего не заметила ее дочь: муж писал на гербовой бумаге.

Тогда она поняла, что он пишет завещание; она задрожала всем телом, но все же нашла в себе силы ничего не сказать Жюли.

На другой день г-н Моррель казался совершенно спокойным. Он, как всегда, занимался в конторе, как всегда, вышел к завтраку. Только после обеда он посадил свою дочь возле себя, взял обеими руками ее голову и крепко прижал к груди.

Вечером Жюли сказала матери, что хотя отец ее казался спокойным, но сердце у него сильно стучало.

Два следующих дня прошли в такой же тревоге. Четвертого сентября вечером Моррель потребовал, чтобы дочь вернула ему ключ от кабинета.

Жюли вздрогнула – это требование показалось ей зловещим. Зачем отец отнимал у нее ключ, который всегда был у нее и который у нее в детстве отбирали только в наказание?

Она просительно взглянула на г-на Морреля.

– Чем я провинилась, отец, – сказала она, – что вы отбираете у меня этот ключ?

– Ничем, дитя мое, – отвечал несчастный Моррель, у которого этот простодушный вопрос вызвал слезы на глазах, – ничем, просто он мне нужен.

Жюли притворилась, что ищет ключ.

– Я, должно быть, оставила его у себя в комнате, – сказала она.

Она вышла из комнаты, но вместо того чтобы идти к себе, она побежала советоваться с Эммануелем.

– Не отдавайте ключа, – сказал он ей, – и завтра утром по возможности не оставляйте отца одного.

Она пыталась расспросить Эммануеля, но он ничего не знал или ничего не хотел говорить.

Всю ночь с четвертого на пятое сентября г-жа Моррель прислушивалась к движениям мужа за стеной. До трех часов утра она слышала, как он взволнованно шагал взад и вперед по комнате.

Только в три часа он бросился на кровать.

Мать и дочь провели ночь вместе. Еще с вечера они ждали Максимилиана.

В восемь часов утра г-н Моррель пришел к ним в комнату. Он был спокоен, но следы бессонной ночи запечатлелись на его бледном, осунувшемся лице.

Они не решились спросить его, хорошо ли он спал.

Моррель был ласковее и нежнее с женой и дочерью, чем когда бы то ни было; он не мог наглядеться на Жюли и долго целовал ее.

Жюли вспомнила совет Эммануэля и хотела проводить отца, но он ласково остановил ее и сказал:

– Останься с матерью.

Жюли настаивала.

– Я требую этого! – сказал Моррель.

В первый раз Моррель говорил дочери: «Я требую»; но он сказал это голосом, полным такой отеческой нежности, что Жюли не посмела двинуться с места.

Она осталась стоять молча и не шевелясь. Вскоре дверь снова открылась, чьи-то руки обняли ее и чьи-то губы прильнули к ее лбу.

Она подняла глаза и вскрикнула от радости.

– Максимилиан! Брат! – воскликнула она.

На этот возглас прибежала г-жа Моррель и бросилась в объятия сына.

– Матушка! – сказал Максимилиан, переводя глаза с матери на сестру. – Что случилось? Ваше письмо испугало меня, и я поспешил приехать.

– Жюли, – сказала г-жа Моррель, – скажи отцу, что приехал Максимилиан.

Жюли выбежала из комнаты, но на первой ступеньке встретила человека с письмом в руке.

– Вы мадемуазель Жюли Моррель? – спросил посланец с сильным итальянским акцентом.

– Да, сударь, это я, – пролепетала Жюли. – Но что вам от меня угодно? Я вас не знаю.

– Прочтите это письмо, – сказал итальянец, подавая записку.

Жюли была в нерешительности.

– Дело идет о спасении вашего отца, – сказал посланный.

Жюли выхватила у него из рук письмо.

Быстро распечатав его, она прочла:

«Ступайте немедленно в Мельянские аллеи, войдите в дом № 15, спросите у привратника ключ от комнаты в пятом этаже, войдите в эту комнату, возьмите на камине красный шелковый кошелек и отнесите этот кошелек вашему отцу.

Необходимо, чтобы он его получил до одиннадцати часов утра.

Вы обещали слепо повиноваться мне; напоминаю вам о вашем обещании.

Синдбад-мореход».

Молодая девушка радостно вскрикнула, подняла глаза и стала искать человека, принесшего ей записку, чтобы расспросить его; но он исчез.

Она принялась перечитывать письмо и заметила приписку. Она прочла:

«Необходимо, чтобы вы исполнили это поручение лично и одни; если вы придете с кем-нибудь или если кто-нибудь придет вместо вас, привратник ответит, что он не понимает, о чем идет речь».

Эта приписка сразу охладила радость молодой девушки. Не угрожает ли ей беда? Нет ли тут ловушки? Она была так невинна, что не знала, какой именно опасности может подвергнуться девушка ее лет; но не нужно знать опасности, чтобы бояться ее; напротив, именно неведомая опасность внушает наибольший страх.

Жюли колебалась; она решила спросить совета.

И по какому-то необъяснимому побуждению пошла искать помощи не к матери и не к брату, а к Эммануэлю.

Она спустилась вниз, рассказала ему, что случилось в тот день, когда к отцу ее явился посланный банкирского дома Томсон и Френч, рассказала про сцену на лестнице, про данное ею обещание и показала письмо.

– Вы должны идти, – сказал Эмманюель.

– Идти туда? – прошептала Жюли.

– Да, я вас провожу.

– Но ведь вы читали, что я должна быть одна?

– Вы и будете одна, – отвечал Эмманюель, – я подожду вас на углу Музейной улицы; если вы задержитесь слишком долго, я пойду следом за вами – и горе тому, на кого вы мне пожалуетесь!

– Так вы думаете, Эмманюель, – нерешительно сказала девушка, – что я должна последовать этому приглашению?

– Да. Ведь сказал же вам посланный, что дело идет о спасении вашего отца?

– Спасение от чего, Эмманюель? Что ему грозит? – спросила Жюли.

Эмманюель колебался, но желание укрепить решимость Жюли одержало верх.

– Сегодня пятое сентября, – сказал он.

– Да.

– Сегодня в одиннадцать часов ваш отец должен заплатить около трехсот тысяч франков.

– Да, мы это знаем.

– А в кассе у него нет и пятнадцати тысяч, – сказал Эмманюель.

– Что же будет?

– Если сегодня в одиннадцать часов ваш отец не найдет никого, кто пришел бы ему на помощь, то в полдень он должен объявить себя банкротом.

– Идемте, идемте скорей! – взволнованно воскликнула Жюли, увлекая за собой Эмманюеля.

Тем временем г-жа Моррель все рассказала сыну.

Максимилиан знал, что вследствие несчастий, одно за другим постигших его отца, в образе жизни его семьи произошли значительные перемены, но не знал, что дела дошли до такого отчаянного положения.

Неожиданный удар, казалось, сразил его.

Потом он вдруг бросился из комнаты, взбежал по лестнице, надеясь найти отца в кабинете, и стал стучать в дверь.

В эту минуту открылась дверь внизу; он обернулся и увидел отца. Вместо того чтобы прямо подняться в кабинет, г-н Моррель прошел сначала в свою комнату и только теперь из нее выходил.

Господин Моррель, увидев сына, вскрикнул от удивления; он не знал о его приезде. Он застыл на месте, прижимая левым локтем какой-то предмет, спрятанный под сюртуком.

Максимилиан быстро спустился по лестнице и бросился отцу на шею; но вдруг отступил, упираясь правой рукой в грудь отца.

– Отец, – сказал он, побледнев, как смерть, – зачем у вас под сюртуком пистолеты?

– Вот этого я и боялся… – прошептал Моррель.

– Отец! Ради бога! – воскликнул Максимилиан. – Что значит это оружие?

– Максимилиан, – отвечал Моррель, пристально глядя на сына, – ты мужчина и человек чести; идем ко мне, я тебе все объясню.

И Моррель твердым шагом поднялся в свой кабинет. Максимилиан, шатаясь, шел за ним следом.

Моррель отпер дверь, пропустил сына вперед и запер дверь за ним; потом прошел переднюю, подошел к письменному столу, положил на край пистолеты и указал сыну на раскрытый реестр.

Реестр давал точную картину положения дел.

Через полчаса Моррель должен был заплатить двести восемьдесят семь тысяч пятьсот франков.

В кассе было всего пятнадцать тысяч двести пятьдесят семь франков.

– Читай! – сказал Моррель.

Максимилиан прочел. Он стоял, словно пораженный громом.

Отец не говорил ни слова, – что мог он прибавить к неумолимому приговору цифр?

– И вы сделали все возможное, отец, – спросил наконец Максимилиан, – чтобы предотвратить катастрофу?

– Все, – отвечал Моррель.

– Вы не ждете никаких поступлений?

– Никаких.

– Все средства истощены?

– Все.

– И через полчаса… – мрачно прошептал Максимилиан, – наше имя будет обесчещено!

– Кровь смывает бесчестие, – сказал Моррель.

– Вы правы, отец, я вас понимаю.

Он протянул руку к пистолетам.

– Один для вас, другой для меня, – сказал он. – Благодарю.

Моррель остановил его руку.

– А мать?.. А сестра?.. Кто будет кормить их?

Максимилиан вздрогнул.

– Отец! – сказал он. – Неужели вы хотите, чтобы я жил?

– Да, хочу, – отвечал Моррель, – ибо это твой долг. Максимилиан, у тебя нрав твердый и сильный, ты человек недюжинного ума; я тебя не неволю, не приказываю тебе. Я только говорю: «Обдумай положение, как если бы ты был человек посторонний, и суди сам».

Максимилиан задумался; потом в глазах его сверкнула благородная решимость, но при этом он медленно и с грустью снял с себя эполеты.

– Хорошо, – сказал он, подавая руку Моррелю, – уходите с миром, отец. Я буду жить.

Моррель хотел броситься к ногам сына, но Максимилиан обнял его, и два благородных сердца забились вместе.

– Ты ведь знаешь, что я не виноват? – сказал Моррель.

Максимилиан улыбнулся.

– Я знаю, отец, что вы – честнейший из людей.

– Хорошо, между нами все сказано; теперь ступай к матери и сестре.

– Отец, – сказал молодой человек, опускаясь на колени, – благословите меня.

Моррель взял сына обеими руками за голову, поцеловал его и сказал:

– Благословляю тебя моим именем и именем трех поколений безупречных людей; слушай же, что они говорят тебе моими устами: провидение может снова воздвигнуть здание, разрушенное несчастьем. Видя, какою смертью я погиб, самые черствые люди тебя пожалеют; тебе, может быть, дадут отсрочку, в которой мне отказали бы; тогда сделай все, чтобы позорное слово не было произнесено; возьмись за дело, работай, борись мужественно и пылко; живите как можно скромнее, чтобы день за днем достояние тех, кому я должен, росло и множилось в твоих руках. Помни, какой это будет прекрасный день, великий, торжественный день, когда моя честь будет восстановлена, когда в этой самой конторе ты сможешь сказать: «Мой отец умер, потому что был не в состоянии сделать то, что сегодня сделал я; но он умер спокойно, ибо знал, что я это сделаю».

— Ах, отец, отец, — воскликнул Максимилиан, — если бы вы могли остаться с нами!

— Если я останусь, все будет иначе; если я останусь, участие обратится в недоверие, жалость – в гонение; если я останусь, я буду человеком, нарушившим свое слово, не исполнившим своих обязательств, короче, я буду попросту несостоятельным должником. Если же я умру, Максимилиан, подумай об этом, тело мое будет телом несчастного, но честного человека. Я жив, и лучшие друзья будут избегать моего дома; я мертв, и весь Марсель со слезами провожает меня до последнего приюта. Я жив, и ты стыдишься моего имени; я мертв, и ты гордо поднимаешь голову и говоришь: «Я сын того, кто убил себя, потому что первый раз в жизни был вынужден нарушить свое слово».

Максимилиан горестно застонал, но, по-видимому, покорился судьбе. И на этот раз если не сердцем, то умом он согласился с доводами отца.

— А теперь, — сказал Моррель, — оставь меня одного и постарайся удалить отсюда мать и сестру.

— Вы не хотите еще раз увидеть Жюли? — спросил Максимилиан.

Последняя смутная надежда таилась для него в этом свидании, но Моррель покачал головой.

— Я видел ее утром, — сказал он, — и простился с нею.

— Нет ли у вас еще поручений, отец? — спросил Максимилиан глухим голосом.

— Да, сын мой, есть одно, священное.

— Говорите, отец.

— Банкирский дом Томсон и Френч – единственный, который из человеколюбия или, быть может, из эгоизма, — не мне читать в людских сердцах, — сжалился надо мною. Его поверенный, который через десять минут придет сюда получать деньги по векселю в двести восемьдесят семь тысяч пятьсот франков, не предоставил, а сам предложил мне три месяца отсрочки. Пусть эта фирма первой получит то, что ей следует, сын мой, пусть этот человек будет для тебя священен.

— Да, отец, — сказал Максимилиан.

— А теперь, еще раз прости, — сказал Моррель. — Ступай, ступай, мне нужно побыть одному; мое завещание ты найдешь в ящике стола в моей спальне.

Максимилиан стоял неподвижно; он хотел уйти, но не мог.

— Иди, Максимилиан, — сказал отец, — предположи, что я солдат, как и ты, что я получил приказ занять редут, и ты знаешь, что я буду убит; неужели ты не сказал бы мне, как сказал сейчас: «Идите, отец, иначе вас ждет бесчестье, лучше смерть, чем позор!»

— Да, — сказал Максимилиан, — да.

Он судорожно сжал старика в объятиях.

— Идите, отец, — сказал он.

И выбежал из кабинета.

Моррель, оставшись один, некоторое время стоял неподвижно, глядя на закрывшуюся за сыном дверь; потом протянул руку, нашел шнурок от звонка и позвонил.

Вошел Коклес. За эти три дня он стал неузнаваем. Мысль, что фирма Моррель прекратит платежи, состарила его на двадцать лет.

— Коклес, друг мой, — сказал Моррель, — ты побудешь в передней. Когда придет этот господин, который был здесь три месяца тому назад, — ты знаешь, поверенный фирмы Томсон и Френч, — ты доложишь о нем.

Коклес, ничего не ответив, кивнул головой, вышел в переднюю и сел на стул.

Моррель упал в кресло. Он взглянул на стенные часы: оставалось семь минут. Стрелка бежала с неимоверной быстротой; ему казалось, что он видит, как она подвигается.

Что происходило в эти последние минуты в душе несчастного, который, повинуясь убеждению, быть может, ложному, но казавшемуся ему правильным, готовился во цвете лет к вечной разлуке со всем, что он любил, и расставался с жизнью, даривший ему все радости семейного счастья, – этого не выразить словами. Чтобы понять это, надо было бы видеть его чело, покрытое каплями пота, но выражавшее покорность судьбе, его глаза, полные слез, но поднятые к небу.

Стрелка часов бежала; пистолеты были заряжены; он протянул руку, взял один из них и прошептал имя дочери.

Потом опять положил смертоносное оружие, взял перо и написал несколько слов. Ему казалось, что он недостаточно нежно простился со своей любимицей.

Потом он опять повернулся к часам; теперь он считал уж не минуты, а секунды.

Он снова взял в руки оружие, полуоткрыл рот и вперил глаза в часовую стрелку; он взвел курок и невольно вздрогнул, услышав щелканье затвора.

В этот миг пот ручьями заструился по его лицу, смертная тоска сжала ему сердце: внизу лестницы скрипнула дверь.

Потом отворилась дверь кабинета.

Стрелка часов приближалась к одиннадцати.

Моррель не обернулся; он ждал, что Коклес сейчас доложит ему: «Поверенный фирмы Томсон и Френч». И он поднес пистолет ко рту...

За его спиной раздался громкий крик; то был голос его дочери. Он обернулся и увидел Жюли; пистолет выпал у него из рук.

– Отец! – закричала она, едва дыша от усталости и счастья. – Вы спасены! Спасены!

И она бросилась в его объятия, подымая в руке красный шелковый кошелек.

– Спасен, дитя мое? – воскликнул Моррель. – Кем или чем?

– Да, спасены! Вот, смотрите, смотрите! – кричала Жюли.

Моррель взял кошелек и вздрогнул: он смутно припомнил, что этот кошелек когда-то принадлежал ему.

В одном из его углов лежал вексель на двести восемьдесят семь тысяч пятьсот франков.

Вексель был погашен.

В другом – алмаз величиною с орех со следующей надписью, сделанной на клочке пергамента:

Приданое Жюли.

Моррель провел рукой по лбу: ему казалось, что он грезит.

Часы начали бить одиннадцать.

Каждый удар отзывался в нем так, как если бы стальной молоточек стучал по его собственному сердцу.

– Постой, дитя мое, – сказал он, – объясни мне, что произошло. Где ты нашла этот кошелек?

– В доме номер пятнадцать, в Мельянских аллеях, на камине, в убогой каморке на пятом этаже.

– Но этот кошелек принадлежит не тебе! – воскликнул Моррель.

Жюли подала отцу письмо, полученное ею утром.

– И ты ходила туда одна? – спросил Моррель, прочитав письмо.

– Меня провожал Эмманюель. Он обещал подождать меня на

углу Музейной улицы; но странно, когда я вышла, его уже не было.

— Господин Моррель! — раздалось на лестнице. — Господин Моррель!

— Это он! — сказала Жюли.

В ту же минуту вбежал Эмманюель, не помня себя от радости и волнения.

— «Фараон»! — крикнул он. — «Фараон»!

— Как «Фараон»? Вы не в своем уме, Эмманюель? Вы же знаете, что он погиб.

— «Фараон», господин Моррель! Отдан сигнал, «Фараон» входит в порт.

Моррель упал в кресло; силы изменили ему; ум отказывался воспринять эти невероятные, неслыханные, баснословные вести.

Но дверь отворилась, и в комнату вошел Максимилиан.

— Отец, — сказал он, — как же вы говорили, что «Фараон» затонул? Со сторожевой башни дан сигнал, что он входит в порт.

— Друзья мои, — сказал Моррель, — если это так, то это божье чудо! Но это невозможно, невозможно!

Однако то, что он держал в руках, было не менее невероятно: кошелек с погашенным векселем и сверкающим алмазом.

— Господин Моррель, — сказал явившийся в свою очередь Коклес, — что это значит? «Фараон»!

— Пойдем, друзья мои, — сказал Моррель, вставая, — пойдем посмотрим; и да сжалится над нами бог, если это ложная весть.

Они вышли и на лестнице встретили г-жу Моррель. Несчастная женщина не смела подняться наверх.

Через несколько минут они уже были на улице Каннебьер.

На пристани толпился народ.

Толпа расступилась перед Моррелем.

— «Фараон»! «Фараон»! — кричали все.

В самом деле, на глазах у толпы совершалось неслыханное чудо: против башни Св. Иоанна корабль, на корме которого белыми буквами было написано «Фараон» («Моррель и Сын», Марсель), в точности такой же, как прежний «Фараон», и так же груженный кошенилью и индиго, бросал якорь и убирал паруса. На палубе распоряжался капитан Гомар, а Пенелон делал знаки г-ну Моррелю. Сомнений больше не было: Моррель, его семья, его служащие видели это своими глазами, и то же видели глаза десяти тысяч человек.

Когда Моррель и его сын обнялись тут же на молу, под радостные клики всего города, незаметный свидетель этого чуда, с лицом, до половины закрытым черной бородой, умиленно смотревший из-за караульной будки на эту сцену, прошептал:

— Будь счастлив, благородный человек; будь благословен за все то добро, которое ты сделал и которое еще сделаешь; и пусть моя благодарность останется в тайне, как и твои благодеяния.

Со счастливой, растроганной улыбкой на устах он покинул свое убежище и, не привлекая ничьего внимания, ибо все были поглощены событием дня, спустился по одной из лесенок причала и три раза крикнул:

— Джакопо! Джакопо! Джакопо!

К нему подошла шлюпка, взяла его на борт и подвезла к богато оснащенной яхте, на которую он взобрался с легкостью моряка; отсюда он еще раз взглянул на Морреля, который со слезами радости дружески пожимал протянутые со всех сторон руки и затуманенным взором благодарил невидимого благодетеля, которого словно искал на небесах.

— А теперь, — сказал незнакомец, — прощай человеколюбие, благодарность... Прощайте все чувства, утешающие сердце!.. Я заменил провидение, вознаграждая добрых... Теперь пусть бог мщения уступит мне место, чтобы я покарал злых!

С этими словами он подал знак, и яхта, которая, видимо, только этого и дожидалась, тотчас же вышла в море.

X. Италия. Синдбад-мореход

В начале 1838 года во Флоренции жили двое молодых людей, принадлежавших к лучшему парижскому обществу: виконт Альбер де Морсер и барон Франц д'Эпине. Они условились провести карнавал в Риме, где Франц, живший в Италии уже четвертый год, должен был служить Альберу в качестве чичероне.

Провести карнавал в Риме дело нешуточное, особенно если не хочешь ночевать под открытым небом на Пьяцца-дель-Пополо или на Кампо-Ваччино, а потому они написали маэстро Пастрини, хозяину гостиницы «Лондон» на Пьяцца-ди-Спанья, чтобы он оставил для них хороший номер.

Маэстро Пастрини ответил, что может предоставить им только две спальни и приемную al secondo piano,[17] каковые и предлагает за умеренную мзду, по луидору в день. Молодые люди выразили согласие; Альбер, чтобы не терять времени, оставшегося до карнавала, отправился в Неаполь, а Франц остался во Флоренции.

Насладившись жизнью города прославленных Медичи, нагулявшись в раю, который зовут Кашина, узнав гостеприимство могущественных вельмож, хозяев Флоренции, он, уже зная Корсику, колыбель Бонапарта, задумал посетить перепутье Наполеона – остров Эльба.

И вот однажды вечером он велел отвязать парусную лодку от железного кольца, приковывавшего ее к ливорнской пристани, лег на дно, закутавшись в плащ, и сказал матросам только три слова: «На остров Эльба». Лодка, словно морская птица, вылетающая из гнезда, вынеслась в открытое море и на другой день высадила Франца в Порто-Феррайо.

Франц пересек остров императора, идя по следам, запечатленным поступью гиганта, и в Марчане снова пустился в море.

Два часа спустя он опять сошел на берег на острове Пианоза, где, как ему обещали, его ждали тучи красных куропаток. Охота оказалась неудачной. Франц с трудом настрелял несколько тощих птиц и, как всякий охотник, даром потративший время и силы, сел в лодку в довольно дурном расположении духа.

– Если бы ваша милость пожелала, – сказал хозяин лодки, – то можно бы неплохо поохотиться.

– Где же это?

– Видите этот остров? – продолжал хозяин, указывая на юг, на коническую громаду, встающую из темно-синего моря.

– Что это за остров? – спросил Франц.

– Остров Монте-Кристо, – отвечал хозяин.

– Но у меня нет разрешения охотиться на этом острове.

– Разрешения не требуется, остров необитаем.

– Вот так штука! – сказал Франц. – Необитаемый остров в Средиземном море! Это любопытно.

– Ничего удивительного, ваша милость. Весь остров сплошной камень, и клочка плодородной земли не сыщешь.

– А кому он принадлежит?

– Тоскане.

– Какая же там дичь?

– Пропасть диких коз.

―――――

[17] В третьем этаже *(ит.)*.

— Которые питаются тем, что лижут камни, — сказал Франц с недоверчивой улыбкой.

— Нет, они обгладывают вереск, миртовые и мастиковые деревца, растущие в расщелинах.

— А где же я буду спать?

— В пещерах на острове или в лодке, закутавшись в плащ. Впрочем, если ваша милость пожелает, мы можем отчалить сразу после охоты; как изволите знать, мы ходим под парусом и ночью, и днем, а в случае чего можем идти и на веслах.

Так как у Франца было еще достаточно времени до назначенной встречи со своим приятелем, а пристанище в Риме было приготовлено, он принял предложение и решил вознаградить себя за неудачную охоту.

Когда он выразил согласие, матросы начали шептаться между собой.

— О чем это вы? — спросил он. — Есть препятствия?

— Никаких, — отвечал хозяин, — но мы должны предупредить вашу милость, что остров под надзором.

— Что это значит?

— А то, что Монте-Кристо необитаем и там случается укрываться контрабандистам и пиратам с Корсики, Сардинии и из Африки, и если узнают, что мы там побывали, нас в Ливорно шесть дней выдержат в карантине.

— Черт возьми! Это меняет дело. Шесть дней! Ровно столько, сколько понадобилось господу богу, чтобы сотворить мир. Это многовато, друзья мои.

— Да кто же скажет, что ваша милость были на Монте-Кристо?

— Уж, во всяком случае, не я, — воскликнул Франц.

— И не мы, — сказали матросы.

— Ну, так едем на Монте-Кристо!

Хозяин отдал команду. Взяв курс на Монте-Кристо, лодка понеслась стремглав.

Франц подождал, пока сделали поворот, и, когда уже пошли по новому направлению, когда ветер надул парус и все четыре матроса заняли свои места — трое на баке и один на руле, — он возобновил разговор.

— Любезный Гаэтано, — обратился он к хозяину барки, — вы как будто сказали мне, что остров Монте-Кристо служит убежищем для пиратов, а это дичь совсем другого сорта, чем дикие козы.

— Да, ваша милость, так оно и есть.

— Я знал, что существуют контрабандисты, но думал, что со времени взятия Алжира и падения берберийского Регентства пираты бывают только в романах Купера и капитана Марриэта.

— Ваша милость ошибается; с пиратами то же, что с разбойниками, которых папа Лев XII якобы истребил и которые тем не менее ежедневно грабят путешественников у самых застав Рима. Разве вы не слыхали, что полгода тому назад французского поверенного в делах при святейшем престоле ограбили в пятистах шагах от Веллетри?

— Я слышал об этом.

— Если бы ваша милость жили, как мы, в Ливорно, то часто слышали бы, что какое-нибудь судно с товарами или нарядная английская яхта, которую ждали в Бастии, в Порто-Феррайо или в Чивита-Веккии, пропала без вести и что она, по всей вероятности, разбилась об утес. А утес-то — просто низенькая, узкая барка, с шестью или восемью людьми, которые захватили и ограбили ее в темную бурную ночь у какого-нибудь пустынного островка, точь-в-точь как разбойники останавливают и грабят почтовую карету у лесной опушки.

— Однако, — сказал Франц, кутаясь в свой плащ, — почему ограбленные не жалуются? Почему они не призывают на этих пиратов мщения французского, или сардинского, или тосканского правительства?

— Почему? — с улыбкой спросил Гаэтано.

— Да, почему?

— А потому что прежде всего с судна или с яхты все добро переносят на барку; потом экипажу связывают руки и ноги, на шею каждому привязывают двадцатичетырехфунтовое ядро, в киле захваченного судна пробивают дыру величиной с бочонок, возвращаются на палубу, закрывают все люки и переходят на барку. Через десять минут судно начинает всхлипывать, стонать и мало-помалу погружается в воду, сначала одним боком, потом другим. Оно поднимается, потом снова опускается и все глубже и глубже погружается в воду. Вдруг раздается как бы пушечный выстрел — это воздух разбивает палубу. Судно бьется, как утопающий, слабея с каждым движением. Вскорости вода, не находящая себе выхода в переборках судна, вырывается из отверстий, словно какой-нибудь гигантский кашалот пускает из ноздрей водяной фонтан. Наконец, судно испускает предсмертный хрип, еще раз переворачивается и окончательно погружается в пучину, образуя огромную воронку; вначале еще видны круги, потом поверхность выравнивается, и все исчезает; минут пять спустя только божие око может найти на дне моря исчезнувшее судно.

— Теперь вы понимаете, — прибавил хозяин с улыбкой, — почему судно не возвращается в порт и почему экипаж не подает жалобы.

Если бы Гаэтано рассказал все это прежде, чем предложить поохотиться на Монте-Кристо, Франц, вероятно, еще подумал бы, стоит ли пускаться на такую прогулку; но они уже были в пути, и он решил, что идти на попятный значило бы проявить трусость. Это был один из тех людей, которые сами не ищут опасности, но если столкнутся с нею, то смотрят ей в глаза с невозмутимым хладнокровием; это был один из тех людей с твердой волей, для которых опасность не что иное, как противник на дуэли: они предугадывают его движения, измеряют его силы, медлят ровно столько, сколько нужно, чтобы отдышаться и вместе с тем не показаться трусом, и, умея одним взглядом оценить все свои преимущества, убивают с одного удара.

— Я проехал всю Сицилию и Калабрию, — сказал он, — дважды плавал по архипелагу и ни разу не встречал даже тени разбойника или пирата.

— Да я не затем рассказал все это вашей милости, — отвечал Гаэтано, — чтобы вас отговорить, вы изволили спросить меня, и я ответил, только и всего.

— Верно, милейший Гаэтано, и разговор с вами меня очень занимает; мне хочется еще послушать вас, а потому едем на Монте-Кристо.

Между тем они быстро подвигались к цели своего путешествия; ветер был свежий, и лодка шла со скоростью шести или семи миль в час. По мере того как она приближалась к острову, он, казалось, вырастал из моря; в сиянии заката четко вырисовывались, словно ядра в арсенале, нагроможденные друг на друга камни, а в расщелинах утесов краснел вереск и зеленели деревья. Матросы, хотя и не выказывали тревоги, явно были настороже и зорко присматривались к зеркальной глади, по которой они скользили, и озирали горизонт, где мелькали лишь белые паруса рыбачьих лодок, похожие на чаек, качающихся на гребнях волн.

До Монте-Кристо оставалось не больше пятнадцати миль, когда солнце начало спускаться за Корсику, горы которой высились справа, вздымая к небу свои мрачные зубцы; эта каменная громада, подобная гиганту Адамастору, угрожающе вырастала перед лодкой, постепенно заслоняя солнце; мало-помалу сумерки подымались над морем, гоня перед собой прозрачный свет угасающего дня; последние лучи, достигнув вершины скалистого конуса, задержались на мгновение и вспыхнули, как огненный плюмаж вулкана. Наконец тьма, поднимаясь все выше, поглотила вершину, как прежде поглотила подножие, и остров обратился в быстро чернеющую серую глыбу. Полчаса спустя наступила непроглядная тьма.

К счастью, гребцам этот путь был знаком, они вдоль и поперек знали тосканский архипелаг; иначе Франц не без тревоги взирал бы на глубокий мрак, обволакивающий лодку. Корсика исчезла; даже остров Монте-Кристо стал незрим, но матросы видели в темноте, как рыси, и кормчий, сидевший у руля, вел лодку уверенно и твердо.

Прошло около часа после захода солнца, как вдруг Франц заметил налево, на расстоянии четверти мили, какую-то темную груду; но очертания ее были так неясны, что он побоялся насмешить матросов, приняв облако за твердую землю, и предпочел хранить молчание. Вдруг на берегу показался яркий свет; земля могла походить на облако, но огонь несомненно не был метеором.

– Что это за огонь? – спросил Франц.
– Тише! – прошептал хозяин лодки. – Это костер.
– А вы говорили, что остров необитаем!
– Я говорил, что на нем нет постоянных жителей, но я вам сказал, что он служит убежищем для контрабандистов.
– И для пиратов!
– И для пиратов, – повторил Гаэтано, – поэтому я и велел проехать мимо: как видите, костер позади нас.
– Но мне кажется, – сказал Франц, – что костер скорее должен успокоить нас, чем вселить тревогу; если бы люди боялись, что их увидят, то они не развели бы костер.
– Это ничего не значит, – сказал Гаэтано. – Вы в темноте не можете разглядеть положение острова, а то бы вы заметили, что костер нельзя увидеть ни с берега, ни с Пианозы, а только с открытого моря.
– Так, по-вашему, этот костер предвещает нам дурное общество?
– А вот мы узнаем, – отвечал Гаэтано, не спуская глаз с этого земного светила.
– А как вы это узнаете?
– Сейчас увидите.

Гаэтано начал шептаться со своими товарищами, и после пятиминутного совещания лодка бесшумно легла на другой галс и снова пошла в обратном направлении; спустя несколько секунд огонь исчез, скрытый какой-то возвышенностью.

Тогда кормчий повернул руль, и маленькое суденышко заметно приблизилось к острову; вскоре оно очутилось от него в каких-нибудь пятидесяти шагах.

Гаэтано спустил парус, и лодка остановилась. Все это было проделано в полном молчании; впрочем, с той минуты, как лодка повернула, никто не проронил ни слова.

Гаэтано, предложивший эту прогулку, взял всю ответственность на себя. Четверо матросов не сводили с него глаз, держа наготове весла, чтобы в случае чего приналечь и скрыться, воспользовавшись темнотой.

Что касается Франца, то он с известным нам уже хладнокровием осматривал свое оружие; у него были два двуствольных ружья и карабин; он зарядил их, проверил курки и стал ждать.

Тем временем Гаэтано скинул бушлат и рубашку, стянул потуже шаровары, а так как он был босиком, то разуваться ему не пришлось. В таком наряде, или, вернее, без оного, он бросился в воду, предварительно приложив палец к губам, и поплыл к берегу так осторожно, что не было слышно ни малейшего всплеска. Только по светящейся полосе, остававшейся за ним на воде, можно было следить за ним. Скоро и полоса исчезла. Очевидно, Гаэтано доплыл до берега.

Целых полчаса никто на лодке не шевелился; потом от берега протянулась та же светящаяся полоса и стала приближаться. Через минуту, плывя саженками, Гаэтано достиг лодки.

– Ну что? – спросили в один голос Франц и матросы.

– А то, что это испанские контрабандисты; с ними только двое корсиканских разбойников.

– А как эти корсиканские разбойники очутились с испанскими контрабандистами?

– Эх, ваша милость, – сказал Гаэтано тоном истинно христианского милосердия, – надо же помогать друг другу! Разбойникам иногда плохо приходится на суше от жандармов и карабинеров; ну, они и находят на берегу лодку, а в лодке – добрых людей вроде нас. Они просят приюта в наших плавучих домах. Можно ли отказать в помощи бедняге, которого преследуют? Мы его принимаем и для пущей верности выходим в море. Это нам ничего не стоит, а ближнему сохраняет жизнь или, во всяком случае, свободу; когда-нибудь он отплатит нам за услугу, укажет укромное местечко, где можно выгрузить товары в сторонке от любопытных глаз.

– Вот как, друг Гаэтано! – сказал Франц. – Так и вы занимаетесь контрабандой?

– Что поделаешь, ваша милость? – сказал Гаэтано с не поддающейся описанию улыбкой. – Занимаешься всем понемножку; надо же чем-нибудь жить.

– Так эти люди на Монте-Кристо для вас не чужие?

– Пожалуй, что так; мы, моряки, что масоны, – узнаем друг друга по знакам.

– И вы думаете, что мы можем спокойно сойти на берег?

– Уверен; контрабандисты не воры.

– А корсиканские разбойники? – спросил Франц, заранее предусматривая все возможные опасности.

– Не по своей вине они стали разбойниками, – сказал Гаэтано, – в этом виноваты власти.

– Почему?

– А то как же? Их ловят за какое-нибудь мокрое дело, только и всего; как будто корсиканец может не мстить.

– Что вы разумеете под мокрым делом? Убить человека? – спросил Франц.

– Уничтожить врага, – отвечал хозяин, – это совсем другое дело.

– Ну что же, – сказал Франц. – Пойдем просить гостеприимства у контрабандистов и разбойников. А примут они нас?

– Разумеется.

– Сколько их?

– Четверо, ваша милость, и два разбойника; всего шестеро.

– И нас столько же. Если бы эти господа оказались плохо настроены, то силы у нас равные, и, значит, мы можем с ними справиться. Итак, вопрос решен, едем на Монте-Кристо.

– Хорошо, ваша милость, но вы разрешите нам принять еще кое-какие меры предосторожности?

– Разумеется, дорогой мой! Будьте мудры, как Нестор, и хитроумны, как Улисс. Я не только разрешаю вам, я вас об этом очень прошу.

– Хорошо. В таком случае молчание! – сказал Гаэтано.

Все смолкли.

Для человека, как Франц, всегда трезво смотрящего на вещи, положение представлялось если и не опасным, то, во всяком случае, довольно рискованным. Он находился в открытом море, в полной тьме, с незнакомыми моряками, которые не имели никаких причин быть ему преданными, отлично знали, что у него в поясе несколько тысяч франков, и раз десять, если не с завистью, то с любопытством, принимались разглядывать его превосходное оружие. Мало того: в сопровождении этих людей он причаливал к острову, который обладал весьма благочестивым названием, но ввиду присутствия контрабандистов и разбойников не обещал ему иного гостеприимства, чем то, которое ждало Христа на Голгофе; к тому же рассказ о потопленных судах, днем показавшийся ему преувеличенным, теперь, ночью, казался более правдоподобным. Находясь, таким образом, в двойной опасности, быть может и воображаемой, он пристально следил за матросами и не выпускал ружья из рук.

Между тем моряки снова поставили паруса и пошли по пути, уже дважды ими проделанному. Франц, успевший несколько привыкнуть к темноте, различал во мраке гранитную громаду, вдоль которой неслышно шла лодка; наконец, когда лодка обогнула угол какого-то утеса, он увидел костер, горевший еще ярче, чем раньше, и нескольких человек, сидевших вокруг него.

Отблеск огня стлался шагов на сто по морю. Гаэтано прошел мимо освещенного пространства, стараясь все же, чтобы лодка не попала в полосу света; потом, когда она очутилась как раз напротив костра, он повернул ее прямо на огонь и смело вошел в освещенный круг, затянув рыбачью песню, припев которой хором подхватили матросы.

При первом звуке песни люди, сидевшие у костра, встали, подошли к причалу и начали всматриваться в лодку, по-видимому, стараясь распознать ее размеры и угадать ее намерения. Вскоре они, очевидно, удовлетворились осмотром, и все, за исключением одного, оставшегося на берегу, вернулись к костру, на котором жарился целый козленок.

Когда лодка подошла к берегу на расстояние двадцати шагов, человек, стоявший на берегу, вскинул ружье, как часовой при встрече с патрулем, и крикнул на сардском наречии:

– Кто идет?

Франц хладнокровно взвел оба курка.

Гаэтано обменялся с человеком несколькими словами, из которых Франц ничего не понял, хотя речь, по-видимому, шла о нем.

– Вашей милости угодно назвать себя или вы желаете скрыть свое имя? – спросил Гаэтано.

– Мое имя никому ничего не скажет, – отвечал Франц. – Объясните им просто, что я француз и путешествую для своего удовольствия.

Когда Гаэтано передал его ответ, часовой отдал какое-то приказание одному из сидевших у костра, и тот немедленно встал и исчез между утесами.

Все молчали. Каждый, по-видимому, интересовался только своим делом; Франц – высадкой на остров, матросы – парусами, контрабандисты – козленком; но при этой наружной беспечности все исподтишка наблюдали друг за другом.

Ушедший вернулся, но со стороны, противоположной той, в которую он ушел; он кивнул часовому, тот обернулся к лодке и произнес одно слово:

– S'accomodi.

Итальянское s'accomodi непереводимо. Оно означает в одно и

то же время: «Пожалуйте, войдите, милости просим, будьте, как дома, вы здесь хозяин». Это похоже на турецкую фразу Мольера, которая так сильно удивляла мещанина во дворянстве множеством содержащихся в ней понятий.

Матросы не заставили просить себя дважды; в четыре взмаха весел лодка коснулась берега. Гаэтано соскочил на землю, обменялся вполголоса еще несколькими словами с часовым; матросы сошли один за другим; наконец, пришел черед Франца.

Одно свое ружье он повесил через плечо, другое было у Гаэтано; матрос нес карабин. Одет он был с изысканностью щеголя, смешанной с небрежностью художника, что не возбудило в хозяевах никаких подозрений, а стало быть и опасений.

Лодку привязали к берегу и пошли на поиски удобного бивака; но, по-видимому, взятое ими направление не понравилось контрабандисту, наблюдавшему за высадкой, потому что он крикнул Гаэтано:

– Нет, не туда!

Гаэтано пробормотал извинение и, не споря, пошел в противоположную сторону; между тем два матроса зажгли факелы от пламени костра.

Пройдя шагов тридцать, они остановились на площадке, вокруг которой в скалах было вырублено нечто вроде сидений, напоминающих будочки, где можно было караулить сидя. Кругом на узких полосах плодородной земли росли карликовые дубы и густые заросли миртов. Франц опустил факел и, увидев кучки золы, понял, что не он первый оценил удобство этого места и что оно, по-видимому, служило обычным пристанищем для кочующих посетителей острова Монте-Кристо.

Каких-либо необычайных событий он уже не ожидал; как только он ступил на берег и убедился если не в дружеском, то, во всяком случае, равнодушном настроении своих хозяев, его беспокойство рассеялось, и запах козленка, жарившегося на костре, напомнил ему о том, что он голоден.

Он сказал об этом Гаэтано, и тот ответил, что ужин – это самое простое дело, ибо в лодке у них есть хлеб, вино, шесть куропаток, а огонь под рукою.

– Впрочем, – прибавил он, – если вашей милости так понравился запах козленка, то я могу предложить нашим соседям двух куропаток в обмен на кусок жаркого.

– Отлично, Гаэтано, отлично, – сказал Франц, – у вас поистине природный талант вести переговоры.

Тем временем матросы нарвали вереска, наломали зеленых миртовых и дубовых веток и развели довольно внушительный костер.

Франц, впивая запах козленка, с нетерпением ждал возвращения Гаэтано, но тот подошел к нему с весьма озабоченным видом.

– Какие вести? – спросил он. – Они не согласны?

– Напротив, – отвечал Гаэтано. – Атаман, узнав, что вы француз, приглашает вас отужинать с ним.

– Он весьма любезен, – сказал Франц, – и я не вижу причин отказываться, тем более что я вношу свою долю ужина.

– Не в том дело: у него есть чем поужинать, и даже больше чем достаточно, но он может принять вас у себя только при одном очень странном условии.

– Принять у себя? – повторил молодой человек. – Так он выстроил себе дом?

– Нет, но у него есть очень удобное жилье, по крайней мере так уверяют.

– Так вы знаете этого атамана?

— Слыхал о нем.

— Хорошее или дурное?

— И то и се.

— Черт возьми! А какое условие?

— Дать себе завязать глаза и снять повязку, только когда он сам скажет.

Франц старался прочесть по глазам Гаэтано, что кроется за этим предложением.

— Да, да, — отвечал тот, угадывая мысли Франца, — я и сам понимаю, что тут надо поразмыслить.

— А вы как поступили бы на моем месте?

— Мне-то нечего терять; я бы пошел.

— Вы приняли бы приглашение?

— Да, хотя бы только из любопытства.

— У него можно увидеть что-нибудь любопытное?

— Послушайте, — сказал Гаэтано, понижая голос, — не знаю только, правду ли говорят...

Он посмотрел по сторонам, не подслушивает ли кто.

— А что говорят?

— Говорят, что он живет в подземелье, рядом с которым дворец Питти ничего не стоит.

— Вы грезите? – сказал Франц, садясь.

— Нет, не грежу, — настаивал Гаэтано, — это сущая правда. Кама, рулевой «Святого Фердинанда», был там однажды и вышел оттуда совсем оторопелый; он говорит, что такие сокровища бывают только в сказках.

— Вот как! Да знаете ли вы, что такими словами вы заставите меня спуститься в пещеру Али-Бабы?

— Я повторяю вашей милости только то, что сам слышал.

— Так вы советуете мне согласиться?

— Этого я не говорю. Как вашей милости будет угодно. Не смею советовать в подобном случае.

Франц подумал немного, рассудил, что такой богач не станет гнаться за его несколькими тысячами франков, и, видя за всем этим только превосходный ужин, решил идти. Гаэтано пошел передать его ответ.

Но, как мы уже сказали, Франц был предусмотрителен, а потому хотел узнать как можно больше подробностей о своем странном и таинственном хозяине. Он обернулся к матросу, который во время его разговора с Гаэтано ощипывал куропаток с важным видом человека, гордящегося своими обязанностями, и спросил его, на чем прибыли эти люди, когда нигде не видно ни лодки, не сперонары, ни тартаны.

— Это меня не смущает, — отвечал матрос. — Я знаю их судно.

— И хорошее судно?

— Желаю такого же вашей милости, чтобы объехать кругом света.

— А оно большое?

— Да тонн на сто. Впрочем, это судно на любителя, яхта, как говорят англичане, но такая прочная, что выдержит любую непогоду.

— А где оно построено?

— Не знаю; должно быть, в Генуе.

— Каким же образом, — продолжал Франц, — атаман контрабандистов не боится заказывать себе яхту в генуэзском порту?

— Я не говорил, что хозяин яхты контрабандист, — отвечал матрос.

— Но Гаэтано как будто говорил.

— Гаэтано видел экипаж издали и ни с кем из них не разговаривал.

— Но если этот человек не атаман контрабандистов, то кто же он?

— Богатый вельможа и путешествует для своего удовольствия.

«Личность, по-видимому, весьма таинственная, – подумал Франц, – раз суждения о ней столь разноречивы».

— А как его зовут?

— Когда его об этом спрашивают, он отвечает, что его зовут Синдбад-мореход. Но мне сомнительно, чтобы это было его настоящее имя.

— Синдбад-мореход?

— Да.

— А где живет этот вельможа?

— На море.

— Откуда он?

— Не знаю.

— Видали вы его когда-нибудь?

— Случалось.

— Каков он собой?

— Ваша милость, сами увидите.

— А где он меня примет?

— Надо думать, в том самом подземном дворце, о котором говорил вам Гаэтано.

— И вы никогда не пытались проникнуть в этот заколдованный замок?

— Еще бы, ваша милость, – отвечал матрос, – и даже не раз; но все было напрасно; мы обыскали всю пещеру и нигде не нашли даже самого узенького хода. К тому же, говорят, дверь отпирается не ключом, а волшебным словом.

— Положительно, – прошептал Франц, – я попал в сказку из «Тысячи и одной ночи».

— Его милость ждет вас, – произнес за его спиной голос, в котором он узнал голос часового.

Его сопровождали два матроса из экипажа яхты.

Франц вместо ответа вынул из кармана носовой платок и подал его часовому.

Ему молча завязали глаза и весьма тщательно – они явно опасались какого-нибудь обмана с его стороны; после этого ему предложили поклясться, что он ни в коем случае не будет пытаться снять повязку.

Франц поклялся.

Тогда матросы взяли его под руки и повели, а часовой пошел вперед.

Шагов через тридцать, по соблазнительному запаху козленка, он догадался, что его ведут мимо бивака, потом его провели еще шагов пятьдесят, по-видимому, в том направлении, в котором Гаэтано запретили идти; теперь этот запрет стал ему понятен. Вскоре, по изменившемуся воздуху, Франц понял, что вошел в подземелье. После нескольких секунд ходьбы он услышал легкий треск, и на него повеяло благоухающим теплом; наконец, он почувствовал, что ноги его ступают по пышному мягкому ковру; проводники выпустили его руки. Настала тишина, и чей-то голос произнес на безукоризненном французском языке, хоть и с иностранным выговором:

— Милости прошу, теперь вы можете снять повязку.

Разумеется, Франц не заставил просить себя дважды; он снял платок и увидел перед собой человека лет сорока, в тунисском костюме, то есть в красной шапочке с голубой шелковой кисточкой, в черной суконной, сплошь расшитой золотом куртке, в широких ярко-красных шароварах, такого же цвета гетрах, расшитых, как и куртка, золотом, и в желтых туфлях; поясом ему служила богатая кашемировая шаль, за которую был заткнут маленький кривой кинжал.

Несмотря на мертвенную бледность, лицо его поражало красотой; глаза были живые и пронзительные; прямая линия носа, почти сливающаяся со лбом, напоминала о чистоте греческого типа; а зубы, белые, как жемчуг, в обрамлении черных, как смоль, усов, ослепительно сверкали.

Но бледность этого лица была неестественна; словно этот человек долгие годы провел в могиле, и краски жизни уже не могли вернуться к нему.

Он был не очень высок ростом, но хорошо сложен, и, как у всех южан, руки и ноги у него были маленькие.

Но что больше всего поразило Франца, принявшего рассказ Гаэтано за басню, так это роскошь обстановки.

Вся комната была обтянута алым турецким шелком, заткнанным золотыми цветами. В углублении стоял широкий диван, над которым было развешано арабское оружие в золотых ножнах, с рукоятями, усыпанными драгоценными камнями: с потолка спускалась изящная лампа венецианского стекла, а ноги утопали по щиколотку в турецком ковре; дверь, через которую вошел Франц, закрывали занавеси, так же как и вторую дверь, которая вела в соседнюю комнату, по-видимому, ярко освещенную.

Хозяин не мешал Францу дивиться, но сам отвечал осмотром на осмотр и не спускал с него глаз.

— Милостивый государь, — сказал он наконец, — прошу простить меня за предосторожности, с которыми вас ввели ко мне; но этот остров по большей части безлюден, и, если бы кто-нибудь проник в тайну моего обиталища, я, по всей вероятности, при возвращении нашел бы мое жилье в довольно плачевном состоянии, а это было бы мне чрезвычайно досадно не потому, что я горевал бы о понесенном уроне, а потому, что лишился бы возможности по своему желанию предаваться уединению. А теперь я постараюсь загладить эту маленькую неприятность, предложив вам то, что вы едва ли рассчитывали здесь найти, — сносный ужин и удобную постель.

— Помилуйте, — сказал Франц, — к чему извинения? Всем известно, что людям, переступающим порог волшебных замков, завязывают глаза; вспомните Рауля в «Гугенотах»; и, право, я не могу пожаловаться: все, что вы мне показываете, поистине стоит чудес «Тысячи и одной ночи».

— Увы! Я скажу вам, как Лукулл: если бы я знал, что вы сделаете мне честь посетить меня, я приготовился бы к этому. Но как ни скромен мой приют, он в вашем распоряжении; как ни плох мой ужин, я вас прошу его отведать. Али, кушать подано?

В тот же миг занавеси на дверях раздвинулись, и нубиец, черный, как эбеновое дерево, одетый в строгую белую тунику, знаком пригласил хозяина в столовую.

— Не знаю, согласитесь ли вы со мной, — сказал незнакомец Францу, — но для меня нет ничего несноснее, как часами сидеть за столом друг против друга и не знать, как величать своего собеседника. Прошу заметить, что, уважая права гостеприимства, я не спрашиваю вас ни о вашем имени, ни о звании, я только хотел бы знать, как вам угодно, чтобы я к вам обращался. Чтобы со своей стороны не стеснять вас, я вам скажу, что меня обыкновенно называют Синдбад-мореход.

— А мне, — отвечал Франц, — чтобы быть в положении Аладдина, не хватает только его знаменитой лампы, и потому я не вижу никаких препятствий к тому, чтобы называться сегодня Аладдином. Таким образом мы останемся в царстве Востока, куда, по-видимому, меня перенесли чары какого-то доброго духа.

— Итак, любезный Аладдин, — сказал таинственный хозяин, — вы слышали, что ужин подан. Поэтому прошу вас пройти в столовую; ваш покорнейший слуга пойдет вперед, чтобы показать вам дорогу.

И Синдбад, приподняв занавес, пошел впереди своего гостя.

Восхищение Франца все росло: ужин был сервирован с изысканной роскошью. Убедившись в этом важном обстоятельстве, он начал осматриваться. Столовая была не менее великолепна, чем гостиная, которую он только что покинул; она была вся из мрамора, с ценнейшими античными барельефами; в обоих концах продолговатой залы стояли прекрасные статуи с корзинами на головах. В корзинах пирамидами лежали самые редкостные плоды: сицилийские ананасы, малагские гранаты, балеарские апельсины, французские персики и тунисские финики.

Ужин состоял из жареного фазана, окруженного корсиканскими дроздами, заливного кабаньего окорока, жареного козленка под соусом тартар, великолепного тюрбо и гигантского лангуста. Между большими блюдами стояли тарелки с закусками. Блюда были серебряные, тарелки из японского фарфора.

Франц протирал глаза – ему казалось, что все это сон. Али прислуживал один и отлично справлялся со своими обязанностями. Гость с похвалой отозвался о нем.

– Да, – отвечал хозяин, со светской непринужденностью угощая Франца, – бедняга мне очень предан и очень старателен. Он помнит, что я спас ему жизнь, а так как он, по-видимому, дорожил своей головой, то он благодарен мне за то, что я ее сохранил ему.

Али подошел к своему хозяину, взял его руку и поцеловал.

– Не будет ли нескромностью с моей стороны, – сказал Франц, – если я спрошу, при каких обстоятельствах вы совершили это доброе дело?

– Это очень просто, – отвечал хозяин. – По-видимому, этот плут прогуливался около сераля тунисского бея ближе, чем это позволительно чернокожему; ввиду чего бей приказал отрезать ему язык, руку и голову: в первый день – язык, во второй – руку, а в третий – голову. Мне всегда хотелось иметь немого слугу; я подождал, пока ему отрезали язык, и предложил бею променять его на чудесное двуствольное ружье, которое накануне, как мне показалось, очень понравилось его высочеству. Он колебался: так хотелось ему покончить с этим несчастным. Но я прибавил к ружью английский охотничий нож, которым я перерубил ятаган его высочества; тогда бей согласился оставить бедняге руку и голову, но с тем условием, чтобы его ноги больше не было в Тунисе. Напутствие было излишне. Чуть только этот басурман издали увидит берега Африки, как он тотчас же забирается в самую глубину трюма, и его не выманить оттуда до тех пор, пока третья часть света не скроется из виду.

Франц задумался, не зная, как истолковать жестокое добродушие, с которым хозяин рассказал ему это происшествие.

– Значит, подобно благородному моряку, имя которого вы носите, – сказал он, чтобы переменить разговор, – вы проводите жизнь в путешествиях?

– Да. Это обет, который я дал в те времена, когда отнюдь не думал, что буду когда-нибудь иметь возможность выполнить его, – отвечал, улыбаясь, незнакомец. – Я дал еще несколько обетов и надеюсь в свое время выполнить их тоже.

Хотя Синдбад произнес эти слова с величайшим хладнокровием, в его глазах мелькнуло выражение жестокой ненависти.

– Вы, должно быть, много страдали? – спросил Франц.

Синдбад вздрогнул и пристально посмотрел на него.

– Что вас навело на такую мысль? – спросил он.

– Все, – отвечал Франц, – ваш голос, взгляд, ваша бледность, самая жизнь, которую вы ведете.

— Я? Я веду самую счастливую жизнь, какая только может быть на земле, — жизнь паши. Я владыка мира; если мне понравится какое-нибудь место, я там остаюсь; если соскучусь, уезжаю; я свободен, как птица; у меня крылья, как у нее; люди, которые меня окружают, повинуются мне по первому знаку. Иногда я развлекаюсь тем, что издеваюсь над людским правосудием, похищая у него разбойника, которого оно ищет, или преступника, которого оно преследует. А кроме того, у меня есть собственное правосудие, всех инстанций, без отсрочек и апелляций, которое осуждает и оправдывает и в которое никто не вмешивается. Если бы вы вкусили моей жизни, то не захотели бы иной и никогда не возвратились бы в мир, разве только ради какого-нибудь сокровенного замысла.

— Мщения, например! — сказал Франц.

Незнакомец бросил на Франца один из тех взглядов, которые проникают до самого дна ума и сердца.

— Почему именно мщения? — спросил он.

— Потому что, — возразил Франц, — вы кажетесь мне человеком, который подвергается гонению общества и готовится свести с ним какие-то страшные счеты.

— Ошибаетесь, — сказал Синдбад и рассмеялся своим странным смехом, обнажавшим острые белые зубы, — я своего рода филантроп и, может быть, когда-нибудь отправлюсь в Париж и вступлю в соперничество с господином Аппером и с Человеком в синем плаще.[18]

— И это будет ваше первое путешествие в Париж?

— Увы, да! Я не слишком любопытен, не правда ли? Но уверяю вас, не я тому виной; время для этого еще придет.

— И скоро вы думаете быть в Париже?

— Сам не знаю, все зависит от стечения обстоятельств.

— Я хотел бы там быть в одно время с вами и постараться, насколько это будет в моих силах, отплатить вам за гостеприимство, которое вы так широко оказываете мне на Монте-Кристо.

— Я с величайшим удовольствием принял бы ваше приглашение, — отвечал хозяин, — но, к сожалению, если я поеду в Париж, то, вероятно, инкогнито.

Между тем ужин продолжался; впрочем, он, казалось, был подан только для Франца, ибо незнакомец едва притронулся к роскошному пиршеству, которое он устроил для нежданного гостя и которому тот усердно отдавал должное.

Наконец Али принес десерт, или, вернее, снял корзины со статуй и поставил на стол.

Между корзинами он поставил небольшую золоченую чашу с крышкой.

Почтение, с которым Али принес эту чашу, возбудило во Франце любопытство. Он поднял крышку и увидел зеленоватое тесто, по виду напоминавшее шербет, но совершенно ему неизвестное.

Он в недоумении снова закрыл чашу и, взглянув на хозяина, увидел, что тот насмешливо улыбается.

— Вы не можете догадаться, что в этой чаше, и вас разбирает любопытство?

— Да, признаюсь.

— Этот зеленый шербет — не что иное, как амброзия, которую Геба подавала на стол Юпитеру.

— Но эта амброзия, — сказал Франц, — побывав в руках людей, вероятно, променяла свое небесное название на земное? Как называется это снадобье, к которому, впрочем, я не чувствую

---

[18] Прозвище известного благотворителя Эдма Шампьона (1764–1852).

особенного влечения, на человеческом языке?

— Вот неопровержимое доказательство нашего материализма! — воскликнул Синдбад. — Как часто проходим мы мимо нашего счастья, не замечая его, не взглянув на него; а если и взглянем, то не узнаем его. Если вы человек положительный и ваш кумир – золото, вкусите этого шербета, и перед вами откроются россыпи Перу, Гузерата и Голконды; если вы человек воображения, поэт, – вкусите его, и границы возможного исчезнут: беспредельные дали откроются перед вами, вы будете блуждать, свободный сердцем, свободный душою, в бесконечных просторах мечты. Если вы честолюбивы, гонитесь за земным величием – вкусите его, и через час вы будете властелином – не маленькой страны в уголке Европы, как Англия, Франция или Испания, а властелином земли, властелином мира, властелином Вселенной. Трон ваш будет стоять на той горе, на которую сатана возвел Иисуса и, не поклоняясь ему, не лобызая его когтей, вы будете верховным повелителем всех земных царств. Согласитесь, что это соблазнительно, тем более что для этого достаточно... Посмотрите.

С этими словами он поднял крышку маленькой золоченой чаши, взял кофейной ложечкой кусочек волшебного шербета, поднес его ко рту и медленно проглотил, полузакрыв глаза и закинув голову.

Франц не мешал своему хозяину наслаждаться любимым лакомством; когда тот немного пришел в себя, он спросил:

— Но что же это за волшебное кушанье?

— Слыхали вы о Горном Старце,[19] – спросил хозяин, – о том самом, который хотел убить Филиппа Августа?

— Разумеется.

— Вам известно, что он владел роскошной долиной у подножия горы, которой он обязан своим поэтическим прозвищем. В этой долине раскинулись великолепные сады, насажденные Хасаном-ибн-Сабба, а в садах были уединенные беседки. В эти беседки он приглашал избранных и угощал их, по словам Марко Поло, некоей травой, которая переносила их в эдем, где их ждали вечно цветущие растения, вечно спелые плоды, вечно юные девы. То, что эти счастливые юноши принимали за действительность, была мечта, но мечта такая сладостная, такая упоительная, такая страстная, что они продавали за нее душу и тело тому, кто ее дарил им, повиновались ему, как богу, шли на край света убивать указанную им жертву и безропотно умирали мучительной смертью в надежде, что это лишь переход к той блаженной жизни, которую им сулила священная трава.

— Так это гашиш! – воскликнул Франц. – Я слыхал о нем.

— Вот именно, любезный Аладдин, это гашиш, самый лучший, самый чистый александрийский гашиш, от Абугора, несравненного мастера, великого человека, которому следовало бы выстроить дворец с надписью: «Продавцу счастья – благодарное человечество».

— А знаете, – сказал Франц, – мне хочется самому убедиться в справедливости ваших похвал.

— Судите сами, дорогой гость, судите сами; но не останавливайтесь на первом опыте. Чувства надо приучать ко всякому новому впечатлению, нежному или острому, печальному или радостному. Природа борется против этой божественной травы, ибо она не создана для радости и цепляется за страдания. Нужно, чтобы побежденная природа пала в этой борьбе, нужно, чтобы действительность последовала за мечтой: и тогда мечта берет верх,

---

[19] Горный Старец – Хасан-ибн-Сабба, – отправляя на подвиги своих «фидави» (то есть обреченных), опьянял их гашишем (откуда их название – хашишины, ассасины).

мечта становится жизнью, а жизнь — мечтою. Но сколь различны эти превращения! Сравнив горести подлинной жизни с наслаждениями жизни воображаемой, вы отвернетесь от жизни и предадитесь вечной мечте. Когда вы покинете ваш собственный мир для мира других, вам покажется, что вы сменили неаполитанскую весну на лапландскую зиму. Вам покажется, что вы спустились из рая на землю, с неба в ад. Отведайте гашиша, дорогой гость, отведайте.

Вместо ответа Франц взял ложку, набрал чудесного шербета столько же, сколько взял сам хозяин, и поднес ко рту.

— Черт возьми! — сказал он, проглотив божественное снадобье. — Не знаю, насколько приятны будут последствия, но это вовсе не так вкусно, как вы уверяете.

— Потому что ваше нёбо еще не приноровилось к необыкновенному вкусу этого вещества. Скажите, разве вам с первого раза понравились устрицы, чай, портер, трюфели, все то, к чему вы после пристрастились? Разве вы понимаете римлян, которые приправляли фазанов ассой-фетидой, и китайцев, которые едят ласточкины гнезда? Разумеется, нет. То же и с гашишем. Потерпите неделю, и ничто другое в мире не сравнится для вас с ним, каким бы безвкусным и пресным он ни казался вам сегодня. Впрочем, перейдем в другую комнату, в вашу. Али подаст нам трубки и кофе.

Они встали, и пока тот, кто назвал себя Синдбадом и кого мы тоже время от времени наделяли этим именем, чтобы как-нибудь называть его, отдавал распоряжения слуге, Франц вошел в соседнюю комнату.

Убранство ее было проще, но не менее богато. Она была совершенно круглая, и ее всю опоясывал огромный диван. Но диван, стены, потолок и пол были покрыты драгоценными мехами, мягкими и нежными, как самый пушистый ковер; то были шкуры африканских львов с величественными гривами, полосатых бенгальских тигров, шкуры капских пантер, в ярких пятнах, подобно той, которую увидел Данте, шкуры сибирских медведей и норвежских лисиц — они были положены одна на другую, так что казалось, будто ступаешь по густой траве или покоишься на пуховой постели.

Гость и хозяин легли на диван; чубуки жасминового дерева с янтарными мундштуками были у них под рукой, уже набитые табаком, чтобы не набивать два раза один и тот же. Они взяли по трубке. Али подал огня и ушел за кофе.

Наступило молчание; Синдбад погрузился в думы, которые, казалось, не покидали его даже во время беседы, а Франц предался молчаливым грезам, что всегда посещают курильщика хорошего табака, вместе с дымом которого отлетают все скорбные мысли и душа населяется волшебными снами.

Али принес кофе.

— Как вы предпочитаете, — спросил незнакомец, — по-французски или по-турецки, крепкий или слабый, с сахаром или без сахара, настоявшийся или кипяченый? Выбирайте: имеется любой.

— Я буду пить по-турецки, — отвечал Франц.

— И вы совершенно правы, — сказал хозяин, — это показывает, что у вас есть склонность к восточной жизни. Ах! Только на Востоке умеют жить. Что касается меня, — прибавил он со странной улыбкой, которая не укрылась от Франца, — когда я покончу со своими делами в Париже, я поеду доживать свой век на Восток; и если вам угодно будет навестить меня, то вам придется искать меня в Каире, в Багдаде или в Исфагане.

— Это будет совсем нетрудно, — сказал Франц, — потому что мне кажется, будто у меня растут орлиные крылья и на них я облечу весь мир в одни сутки.

— Ага! Это действует гашиш! Так расправьте же свои крылья и

уноситесь в надземные пространства: не бойтесь, вас охраняют, и если ваши крылья, как крылья Икара, растают от жгучего солнца, мы примем вас в наши объятия.

Он сказал Али несколько слов по-арабски, тот поклонился и вышел.

Франц чувствовал, что с ним происходит странное превращение. Вся усталость, накопившаяся за день, вся тревога, вызванная событиями вечера, улетучивались, как в ту первую минуту отдыха, когда еще настолько бодрствуешь, что чувствуешь приближение сна. Его тело приобрело бесплотную легкость, мысли невыразимо просветлели, чувства вдвойне обострились. Горизонт его все расширялся, но не тот мрачный горизонт, который он видел наяву и в котором чувствовал какую-то смутную угрозу, а голубой, прозрачный необозримый, в лазури моря, в блеске солнца, в благоухании ветра. Потом, под звуки песен своих матросов, звуки столь чистые и прозрачные, что они составили бы божественную мелодию, если бы удалось их записать, он увидел, как перед ним встает остров Монте-Кристо, но не грозным утесом на волнах, а оазисом в пустыне; чем ближе подходила лодка, тем шире разливалось пение, ибо с острова к небесам неслась таинственная и волшебная мелодия, словно некая Лорелея хотела завлечь рыбака или чародей Амфион – воздвигнуть там город.

Наконец лодка коснулась берега, но без усилий, без толчка, как губы прикасаются к губам, и он вошел в пещеру, а чарующая музыка все не умолкала. Он спустился, или, вернее, ему показалось, что он спускается по ступеням, вдыхая свежий благовонный воздух, подобный тому, который веял вокруг грота Цирцеи, напоенный таким благоуханием, что от него душа растворяется в мечтаниях, насыщенный таким огнем, что от него распаляются чувства; и он увидел все, что с ним было наяву, начиная с Синдбада, своего фантастического хозяина, до Али, немого прислужника; потом все смешалось и исчезло, как последние тени в гаснущем волшебном фонаре, и он очутился в зале со статуями, освещенной одним из тех тусклых светильников, которые у древних охраняли по ночам сон или наслаждение.

То были те же статуи, с пышными формами, сладострастные и в то же время полные поэзии, с магнетическим взглядом, с соблазнительной улыбкой, с пышными кудрями. То были Фрина, Клеопатра, Мессалина, три великие куртизанки; и среди этих бесстыдных видений, подобно чистому лучу, подобно ангелу на языческом Олимпе, возникло целомудренное создание, светлый призрак, стыдливо прячущий от мраморных распутниц свое девственное чело.

И вот все три статуи объединились в страстном вожделении к одному возлюбленному, и этот возлюбленный был он; они приблизились к его ложу в длинных, ниспадающих до ног белых туниках, с обнаженными персями, в волнах распущенных кос; они принимают позы, которые соблазняли богов, но перед которыми устояли святые, они взирают на него тем неумолимым и пламенным взором, каким глядит на птицу змея, и он не имеет сил противиться этим взорам, мучительным, как объятие, и сладостным, как лобзание.

Франц закрывает глаза и, бросая вокруг себя последний взгляд, смутно видит стыдливую статую, закутанную в свое покрывало; и вот его глаза сомкнулись для действительности, а чувства раскрылись для немыслимых ощущений.

Тогда настало нескончаемое наслаждение, неустанная страсть, которую пророк обещал своим избранникам. Мраморные уста ожили, перси потеплели, и для Франца, впервые отдавшегося во власть гашиша, страсть стала мукой, наслаждение – пыткой; он чувствовал, как к его лихорадочным губам прижимаются мраморные губы, упругие и холодные, как кольца змеи; но в то время как руки его пытались оттолкнуть эту чудовищную страсть, чувства его покорялись обаянию таинственного сна, и наконец после борьбы, за которую не жаль отдать душу, он упал навзничь, задыхаясь, обессиленный, изнемогая от наслаждения, отдаваясь поцелуям мраморных любовниц и чародейству исступленного сна.

XI. Пробуждение

Когда Франц очнулся, окружающие его предметы показались ему продолжением сна; ему мерещилось, что он в могильном склепе, куда, словно сострадательный взгляд, едва проникает луч солнца; он протянул руку и нащупал голый камень; он приподнялся и увидел, что лежит в своем плаще на ложе из сухого вереска, очень мягком и пахучем.

Видения исчезли, и статуи, словно это были призраки, вышедшие из могил, пока он спал, скрылись при его пробуждении.

Он сделал несколько шагов по направлению к лучу света; бурное сновидение сменилось спокойной действительностью. Он понял, что он в пещере, подошел к полукруглому выходу и увидел голубое небо и лазурное море. Лучи утреннего солнца пронизывали волны и воздух; на берегу сидели матросы, они разговаривали и смеялись; шагах в десяти от берега лодка плавно покачивалась на якоре.

Несколько минут он наслаждался прохладным ветром, овевавшим его лоб; слушал слабый плеск волн, разбивавшихся о берег и оставлявших на утесах кружево пены, белой, как серебро; безотчетно, бездумно отдался он божественной прелести утра, которую особенно живо чувствуешь после фантастического сновидения; мало-помалу, глядя на открывшуюся его взорам жизнь природы, такую спокойную, чистую, величавую, он ощутил неправдоподобие своих снов, и память вернула его к действительности.

Он вспомнил свое прибытие на остров, посещение атамана контрабандистов, подземный дворец, полный роскоши, превосходный ужин и ложку гашиша.

Но в ясном дневном свете ему показалось, что прошел по крайней мере год со времени всех этих приключений, настолько живо было в его уме сновидение и настолько оно поглощало его мысли. Временами ему чудились – то среди матросов, то мелькающими по скалам, то качающимися в лодке – те призраки, которые услаждали его ночь своими ласками. Впрочем, голова у него была свежая, тело отлично отдохнуло; ни малейшей тяжести, напротив, он чувствовал себя превосходно и с особенной радостью вдыхал свежий воздух и подставлял лицо под теплые лучи солнца.

Он бодрым шагом направился к матросам.

Завидев его, они встали, а хозяин лодки подошел к нему.

– Его милость Синдбад-мореход, – сказал он, – велел кланяться вашей милости и передать вам, что он крайне сожалеет, что не мог проститься с вами; он надеется, что вы его извините, когда узнаете, что он был вынужден по очень спешному делу отправиться в Малагу.

– Так неужели все это правда, друг Гаэтано? – сказал Франц. – Неужели существует человек, который по-царски принимал меня на этом острове и уехал, пока я спал?

– Существует, и вот его яхта, которая уходит на всех парусах: и если вы взглянете в вашу подзорную трубу, то, по всей вероятности, найдете среди экипажа вашего хозяина.

И Гаэтано указал рукой на маленькое судно, державшее курс на южную оконечность Корсики.

Франц достал свою подзорную трубу, наставил ее и посмотрел в указанном направлении.

Гаэтано не ошибся. На палубе, обернувшись лицом к острову, стоял таинственный незнакомец и так же, как Франц, держал в руке подзорную трубу; он был в том же наряде, в каком накануне предстал перед своим гостем, и махал платком в знак прощания.

Франц вынул платок и в ответ тоже помахал.

Через секунду на яхте показалось легкое облако дыма, красиво отделилось от кормы и медленно поднялось к небу; Франц услышал слабый выстрел.

– Слышите? – спросил Гаэтано. – Это он прощается с вами.

Франц взял карабин и выстрелил в воздух, не надеясь, впрочем, чтобы звук выстрела мог пробежать пространство, отделявшее его от яхты.

– Что теперь прикажете, ваша милость? – спросил Гаэтано.

– Прежде всего зажгите факел.

– А, понимаю, – сказал хозяин, – вы хотите отыскать вход в волшебный дворец. Желаю вам успеха, ваша милость, если это может вас позабавить; факел я вам сейчас достану. Мне тоже не давала покоя эта мысль, и я раза три-четыре пробовал искать, но наконец бросил. Джованни, – прибавил он, – зажги факел и подай его милости.

Джованни исполнил приказание, Франц взял факел и вошел в подземелье; за ним следовал Гаэтано.

Он узнал место, где проснулся на ложе из вереска; но тщетно освещал он стены пещеры: он видел только по дымным следам, что и до него многие принимались за те же розыски.

И все же он оглядел каждую пядь гранитной стены, непроницаемой, как будущее; в малейшую щель он втыкал свой охотничий нож; на каждый выступ он нажимал в надежде, что он подастся; но все было тщетно, и он без всякой пользы потерял два часа.

Наконец он отказался от своего намерения; Гаэтано торжествовал.

Когда Франц возвратился на берег, яхта казалась уже только белой точкой на горизонте. Он прибег к помощи своей подзорной трубы, но даже и в нее невозможно было что-нибудь различить.

Гаэтано напомнил ему, что он приехал сюда охотиться на диких коз; Франц совершенно забыл об этом. Он взял ружье и пошел бродить по острову с видом человека, скорее исполняющего обязанность, чем забавляющегося, и в четверть часа убил козу и двух козлят. Но эти козы, столь же дикие и ловкие, как серны, были так похожи на наших домашних коз, что Франц не считал их дичью.

Кроме того, его занимали совсем другие мысли. Со вчерашнего вечера он стал героем сказки из «Тысячи и одной ночи», и его думы непрестанно возвращались к пещере.

Несмотря на неудачу первых поисков, он возобновил их, приказав тем временем Гаэтано изжарить одного козленка. Эти вторичные поиски продолжались так долго, что, когда Франц возвратился, козленок был уже изжарен и завтрак готов.

Франц сел на то самое место, где накануне к нему явились с приглашением отужинать у таинственного хозяина, и снова увидел, словно чайку на гребне волны, маленькую яхту, продолжавшую двигаться по направлению к Корсике.

– Как же это? – обратился он к Гаэтано. – Ведь вы сказали мне, что господин Синдбад отплыл в Малагу, а по-моему, он держит путь прямо на Порто-Веккио.

– Разве вы забыли, – возразил хозяин лодки, – что среди его экипажа сейчас два корсиканских разбойника?

— Верно! Он хочет высадить их на берег? – сказал Франц.

— Вот именно. Этот человек, говорят, ни бога, ни черта не боится и готов дать пятьдесят миль крюку, чтобы оказать услугу бедному малому!

— Но такие услуги могут поссорить его с властями той страны, где он занимается такого рода благотворительностью, – заметил Франц.

— Ну так что же! – ответил, смеясь, Гаэтано. – Какое ему дело до властей? Ни в грош он их не ставит! Пусть попробуют погнаться за ним! Во-первых, его яхта не корабль, а птица, и любому фрегату даст вперед три узла на двенадцать; а во-вторых, стоит ему только сойти на берег, он повсюду найдет друзей.

Из всего этого было ясно, что Синдбад, радушный хозяин Франца, имел честь состоять в сношениях с контрабандистами и разбойниками всего побережья Средиземного моря, что рисовало его с несколько странной стороны.

Франца ничто уже не удерживало на Монте-Кристо; он потерял всякую надежду открыть тайну пещеры и поэтому поспешил заняться завтраком, приказав матросам приготовить лодку.

Через полчаса он был уже в лодке.

Он бросил последний взгляд на яхту; она скрывалась из глаз в заливе Порто-Веккио.

Франц подал знак к отплытию.

Яхта исчезла в ту самую минуту, когда лодка тронулась в путь.

Вместе с яхтой исчез последний след минувшей ночи: ужин, Синдбад, гашиш и статуи – все потонуло для Франца в едином сновидении.

Лодка шла весь день и всю ночь, и на следующее утро, когда взошло солнце, исчез и остров Монте-Кристо.

Как только Франц сошел на берег, он на время по крайней мере забыл о своих похождениях и поспешил покончить с последними светскими обязанностями во Флоренции, чтобы отправиться в Рим, где его ждал Альбер де Морсер.

Затем он пустился в путь и в субботу вечером прибыл в почтовой карете на площадь Таможни.

Комнаты, как мы уже сказали, были для них приготовлены; оставалось только добраться до гостиницы маэстро Пастрини, но это было не так-то просто, потому что на улицах теснилась толпа и Рим уже был охвачен глухим и тревожным волнением – предвестником великих событий. А в Риме ежегодно бывает четыре великих события: карнавал, страстная неделя, праздник тела господня и праздник св. Петра.

В остальное время года город погружается в спячку и пребывает в состоянии, промежуточном между жизнью и смертью, что делает его похожим на привал между этим и тем светом – привал поразительно прекрасный, полный поэзии и своеобразия, который Франц посещал уже раз шесть и который он с каждым разом находил все более волшебным и пленительным.

Наконец он пробрался сквозь все возраставшую и все более волновавшуюся толпу и достиг гостиницы. На первый его вопрос ему ответили с грубостью, присущей занятым извозчикам и содержателям переполненных гостиниц, что в гостинице «Лондон» для него помещения нет. Тогда он послал свою визитную карточку маэстро Пастрини и сослался на Альбера де Морсера. Это подействовало. Маэстро Пастрини сам выбежал к нему, извинился, что заставил его милость дожидаться, разбранил слуг, выхватил подсвечник из рук чичероне, успевшего завладеть приезжим, и собирался уже проводить его к Альберу, но тот сам вышел к нему навстречу.

Заказанный номер состоял из двух небольших спален и

приемной. Спальни выходили окнами на улицу – обстоятельство, отмеченное маэстро Пастрини как неоценимое преимущество. Все остальные комнаты в этом этаже снял какой-то богач, не то сицилианец, не то мальтиец, – хозяин точно не знал.

– Все это очень хорошо, маэстро Пастрини, – сказал Франц, – но нам желательно сейчас же поужинать, а на завтра и на следующие дни нам нужна коляска.

– Что касается ужина, – отвечал хозяин гостиницы, – то вам его подадут немедля, но коляску…

– Но? – воскликнул Альбер. – Стойте, стойте, маэстро Пастрини, что это за шутки? Нам нужна коляска.

– Ваша милость, – сказал хозяин гостиницы, – будет сделано все возможное, чтобы вам ее доставить. Это все, что я могу вам обещать.

– А когда мы получим ответ? – спросил Франц.

– Завтра утром, – отвечал хозяин.

– Да что там! – сказал Альбер. – Заплатим подороже, вот и все. Дело известное: у Дрэка и Арона берут двадцать пять франков в обыкновенные дни и тридцать или тридцать пять по воскресеньям и праздникам; прибавьте пять франков куртажа, выйдет сорок – есть о чем разговаривать.

– Я сомневаюсь, чтобы ваша милость даже за двойную цену могли что-нибудь достать.

– Так пусть запрягут лошадей в мою дорожную коляску. Она немного поистрепалась в дороге, но это не беда.

– Лошадей не найти.

Альбер посмотрел на Франца, как человек, не понимающий, что ему говорят.

– Как вам это нравится, Франц? Нет лошадей, – сказал он, – но разве нельзя достать хотя бы почтовых?

– Они все уже разобраны недели две тому назад и теперь остались те, которые необходимы для почты.

– Что вы на это скажете? – спросил Франц.

– Скажу, что, когда что-нибудь выше моего понимания, я имею обыкновение не останавливаться на этом предмете и перехожу к другому. Как обстоит дело с ужином, маэстро Пастрини?

– Ужин готов, ваша милость.

– Так начнем с того, что поужинаем.

– А коляска и лошади? – спросил Франц.

– Не беспокойтесь, друг мой. Они найдутся; не надо только скупиться.

И Морсер с удивительной философией человека, который все считает возможным, пока у него тугой кошелек или набитый бумажник, поужинал, лег в постель, спал, как сурок, и видел во сне, что катается на карнавале в коляске шестерней.

XII. Римские разбойники

На другой день Франц проснулся первый и тотчас же позвонил. Колокольчик еще не успел умолкнуть, как вошел сам маэстро Пастрини.

– Вот видите, – торжествующе сказал хозяин, не ожидая даже вопроса Франца, – я вчера угадал, ваша милость, когда не решился ничего обещать вам; вы слишком поздно спохватились, и во всем Риме нет ни одной коляски, то есть на последние три дня, разумеется.

– Ну, конечно! – отвечал Франц. – Именно на те дни, когда она больше всего нужна.

– О чем это? – спросил Альбер, входя. – Нет коляски?

– Вы угадали, мой друг, – отвечал Франц.

— Нечего сказать, хорош городишко, ваш вечный город!

— Я хочу сказать, ваша милость, — возразил маэстро Пастрини, желая поддержать достоинство столицы христианского мира в глазах приезжих, — я хочу сказать, что нет коляски с воскресенья утром до вторника вечером; но до воскресенья вы, если пожелаете, найдете хоть пятьдесят.

— Это уже лучше! — сказал Альбер. — Сегодня у нас четверг — кто знает, что может случиться до воскресенья?

— Случится только то, что понаедет еще тысяч десять — двенадцать народу, — отвечал Франц, — и положение станет еще более затруднительным.

— Любезный друг, — отвечал Морсер, — давайте наслаждаться настоящим и не думать мрачно о будущем.

— По крайней мере окно у нас будет? — спросил Франц.

— Окно? Куда?

— На Корсо, разумеется!

— Вы шутите! Окно! — воскликнул маэстро Пастрини. — Невозможно! Совершенно невозможно! Было одно незанятое, в шестом этаже палаццо Дориа, да и то отдали русскому князю за двадцать цехинов в день.

Молодые люди с изумлением переглянулись.

— Знаете, дорогой друг, — сказал Франц Альберу, — что нам остается делать? Проведем карнавал в Венеции; там если нет колясок, то по крайней мере есть гондолы.

— Ни в коем случае! — воскликнул Альбер. — Я решил увидеть римский карнавал и увижу его хоть на ходулях.

— Превосходная мысль, — подхватил Франц, — особенно чтобы гасить мокколетти;[20] мы нарядимся полишинелями, вампирами или обитателями Ландов и будем иметь головокружительный успех.

— Ваши милости все-таки желают получить экипаж хотя бы до воскресенья?

— Разумеется! — сказал Альбер. — Неужели вы думаете, что мы будем ходить по улицам Рима пешком, как какие-нибудь писари?

— Приказание ваших милостей будет исполнено, — сказал маэстро Пастрини. — Только предупреждаю, что экипаж будет вам стоить шесть пиастров в день.

— А я, любезный синьор Пастрини, — подхватил Франц, — не будучи нашим соседом миллионером, предупреждаю вас, что я четвертый раз в Риме и знаю цену экипажам в будни, в праздники и по воскресеньям; мы вам дадим двенадцать пиастров за три дня, сегодняшний, завтрашний и послезавтрашний, и вы еще недурно на этом наживетесь.

— Позвольте, ваша милость!.. — попытался возражать маэстро Пастрини.

— Как хотите, дорогой хозяин, как хотите, — сказал Франц, — или я сам сторгуюсь с вашим abettatore,[21] которого я хорошо знаю, это мой старый приятель, он уже немало поживился от меня, и в надежде и впредь поживиться он возьмет с меня меньше, чем я вам предлагаю; вы потеряете разницу по своей собственной вине.

— Зачем вам беспокоиться, ваша милость? — сказал маэстро Пастрини с улыбкой итальянского обиралы, признающего себя

---

[20] Moccoletto *(ит.)* — огарок. Во время карнавала принято ходить по улицам со свечами.

[21] Abettatore *(ит.)* — сдатчик чего-либо внаймы или напрокат.

побежденным. – Постараюсь услужить вам и надеюсь, что вы будете довольны.

– Вот и чудесно! Давно бы так.
– Когда вам угодно коляску?
– Через час.
– Через час она будет у ворот.

И действительно, через час экипаж ждал молодых людей; то была обыкновенная извозчичья пролетка, ввиду торжественного случая возведенная в чин коляски. Но, несмотря на ее более чем скромный вид, молодые люди почли бы за счастье иметь ее в своем распоряжении на последние три дня карнавала.

– Ваша светлость! – крикнул чичероне высунувшемуся в окно Францу. – Подать карету ко дворцу?

Хотя Франц и привык к напыщенным выражениям итальянцев, он все же бросил взгляд вокруг себя; но слова чичероне явно относились к нему.

Его светлостью был он сам, под каретой подразумевалась пролетка, а дворцом именовалась гостиница «Лондон».

Вся удивительная склонность итальянцев к преувеличению сказалась в этой фразе.

Франц и Альбер сошли вниз. Карета подкатила ко дворцу. Их светлости развалились в экипаже, а чичероне вскочил на запятки.

– Куда угодно ехать вашим светлостям?
– Сначала к храму Святого Петра, а потом к Колизею, – как истый парижанин сказал Альбер.

Но Альбер не знал, что требуется целый день на осмотр Св. Петра и целый месяц на его изучение. Весь день прошел только в осмотре храма Св. Петра.

Вдруг друзья заметили, что день склоняется к вечеру.

Франц посмотрел на часы: было уже половина пятого.

Пришлось отправиться домой. Выходя из экипажа, Франц велел кучеру быть у подъезда в восемь часов. Он хотел показать Альберу Колизей при лунном свете, как показал ему храм Св. Петра при лучах солнца. Когда показываешь приятелю город, в котором сам уже бывал, то вкладываешь в это столько же кокетства, как когда знакомишь его с женщиной, любовником которой когда-то был.

Поэтому Франц сам указал кучеру маршрут. Он должен был миновать ворота дель-Пополо, ехать вдоль наружной стены и въехать в ворота Сан-Джованни. Таким образом, Колизей сразу вырастет перед ними и величие его не будет умалено ни Капитолием, ни Форумом, ни аркою Септимия Севера, ни храмом Антонина и Фаустины на виа Сакра, которые они могли бы увидеть на пути к нему.

Сели обедать. Маэстро Пастрини обещал им превосходный обед; обед оказался сносным, придраться было не к чему.

К концу обеда явился хозяин; Франц подумал, что он пришел выслушать одобрение, и готовился польстить ему, но Пастрини с первых же слов прервал его.

– Ваша милость, – сказал он, – я весьма польщен вашими похвалами; но я пришел не за этим.

– Может быть, вы пришли сказать, что нашли для нас экипаж? – спросил Альбер, закуривая сигару.

– Еще того менее; и я советую вашей милости бросить думать об этом и примириться с положением. В Риме вещи возможны или невозможны. Когда вам говорят, что невозможно, то дело кончено.

– В Париже много удобнее: когда вам говорят, что это невозможно, вы платите вдвое и тотчас же получаете то, что вам нужно.

– Так говорят все французы, – отвечал задетый за живое

маэстро Пастрини, – и я, право, не понимаю, зачем они путешествуют?

– Поэтому, – сказал Альбер, флегматически пуская дым в потолок и раскачиваясь в кресле, – поэтому путешествуют только такие безумцы и дураки, как мы; умные люди предпочитают свой особняк на улице Эльдер, Гантский бульвар и Кафе-де-Пари.

Не приходится объяснять, что Альбер жил на названной улице, каждый день прогуливался по фешенебельному бульвару и обедал в том единственном кафе, где подают обед, и то лишь при условии хороших отношений с официантами.

Маэстро Пастрини ничего не ответил, очевидно, обдумывая ответ Альбера, показавшийся ему не вполне ясным.

– Однако, – сказал Франц, прерывая географические размышления хозяина, – вы все же пришли к нам с какой-нибудь целью. С какой именно?

– Вы совершенно правы; речь идет вот о чем: вы велели подать коляску к восьми часам?

– Да.

– Вы хотите взглянуть на Колоссео?

– Вы хотите сказать: на Колизей?

– Это одно и то же.

– Пожалуй.

– Вы велели кучеру выехать в ворота дель-Пополо, проехать вдоль наружной стены и воротиться через ворота Сан-Джованни?

– Совершенно верно.

– Такой путь невозможен.

– Невозможен?

– Или, во всяком случае, очень опасен.

– Опасен? Почему?

– Из-за знаменитого Луиджи Вампа.

– Позвольте, любезный хозяин, – сказал Альбер, – прежде всего кто такой ваш знаменитый Луиджи Вампа? Он, может быть, очень знаменит в Риме, но, уверяю вас, совершенно неизвестен в Париже.

– Как! Вы его не знаете?

– Не имею этой чести.

– Вы никогда не слышали его имени?

– Никогда.

– Так знайте, что это разбойник, перед которым Дечезарис и Гаспароне – просто мальчики из церковного хора.

– Внимание, Альбер! – воскликнул Франц. – Наконец-то на сцене появляется разбойник.

– Любезный хозяин, предупреждаю вас, я не поверю ни слову. А засим можете говорить сколько вам угодно; я вас слушаю. «Жил да был…» Ну, что же, начинайте!

Маэстро Пастрини повернулся к Францу, который казался ему наиболее благоразумным из приятелей. Надобно отдать справедливость честному малому. За его жизнь в его гостинице перебывало немало французов, но некоторые свойства их ума остались для него загадкой.

– Ваша милость, – сказал он очень серьезно, обращаясь, как мы уже сказали, к Францу, – если вы считаете меня лгуном, бесполезно говорить вам то, что я намеревался вам сообщить; однако смею уверить, что я имел в виду вашу же пользу.

– Альбер не сказал, что вы лгун, дорогой синьор Пастрини, – прервал Франц, – он сказал, что не поверит вам, только и всего. Но я вам поверю, будьте спокойны; говорите же.

– Однако, ваша милость, вы понимаете, что, если моя правдивость под сомнением…

– Дорогой мой, – прервал Франц, – вы обидчивее Кассандры; но ведь она была пророчица, и ее никто не слушал, а вам обеспечено внимание половины вашей аудитории. Садитесь и расскажите нам, кто такой господин Вампа.

— Я уже сказал вашей милости, что это разбойник, какого мы не видывали со времен знаменитого Мастрильи.

— Но что общего между этим разбойником и моим приказанием кучеру выехать в ворота дель-Пополо и вернуться через ворота Сан-Джованни?

— А то, — отвечал маэстро Пастрини, — что вы можете спокойно выехать в одни ворота, но я сомневаюсь, чтобы вам удалось вернуться в другие.

— Почему? – спросил Франц.

— Потому, что с наступлением темноты даже в пятидесяти шагах за воротами небезопасно.

— Будто? – спросил Альбер.

— Господин виконт, — отвечал маэстро Пастрини, все еще до глубины души обиженный недоверием Альбера, — я это говорю не для вас, а для вашего спутника; он бывал в Риме и знает, что такими вещами не шутят.

— Друг мой, — сказал Альбер Францу, — чудеснейшее приключение само плывет нам в руки. Мы набиваем коляску пистолетами, мушкетонами и двустволками. Луиджи Вампа является, но не он задерживает нас, а мы его; мы доставляем его в Рим, преподносим знаменитого разбойника его святейшеству папе, тот спрашивает, чем он может вознаградить нас за такую услугу. Мы без церемонии просим у него карету и двух лошадей из папских конюшен и смотрим карнавал из экипажа; не говоря уже о том, что благодарный римский народ, по всей вероятности, увенчает нас лаврами на Капитолии и провозгласит, как Курция и Горация Коклеса, спасителями отечества.

Лицо маэстро Пастрини во время этой тирады Альбера было достойно кисти художника.

— Во-первых, — возразил Франц, — где вы возьмете пистолеты, мушкетоны и двустволки, которыми вы собираетесь начинить нашу коляску?

— Уж, конечно, не в моем арсенале, ибо у меня в Террачине отобрали даже кинжал; а у вас?

— Со мною поступили точно так же в Аква-Пенденте.

— Знаете ли, любезный хозяин, — сказал Альбер, закуривая вторую сигару от окурка первой, — что такая мера весьма удобна для грабителей и, мне кажется, введена нарочно, по сговору с ними?

Вероятно, такая шутка показалась хозяину рискованной, потому что он пробормотал в ответ что-то невнятное, обращаясь только к Францу как к единственному благоразумному человеку, с которым можно было столкнуться.

— Вашей милости, конечно, известно, что, когда на вас нападают разбойники, не принято защищаться.

— Как! – воскликнул Альбер, храбрость которого восставала при мысли, что можно молча дать себя ограбить. – Как так «не принято»!

— Да так. Всякое сопротивление было бы бесполезно. Что вы сделаете против десятка бандитов, которые выскакивают из канавы, из какой-нибудь лачуги или из аквéдука и все разом целятся в вас?

— Черт возьми! Пусть меня лучше убьют! – воскликнул Альбер.

Маэстро Пастрини посмотрел на Франца глазами, в которых ясно читалось: «Положительно, ваша милость, ваш приятель сумасшедший».

— Дорогой Альбер, — возразил Франц, — ваш ответ великолепен и стоит корнелевского «qu'il mourût»;[22] но только там дело шло о спасении Рима, и Рим этого стоил. Что же касается нас, то речь идет всего лишь об удовлетворении пустой прихоти, а жертвовать жизнью из-за прихоти смешно.

— Per Bacco![23] — воскликнул маэстро Пастрини. — Вот это золотые слова!

Альбер налил себе стакан лакрима-кристи и начал пить маленькими глотками, бормоча что-то нечленораздельное.

— Ну-с, маэстро Пастрини, — продолжал Франц, — теперь, когда приятель мой успокоился и вы убедились в моих миролюбивых наклонностях, расскажите нам, кто такой этот синьор Луиджи Вампа. Кто он, пастух или вельможа? Молод или стар? Маленький или высокий? Опишите нам его, чтобы мы могли по крайней мере его узнать, если случайно встретим в обществе, как Сбогара или Лару.

— Лучше меня никто вам не расскажет о нем, ваша милость, потому что я знал Луиджи Вампа еще ребенком; и однажды, когда я сам попал в его руки по дороге из Ферентино в Алатри, он вспомнил, к величайшему моему счастью, о нашем старинном знакомстве; он отпустил меня и не только не взял выкупа, но даже подарил мне прекрасные часы и рассказал мне свою историю.

— Покажите часы, — сказал Альбер.

Пастрини вынул из жилетного кармана великолепный брегет с именем мастера и графской короной.

— Вот они.

— Черт возьми! — сказал Альбер. — Поздравляю вас! У меня почти такие же, — он вынул свои часы из жилетного кармана, — и они стоили мне три тысячи франков.

— Расскажите историю, — сказал Франц, придвигая кресло и приглашая маэстро Пастрини сесть.

— Вы разрешите? — спросил хозяин.

— Помилуйте, дорогой мой, — отвечал Альбер, — ведь вы не проповедник, чтобы говорить стоя.

Хозяин сел, предварительно отвесив каждому из своих слушателей по почтительному поклону, что должно было подтвердить его готовность сообщить им все сведения о Луиджи Вампа.

— Постойте, — сказал Франц, — останавливая маэстро Пастрини, уже было открывшего рот. — Вы сказали, что знали Вампа ребенком. Стало быть, он еще совсем молод?

— Молод ли он? Еще бы! Ему едва исполнилось двадцать два года. О, этот мальчишка далеко пойдет, будьте спокойны.

— Что вы на это скажете, Альбер? Прославиться в двадцать два года! Это не шутка! — сказал Франц.

— Да, и в этом возрасте Александр, Цезарь и Наполеон, хотя впоследствии о них и заговорили, успели меньше.

— Итак, — продолжал Франц, обращаясь к хозяину, — герою вашей истории всего только двадцать два года?

— Едва исполнилось, как я уже имел честь докладывать.

— Какого он роста, большого или маленького?

— Среднего, приблизительно такого, как его милость, — отвечал хозяин, указывая на Альбера.

— Благодарю за сравнение, — с поклоном сказал Альбер.

— Рассказывайте, маэстро Пастрини, — сказал Франц, улыбнувшись обидчивости своего друга. — А к какому классу

---

[22] Пусть умер бы! (Корнель. Гораций)

[23] Клянусь Бахусом! *(ит.)*

общества он принадлежал?

— Он был простым пастухом в поместье графа Сан-Феличе, между Палестриной и озером Габри. Он родился в Пампинаре и с пятилетнего возраста служил у графа. Отец его, сам пастух, имел в Анании собственное маленькое стадо и жил торговлей бараньей шерстью и овечьим сыром в Риме.

Маленький Вампа еще в раннем детстве отличался странным характером. Однажды, когда ему было только семь лет, он явился к палестринскому священнику и просил научить его читать. Это было нелегко, потому что маленький пастух не мог отлучаться от стада; но добрый священник ежедневно ходил служить обедню в маленькое местечко, слишком бедное, чтобы содержать священника, и даже не имевшее названия, так что его обычно называли просто «Борго».[24] Он предложил Луиджи поджидать его на дороге и тут же, на обочине, брать урок, но предупредил, что уроки будут очень короткие и ученику придется быть очень старательным.

Мальчик с радостью согласился.

Луиджи ежедневно водил стадо на дорогу из Палестрины в Борго. Ежедневно в девять часов утра здесь проходил священник; он садился с мальчиком на край канавы, и маленький пастушок учился грамоте по требнику.

В три месяца он научился читать.

Но этого было мало: он хотел научиться писать.

Священник заказал учителю чистописания в Риме три прописи: одну большими буквами, другую средними, а третью мелкими, и показал мальчику, как переписывать их на аспиде заостренной железкой.

В тот же вечер, загнав стадо, Вампа побежал к палестринскому слесарю, взял большой гвоздь, накалил его, выковал, закруглил и сделал из него нечто вроде античного стилоса.

На другой день он набрал аспидных пластинок и принялся за дело.

В три месяца он научился писать.

Священник, удивленный его сметливостью и тронутый его прилежанием, подарил ему несколько тетрадей, пучок перьев и перочинный ножик.

Мальчику предстояла новая наука, но уже легкая в сравнении с прежней. Через неделю он владел пером так же хорошо, как и своим стилосом.

Священник рассказал про него графу Сан-Феличе; тот пожелал видеть пастушка, заставил его при себе читать и писать, велел управляющему кормить его вместе со слугами и назначил ему жалованье – два пиастра в месяц.

На эти деньги Луиджи покупал книги и карандаши. Владея необыкновенным даром подражания, он, как юный Джотто, рисовал на аспидных досках своих овец, дома и деревья.

Потом при помощи перочинного ножа он стал обтачивать дерево и придавать ему различные формы. Так начал свое поприще и Пинелли, знаменитый скульптор.

Девочка лет шести, стало быть, немного моложе Луиджи, тоже стерегла стадо вблизи Палестрины; она была сирота, родилась в Вальмонтоне и звалась Терезой.

Дети встречались, садились друг подле друга, и, пока их стада, смешавшись, паслись вместе, они болтали, смеялись и играли; вечером они отделяли стадо графа Сан-Феличе от стада барона Черветри и расходились в разные стороны, условившись снова

---

[24] Borgo – местечко *(ит.)*.

встретиться на следующее утро. Они никогда не нарушали этого условия и, таким образом, росли вместе.

Луиджи исполнилось двенадцать лет, а Терезе – одиннадцать.

Между тем с годами их природные наклонности развивались.

Луиджи по-прежнему занимался искусствами, насколько это было возможно в одиночестве, нрав у него был неровный: он то бывал беспричинно печален, то порывист, вспыльчив и упрям и всегда насмешлив. Ни один из мальчиков Пампинары, Палестрины и Вальмонтоне не только не имел на него влияния, но даже не мог стать его товарищем. Его своеволие, требовательность, нежелание ни в чем уступать отстраняли от него всякое проявление дружелюбия или хотя бы симпатии. Одна Тереза единым взглядом, словом, жестом укрощала его строптивый нрав. Он покорялся мановению женской руки, а мужская рука, чья бы она ни была, могла только сломать его, но не согнуть.

Тереза, напротив, была девочка живая, резвая и веселая, но чрезвычайно тщеславная; два пиастра, выдаваемые Луиджи управляющим графа Сан-Феличе, все деньги, выручаемые им за разные безделушки, которые он продавал римским торговцам игрушек, уходили на сережки из поддельного жемчуга, стеклянные бусы и золотые булавки. Благодаря щедрости своего юного друга Тереза была самой красивой и нарядной крестьяночкой в окрестностях Рима.

Дети росли, проводя целые дни вместе и беспечно предаваясь влечениям своих неискушенных натур. В их разговорах, желаниях и мечтах Вампа всегда воображал себя капитаном корабля, предводителем войска или губернатором какой-нибудь провинции, а Тереза видела себя богатой, в пышном наряде, в сопровождении ливрейных лакеев. Проведя весь день в дерзновенных мечтах о своем будущем блеске, они расставались, чтобы загнать своих баранов в хлев, и спускались с высоты мечтаний к горькой и убогой действительности.

Однажды молодой пастух сказал графскому управляющему, что он видел, как волк вышел из Сабинских гор и рыскал вокруг его стада. Управляющий дал ему ружье, а Вампа только этого и хотел.

Ружье оказалось от превосходного мастера из Брешиа и било не хуже английского карабина; но граф, приканчивая однажды раненую лисицу, сломал приклад, и ружье было отложено.

Для такого искусного резчика, как Вампа, это не представляло затруднений. Он измерил старое ложе, высчитал, что надо изменить, чтобы ружье пришлось ему по плечу, и смастерил новый приклад с такой чудесной резьбой, что если бы он захотел продать в городе одно только дерево, то получил бы за него верных пятнадцать – двадцать пиастров.

Но он отнюдь не собирался этого делать: иметь ружье было его заветной мечтой. Во всех странах, где независимость заменяет свободу, первая потребность всякого смелого человека, всякого мощного содружества иметь оружие, которое может служить для нападения и защиты и, наделяя грозной силой своего обладателя, заставляет других считаться с ним.

С этой минуты все свое свободное время Вампа посвящал упражнению в стрельбе; он купил пороху и пуль, и все для него стало мишенью: жалкий серенький ствол оливы, растущей на склонах Сабинских гор; лисица, под вечер выходящая из норы в поисках добычи; орел, парящий в воздухе. Скоро он так изощрился, что Тереза превозмогла страх, который она вначале чувствовала при каждом выстреле, и любовалась, как ее юный товарищ всаживал пулю, куда хотел, так же метко, как если бы вкладывал ее рукой.

Однажды вечером волк и в самом деле выбежал из рощи, возле

которой они обыкновенно сидели. Волк не пробежал и десяти шагов, как упал мертвым.

Вампа, гордый своей удачей, взвалил его на плечи и принес в поместье.

Все это создало Луиджи Вампа некоторую известность; человек, стоящий выше других, где бы он ни был, всегда находит почитателей. Во всей округе о молодом пастухе говорили как о самом ловком, сильном и неустрашимом парне на десять лье кругом; и хотя Тереза слыла чуть ли не первой красавицей между сабинскими девушками, никто не решался заговаривать с ней о любви, потому что все знали, что ее любит Вампа.

А между тем Луиджи и Тереза ни разу не говорили между собой о любви. Они выросли друг подле друга, как два дерева, которые переплелись под землей корнями, над землей – ветвями и ароматами – в воздухе; у них было только одно желание: всегда быть вместе; это желание стало потребностью, и они скорее согласились бы умереть, чем разлучиться хотя бы на один день.

Терезе минуло шестнадцать лет, а Луиджи – семнадцать.

В это время начали поговаривать о разбойничьей шайке, собравшейся в Лепинских горах. Разбой никогда не удавалось искоренить в окрестностях Рима. Иной раз недостает атамана; но стоит только явиться ему, как около него тотчас же собирается шайка.

Знаменитый Кукуметто, выслеженный в Абруццких горах и изгнанный из неаполитанских владений, где он вел настоящую войну, перевалил, как Манфред, через Гарильяно и нашел убежище между Соннино и Пиперно, на берегах Амазено.

Теперь он набирал шайку, идя по стопам Дечезариса и Гаспароне и надеясь вскоре превзойти их. Из Палестрины, Фраскати и Пампинары исчезло несколько юношей. Сначала о них беспокоились, потом узнали, что они вступили в шайку Кукуметто.

Вскоре Кукуметто стал предметом всеобщего внимания. Рассказывали про его необыкновенную храбрость и возмутительное жестокосердие.

Однажды он похитил девушку, дочь землемера в Фрозиноне. Разбойничий закон непреложен: девушка принадлежит сначала похитителю, потом остальные бросают жребий, и несчастная служит забавой для всей шайки, пока она им не наскучит или не умрет.

Когда родители достаточно богаты, чтобы заплатить выкуп, к ним отправляют гонца; пленница отвечает головой за безопасность посланного. Если выкупа не дают, то участь пленницы решена.

У похищенной девушки в шайке Кукуметто был возлюбленный, его звали Карлини.

Увидев его, она протянула к нему руки и считала себя спасенною, но бедный Карлини, узнав ее, почувствовал, что сердце его разрывается: он не сомневался в том, какая ей готовится участь.

Однако, так как он был любимцем Кукуметто, три года делил с ним все опасности и даже однажды спас ему жизнь, застрелив карабинера, который уже занес саблю над его головой, то он надеялся, что Кукуметто сжалится над ним.

Он отвел атамана в сторону, в то время как девушка, сидя под высокой сосной, посреди лесной прогалины, закрывала лицо яркой косынкой, какие носят римские крестьянки, чтобы спрятать его от похотливых взглядов разбойников.

Карлини все рассказал атаману: их любовь, клятвы верности и как они каждую ночь, с тех пор как шайка расположилась в этих местах, встречаются среди развалин.

Как раз в этот вечер Карлини был послан в соседнее село и не мог явиться на свидание; но Кукуметто якобы случайно очутился там и похитил девушку.

Карлини умолял атамана сделать ради него исключение и пощадить Риту, уверяя, что отец ее богат и даст хороший выкуп.

Кукуметто притворился, что склоняется на мольбы своего друга, и поручил ему найти пастуха, которого можно было бы послать к отцу Риты, в Фрозиноне.

Карлини радостно подбежал к девушке, сказал ей, что она спасена, и попросил ее написать отцу письмо, чтобы сообщить о том, что с ней случилось, и уведомить его, что за нее требуют триста пиастров выкупа.

Отцу давали сроку двенадцать часов, до девяти часов следующего утра.

Взяв письмо, Карлини бросился в долину разыскивать гонца.

Он нашел молодого пастуха, загонявшего в ограду свое стадо. Пастухи, обитающие между городом и горами, на границе между дикой и цивилизованной жизнью, – обычно посланцы разбойников.

Пастух немедленно пустился в путь, обещая через час быть в Фрозиноне.

Карлини, радостный, вернулся к возлюбленной, чтобы передать ей это утешительное известие.

Он застал шайку на прогалине, за веселым ужином; она поглощала припасы, взимаемые с поселян в виде дани; но он тщетно искал между пирующими Кукуметто и Риту.

Он спросил, где они; бандиты отвечали громким хохотом. Холодный пот выступил на лбу Карлини, волосы на голове встали дыбом.

Он повторил свой вопрос. Один из сотрапезников налил в стакан орвиетского вина и протянул его Карлини.

«За здоровье храброго Кукуметто и красавицы Риты!»

В ту же минуту Карлини услышал женский крик. Он понял все. Он схватил стакан, пустил им в лицо угощавшего и бросился на крик.

Пробежав шагов сто, он за кустом увидел Кукуметто, державшего в объятиях бесчувственную Риту.

Увидев Карлини, Кукуметто встал и навел на него два пистолета.

Разбойники взглянули друг на друга: один – с похотливой улыбкой на губах, другой – смертельно бледный.

Можно было думать, что между этими людьми сейчас произойдет жестокая схватка. Но мало-помалу черты Карлини разгладились, его рука, схватившаяся было за один из пистолетов, заткнутых у него за поясом, повисла в воздухе.

Рита лежала на земле между ними.

Лунный свет озарял эту сцену.

«Ну что? – сказал Кукуметто. – Исполнил ты мое поручение?»

«Да, атаман, – отвечал Карлини, – и завтра, к девяти часам, отец Риты будет здесь с деньгами».

«Очень хорошо. А пока мы проведем веселую ночь. Эта девушка восхитительна, у тебя неплохой вкус, Карлини. А так как я не себялюбец, то мы сейчас вернемся к товарищам и будем тянуть жребий, кому она теперь достанется».

«Стало быть, вы решили поступить с ней, как обычно?» – спросил Карлини.

«А почему бы делать для нее исключение?»

«Я думал, что во внимание к моей просьбе…»

«Чем ты лучше других?»

«Вы правы».

«Но ты не беспокойся, – продолжал, смеясь, Кукуметто, – рано или поздно придет и твой черед».

Карлини так стиснул зубы, что они хрустнули.

«Ну что же, идем?» – сказал Кукуметто, делая шаг в сторону

товарищей.

«Я иду за вами».

Кукуметто удалился, оглядываясь на Карлини, так как, должно быть, опасался, что тот нападет на него сзади. Но ничто в молодом разбойнике не указывало на враждебные намерения.

Он продолжал стоять, скрестив руки, над все еще бесчувственной Ритой.

У Кукуметто мелькнула мысль, что Карлини хочет схватить ее на руки и бежать с нею. Но это его не беспокоило, потому что он уже получил от Риты все, что хотел; а что касается денег, то триста пиастров, разделенных между всей шайкой, были такой ничтожной суммой, что они его мало интересовали.

И он продолжал идти к прогалине; к его удивлению, Карлини появился там почти одновременно с ним.

«Жребий! Жребий!» – закричали разбойники, увидев атамана.

И глаза всех этих людей загорелись вожделением, в красноватом отблеске костра они были похожи на демонов.

Требование их было справедливо; поэтому атаман в знак согласия кивнул головой. Записки с именами, в том числе и с именем Карлини, положили в шляпу, и самый младший из шайки вытащил из этой самодельной урны одну из записок.

На этой записке значилось имя Дьяволаччо.

Это был тот самый, который предложил Карлини выпить за здоровье атамана и которому Карлини в ответ на это швырнул стакан в лицо.

Из широкой раны, рассекшей ему лицо от виска до подбородка, струей текла кровь.

Когда прочли его имя, он громко захохотал.

«Атаман, – сказал он, – Карлини сейчас отказался выпить за ваше здоровье; предложите ему выпить за мое; может быть, он скорее снизойдет к вашей просьбе, чем к моей».

Все ожидали какой-нибудь вспышки со стороны Карлини; но, к общему изумлению, он взял одной рукой стакан, другой – флягу и налил себе вина.

«За твое здоровье, Дьяволаччо», – сказал он спокойным голосом.

И он осушил стакан, причем рука его даже не задрожала. Потом, присаживаясь к огню, он сказал:

«Дайте мне мою долю ужина! Я проголодался после долгой ходьбы».

«Да здравствует Карлини!» – закричали разбойники.

«Так и надо! Вот это называется поступать по-товарищески».

И все снова уселись в кружок у костра; Дьяволаччо удалился.

Карлини ел и пил, как будто ничего не произошло.

Разбойники удивленно поглядывали на него, озадаченные его безучастием, как вдруг услышали позади себя тяжелые шаги...

Они обернулись: к костру подходил Дьяволаччо с молодой пленницей на руках.

Голова ее была запрокинута, длинные волосы касались земли.

Чем ближе он подходил к светлому кругу костра, тем заметней становилась бледность девушки и бледность разбойника.

Так зловеще и торжественно было это появление, что все встали, кроме Карлини, который спокойно остался сидеть, продолжая есть и пить как ни в чем не бывало.

Дьяволаччо подходил все ближе среди всеобщего молчания и, наконец, положил Риту к ногам атамана.

Тогда все поняли, почему так бледен разбойник и так бледна девушка: под ее левою грудью торчала рукоять ножа.

Все глаза обратились к Карлини: у него на поясе висели пустые ножны.

«Так, – сказал атаман, – теперь я понимаю, для чего Карлини отстал».

Дикие натуры умеют ценить мужественный поступок; хотя, быть может, ни один из разбойников не сделал бы того, что сделал Карлини, все его поняли.

Карлини тоже встал с места и подошел к телу, положив руку на рукоять пистолета.

«А теперь, – сказал он, – будет кто-нибудь оспаривать у меня эту женщину?»

«Никто, – отвечал атаман, – она твоя!»

Карлини поднял ее на руки и вынес из освещенного круга, который отбрасывало пламя костра.

Кукуметто, как обычно, расставил часовых, и разбойники, завернувшись в плащи, легли спать около огня.

В полночь часовые подняли тревогу: атаман и разбойники в тот же миг были на ногах.

Это оказался отец Риты, принесший выкуп за дочь.

«Бери, – сказал он атаману, подавая мешок с серебром. – Вот триста пиастров. Отдай мне мою дочь».

Но атаман, не взяв денег, сделал ему знак следовать за собой. Старик повиновался; они пошли за деревья, сквозь ветви которых просвечивал месяц. Наконец Кукуметто остановился, протянул руку и указал старику на две фигуры под деревом.

«Вот, – сказал он, – требуй свою дочь у Карлини, он даст тебе отчет во всем».

И вернулся к товарищам.

Старик замер на месте. Он чувствовал, что какая-то неведомая беда, огромная, непоправимая, нависла над его головой. Наконец он сделал несколько шагов, стараясь различить, что происходит под деревом.

Заслышав шаги, Карлини поднял голову, и глазам старика более отчетливо представились очертания двух людей.

На земле лежала женщина; голова ее покоилась на коленях мужчины, наклонившегося над ней, приподняв голову, он открыл лицо женщины, которое он прижимал к груди.

Старик узнал свою дочь, а Карлини узнал старика.

«Я ждал тебя», – сказал разбойник отцу Риты.

«Негодяй! – воскликнул старик. – Что ты сделал?»

И он с ужасом глядел на Риту, неподвижную, окровавленную, с ножом в груди. Лунный луч падал на нее, озаряя ее тусклым светом.

«Кукуметто обесчестил твою дочь, – сказал Карлини, – я любил ее и потому убил; после него она стала бы игрушкой для всей шайки».

Старик не сказал ни слова, но побледнел, как привидение.

«Если я виноват, – продолжал Карлини, – отомсти за нее».

Он вырвал нож из груди молодой девушки и одной рукой подал его старику, а другой – обнажил свою грудь.

«Ты хорошо сделал, – сказал старик глухим голосом, – обними меня, сын мой!»

Карлини, рыдая, упал в объятия отца своей возлюбленной. То были первые слезы в жизни этого запятнанного кровью человека.

«А теперь, – сказал старик, – помоги мне похоронить мою дочь».

Карлини принес два заступа, и отец вместе с возлюбленным принялись рыть могилу под густыми ветвями столетнего дуба.

Когда могила была вырыта, отец первый поцеловал убитую, после него – возлюбленный; потом один взял ее за ноги, другой за плечи и опустили в могилу.

Оба встали на колени по краям могилы и прочитали молитвы по

усопшей.

Потом они опять взялись за заступы и засыпали могилу.

Старик протянул Карлини руку.

«Благодарю тебя, сын мой, – сказал он, – теперь оставь меня одного».

«Но как же так…» – сказал тот.

«Оставь меня, я так хочу».

Карлини повиновался, подошел к товарищам, завернулся в плащ и скоро заснул, по-видимому, так же крепко, как они.

Еще накануне было решено переменить стоянку. За час до рассвета Кукуметто поднял свою шайку и приказал отправляться в путь.

Но Карлини не хотел уйти из леса, не узнав, что сталось с отцом Риты.

Он пошел к тому месту, где расстался с ним.

Старик висел на ветви дуба, осенявшего могилу его дочери.

Над телом отца и над могилой дочери Карлини поклялся отомстить за обоих.

Но он не успел сдержать своей клятвы; два дня спустя он был убит в стычке с римскими карабинерами.

Все удивлялись, что, хотя он стоял лицом к неприятелю, пуля попала ему в спину.

Но когда один из разбойников припомнил, что Кукуметто был в десяти шагах позади Карлини в ту минуту, когда тот упал, – удивляться перестали.

В то утро, когда шайка покидала Фрозинонский лес, Кукуметто в темноте последовал за Карлини, слышал его клятву и, как человек осмотрительный, опередил его.

Об этом страшном атамане рассказывали еще много других не менее удивительных историй.

Поэтому от Фонди до Перуджи все дрожали при одном имени Кукуметто.

Эти рассказы часто служили предметом беседы между Луиджи и Терезой.

Тереза дрожала от страха, но Вампа с улыбкой успокаивал ее, похлопывая рукой по своему доброму ружью, так метко попадающему в цель; а если она не успокаивалась, он указывал ей на ворона, сидевшего от них в ста шагах на сухой ветке, прицеливался, спускал курок – птица падала мертвой.

Между тем время бежало; молодые люди решили обвенчаться, когда Луиджи минет двадцать лет, а Терезе – девятнадцать.

Оба они были сироты, и просить разрешения на брак им нужно было только у своих хозяев; они обратились к ним с просьбой и получили согласие.

Однажды, мечтая о будущем, они вдруг услышали выстрелы; потом из рощи, возле которой они, как обычно, пасли свои стада, выскочил человек и бросился в их сторону.

Подбежав ближе, он крикнул:

«За мною гонятся! Спрячьте меня!»

Молодые люди сразу догадались, что это разбойник, но между римским крестьянином и римским разбойником существует врожденная приязнь – первый всегда готов оказать услугу второму.

Вампа, не говоря ни слова, подбежал к камню, закрывавшему вход в их пещеру, отвалил его, указал беглецу на это никому не ведомое убежище, закрыл за ним вход и сел на свое прежнее место подле Терезы.

Почти тотчас же четыре конных карабинера показались у опушки рощи; трое, по-видимому, искали беглеца, а четвертый волочил за шею пойманного разбойника.

Карабинеры быстрым взглядом окинули местность, увидели молодых людей, галопом подскакали к ним и начали расспрашивать.

Те никого не видели.

«Досадно, – сказал начальник патруля, – тот, кого мы ищем, атаман».

«Кукуметто?» – невольно воскликнули в один голос Луиджи и Тереза.

«Да, – отвечал начальник, – а так как за его голову назначена награда в тысячу римских скудо, то пятьсот из них достались бы вам, если бы вы помогли нам изловить его».

Молодые люди переглянулись. У карабинера мелькнула надежда. Пятьсот римских скудо составляют три тысячи франков, а три тысячи франков – это целое состояние для двух сирот, собирающихся обвенчаться.

«Да, досадно, – отвечал Вампа, – но мы его не видели».

Карабинеры поскакали в разные стороны, но никого не нашли.

Потом, один за другим, они скрылись.

Тогда Вампа отвалил камень, и Кукуметто вышел из пещеры.

Он видел в щель гранитной двери, как молодые люди разговаривали с карабинерами; он догадался, о чем они толковали; он прочел на лице Луиджи и Терезы твердую решимость не выдавать его. Вынув из кармана кошелек, набитый золотом, он протянул им его.

Вампа горделиво поднял голову, но у Терезы разгорелись глаза, когда она подумала, сколько можно купить драгоценностей и нарядов на это золото.

Кукуметто был сущий дьявол, змей, принявший образ разбойника; он перехватил этот взгляд, угадал в Терезе достойную дочь Евы и, прежде чем скрыться в роще, несколько раз оглянулся, как бы прощаясь со своими спасителями.

Прошло несколько дней. Кукуметто больше не показывался, и о нем ничего не было слышно.

Приближалось время карнавала. Граф Сан-Феличе решил дать большой костюмированный бал, на который было приглашено самое блестящее римское общество.

Терезе очень хотелось посмотреть празднество. Луиджи упросил управляющего позволить ему присутствовать на балу вместе с Терезой, замешавшись в толпу слуг.

Граф затеял празднество, чтобы повеселить свою дочь Кармелу, в которой души не чаял.

Кармела была сверстницей Терезы и одного с нею роста, а Тереза красотой не уступала графской дочери.

В вечер празднества Тереза надела свой лучший наряд, вколола в прическу самые дорогие булавки, повесила на шею самые сверкающие бусы. Она была в костюме крестьянки из Фраскати.

Луиджи надел живописный праздничный костюм тосканских поселян.

Оба они, как было условлено, затерялись в толпе слуг и крестьян.

Празднество отличалось необыкновенной пышностью. Не только графский дом горел сотнями огней, но на всех деревьях парка висели пестрые фонарики. Поэтому многочисленные гости вскоре хлынули из богатых покоев на террасы, а с террас в аллеи парка.

На каждом перекрестке играл оркестр, стояли столы со сластями и винами; гуляющие останавливались, составляли кадрили и танцевали, где вздумается.

Кармела была в костюме поселянки Сонино. Чепчик ее был расшит жемчугом, золотые булавки сверкали алмазами, пояс из турецкого шелка, затканный крупными цветами, охватывал ее талию, рубашка и юбка были из кашемира, фартучек – из индийского муслина, пуговицами для корсажа служили драгоценные камни.

Две ее подруги были одеты – одна поселянкой из Неттуно, другая из Риччиа.

Четверо молодых людей из самых богатых и знатных семейств в Риме сопровождали их с той чисто итальянской свободой обращения, равной которой нет ни в одной другой стране; они тоже были наряжены поселянами – Альбано, Веллетри, Чивита-Кастеллана и Сора.

Нечего и говорить, что мужские костюмы, так же как и женские, искрились золотом и каменьями.

Кармела пожелала составить кадриль из однородных костюмов, но не хватало четвертой дамы.

Кармела оглядела толпу – ни одна гостья не была в подходящем наряде.

Граф Сан-Феличе указал ей на Терезу, стоявшую поодаль среди крестьян, опираясь на руку Луиджи.

«Вы позволите, отец?» – спросила Кармела.

«Конечно, – отвечал граф, – ведь теперь карнавал!»

Кармела наклонилась к своему кавалеру и тихо сказала ему несколько слов, указывая на молодую девушку. Молодой человек проследил за направлением хорошенькой ручки, поклонился в знак повиновения и отправился приглашать Терезу на кадриль, составленную дочерью графа.

Румянец залил лицо Терезы. Она вопросительно взглянула на Луиджи; отказаться не было возможности. Луиджи медленно выпустил ее руку, и она, дрожа всем телом, дала себя увести своему изящному кавалеру и заняла место в господской кадрили.

Конечно, глазу художника точный и строгий костюм Терезы понравился бы больше, чем платья Кармелы и ее подруг; но Тереза была девушка легкомысленная и тщеславная; вышитая индийская кисея, затканный турецким узором пояс, пышный кашемир – все это ослепляло ее, а блеск сапфиров и алмазов сводил с ума.

Но и в Луиджи зародилось новое, неведомое чувство: это была щемящая боль, которая началась в сердце, а потом разлилась по жилам и охватила все его тело. Он следил глазами за малейшими движениями Терезы и ее кавалера; когда они брались за руки, у него кружилась голова, кровь стучала в жилах, а в ушах раздавался словно колокольный звон. Когда они разговаривали и Тереза, скромно потупив глаза, слушала речи своего кавалера, Луиджи читал в пламенных взорах красивого юноши, что речи его – восхваления; тогда ему казалось, что земля уходит у него из-под ног и все голоса ада нашептывают ему о смерти и убийстве. Боясь поддаться безумию, он одной рукой хватался за зеленую изгородь, возле которой стоял, а другой судорожно сжимал резную рукоятку кинжала, заткнутого за пояс, сам не замечая, что то и дело почти вынимает его из ножен.

Луиджи ревновал! Он чувствовал, что может потерять тщеславную и самолюбивую Терезу.

А между тем Тереза, вначале робкая и испуганная, скоро оправилась от смущения. Мы уже сказали, что она была красавица. Этого мало, – она была полна грации, той дикой грации, которая в тысячу раз пленительней нашей жеманной и деланной грациозности.

Она стала царицей кадрили, и если она завидовала дочери графа Сан-Феличе, то мы не смеем утверждать, что Кармела смотрела на нее без ревности.

Когда кадриль кончилась, изящный кавалер, рассыпаясь в комплиментах, отвел ее на прежнее место, где ее ждал Луиджи.

Несколько раз во время кадрили Тереза взглядывала на него и видела его бледное, страдальческое лицо. Раз даже перед ее глазами зловещей молнией блеснуло лезвие кинжала.

Почти с трепетом взяла она под руку своего возлюбленного.

Кадриль имела большой успех, все гости просили повторить ее; одна Кармела отказывалась; но граф Сан-Феличе так настойчиво просил ее, что она в конце концов дала свое согласие.

Тотчас же один из кавалеров бросился приглашать Терезу, без которой нельзя было составить кадриль; но она уже исчезла.

Луиджи, чувствуя, что не вынесет вторичного испытания, наполовину уговорил, наполовину заставил Терезу перейти в другую часть сада. Тереза нехотя повиновалась; но она видела по искаженному лицу Луиджи, по его молчанию и судорожно вздрагивающей руке, что в нем происходит. Сама она тоже была взволнована; и хоть она не сделала ничего дурного, но понимала, что Луиджи вправе упрекнуть ее, – за что? – она не знала, но чувствовала тем не менее, что этот упрек был бы заслужен.

Однако, к немалому удивлению Терезы, Луиджи молчал и за весь вечер не произнес ни слова. Только когда вечерняя прохлада заставила гостей покинуть сад и они перенесли танцы в комнаты, Луиджи, проводив Терезу до дому, сказал:

«Тереза, о чем ты думала, когда танцевала против молодой графини?»

«Я думала, – откровенно отвечала девушка, – что отдала бы полжизни за такой наряд, как у нее».

«А что говорил тебе твой кавалер?»

«Он говорил мне, что от меня зависит иметь такой наряд и что для этого мне стоит только сказать слово».

«Он был совершенно прав, – сказал Луиджи. – Так ты хочешь иметь такой наряд?»

«Да».

«Ты его получишь!»

Тереза удивленно подняла голову и хотела задать вопрос; но его лицо было так мрачно и страшно, что слова замерли у нее на губах.

После этого Луиджи тотчас же ушел.

Тереза поглядела ему вслед. Когда он скрылся в темноте, она со вздохом вошла в дом.

В ту же ночь приключилась беда: вероятно, по неосторожности слуг, забывших погасить огни, вспыхнул пожар на вилле Сан-Феличе, во флигеле, где помещались комнаты прелестной Кармелы. Проснувшись среди ночи, она увидела пламя, вскочила с постели и, накинув на себя халат, бросилась к двери; но коридор, который ей надо было пробежать, был уже охвачен огнем. Тогда она вернулась в свою комнату, громко зовя на помощь. Вдруг ее окно, находившееся на высоте двадцати футов от земли, распахнулось; в комнату прыгнул крестьянский парень, схватил ее на руки и с нечеловеческой силой и ловкостью вынес на лужайку; Кармела потеряла сознание. Когда она пришла в себя, подле нее был ее отец. Кругом толпились слуги, наперерыв стараясь оказать ей помощь. Весь флигель виллы сгорел; но кто мог думал об этом, раз Кармела была жива и здорова?

Ее спасителя искали всюду; но он не показывался. Спрашивали всех и вся, но никто не видел его. Сама же Кармела была так взволнована, что не успела разглядеть его лицо.

Граф был сказочно богат, и, если не считать опасности, которой подвергалась Кармела, пожар не причинил ему сколько-нибудь чувствительного урона, тем более что чудесное спасение дочери казалось ему новой милостью провидения.

На другой день в обычный час Тереза и Луиджи встретились у опушки леса. Луиджи пришел первый и радостно приветствовал Терезу; он, казалось, совсем забыл о вчерашнем. Тереза была задумчива; но, видя Луиджи ласковым и беззаботным, она тоже стала беспечно весела; впрочем, такой она бывала всегда, если только какое-нибудь страстное желание не лишало ее покоя.

Луиджи взял ее под руку, привел к пещере и остановился. Девушка, понимая, что происходит что-то необыкновенное, пристально посмотрела на него.

«Тереза, – сказал Луиджи, – вчера ты мне сказала, что отдала бы все на свете, чтобы иметь такой наряд, как у дочери графа?»

«Да, – отвечала удивленная Тереза, – но это желание было легкомысленно».

«А я тебе ответил: "Хорошо, ты его получишь"».

«Да, – сказала молодая девушка, удивление которой возрастало с каждым словом Луиджи. – Но ты, наверное, так ответил, чтобы сделать мне удовольствие».

«Я никогда ничего не обещал тебе напрасно, Тереза, – сказал Луиджи с гордостью. – Войди в пещеру и оденься».

С этими словами он отодвинул камень и показал Терезе пещеру, освещенную двумя свечами, зажженными по бокам великолепного зеркала; на грубом столе, сделанном руками Луиджи, лежали жемчужное ожерелье и бриллиантовые булавки; рядом, на стуле, лежал весь остальной наряд.

Тереза вскрикнула от радости и, даже не спросив, откуда взялся наряд, даже не поблагодарив Луиджи, бросилась в пещеру.

Луиджи тотчас же завалил вход камнем, потому что на гребне невысокого холма, заслонявшего ему вид на Палестрину, он заметил всадника, который остановился, как бы выбирая дорогу. Всадник так отчетливо вырисовывался на голубом небе, как только в южных далях вырисовываются предметы.

Увидев Луиджи, всадник поднял лошадь в галоп и подскакал к нему.

Луиджи не ошибся: всадник, ехавший из Палестрины в Тиволи, сбился с дороги.

Луиджи указал ему направление; но так как впереди дорога снова разветвлялась, то всадник, чтобы опять не заблудиться, попросил Луиджи проводить его.

Луиджи снял плащ, положил его на землю, перекинул свой карабин через плечо и пошел подле всадника тем быстрым шагом горца, который соперничает с шагом лошади.

Через десять минут Луиджи и всадник добрались до перекрестка.

Тут юноша царственным движением протянул руку и указал на ту из трех дорог, по которой всаднику следовало ехать.

«Вот ваша дорога, – сказал он. – Ваша милость теперь не заблудится».

«А вот твоя награда», – сказал всадник, протягивая молодому пастуху несколько мелких монет.

«Благодарю, – сказал Луиджи, отдергивая руку, – я оказываю услуги, но не продаю их».

«Если ты отказываешься от платы, – сказал всадник, по-видимому, знающий разницу между угодливостью городских жителей и гордостью поселян, – то, может быть, ты примешь подарок?»

«Это другое дело!»

«Так возьми эти два венецианских цехина и дай сделать из них серьги для твоей невесты».

«А вы возьмите этот кинжал, – отвечал молодой пастух. – От Альбано до Чивита-Кастеллана вам не найти рукоятки с лучшей резьбой».

«Я принимаю твой подарок, – сказал всадник. – Но теперь я у тебя в долгу: ведь этот кинжал стоит дороже двух цехинов».

«Если его купить; но я сам его делал, и мне он стоит не больше пиастра».

«Как тебя зовут?» – спросил всадник.

«Луиджи Вампа, – отвечал пастух с таким видом, словно сказал: Александр Македонский. – А вас как?»

«Меня зовут Синдбад-мореход», – отвечал всадник.

Франц д'Эпине удивленно вскрикнул.

– Синдбад-мореход? – переспросил он.

– Да, – отвечал рассказчик, – так он назвал себя.

– А что? Чем вам не нравится это имя? – вмешался Альбер. – Очень красивое имя, и, признаюсь, приключения настоящего Синдбада меня когда-то очень занимали.

Франц промолчал. Имя Синдбад-мореход, по очень понятным причинам, пробудило в нем целый рой воспоминаний.

– Продолжайте, – сказал он хозяину.

– Вампа небрежно сунул в карман два цехина и медленно повернул обратно. Когда он был всего в трехстах шагах от пещеры, ему послышались крики.

Он замер, прислушиваясь.

Через секунду он ясно расслышал свое имя.

Крики доносились со стороны пещеры.

Он ринулся вперед, как серна, на бегу заряжая ружье, и в два прыжка достиг вершины холма.

Здесь крики долетали еще явственнее.

Он посмотрел вниз: какой-то мужчина похищал Терезу, как кентавр Несс похитил Деяниру.

Похититель бежал к лесу и уже прошел три четверти пути, отделявшего лес от пещеры.

Вампа глазом измерил расстояние; между ним и похитителем было по меньшей мере двести шагов; Вампа понял, что тот скроется с Терезой в лесу раньше, чем он успеет догнать его.

Молодой пастух словно прирос к месту. Он вскинул ружье, медленно навел дуло, прицелился и спустил курок.

Похититель вдруг остановился; колени его подогнулись, и он упал, увлекая вместе с собой Терезу.

Но Тереза сейчас же вскочила на ноги; похититель остался лежать; он бился в предсмертных судорогах.

Вампа бросился к Терезе; отбежав шагов десять от умирающего, она упала на колени; у Луиджи мелькнула ужасная мысль, что пуля, поразившая насмерть его врага, задела и его невесту.

К счастью, этого не случилось; только пережитый испуг отнял силы у Терезы. Удостоверившись, что она невредима, Вампа подошел к раненому.

Тот уже испустил дух; кулаки его были судорожно сжаты, рот искривлен, волосы всклокочены и влажны от предсмертного пота. Глаза его были открыты и все еще грозны. Вампа узнал в убитом Кукуметто.

С того дня, как молодые люди спасли разбойника, он влюбился в Терезу и поклялся, что девушка будет принадлежать ему. Он неустанно подстерегал ее; воспользовавшись тем, что Луиджи оставил ее одну, чтобы указать дорогу всаднику, он похитил девушку и уже считал ее своей, как вдруг пуля, пущенная меткой рукой Вампы, пробила ему сердце.

Вампа смотрел на него, и ни малейшее волнение не отражалось на его лице, тогда как Тереза, все еще трепещущая, едва осмеливалась подойти к трупу и боязливо глядела на него через плечо своего возлюбленного. Вампа обернулся к ней.

«Я вижу, ты уже одета, – сказал он. – Теперь моя очередь заняться туалетом».

Тереза и в самом деле с ног до головы была одета в наряд

дочери графа Сан-Феличе.

Вампа поднял труп Кукуметто и отнес его в пещеру, но на этот раз Тереза уже не вошла.

Если бы в эту минуту проехал еще всадник, то он увидел бы странное зрелище: девушку, пасущую стадо в кашемировом платье, в серьгах и жемчужном ожерелье, с бриллиантовыми булавками в волосах и рубиновыми пуговицами на корсаже.

Он, несомненно, решил бы, что перенесся во времена Флориана и, воротясь в Париж, стал бы уверять, что видел Альпийскую Пастушку у подножия Сабинских гор.

Через четверть часа Вампа вышел из пещеры. Он был одет с не меньшим щегольством, чем Тереза.

На нем был камзол из гранатового бархата, с чеканными золотыми пуговицами, шелковый вышитый жилет, римский шейный платок, зеленый с красным шелковый пояс, затканный золотом, бархатные голубые штаны до колен с бриллиантовыми пряжками, замшевые гетры с пестрым узором и шляпа, на которой развевались ленты всех цветов. У пояса висели двое часов, а за пояс был заткнут великолепный кинжал.

Тереза вскрикнула от восхищения. Вампа в костюме Кукуметто напоминал картину Леопольда Робера или Шнеца.

Заметив, какое впечатление он произвел на свою невесту, он гордо улыбнулся.

«Готова ли ты разделить мою судьбу, какая бы она ни была?» – спросил он ее.

«Да!» – воскликнула Тереза.

«И ты всюду пойдешь за мной?»

«Хоть на край света!»

«Тогда давай руку и пойдем: нельзя терять времени».

Девушка подала руку своему возлюбленному, не спрашивая даже, куда он ее ведет. В эту минуту он казался ей прекрасным, гордым и всесильным, как божество.

Они направились к лесу и через несколько минут скрылись за деревьями.

Нечего и говорить о том, что Вампа знал все тропинки в горах; он все дальше углублялся в лес, не колеблясь ни одной секунды, хотя там не было ни одной протоптанной тропинки, и он распознавал дорогу по кустам и деревьям; так шли они часа полтора.

Наконец они забрались в самую чащу леса. Высохшее русло вело в темное ущелье. Вампа пошел по этой нехоженой дороге, вившейся глубоко между двумя берегами и затененной густыми ветвями сосен; если бы не отлогий спуск, ее можно было принять за тропу в Аверн, о которой говорит Вергилий.

Тереза, снова оробевшая в этом диком и пустынном месте, молча жалась к своему проводнику; но так как она видела, что он идет ровным шагом и лицо его спокойно, она нашла в себе силу скрыть свою тревогу.

Вдруг в десяти шагах от них из-за дерева вышел человек и навел на Луиджи ружье.

«Ни шагу дальше, – крикнул он, – не то убью!»

«Брось! – сказал Вампа, пренебрежительно подняв руку, между тем как Тереза, не скрывая больше своего страха, вся дрожа, прижималась к нему. – Разве волки грызутся между собой?»

«Кто ты такой?» – спросил часовой.

«Я – Луиджи Вампа, пастух из поместья Сан-Феличе».

«Что тебе нужно?»

«Мне нужно поговорить с твоими товарищами на прогалине Рокка-Бианка».

«Так ступай за мной, – отвечал часовой, – или лучше ступай

вперед, коли знаешь куда».

Вампа презрительно улыбнулся, вышел вперед вместе с Терезой и продолжал свой путь тем же твердым и спокойным шагом, каким шел до сих пор.

Через пять минут разбойник велел им остановиться.

Они повиновались.

Разбойник три раза прокаркал по-вороньи.

В ответ раздалось такое же карканье.

«Так, – сказал разбойник. – Теперь можешь идти дальше».

Луиджи и Тереза пошли дальше.

Но по мере того как они подвигались вперед, Тереза все крепче прижималась к своему возлюбленному: в самом деле между деревьями замелькали ружейные стволы.

Прогалина Рокка-Бианка находилась на вершине небольшой горы, которая, вероятно, некогда была вулканом, потухшим еще прежде, чем Ромул и Рем покинули Альбу и построили Рим.

Тереза и Луиджи взобрались на вершину и очутились лицом к лицу с двумя десятками разбойников.

«Этот парень вас ищет, он хочет поговорить с вами», – сказал часовой.

«Что же он хочет нам сказать?» – спросил разбойник, заменявший атамана во время его отлучки.

«Хочу сказать, что мне надоело быть пастухом», – сказал Вампа.

«А, понимаю, – сказал помощник атамана, – и ты пришел проситься к нам?»

«Милости просим!» – закричали разбойники из Феррузино, Пампинары и Ананьи, узнавшие Луиджи.

«Да, только я хочу быть не просто вашим товарищем».

«А чего же ты хочешь?» – спросили с удивлением разбойники.

«Я хочу быть вашим атаманом», – отвечал Луиджи Вампа.

Разбойники разразились смехом.

«А что ты сделал, чтобы заслужить такую честь?» – спросил помощник атамана.

«Я убил Кукуметто, вот на мне его наряд, и я поджег виллу Сан-Феличе, чтобы подарить подвенечное платье моей невесте».

Через час Луиджи Вампа выбрали атаманом вместо Кукуметто.

– Милый Альбер, – сказал Франц, обращаясь к своему другу, – какого вы теперь мнения о синьоре Луиджи Вампа?

– По-моему, это миф, – отвечал Альбер, – он никогда не существовал.

– А что такое миф? – спросил Пастрини.

– Слишком долго объяснять, любезный хозяин, – отвечал Франц. – Так вы говорите, что синьор Вампа промышляет теперь в окрестностях Рима?

– И с такой дерзостью, какой еще не проявлял ни один разбойник.

– И полиция тщетно пытается его изловить?

– Что поделаешь! Он дружит и с пастухами в долине, и с тибрскими рыбаками, и с береговыми контрабандистами. Его ищут в горах, а он на реке; его преследуют на реке, а он выходит в открытое море; а потом вдруг, когда думают, что он бежал на остров Джильо, Джаннутри или Монте-Кристо, он снова появляется в Альбано, в Тиволи или в Риччии.

– А каково его обращение с путешественниками?

– Очень простое. Смотря по дальности расстояния от города, он дает им либо восемь, либо двенадцать часов, либо сутки сроку, чтобы внести выкуп. Потом по истечении срока дает еще час отсрочки. В шестидесятую минуту этого часа, если деньги не выплачены, он пускает пленнику пулю в лоб или всаживает ему кинжал в грудь, вот вам и весь сказ!

— Ну как, Альбер, — спросил Франц, — вам все еще хочется ехать в Колизей по наружным бульварам?

— Разумеется, — отвечал Альбер, — если эта дорога живописнее.

В эту минуту пробило девять часов. Дверь отворилась, и вошел кучер.

— Экипаж подан, ваша милость, — сказал он.

— В таком случае едем в Колизей, — сказал Франц.

— Через ворота дель-Пополо, ваша милость, или улицами?

— Улицами, черт возьми, улицами! — воскликнул Франц.

— Друг мой! — сказал Альбер, вставая и закуривая третью сигару. — Признаюсь, я считал вас храбрее.

Молодые люди спустились с лестницы и сели в экипаж.

XIII. Видение

Франц все же нашел способ подвезти Альбера к Колизею, не проезжая мимо памятников древности и ничем не умаляя впечатления от гигантских размеров колосса. Для этого надо было ехать по виа Систина, свернуть под прямым углом перед Санта-Мариа-Маджоре и подъехать по виа Урбана и Сан-Пьетро-ин-Винколи к виа дель-Колосо.

Эта дорога имела еще одно преимущество: она ничем не отвлекала мыслей Франца от рассказа маэстро Пастрини, в котором упоминался его таинственный хозяин с острова Монте-Кристо. Он откинулся в угол экипажа и снова углубился в бесконечные вопросы, которые он сам себе задавал и ни на один из которых он не умел найти удовлетворительного ответа.

Кстати сказать, еще одно обстоятельство в этом рассказе напомнило ему о Синдбаде-мореходе; а именно, таинственные сношения между разбойниками и моряками. Когда маэстро Пастрини говорил о том, что Вампа находит убежище на рыбачьих лодках и у контрабандистов, Франц вспомнил корсиканских бандитов, ужинавших вместе с экипажем маленькой яхты, которая отклонилась от своего курса и зашла в Порто-Веккио только для того, чтобы высадить их на берег. Имя, которым назвал себя его хозяин на острове Монте-Кристо и которое упомянул хозяин гостиницы «Лондон», доказывало ему, что этот человек выступал в роли благодетеля на берегах Пьомбино, Чивита-Веккии, Остии и Гаэты точно так же, как и на корсиканском, тосканском и испанском берегах; а так как он сам, как помнилось Францу, говорил о Тунисе и о Палермо, то у него, по-видимому, был довольно обширный круг знакомств.

Но как ни занимали все эти размышления ум Франца, они сразу исчезли, когда перед ним вырос мрачный исполинский силуэт Колизея, сквозь отверстия которого месяц бросал длинные бледные лучи, подобные лучам, струящимся из глаз привидений. Экипаж остановился в нескольких шагах от Meta Sudans.[25] Кучер отворил дверцу; молодые люди вышли из экипажа и очутились лицом к лицу с чичероне, который словно вырос из-под земли.

Так как их уже сопровождал чичероне из гостиницы, то таковых оказалось двое.

Впрочем, в Риме невозможно избегнуть изобилия проводников: кроме главного чичероне, который овладевает вами с той минуты, как вы переступили порог гостиницы, и расстается с вами, только когда вы уезжаете из города, имеются еще особые чичероне, состоящие при

---

[25] Название древнеримского фонтана.

каждом памятнике и, я бы даже сказал, при каждой части памятника. По этому можно судить, есть ли недостаток в проводниках по Колизею, этому памятнику среди памятников, о котором Марциал сказал:

«Да не похваляется перед нами Мемфис варварским чудом своих пирамид, да не воспевают чудес Вавилона; все должно склониться перед безмерным сооружением амфитеатра цезарей, и все хвалебные голоса должны слиться воедино, чтобы воспеть славу этому памятнику».

Франц и Альбер даже не пытались избавиться от тирании римских чичероне, которые к тому же одни имеют право ходить по Колизею с факелами. Поэтому они не противились и отдались в полную власть своих проводников.

Франц уже был знаком с этой прогулкой, потому что успел совершить ее раз десять. Но его спутник, менее искушенный, впервые вступал в это здание, воздвигнутое Флавием Веспасианом, и надо сказать к его чести, что, несмотря на невежественную болтовню гидов, впечатление, произведенное на него Колизеем, было огромно. В самом деле, нельзя, не увидав это зрелище своими глазами, составить себе понятие о величии древних руин, особенно когда они кажутся еще более гигантскими от таинственного света южной луны, который может поспорить с вечерним светом запада.

Задумчиво пройдя шагов сто под внутренними портиками, Франц предоставил Альбера проводникам, настаивавшим на своем неотъемлемом праве показать ему во всех подробностях львиный ров, помещение для гладиаторов и подиум цезарей; он поднялся по полуразрушенной лестнице и, пока те проделывали свой раз навсегда установленный путь, попросту сел в тени колонны, против отверстия, в которое можно было видеть гранитного великана во всем его величии.

Франц просидел с четверть часа в тени колонны, следя глазами за Альбером и его факелоносцами, которые, выйдя из вомитория, помещающегося на противоположном конце Колизея, спускались, словно тени за блуждающим огоньком, со ступеньки на ступеньку к местам, отведенным для весталок. Вдруг ему послышалось, что в глубь Колизея скатился камень, отделившийся от лестницы, расположенной рядом с той, по которой он поднялся. Камень, сорвавшийся под ногою времени и скатившийся в пропасть, конечно, не редкость; но на этот раз Францу показалось, что камень покатился из-под ноги человека; ему даже послышался неясный шум шагов; было очевидно, что кто-то идет по лестнице, стараясь ступать как можно тише.

И в самом деле через минуту показалась человеческая фигура, выходящая из тени, по мере того как она поднималась; верхняя ступень лестницы была освещена луной, тогда как остальные, чем дальше уходили вниз, тем больше погружались в темноту.

То мог быть такой же путешественник, как и он, предпочитающий уединенное созерцание глупой болтовне чичероне, и потому в его появлении не было ничего удивительного; но по тому, с какою нерешительностью он всходил на последние ступени, по тому, как он, прислушиваясь, остановился на площадке, Франц понял, что он пришел сюда с какой-то целью и кого-то поджидает.

Инстинктивно Франц спрятался за колонну.

На высоте десяти футов от земли был круглый пролом, в котором виднелось усеянное звездами небо.

Вокруг этого отверстия, через которое, быть может, уже несколько столетий лился лунный свет, рос мелкий кустарник, чьи нежные зеленые листья четко вырисовывались на бледной лазури небосвода; с верхнего выступа свешивались большие лианы и могучие побеги плюща, похожие на развевающиеся на ветру снасти.

Посетитель, таинственное появление которого привлекло внимание Франца, стоял в полутьме, скрывавшей его черты, но все же можно было рассмотреть его костюм; он был завернут в широкий темный плащ; одна пола, перекинутая через левое плечо, закрывала нижнюю часть его лица; лоб и глаза были скрыты широкополой шляпой. В свете косых лучей, проникавших в пролом, видны были черные панталоны, изящно падавшие на лакированные башмаки.

Этот человек, несомненно, принадлежал если не к аристократическому, то, во всяком случае, к высшему обществу.

Он простоял еще несколько минут и уже начал довольно заметно проявлять нетерпение, как вдруг на верхнем выступе послышался слабый шум.

В тот же миг какая-то тень заслонила свет луны, над проломом показался человек, пристально вгляделся в темноту и, по-видимому, заметил незнакомца в плаще; тогда он схватился за свисающие лианы, спустился по ним и, очутившись футах в трех от земли, легко спрыгнул вниз. Он был одет в полный костюм транстеверинца.[26]

— Прошу извинить меня, ваша милость, что я заставил вас ждать, — сказал он на римском диалекте. — Но я опоздал только на несколько минут. Сейчас пробило десять на башне Сан-Джованни-ин-Латерано.

— Вы не опоздали, это я пришел раньше, — отвечал незнакомец на чистейшем тосканском наречии. — Поэтому не смущайтесь; если бы вы и опоздали, это было бы не по вашей вине, я знаю.

— И ваша милость не ошиблись, я сейчас из замка Святого Ангела, мне с большим трудом удалось поговорить с Беппо.

— Кто это Беппо?

— Это надзиратель тюрьмы; я плачу ему небольшое жалованье, и он извещает меня обо всем, что творится в замке его святейшества.

— Я вижу, вы человек предусмотрительный!

— А как же иначе, ваша милость! Почем знать, что может случиться? Может быть, и меня когда-нибудь поймают, как бедного Пеппино, и мне нужна будет крыса, чтобы перегрызть веревки.

— Короче говоря, что вы узнали?

— Две казни назначены на вторник, в два часа, как принято в Риме перед большими праздниками; один будет mazzolato;[27] это негодяй, убивший священника, который его воспитал, — он не стоит внимания; другой будет decapitato;[28] это и есть наш бедный Пеппино.

— Что делать, дорогой мой? Вы нагнали такой страх не только на папское правительство, но и на соседние государства, что власти хотят во что бы то ни стало примерно наказать его.

— Но ведь Пеппино даже не был в моей шайке; это — бедный пастух, он виноват только в том, что приносил нам припасы.

— Это сделало его вашим сообщником. Но вы видите, что ему оказали снисхождение. Если когда-нибудь поймают вас, вам размозжат голову, а его только гильотинируют. К тому же это внесет некоторое разнообразие в столь развлекательное зрелище и удовлетворит все вкусы.

---

[26] Живущий за рекой Тибр.

[27] Убит обухом *(ит.)*.

[28] Обезглавлен *(ит.)*.

— Но зрелище, которое я уготовил публике и которого она совсем не ожидает, будет еще занимательнее, – возразил транстеверинец.

— Любезный друг, – отвечал человек в плаще, – разрешите сказать вам, что вы как будто затеваете какую-то глупость.

— Я готов на все, чтобы спасти Пеппино, который попал в беду за то, что служил мне; клянусь мадонной, я счел бы себя трусом, если бы ничего не сделал для этого честного малого.

— И что же вы задумали?

— Я поставлю человек двадцать около эшафота, и, когда поведут Пеппино, я подам знак, мы бросимся на конвой с кинжалами и похитим его.

— Это очень рискованный способ, и мне думается, что мой план лучше вашего.

— А какой план у вашей милости?

— Я дам две тысячи пиастров одному человеку, и он выхлопочет, чтобы казнь Пеппино отложили до будущего года; а в течение этого года я дам еще тысячу пиастров другому лицу, и он поможет Пеппино бежать из тюрьмы.

— И вы уверены в успехе?

— Pardieu,[29] – сказал человек в плаще.

— Что вы сказали? – переспросил транстеверинец.

— Я говорю, друг мой, что я один, при помощи моего золота, сделаю больше, чем вы и все ваши люди, вооруженные кинжалами, пистолетами, карабинами и мушкетами. Поэтому предоставьте это дело мне.

— Извольте; но если у вас ничего не выйдет, мы все-таки будем наготове.

— Будьте наготове, если вам так хочется; но можете не сомневаться, что я добьюсь помилования.

— Не забудьте, что вторник – это послезавтра; вам остается только один день.

— Так что же? День состоит из двадцати четырех часов, час из шестидесяти минут, минута из шестидесяти секунд; в восемьдесят шесть тысяч четыреста секунд можно многое сделать.

— Если вашей милости все удастся, то как мы об этом узнаем?

— Очень просто. Я занял три крайних окна в кафе Росполи; если я выхлопочу помилование, то два боковых окна будут затянуты желтой камкой, а среднее – белой с красным крестом.

— Отлично. А как вы передадите бумагу о помиловании?

— Пришлите ко мне одного из ваших людей в одежде пилигрима. Благодаря своему наряду он проберется к эшафоту и передаст буллу главе братства, который и вручит ее палачу. Тем временем дайте знать Пеппино, а то он еще умрет от страха или сойдет с ума, и выйдет, что мы даром на него потратились.

— Послушайте, ваша милость, я предан вам всей душой, вы это знаете.

— Надеюсь, что так.

— Так вот, если вы спасете Пеппино, то это будет уже не преданность, а повиновение.

— Не говори необдуманно, друг мой. Быть может, я тебе когда-нибудь напомню о твоих словах, потому что и ты можешь мне когда-нибудь понадобиться.

— Я явлюсь в нужный час, ваша милость, как вы пришли сюда сегодня; будь вы хоть на краю света, вам стоит только написать мне: «Сделай то-то» – и я это сделаю так же верно, как меня зовут...

---

[29] Еще бы *(фр.)*.

— Шш! – прошептал человек в плаще. – Я слышу шаги…

— Это путешественники с факелами осматривают Колизей.

— Не нужно, чтобы они видели нас вместе. Все эти чичероне – сыщики, они могут узнать вас. И, как ни лестна мне ваша дружба, дорогой мой, но если узнают, что мы с вами так хорошо знакомы, я сильно опасаюсь, как бы мой престиж не пострадал.

— Итак, если вы добьетесь отсрочки казни…

— Среднее окно будет затянуто белой камкой с красным крестом.

— А если не добьетесь?

— Все три окна будут желтые.

— И тогда…

— Тогда, любезный друг, пускайте в ход ваши кинжалы, я даже сам приду полюбоваться на вас.

— До свидания, ваша милость. Я рассчитываю на вас, и вы рассчитывайте на меня.

С этими словами транстеверинец исчез на лестнице, а человек в плаще, еще ниже надвинув шляпу на лоб, прошел в двух шагах от Франца и спокойно спустился на арену.

Через секунду из темноты прозвучало имя Франца: его звал Альбер.

Франц повременил с ответом, пока оба незнакомца не отошли подальше, не желая открывать им, что они беседовали при свидетеле, который, правда, не видел их лиц, но зато не пропустил ни слова.

Десять минут спустя Франц уже сидел в экипаже; по дороге в гостиницу он, позабыв всякую учтивость, еле слушал ученую диссертацию Альбера, который, опираясь на Плиния и Кальпурния, рассуждал о сетках с железными остриями, препятствовавших диким зверям бросаться на зрителей.

Франц не противоречил приятелю. Ему хотелось поскорее остаться одному и, ничем не отвлекаясь, поразмыслить о том, что он только что слышал.

Из двух виденных им людей один был ему совершенно незнаком, но с другим дело обстояло иначе; хотя Франц не рассмотрел его лица, либо остававшегося в тени, либо закрытого плащом, но звук этого голоса так поразил его в тот раз, когда он внимал ему впервые, что он не мог не узнать его тотчас же. Особенно в насмешливых интонациях этого голоса было что-то резкое и металлическое, что заставило содрогнуться Франца в Колизее, как он содрогался в пещере Монте-Кристо.

Франц ни минуты не сомневался, что этот человек не кто иной, как Синдбад-мореход.

При любых других обстоятельствах он открыл бы свое присутствие этому человеку, пробудившему в нем сильнейшее любопытство; но слышанная им беседа была слишком интимного свойства, и он справедливо опасался, что не доставит своим появлением никакого удовольствия. Поэтому он дал Синдбаду удалиться, не остановив его, но твердо решил при следующей встрече не упускать случая.

Франц был так поглощен своими мыслями, что не мог заснуть. Всю ночь он перебирал в уме разные обстоятельства, касавшиеся хозяина пещеры и незнакомца в Колизее и доказывавшие, что эти два человека одно и то же лицо; и чем больше Франц думал, тем больше утверждался в своем мнении.

Он заснул под утро и потому проснулся поздно. Альбер, как истый парижанин, уже успел позаботиться о вечере и послал за ложей в театр Арджентина.

Францу надо было написать письма в Париж, и потому он на весь день предоставил экипаж Альберу.

В пять часов Альбер вернулся; он развез рекомендательные письма, получил приглашения на все вечера и осмотрел достопримечательности Рима. На все это Альберу хватило одного дня. Он даже успел узнать, какую дают пьесу и какие актеры играют.

Давали «Паризину»; играли Козелли, Мориани и г-жа Шпех.

Молодым людям повезло; их ждало представление одной из лучших опер автора «Лючии Ламмермурской» в исполнении трех лучших артистов Италии.

Альбер, имевший свое кресло в Буффе и место в ложе бенуара в Опере, никак не мог примириться с итальянскими театрами, где не принято сидеть в оркестре и нет ни балконов, ни открытых лож.

Однако это не мешало ему облачаться в ослепительный наряд всякий раз, когда он ездил с Францем в театр; но все было тщетно; к стыду одного из достойнейших представителей парижской светской молодежи, надо сознаться, что за четыре месяца скитаний по Италии Альбер не завязал ни одной интриги.

Альбер иной раз пробовал шутить на этот счет; но в душе он был чрезвычайно раздосадован: как это он, Альбер де Морсер, один из самых блестящих молодых людей, все еще пребывает в ожидании. Неудача была тем чувствительнее, что по скромности, присущей нашим милейшим соотечественникам, Альбер не сомневался, что будет иметь в Италии огромный успех и по возвращении в Париж пленит весь Гантский бульвар рассказами о своих победах.

Увы! Он жестоко ошибся: прелестные генуэзские, флорентийские и римские графини стойко хранили верность если не своим мужьям, то своим любовникам, и Альбер вынес горькое убеждение, что итальянки – и в этом преимущество их перед француженками – верны своей неверности.

Разумеется, трудно утверждать, что в Италии, как и повсюду, нет исключений.

А между тем Альбер был юноша не только в высшей степени элегантный, но и весьма остроумный; притом он был виконт; правда, виконт новоиспеченный; но в наши дни, когда не требуется доказывать свою доблесть, не все ли равно считать свой род с 1399 или с 1815 года? Вдобавок он имел пятьдесят тысяч ливров годового дохода. Таким образом, он в избытке обладал всем, что нужно, чтобы стать баловнем парижского света. И ему было немного стыдно сознавать, что ни в одном из городов, где он побывал, на него не обратили должного внимания.

Впрочем, он рассчитывал вознаградить себя в Риме, ибо карнавал во всех странах света, сохранивших этот похвальный обычай, есть пора свободы, когда люди самых строгих правил разрешают себе безумства. А так как карнавал начинался на следующий день, то Альберу надлежало заранее показать себя во всем блеске. С этой целью Альбер занял одну из самых заметных лож в первом ярусе и оделся с особенной тщательностью. Кстати сказать, первый ярус считается столь же аристократическим, как бенуар и бельэтаж.

Впрочем, эта ложа, в которой свободно могли поместиться двенадцать человек, стоила друзьям дешевле, чем ложа на четверых в театре Амбигю.

Альбер питал еще другую надежду: если ему удастся завладеть сердцем прелестной римлянки, то ему, по всей вероятности, будет предложено место в карете, и, следовательно, он увидит карнавал из аристократического экипажа или с княжеского балкона.

Благодаря всем этим соображениям Альбер был особенно оживлен в этот вечер. Он сидел спиной к сцене, высовывался до половины из ложи и смотрел на всех хорошеньких женщин в шестидюймовый бинокль.

Но, как ни усердствовал Альбер, ни одна красавица не наградила его взглядом хотя бы из любопытства.

Зрители разговаривали о делах, о своих любовных похождениях, о званых обедах, о завтрашнем карнавале, не обращая внимания ни на певцов, ни на спектакль, кроме отдельных мест, когда все оборачивались лицом к сцене, чтобы послушать речитатив Козелли, или похлопать Мориани, или крикнуть «браво» певице Шпех, после чего снова возвращались к прерванной беседе.

В конце первого акта дверь пустовавшей до тех пор ложи отворилась и вошла дама, в которой Франц узнал свою знакомую; он имел честь быть ей представленным в Париже и думал, что она еще во Франции. Альбер заметил невольное движение своего приятеля и, обернувшись к нему, спросил:

– Вы знакомы с этой женщиной?
– Да; она вам нравится?
– Она очаровательна, дорогой мой, и к тому же блондинка. Какие дивные волосы! Она француженка?
– Нет, венецианка.
– А как ее зовут?
– Графиня Г.
– Я знаю ее по имени, – сказал Альбер, – говорят, она не только красива, но и умна. Подумать только, что я мог познакомиться с ней на последнем балу у госпожи де Вильфор и не сделал этого! Какого же я дурака свалял!
– Хотите, я исправлю эту ошибку? – спросил Франц.
– Вы с ней так коротки, что можете привести меня к ней в ложу?
– Я имел честь раза три беседовать с ней. Вы знаете, что этого вполне достаточно, чтобы такой визит не показался наглостью.

В эту минуту графиня заметила Франца и приветливо помахала ему рукой; он ответил почтительным поклоном.

– Я вижу, вы с ней в наилучших отношениях, – сказал Альбер.
– Вот вы и ошиблись. Французы потому и делают тысячу глупостей за границей, что все подводят под свою парижскую мерку; когда вы находитесь в Испании или особенно в Италии, не судите никогда о короткости людей по свободе обращения. Мы с графиней просто чувствуем влечение друг к другу.
– Влечение сердца? – спросил, смеясь, Альбер.
– Нет, ума, только и всего, – серьезно ответил Франц.
– И как это обнаружилось?
– Во время прогулки по Колизею, вроде той, которую мы совершили вместе с вами.
– При лунном свете?
– Да.
– Вдвоем?
– Почти.
– И вы говорили о…
– О мертвых.
– Это, разумеется, очень занимательно, – сказал Альбер. – Но если я буду иметь счастье оказаться кавалером прекрасной графини во время такой прогулки, то, смею вас уверить, я буду говорить с ней только о живых!
– И, может быть, прогадаете.
– А пока вы меня представите ей, как обещали?
– Как только упадет занавес.
– Когда же этот проклятый первый акт кончится?
– Послушайте финал, он чудесный, и Козелли превосходно поет его.
– Да, но какая фигура!

– Шпех прямо за душу хватает...

– Вы понимаете, после того как слышал Зонтаг и Мадибран...

– Разве вы не находите, что у Мориани прекрасная школа?

– Я не люблю, когда брюнеты поют, как блондины.

– Знаете, дорогой мой, – сказал Франц, отворачиваясь от Альбера, который не отводил бинокля от ложи графини, – на вас не угодишь!

Наконец, к величайшему удовольствию виконта де Морсера, занавес упал; Альбер взял шляпу, поправил волосы, галстук и манжеты и объявил Францу, что ждет его.

Так как на вопросительный взгляд Франца графиня ответила знаком, что ожидает его, то он не замедлил удовлетворить нетерпеливое желание Альбера; вместе со своим приятелем, который на ходу расправлял складки на сорочке и лацканах фрака, он обогнул амфитеатр и постучал в ложу № 4, занятую графиней.

Тотчас же молодой человек, сидевший возле графини в аванложе, встал и, по итальянскому обычаю, уступил свое место новому гостю, который, в свою очередь, должен был уступить его, если бы явился другой посетитель.

Франц отрекомендовал Альбера как одного из самых блестящих по своему общественному положению и по уму молодых людей; что, впрочем, было вполне справедливо, ибо в Париже, в том обществе, где Альбер вращался, он слыл светским львом. Франц прибавил, что Альбер в отчаянии оттого, что упустил случай быть представленным ей в Париже, умолил его исправить это упущение и что он просит графиню простить ему его смелость.

В ответ графиня любезно поклонилась Альберу и пожала Францу руку, Альбер, по ее приглашению, сел на свободное место рядом с ней, а Франц поместился во втором ряду, позади графини.

Альбер нашел прекрасную тему для беседы: он заговорил о Париже и общих знакомых. Франц понял, что друг его на верном пути и, взяв у него из рук гигантский бинокль, начал, в свою очередь, изучать зрительный зал.

У барьера одной из лож первого яруса сидела женщина необыкновенной красоты, одетая в восточный костюм, который она носила с такой непринужденностью, с какой носят только привычную одежду.

Позади нее, в полумраке, виднелся человек, лица которого нельзя было разглядеть.

Франц прервал разговор Альбера с графиней и спросил у нее, не знает ли она эту очаровательную албанку, которая достойна привлечь внимание не только мужчин, но даже женщин.

– Нет, – сказала она, – знаю только, что она в Риме с начала сезона; на открытии театра я видела ее в этой же ложе, и за весь месяц она не пропустила ни одного спектакля; иногда ее сопровождает тот человек, который сейчас с нею, а иногда только слуга-негр.

– Как она вам нравится, графиня?

– Очень хороша. Медора, должно быть, была похожа на нее.

Франц и графиня обменялись улыбками; потом графиня возобновила разговор с Альбером, а Франц принялся разглядывать в бинокль красавицу албанку.

Начался балет, превосходный итальянский балет, поставленный знаменитым Анри, который снискал в Италии огромную славу, погибшую в плавучем театре; один из тех балетов, в которых все, от первого танцовщика до последнего статиста, принимают такое деятельное участие, что полтораста человек делают одновременно один и тот же жест и все вместе поднимают ту же руку или ту же ногу. Балет назывался «Полиска».

Франц был слишком занят прекрасной незнакомкой, чтобы

обращать внимание на балет, пусть даже превосходный. Что касается ее, то она с явным удовольствием смотрела на сцену, чего нельзя было сказать о ее спутнике, который за все время, пока длилось это чудо хореографического искусства, ни разу не пошевелился и, невзирая на адский шум, производимый трубами, цимбалами и турецкими колокольчиками, казалось, вкушал неземную сладость безмятежного сна.

Наконец балет кончился, и занавес упал под бешеные рукоплескания восторженного партера.

Благодаря похвальной привычке вставлять в оперу балет, антракты в Италии очень непродолжительны: певцы успевают отдохнуть и переодеться, пока танцовщики выделывают свои пируэты и антраша.

Началась увертюра второго акта. При первых взмахах смычка сонливый кавалер албанки медленно приподнялся и придвинулся к ней; она обернулась, сказала ему несколько слов и опять облокотилась на барьер ложи.

Лицо ее собеседника по-прежнему оставалось в тени, и Франц не мог рассмотреть его черт.

Поднялся занавес, внимание Франца невольно обратилось на актеров, и взгляд его на минуту оторвался от ложи незнакомки и перенесся на сцену.

Второй акт начинается, как известно, дуэтом: Паризина во сне проговаривается Аццо о своей любви к Уго; обманутый муж проходит все степени ревности и, наконец, убежденный в измене жены, будит ее и объявляет ей о предстоящей мести.

Это один из самых красивых, самых выразительных и самых драматических дуэтов, написанных плодовитым пером Доницетти. Франц слышал его уже в третий раз, и хоть он и не был заядлым меломаном, все же дуэт произвел на него глубокое впечатление. Поэтому он уже намеревался присоединить свои аплодисменты к тем, которыми разразилась публика, как вдруг его поднятые руки остановились и готовое сорваться «браво» замерло на губах.

Человек в ложе встал во весь рост, лицо его очутилось в полосе света, и Франц увидел таинственного обитателя острова Монте-Кристо, чью фигуру и голос он, как ему казалось, узнал накануне среди развалин Колизея.

Сомнений не было: странный путешественник живет в Риме.

Вероятно, лицо Франца полностью отразило то смущение, в которое его поверг вид незнакомца, потому что графиня, взглянув на него, рассмеялась и спросила, что с ним.

— Графиня, — отвечал Франц, — я только что спросил вас, знаете ли вы эту албанку. Теперь я хочу спросить вас, знаете ли вы ее мужа.

— Не больше, чем ее, — отвечала графиня.

— Вы не обратили на него внимания?

— Вот истинно французский вопрос! Вы же знаете, что для нас, итальянок, существует только тот, кого мы любим.

— Это верно, — ответил Франц.

— Во всяком случае, — продолжала графиня, наводя бинокль Альбера на ложу напротив, — его, по-видимому, только что выкопали из могилы; это какой-то мертвец, с дозволения могильщика вышедший из гроба. Посмотрите, какой он бледный.

— Он всегда такой, — отвечал Франц.

— Так вы его знаете? — сказала графиня. — Тогда я вас спрошу, кто он такой.

— Мне кажется, я его уже где-то видел.

— Я понимаю, — сказала графиня, словно от холода передернув прелестными плечами, — что если раз увидишь этого человека, то его уже не забыть никогда.

Франц подумал, что, по-видимому, не только на него таинственный незнакомец производит жуткое впечатление.

— Что вы скажете? — спросил Франц, после того как графиня решилась еще раз навести на него бинокль.

— По-моему, это сам лорд Рутвен во плоти.

Это новое напоминание о Байроне поразило Франца; если кто-нибудь мог заставить его поверить в существование вампиров, так именно этот человек.

— Я должен узнать, кто он, — сказал Франц, вставая.

— Нет, нет! — воскликнула графиня. — Не уходите, я рассчитываю на то, что вы меня проводите, и не отпущу вас.

Франц наклонился к ее уху:

— Неужели вы в самом деле боитесь?

— Послушайте! — отвечала она. — Байрон клялся мне, что верит в вампиров; уверял, что сам видел их; он описывал мне их лица... Они точь-в-точь такие же: черные волосы, горящие большие глаза, мертвенная бледность; и заметьте: его дама не такая, как все... это какая-нибудь гречанка или... наверное, такая же колдунья, как и он... Умоляю вас, не ходите туда. Завтра принимайтесь за розыски, если вам угодно, но сегодня я вас решительно не пущу.

Франц продолжал настаивать.

— Нет, нет, — сказала она, вставая, — я уезжаю; мне нельзя оставаться до конца спектакля, у меня гости; неужели вы будете настолько невежливы, что откажете мне в вашем обществе?

Францу ничего не оставалось, как взять шляпу, отворить дверь ложи и подать графине руку, что он и сделал. Графиня в самом деле была очень взволнованна, да Франц и сам не мог избавиться от суеверного трепета, тем более что графиня только поддалась безотчетному страху, а его впечатление подкреплялось воспоминаниями. Подсаживая ее в карету, он почувствовал, что она вся дрожит.

Он проводил графиню до дому; у нее не было никаких гостей, никто ее не ждал; он упрекнул ее в обмане.

— Мне в самом деле нехорошо, — сказала она, — и я хочу побыть одна; встреча с этим человеком совсем расстроила меня.

Франц сделал попытку засмеяться.

— Не смейтесь, — сказала графиня, — притом же вам вовсе не смешно. И обещайте мне...

— Что?

— Прежде дайте слово.

— Я обещаю исполнить все, что угодно, только не отказаться от попытки узнать, кто этот человек. По некоторым причинам, о которых я не могу говорить, я должен узнать, кто он, откуда и куда направляется.

— Откуда он, я не знаю; но куда направляется, я могу вам сказать: прямой дорогой в ад.

— Вернемся к обещанию, которое вы хотели потребовать от меня, графиня, — сказал Франц.

— Ах да; поезжайте прямо в гостиницу и сегодня не ищите встречи с этим человеком. Есть какая-то связь между теми, с кем расстаешься, и теми, с кем встречаешься. Не будьте посредником между мною и этим человеком. Завтра гоняйтесь за ним сколько хотите; но никогда не представляйте его мне, если не хотите, чтобы я умерла со страху. Теперь прощайте, постарайтесь заснуть; а я знаю, что глаз не сомкну.

На этом графиня рассталась с Францем, который так и не понял, подшутила она над ним или в самом деле была испугана.

Вернувшись в гостиницу, Франц застал Альбера в халате, в домашних панталонах, удобно развалившимся в кресле, с сигарой во рту.

— А, это вы, — сказал он, — я не думал, что увижу вас раньше завтрашнего утра.

— Послушайте, Альбер, — отвечал Франц, — я рад случаю доказать вам раз навсегда, что вы имеете самое ложное представление об итальянках; а между тем мне кажется, что ваши любовные неудачи должны были вразумить вас.

— Что прикажете? Черт ли разберет этих женщин! Берут вас за руку, жмут ее; шепчутся с вами, заставляют вас провожать их: десятой доли таких заигрываний хватило бы, чтобы парижанка потеряла свое доброе имя!

— В том-то и дело. Им нечего скрывать; они живут в своей прекрасной стране, где звучит «si», как говорит Данте, не прячась, под ярким солнцем. Поэтому они не знают жеманства. Притом вы же видели, графиня в самом деле испугалась.

— Кого? Того почтенного господина, который сидел против нас с красивой гречанкой? Мне хотелось самому узнать, кто они, и я нарочно столкнулся с ними в коридоре. Понять не могу, откуда вы взяли всю эту чертовщину! Это красивый мужчина, превосходно одет, по-видимому, на него шьет наш Блен или Юмани. Он несколько бледен, это правда; но вы знаете, что бледность — признак аристократичности.

Франц улыбнулся: Альбер воображал, что у него очень бледный цвет лица.

— Я и сам убежден, — сказал ему Франц, — что страх графини перед этим человеком просто фантазия. Он что-нибудь говорил?

— Говорил, но только по-новогречески. Я догадался об этом по нескольким исковерканным греческим словам. Надо вам сказать, дорогой мой, что в коллеже я был очень силен в греческом.

— Так он говорил по-новогречески?

— По-видимому.

— Сомнений нет, — прошептал Франц, — это он.

— Что вы говорите?

— Ничего. Что вы тут делали?

— Готовил вам сюрприз.

— Какой?

— Вы знаете, что коляску достать невозможно.

— Еще бы. Мы сделали все, что в человеческих силах, и ничего не достали.

— Меня осенила блестящая идея.

Франц недоверчиво взглянул на Альбера.

— Дорогой мой, — сказал Альбер, — вы удостоили меня таким взглядом, что мне хочется потребовать у вас удовлетворения.

— Я готов вам его дать, если ваша идея действительно так хороша, как вы утверждаете.

— Слушайте.

— Слушаю.

— Коляску достать нельзя?

— Нельзя.

— И лошадей тоже?

— Тоже.

— Но можно достать телегу?

— Может быть.

— И пару волов?

— Вероятно.

— Ну так вот, дорогой мой! Это нам и нужно. Я велю разукрасить телегу, мы оденемся неаполитанскими жнецами и изобразим в натуре знаменитую картину Леопольда Робера. Если, для большего сходства, графиня согласится надеть костюм крестьянки из

Поццуоли или Сорренто, маскарад будет еще удачнее; она так хороша собой, что ее непременно примут за оригинал «Женщины с младенцем».

– Ей-богу, – воскликнул Франц, – на этот раз вы правы, и это действительно счастливая мысль.

– И самая патриотическая, она воскрешает времена наших королей-лодырей! А, господа римляне, вы думали, что мы будем рыскать по вашим улицам пешком, как лаццарони, только потому, что у вас не хватает колясок и лошадей! Ну, так мы их изобретем!

– И вы уже поделились с кем-нибудь этим гениальным изобретением?

– С нашим хозяином. Вернувшись из театра, я позвал его сюда и изложил ему свои желания. Он уверяет, что нет ничего легче; я хотел, чтобы волам позолотили рога, но он говорит, что на это нужно три дня: нам придется отказаться от этой роскоши.

– А где он?

– Кто?

– Хозяин.

– Отправился за телегой. Завтра, может быть, уже будет поздно.

– Так он даст нам ответ еще сегодня?

– Я его жду.

В эту минуту дверь приоткрылась, и показалась голова маэстро Пастрини.

– Permesso?[30] – спросил он.

– Разумеется, можно! – воскликнул Франц.

– Ну что? – спросил Альбер. – Нашли вы нам телегу и волов?

– Я нашел кое-что получше, – отвечал хозяин, по всей видимости, весьма довольный собой.

– Остерегитесь, дорогой хозяин, – сказал Альбер, – от добра добра не ищут.

– Ваша милость может положиться на меня, – самоуверенно отвечал маэстро Пастрини.

– Но в чем же все-таки дело? – спросил Франц.

– Вы знаете, что граф Монте-Кристо живет на одной площадке с вами?

– Еще бы нам этого не знать, – сказал Альбер, – по его милости мы теснимся здесь, как два студента из Латинского квартала.

– Он узнал о вашей неудаче и предлагает вам два места в своей коляске и два места в окнах, снятых им в палаццо Росполи.

Альбер и Франц переглянулись.

– Но можем ли мы принять предложение человека, которого мы совсем не знаем? – сказал Альбер.

– Кто он такой, этот граф Монте-Кристо? – спросил Франц.

– Сицилийский или мальтийский вельможа, точно не знаю, но знатен, как Боргезе, и богат, как золотая жила.

– Мне кажется, – сказал Франц Альберу, – что, если верить маэстро Пастрини, такой человек, как этот граф, мог бы пригласить нас иначе, чем...

В эту минуту в дверь постучали.

– Войдите, – сказал Франц.

Лакей в щегольской ливрее остановился на пороге.

– От графа Монте-Кристо барону Францу д'Эпине и виконту Альберу де Морсеру, – сказал он.

И он протянул хозяину две визитные карточки, а тот передал их молодым людям.

– Граф Монте-Кристо, – продолжал лакей, – просит вас

---

[30] Можно? *(ит.)*

позволить ему как соседу посетить вас завтра утром; он хотел бы осведомиться у молодых господ, в котором часу им будет угодно принять его.

— Ничего не скажешь, — шепнул Альбер Францу, — все сделано как подобает.

— Передайте графу, — отвечал Франц, — что мы сами будем иметь честь нанести ему первый визит.

Лакей вышел.

— Состязание на учтивость, — сказал Альбер, — вы правы, маэстро Пастрини, ваш граф Монте-Кристо очень воспитанный человек.

— Так вы принимаете его предложение? — спросил Пастрини.

— Разумеется, — отвечал Альбер, — но, признаюсь, мне жаль нашей телеги; и если бы окно в палаццо Росполи не вознаградило нас за эту потерю, то я, пожалуй, остался бы при своей первоначальной мысли. Как вы думаете, Франц?

— Признаюсь, и меня соблазнило только окно в палаццо Росполи, — ответил Франц.

Предложение двух мест у окна в палаццо Росполи напомнило Францу подслушанный им в Колизее разговор между незнакомцем и транстеверинцем. Если человек в плаще, как предполагал Франц, был тем же самым лицом, чье появление в театре Арджентина так заинтриговало его, то он, несомненно, его увидит, и тогда ничто не помешает ему удовлетворить свое любопытство.

Франц заснул поздно. Мысли о незнакомце и ожидание утра волновали его. В самом деле, утром все должно было разъясниться; на этот раз таинственный хозяин с острова Монте-Кристо уже не мог ускользнуть от него, если только он не обладал перстнем Гигеса и благодаря этому перстню способностью становиться невидимым.

Когда Франц проснулся, еще не было восьми часов.

Альбер, не имевший причин с нетерпением ждать утра, крепко спал.

Франц послал за хозяином. Тот явился к нему и раскланялся с обычным подобострастием.

— Маэстро Пастрини, — сказал Франц, — если не ошибаюсь, на сегодня назначена чья-то казнь?

— Да, ваша милость, но если хотите, чтобы я достал вам окно, то теперь уже поздно.

— Нет, — возразил Франц, — впрочем, если бы я очень хотел увидеть это зрелище, я, вероятно, нашел бы место на Монте-Пинчо.

— О, я думаю, что ваша милость не пожелали бы смешиваться с чернью, которая всегда переполняет Монте-Пинчо.

— Всего вернее, что я не пойду, — сказал Франц, — но мне хотелось бы иметь некоторые сведения.

— Какие?

— О числе осужденных, об их именах и о роде казни.

— Ничего нет легче, ваша милость. Мне как раз принесли tavolette.

— Что такое tavolette?

— Это деревянные дощечки, которые развешиваются на углах улиц накануне казни: на них наклеены имена преступников, их преступления и способ казни. Это своего рода просьба к верующим помолиться богу о ниспослании виновным искреннего раскаяния.

— И вам приносят эти tavolette, чтобы вы присоединили ваши молитвы к молитвам верующих? — спросил Франц с оттенком недоверия.

— Нет, ваша милость; я условился с наклейщиком афиш, и он приносит их мне так же, как приносит театральные афиши, чтобы мои гости были осведомлены на случай, если бы кто-нибудь из них пожелал присутствовать при казни.

— Вы очень предупредительны! – сказал Франц.

— Могу сказать, – проговорил с улыбкой маэстро Пастрини, – я делаю все, что в моих силах, для удобства благородных иностранцев, которые удостаивают меня своим доверием.

— Вижу, дорогой хозяин, и всем буду рассказывать об этом, будьте спокойны. А теперь мне бы хотелось прочесть одну из ваших tavolette.

— Сию минуту, – сказал хозяин, открывая дверь, – я распорядился, чтобы одну из них повесили на площадке лестницы.

Он вышел из комнаты, снял с гвоздя «таволетту» и принес ее Францу.

Вот дословный перевод этой афиши смерти: «Сим доводится до всеобщего сведения, что во вторник, 22 февраля, в первый день карнавала, по приговору верховного трибунала, на Пьяцца-дель-Пополо будут казнены: Андреа Рондоло, осужденный за убийство высокоуважаемого и достопочтенного дона Чезаре Торлини, каноника церкви Св. Иоанна Латеранского, и Пеппино, прозванный Рокка Приори, уличенный в сообщничестве с презренным разбойником Луиджи Вампа и членами его шайки.

Первый будет mazzolato.

Второй будет decapitato.

Благочестивые души приглашаются молить господа о даровании чистосердечного раскаяния сим двум злополучным преступникам».

Это было именно то, что Франц слышал два дня тому назад среди развалин Колизея; в программе не произошло никаких изменений: имена осужденных, их преступления, способ казни были точь-в-точь те же.

Таким образом, транстеверинец был, вероятно, не кто иной, как Луиджи Вампа, а человек в плаще – Синдбад-мореход, продолжавший и в Риме, как в Порто-Веккио и Тунисе, свою филантропическую деятельность.

Между тем пробило девять часов, и Франц хотел уже разбудить Альбера, как вдруг, к его величайшему изумлению, тот вышел из спальни и даже в полном туалете. Мысли о карнавале не давали ему покоя и подняли с постели раньше, чем Франц ожидал.

— Как вы думаете, синьор Пастрини, – обратился Франц к хозяину, – раз мы оба готовы, не явиться ли нам к графу Монте-Кристо?

— Разумеется, – отвечал тот, – граф Монте-Кристо имеет привычку вставать очень рано; и я уверен, что он уже часа два как не спит.

— И вы считаете, что мы не обеспокоим его?

— Совершенно уверен.

— В таком случае, Альбер, если вы готовы…

— Я совершенно готов, – сказал Альбер.

— Так идем и выразим нашему соседу благодарность за его любезное внимание.

— Идем!

Францу и Альберу надо было только перейти площадку; хозяин опередил их и позвонил; лакей отпер дверь.

— I signori francesi,[31] – сказал Пастрини.

Лакей поклонился и пригласил их войти.

Они прошли через две комнаты, обставленные с роскошью, какой они не ожидали найти в гостинице маэстро Пастрини, и вошли

---

[31] Господа французы *(ит.)*.

наконец в безупречно убранную гостиную. На полу был разостлан турецкий ковер, и удобные кресла словно приглашали посетителей отдохнуть на их упругих подушках и выгнутых спинках. Стены были увешаны картинами известных мастеров вперемежку с роскошным оружием, а на дверях колыхались пышные портьеры.

– Если вашим милостям угодно будет сесть, – сказал лакей, – я пойду доложить графу.

И он вышел в другую дверь.

Когда эта дверь открылась, из-за нее донеслись звуки лютни, но тотчас же смолкли. До молодых людей, ожидавших в гостиной, долетело только мимолетное дуновение музыки.

Франц и Альбер обменялись взглядом и снова принялись рассматривать мебель, картины и оружие. Чем дольше они смотрели на всю эту роскошь, тем великолепнее она им казалась.

– Ну-с, – обратился Франц к своему приятелю, – что вы на это скажете?

– Скажу, дорогой мой, что наш сосед либо биржевой маклер, сыгравший на понижение испанских фондов, либо князь, путешествующий инкогнито.

– Тише! – сказал Франц. – Мы это сейчас узнаем: вот и он.

Послышался скрип отворяемой двери, портьеры раздвинулись, и на пороге показался обладатель всех этих богатств. Альбер двинулся ему навстречу, но Франц остался стоять, как пригвожденный к месту.

Вошедший был не кто иной, как человек в плаще, незнакомец в ложе, таинственный хозяин с острова Монте-Кристо.

XIV. Mazzolato

– Господа, – сказал граф Монте-Кристо, – примите мои извинения, что я не пришел первым; но я боялся обеспокоить вас, если бы явился к вам в более ранний час. К тому же вы уведомили меня, что сами пожалуете ко мне, и я сообразовался с вашим желанием.

– Мы приносим вам тысячу благодарностей, граф, – сказал Альбер, – вы поистине выручили нас из беды. Мы уже изобретали самые фантастические колымаги, когда нам передали ваше любезное приглашение.

– Во всем виноват этот болван Пастрини, – отвечал граф, приглашая молодых людей сесть на диван. – Он ни слова не сказал мне о ваших затруднениях. А я, находясь здесь в полном одиночестве, только искал случая познакомиться с моими соседями. Как только я узнал, что могу быть вам чем-нибудь полезен, я, как видите, немедленно воспользовался случаем представиться вам.

Молодые люди ответили глубоким поклоном. Франц не проронил еще ни слова; он был в нерешительности: так как ничто не указывало на желание графа узнать его или быть узнанным, то он не знал, намекнуть ли ему на их первую встречу, или дождаться новых доказательств. К тому же если он был вполне уверен, что накануне в ложе видел именно этого человека, то он не мог бы утверждать столь же положительно, что это тот, кто за день перед тем был в Колизее; поэтому он решил не забегать вперед и ничего графу не говорить. Вдобавок у Франца было то преимущество перед Монте-Кристо, что он владел его тайной, тогда как тот не имел никакой власти над Францем, которому нечего было скрывать.

Все же он решил навести разговор на предмет, который мог бы разрешить некоторые его сомнения.

– Вы предоставили нам места в вашей коляске и в окнах палаццо Росполи, – сказал он, – так не научите ли вы нас, как нам получить какой-нибудь «пост», как говорят в Италии, на Пьяцца-дель-Пополо?

— Ах да, — ответил граф небрежным тоном, пристально вглядываясь в Морсера, — сегодня на Пьяцца-дель-Пополо, кажется, что-то вроде казни?

— Да, — сказал Франц, обрадованный тем, что граф сам затрагивает желательную ему тему.

— Позвольте, я вчера как будто велел моему управляющему заняться этим делом; может быть, я и тут смогу оказать вам маленькую услугу.

Он протянул руку к шнурку и позвонил три раза.

— Вы когда-нибудь задумывались над правильным распределением своего времени и над возможностью упростить вашим слугам хождение взад и вперед? – сказал он Францу. – Я изучил этот вопрос: теперь я звоню камердинеру один раз, дворецкому – два раза и управляющему – три раза. Таким образом, я не трачу ни одной лишней минуты и ни одного лишнего слова. А вот и мой управляющий.

В комнату вошел человек лет сорока пяти, похожий как две капли воды на того контрабандиста, который вводил Франца в пещеру Синдбада, но тот не подал виду, что узнает его. Франц понял, что таково было приказание графа.

— Господин Бертуччо, — сказал граф, — вы помните, что я вчера поручил вам достать окно на Пьяцца-дель-Пополо?

— Да, ваше сиятельство, — отвечал управляющий, — но так как было уже слишком поздно…

— Как! – воскликнул граф, нахмурив брови. – Я же сказал вам, что мне нужно окно?

— Ваше сиятельство и получит его, но так как оно было сдано князю Лобаньеву, то мне пришлось заплатить за него сто…

— Хорошо, хорошо, господин Бертуччо: избавьте моих гостей от хозяйственных подробностей; вы достали окно – это все, что требуется. Скажите адрес кучеру и ждите нас на лестнице, чтобы проводить нас; можете идти.

Управляющий отвесил поклон и повернулся к двери.

— Да, вот еще что, – продолжал граф, – будьте так любезны и узнайте у Пастрини, получил ли он «таволетту» и нельзя ли прислать мне программу казни.

— Не беспокойтесь, — заявил Франц, вынимая из кармана записную книжку, — я сам видел эту табличку и списал с нее – вот, взгляните.

— Прекрасно. В таком случае, господин Бертуччо, можете идти, вы мне больше не нужны. Распорядитесь только, чтобы нам доложили, когда подадут завтрак. Надеюсь, вы окажете мне честь позавтракать со мною? – прибавил он, обращаясь к гостям.

— Но, право, граф, – сказал Альбер, – мы не можем так злоупотреблять вашим гостеприимством.

— Нет, нет, напротив, вы доставите мне большое удовольствие; когда-нибудь один из вас, а может быть и оба, отплатит мне тем же в Париже. Господин Бертуччо, распорядитесь, чтобы поставили три прибора.

Он взял из рук Франца записную книжку.

— Так, так, — продолжал он небрежным тоном, как будто читал театральную афишу, — «…22 февраля… будут казнены: Андреа Рондоло, осужденный за убийство высокоуважаемого и достопочтенного дона Чезаре Торлини, каноника церкви Св. Иоанна Латеранского, и Пеппино, прозванный Рокка Приори, уличенный в сообщничестве с презренным разбойником Луиджи Вампа и членами его шайки…» Гм!.. «Первый будет mazzolato. Второй будет decapitato». Да, – прибавил граф, – по-видимому, так все и должно было совершиться, но вчера, кажется, произошло изменение в порядке и ходе этой церемонии.

– Вот как? – сказал Франц.

– Да, я слышал вчера у кардинала Роспильози, где я провел вечер, что казнь одного из преступников отложена.

– Которого? Андреа Рондоло? – спросил Франц.

– Нет, – отвечал граф, – другого... – он заглянул в записную книжку, словно не мог вспомнить имени, – Пеппино, прозванного Рокка Приори. Это лишает вас гильотины; но у вас остается mazzolata, а это очень любопытная казнь, когда видишь ее впервые и даже во второй раз; тогда как гильотина, которая вам, впрочем, вероятно, знакома, слишком проста, слишком однообразна, в ней не бывает ничего неожиданного. Нож не срывается, не дрожит, не бьет мимо, не принимается за дело тридцать раз, как тот солдат, который отсекал голову графу де Шале, хотя, конечно, возможно, что Ришелье поручил этого клиента особому вниманию палача. Нет, – продолжал граф презрительным тоном, – не говорите мне о европейцах, когда речь идет о пытках; они в них ничего не понимают, это совершенные младенцы или, вернее, дряхлые старики во всем, что касается жестокости.

– Можно подумать, граф, – сказал Франц, – что вы занимались сравнительным изучением казней у различных народов земного шара.

– Во всяком случае, мало найдется таких, которых бы я не видел, – хладнокровно ответил граф.

– Неужели вы находили удовольствие в таких ужасных зрелищах?

– Моим первым чувством было отвращение, потом равнодушие, под конец любопытство.

– Любопытство? Какое страшное слово!

– Почему? В жизни самое важное – смерть. Так разве не любопытно узнать, каким образом душа может расставаться с телом и как, сообразно со своим характером, темпераментом и даже местными нравами, люди переносят этот последний переход от бытия к небытию? Смею вас уверить: чем больше видишь умирающих, тем легче умирать; а потому я убежден, что смерть может быть казнью, но не искуплением.

– Я вас не вполне понимаю, – отвечал Франц. – Поясните вашу мысль, вы не можете себе представить, до какой степени то, что вы говорите, меня занимает.

– Послушайте, – сказал граф, и лицо его налилось желчью, как у других оно наливается кровью. – Если бы кто-нибудь заставил умереть в неслыханных пытках, в бесконечных мучениях вашего отца, или мать, или возлюбленную, словом кого-нибудь из тех близких людей, которые, будучи вырваны из нашего сердца, оставляют в нем вечную пустоту и вечно кровоточащую рану, неужели вы бы считали, что общество дало вам достаточное удовлетворение, потому что нож гильотины прошел между основанием затылочной кости и трапециевидными мышцами убийцы и тот, по чьей вине вы пережили долгие годы душевных мук, в течение нескольких секунд испытал физические страдания?

– Да, я знаю, – отвечал Франц, – человеческое правосудие – плохой утешитель; оно может пролить кровь за кровь и только; не следует требовать от него большего, чем оно может дать.

– И я еще говорю о таком случае, – продолжал граф, – когда общество, потрясенное в самых основах убийством одного из своих членов, воздает смертью за смерть. Но существуют миллионы мук, разрывающих сердце человека, которыми общество пренебрегает и за которые оно не мстит даже тем неудовлетворительным способом, о котором мы только что говорили. Разве нет преступлений, достойных более страшных пыток, чем кол, на который сажают у турок, чем вытягивание жил, принятое у ирокезов, а между тем равнодушное общество оставляет их безнаказанными?.. Скажите, разве нет таких преступлений?

— Есть, — отвечал Франц, — и ради них-то и терпят дуэль.

— Дуэль! — воскликнул граф. — Нечего сказать, славное средство достигнуть цели, когда эта цель — мщение! Человек похитил у вас возлюбленную, обольстил вашу жену, обесчестил вашу дочь; всю вашу жизнь, имевшую право ожидать от бога той доли счастья, которую он обещал каждому своему созданию, этот человек превратил в страдание, муку и позор! И вы будете чувствовать себя отомщенным, если этому человеку, который вверг ваш мозг в безумие, а сердце в отчаяние, вы проткнете шпагой грудь или всадите пулю в лоб? Полноте! Не говоря уже о том, что он нередко выходит из борьбы победителем, оправданным в глазах света и как бы прощенным богом. Нет, нет, — продолжал граф, — если мне суждено когда-нибудь мстить, то я буду мстить не так.

— Итак, вы отрицаете дуэль? Вы отказались бы драться? — спросил в свою очередь Альбер, удивленный странной теорией графа.

— Нет, почему же? — возразил граф. — Поймите меня: я буду драться за безделицу, за оскорбление, за попытку уличить меня во лжи, за пощечину и сделаю это тем более с легким сердцем, что благодаря приобретенному мною искусству во всем, что касается физических упражнений, и долголетней привычке к опасности я мог бы не сомневаться, что убью своего противника. Разумеется, за все это я стал бы драться; но за глубокое, долгое, беспредельное, вечное страдание я отплатил бы точно такими же муками — око за око, зуб за зуб, как говорят люди Востока, наши извечные учители, эти избранники, сумевшие превратить жизнь в сон, а явь в земной рай.

— Но мне кажется, — возразил Франц, — поскольку вы одновременно становитесь и судьей, и палачом в вашем собственном деле, трудно удержаться на границе закона и самому не подпасть под его власть. Ненависть слепа, гнев безрассуден, и кто упивается мщением, рискует испить из горькой чаши.

— Да — если он беден и глуп; нет — если он обладает миллионами и умен. Впрочем, в самом худшем случае ему грозит только та казнь, о которой мы сейчас говорили и которой человеколюбивая французская революция заменила четвертование и колесование. А что для него казнь, если он отомщен? Право, мне почти жаль, что этот несчастный Пеппино, по-видимому, не будет «decapitato», как они выражаются; вы увидели бы, сколько это берет времени и стоит ли об этом говорить. Но, право же, господа, какой странный разговор для первого дня карнавала! С чего он начался? Ах да, помню! Вы изъявили желание иметь место в моем окне; ну что ж, пожалуйста; но прежде всего сядем за стол, потому что, кажется, завтрак готов.

В самом деле, одна из четырех дверей гостиной отворилась, и вошедший лакей произнес сакраментальные слова:

— Al suo commodo.[32]

Молодые люди поднялись и перешли в столовую. Во время завтрака, превосходного и изысканно сервированного, Франц старался поймать взгляд Альбера и прочесть в нем впечатление, которое, как он не сомневался, слова их хозяина должны были произвести на него; но потому ли, что тот, по свойственной ему беспечности, не обратил на них особого внимания, потому ли, что уступка, сделанная графом Монте-Кристо в вопросе о дуэли, примирила с ним Альбера, потому

---

[32] Кушать подано *(ит.)*.

ли, наконец, что предшествовавшие обстоятельства, известные только Францу, только для него усугубляли значение высказанных графом взглядов, – но он не заметил, чтобы его приятель был чем-нибудь озабочен; напротив того, он усердно оказывал честь завтраку, как человек, в продолжение почти пяти месяцев вынужденный довольствоваться итальянской кухней, как известно, одной из худших в мире. Что касается графа, то тот едва прикасался к кушаньям; казалось, что, садясь за стол со своими гостями, он исполнял только долг учтивости и ждал их ухода, чтобы велеть подать себе какое-нибудь странное или особенное блюдо.

Это невольно напомнило Францу тот ужас, который граф внушил графине Г., и ее уверенность, что граф, то есть человек, сидевший в ложе напротив, – вампир.

После завтрака Франц посмотрел на часы.

– Что вы? – спросил его граф.

– Извините нас, граф, – ответил Франц, – но у нас еще тысяча дел.

– Каких?

– У нас еще нет костюмов, а сегодня костюм обязателен.

– Об этом не беспокойтесь. На Пьяцца-дель-Пополо у нас, по-видимому, отдельная комната; я велю принести туда какие вам угодно костюмы, и мы переоденемся там же на месте.

– После казни? – воскликнул Франц.

– Разумеется, после, до или во время казни, как вам будет угодно.

– В виду эшафота?

– Эшафот входит в программу праздника.

– Знаете, граф, я раздумал, – сказал Франц, – я очень благодарен за вашу предупредительность, но я удовольствуюсь местом в вашей коляске и у окна палаццо Росполи и попрошу вас располагать моим местом на Пьяцца-дель-Пополо.

– Но должен вас предупредить, что вы лишаете себя очень любопытного зрелища, – отвечал граф.

– Вы мне о нем расскажете, – возразил Франц, – и я уверен, что в ваших устах рассказ произведет на меня не меньшее впечатление, чем произвело бы само зрелище. Впрочем, я уже несколько раз хотел посмотреть на смертную казнь и никогда не мог решиться; а вы, Альбер?

– Я видел казнь Кастена, – отвечал виконт, – но, кажется, я был навеселе; это было в день окончания коллежа, и мы провели ночь в каком-то кабаке.

– Если вы чего-либо не делали в Париже, то это еще не причина не делать этого в чужих краях, – сказал граф. – Путешествуешь, чтобы приобрести знания; меняешь места, чтобы увидеть новое. Подумайте, как вам будет стыдно, когда у вас спросят: «Как казнят в Риме?», а вы ответите: «Не знаю». Притом же осужденный, говорят, отъявленный мерзавец, негодяй, убивший каминным таганом почтенного каноника, который воспитал его, как сына. Черт возьми, когда убиваешь духовное лицо, нужно выбирать более приличное орудие, чем таган, особенно если это духовное лицо, быть может, твой отец. Если бы вы путешествовали по Испании, вы бы пошли взглянуть на бой быков, правда? Так предположите, что мы едем смотреть бой быков; вспомните о цирке древних римлян, об охотах, где убивали триста львов и сотню людей. Вспомните о восьмидесяти тысячах зрителей, хлопавших в ладоши, о почтенных матронах, приводивших с собою своих дочерей-невест, о прелестных белокурых весталках, подававших прелестным пальчиком знак, говоривший: «Ну, не ленитесь, добивайте скорей этого человека, он и так уже почти мертв».

— Вы поедете, Альбер? — спросил Франц.

— Пожалуй; я, как и вы, колебался, но красноречие графа меня убедило.

— Так поедемте, если вам угодно, — сказал Франц, — но по дороге на Пьяцца-дель-Пополо я бы хотел побывать на Корсо; возможно это?

— Пешком — да, в экипаже — нет.

— Так я пойду пешком.

— А вам необходимо попасть на Корсо?

— Да, мне там нужно кое-что посмотреть.

— Хорошо, пойдем пешком на Корсо, а экипаж поедет по виа дель-Бабуино и будет ждать нас на Пьяцца-дель-Пополо; я и сам ничего не имею против того, чтобы пройтись по Корсо и посмотреть, исполнены ли кое-какие мои распоряжения.

— Ваше сиятельство, — доложил, открывая дверь, лакей, — какой-то человек в одежде паломника просит позволения поговорить с вами.

— Да, знаю, — сказал граф. — Господа, не угодно ли вам пройти в гостиную? Там на столе вы найдете превосходные гаванские сигары... Через минуту я вернусь к вам.

Молодые люди встали и вышли в одну из дверей, между тем как граф, еще раз извинившись перед ними, вышел в другую. Альбер, большой любитель хороших сигар, считавший, что он приносит тяжелую жертву, обходясь без сигар Кафе-де-Пари, подошел к столу и вскрикнул от радости, увидав настоящие «пурос».

— Ну, — спросил его Франц, — что вы думаете о графе Монте-Кристо?

— Что я о нем думаю? — отвечал Альбер, явно удивленный таким вопросом со стороны своего приятеля. — Я думаю, что это премилый человек, радушный хозяин, который много видел, много изучал, много думал и принадлежит, как Брут, к школе стоиков, а в довершение всего, — прибавил он, любовно выпуская изо рта дым, спирально поднимающийся к потолку, — у него превосходные сигары.

Таково было мнение Альбера о графе. А так как Альбер всегда хвалился, что, только хорошенько поразмыслив, составляет себе мнение о ком бы то ни было и о чем бы то ни было, то Франц и не пытался ему противоречить.

— Но вы обратили внимание на одно очень странное обстоятельство? — сказал он.

— Какое?

— Вы заметили, как пристально он на вас смотрел?

— На меня?

— Да, на вас.

Альбер задумался.

— Увы, — сказал он со вздохом, — в этом нет ничего удивительного. Я уже год, как уехал из Парижа, и, вероятно, одет, как чучело. Граф, должно быть, принял меня за провинциала; разуверьте его, дорогой, и при первом случае скажите ему, что это совсем не так.

Франц улыбнулся. Минуту спустя вернулся граф.

— Вот и я, господа, и весь к вашим услугам, — сказал он. — Распоряжения отданы; экипаж направляется своей дорогой на Пьяцца-дель-Пополо, а мы пойдем туда же по Корсо, если вам угодно. Возьмите немного сигар, господин де Морсер.

— Охотно, граф, благодарю вас, — отвечал Альбер, — итальянские сигары еще хуже французских. Когда вы приедете в Париж, я расквитаюсь с вами.

— Не отказываюсь; я надеюсь когда-нибудь быть в Париже и, с вашего позволения, явлюсь к вам. Ну, господа, время не ждет, уже половина первого. Идем!

Все трое спустились вниз. Кучер выслушал последние

распоряжения своего господина и поехал по виа дель-Бабуино, а граф с молодыми людьми направились к Пьяцца-ди-Спанья по виа Фраттина, которая вывела их на Корсо между палаццо Фиано и палаццо Росполи.

Франц во все глаза смотрел на окна этого дворца; он не забыл о сигнале, условленном в Колизее между транстеверинцем и человеком в плаще.

— Которые из этих окон ваши? — спросил он графа насколько мог естественным тоном.

— Три последних, — отвечал тот с непритворной беспечностью, не угадывая подлинного значения вопроса.

Франц быстро окинул взглядом окна. Боковые были затянуты желтой камкой, а среднее — белой с красным крестом.

Человек в плаще сдержал свое обещание, и сомнений больше не было: человек в плаще и был граф Монте-Кристо.

Все три окна были еще пусты.

Повсюду уже готовились к карнавалу, расставляя стулья, строили подмостки, затягивали окна. Маски не смели показываться, а экипажи — разъезжать, пока не ударит колокол; но маски угадывались за всеми окнами, а экипажи за всеми воротами.

Франц, Альбер и граф продолжали идти по Корсо. По мере того как они приближались к Пьяцца-дель-Пополо, толпа становилась все гуще. Над толпой в середине площади высился обелиск с венчающим его крестом, а на скрещении трех улиц — Бабуино, Корсо и Рипетта — два столба эшафота, между которыми блестел полукруглый нож гильотины.

На углу они увидели графского управляющего, который ждал своего господина.

Окно, нанятое, по-видимому, за такую непомерную цену, что граф не хотел, чтобы гости знали об этом, находилось в третьем этаже большого дворца между виа дель-Бабуино и Монте-Пинчо. Комната представляла собой нечто вроде будуара, смежного со спальней; закрыв дверь спальни, занявшие будуар оказывались как бы у себя дома. На стульях были разложены весьма изящные костюмы паяцев из голубого и белого атласа.

— Так как вы разрешили мне самому выбрать костюмы, — сказал граф обоим друзьям, — то я распорядился, чтобы вам приготовили вот эти. Во-первых, в нынешнем году это самые модные, а во-вторых, они очень удобны для конфетти, потому что на них мука незаметна.

Франц почти не слышал слов графа и, может быть, даже недостаточно оценил его любезность; все его внимание было сосредоточено на том зрелище, которое представляла Пьяцца-дель-Пополо, и на страшном орудии, составлявшем в этот час ее главное украшение.

Первый раз в жизни Франц видел гильотину; мы говорим гильотину, потому что римская mandaia очень похожа на французское орудие смерти. Такой же нож, в виде полумесяца, режущий выпуклой стороной, но падающий с меньшей высоты, — вот и вся разница.

Два человека, сидя на откидной доске, на которую кладут осужденного, в ожидании казни закусывали — насколько мог рассмотреть Франц — хлебом и колбасой. Один из них приподнял доску, достал из-под нее флягу с вином, отпил глоток и передал ее товарищу; это были помощники палача.

Глядя на них, Франц чувствовал, что у корней его волос проступает пот.

Осужденные накануне были переведены из Новой тюрьмы в маленькую церковь Санта-Мария-дель-Пополо и провели там всю ночь, каждый с двумя священниками, приготовлявшими их к смерти, в освещенной множеством свечей часовне, перед которой шагали взад и вперед ежечасно сменявшиеся часовые.

Двойной ряд карабинеров выстроился от дверей церкви до эшафота и окружал его кольцом, оставляя свободным проход футов в десять шириною, а вокруг гильотины – пространство шагов в сто в окружности. Вся остальная площадь была заполнена толпой. Многие женщины держали детей на плечах, откуда этим юным зрителям отлично был виден эшафот.

Монте Пинчо казался обширным амфитеатром, все уступы которого были усеяны народом; балконы обеих церквей, на углах виа дель-Бабуино и виа ди-Рипетта, были переполнены привилегированной публикой; ступени папертей напоминали морские волны, подгоняемые к портику непрерывным приливом; каждый выступ стены, достаточно широкий, чтобы на нем мог поместиться человек, служил пьедесталом для живой статуи.

Слова графа оправдывались: очевидно, в жизни нет более интересного зрелища, чем смерть.

А между тем вместо тишины, которая, казалось, приличествовала торжественности предстоящей церемонии, от толпы исходил громкий шум, слагавшийся из хохота, гиканья и радостных возгласов; по-видимому, и в этом граф оказался прав: казнь была для толпы не чем иным, как началом карнавала.

Вдруг, как по мановению волшебного жезла, шум затих; церковные двери распахнулись.

Впереди выступало братство кающихся пилигримов, одетых в серые мешки с вырезами для глаз, держа в руках зажженные свечи; первым шествовал глава братства.

За пилигримами шел мужчина огромного роста. Он был обнажен, если не считать коротких холщовых штанов; на левом боку у него висел большой нож, вложенный в ножны; на правом плече он нес тяжелую железную палицу. Это был палач.

На ногах у него были сандалии, привязанные у щиколоток бечевками.

Вслед за палачом, в том порядке, в каком они должны были быть казнены, шли Пеппино и Андреа.

Каждого из них сопровождали два священника.

Ни у того, ни у другого глаза не были завязаны.

Пеппино шел довольно твердым шагом; по-видимому, ему успели дать знать о том, что его ожидает.

Андреа священники вели под руки.

Осужденные время от времени целовали распятие, которое им прикладывали к губам.

При одном их виде Франц почувствовал, что у него подкашиваются ноги; он взглянул на Альбера. Тот, бледнее своей манишки, безотчетным движением отшвырнул сигару, хотя выкурил ее только на половины.

Один лишь граф был невозмутим. Мало того, легкий румянец проступил на его мертвенно-бледном лице.

Ноздри его раздувались, как у хищного зверя, чующего кровь, а полураскрытые губы обнажали ряд зубов, белых и острых, как у шакала.

И при всем том на лице его лежало выражение мягкой приветливости, какого Франц еще никогда у него не замечал; особенно удивительны были его ласковые бархатные глаза.

Между тем осужденные приблизились к эшафоту, и уже можно было разглядеть их лица. Пеппино был красивый смуглолицый малый лет двадцати пяти с вольным и диким взором. Он высоко держал голову, словно высматривая, с какой стороны придет спасение..

Андреа был толст и приземист; по его гнусному, жестокому лицу трудно было определить возраст; ему можно было дать лет тридцать. В тюрьме он отпустил бороду. Голова его свешивалась на плечо, ноги подкашивались; казалось, все его существо двигается покорно и механически, без участия воли.

— Вы говорили, кажется, что будут казнить только одного, — сказал Франц графу.

— И я не солгал вам, — холодно ответил тот.

— А между тем осужденных двое.

— Да; но один из них близок к смерти, а другой проживет еще много лет.

— На мой взгляд, если его должны помиловать, то сейчас самое время.

— Так оно и есть; взгляните, — сказал граф.

И в самом деле, в ту минуту, когда Пеппино подходил к подножию эшафота, пилигрим, по-видимому замешкавшийся, никем не остановленный, пробрался сквозь цепь солдат, подошел к главе братства и передал ему вчетверо сложенную бумагу.

От пламенного взгляда Пеппино не ускользнула ни одна подробность этой сцены; глава братства развернул бумагу, прочел ее и поднял руку.

— Да будет благословен господь, и хвала его святейшеству папе! — произнес он громко и отчетливо. — Один из осужденных помилован.

— Помилован! — вскрикнула толпа, как один человек. — Один помилован!

Услышав слова «помилован», Андреа встрепенулся и поднял голову.

— Кто помилован? — крикнул он.

Пеппино молча, тяжело дыша, застыл на месте.

— Помилован Пеппино, прозванный Рокка Приори, — сказал глава братства.

И он передал бумагу начальнику карабинеров; тот прочел ее и возвратил.

— Пеппино помилован! — закричал Андреа, сразу стряхнув с себя оцепенение. — Почему помиловали его, а не меня? Мы должны были оба умереть; мне обещали, что он умрет раньше меня; вы не имеете права убивать меня одного, я не хочу умирать один, не хочу!

Он вырывался из рук священников, извивался, вопил, рычал, как одержимый, и пытался разорвать веревки, связывавшие его руки.

Палач сделал знак своим помощникам, они соскочили с эшафота и схватили осужденного.

— Что там происходит? — спросил Франц, обращаясь к графу.

Так как все говорили на римском диалекте, то он плохо понимал, в чем дело.

— Что там происходит? — повторил граф. — Разве вы не догадываетесь? Этот человек, который сейчас умрет, буйствует оттого, что другой человек не умрет вместе с ним; если бы ему позволили, он разорвал бы его ногтями и зубами, лишь бы не оставить ему жизни, которой сам лишается. О люди, люди! Порождение крокодилов, как сказал Карл Моор! — воскликнул граф, потрясая кулаками над толпой. — Я узнаю вас, во все времена вы достойны самих себя!

Андреа и помощники палача катались по пыльной земле, и осужденный продолжал кричать:

— Он должен умереть! Я хочу, чтобы он умер! Вы не имеете права убивать меня одного!

— Смотрите, — сказал граф, схватив молодых людей за руки, — смотрите, ибо клянусь вам, на это стоит посмотреть: вот человек, который покорился судьбе, который шел на плаху, который готов был умереть, как трус, правда, но без сопротивления и жалоб. Знаете, что придавало ему силы? Что утешало его? Знаете, почему он покорно ждал казни? Потому, что другой также терзался; потому, что другой также должен был умереть; потому, что другой должен был умереть раньше него! Поведите закалывать двух баранов, поведите двух быков на убой и дайте понять одному из них, что его товарищ не умрет; баран заблеет от радости, бык замычит от счастья, а человек, созданный по образу и подобию божию, человек, которому бог заповедал, как первейший, единственный, высший закон – любовь к ближнему, человек, которому бог дал язык, чтобы выражать свои мысли, – каков будет его первый крик, когда он узнает, что его товарищ спасен? Проклятие. Хвала человеку, венцу природы, царю творения!

И граф засмеялся, но таким страшным смехом, каким может смеяться только тот, кто много выстрадал.

Между тем борьба возле гильотины продолжалась; смотреть на это было невмоготу. Помощники палача тащили Андреа на эшафот; он восстановил против себя всю толпу, и двадцать тысяч голосов кричали: «Казнить! Казнить его!»

Франц отшатнулся; но граф снова схватил его за руку и держал у окна.

– Что с вами? – спросил он его. – Вам жаль его? Нечего сказать, уместная жалость! Если бы вы узнали, что под вашим окном бегает бешеная собака, вы схватили бы ружье, выскочили на улицу и без всякого сожаления застрелили бы в упор бедное животное, которое, в сущности, только тем и виновато, что его укусила другая бешеная собака, и оно платит тем же, а тут вы жалеете человека, которого никто не кусал и который тем не менее убил своего благодетеля и теперь, когда он не может убивать, потому что у него связаны руки, исступленно требует смерти своего товарища по заключению, своего товарища по несчастью! Нет, смотрите, смотрите!

Требование графа было почти излишне: Франц не мог оторвать глаз от страшного зрелища. Помощники палача втащили осужденного на эшафот и, несмотря на его пинки, укусы и крики, принудили его стать на колени. Палач стал сбоку от него, держа палицу наготове; по его знаку помощники отошли. Осужденный хотел приподняться, но не успел: палица с глухим стуком ударила его по левому виску; Андреа повалился ничком, как бык, потом перевернулся на спину. Тогда палач бросил палицу, вытащил нож, одним ударом перерезал ему горло, стал ему на живот и начал топтать его ногами. При каждом нажиме ноги струя крови била из шеи казненного.

Франц не мог дольше выдержать; он бросился в глубь комнаты и почти без чувств упал в кресло.

Альбер, зажмурив глаза, вцепился в портьеру окна.

Граф стоял, высоко подняв голову, словно торжествующий гений зла.

XV. Карнавал в Риме

Когда Франц пришел в себя, он увидел, что Альбер, бледный как смерть, пьет воду, а граф уже облачается в костюм паяца. Франц невольно взглянул на площадь: гильотина, палачи, казненный – все исчезло; оставалась только толпа, шумная, возбужденная, веселая. Колокол Монте-Читорио, который возвещает только смерть папы и открытие карнавала, громко гудел.

– Что происходит? – спросил он графа.

– Ничего, ровно ничего, как видите, – отвечал тот. – Только карнавал открылся. Одевайтесь скорее.

– Удивительно, – сказал Франц, – этот ужас рассеялся, как сон.

– Да это и был только сон – кошмар, который вам привиделся.

— Мне – да; а казненному?

— И ему тоже; только он уснул навсегда, а вы проснулись; и кто скажет, который из вас счастливее?

— А где же Пеппино? – спросил Франц. – Что с ним сталось?

— Пеппино – малый рассудительный, без излишнего самолюбия; вместо того чтобы обидеться, что о нем позабыли, он воспользовался этим и нырнул в толпу, не поблагодарив даже почтенных священников, которые сопровождали его до эшафота. Поистине человек – животное неблагодарное и эгоистичное... Но одевайтесь, сударь, смотрите, ваш друг подает вам пример.

В самом деле Альбер уже натянул атласные штаны поверх черных панталон и лакированных башмаков.

— Ну как, Альбер, – спросил Франц, – расположены вы дурачиться? Только говорите правду.

— Нет, не расположен, – отвечал Альбер, – но, в сущности, я рад, что видел это. Я согласен с графом: если однажды хватило сил перенести такое зрелище, то в конце концов оно оказывается единственным, которое еще способно доставить сильные ощущения.

— Не говоря уже о том, что только в такие минуты можно изучать людей, – сказал граф. – На первой ступени эшафота смерть срывает маску, которую человек носил всю жизнь, и тогда показывается его истинное лицо. Надо сознаться, лицо Андреа было не из привлекательных... Какой мерзавец!.. Одевайтесь, господа, одевайтесь!

Со стороны Франца было бы смешно разыгрывать институтку и не последовать примеру своих спутников. Он надел костюм и маску, которая была нисколько не бледнее его лица.

Окончив туалет, они сошли вниз. У дверей их ждала коляска, полная конфетти и букетов.

Они заняли свое место в веренице экипажей.

Трудно было себе представить более резкую перемену. Вместо мрачного и безмолвного зрелища смерти Пьяцца-дель-Пополо являла картину веселой и шумной оргии. Маски толпами стекались отовсюду, выскакивали из дверей, вылезали из окон; из всех улиц выезжали экипажи, нагруженные пьеро, арлекинами, домино, маркизами, транстеверинцами, клоунами, рыцарями, поселянами; все это кричало, махало руками, швыряло яйца, начиненные мукой, конфетти, букеты, осыпало шутками и метательными снарядами своих и чужих, знакомых и незнакомых, и никто не имел права обижаться, – на все отвечали смехом.

Франц и Альбер походили на людей, которых привели в кабак, чтобы рассеять их тоску, и которые, по мере того как пьянеют, чувствуют, что прошлое заволакивается туманом. Они еще были во власти только что виденного; но мало-помалу они заразились общим весельем, им казалось, что их рассудок готов помутиться, их тянуло с головой окунуться в этот шум, в эту сутолоку, в этот неистовый вихрь. Горсть конфетти, брошенная из соседнего экипажа в Морсера, осыпала Альбера и его спутников, он почувствовал уколы на шее и на не защищенной маской части лица, словно в него бросили сотней булавок; это заставило его принять участие в общей битве, к которой уже присоединились все встречавшиеся им маски. Он тоже, как все, встал в экипаже и со всей доступной ему силой и ловкостью принялся, в свою очередь, осыпать соседей яйцами и драже.

Ожесточенный бой начался. Воспоминание о виденном полчаса тому назад бесследно изгладилось из мыслей обоих друзей. Пестрая, изменчивая, головокружительная картина, бывшая у них перед глазами, поглощала их целиком. Что касается графа Монте-Кристо, то он, как мы уже говорили, во все время казни ни на минуту не терял спокойствия.

Вообразите длинную, красивую улицу Корсо, от края до края окаймленную нарядными дворцами, все балконы которых увешаны коврами и все окна задрапированы; на балконах и в окнах триста тысяч зрителей – римлян, итальянцев, чужестранцев, прибывших со всех концов света; смесь всех аристократий – аристократий крови, денег и таланта; прелестные женщины, увлеченные живописным зрелищем, наклоняются с балконов, высовываются из окон, осыпают проезжающих дождем конфетти, на который им отвечают букетами; воздух насыщен падающими вниз драже и летящими вверх цветами, а на тротуарах – сплошная беспечная толпа в самых нелепых костюмах: гуляющие исполинские кочны капусты, бычьи головы, мычащие, на человеческих туловищах, собаки, шагающие на задних лапах; и вдруг, во всей этой сумятице, под приподнятой маской, как в искушении св. Антония, пригрезившемся Калло, мелькает очаровательное лицо какой-нибудь Астарты, за которой бросаешься следом, но путь преграждают какие-то вертлявые бесы, вроде тех, что снятся по ночам, – вообразите все это, и вы получите слабое представление о том, что такое карнавал в Риме.

После того как они два раза проехали по Корсо, граф воспользовался остановкой в движении экипажей и попросил у своих спутников разрешения покинуть их, оставив коляску в их распоряжении. Франц поднял глаза и увидел фасад палаццо Росполи. В среднем окне, затянутом белой камкой с красным крестом, виднелось голубое домино, под которым воображение Франца тотчас нарисовало прелестную незнакомку, виденную им в театре Арджентина.

– Господа, – сказал граф, выходя из экипажа, – когда вам наскучит быть актерами и захочется превратиться в зрителей, не забудьте, что вас ждут места у моих окон; а до тех пор располагайте моим кучером, экипажем и слугами.

Мы забыли сказать, что кучер графа был наряжен черным медведем, точь-в-точь как Одри в «Медведе и Паше», а лакеи, стоявшие на запятках, были одеты зелеными обезьянами; маски их были снабжены пружиной, при помощи которой они строили гримасы прохожим.

Франц поблагодарил графа за его любезное предложение; что касается Альбера, то он был занят тем, что засыпал цветами коляску, в которой сидели весьма кокетливо одетые поселянки.

К несчастью, поток экипажей снова пришел в движение, и в то время как его уносило к Пьяцца-дель-Пополо, экипаж, привлекший внимание Альбера, направился к Венецианскому дворцу.

– Вы видели? – сказал он Францу.
– Что? – спросил Франц.
– Вон ту коляску с поселянками?
– Нет.
– Жаль! Я уверен, что это очаровательные женщины.
– Какое несчастье, что вы в маске, – сказал Франц, – ведь это самый подходящий случай вознаградить себя за ваши любовные неудачи!

– Я очень надеюсь, что карнавал чем-нибудь да вознаградит меня, – отвечал Альбер полушутя, полусерьезно.

Вопреки надеждам Альбера день прошел без особенных приключений, если не считать нескольких встреч с той же коляской. Во время одной из этих встреч, случайно ли, нет ли, маска Альбера отвязалась.

Тогда он схватил в охапку весь оставшийся у него запас цветов и бросил его в коляску.

Вероятно, одна из очаровательных женщин, которых Альбер угадывал под нарядными костюмами поселянок, была тронута его вниманием; когда коляска снова поравнялась с экипажем молодых людей, она бросила им букет фиалок. Альбер подхватил его. Так как Франц не имел никаких оснований полагать, что фиалки предназначаются ему, то он не препятствовал Альберу завладеть ими. Альбер победоносно вдел букет в петлицу, и экипаж торжественно проследовал дальше.

– Вот и начало любовного похождения! – сказал Франц.

– Смейтесь сколько угодно, – отвечал Альбер, – но я думаю, что это в самом деле так, и с этим букетом я уже не расстанусь.

– Еще бы! – продолжал, смеясь, Франц. – Как же иначе узнать друг друга?

Впрочем, шутка стала вскоре походить на правду, потому что, когда Франц и Альбер снова встретились с той же коляской, маска, бросившая Альберу букет, увидав, что он вдел его в петлицу, захлопала в ладоши.

– Браво, браво, – сказал Франц, – все идет как по маслу! Может быть, вы хотите, чтобы я оставил вас одного?

– Нет, нет, не будем торопиться! Я не хочу, чтобы она думала, что меня стоит только поманить. Если прелестной поселянке угодно продолжать игру, то мы найдем ее завтра, вернее, она сама нас найдет; она даст о себе знать, и тогда я решу, что делать.

– Браво, Альбер, вы мудры, как Нестор, и благоразумны, как Улисс; и если вашей Цирцее удастся превратить вас в какое-нибудь животное, то она или очень искусна, или очень могущественна.

Альбер был прав: прекрасная незнакомка, по-видимому, решила в этот день не продолжать заигрывания; молодые люди сделали еще несколько кругов, но больше не видели коляску с поселянками; она, вероятно, свернула в одну из боковых улиц.

Тогда они возвратились в палаццо Росполи, но там уже не было ни графа, ни голубого домино; у затянутых желтой камкой окон еще стояли зрители, вероятно, приглашенные графом.

В эту минуту тот же колокол, который возвестил начало карнавала, возвестил его окончание. Цепь экипажей на Корсо тотчас же распалась, и экипажи мгновенно скрылись в поперечных улицах.

Франц и Альбер находились как раз против виа-делле-Маратте.

Кучер, не говоря ни слова, свернул за угол и, миновав палаццо Росполи, выехал на Пьяцца-ди-Спанья и подкатил к гостинице.

Маэстро Пастрини вышел на порог встречать своих гостей.

Первой заботой Франца было осведомиться о графе и выразить сожаление, что они вовремя за ним не заехали; но Пастрини успокоил его, сказав, что граф Монте-Кристо заказал для себя второй экипаж, который и заехал за ним в палаццо Росполи. Кроме того, граф поручил ему передать молодым людям ключ от его ложи в театре Арджентина.

Франц спросил Альбера о его планах на вечер, но Альбер больше думал о том, как осуществить некий замысел, чем о театре; вместо того чтобы ответить Францу, он обратился к маэстро Пастрини с вопросом, не может ли тот достать ему портного.

– Портного? – спросил хозяин. – Зачем?

– Чтобы сшить нам к завтрашнему дню костюмы поселян, – сказал Альбер.

Маэстро Пастрини покачал головой.

– Сшить вам к завтрашнему дню два костюма! – воскликнул он. – Вот уж, право, не в обиду будь сказано, ваша милость, чисто французское желание. Два костюма! Да вы всю неделю карнавала не найдете ни одного портного, который согласился бы пришить полдюжины пуговиц к жилету, хотя бы вы заплатили ему по целому скудо за штуку!

– Значит, невозможно достать такие костюмы?

— Отчего же? Можно достать готовые. Поручите это дело мне, и завтра утром, проснувшись, вы найдете целую груду шляп, курток и штанов. Не беспокойтесь, останетесь довольны.

— Друг мой, — сказал Франц Альберу, — положимся на нашего хозяина; он уже доказал нам, что он человек находчивый; давайте пообедаем, а потом поедем слушать «Итальянку в Алжире».

— Так и быть, поедем слушать «Итальянку в Алжире», — сказал Альбер. — Но только помните, маэстро Пастрини, что для меня и для моего друга, — продолжал он, указав на Франца, — чрезвычайно важно завтра же иметь костюмы, о которых я вас просил.

Хозяин еще раз подтвердил, что их милостям не о чем беспокоиться и что все будет сделано согласно их пожеланиям, после чего Франц и Альбер отправились к себе, чтобы снять маскарадные костюмы паяцев.

Альбер бережно спрятал букетик фиалок; это была та примета, по которой прекрасная поселянка могла его узнать.

Друзья сели за стол; Альбер не преминул обратить внимание на существенную разницу между кухней маэстро Пастрини и кухней графа Монте-Кристо. И Франц, хотя и относился к графу с некоторым предубеждением, должен был по совести признать, что это сравнение было далеко не в пользу повара гостиницы.

Когда им подали десерт, лакей осведомился, в котором часу молодым людям нужен экипаж. Альбер и Франц в нерешительности переглянулись. Лакей угадал их мысль.

— Его сиятельство граф Монте-Кристо, — сказал он, — приказал, чтобы экипаж весь день был в распоряжении ваших милостей. Ваши милости могут располагать им без всякого стеснения.

Молодые люди решили воспользоваться любезным вниманием графа; они велели запрягать, а сами пошли переодеваться, ибо их костюмы несколько поизмялись во время многочисленных боев, в которых они принимали участие.

Переодевшись, они поехали в театр и расположились в ложе графа.

Во время первого действия в свою ложу вошла графиня Г. Она первым делом взглянула туда, где накануне сидел граф, и увидела Франца и Альбера в ложе того человека, о котором она не далее как накануне высказала Францу такое странное мнение.

Ее бинокль был так настойчиво направлен на Франца, что тот почувствовал, что было бы жестоко не удовлетворить тотчас же ее любопытство; поэтому, воспользовавшись привилегией итальянских театралов, которым разрешается превращать зрительный зал в собственную гостиную, приятели вышли из ложи и отправились засвидетельствовать свое почтение графине.

Не успели они войти, как графиня указала Францу на почетное место рядом с собою. Альбер сел сзади.

— Итак, — сказала она Францу, едва дав ему время сесть, — вы, по-видимому, не теряя времени, поспешили познакомиться с новоявленным лордом Рутвеном и даже подружились с ним?

— Не так коротко, как вы предполагаете, графиня, — отвечал Франц, — но не смею отрицать, что мы сегодня весь день пользовались его любезностью.

— Весь день?

— Да, именно весь день; утром мы у него завтракали, днем катались по Корсо в его экипаже, а теперь, вечером, сидим в его ложе.

— Так вы с ним знакомы?

— И да и нет.

— Как так?

— Это длинная история.

— Вы мне ее расскажете?

– Она напугает вас.

– Вот и хорошо.

– Подождите по крайней мере до развязки.

– Хорошо, я люблю законченные рассказы. Но все-таки расскажите, как вы встретились? Кто вас познакомил?

– Никто. Он сам познакомился с нами.

– Когда?

– Вчера вечером, после того как мы расстались.

– Каким образом?

– Через весьма прозаическое посредство хозяина нашей гостиницы.

– Так он тоже живет в гостинице «Лондон»?

– Да, и даже на одной площадке с нами.

– Как его зовут? Вы должны знать его имя.

– Разумеется. Граф Монте-Кристо.

– Что это такое? Это не родовое имя.

– Нет, это имя острова, который он купил.

– И он граф?

– Тосканский граф.

– Ну что ж, проглотим и этого, – сказала графиня, принадлежавшая к одной из древнейших венецианских фамилий. – Что он за человек?

– Спросите у виконта де Морсера.

– Слышите, виконт, – сказала графиня, – меня отсылают к вам.

– Мы были бы чересчур придирчивы, графиня, если бы не считали его очаровательным, – отвечал Альбер. – Человек, с которым мы были бы дружны десять лет, не сделал бы для нас того, что он сделал. И притом с такой любезностью, чуткостью и вниманием! Не приходится сомневаться, что это вполне светский человек.

– Вот увидите, – сказала графиня, смеясь, – что мой вампир какой-нибудь парвеню, который хочет, чтобы ему простили его миллионы, и поэтому старается казаться Ларой, чтобы его не спутали с господином Ротшильдом. А ее вы видели?

– Кого ее? – спросил Франц улыбнувшись.

– Вчерашнюю красавицу гречанку?

– Нет. Мы как будто слышали звуки ее лютни, но она осталась незримой.

– Не напускайте таинственности, дорогой Франц, – сказал Альбер. – Кто, по-вашему, был в голубом домино у окна, затянутого белой камкой?

– А где было это окно? – спросила графиня.

– В палаццо Росполи.

– Так у графа было окно в палаццо Росполи?

– Да. Вы были на Корсо?

– Конечно, была.

– Так вы, может быть, заметили два окна, затянутые желтой камкой, и одно, затянутое белой с красным крестом? Эти три окна принадлежат графу.

– Так это настоящий набоб! Вы знаете, сколько стоят три таких окна во время карнавала, да еще в палаццо Росполи, в лучшем месте Корсо?

– Двести или триста римских скудо.

– Скажите лучше – две или три тысячи.

– Ах, черт возьми!

– Это его остров приносит ему такие доходы?

– Его остров? Он не приносит ему ни гроша.

– Так зачем же он его купил?

– Из прихоти.

– Так он оригинал?

— Должен сознаться, — сказал Альбер, — что он мне показался несколько эксцентричным. Если бы он жил в Париже и появлялся в свете, то я сказал бы, что он либо шут, ломающий комедию, либо прощелыга, которого погубила литература; он сегодня произносил монологи, достойные Дидье или Антони.[33]

В ложу вошел новый гость, и Франц согласно этикету уступил ему свое место. Разговор, естественно, принял другое направление.

Час спустя друзья вернулись в гостиницу. Маэстро Пастрини уже позаботился об их костюмах и уверял, что они будут довольны его распорядительностью.

В самом деле, на следующий день в десять часов утра он вошел в комнату Франца в сопровождении портного, нагруженного костюмами римских поселян. Друзья выбрали себе два одинаковых, более или менее по росту, и велели нашить на каждую из шляп метров по двадцать лент, а также достать им два шелковых шарфа с поперечными пестрыми полосами, которыми крестьяне подпоясываются в праздничные дни.

Альберу не терпелось посмотреть, идет ли ему его новый костюм; он состоял из куртки и штанов голубого бархата, чулок со стрелками, башмаков с пряжками и шелкового жилета. Наружность Альбера могла только выиграть в этом живописном костюме, и, когда он стянул поясом свою стройную талию и заломил набекрень шляпу, на которой развевались ленты, Францу пришло на ум, что физическое превосходство, которое мы приписываем некоторым народам, нередко зависит от костюма. Например, турки, некогда столь живописные в своих длинных халатах ярких цветов, разве не отвратительны теперь в синих, наглухо застегнутых сюртуках и греческих фесках, делающих их похожими на винные бутылки, запечатанные красным сургучом?

Франц сказал несколько лестных слов Альберу, который, стоя перед зеркалом, взирал на себя с улыбкой, в значении которой было бы трудно усомниться.

Вошедший граф Монте-Кристо застал их за этим занятием.

— Господа, — сказал он, — как ни приятно делить с кем-нибудь веселье, но свобода еще приятнее, а потому я пришел сказать вам, что на сегодня и на все остальные дни предоставляю в полное ваше распоряжение экипаж, в котором вы вчера катались. Наш хозяин, вероятно, сказал вам, что я держу у него три или четыре экипажа, так что вы меня не стесните; пользуйтесь им совершенно свободно и для развлечений, и для дел. Если вам нужно будет повидаться со мной, вы всегда найдете меня в палаццо Росполи.

Молодые люди начали было отнекиваться, но, в сущности, у них не было никаких веских причин отказываться от предложения, для них весьма приятного, и они кончили тем, что приняли его.

Граф Монте-Кристо просидел у них с четверть часа, с полной непринужденностью разговаривая о том о сем. Как мы уже заметили, он был знаком с литературой всех народов. Один взгляд на стены его гостиной показал Альберу и Францу, что он любитель картин. Несколько беглых, оброненных при случае замечаний доказали им, что он не чужд наукам; его, по-видимому, особенно занимала химия.

Молодые люди не притязали на то, чтобы отплатить графу радушием за радушие; с их стороны было бы нелепо в ответ на его изысканный завтрак предложить ему отведать весьма посредственной стряпни маэстро Пастрини. Они откровенно высказали ему это, и он вполне оценил их такт.

<u>Альбер восхищался манерами</u> графа и признал бы его за

---

[33] Дидье — герой драмы В. Гюго «Марион де Лорм» (1831).

истинного джентльмена, если бы тот не был так учен. Больше всего его радовала возможность свободно располагать коляской. Он имел виды на своих прелестных поселянок, а так как накануне они катались в весьма элегантном экипаже, то ему очень хотелось не уступать им в этом отношении. В половине второго молодые люди вышли на крыльцо; кучер и лакеи придумали надеть ливреи поверх своих звериных шкур, отчего стали еще смешнее вчерашнего и заслужили похвалы Альбера и Франца.

Увядший букетик фиалок трогательно поник в петличке Альбера.

С первым ударом колокола они пустились в путь по виа Витториа и устремились на Корсо.

На втором круге в их коляску упал букетик свежих фиалок, брошенный из экипажа, в котором сидели женщины, одетые паяцами. Альбер понял, что по их примеру вчерашние поселянки переменили костюмы и что, быть может, случайно, а возможно, из тех же галантных намерений «контадинки» нарядились паяцами.

Альбер заменил увядший букетик свежим, но продолжал держать его в руке, и когда снова поравнялся с коляской, то нежно поднес его к губам, что, по-видимому, доставило большое удовольствие не только бросившей букетик даме, но и ее веселым подругам.

Оживление на Корсо было не меньше, чем накануне; очень вероятно, что тонкий наблюдатель подметил бы даже возрастание шума и веселья. Граф на минуту показался в своем окне, но когда экипаж второй раз проезжал мимо, его уже не было.

Заигрывание между Альбером и дамой с фиалками продолжалось, разумеется, весь день.

Вечером, вернувшись домой, Франц нашел письмо из посольства; ему сообщали, что завтра его святейшество окажет ему честь принять его. Каждый раз, когда он бывал в Риме, он испрашивал эту милость; и, как всегда, движимый не только благочестием, но и благодарностью, он не хотел покинуть столицу христианского мира, не повергнув свое почтительное поклонение к стопам наместника св. Петра, являвшего собой редкий образец всех добродетелей.

Поэтому для него не могло быть и речи, чтобы на следующий день принять участие в карнавале. Ибо, невзирая на сердечную доброту, которая сопутствует его величию, никто без благоговейного трепета не готовится преклонить колени перед благородным старцем, именуемым Григорием XVI.

Выйдя из Ватикана, Франц прямым путем вернулся в гостиницу, избегая даже мимоходом пройти по Корсо. Он был полон благочестивых мыслей и боялся осквернить их безумствами карнавала.

В десять минут шестого вернулся Альбер. Он был в полном восторге; его дама появилась снова в костюме поселянки и, встретясь с коляской Альбера, подняла маску. Она была очаровательна.

Франц искренно поздравил Альбера; тот принял его поздравления как должное. Он уверял, что по некоторым признакам прекрасная незнакомка, несомненно, принадлежит к высшей аристократии. Он твердо решил на следующий день написать ей. Франц, выслушав это признание, догадался, что Альбер хочет о чем-то попросить его, но стесняется. Он стал допытываться, уверяя своего друга, что ради его счастья готов на любые жертвы. Альбер заставил себя просить ровно столько, сколько требовала учтивость, а затем признался Францу, что тот окажет ему большую услугу, если согласится на другой день уступить коляску ему одному.

Альбер считал, что прекрасная поселянка приподняла маску только потому, что он был один.

Разумеется, Франц не был таким эгоистом, чтобы мешать Альберу в самом разгаре приключения, обещавшего быть столь приятным и лестным. Он хорошо знал беззастенчивую болтливость своего легкомысленного друга и не сомневался, что тот расскажет ему о своем романе со всеми подробностями, а так как, исколесив всю Италию вдоль и поперек, он сам за три года ни разу не имел случая даже завязать какую-нибудь интрижку, то он не прочь был узнать, как это делается.

Он обещал Альберу удовольствоваться ролью зрителя и сказал, что будет любоваться карнавалом из окон палаццо Росполи.

Франц сдержал слово и на другой день, стоя у окна, смотрел, как Альбер катается взад и вперед по Корсо. В руках он держал огромный букет, в который, вероятно, была засунута любовная записка. Это предположение превратилось в уверенность, когда Франц увидел этот букет в руках очаровательной женщины, одетой в розовый костюм паяца.

Альбер вернулся домой уже не в восторге, а в экстазе. Он не сомневался, что прекрасная незнакомка ответит ему тем же способом. Франц пошел навстречу его желаниям, заявив, что он устал от всей этой сутолоки и решил весь следующий день посвятить своему альбому и своим заметкам.

Альбер не ошибся в своих прорицаниях: на другой день, вечером, он влетел в комнату Франца, держа за уголок сложенную вчетверо бумажку и победно размахивая ею.

– Ну что? – воскликнул он. – Что я говорил?
– Она ответила! – воскликнул Франц.
– Читайте.

Тон, которым это было сказано, не поддается описанию. Франц взял записку и прочел:

«Во вторник вечером, в семь часов, выйдите из коляски против виа деи-Понтефичи и последуйте за поселянкой, которая вырвет у вас мокколетто. Когда вы взойдете на первую ступеньку церкви Сан-Джакомо, не забудьте привязать к рукаву вашего костюма паяца розовый бант.

До вторника вы меня не увидите.
Верность и тайна».

– Ну-с, дорогой друг, – сказал Альбер, когда Франц прочел письмо, – что вы на это скажете?

– Скажу, – отвечал Франц, – что дело принимает весьма приятный оборот.

– И я так думаю, – сказал Альбер, – и очень боюсь, что вам придется ехать одному на бал к герцогу Браччано.

Франц и Альбер утром получили приглашение на бал к знаменитому римскому банкиру.

– Берегитесь, дорогой Альбер, – сказал Франц, – у герцога соберется вся знать; и если ваша прекрасная незнакомка в самом деле аристократка, то она должна будет там появиться.

– Появится она там или нет, я не изменю своего мнения о ней, – сказал Альбер. – Вы прочли записку?

– Да.

– Вы знаете, какое образование получают в Италии женщины mezzo cito?[34]

– Да, – ответил Франц.

– Так перечтите записку, обратите внимание на почерк и найдите хоть одну стилистическую или орфографическую ошибку.

<u>В самом деле почерк был</u> прекрасный, орфография

---

[34] Так называют среднее сословие.

безукоризненна.

— Вам везет! – сказал Франц, возвращая записку Альберу.

— Смейтесь сколько вам угодно, шутите сколько хотите, – возразил Альбер, – а я влюблен.

— Боже мой, вы меня пугаете, – сказал Франц, – я вижу, что мне придется не только ехать без вас на бал к герцогу Браччано, но даже того и гляди одному вернуться во Флоренцию.

— Во всяком случае, если моя незнакомка так же любезна, как хороша собой, то я решительно заявляю, что остаюсь в Риме по меньшей мере на шесть недель. Я обожаю Рим и к тому же всегда имел склонность к археологии.

— Еще два-три таких приключения, и я начну надеяться, что увижу вас членом Академии надписей и изящной словесности.

Вероятно, Альбер принялся бы серьезно обсуждать свои права на академическое кресло, но слуга доложил, что обед подан. Альбер никогда не терял аппетита из-за любви. Поэтому он поспешил сесть за стол вместе с приятелем, готовясь возобновить этот разговор после обеда.

Но после обеда доложили о приходе графа Монте-Кристо. Молодые люди уже два дня не видели его. От маэстро Пастрини они узнали, что он уехал по делам в Чивита-Веккию. Уехал он накануне вечером и только час как вернулся.

Граф был чрезвычайно мил. Либо он сдерживался, либо на сей раз не нашлось повода для высказывания язвительных и горьких мыслей, но только в этот вечер он был такой, как все. Францу он казался неразрешимой загадкой. Граф, конечно, отлично знал, что его гость на острове Монте-Кристо узнал его; между тем он со времени их второй встречи ни словом не обмолвился о том, что уже однажды видел его. А Франц, как ему ни хотелось намекнуть на их первую встречу, боялся досадить человеку, показавшему себя таким предупредительным по отношению к нему и к его другу; поэтому он продолжал ту же игру, что и граф.

Монте-Кристо, узнав, что Франц и Альбер хотели купить ложу в театре Арджентина и что все ложи оказались заняты, принес им ключ от своей ложи, – так по крайней мере он объяснил свое посещение.

Франц и Альбер стали было отказываться, говоря, что не хотят лишать его удовольствия; но граф возразил, что собирается в театр Палли и его ложа в театре Арджентина будет пустовать, если они ею не воспользуются.

После этого молодые люди согласились.

Франц мало-помалу привык к бледности графа, так сильно поразившей его в первый раз. Он не мог не отдать должного строгой красоте его лица, главным недостатком или, быть может, главным достоинством которого была бледность. Граф был настоящий байроновский герой, и Францу стоило не только увидеть его, но хотя бы подумать о нем, чтобы тотчас же представить себе его мрачную голову на плечах Манфреда или под шляпой Лары. Его лоб был изборожден морщинами, говорящими о неотступных горьких думах; пламенный взор проникал до самой глубины души; насмешливые и гордые губы придавали всему, что он говорил, особенный оттенок, благодаря которому его слова неизгладимо врезывались в память слушателей.

Графу было, вероятно, уже лет сорок, но никто бы не усомнился, что он одержал бы верх над любым более молодым соперником. В довершение сходства с фантастическими героями английского поэта он обладал огромным обаянием.

Альбер не переставал твердить о счастливой случайности, благодаря которой они познакомились с таким неоценимым человеком. Франц был более сдержан, но и он поддавался тому влиянию, которое всегда оказывает на окружающих незаурядный человек.

Он вспомнил о том, что граф уже несколько раз выражал намерение посетить Париж, и не сомневался, что при своей эксцентричности, характерной наружности и несметном богатстве граф произведет там сенсацию.

А между тем он не чувствовал никакого желания очутиться в Париже одновременно с ним.

Вечер прошел так, как обычно проходят вечера в итальянских театрах: зрители, вместо того чтобы слушать певцов, ходили друг к другу в гости. Графиня Г. хотела навести разговор на графа, но Франц сказал ей, что у него есть гораздо более занимательная новость и, невзирая на лицемерные протесты Альбера, сообщил ей о великом событии, уже три дня занимавшем мысли обоих друзей.

Такие приключения, если верить путешественникам, в Италии не редкость – поэтому графиня не выразила никакого удивления и поздравила Альбера с началом любовного похождения, обещавшего так приятно завершиться.

Молодые люди откланялись, условившись встретиться с графиней на балу у герцога Браччано, куда был приглашен весь Рим. Дама с фиалками сдержала слово: ни на следующий, ни на третий день она не давала о себе знать.

Наконец наступил вторник – последний, самый шумный день карнавала. В этот вторник театры открываются с утра, в десять часов, потому что в восемь часов вечера начинается пост. Во вторник все, кто по недостатку денег, времени или охоты не принимал участия в празднике, присоединяются к вакханалии и вносят свою долю в общее движение и шум.

С двух часов до пяти Франц и Альбер кружили в цепи экипажей и перебрасывались пригоршнями конфетти со встречными колясками и пешеходами, которые протискивались между ногами лошадей и колесами экипажей так ловко, что, несмотря на невообразимую давку, не произошло ни одного несчастного случая, ни одной ссоры, ни одной потасовки. Итальянцы в этом отношении удивительный народ. Для них праздник – поистине праздник. Автор этой повести, проживший в Италии около шести лет, не помнит, чтобы какое-нибудь торжество было нарушено одним из тех происшествий, которые неизменно сопутствуют нашим празднествам.

Альбер красовался в своем костюме паяца; на плече развевался розовый бант, концы которого свисали до колен. Чтобы не произошло путаницы, Франц надел костюм поселянина.

Чем ближе время подходило к вечеру, тем громче становился шум. На мостовой, в экипажах, у окна не было рта, который бы безмолвствовал, не было руки, которая бы бездействовала; это был поистине человеческий ураган, слагавшийся из грома криков и града конфетти, драже, яиц с мукой, апельсинов и цветов.

В три часа звуки выстрелов, с трудом покрывая этот дикий шум, одновременно раздались на Пьяцца-дель-Пополо и у Венецианского дворца и возвестили начало скачек.

Скачки, так же как и мокколи, составляют непременную принадлежность последнего дня карнавала. По звуку выстрелов экипажи тотчас вышли из цепи и рассыпались по ближайшим боковым улицам.

Все эти маневры совершаются, кстати сказать, с удивительной ловкостью и быстротой, хотя полиция нисколько не заботится о том, чтобы указывать места или направлять движение.

Пешеходы стали вплотную к дворцам, послышались топот копыт и стук сабель.

Отряд карабинеров, по пятнадцати в ряд, развернувшись во всю ширину улицы, промчался галопом по Корсо, очищая его для скачек. Когда отряд доскакал до Венецианского дворца, новые выстрелы возвестили, что улица свободна.

В ту же минуту под неистовый оглушительный рев, словно тени, пронеслись восемь лошадей, подстрекаемые криками трехсот тысяч зрителей и железными колючками, которые прыгали у них на спинах. Немного погодя с замка Св. Ангела раздалось три пушечных выстрела – это означало, что выиграл третий номер.

Тотчас же, без всякого другого сигнала, экипажи снова хлынули на Корсо из всех соседних улиц, словно на миг задержанные ручьи разом устремились в питаемое ими русло, и огромная река понеслась быстрее прежнего между гранитными берегами.

Но теперь к чудовищному водовороту прибавился еще новый источник шума и сутолоки: на сцену выступили продавцы мокколи.

Мокколи, или мокколетти, – это восковые свечи разной толщины, начиная от пасхальной свечи и кончая самой тоненькой свечкой; для действующих лиц последнего акта карнавала в Риме они являются предметом двух противоположных забот:

1) не давать гасить свой мокколетто;
2) гасить чужие мокколетти.

В этом смысле мокколетто похож на жизнь: человек нашел только один способ передавать ее, да и тот получил от бога.

Но он нашел тысячу способов губить ее; правда, в этом случае ему несколько помогал дьявол.

Чтобы зажечь мокколетто, достаточно поднести его к огню.

Но как описать тысячи способов, изобретенных для тушения мокколетти: исполинские мехи, чудовищные гасильники, гигантские веера?

Мокколетти раскупали нарасхват. Франц и Альбер последовали примеру других.

Вечер быстро наступал, и под пронзительный крик тысяч продавцов: «Мокколи!» – над толпой зажглись первые звезды. Это послужило сигналом. Не прошло и десяти минут, как от Венецианского дворца до Пьяцца-дель-Пополо засверкало пятьдесят тысяч огоньков.

Это был словно праздник блуждающих огней.

Трудно представить себе это зрелище.

Вообразите, что все звезды спустились с неба и закружились на земле в неистовой пляске. А в воздухе стоит такой крик, какого никогда не слышало человеческое ухо на всем остальном земном шаре.

К этому времени окончательно исчезают все сословные различия. Факкино преследует князя, князь – транстеверинца, транстеверинец – купца; и все это дует, гасит, снова зажигает. Если бы в этот миг появился древний Эол, он был бы провозглашен королем мокколи, а Аквилон – наследным принцем.

Этот яростный огненный бой длился около двух часов; на Корсо было светло, как днем; можно было разглядеть лица зрителей в окнах четвертого и пятого этажей.

Каждые пять минут Альбер смотрел на часы; наконец, они показали семь.

Друзья проезжали как раз мимо виа деи-Понтефичи. Альбер выскочил из коляски, держа в руке мокколетто.

Несколько масок окружило его, дуя на его свечу; но, будучи ловким боксером, он отшвырнул их от себя шагов на десять и побежал к церкви Сан-Джакомо.

Паперть кишела любопытными и масками, которые наперерыв старались выхватить или потушить друг у друга свечу. Франц следил глазами за Альбером и видел, как тот взошел на первую ступеньку; почти тотчас же маска, одетая в столь хорошо знакомый костюм поселянки, протянула руку, и на этот раз Альбер без сопротивления отдал моккалетто.

Франц был слишком далеко, чтобы слышать слова, которыми они обменялись; но, по-видимому, разговор был мирный, ибо Альбер и поселянка удалились рука об руку. Франц еще с минуту смотрел им вслед, но скоро потерял их из виду.

Внезапно раздались звуки колокола, возвещавшего конец карнавала, и в ту же секунду, как по мановению волшебного жезла, все моккалетти разом погасли, словно могучий ветер единым дыханием задул их.

Франц очутился в полной темноте. Вместе с огнями исчез и шум, словно тот же порыв ветра унес с собой и крики. Слышен был только стук экипажей, развозивших маски по домам; видны были только редкие огоньки, светившиеся в окнах.

Карнавал кончился.

XVI. Катакомбы Сан-Себастьяно

Быть может, никогда в жизни Франц не испытывал такого резкого перехода от веселья к унынию; словно некий дух ночи одним мановением превратил весь Рим в огромную могилу. Тьма усугублялась тем, что ущербная луна еще не появлялась на небе; поэтому улицы, по которым проезжал Франц, были погружены в непроницаемый мрак. Впрочем, путь был не длинный; минут через десять его коляска, или, вернее, коляска графа, остановилась у дверей гостиницы.

Обед ждал его. Так как Альбер предупредил, что не рассчитывает рано вернуться, то Франц сел за стол один.

Маэстро Пастрини, привыкший видеть их всегда вместе, осведомился, почему Альбер не обедает. Франц отвечал, что Альбер приглашен в гости. Внезапное исчезновение огней, тьма, сменившая яркий свет, тишина, поглотившая шум, — все это вызвало в душе Франца безотчетную грусть, не лишенную смутной тревоги. Обед прошел молчаливо, несмотря на угодливую заботливость хозяина, то и дело заходившего узнать, всем ли доволен его постоялец. Франц решил ждать Альбера до последней минуты. Поэтому он велел подать экипаж только к одиннадцати часам и попросил маэстро Пастрини немедленно дать ему знать, если Альбер явится в гостиницу. К одиннадцати часам Альбер не вернулся. Франц оделся и уехал, предупредив хозяина, что проведет ночь на балу у герцога Браччано.

Дом герцога Браччано — один из приятнейших в Риме; супруга его, принадлежащая к старинному роду Колона, — очаровательная хозяйка, и их приемы получили европейскую известность. Франц и Альбер оба приехали в Рим с рекомендательными письмами к герцогу; поэтому первый вопрос, заданный им Францу, касался его спутника. Франц отвечал, что они расстались в ту минуту, когда гасили моккалетти, и что он потерял его из виду близ виа Мачелло.

— Так он до сих пор не вернулся домой? — спросил герцог.

— Я ждал его до одиннадцати часов, — ответил Франц.

— А вы знаете, куда он пошел?

— Точно не знаю; кажется, чуть ли не на свидание.

— Черт возьми! — сказал герцог. — Сегодня плохой день или, лучше сказать, плохая ночь для поздних прогулок; не правда ли, графиня?

Последние слова относились к графине Г., которая только что появилась под руку с г-ном Торлониа, братом герцога.

— Я нахожу, напротив, что это чудесная ночь, — отвечала

графиня, — и те, кто здесь собрался, будут жалеть лишь о том, что она пролетела слишком быстро.

— Я и не говорю о тех, кто здесь собрался, — возразил, улыбаясь, герцог. — Единственная опасность, которая им грозит, это влюбиться в вас, если это мужчина, а если это женщина, то заболеть от зависти к вашей красоте; я говорю о тех, кто бродит по улицам Рима.

— Да кто же в этот час бродит по улицам, если только он не отправляется на бал? — спросила графиня.

— Наш друг Альбер де Морсер, с которым я расстался в семь часов, — сказал Франц. — Он преследовал свою незнакомку, и я его с тех пор не видел.

— Как? И вы не знаете, где он?

— Не имею ни малейшего понятия.

— У него есть оружие?

— Он в костюме паяца.

— Вам не следовало его пускать, — сказал герцог, — ведь вы знаете Рим лучше его.

— Как бы не так! Легче было бы остановить третий номер, который выиграл сегодня скачку, — отвечал Франц. — И потом, что же может с ним случиться?

— Кто знает? Ночь очень темная, а от виа Мачелло до Тибра рукой подать.

У Франца мороз пробежал по коже, когда он увидел, что герцог и графиня разделяют его собственную тревогу.

— Я предупредил в гостинице, что еду к вам, — сказал Франц, — и мне должны сообщить, как только он вернется.

— Да вот, — сказал герцог, — вас, кажется, ищет мой лакей.

Герцог не ошибся, увидев Франца, лакей подошел к нему.

— Ваша милость, — сказал он, — хозяин гостиницы «Лондон» прислал сказать вам, что вас дожидается какой-то человек с письмом от виконта де Морсера.

— С письмом от виконта! — вскричал Франц.

— Точно так.

— А что за человек?

— Не знаю.

— Почему он сам не принес сюда письмо?

— Посланный не дал мне никаких объяснений.

— А где посланный?

— Он ушел, когда увидел, что я отправился в залу доложить вам.

— Боже мой! — сказала графиня Францу. — Ступайте скорее. Бедняга! С ним, может быть, случилось несчастье.

— Бегу, — сказал Франц.

— Вы вернетесь сюда и все расскажете? — спросила графиня.

— Да, если ничего серьезного не произошло; в противном случае я ни за что не могу поручиться.

— Во всяком случае, будьте осторожны, — сказала графиня.

— О, не беспокойтесь.

Франц взял шляпу и поспешно вышел. Приехав на бал, он отослал экипаж и велел кучеру вернуться в два часа ночи; но, к счастью, дворец герцога, выходящий одной стороной на Корсо, а другой на площадь Св. Апостолов, находился не более как в десяти минутах ходьбы от гостиницы «Лондон». Подойдя к дверям, Франц увидел человека, стоявшего посреди улицы; он ни минуты не сомневался, что это посланный Альбера. Человек был закутан в широкий плащ. Франц направился к нему, но, к немалому его удивлению, тот первый заговорил с ним.

— Что угодно от меня вашей милости? — спросил он, отступая на шаг.

— Это вы принесли мне письмо от виконта де Морсера? —

спросил Франц.

— Ваша милость живет в гостинице Пастрини?
— Да.
— Ваша милость путешествует вместе с виконтом?
— Да.
— Как зовут вашу милость?
— Барон Франц д'Эпине.
— Значит, письмо адресовано именно вашей милости.
— Нужен ответ? – спросил Франц, беря у него из рук письмо.
— Да, по крайней мере ваш друг надеется на ответ.
— Так поднимитесь ко мне.
— Нет, я лучше подожду здесь, – усмехнувшись, сказал посланный.
— Почему?
— Ваша милость поймет, когда прочтет письмо.
— Так я найду вас здесь?
— Непременно.

Франц вошел в гостиницу; на лестнице он встретился с маэстро Пастрини.

— Ну что? – спросил его тот.
— Что именно? – сказал Франц.
— Вы видели человека, который пришел к вам по поручению вашего друга? – спросил хозяин.
— Да, видел, – отвечал Франц, – он передал мне письмо. Велите, пожалуйста, подать огня.

Хозяин приказал слуге принести свечу. Францу показалось, что у маэстро Пастрини весьма растерянный вид, и это еще усилило его желание поскорее прочесть письмо Альбера; как только слуга зажег свечу, он поспешно развернул листок бумаги. Письмо было написано рукой Альбера, под ним стояло его имя. Франц прочел его дважды – настолько неожиданно было его содержание. Вот оно от слова до слова:

«Дорогой друг, тотчас же по получении этого письма возьмите из моего бумажника, который вы найдете в ящике письменного стола, мой аккредитив, присоедините к нему и свой, если моего будет недостаточно... Бегите к Торлониа, возьмите у него четыре тысячи пиастров и вручите их подателю сего. Необходимо, чтобы эта сумма была мне доставлена без промедления.

Ограничиваюсь этим, ибо полагаюсь на вас так же, как вы могли бы положиться на меня.
Ваш друг
P.S. I believe now in Italian bandits.[35]
Альбер де Морсер».

Под этими строками другим почерком было написано по-итальянски:

«Se alle sei della mattina le quattro mila piastre non sono nelle mie mani, alle sette il conte Alberto avra cessato di vivere.
Luigi Vampa».[36]

---

[35] Теперь я верю в итальянских разбойников *(англ.)*.

Вторая подпись все объяснила Францу, и он понял нежелание посланного подняться к нему в комнату: он считал более безопасным для себя оставаться на улице. Альбер попал в руки того самого знаменитого разбойника, в существование которого упорно не хотел верить.

Нельзя было терять ни минуты. Франц бросился к письменному столу, отпер его, нашел в ящике бумажник, а в бумажнике аккредитив; аккредитив был на шесть тысяч пиастров, но из них Альбер уже издержал три тысячи. Что касается Франца, то у него вовсе не было аккредитива; так как он жил во Флоренции и приехал в Рим всего лишь на неделю, то он взял с собой только сотню луидоров, и из этой сотни у него оставалось не более половины. Таким образом, не хватало семи или восьми сотен пиастров до необходимой Альберу суммы. Правда, в таких необычайных обстоятельствах Франц мог надеяться на любезность г-на Торлониа.

Он хотел уже, не медля ни минуты, возвратиться во дворец Браччано, как вдруг его осенила блестящая мысль. Он вспомнил о графе Монте-Кристо. Франц протянул руку к звонку, чтобы послать за маэстро Пастрини, как вдруг дверь отворилась, и он сам появился на пороге.

– Синьор Пастрини, – быстро спросил он, – как вы думаете, граф у себя?
– Да, ваша милость, он только что вернулся.
– Он не успел еще лечь?
– Не думаю.
– Так зайдите к нему, пожалуйста, и попросите для меня разрешения явиться к нему.

Маэстро Пастрини поспешил исполнить поручение; через пять минут он вернулся.

– Граф ждет вашу милость, – сказал он.

Франц пересек площадку, и лакей ввел его к графу. Тот находился в небольшом кабинете, которого Франц еще не видел и вдоль стен которого стояли диваны. Граф встал ему навстречу.

– Какой счастливый случай привел вас ко мне? – сказал он. – Может быть, вы поужинаете со мной? Это было бы, право, очень мило с вашей стороны.
– Нет, я пришел по важному делу.
– По делу? – сказал граф, взглянув на Франца своим проницательным взглядом. – По какому же?
– Мы здесь одни?

Граф подошел к двери и вернулся.
– Совершенно одни.

Франц протянул ему письмо Альбера.
– Прочтите, – сказал он.

Граф прочел письмо.
– Д-да! – сказал он.
– Прочли вы приписку?
– Да, – сказал он, – вижу:

«Se alle sei della mattina le quattro mila piastre

«Если в шесть часов утра четыре тысячи пиастров не будут в моих руках, в семь часов графа Альбера не будет в живых...
Луиджи Вампа».

non sono nelle mie mani, alle sette il conte Alberto avra cessato di vivere.
Luigi Vampa».

— Что вы на это скажете? — спросил Франц.
— Вы располагаете этой суммой?
— Да, не хватает только восьмисот пиастров.

Граф подошел к секретеру, отпер и выдвинул ящик, полный золота.

— Надеюсь, — сказал он Францу, — вы не обидите меня и не обратитесь ни к кому другому?
— Вы видите, напротив, что я пришел прямо к вам, — отвечал Франц.
— И я благодарю вас за это. Берите.

И он указал Францу на ящик.

— А разве необходимо посылать Луиджи Вампа эту сумму? — спросил Франц, в свою очередь, пристально глядя на графа.
— Еще бы! — сказал тот. — Судите сами, приписка достаточно ясна.
— Мне кажется, что, если бы вы захотели, вы нашли бы более простой способ, — сказал Франц.
— Какой? — удивленно спросил граф.
— Например, если бы мы вместе поехали к Луиджи Вампа, я уверен, что он не отказал бы вам и освободил Альбера.
— Мне? А какое влияние могу я иметь на этого разбойника?
— Разве вы не оказали ему одну из тех услуг, которые никогда не забываются?
— Какую?
— Разве вы не спасли жизнь Пеппино?
— А-а! — произнес граф. — Кто вам сказал?
— Не все ли равно? Я это знаю.

Граф помолчал, нахмурив брови.

— А если я поеду к Луиджи, вы поедете со мной?
— Если мое общество не будет вам неприятно.
— Что же, пусть будет так; погода прекрасная, прогулка в окрестностях Рима доставит нам только удовольствие.
— Оружие надо захватить?
— Зачем?
— Деньги?
— Не нужно. Где человек, который принес письмо?
— На улице.
— Он ждет ответа?
— Да.
— Надо все-таки узнать, куда мы едем; я позову его.
— Бесполезно: он не захотел войти.
— К вам, может быть, но ко мне он придет.

Граф подошел к окну кабинета, выходившему на улицу, и особенным образом свистнул. Человек в плаще отделился от стены и вышел на середину улицы.

— Salite![37] — сказал граф тоном, каким отдают приказание слуге.

Посланный немедленно, не колеблясь, даже торопливо повиновался и, поднявшись на крыльцо, вошел в гостиницу. Пять секунд спустя он стоял у дверей кабинета.

— А, это ты, Пеппино? — сказал граф.

Вместо ответа Пеппино бросился на колени, схватил руку графа и несколько раз поцеловал ее.

---

[37] Поднимитесь! *(ит.)*

— Вот как, – сказал граф, – ты еще не забыл, что я спас тебе жизнь? Странно, ведь прошла уже целая неделя.

— Нет, ваша светлость, я никогда не забуду, – отвечал Пеппино голосом, в котором звучала глубокая благодарность.

— Никогда? Это очень долго! Но хорошо уже то, что ты так думаешь. Встань и отвечай.

Пеппино с беспокойством взглянул на Франца.

— Ты можешь говорить при его милости, – сказал граф, – это мой друг. Вы мне разрешите называть вас этим именем? – прибавил граф по-французски, обращаясь к Францу. – Это необходимо, чтобы внушить ему доверие.

— Можете говорить при мне, – сказал Франц, – я друг графа.

— Хорошо, – отвечал Пеппино, обращаясь к графу, – пусть ваша светлость спрашивает, я буду отвечать.

— Каким образом виконт Альбер попал в руки Луиджи?

— Ваша светлость, коляска француза несколько раз встречалась с той, в которой сидела Тереза.

— Подруга атамана?

— Да. Француз начал любезничать; Тереза в шутку отвечала ему; француз бросал ей букеты, она тоже бросала ему цветы; разумеется, с дозволения атамана, который сидел в той же коляске.

— Как? – воскликнул Франц. – Луиджи Вампа сидел в коляске поселянок?

— Он был наряжен кучером и правил, – отвечал Пеппино.

— Дальше? – сказал граф.

— А дальше француз снял маску; Тереза с дозволения атамана тоже открыла лицо; француз попросил свидания, Тереза назначила время и место; только вместо Терезы на паперти церкви Сан-Джакомо ждал Беппо.

— Как? – прервал опять Франц. – Эта поселянка, которая вырвала у него мокколетто?..

— Это был пятнадцатилетний мальчик, – отвечал Пеппино. – Но вашему другу нечего стыдиться, что он попался. Он не первый, кого надул Беппо.

— И Беппо увел его из города? – спросил граф.

— Да. В конце виа Мачелло ждала карета; Беппо сел и пригласил француза с собой; тот не заставил просить себя. Он любезно уступил Беппо правую сторону и сел рядом. Тут Беппо сказал ему, что повезет его на виллу в миле от Рима. Француз отвечал, что готов ехать хоть на край света. Кучер поехал на виа ди-Рипетта, миновал ворота Святого Павла, но когда они очутились в поле, француз стал уже слишком вольничать, и Беппо приставил ему к груди пару пистолетов. Кучер остановил лошадей, обернулся и сделал то же самое. В то же время четверо наших, прятавшихся на берегу Альмо, подбежали к карете. Француз вздумал было защищаться, даже, кажется, немножко придушил Беппо; но что можно сделать против пятерых вооруженных людей? Оставалось только сдаться. Его вытащили из кареты, довели до берега речонки и проводили к Терезе и Луиджи, которые ждали его в катакомбах Сан-Себастьяно.

— Ну что же, – сказал граф Францу, – по-моему, эта история стоит всякой другой. Что вы скажете? Вы ведь знаток в этом деле?

— Скажу, что посмеялся бы от души, – отвечал Франц, – если бы она случилась с кем-нибудь другим, а не с бедным Альбером.

— Да, если бы вы меня не застали, то это любовное похождение обошлось бы вашему другу довольно дорого; но успокойтесь, он отделается страхом.

— Так поедем за ним? – спросил Франц.

— Непременно! Тем более что он находится в очень живописном месте. Знаете вы катакомбы Сан-Себастьяно?

— Нет, я никогда не спускался туда, но давно собираюсь это сделать.

— Вот как раз подходящий случай, лучшего и желать нельзя. Ваш экипаж внизу?

— Нет.

— Это не важно; у меня всегда экипаж наготове, и днем и ночью.

— И лошади запряжены?

— Да. Надо вам сказать, я человек непоседливый; иногда, встав из-за стола или посреди ночи, я вдруг решаю ехать куда-нибудь на край света, и еду.

Граф позвонил один раз; в комнату вошел камердинер.

— Велите вывезти экипаж из сарая, — сказал он, — и выньте пистолеты оттуда; кучера не будите: нас повезет Али.

Через минуту послышался стук экипажа, поданного к крыльцу. Граф поглядел на часы.

— Половина первого, — сказал он. — Мы могли бы выехать в пять часов утра и все-таки поспели бы вовремя; но, может быть, наше промедление доставило бы вашему приятелю беспокойную ночь, поэтому лучше будет поскорее вырвать его из рук неверных. Вы все еще склонны ехать со мной?

— Больше, чем когда-либо.

— Так едем.

Франц и граф вышли из комнаты. Пеппино последовал за ними.

У крыльца стоял экипаж. На козлах сидел Али. Франц узнал немого раба из пещеры Монте-Кристо.

Франц и граф сели в экипаж, оказавшийся двухместной каретой, Пеппино поместился рядом с Али, и лошади помчались галопом.

Али, по-видимому, заранее получил распоряжения, потому что он поехал по Корсо, пересек Кампо-Ваччино, поднялся по Страда-Сан-Грегорио и остановился у ворот Сан-Себастьяно. Сторож не хотел пропускать их, но граф показал разрешение, выданное губернатором Рима на беспрепятственный въезд и выезд из города в любое время дня и ночи; решетку тотчас подняли, сторож получил за труды золотой, и карета покатила дальше.

Они ехали по древней Аппиевой дороге, между двумя рядами гробниц. Францу временами казалось, что в неверном свете восходящей луны от развалин отделяется фигура часового, но, по знаку Пеппино, фигура тотчас же снова исчезала в темноте.

Немного не доезжая цирка Каракаллы карета остановилась. Пеппино отворил дверцу, граф и Франц вышли.

— Через десять минут мы будем на месте, — сказал граф своему спутнику.

Потом он отозвал в сторону Пеппино, шепотом отдал ему какое-то приказание, и Пеппино, вынув из ящика кареты факел, удалился.

Прошло еще пять минут, Франц видел, как Пеппино пробирается по узенькой тропке, вьющейся по холмистой римской равнине; потом он исчез в высокой красноватой траве, напоминающей всклокоченную гриву гигантского льва.

— Последуем за ним, — сказал граф.

Они двинулись по той же тропинке; пройдя шагов сто по отлогому склону, они очутились в маленькой долине. Вскоре они заметили двух человек, переговаривавшихся в темноте.

— Идти дальше, — спросил Франц, — или, может быть, надо подождать?

— Идем, идем; Пеппино, вероятно, предупредил часового.

И в самом деле, один из разговаривавших оказался Пеппино, другой — разбойник, стоявший на страже.

Граф и Франц подошли к ним, разбойник поклонился.

— Ваша светлость, — сказал Пеппино, — угодно вам идти за мной? Вход в катакомбы в двух шагах отсюда.

— Хорошо, — сказал граф, — ступай вперед.

Вскоре за кустами, среди камней, показалось отверстие, в которое с трудом мог пролезть человек.

Пеппино первый полез в расщелину; уже через несколько шагов подземный ход стал расширяться. Тогда он остановился, зажег факел и обернулся.

Граф первый проник в это подобие отдушины, Франц последовал за ним.

Дорога спускалась под гору и постепенно расширялась; однако Франц и граф все еще были вынуждены идти согнувшись и только с трудом могли бы двигаться рядом. Так они прошли еще шагов полтораста, после чего были остановлены окликом: «Кто идет?»

И при свете факела они увидели, как в темноте блеснуло дуло карабина.

— Друг, — отвечал Пеппино.

Он прошел вперед и сказал несколько слов часовому, который, подобно первому, поклонился и сделал ночным посетителям знак, что они могут продолжать путь.

Часовой стоял вверху лестницы ступеней в двадцать; Франц и граф спустились по ней и очутились в каком-то подобии склепа. Отсюда лучами расходились пять углублений; в каменных стенах ярусами были вырублены ниши в форме гробов. Они поняли, что наконец вступили в катакомбы.

В одно из этих углублений, длину которого невозможно было угадать, днем проникали отблески света.

Граф положил руку на плечо Франца.

— Хотите видеть разбойничий лагерь на отдыхе? — спросил он.

— Очень даже, — отвечал Франц.

— Так идите за мной... Пеппино, потуши факел.

Пеппино исполнил приказание, и Франц с графом очутились в непроницаемой тьме; только впереди, шагах в пятидесяти от них, по стенам плясали красноватые блики, ставшие еще более явственными, когда Пеппино погасил факел.

Они молча пошли вперед, причем граф уверенно вел Франца, словно он обладал способностью видеть в темноте. Впрочем, и Франц все лучше различал дорогу, по мере того как они приближались к пляшущим бликам, служившим им путеводными огнями.

Перед ними показались три арки, средняя из которых служила дверью. Эти арки отделяли проход, где находились граф и Франц, от большой квадратной комнаты, окруженной нишами, подобными тем, о которых мы уже говорили. В середине комнаты возвышались четыре камня, некогда служившие алтарем, на что указывал крест, все еще венчавший их.

Одинокая лампа, поставленная на цоколь колонны, освещала слабым, колеблющимся светом странную картину, представившуюся глазам скрытых во тьме посетителей.

Облокотившись на цоколь, спиной к аркам сидел человек и читал.

Это был атаман шайки Луиджи Вампа.

Вокруг него, расположившись кто как хотел, лежали, завернувшись в плащи, или сидели, прислонясь к подобию каменной скамьи, тянувшейся вдоль стен этого склепа, человек двадцать разбойников. У каждого был под рукой карабин.

В глубине, безмолвный и едва различимый, словно тень, часовой шагал взад и вперед перед каким-то углублением в стене, которое угадывалось только потому, что в этом месте мрак казался еще гуще.

Граф дал Францу вволю налюбоваться этой живописной картиной. Потом приложил палец к губам, и, поднявшись по трем ступенькам, которые вели в склеп, вошел через среднюю арку и приблизился к Луиджи, который был так погружен в чтение, что даже не слышал его шагов.

— Кто идет? — крикнул часовой, увидев в свете лампы какую-то тень, выраставшую за спиной атамана.

При этом возгласе Вампа вскочил, выхватывая из-за пояса пистолет. В один миг все разбойники были на ногах, и двадцать карабинов прицелились в графа.

— Однако, — сказал тот спокойным голосом, причем ни один мускул на его лице не дрогнул, — дорогой Вампа, не слишком ли много церемоний, чтобы встретить друга?

— Долой оружие! — скомандовал атаман, властным движением поднимая одну руку, а другой почтительно снимая шляпу.

Потом, обращаясь к графу, который, казалось, повелевал всеми действующими лицами этой сцены, он сказал:

— Простите, граф, но я никак не ожидал, что вы удостоите меня своим посещением, и поэтому не узнал вас.

— По-видимому, у вас вообще короткая память, Вампа, и вы не только не помните лица людей, но забываете и условия, заключенные с ними.

— Какие же условия я забыл, граф? — спросил разбойник тоном человека, готового немедленно загладить свою вину.

— Разве мы не условились, — сказал граф, — что не только я, но и все мои друзья будут для вас неприкосновенны?

— Чем же я нарушил условие, ваша милость?

— Вы сегодня похитили и доставили сюда виконта Альбера де Морсера; а этот молодой человек, — продолжал граф таким тоном, что Франц невольно содрогнулся, — из числа моих друзей; он живет в одной гостинице со мной, он целую неделю катался по Корсо в моей коляске, а между тем, повторяю, вы его похитили, доставили сюда и, — прибавил граф, вынимая письмо из кармана, — потребовали с него выкуп, точно это первый встречный!

— Почему мне не сказали об этом? — проговорил атаман, обращаясь к своим людям, попятившимся перед его взглядом. — Почему вы заставили меня нарушить слово, данное такому человеку, как граф, который держит в своих руках жизнь каждого из нас? Клянусь кровью Христовой! Если бы я думал, что кто-нибудь из вас знал о том, что этот молодой человек друг его милости, я собственной рукой застрелил бы его!

— Вот видите, — сказал граф, обращаясь в ту сторону, где стоял Франц, — я же вам говорил, что это недоразумение.

— Разве вы не один? — спросил с тревогой Вампа.

— Со мною тот, кому было адресовано это письмо. Я хотел доказать ему, что Луиджи Вампа никогда не изменяет своему слову. Подойдите, барон, — сказал он Францу, — Луиджи сам скажет вам, что он в отчаянии от своей ошибки.

Франц приблизился; атаман сделал несколько шагов ему навстречу.

— Прошу вас быть моим гостем, ваша милость, — сказал он. — Вы слышите, что сказал граф и что я ему ответил; я могу только добавить, что я охотно отдал бы четыре тысячи пиастров, цену выкупа, чтобы этого не случилось.

— Но где же пленник? — спросил Франц, осматриваясь с беспокойством. — Я не вижу его.

— С ним, надеюсь, ничего не случилось? — спросил граф, нахмурив брови.

— Пленник там, — отвечал Вампа, указывая на углубление, у которого шагал часовой, — и я сам пойду объявить ему, что он свободен.

Атаман направился к темнице Альбера. Франц и граф последовали за ним.

— Что делает пленник? — спросил Вампа часового.

— Право, не знаю, начальник, — отвечал ему тот, — уже больше часу, как он не шелохнулся.

— Пожалуйте, ваша милость, — сказал Вампа.

Граф и Франц, предшествуемые атаманом, поднялись по ступенькам. Вампа отодвинул засов и отпер дверь.

Тогда, при свете лампы, похожей на ту, которая освещала склеп, они увидели Альбера. Завернувшись в плащ, уступленный ему одним из разбойников, он спал безмятежным сном.

— Однако! — сказал граф с улыбкой, свойственной ему одному. — Недурно для человека, которого должны были расстрелять в семь часов утра.

Вампа не без восхищения смотрел на спящего Альбера; было видно, что мужество молодого человека произвело на него впечатление.

— Вы сказали правду, граф, — проговорил он, — этот человек, без сомнения, ваш друг.

Потом, подойдя к Альберу, он тронул его за плечо.

— Ваша милость! — сказал он. — Не угодно ли вам проснуться?

Альбер потянулся, протер глаза и открыл их.

— А, это вы, атаман? — сказал он. — Черт подери, зачем вы разбудили меня; я видел чудесный сон; мне снилось, что я танцую галоп у Торлониа с графиней Г.

Он вынул из кармана часы, которые оставил при себе, чтобы самому следить за ходом времени.

— Половина второго, — сказал он. — Чего ради вы будите меня в такой час?

— Чтобы сказать вашей милости, что вы свободны.

— Дорогой мой, — возразил Альбер с невозмутимым хладнокровием, — на будущее время запомните изречение Наполеона Великого: «Будите меня только в случае дурных вестей». Если бы вы меня не разбудили, я дотанцевал бы галоп и всю жизнь был бы вам благодарен... Так за меня уже внесли выкуп?

— Нет, ваша милость.

— Так как же я свободен?

— Человек, которому я ни в чем не могу отказать, приехал за вами.

— Сюда?

— Сюда.

— Честное слово, это весьма любезный человек!

Альбер посмотрел кругом и увидел Франца.

— Как! — обратился он к нему. — Это вы, милый Франц, проявили такую преданность?

— Не я, а наш сосед, граф Монте-Кристо, — отвечал Франц.

— Ах, граф, — весело сказал Альбер, поправляя галстук и манжеты. — Вы поистине неоценимый человек, и я навеки остаюсь вашим должником, во-первых, за ваш экипаж, а во-вторых, за мое освобождение! — И он протянул руку графу.

Тот вздрогнул, но все же подал ему свою. Луиджи Вампа с изумлением смотрел на эту сцену; он привык видеть пленников, дрожащих перед ним: и вот нашелся один, чье шутливое настроение духа ничуть не изменилось; что касается Франца, то он был в восторге: Альбер, даже будучи в руках разбойников, не уронил национальной чести.

— Дорогой Альбер, — сказал он, — если вы поторопитесь, то мы еще успеем закончить вечер у Торлониа; вы продолжите прерванный галоп и простите синьора Луиджи, который, право же, во всем этом деле вел себя как нельзя благороднее.

— Вы правы, — отвечал Альбер, — мы поспеем туда к двум часам. Синьор Луиджи, — продолжал он, — какие еще формальности я должен исполнить, прежде чем проститься с вашей милостью?

— Никаких, — отвечал разбойник, — вы свободны, как ветер.

— В таком случае желаю вам счастливой и веселой жизни; идемте, господа!

И Альбер, сопутствуемый Францем и графом, пересек большую квадратную комнату; все разбойники стояли с непокрытой головой.

— Пеппино! — сказал атаман. — Подай мне факел.

— Что вы хотите сделать? — спросил граф.

— Хочу проводить вас, — отвечал атаман. — Это наименьшая почесть, какую я могу оказать вашей милости.

И, взяв зажженный факел из рук Пеппино, он пошел впереди своих гостей не как слуга, исполняющий обязанность, но как король, за которым следуют послы. Дойдя до выхода, он поклонился.

— Граф, — сказал он, — я еще раз приношу вам свои извинения; надеюсь, вы больше не сетуете на меня за то, что произошло.

— Нет, дорогой Вампа, — сказал граф, — вы умеете так любезно исправлять свои ошибки, что хочется поблагодарить вас за то, что вы их совершили.

— Господа, — продолжал разбойник, обращаясь к молодым людям, — может быть, мое приглашение покажется вам мало соблазнительным, но если вам когда-нибудь вздумается еще раз навестить меня, то, где бы я ни был, я буду рад вас видеть.

Франц и Альбер поклонились. Граф вышел первый. За ним Альбер; Франц медлил.

— Вашей милости угодно меня о чем-нибудь спросить? — сказал, улыбаясь, Вампа.

— Признаюсь, что да, — отвечал Франц. — Мне хотелось бы знать, какую книгу вы читали с таким вниманием, когда мы вошли?

— «Записки Цезаря», — сказал разбойник, — это моя любимая книга.

— Что же вы, Франц? — спросил Альбер.

— Иду, иду, — ответил Франц.

И он, в свою очередь, вылез из расщелины.

Они прошли несколько шагов.

— Простите, — сказал Альбер, возвращаясь обратно, — вы позволите?

И он закурил свою сигару от факела Луиджи.

— А теперь, граф, — сказал он, — не будем терять времени. Мне очень хочется провести остаток ночи у герцога Браччано.

Экипаж ждал их на том же месте, где его оставили. Граф что-то сказал Али по-арабски, и лошади понеслись во весь опор.

Ровно в два часа друзья входили в танцевальную залу.

Их появление вызвало сенсацию; но так как они были вдвоем, то тревога за Альбера сразу исчезла.

— Графиня, — сказал виконт де Морсер, подходя к графине Г., — вчера вы были так добры, что обещали мне галоп; я немного поздно напоминаю о вашем милом обещании, но мой друг, правдивость которого вам известна, подтвердит вам, что это не моя вина.

И так как в эту минуту заиграла музыка, то Альбер, обхватив талию графини, закружился с нею среди танцующих пар.

Между тем Франц размышлял о том, как странно вздрогнул граф Монте-Кристо, когда ему волей-неволей пришлось подать руку Альберу.

XVII. Уговор

На другой день, встав с постели, Альбер первым делом предложил Францу нанести визит графу; он уже благодарил его накануне, но понимал, что услуга, оказанная ему графом, требует двойного изъявления благодарности.

Франц, который чувствовал к графу влечение, смешанное со страхом, отправился вместе с другом, их ввели в гостиную; минут через пять появился граф.

— Сударь, — сказал Альбер, подходя к нему, — разрешите мне повторить сегодня то, что я недостаточно внятно высказал вчера; я никогда не забуду, при каких обстоятельствах вы пришли мне на помощь, и всегда буду помнить, что обязан вам жизнью или почти жизнью.

— Дорогой мой сосед, — смеясь, отвечал граф, — вы преувеличиваете мою услугу; я вам сберег тысяч двадцать франков, только и всего; вы видите, что об этом не стоит говорить. Но позвольте и мне выразить вам свое восхищение: вы держались с очаровательной непринужденностью.

— Что мне оставалось делать, граф? — сказал Альбер. — Я вообразил, что у меня вышла ссора, которая привела к дуэли, и мне хотелось показать этим разбойникам, что хотя во всех странах мира дерутся на дуэли, но только одни французы дерутся смеясь. Однако это ничуть не умаляет моей признательности к вам, и я пришел спросить вас, не могу ли я сам или через моих друзей, благодаря моим связям, быть вам чем-нибудь полезен. Отец мой, граф де Морсер, родом испанец, пользуется большим влиянием и во Франции, и в Испании; вы можете быть уверены, что я и все, кто меня любит, в полном вашем распоряжении.

— Должен признаться, господин де Морсер, — отвечал граф, — что я ждал от вас такого предложения и принимаю его от всего сердца. Я уже и сам хотел просить вас о большом одолжении.

— О каком?

— Я никогда не бывал в Париже; я совсем не знаю Парижа…

— Неужели? — воскликнул Альбер. — Как вы могли жить, не видав Парижа? Это невероятно!

— А между тем это так; но, как и вы, я считаю, что мне пора познакомиться со столицей просвещенного мира. Я вам скажу больше: может быть, я уже давно предпринял бы это путешествие, если бы знал кого-нибудь, кто мог бы ввести меня в парижский свет, где у меня нет никаких связей.

— Такой человек, как вы! — воскликнул Альбер.

— Вы очень любезны; но так как я не знаю за собой других достоинств, кроме возможности соперничать в количестве миллионов с господином Агуадо или с господином Ротшильдом, и еду в Париж не для того, чтобы играть на бирже, то именно это обстоятельство меня и удерживало. Но ваше предложение меняет дело. Возьмете ли вы на себя, дорогой господин де Морсер (при этих словах странная улыбка промелькнула на губах графа), если я приеду во Францию, открыть мне двери общества, которому я буду столь же чужд, как гурон или кохинхинец?

— О, что до этого, граф, то с величайшей радостью и от всего сердца! — отвечал Альбер. — И тем охотнее (мой милый Франц, прошу вас не подымать меня на смех), что меня вызывают в Париж письмом, полученным мною не далее как сегодня утром, где говорится об очень хорошей для меня партии в прекрасной семье, имеющей наилучшие связи в парижском обществе.

— Так вы женитесь? — спросил, улыбаясь, Франц.

— По-видимому. Так что, когда вы вернетесь в Париж, то найдете меня женатым и, быть может, отцом семейства. При моей врожденной солидности мне это будет очень к лицу. Во всяком случае, граф, повторяю вам: я и все мои близкие готовы служить вам и телом и душой.

— Я согласен, — сказал граф, — и смею вас уверить, что мне недоставало только этого случая, чтобы привести в исполнение кое-какие планы, которые я давно уже обдумываю.

Франц не сомневался ни минуты, что это те самые планы, на которые граф намекал в пещере Монте-Кристо, и он внимательно взглянул на графа, пытаясь прочесть на его лице хоть что-нибудь относительно этих планов, побуждавших его ехать в Париж; но нелегко было проникнуть в мысли этого человека, особенно когда он скрывал их за учтивой улыбкой.

— Но, может быть, граф, — сказал Альбер, восхищенный тем, что ему предстоит ввести в парижское общество такого оригинала, как Монте-Кристо, — может быть, ваше намерение вроде тех, которые приходят в голову, когда путешествуешь, и — построенные на песке — уносятся первым порывом ветра?

— Нет, уверяю вас, это не так, — сказал граф, — я в самом деле хочу побывать в Париже, мне даже необходимо это сделать.

— И когда же?

— Когда вы сами там будете?

— Я? — сказал Альбер. — Да недели через две, через три, самое большее, — сколько потребуется на дорогу.

— Ну что ж, — сказал граф, — даю вам три месяца сроку; вы видите, я не скуплюсь.

— И через три месяца вы будете у меня? — радостно воскликнул Альбер.

— Хотите, назначим точно день и час свидания? — сказал граф. — Предупреждаю вас, что я пунктуален до тошноты.

— День и час! — сказал Альбер. — Великолепно!

— Сейчас посмотрим.

Граф протянул руку к календарю, висевшему около зеркала.

— Сегодня у нас двадцать первое февраля, — сказал он и посмотрел на часы, — теперь половина одиннадцатого. Согласны ли вы ждать меня двадцать первого мая в половине одиннадцатого утра?

— Отлично! — воскликнул Альбер. — Завтрак будет на столе.

— А где вы живете?

— Улица Эльдер, двадцать семь.

— Вы живете один, на холостую ногу? Я вас не стесню?

— Я живу в доме моего отца, но в отдельном флигеле, во дворе.

— Прекрасно.

Граф взял памятную книжку и записал: «Улица Эльдер, 27, 21 мая, в половине одиннадцатого утра».

— А теперь, — сказал он, пряча книжку в карман, — не беспокойтесь, я буду точен, как стрелки ваших часов.

— Я вас увижу еще до моего отъезда? — спросил Альбер.

— Это зависит от того, когда вы уезжаете.

— Я еду завтра, в пять часов вечера.

— В таком случае я с вами прощусь. Мне необходимо побывать в Неаполе, и я вернусь не раньше субботы вечером или воскресенья утром. А вы, — обратился он к Францу, — вы тоже едете, барон?

— Да.

— Во Францию?

— Нет, в Венецию. Я останусь в Италии еще год или два.

— Так мы не увидимся в Париже?

— Боюсь, что буду лишен этой чести.

— Ну, господа, в таком случае счастливого пути, — сказал граф, протягивая обе руки Францу и Альберу.

В первый раз дотрагивался Франц до руки этого человека; он невольно вздрогнул; она была холодна, как рука мертвеца.

– Значит, решено, – сказал Альбер, – вы дали слово. Улица Эльдер, двадцать семь, двадцать первого мая, в половине одиннадцатого утра.

– Двадцать первого мая, в половине одиннадцатого утра, улица Эльдер, двадцать семь, – повторил граф.

Вслед за тем молодые люди поклонились и вышли.

– Что с вами? – спросил Альбер Франца, возвратившись в свою комнату. – У вас такой озабоченный вид.

– Да, – сказал Франц, – должен сознаться, что граф – престранный человек, и меня беспокоит это свидание, которое он вам назначил в Париже.

– Беспокоит вас?.. Это свидание?.. Да вы с ума сошли! – воскликнул Альбер.

– Что поделаешь? – сказал Франц. – Может быть, я сошел с ума, но это так.

– Послушайте, – продолжал Альбер, – я рад, что мне представился случай высказать вам свое мнение; я давно замечаю в вас какую-то неприязнь к графу, а он, напротив, всегда был с нами необыкновенно любезен. Вы что-нибудь имеете против него?

– Может быть.

– Вы встречались с ним раньше?

– Вот именно.

– Где?

– Вы обещаете мне никому ни слова не говорить о том, что я вам расскажу?

– Обещаю.

– Честное слово?

– Честное слово.

– Хорошо. Так слушайте.

И Франц рассказал Альберу о своей поездке на остров Монте-Кристо и о том, как он встретил там шайку контрабандистов и среди них двух корсиканских разбойников. Он подробно рассказал, какое сказочное гостеприимство оказал ему граф в своей пещере из «Тысячи и одной ночи»; рассказал об ужине, о гашише, о статуях, о том, что было во сне и наяву, и как наутро от всего этого осталась только маленькая яхта на горизонте, уходившая к Порто-Веккио. Потом он перешел к Риму, к ночи в Колизее, к подслушанному им разговору между графом и Луиджи, во время которого граф обещал исхлопотать помилование Пеппино, что он и исполнил, как видели наши читатели.

Наконец, он дошел до приключения предыдущей ночи, рассказал, в каком затруднительном положении он очутился, когда увидел, что ему недостает до суммы выкупа восьмисот пиастров, и как ему пришло в голову обратиться к графу, что и привело к столь счастливой и эффектной развязке. Альбер слушал Франца, весь обратившись в слух.

– Ну и что же? – сказал он, когда тот кончил. – Что же вы во всем этом видите предосудительного? Граф любит путешествовать, он богат и хочет иметь собственную яхту. Поезжайте в Портсмут или Саутгемптон и вы увидите, что гавань забита яхтами, принадлежащими богатым англичанам, разрешающим себе такую же роскошь. Чтобы всегда иметь пристанище, чтобы не питаться этой отвратительной снедью, которой мы отравляемся, я – вот уже четыре месяца, а вы – четыре года, чтобы не спать в мерзких постелях, где невозможно заснуть, он обставляет для себя квартиру на Монте-Кристо; обставив ее, он начинает опасаться, что тосканское правительство ее отнимет и его затраты пропадут даром; тогда он покупает остров и присваивает себе его имя. Дорогой мой, поройтесь в вашей памяти и скажите мне, разве мало ваших знакомых называют себя по имени местностей, которыми они никогда не владели?

— А корсиканские разбойники, принадлежащие к его свите? — сказал Франц.

— Что же тут удивительного? Вы отлично знаете, что корсиканские разбойники не грабители, а просто беглецы, которых родовая месть изгнала из родного города или родной деревни; в их обществе можно находиться без ущерба для своей чести. Что касается меня, то я заявляю, что если мне когда-нибудь придется побывать на Корсике, то раньше, чем представиться губернатору и префекту, я попрошу познакомить меня с разбойниками Коломбы, если только удастся разыскать их; я нахожу, что они обворожительны.

— А Вампа и его шайка? — возразил Франц. — Это уже настоящие разбойники, которые просто грабят; против этого, надеюсь, вы не станете спорить. Что вы скажете о влиянии графа на такого рода людей?

— Скажу, дорогой мой, что так как, по всей вероятности, этому влиянию я обязан жизнью, то мне не пристало быть слишком придирчивым. Поэтому я не намерен, подобно вам, вменять его графу в преступление, и вы уж разрешите мне простить нашего соседа за то, что он если и не спас мне жизнь — это, возможно, было бы преувеличением, — то, во всяком случае, сберег мне четыре тысячи пиастров; это на наши деньги составляет не более и не менее как двадцать четыре тысячи франков — в такую сумму меня во Франции едва ли бы оценили, что доказывает, — прибавил Альбер, смеясь, — что нет пророка в своем отечестве.

— Кстати, об отечестве: где отечество графа? Какой его родной язык? На какие средства он живет? Откуда взялись его несметные богатства? Какова была первая половина его таинственной, неведомой жизни, которая набросила на вторую половину мрачную тень мизантропии? Вот что на вашем месте я постарался бы узнать.

— Дорогой Франц, — отвечал Альбер, — когда вы получили мое письмо и увидели, что мы нуждаемся в графе, вы пошли и сказали ему: «Мой друг Альбер де Морсер в опасности; помогите мне выручить его». Так?

— Да.

— А спросил он у вас, кто такой Альбер де Морсер? Откуда он взял свое имя? Откуда взялось его состояние? На какие средства он живет? Где его отечество? Где он родился? Скажите, спрашивал он вас об этом?

— Нет; признаюсь, не спрашивал.

— Он просто взял и поехал. Он вырвал меня из рук синьора Луиджи, где, несмотря на мой, как вы говорите, чрезвычайно непринужденный вид, я чувствовал себя, по правде сказать, отвратительно. И вот когда за подобную услугу он просит меня сделать то, что делаешь изо дня в день для любого русского или итальянского князя, приезжающего в Париж, то есть просит меня познакомить его с парижским обществом, то вы хотели бы, чтобы я ему отказал в этом! Полноте, Франц, вы сошли с ума!

Нельзя не сознаться, что на этот раз против обыкновения логика была на стороне Альбера.

— Словом, делайте как хотите, дорогой виконт, — отвечал со вздохом Франц. — Все, что вы говорите, очень убедительно; и все же граф Монте-Кристо — странный человек.

— Граф Монте-Кристо — филантроп. Он не сказал вам, зачем он едет в Париж; так вот: для того чтобы стать соискателем Монтионовской премии; и если, чтобы получить ее, ему нужен мой голос и содействие того плюгавого человечка, от которого зависит ее присуждение, то первое я ему даю, а за второе ручаюсь. На этом, друг мой, мы закончим наш разговор и сядем за стол, а потом поедем в последний раз взглянуть на собор Святого Петра.

Программа Альбера была выполнена, а на следующий день, в пять часов пополудни, друзья расстались. Альбер де Морсер возвратился в Париж, а Франц д'Эпине уехал на две недели в Венецию.

Но Альбер так боялся, чтобы его гость не забыл о назначенном свидании, что, садясь в экипаж, вручил слуге для передачи графу Монте-Кристо визитную карточку, на которой под словами «Виконт Альбер де Морсер» приписал карандашом:

*21 мая, в половине одиннадцатого утра,
улица Эльдер, 27.*

Часть третья

I. Гости Альбера

В доме на улице Эльдер, где виконт де Морсер, еще в Риме, назначил свидание графу Монте-Кристо, утром 21 мая шли приготовления к тому, чтобы достойно принять гостей.

Альбер жил в отдельном флигеле в углу большого двора, напротив здания, где помещались службы. Только два окна флигеля выходили на улицу; три других были обращены во двор, а остальные два – в сад.

Между двором и садом возвышалось просторное и пышное обиталище графа и графини де Морсер, выстроенное в дурном вкусе наполеоновских времен.

Во всю ширину владения, вдоль улицы, тянулась ограда, увенчанная вазами с цветами и прорезанная посредине большими воротами из золоченых копий, служившими для парадных выездов; маленькая калитка, рядом с помещением привратника, предназначалась для служащих, а также для хозяев, когда они выходили из дому или возвращались домой пешком.

В выборе флигеля, отведенного Альберу, угадывалась нежная предусмотрительность матери, не желающей разлучаться с сыном, но понимающей, однако, что молодой человек его возраста нуждается в полной свободе. С другой стороны, здесь сказывался и трезвый эгоизм виконта, любившего ту вольную праздную жизнь, которую ведут сыновья богатых родителей и которую ему золотили, как птице клетку.

Из окон, выходивших на улицу, Альбер мог наблюдать за внешним миром; ведь молодым людям необходимо, чтобы на их горизонте всегда мелькали хорошенькие женщины, хотя бы этот горизонт был всего только улицей. Затем, если предмет требовал более глубокого исследования, Альбер де Морсер мог выйти через дверь, которая соответствовала калитке рядом с помещением привратника и заслуживает особого упоминания.

Казалось, эту дверь забыли с того дня, как был выстроен дом, забросили навсегда: так она была незаметна и запылена; но ее замок и петли, заботливо смазанные, указывали на то, что ею часто и таинственно пользовались. Эта скрытая дверь соперничала с двумя остальными входами и посмеивалась над привратником, ускользая от его бдительного ока и отворяясь, как пещера из «Тысячи и одной ночи», как волшебный «сезам» Али-Бабы, с помощью двух-трех каббалистических слов, произнесенных нежнейшим голоском, или условного стука, производимого самыми тоненькими пальчиками на свете.

В конце просторного и тихого коридора, куда вела эта дверь, и служившего как бы прихожей, находились: справа – столовая Альбера, окнами во двор, а слева – его маленькая гостиная, окнами в сад. Заросли кустов и ползучих растений, расположенные веером перед окнами, скрывали от нескромных взоров внутренность этих двух комнат, единственных, куда можно было бы заглянуть со двора и из сада, потому что они находились в нижнем этаже.

Во втором этаже были точно такие же две комнаты и еще третья, расположенная над коридором. Тут помещались гостиная, спальня и будуар.

Гостиная в нижнем этаже представляла собой нечто вроде алжирской диванной и предназначалась для курильщиков.

Будуар второго этажа сообщался со спальней, и потайная дверь вела из него прямо на лестницу. Словом, все меры предосторожности были приняты.

Весь третий этаж занимала обширная студия – капище не то художника, не то денди. Там сваливались в кучу и нагромождались одна на другую разнообразнейшие причуды Альбера: охотничьи рога, контрабасы, флейты, целый оркестр, ибо Альбер одно время чувствовал если не влечение, то некоторую охоту к музыке; мольберты, палитры, сухие краски, ибо любитель музыки вскоре возомнил себя художником; наконец, рапиры, перчатки для бокса, эспадроны и всевозможные палицы, ибо, следуя традициям светской молодежи той эпохи, о которой мы повествуем, Альбер де Морсер с несравненно большим упорством, нежели музыкой и живописью, занимался тремя искусствами, завершающими воспитание светского льва, а именно – фехтованием, боксом и владением палицей, и по очереди принимал в этой студии, предназначенной для всякого рода физических упражнений, Гризье, Кукса и Шарля Лебуше.

Остальную часть обстановки этой комнаты составляли старинные шкафы времен Франциска I, уставленные китайским фарфором, японскими вазами, фаянсами Лукка делла Роббиа и тарелками Бернара де Палисси; кресла, в которых, быть может, сиживал Генрих IV или Сюлли, Людовик XIII или Ришелье, ибо два из этих кресел, украшенные резным гербом, где на лазоревом поле сияли три французские лилии, увенчанные королевской короной, несомненно, вышли из кладовых Лувра или, во всяком случае, какого-нибудь другого королевского дворца. На этих строгих и темных креслах были беспорядочно разбросаны богатые ткани ярких цветов, напоенные солнцем Персии или расцветшие под руками калькуттских или чандернагорских женщин. Для чего здесь лежали эти ткани, никто бы не мог сказать: услаждая взоры, они дожидались назначения, неведомого даже их обладателю, а тем временем озаряли комнату своим золотом и шелковистым блеском.

На самом видном месте стоял рояль розового дерева, работы Роллера и Бланше, подходящий по размерам к нашим лилипутовым гостиным, но все же вмещающий в своих тесных и звучных недрах целый оркестр и стонущий под бременем шедевров Бетховена, Вебера, Моцарта, Гайдна, Гретри и Порпоры.

И везде по стенам, над дверьми, на потолке – шпаги, кинжалы, ножи, палицы, топоры, доспехи, золоченые, вороненые, с насечкой; гербарии, глыбы минералов, чучела птиц, распластавшие в недвижном полете свои огнецветные крылья и раз навсегда разинувшие клювы.

Нечего и говорить, что это была любимая комната Альбера.

Однако в день, назначенный для свидания, Альбер в утреннем

наряде расположился в маленькой гостиной нижнего этажа. На столе перед широким мягким диваном были выставлены в голландских фаянсовых горшочках все известные сорта табака, от желтого петербургского до черного синайского; здесь был и мэриленд, и порторико, и латакие. Рядом с ними, в ящиках из благовонного дерева, были разложены, по длине и достоинству, пуросы, регалии, гаваны и манилы. Наконец, в открытом шкафу коллекция немецких трубок, чубуков с янтарными мундштуками и коралловой отделкой и кальянов с золотой насечкой, с длинными сафьяновыми шейками, свернувшимися, как змеи, ожидала прихоти или склонности курильщиков. Альбер лично распоряжался устройством этого симметричного беспорядка, который современные гости, после хорошего завтрака и чашки кофе, любят созерцать сквозь дым, причудливыми спиралями поднимающийся к потолку.

Без четверти десять вошел камердинер. Это был, если не считать пятнадцатилетнего грума Джона, говорившего только по-английски, единственный слуга Морсера. Само собой разумеется, что в обыкновенные дни в распоряжении Альбера был повар его родителей, а в торжественных случаях также и лакей отца.

Камердинера звали Жермен. Он пользовался полным доверием своего молодого господина. Войдя, он положил на стол кипу газет и подал Альберу пачку писем.

Альбер бросил на них рассеянный взгляд, выбрал два надушенных конверта, надписанных изящным почерком, распечатал их и довольно внимательно прочитал.

— Как получены эти письма? – спросил он.

— Одно по почте, а другое принес камердинер госпожи Данглар.

— Велите передать госпоже Данглар, что я принимаю приглашение в ее ложу... Постойте... Потом вы пойдете к Розе; скажете ей, что после оперы я заеду к ней, и отнесете ей шесть бутылок лучшего вина, кипрского, хереса и малаги, и бочонок остендских устриц... Устрицы возьмите у Бореля и не забудьте сказать, что это для меня.

— В котором часу прикажете подавать завтрак?

— А который теперь час?

— Без четверти десять.

— Подайте ровно в половине одиннадцатого. Дебрэ, может быть, будет спешить в министерство... И, кроме того (Альбер заглянул в записную книжку), я так и назначил графу: двадцать первого мая, в половине одиннадцатого, и хоть я не слишком полагаюсь на его обещание, я хочу быть пунктуальным. Кстати, вы не знаете, графиня встала?

— Если господину виконту угодно, я пойду узнаю.

— Хорошо... попросите у нее погребец с ликерами, мой не полон. Скажите, что я буду у нее в три часа и прошу разрешения представить ей одного господина.

Когда камердинер вышел, Альбер бросился на диван, развернул газеты, заглянул в репертуар театров, поморщился, увидев, что дают оперу, а не балет, тщетно поискал среди объявлений новое средство для зубов, о котором ему говорили, отбросил одну за другой все три самые распространенные парижские газеты и, протяжно зевнув, пробормотал:

— Право, газеты становятся день ото дня скучнее.

В это время у ворот остановился легкий экипаж, и через минуту камердинер доложил о Люсьене Дебрэ. В комнату молча, без улыбки, с полуофициальным видом вошел высокий молодой человек, белокурый, бледный, с самоуверенным взглядом серых глаз, с надменно сжатыми тонкими губами, в синем фраке с чеканными золотыми пуговицами, в белом галстуке, с висящим на тончайшем шелковом шнурке черепаховым моноклем, который ему, при содействии бровного и зигоматического мускула, время от времени удавалось вставлять в правый глаз.

— Здравствуйте, Люсьен! — сказал Альбер. — Вы просто ужасаете меня своей сверхпунктуальностью! Я ожидал вас последним, а вы являетесь без пяти минут десять, тогда как завтрак назначен только в половине одиннадцатого! Чудеса! Уж не пал ли кабинет?

— Нет, дорогой, — отвечал молодой человек, опускаясь на диван, — можете быть спокойны, мы вечно шатаемся, но никогда не падаем, и я начинаю думать, что мы попросту становимся несменяемы, не говоря уже о том, что дела на полуострове окончательно упрочат наше положение.

— Ах да, ведь вы изгоняете дон Карлоса из Испании.

— Ничего подобного, не путайте. Мы переправляем его по эту сторону границы и предлагаем ему королевское гостеприимство в Бурже.

— В Бурже?

— Да. Ему не на что жаловаться, черт возьми! Бурж — столица Карла Седьмого. Как! Вы этого не знали? Со вчерашнего дня это известно всему Парижу, а третьего дня этот слух уже проник на биржу. Данглар (не понимаю, каким образом этот человек узнает все новости одновременно с нами) сыграл на повышение и заработал миллион.

— А вы, по-видимому, новую ленточку? На вашей пряжке голубая полоска, которой прежде не было.

— Да, мне прислали звезду Карла Третьего, — небрежно сказал Дебрэ.

— Не притворяйтесь равнодушным, сознайтесь, что вам приятно ее получить.

— Не скрою, очень приятно. Как дополнение к туалету, звезда отлично идет к застегнутому фраку — это изящно.

— И становишься похож на принца Уэльского или на герцога Рейхштадтского, — сказал, улыбаясь, Морсер.

— Вот почему я и явился к вам в такой ранний час, дорогой мой.

— То есть потому, что вы получили звезду Карла Третьего и вам хотелось сообщить мне эту приятную новость?

— Нет, не потому. Я провел всю ночь за отправкой писем: двадцать пять дипломатических депеш. Вернулся домой на рассвете и хотел уснуть, но у меня разболелась голова; тогда я встал и решил проехаться верхом. В Булонском лесу я почувствовал скуку и голод. Эти два ощущения враждебны друг другу и редко появляются вместе, но на сей раз они объединились против меня, образовав нечто вроде карлистско-республиканского союза. Тогда я вспомнил, что мы сегодня утром пируем у вас, и вот я здесь. Я голоден, накормите меня; мне скучно, развлеките меня.

— Это мой долг хозяина, дорогой друг, — сказал Альбер, звонком вызывая камердинера, между тем как Люсьен кончиком своей тросточки с золотым набалдашником, выложенным бирюзой, подкидывал развернутые газеты, — Жермен, рюмку хереса и бисквитов. А пока, дорогой Люсьен, вот сигары, контрабандные, разумеется; советую вам попробовать их и предложить вашему министру продавать нам такие же вместо ореховых листьев, которые добрым гражданам приходится курить по его милости.

— Да, как бы не так! Как только они перестанут быть контрабандой, вы от них откажетесь и будете находить их отвратительными. Впрочем, это не касается министерства внутренних дел, это по части министерства финансов; обратитесь к господину Юману, департамент косвенных налогов, коридор А, номер двадцать шесть.

— Вы меня поражаете своей осведомленностью, — сказал Альбер. — Но возьмите же сигару!

Люсьен закурил манилу от розовой свечи в позолоченном подсвечнике и откинулся на диван.

— Какой вы счастливец, что вам нечего делать, — сказал он, — право, вы сами не сознаете своего счастья!

— А что бы вы делали, мой дорогой умиротворитель королевства, если бы вам нечего было делать? — с легкой иронией возразил Морсер. — Вы — личный секретарь министра, замешанный одновременно во все хитросплетения большой европейской политики и в мельчайшие парижские интриги. Вы защищаете королей и, что еще приятнее, королев, учреждаете партии, руководите выборами, у себя в кабинете, при помощи пера и телеграфа, достигаете большего, чем Наполеон на полях сражений своей шпагой и своими победами. Вы — обладатель двадцати пяти тысяч ливров годового дохода, не считая жалованья, владелец лошади, за которую Шато-Рено предлагал вам четыреста луидоров и которую вы ему не уступили. К вашим услугам портной, не испортивший вам ни одной пары панталон. Опера, Жокей-клуб и театр Варьете — и при всем том вам нечем развлечься? Ну что ж, так я сумею развлечь вас.

— Чем же это?

— Новым знакомством.

— С мужчиной или с женщиной?

— С мужчиной.

— Я и без того их знаю много.

— Но такого вы не знаете.

— Откуда же он? С конца света?

— Быть может, еще того дальше.

— Черт возьми! Надеюсь, не он должен привезти ваш завтрак?

— Нет, будьте спокойны; завтрак готовят здесь, в доме. Да вы, я вижу, голодны?

— Да, сознаюсь, как это ни унизительно. Но я вчера обедал у господина де Вильфора; а заметили вы, что у этих судейских всегда плохо кормят? Можно подумать, что их мучат угрызения совести.

— Браните, браните чужие обеды, а как едят у ваших министров?

— Да, но мы по крайней мере приглашаем порядочных людей, и если бы нам не нужно было угощать благомыслящих и голосующих за нас плебеев, то мы пуще смерти боялись бы обедать дома, смею вас уверить.

— В таком случае выпейте еще рюмку хереса и возьмите бисквит.

— С удовольствием, ваше испанское вино превосходно; вы видите, как мы были правы, водворяя мир в этой стране.

— Да, но как же дон Карлос?

— Ну что ж! Дон Карлос будет пить бордо, а через десять лет мы повенчаем его сына с маленькой королевой.

— За что вы получите Золотое Руно, если к тому времени еще будете служить.

— Я вижу, Альбер, вы сегодня решили кормить меня суетными разговорами.

— Что ж, согласитесь, это лучше всего забавляет желудок. Но я слышу голос Бошана; вы с ним поспорите, и это вас отвлечет.

— О чем же спорить?

— О том, что пишут в газетах.

— Да разве я читаю газеты? — презрительно произнес Люсьен.

— Тем больше оснований спорить.

— Господин Бошан! — доложил камердинер.

— Входите, входите, грозное перо! — сказал Альбер, вставая и идя навстречу новому гостю. — Вот Дебрэ говорит, что не терпит вас, хотя, по его словам, и не читает ваших статей.

— Он совершенно прав, — отвечал Бошан, — я тоже браню его, хоть и не знаю, что он делает. Здравствуйте, командор.

— А, вы уже знаете? — сказал личный секретарь министра, улыбаясь и пожимая журналисту руку.

— Еще бы!

— А что говорят об этом в свете?

— В каком свете? В лето от рождества Христова тысяча восемьсот тридцать восьмое их много.

— В свете критико-политическом, где вы — один из львов.

— Говорят, что это вполне заслуженно и что вы сеете достаточно красного, чтобы выросло немножко голубого.

— Недурно сказано, — заметил Люсьен. — Почему вы не наш, дорогой Бошан? С вашим умом вы в три-четыре года сделали бы карьеру.

— Я только одного и жду, чтобы последовать вашему совету: министерства, которое могло бы продержаться полгода. Теперь одно слово, Альбер, тем более что надо же дать передохнуть бедняге Люсьену. Мы будем завтракать или обедать? Ведь мне надо в Палату. Как видите, в нашем ремесле не одни только розы.

— Мы только завтракаем и ждем еще двоих; как только они приедут, мы сядем за стол.

— А кого именно вы ждете? — спросил Бошан.

— Одного аристократа и одного дипломата, — отвечал Альбер.

— Ну, так нам придется ждать аристократа часа два, а дипломата еще того дольше. Я вернусь к десерту. Оставьте мне клубники, кофе и сигар. Я перекушу в Палате.

— Бросьте, Бошан; даже если бы аристократа звали Монморанси, а дипломата — Меттерних, мы все равно сядем завтракать ровно в половине одиннадцатого; а пока последуйте примеру Дебрэ, возьмите хереса и бисквит.

— Хорошо, я остаюсь. Сегодня мне совершенно необходимо развлечься.

— Ну вот, и вы, как Дебрэ! А по-моему, когда министерство уныло, оппозиция должна быть весела.

— Да, но вы не знаете, что мне грозит! Сегодня днем, в Палате депутатов, я буду слушать речь Данглара, а вечером, у его жены, трагедию пэра Франции. Черт бы побрал конституционный строй! Ведь говорят, что мы могли выбирать; так как же мы выбрали Данглара?

— Я понимаю: вам надо запастись веселостью.

— Не пренебрегайте речами Данглара, — сказал Дебрэ. — Ведь он голосует за вас, он тоже в оппозиции.

— Вот в том-то и беда! И я жду не дождусь, чтобы вы отправили его разглагольствовать в Люксембургский дворец, тогда уж я посмеюсь вволю.

— Сразу видно, что в Испании дела налажены, — сказал Альбер Бошану. — Вы сегодня ужасно язвительны. Вспомните, что в парижском обществе поговаривают о моей свадьбе с мадемуазель Эжени Данглар. Не могу же я, по совести, позволить вам издеваться над красноречием человека, который когда-нибудь скажет мне: «Виконт, вам известно, что я даю за моей дочерью два миллиона».

— Этой свадьбе не бывать, — прервал его Бошан. — Король мог сделать его бароном, может возвести его в пэры, но аристократа он из него не сделает. А граф де Морсер слишком большой аристократ, чтобы за два жалких миллиона согласиться на мезальянс. Виконт де Морсер может жениться только на маркизе.

— Два миллиона! Это все-таки недурно, — возразил Морсер.

— Это акционерный капитал какого-нибудь театра на Бульварах

или железнодорожной ветки от Ботанического сада до Рапэ.

— Не слушайте его, Морсер, — лениво заговорил Дебрэ, — женитесь. Ведь вы сочетаетесь браком с денежным мешком. Так не все ли вам равно! Пусть на нем будет одним гербом меньше и одним нулем больше; в вашем гербе семь мерлеток; три из них вы уделите жене, и вам еще останется четыре. Это все ж одной больше, чем у герцога Гиза, а он чуть не сделался французским королем, и его двоюродный брат был германским императором.

— Да, пожалуй, вы правы, — рассеянно отвечал Альбер.

— Еще бы! К тому же всякий миллионер родовит, как незаконнорожденный.

— Шш! Замолчите, Дебрэ, — сказал, смеясь, Бошан, — вот идет Шато-Рено, он пронзит вас шпагой своего предка Рено де Монтобана, чтобы излечить вас от пристрастия к парадоксам.

— Он этим унизит свое достоинство, — отвечал Люсьен, — ибо я происхождения весьма низкого.

— Ну вот! — воскликнул Бошан. — Министерство запело на мотив Беранже; господи, куда мы идем!

— Господин де Шато-Рено! Господин Максимилиан Моррель! — доложил камердинер.

— Значит, все налицо! — сказал Бошан. — И мы сядем завтракать; ведь, если я не ошибаюсь, вы ждали еще только двоих, Альбер?

— Моррель! — прошептал удивленно Альбер. — Кто это — Моррель?

Но не успел он договорить, как г-н де Шато-Рено, красивый молодой человек лет тридцати, аристократ с головы до ног, то есть с наружностью Гиша и умом Мортемара, взял его за руку.

— Разрешите мне, Альбер, — сказал он, — представить вам капитана спаги Максимилиана Морреля, моего друга и спасителя. Впрочем, такого человека нет надобности рекомендовать. Приветствуйте моего героя, виконт.

Он посторонился и дал место высокому и представительному молодому человеку, с широким лбом, проницательным взглядом и черными усами, которого наши читатели видели в Марселе при достаточно драматических обстоятельствах, чтобы его, быть может, не забыть. Прекрасно сидевший живописный мундир, полуфранцузский, полувосточный, обрисовывал его широкую грудь, украшенную крестом Почетного легиона, и его стройную талию. Молодой офицер поклонился с изящной учтивостью. Он был грациозен во всех своих движениях, потому что был силен.

— Господин Моррель, — радушно сказал Альбер, — барон Шато-Рено заранее знал, что доставит мне особенное удовольствие, познакомив меня с вами; вы его друг — надеюсь, вы станете и нашим другом.

— Отлично, — сказал Шато-Рено, — и пожелайте, дорогой виконт, чтобы в случае нужды он сделал для вас то же, что для меня.

— А что он сделал? — спросил Альбер.

— Барон преувеличивает, — сказал Моррель, — право, не стоит об этом говорить!

— Как не стоит говорить? — воскликнул Шато-Рено. — Жизнь не стоит того, чтобы о ней говорить?.. Право, вы слишком уж большой философ, дорогой Моррель... Вы можете так говорить, вы рискуете жизнью каждый день, но я, на чью долю это выпало совершенно случайно...

— Во всем этом, барон, для меня ясно только одно: что капитан Моррель спас вам жизнь.

— Да, только и всего, — сказал Шато-Рено.

— А как это случилось? — спросил Бошан.

— Бошан, друг мой, поймите, что я умираю с голоду! —

воскликнул Дебрэ. – Не надо длинных рассказов.

– Да разве я вам мешаю сесть за стол?.. – сказал Бошан. – Шато-Рено все расскажет нам за завтраком.

– Господа, – сказал Морсер, – имейте в виду, что сейчас только четверть одиннадцатого и мы ждем последнего гостя.

– Ах да, дипломата, – сказал Дебрэ.

– Дипломата или что-нибудь еще, это мне неизвестно. Знаю только, что я возложил на него поручение, которое он выполнил так удачно, что, будь я королем, я сделал бы его кавалером всех моих орденов, если бы даже в моем распоряжении были сразу и Золотое Руно и Подвязка.

– В таком случае, раз мы еще не садимся за стол, – сказал Дебрэ, – налейте себе рюмку хереса, как сделали мы, и расскажите нам свою повесть, барон.

– Вы все знаете, что недавно мне вздумалось съездить в Африку.

– Это путь, который вам указали ваши предки, дорогой Шато-Рено, – любезно вставил Морсер.

– Да, но едва ли вы, подобно им, делали это ради освобождения гроба господня.

– Вы правы, Бошан, – сказал молодой аристократ, – я просто хотел по-любительски пострелять из пистолета. Как вам известно, я не выношу дуэли с тех пор, как два моих секунданта, выбранные мною для того, чтобы уладить дело, заставили меня раздробить руку одному из моих лучших друзей… бедному Францу д'Эпине, вы все его знаете.

– Ах да, верно, – сказал Дебрэ, – вы с ним когда-то дрались… А из-за чего?

– Хоть убейте, не помню, – отвечал Шато-Рено. – Но зато отлично помню, что, желая как-нибудь проявить свои таланты в этой области, я решил испытать на арабах новые пистолеты, которые мне только что подарили. Поэтому я отправился в Оран, из Орана доехал до Константины и прибыл как раз в то время, когда снимали осаду. Я начал отступать вместе со всеми. Двое суток я кое-как сносил днем дождь, а ночью снег; но на третье утро моя лошадь околела от холода: бедное животное привыкло к попонам, к теплой конюшне… Это был арабский конь, но он не узнал родины, встретившись в Аравии с десятиградусным морозом.

– Так вот почему вы хотите купить моего английского скакуна, – сказал Дебрэ. – Вы надеетесь, что он будет лучше вашего араба переносить холод.

– Вы ошибаетесь, я поклялся никогда больше не ездить в Африку.

– Вы так струхнули? – спросил Бошан.

– Да, признаюсь, – отвечал Шато-Рено, – и было отчего! Итак, лошадь моя околела; я шел пешком; на меня во весь опор налетели шесть арабов, чтобы отрубить мне голову; двоих я застрелил из ружья, двоих – в упор из пистолетов, но оставалось еще двое, а я был безоружен. Один схватил меня за волосы, – вот почему я теперь стригу их так коротко: как знать, что может случиться, – а другой приставил мне к шее свой ятаган, и я уже чувствовал жгучий холод стали, как вдруг вот этот господин, в свою очередь, налетел на них, убил выстрелом из пистолета того, который держал меня за волосы, и разрубил голову тому, который собирался перерезать мне горло ятаганом. Он считал своим долгом в этот день спасти чью-нибудь жизнь; случаю угодно было, чтобы это оказалась моя; когда я буду богат, я закажу Клагману или Марокетти статую Случая.

– Это было пятого сентября, – сказал, улыбаясь, Моррель, – в годовщину того дня, когда чудом был спасен мой отец; и каждый год, по мере моих сил, я стараюсь ознаменовать этот день, сделав что-нибудь...

— Героическое, не правда ли? – прервал Шато-Рено. – Короче говоря, мне повезло, но это еще не все. После того как он спас меня от ножа, он спас меня от холода, отдав мне не половину своего плаща, как делал святой Мартин, а весь плащ целиком; а затем и от голода, разделив со мной... угадайте что?

— Паштет от Феликса? – спросил Бошан.

— Нет, свою лошадь, от которой каждый из нас с большим аппетитом съел по куску; это было нелегко!

— Съесть кусок лошади? – спросил, смеясь, Морсер.

— Нет, пойти на такую жертву, – отвечал Шато-Рено. – Спросите у Дебрэ, пожертвует ли он своим английским скакуном для незнакомца?

— Для незнакомца – нет, – сказал Дебрэ, – а для друга – может быть.

— Я предчувствовал, что вы станете моим другом, барон, – сказал Моррель. – Кроме того, как я уже имел честь вам сказать, называйте это героизмом или жертвой, но в тот день я должен был чем-нибудь отплатить судьбе за неожиданное счастье, когда-то посетившее нас.

— Эта история, на которую намекает Моррель, – продолжал Шато-Рено, – совершенно изумительна, и, когда вы с ним поближе познакомитесь, он вам ее как-нибудь расскажет; а пока что довольно воспоминаний, займемся нашими желудками. В котором часу вы завтракаете, Альбер?

— В половине одиннадцатого.

— Точно? – спросил Дебрэ, вынимая часы.

— Вы подарите мне еще пять минут льготных, – сказал Морсер, – ведь я тоже жду спасителя.

— Чьего?

— Моего собственного, черт возьми, – отвечал Морсер. – Или, по-вашему, меня нельзя от чего-нибудь спасти, как всякого другого, и только одни арабы рубят головы? Наш завтрак – завтрак филантропический, и за нашим столом будут сидеть, я надеюсь, два благодетеля человечества.

— Как же быть? – сказал Дебрэ. – У нас ведь только одна Монтионовская премия?

— Что ж, ее отдадут тому, кто ничего не сделал, чтобы ее заслужить, – сказал Бошан. – Обычно Академия так и выходит из затруднения.

— А откуда явится ваш спаситель? – спросил Дебрэ. – Прошу прощения за свою настойчивость; я помню, вы уже раз мне ответили, но так туманно, что я позволил себе переспросить вас.

— По правде сказать, я и сам не знаю, – отвечал Альбер, – три месяца тому назад, когда я его приглашал, он был в Риме; но кто может сказать, где он успел побывать за это время?

— И вы думаете, он способен быть пунктуальным? – спросил Дебрэ.

— Я думаю, что он способен на все.

— Имейте в виду, что даже с пятью минутами льготы остается ждать только десять минут.

— Так я воспользуюсь ими и расскажу вам про моего гостя.

— Простите, – сказал Бошан, – а можно из вашего рассказа сделать фельетон?

— Даже очень, – отвечал Морсер, – и прелюбопытный.

— Так рассказывайте; надо же мне чем-нибудь вознаградить себя, раз я не попаду в Палату.

— Я был в Риме во время последнего карнавала.

— Это мы знаем, — прервал Бошан.

— Да, но вы не знаете, что я был похищен разбойниками.

— Разбойников нет, — заметил Дебрэ.

— Нет, есть, существуют, и еще какие страшные, я хочу сказать — восхитительные. Они показались мне до ужаса прекрасными.

— Послушайте, дорогой Альбер, — сказал Дебрэ, — сознайтесь, что ваш повар запоздал, что устрицы еще не привезены из Марени или Остенде и что вы по примеру госпожи де Ментенон хотите заменить еду сказкой. Сознавайтесь же, мы настолько учтивы, что извиним вас и выслушаем вашу историю, как бы фантастична она ни была.

— А я вам говорю, что хоть она и фантастична, в ней все правда от начала до конца. Итак, разбойники взяли меня в плен и отвели в весьма неуютное место, называемое катакомбами Сан-Себастьяно.

— Я их знаю, — сказал Шато-Рено, — я там чуть было не схватил лихорадку.

— А я на самом деле схватил, — продолжал Альбер. — Мне заявили, что я пленник и что за меня требуется выкуп — пустяки, четыре тысячи римских пиастров, двадцать шесть тысяч турских ливров. К несчастью, у меня оставалось только полторы тысячи, путешествие мое подходило к концу и кредит истощился. Я написал Францу... Да, ведь Франц был при этом, и вы можете спросить у него, присочинил ли я хоть слово. Я написал ему, что если в шесть часов утра он не привезет четырех тысяч пиастров, то в десять минут седьмого я буду сопричислен к лику блаженных святых и славных мучеников. Поверьте, что Луиджи Вампа — так звали атамана разбойников — честно сдержал бы свое обещание.

— Но Франц привез четыре тысячи пиастров? — сказал Шато-Рено. — Еще бы! Достать четыре тысячи пиастров не хитрость, когда зовешься Францем д'Эпине или Альбером де Морсером.

— Нет, он просто приехал в сопровождении того гостя, о котором я говорю и которого я надеюсь вам представить.

— Так этот господин — Геркулес, убивающий Кака, или Персей, освобождающий Андромеду?

— Нет, он с меня ростом.

— Вооружен до зубов?

— С ним не было и вязальной спицы.

— Но он заплатил выкуп?

— Он сказал два слова на ухо атаману, и меня освободили.

— Перед ним даже извинились, что задержали тебя, — прибавил Бошан.

— Вот именно, — подтвердил Альбер.

— Уж не Ариосто ли он?

— Нет, просто граф Монте-Кристо.

— Такого имени нет, — сказал Дебрэ.

— По-моему, тоже, — прибавил Шато-Рено с уверенностью человека, знающего наизусть все родословные книги Европы, — кто слышал когда-нибудь о графах Монте-Кристо?

— Может быть, он родом из Святой земли, — сказал Бошан, — вероятно, кто-нибудь из его предков владел Голгофой, как Мортемары — Мертвым морем.

— Простите, господа, — сказал Максимилиан, — но мне кажется, что я могу вывести вас из затруднения. Монте-Кристо — островок, о котором часто говорили моряки, служившие у моего отца; песчинка в Средиземном море, атом в бесконечности.

— Вы совершенно правы, — сказал Альбер, — и человек, о котором я вам рассказываю, — господин и повелитель этой песчинки, этого атома. Он, по-видимому, купил себе графский титул где-нибудь в Тоскане.

— Так он богат, ваш граф?

— Думаю, что богат.

— Да ведь это должно быть видно?

— Ошибаетесь, Дебрэ.

— Я вас не понимаю.

— Читали вы «Тысячу и одну ночь»?

— Что за вопрос!

— А разве можно сказать, кто там перед вами – богачи или бедняки? Что у них: пшеничные зерна или рубины и алмазы? Вам кажется – это жалкие рыбаки, и вдруг они вводят вас в какую-нибудь таинственную пещеру, и перед вашими глазами сокровища, на которые можно купить всю Индию.

— Ну и что же?

— А то, что мой граф Монте-Кристо один из таких рыбаков; у него даже имя оттуда; его зовут Синдбад-мореход, и у него есть пещера, полная золота.

— А вы видели эту пещеру, Морсер? – спросил Бошан.

— Я – нет, а Франц видел. Но смотрите, ни слова об этом при нем! Франца ввели туда с завязанными глазами, ему прислуживали немые и женщины, перед которыми сама Клеопатра – просто девка. Впрочем, насчет женщин он не вполне уверен, потому что они появились только после того, как он отведал гашиша; так что он, может быть, принял за женщин какие-нибудь статуи.

Молодые люди смотрели на Морсера, и в их глазах ясно читалось: «С ума ты сошел или просто нас дурачишь?»

— В самом деле, – задумчиво сказал Моррель, – я слышал от одного старого моряка, по имени Пенелон, нечто похожее на то, о чем говорит господин де Морсер.

— Я очень рад, что господин Моррель меня поддерживает, – сказал Альбер. – Вам, верно, не нравится, что он бросает эту путеводную нить в мой лабиринт?

— Простите, дорогой друг, – сказал Дебрэ, – но вы рассказываете такие невероятные вещи…

— Невероятные для вас, потому что ваши посланники и консулы вам об этом не пишут; им некогда, они заняты тем, что притесняют своих путешествующих соотечественников.

— Вот вы и рассердились и нападаете на бедных наших представителей. Да как же они могут защищать ваши интересы? Палата все время урезывает им содержание; дошло до того, что на эти должности больше не находится желающих. Хотите быть послом, Альбер? Я устрою вам назначение в Константинополь.

— Вот еще! Чтобы султан, чуть только я заступлюсь за Магомета-Али, прислал мне шнурок и чтобы мои же секретари меня удушили!

— Ну вот видите, – сказал Дебрэ.

— Да, но, несмотря на все это, мой граф Монте-Кристо существует…

— Все на свете существуют! Нашли диковину!

— Все существуют, конечно, но не у всех есть чернокожие невольники, княжеские картинные галереи, музейное оружие, лошади ценою в шесть тысяч франков, наложницы-гречанки.

— А вы ее видели, наложницу-гречанку?

— Да, и видел и слышал; видел в театре Валле, а слышал однажды, когда завтракал у графа.

— Так он ест, ваш необыкновенный человек?

— По правде говоря, ест так мало, что об этом и говорить не стоит.

— Увидите, он окажется вампиром.

— Смейтесь, если хотите, но то же сказала графиня Г., которая, как вам известно, знавала лорда Рутвена.

— Поздравляю, Альбер, это блестяще для человека, не занимающегося журналистикой, — воскликнул Бошан. — Стоит пресловутой морской змеи в «Конституционалисте». Вампир — просто великолепно!

— Глаза красноватые с расширяющимися и суживающимися, по желанию, зрачками, — произнес Дебрэ, — орлиный нос, большой открытый лоб, в лице ни кровинки, черная бородка, зубы блестящие и острые и такие же манеры.

— Так оно и есть, Люсьен, — сказал Морсер, — все приметы совпадают в точности. Да, манеры острые и колкие. В обществе этого человека у меня часто пробегал мороз по коже; а один раз, когда мы вместе смотрели казнь, я думал, что упаду в обморок не столько от работы палача и от криков осужденного, как от вида графа и его хладнокровных рассказов о всевозможных способах казни.

— А не водил он вас в развалины Колизея, чтобы пососать вашу кровь, Морсер? — спросил Бошан.

— А когда отпустил, не заставил вас расписаться на каком-нибудь пергаменте огненного цвета, что вы отдаете ему свою душу, как Исав первородство?

— Смейтесь, смейтесь, сколько вам угодно, — сказал Морсер, слегка обиженный. — Когда я смотрю на вас, прекрасные парижане, завсегдатаи Гантского бульвара, посетители Булонского леса, и вспоминаю этого человека, то, право, мне кажется, что мы люди разной породы.

— И я этим горжусь! — сказал Бошан.

— Во всяком случае, — добавил Шато-Рено, — ваш граф Монте-Кристо в минуты досуга прекрасный человек, если, конечно, не считать его делишек с итальянскими разбойниками.

— Никаких итальянских разбойников нет! — сказал Дебрэ.

— И вампиров тоже нет! — поддержал Бошан.

— И графа Монте-Кристо тоже нет, — продолжал Дебрэ. — Слышите, Альбер: бьет половина одиннадцатого.

— Сознайтесь, что вам приснился страшный сон, и идемте завтракать, — сказал Бошан.

Но еще не замер гул стенных часов, как дверь распахнулась и Жермен доложил:

— Его сиятельство граф Монте-Кристо!

Все присутствующие невольно вздрогнули и этим показали, насколько проник им в души рассказ Морсера. Сам Альбер не мог подавить внезапного волнения.

Никто не слышал ни стука кареты, ни шагов в прихожей; даже дверь отворилась бесшумно.

На пороге появился граф; он был одет очень просто, но даже взыскательный глаз не нашел бы ни малейшего изъяна в его костюме. Все отвечало самому изысканному вкусу, все — платье, шляпа и белье — было сделано руками самых искусных поставщиков.

Ему было на вид не более тридцати пяти лет, и особенно поразило всех его сходство с портретом, который набросал Дебрэ.

Граф, улыбаясь, подошел прямо к Альберу, который встал навстречу и горячо пожал ему руку.

— Точность — вежливость королей, как утверждал, насколько мне известно, один из ваших монархов, — сказал Монте-Кристо, — но путешественники, при всем своем желании, не всегда могут соблюсти это правило. Все же я надеюсь, дорогой виконт, что, учитывая мое искреннее желание быть точным, вы простите мне те две или три секунды, на которые я, кажется, все-таки опоздал. Пятьсот лье не всегда можно проехать без препятствий, тем более во Франции, где, говорят, запрещено бить кучеров.

— Граф, — отвечал Альбер, — я как раз сообщал о вашем предстоящем приходе моим друзьям, которых я пригласил сюда по случаю вашего любезного обещания навестить меня. Позвольте вам их представить: граф Шато-Рено, чье дворянство восходит к двенадцати пэрам и чьи предки сидели за Круглым столом; господин Люсьен Дебрэ – личный секретарь министра внутренних дел; господин Бошан — опасный журналист, гроза французского правительства; он широко известен у себя на родине, но вы в Италии, быть может, никогда не слышали о нем, потому что там его газета запрещена; наконец, господин Максимилиан Моррель — капитан спаги.

При этом имени граф, раскланивавшийся со всеми очень вежливо, но с чисто английским бесстрастием и холодностью, невольно сделал шаг вперед, и легкий румянец мелькнул, как молния, на его бледных щеках.

— Вы носите мундир французов-победителей, — сказал он Моррелю. — Это прекрасный мундир.

Трудно было сказать, какое чувство придало такую глубокую звучность голосу графа и вызвало, как бы помимо его воли, особый блеск в его глазах, таких прекрасных, спокойных и ясных, когда ничто их не затуманивало.

— Вы никогда не видали наших африканцев? – спросил Альбер.

— Никогда, — отвечал граф, снова вполне овладев собою.

— Под этим мундиром бьется одно из самых благородных и бесстрашных сердец нашей армии.

— О виконт! — прервал Моррель.

— Позвольте мне договорить, капитан… И мы сейчас узнали, – продолжал Альбер, — о таком геройском поступке господина Морреля, что, хотя я вижу его сегодня первый раз в жизни, я прошу у него разрешения представить его вам, граф, как моего друга.

И при этих словах странно неподвижный взор, мимолетный румянец и легкое дрожание век опять выдали волнение Монте-Кристо.

— Вот как! — сказал он. — Значит, капитан — благородный человек. Тем лучше!

Это восклицание, отвечавшее скорее на собственную мысль графа, чем на слова Альбера, всем показалось странным, особенно Моррелю, который удивленно посмотрел на Монте-Кристо. Но в то же время это было сказано так мягко и даже нежно, что, несмотря на всю странность этого восклицания, не было возможности на него рассердиться.

— Какие у него могли быть основания в этом сомневаться? – спросил Бошан у Шато-Рено.

— В самом деле, — отвечал тот, своим наметанным и зорким глазом аристократа сразу определивший в Монте-Кристо все, что поддавалось определению, — Альбер нас не обманул, и этот граф – необыкновенный человек; как вам кажется, Моррель?

— По-моему, у него открытый взгляд и приятный голос, так что он мне нравится, несмотря на странное замечание на мой счет.

— Господа, — сказал Альбер, — Жермен докладывает, что завтрак подан. Дорогой граф, разрешите указать вам дорогу.

Все молча прошли в столовую и заняли свои места.

— Господа, — заговорил, усаживаясь, граф, — разрешите мне сделать вам признание, которое может послужить мне извинением за возможные мои оплошности: я здесь чужой, больше того, я первый раз в Париже. Поэтому с французской жизнью я совершенно незнаком; до сих пор я всегда вел восточный образ жизни, совершенно противоположный французским нравам и обычаям. И я заранее прошу извинить меня, если вы найдете во мне слишком много турецкого, неаполитанского или арабского. А засим приступим к завтраку.

— Как он говорит! — прошептал Бошан. — Положительно это вельможа!

— Чужеземный вельможа, — добавил Дебрэ.

— Вельможа всех стран света, господин Дебрэ, — заключил Шато-Рено.

II. Завтрак

Как читатели, вероятно, помнят, граф был очень умерен в еде. Поэтому Альбер выразил опасение, что парижский образ жизни с самого начала произведет на него дурное впечатление своей наиболее материальной, хотя в то же время наиболее необходимой стороной.

— Дорогой граф, — сказал он, — я сильно опасаюсь, что кухня улицы Эльдер понравится вам меньше кухни Пьяцца-ди-Спанья. Мне следовало заранее осведомиться о ваших вкусах и заказать блюда, которые вы предпочитаете.

— Если бы вы знали меня ближе, — ответил, улыбаясь, граф, — вас не заботили бы такие пустяки. В моих путешествиях мне приходилось питаться макаронами в Неаполе, полентой в Милане, оллаподридой в Валенсии, пилавом в Константинополе, карриком в Индии и ласточкиными гнездами в Китае. Для такого космополита, как я, вопроса о кухне не существует. Где бы я ни был, я ем все, только ем понемногу; а как раз сегодня, когда вы сетуете на мою умеренность, у меня волчий аппетит, потому что со вчерашнего утра я ничего не ел.

— Как со вчерашнего утра? — воскликнули все. — Неужели вы ничего не ели целые сутки?

— Да, — отвечал Монте-Кристо. — Мне пришлось свернуть с дороги, чтобы собрать некоторые сведения в окрестностях Нима, это несколько задержало меня, и я не хотел нигде останавливаться.

— И вы пообедали в карете? — спросил Морсер.

— Нет, я спал; я всегда засыпаю, когда мне скучно и нет охоты развлекаться или когда я голоден и нет охоты есть.

— Так вы, значит, можете заставить себя заснуть? — спросил Моррель.

— Почти что так.

— И у вас есть для этого какое-нибудь средство?

— Самое верное.

— Вот что пригодилось бы нам, африканцам, — сказал Моррель, — у нас ведь не всегда бывает пища, а питье — и того реже.

— Несомненно, — сказал Монте-Кристо, — но, к сожалению, мое средство, чудесное для такого человека, как я, живущего совсем особой жизнью, было бы опасно применить в армии; она не проснулась бы в нужную минуту.

— А можно узнать, что это за средство? — спросил Дебрэ.

— Разумеется, — сказал Монте-Кристо, — я не делаю из него тайны: это смесь отличнейшего опиума, за которым я сам ездил в Кантон, чтобы быть уверенным в его качестве, и лучшего гашиша, собираемого между Тигром и Евфратом; их смешивают в равных долях и делают пилюли, которые вы и глотаете, когда нужно. Действие наступает через десять минут. Спросите у барона Франца д'Эпине; он, кажется, пробовал их однажды.

— Да, — сказал Альбер, — он говорил мне; он сохранил о них самое приятное воспоминание.

— Значит, — сказал Бошан, который, как полагается журналисту, был очень недоверчив, — это снадобье у вас всегда при себе?

— Всегда, — отвечал Монте-Кристо.

– Не будет ли с моей стороны нескромностью попросить вас показать нам эти драгоценные пилюли? – продолжал Бошан, надеясь захватить чужестранца врасплох.

– Извольте.

И граф вынул из кармана очаровательную бонбоньерку, выточенную из цельного изумруда, с золотой крышечкой, которая, отвинчиваясь, пропускала шарик зеленоватого цвета величиною с горошину. Этот шарик издавал острый, въедливый запах. В изумрудной бонбоньерке лежало четыре или пять шариков, но она могла вместить и дюжину.

Бонбоньерка обошла стол по кругу, но гости брали ее друг у друга скорее для того, чтобы взглянуть на великолепный изумруд, чем чтобы посмотреть или понюхать пилюли.

– И это угощение вам готовит ваш повар? – спросил Бошан.

– О нет, – сказал Монте-Кристо, – я не доверяю лучших моих наслаждений недостойным рукам. Я неплохой химик и сам приготовляю эти пилюли.

– Великолепный изумруд! – сказал Шато-Рено. – Такого крупного я никогда не видал, хотя у моей матери есть недурные фамильные драгоценности.

– У меня их было три таких, – пояснил Монте-Кристо, – один я подарил падишаху, который украсил им свою саблю; второй – его святейшеству папе, который велел вставить его в свою тиару, против почти равноценного ему, но все же не такого красивого изумруда, подаренного его предшественнику Пию Седьмому императором Наполеоном; третий я оставил себе и велел выдолбить. Это наполовину обесценило его, но так было удобнее для того употребления, которое я хотел из него сделать.

Все с изумлением смотрели на Монте-Кристо; он говорил так просто, что ясно было: его слова либо чистая правда, либо бред безумца; однако изумруд, который он все еще держал в руках, заставлял придерживаться первого из этих предположений.

– Что же дали вам эти два властителя взамен вашего великолепного подарка? – спросил Дебрэ.

– Падишах подарил свободу женщине, – отвечал граф, – святейший папа – жизнь мужчине. Таким образом, раз в жизни мне довелось быть столь же могущественным, как если бы я был рожден для трона.

– И тот, кого вы спасли, был Пеппино, не правда ли? – воскликнул Морсер. – Это к нему вы применили ваше право помилования?

– Все может быть, – ответил, улыбаясь, Монте-Кристо.

– Граф, вы не можете себе представить, как мне приятно слушать вас, – сказал Альбер. – Я уже рекомендовал вас моим друзьям как человека необыкновенного, чародея из «Тысячи и одной ночи», средневекового колдуна; но парижане так склонны к парадоксам, что принимают за плод воображения самые бесспорные истины, когда эти истины не укладываются в рамки их повседневного существования. Вот, например, Бошан ежедневно печатает, а Дебрэ читает, что на бульваре остановили и ограбили запоздавшего члена Жокей-клуба; что на улице Сен-Дени или в Сен-Жерменском предместье убили четырех человек; что поймали десять, пятнадцать, двадцать воров в кафе на бульваре Тампль или в Термах Юлиана; а между тем они отрицают существование разбойников в Мареммах, в римской Кампанье или Понтийских болотах. Пожалуйста, граф, скажите им сами, что я был взят в плен этими разбойниками и что, если бы не ваше великодушное вмешательство, я, по всей вероятности, в настоящую минуту ждал бы в катакомбах Сан-Себастьяно воскресения мертвых, вместо того чтобы угощать их в моем жалком домишке на улице Эльдер.

– Полноте, – сказал Монте-Кристо, – вы обещали мне никогда не вспоминать об этой безделице.

– Я не обещал, – воскликнул Морсер. – Вы смешиваете меня с кем-нибудь другим, кому оказали такую же услугу. Наоборот, прошу вас, поговорим об этом. Может быть, вы не только повторите кое-что из того, что мне известно, но и расскажете многое, чего я не знаю.

– Но, мне кажется, – сказал с улыбкой граф, – вы играли во всей этой истории достаточно важную роль, чтобы знать не хуже меня все, что произошло.

– А если я скажу то, что знаю, вы обещаете рассказать все, чего я не знаю? – спросил Морсер.

– Это будет справедливо, – ответил Монте-Кристо.

– Ну, так вот, – продолжал Морсер, – расскажу, хотя все это очень нелестно для моего самолюбия. Я воображал в течение трех дней, что со мной заигрывает некая маска, которую я принимал за аристократку, происходящую по прямой линии от Туллии или Поппеи, между тем как меня просто-напросто интриговала сельская красотка, чтобы не сказать крестьянка. Скажу больше, я оказался совсем уже простофилей и принял за крестьянку молодого бандита, стройного и безбородого мальчишку лет пятнадцати. Когда я настолько осмелел, что попытался запечатлеть на его невинном плече поцелуй, он приставил к моей груди пистолет и с помощью семи или восьми товарищей повел или, вернее, поволок меня в катакомбы Сан-Себастьяно. Там я увидел их атамана, чрезвычайно ученого человека. Он был занят тем, что читал «Записки Цезаря», и соблаговолил прервать чтение, чтобы заявить мне, что если на следующий день, к шести часам утра, я не внесу в его кассу четырех тысяч пиастров, то в четверть седьмого меня не будет в живых. У Франца есть мое письмо с припиской маэстро Луиджи Вампа. Если вы сомневаетесь, я напишу Францу, чтобы он дал засвидетельствовать подписи. Вот и все, что я знаю; но я не знаю, каким образом вам, граф, удалось снискать столь глубокое уважение римских разбойников, которые мало что уважают. Сознаюсь, мы с Францем были восхищены.

– Все это очень просто. Я знаю знаменитого Луиджи Вампа уже более десяти лет. Как-то, когда он был мальчишкой-пастухом, я дал ему золотую монету за то, что он указал мне дорогу, а он, чтобы не остаться у меня в долгу, отдарил меня кинжалом с резной рукояткой собственной работы; этот кинжал вы, вероятно, видели в моей коллекции оружия. Впоследствии он не то забыл этот обмен подарками – залог дружбы между нами, – не то не узнал меня и пытался взять в плен; но вышло наоборот: я захватил его и еще десяток разбойников. Я мог отдать его в руки римского правосудия, которое всегда действует проворно, а для него особенно постаралось бы, но я не сделал этого: я отпустил их всех с миром.

– С условием, чтобы они больше не грешили, – засмеялся журналист. – И я с удовольствием вижу, что они честно сдержали слово.

– Нет, – возразил Монте-Кристо, – только с тем условием, чтобы они никогда не трогали ни меня, ни моих друзей. Может быть, мои слова покажутся вам странными, господа социалисты, прогрессисты, гуманисты, но я никогда не забочусь о ближних, никогда не пытаюсь защищать общество, которое меня не защищает и вообще занимается мною только тогда, когда может повредить мне. Если я отказываю и обществу и ближнему в уважении и только сохраняю нейтралитет, они все-таки еще остаются у меня в неоплатном долгу.

– Слава богу! – воскликнул Шато-Рено. – Наконец-то я слышу

храброго человека, который честно и неприкрыто проповедует эгоизм. Прекрасно, браво, граф!

— По крайней мере откровенно, — сказал Моррель, — но я уверен, что граф не раскаивался, однажды изменив своим принципам, которые он сейчас так решительно высказал.

— В чем же я изменил им? — спросил Монте-Кристо, который время от времени так внимательно взглядывал на Морреля, что бесстрашный молодой воин уже несколько раз опускал глаза под светлым и ясным взором графа.

— Но мне кажется, — возразил Моррель, — что, спасая господина де Морсера, вам совершенно незнакомого, вы служили и ближнему и обществу.

— Коего он является лучшим украшением, — торжественно заявил Бошан, залпом осушая бокал шампанского.

— Вы противоречите себе, граф, — воскликнул Альбер, — вы, самый логичный человек, какого я знаю; и сейчас вам докажу, что вы далеко не эгоист, а, напротив того, филантроп. Вы называете себя сыном Востока, говорите, что вы левантинец, малаец, индус, китаец, дикарь; ваше имя — Синдбад-мореход, граф Монте-Кристо; и вот, едва вы попали в Париж, в вас сказывается основное достоинство или основной недостаток, присущий нам, эксцентричным парижанам: вы приписываете себе не свойственные вам пороки и скрываете свои добродетели.

— Дорогой виконт, — возразил Монте-Кристо, — в моих словах или поступках я не вижу ничего достойного такой похвалы. Вы были не чужой для меня: я был знаком с вами, я уступил вам две комнаты, угощал вас завтраком, предоставил вам один из моих экипажей, мы вместе любовались масками на Корсо и вместе смотрели из окна на Пьяцца-дель-Пополо на казнь, так сильно взволновавшую вас, что вам едва не сделалось дурно. И вот, я спрашиваю вас всех, мог ли я оставить моего гостя в руках этих ужасных разбойников, как вы их называете? Кроме того, как вам известно, когда я спасал вас, у меня была задняя мысль, что вы окажете мне услугу и, когда я приеду во Францию, введете меня в парижский свет. Прежде вы могли думать, что это просто мимолетное предположение, но теперь вы видите, что это чистейшая реальность, и вам придется покориться, чтобы не нарушить вашего слова.

— И я сдержу его, — сказал Морсер, — но боюсь, дорогой граф, что вы будете крайне разочарованы, — ведь вы привыкли к живописным местностям, необычайным приключениям, к фантастическим горизонтам. У нас нет ничего похожего на то, к чему вас приучила ваша богатая событиями жизнь. Монмартр — наш Чимборазо, Монвалериен — наши Гималаи; Гренельская равнина — наша Великая Пустыня, да и тут роют артезианский колодец для караванов. У нас есть воры, и даже много, хоть и не так много, как говорят; но эти воры боятся самого мелкого сыщика куда больше, чем самого знатного вельможи; словом, Франция — страна столь прозаическая, а Париж — город столь цивилизованный, что во всех наших восьмидесяти пяти департаментах (разумеется, я исключаю Корсику из числа французских провинций), — во всех наших департаментах вы не найдете даже небольшой горы, на которой не было бы телеграфа и сколько-нибудь темной пещеры, в которую полицейский комиссар не провел бы газ. Так что я могу оказать вам лишь одну услугу, дорогой граф, и тут я весь в вашем распоряжении: ввести вас всюду, или лично, или через друзей. Впрочем, вам для этого никто не нужен: с вашим именем, с вашим богатством и вашим умом (Монте-Кристо поклонился с легкой иронической улыбкой) человек не нуждается в том, чтобы его представляли, и будет везде хорошо принят. В сущности, я могу быть вам полезен только в одном.

Если вам может пригодиться мое знакомство с парижской жизнью, кое-какой опыт в вопросах комфорта и знание магазинов, то я всецело в вашем распоряжении, чтобы помочь вам прилично устроиться. Не смею предложить вам разделить со мной эту квартиру, как вы в Риме разделили со мной свою (хоть я и не проповедую эгоизма, я все же эгоист до мозга костей): здесь, кроме меня самого, не поместилась бы и тень, разве что женская.

— Эта оговорка наводит на мысль о супружестве, — сказал граф. — В самом деле, в Риме вы мне намекали на некие брачные планы; должен ли я поздравить вас с наступающим счастьем?

— Это все еще только планы.

— И весьма неопределенные, — вставил Дебрэ.

— Нисколько, — сказал Морсер, — мой отец очень желает этого, и я надеюсь скоро познакомить вас если не с моей женой, то с невестой: мадемуазель Эжени Данглар.

— Эжени Данглар! — подхватил Монте-Кристо. — Позвольте, ее отец — барон Данглар?

— Да, — отвечал Морсер, — но барон новейшей формации.

— Не все ли равно, — возразил Монте-Кристо, — если он оказал такие услуги государству, что заслужил это отличие.

— Огромные, — сказал Бошан. — Хоть он и был в душе либерал, но в тысяча восемьсот двадцать девятом году провел для Карла Десятого заем в шесть миллионов; за это король сделал его бароном и кавалером Почетного легиона, так что он носит свою награду не в жилетном кармане, как можно было бы думать, но честь честью, в петличке фрака.

— Ах, Бошан, Бошан, — засмеялся Морсер, — приберегите это для «Корсара» и «Шаривари», но при мне пощадите моего будущего тестя.

Потом он обратился к Монте-Кристо:

— Вы сейчас произнесли его имя так, как будто вы знакомы с бароном.

— Я с ним не знаком, — небрежно сказал Монте-Кристо, — но, вероятно, скоро познакомлюсь, потому что мне в его банке открыт кредит банкирскими домами Ричард и Блаунт в Лондоне, Арштейн и Эскелес в Вене и Томсон и Френч в Риме.

Произнося два последних имени, граф искоса взглянул на Морреля.

Если чужестранец думал произвести на Максимилиана Морреля впечатление, то он не ошибся. Максимилиан вздрогнул, как от электрического разряда.

— Томсон и Френч? — сказал он. — Вы знаете этот банкирский дом, граф?

— Это мои банкиры в столице христианского мира, — спокойно ответил граф. — Я могу быть вам чем-нибудь полезен у них?

— Быть может, граф, вы могли бы помочь нам в розысках, оставшихся до сих пор бесплодными. Этот банкирский дом некогда оказал нашей фирме огромную услугу, но почему-то всегда отрицал это.

— Я в вашем распоряжении, — ответил с поклоном Монте-Кристо.

— Однако, — заметил Морсер, — заговорив о господине Дангларе, мы слишком отвлеклись. Речь шла о том, чтобы подыскать графу Монте-Кристо приличное помещение. Давайте подумаем, где поселиться новому гостю великого Парижа?

— В Сен-Жерменском предместье граф может найти недурной особняк с садом, — сказал Шато-Рено.

— Вы только и знаете что свое несносное Сен-Жерменское предместье, Шато-Рено, — сказал Дебрэ. — Не слушайте его, граф, и устройтесь на Шоссе д'Антен: это подлинный Париж.

— Бульвар Оперы, — заявил Бошан, — второй этаж, дом с балконом. Граф велит там положить подушки из серебряной парчи и, дымя чубуком или глотая свои пилюли, будет любоваться дефилирующей перед ним столицей.

— А вам разве ничего не приходит в голову, Моррель, что вы ничего не предлагаете? – спросил Шато-Рено.

— Нет, напротив, — сказал, улыбаясь, молодой человек, — у меня есть одна мысль, но я ждал, не соблазнится ли граф каким-нибудь из ваших блестящих предложений. А теперь я возьму на себя смелость предложить ему небольшую квартирку в прелестном помпадуровском особняке, который вот уже год снимает на улице Меле моя сестра.

— У вас есть сестра? – спросил граф.

— Да, граф, и прекрасная сестра.

— Замужем?

— Уже девятый год.

— И счастлива? – снова спросил граф.

— Так счастлива, как только вообще возможно, — отвечал Максимилиан, — она вышла замуж за человека, которого любила, за того, кто не покинул нас в нашем несчастье – за Эмманюеля Эрбо.

Монте-Кристо чуть заметно улыбнулся.

— Я живу у нее, когда нахожусь в отпуску, — продолжал Максимилиан, — и готов служить вам, граф, вместе с моим зятем, если вам что-либо понадобится.

— Одну минуту! – прервал Альбер, раньше чем Монте-Кристо успел ответить. – Подумайте, что вы делаете, Моррель. Вы хотите заточить путешественника, Синдбада-морехода в семейную обстановку. Человека, который приехал смотреть Париж, вы хотите превратить в патриарха.

— Вовсе нет, — улыбнулся Моррель, — моей сестре двадцать пять лет, зятю – тридцать; они молоды, веселы и счастливы. К тому же граф будет жить отдельно и встречаться с ними, только когда сам пожелает.

— Благодарю вас, благодарю, — сказал Монте-Кристо, — я буду рад познакомиться с вашей сестрой и зятем, если вам угодно оказать мне эту честь, но я не приму ни одного из всех ваших предложений просто потому, что помещение для меня уже готово.

— Как! – воскликнул Морсер. – Неужели вы будете жить в гостинице? Вам будет слишком неуютно!

— Разве я так плохо жил в Риме? – спросил Монте-Кристо.

— Еще бы, в Риме вы истратили на обстановку ваших комнат пятьдесят тысяч пиастров; но не намерены же вы каждый раз идти на такие расходы.

— Меня не это остановило, — отвечал Монте-Кристо, — но я хочу иметь в Париже дом, свой собственный. Я послал вперед своего камердинера, и он, наверное, уже купил дом и велел обставить.

— Так, значит, у вас есть камердинер, который знает Париж? – воскликнул Бошан.

— Он, как и я, в первый раз во Франции; он чернокожий и к тому же немой, — отвечал Монте-Кристо.

— Так это Али? – воскликнул Альбер среди всеобщего удивления.

— Вот именно, Али, мой немой нубиец, которого вы, кажется, видели в Риме.

— Ну, конечно, — отвечал Морсер, — я прекрасно его помню. Но как же вы поручили нубийцу купить дом в Париже и немому – его обставить? Несчастный, наверное, все напутал.

— Напрасно вы так думаете; напротив, я уверен, что он все устроил по моему вкусу; а у меня, как вам известно, вкус довольно необычный. Он уже с неделю как приехал; должно быть, он обегал весь город, проявляя чутье хорошей собаки, которая охотится одна; он знает мои прихоти, мои вкусы, мои потребности; он, наверное, все уже устроил как надо. Он знал, что я приеду сегодня в десять часов утра, и ждал меня с девяти у заставы Фонтенбло. Он передал мне эту бумажку; это мой новый адрес; вот, прочтите.

И Монте-Кристо протянул Альберу листок.

— «Елисейские поля, номер тридцать», — прочел Морсер.

— Вот это оригинально! — вырвалось у Бошара.

— И чисто по-княжески! — прибавил Шато-Рено.

— Как, вы еще не знаете вашего дома? — спросил Дебрэ.

— Нет, — ответил Монте-Кристо, — я уже говорил, что не хотел опаздывать к назначенному часу. Я оделся в карете и вышел из нее у дверей виконта.

Молодые люди переглянулись: они не могли понять, не разыгрывает ли Монте-Кристо комедию, но все слова этого человека, несмотря на их необычайность, дышали такой простотой, что нельзя было предполагать в них лжи, да и зачем ему было лгать?

— Стало быть, — сказал Бошан, — придется нам довольствоваться теми маленькими услугами, которые мы можем оказать графу. Я как журналист открою ему доступ во все театры Парижа.

— Благодарю вас, — сказал, улыбаясь, Монте-Кристо, — я уже велел моему управляющему абонировать в каждом театре по ложе.

— А ваш управляющий тоже нубиец и немой? — спросил Дебрэ.

— Нет, он просто ваш соотечественник, если только корсиканец может считаться чьим-либо соотечественником; вы его знаете, господин де Морсер.

— Наверное, это достойный синьор Бертуччо, который так мастерски нанимает окна?

— Вот именно; и вы видели его, когда оказали мне честь позавтракать у меня. Это славный малый, который был и солдатом и контрабандистом — словом, всем понемногу. Я даже не поручусь, что у него не было когда-нибудь неладов с полицией из-за какого-нибудь пустяка, вроде удара ножом.

— И этого честного гражданина мира вы взяли к себе в управляющие, граф? — спросил Дебрэ. — Сколько он крадет у вас в год?

— Право же, не больше всякого другого, я в этом уверен; но он мне подходит, не признает невозможного, и я держу его.

— Таким образом, — сказал Шато-Рено, — у вас налажено все хозяйство: у вас есть дом на Елисейских полях, прислуга, управляющий, и вам недостает только любовницы.

Альбер улыбнулся: он вспомнил о прекрасной не то албанке, не то гречанке, которую видел в ложе графа в театре Валле и в театре Арджентина.

— У меня есть нечто получше: у меня есть невольница, — сказал Монте-Кристо. — Вы нанимаете ваших любовниц в Опере, в Водевиле, в Варьете, а я купил свою в Константинополе; мне это обошлось дороже, но зато мне больше не о чем беспокоиться.

— Но вы забываете, — заметил, смеясь, Дебрэ, — что мы вольные франки и что ваша невольница, ступив на французскую землю, стала свободна.

— А кто ей это скажет? — спросил Монте-Кристо.

— Да первый встречный.

— Она говорит только по-новогречески.

— Ну, тогда другое дело!

— Но мы, надеемся, увидим ее? — сказал Бошан. — Или вы, помимо немого, держите и евнухов?

— Нет, — сказал Монте-Кристо, — я еще не дошел до этого в

своем ориентализме: все, кто меня окружает, вольны в любую минуту покинуть меня и, сделав это, уже не будут нуждаться ни во мне, ни в ком-либо другом; вот поэтому, может быть, они меня и не покидают.

Собеседники уже давно перешли к десерту и к сигарам.

— Дорогой мой, — сказал, вставая, Дебрэ, — уже половина третьего; ваш гость очарователен, но нет такого приятного общества, с которым не надо было бы расставаться, иногда его приходится даже менять на неприятное; мне пора в министерство. Я поговорю о графе с министром, надо же нам узнать, кто он такой.

— Берегитесь, — отвечал Морсер, — самые проницательные люди отступили перед этой загадкой.

— Нам отпускают три миллиона на полицию; правда, они почти всегда оказываются израсходованными заранее, но на это дело пятьдесят тысяч франков, во всяком случае, наберется.

— А когда вы узнаете, кто он, вы мне скажете?
— Непременно. До свидания, Альбер; господа, имею честь кланяться.

И, выйдя в прихожую, Дебрэ громко крикнул:
— Велите подавать!
— Очевидно, — сказал Бошан Альберу, — я так и не попаду в Палату, но моим читателям я преподнесу кое-что получше речи господина Данглара.

— Ради бога, Бошан, — отвечал Морсер, — ни слова, умоляю вас, не лишайте меня привилегии показать его. Не правда ли, занятный человек?

— Больше того, — откликнулся Шато-Рено, — это поистине один из необыкновеннейших людей, каких я когда-либо встречал. Вы идете, Моррель?

— Сейчас, я только передам мою карточку графу, он так любезен, что обещает заехать к нам, на улицу Меле, четырнадцать.

— Могу вас заверить, что не премину это сделать, — с поклоном отвечал граф.

И Максимилиан Моррель вышел с бароном Шато-Рено, оставив Монте-Кристо вдвоем с Морсером.

III. Первая встреча

Оставшись наедине с Монте-Кристо, Альбер сказал:
— Граф, разрешите мне приступить к моим обязанностям чичероне и показать вам образчик квартиры холостяка. Вам, привыкшему к итальянским дворцам, будет интересно высчитать, на пространстве скольких квадратных футов может поместиться молодой парижанин, который, по здешним понятиям, живет не так уж плохо. Переходя из комнаты в комнату, мы будем отворять окна, чтобы вы не задохнулись.

Монте-Кристо уже видел столовую и нижнюю гостиную. Альбер прежде всего повел его в свою студию; как читатель помнит, это была его любимая комната.

Монте-Кристо был достойный ценитель всего того, что в ней собрал Альбер: старинные лари, японский фарфор, восточные ткани, венецианское стекло, оружие всех стран; все это было ему знакомо, и он с первого же взгляда определял век, страну и происхождение вещи. Морсер думал, что ему придется давать объяснения, а вышло так, что он сам, под руководством графа, проходил курс археологии, минералогии и естественной истории. Они спустились во второй этаж. Альбер ввел своего гостя в гостиную. Стены здесь были увешаны произведениями современных художников. Тут были пейзажи Дюпре: высокие камыши, стройные деревья, ревущие коровы и чудесные небеса; были арабские всадники Делакруа в длинных белых бурнусах, с блестящими поясами, с вороненым оружием; кони бешено грызлись, а люди бились железными палицами; были акварели Буланже – «Собор Парижской богоматери», изображенный с той силой, которая равняет живописца с поэтом; были холсты Диаса, цветы которого прекраснее живых цветов и солнце ослепительнее солнца в небе; были тут и рисунки Декана, столь же яркие, как и у Сальватора Розы, но поэтичнее; были пастели Жиро и Мюллера, изображавшие детей с ангельскими головками и женщин с девственными лицами; были страницы, вырванные из восточного альбома Доза, – карандашные наброски, сделанные им в несколько секунд, верхом на верблюде или под куполом мечети, – словом, все, что современное искусство может дать взамен погибшего и отлетевшего искусства прошлых веков.

Альбер надеялся хоть теперь чем-нибудь поразить странного чужеземца, но, к немалому его удивлению, граф, не читая подписей, к тому же иногда представленных только инициалами, сразу же называл автора каждой вещи, и видно было, что он не только знал каждое из этих имен, но успел оценить и изучить талант каждого мастера.

Из гостиной перешли в спальню; это был образец изящества и вместе с тем строгого вкуса: здесь сиял в матово-золотой раме всего лишь один портрет, но он был подписан Леопольдом Робером.

Портрет тотчас же привлек внимание графа Монте-Кристо; он поспешно подошел и остановился перед ним.

Это был портрет женщины лет двадцати пяти, смуглой, с огненным взглядом из-под полуопущенных век; она была в живописном костюме каталанской рыбачки, в красном с черным корсаже и с золотыми булавками в волосах; взор ее обращен был к морю, и ее стройный силуэт четко выделялся на лазурном фоне неба и волн.

В комнате было темно, иначе Альбер заметил бы, какая смертельная бледность покрыла лицо графа и как нервная дрожь пробежала по его плечам и груди.

Прошла минута молчания, Монте-Кристо не отрывал взгляда от картины.

– Ваша возлюбленная прелестна, виконт, – сказал он наконец совершенно спокойным голосом, – и этот костюм, очевидно маскарадный, ей очень идет.

– Я не простил бы вам этой ошибки, – сказал Альбер, – если бы возле этого портрета висел какой-нибудь другой. Вы не знаете моей матери, граф; это ее портрет, он сделан по ее желанию, лет шесть или восемь тому назад. Костюм, по-видимому, придуман, но сходство изумительное, – я как будто вижу свою мать такой, какой она была в тысяча восемьсот тридцатом году. Графиня заказала этот портрет в отсутствие моего отца. Она, вероятно, думала сделать ему приятный сюрприз, но отцу портрет почему-то не понравился; и даже мастерство живописца не могло победить его антипатий, а ведь это, как вы сами видите, одно из лучших произведений Леопольда Робера. Правда, между нами говоря, господин де Морсер – один из самых ревностных пэров, заседающих в Люксембургском дворце, известный знаток военного дела, но весьма посредственный ценитель искусств. Зато моя мать понимает живопись и сама прекрасно рисует; она слишком ценила это мастерское произведение, чтобы расстаться с ним совсем, и подарила его мне, чтобы оно реже попадалось на глаза отцу. Его портрет, кисти Гро, я вам тоже покажу. Простите, что я передаю вам эти домашние мелочи; но так как я буду иметь честь представить вас графу, я говорю вам все это, чтобы вы невзначай не похвалили при нем портрет матери. К тому же он пагубно действует на мою мать: когда она приходит ко мне, она не может смотреть на него без слез. Впрочем, недоразумение, возникшее из-за этого портрета между графом и графиней, было единственным между ними;

они женаты уже больше двадцати лет, но привязаны друг к другу, как в первый день.

Монте-Кристо кинул быстрый взгляд на Альбера, как бы желая отыскать тайный смысл в его словах, но видно было, что молодой человек произнес их без всякого умысла.

– Теперь, граф, – сказал Альбер, – вы видели все мои сокровища; разрешите предложить их вам, сколь они ни ничтожны; прошу вас, будьте здесь как дома. Чтобы вы еще лучше освоились, я провожу вас к господину де Морсеру. Я еще из Рима написал ему о том, что вы для меня сделали, и о вашем обещании меня посетить; мои родители с нетерпением ждут возможности поблагодарить вас. Я знаю, граф, вы человек пресыщенный, и семейные сцены не слишком трогают Синдбада-морехода; вы столько видели. Но примите мое предложение и смотрите на него как на вступление в парижскую жизнь: она вся состоит из обмена любезностями, визитов и представлений.

Монте-Кристо молча поклонился; он, по-видимому, принимал это предложение без радости и без неудовольствия, как одну из светских условностей, исполнять которые надлежит всякому воспитанному человеку. Альбер позвал своего камердинера и велел доложить графу и графине де Морсер о том, что к ним желает явиться граф Монте-Кристо.

Альбер и граф последовали за ним.

Войдя в прихожую графа, вы прежде всего замечали над дверью в гостиную гербовый щит, который своей богатой оправой и полным соответствием с отделкой всей комнаты свидетельствовал о том значении, какое владелец дома придавал этому гербу.

Монте-Кристо остановился перед щитом и внимательно осмотрел его.

– По лазоревому полю семь золотых мерлеток, расположенных снопом. Это, конечно, ваш фамильный герб, виконт? – спросил он. – Если не считать того, что я знаком с геральдическими фигурами и поэтому кое-как разбираюсь в гербах, я плохой знаток геральдики; ведь я граф случайный, сфабрикованный в Тоскане за учреждение командорства святого Стефана, и, пожалуй, не принял бы титула, если бы мне не твердили, что, когда много путешествуешь, это совершенно необходимо. Надо же иметь что-нибудь на дверцах кареты, хотя бы для того, чтобы таможенные чиновники вас не осматривали. Поэтому извините, что я предлагаю вам такой вопрос.

– В нем нет ничего нескромного, – отвечал Морсер с простотой полнейшей убежденности. – Вы угадали: это наш герб, то есть родовой герб моего отца; но он, как видите, соединен с другим гербом – серебряная башня в червленом поле; это родовой герб моей матери. По женской линии я испанец, но род Морсеров – французский и, как мне приходилось слышать, один из древнейших на юге Франции.

– Да, – сказал Монте-Кристо, – это и показывают мерлетки. Почти все вооруженные пилигримы, отправлявшиеся на завоевание Святой земли, избрали своим гербом или крест – знак их миссии, или перелетных птиц – знак дальнего пути, который им предстоял и который они надеялись совершить на крыльях веры. Кто-нибудь из ваших предков с отцовской стороны, вероятно, участвовал в одном из крестовых походов; если даже это был поход Людовика Святого, то и тогда мы придем к тринадцатому веку, что вовсе не плохо.

– Очень возможно, – сказал Морсер, – у моего отца в кабинете есть наше родословное древо, которое нам все это объяснит. Я когда-то составил к нему комментарии, в которых даже д'Озье и Жокур нашли бы для себя немало поучительного. Теперь я к этому остыл, но должен вам сказать, как чичероне, что у нас, при нашем демократическом правительстве, начинают сильно интересоваться этими вещами.

— В таком случае ваше правительство должно было выбрать в своем прошлом что-нибудь получше тех двух вывесок, которые я видел на ваших памятниках и которые лишены всякого геральдического смысла. Что же касается вас, виконт, вы счастливее вашего правительства, потому что ваш герб прекрасен и волнует воображение. Да, вы и провансалец и испанец; этим и объясняется, — если портрет, который вы мне показывали, похож, — чудесный смуглый цвет лица благородной каталанки, который так восхитил меня.

Надо было быть Эдипом или даже самим сфинксом, чтобы разгадать иронию, которую граф вложил в эти слова, казалось бы, проникнутые самой изысканной учтивостью; так что Морсер поблагодарил его улыбкой и, пройдя вперед, чтобы указать ему дорогу, распахнул дверь, находившуюся под гербом и ведущую, как мы уже сказали, в гостиную.

На самом видном месте в этой гостиной висел портрет мужчины лет тридцати пяти — восьми, в генеральском мундире, с эполетами жгутом — знак высокого чина, с крестом Почетного легиона на шее, что указывало на командорский ранг, и со звездами на груди: справа — ордена Спасителя, а слева — Карла III, из чего можно было заключить, что изображенная на этом портрете особа сражалась в Греции и Испании или, что в смысле знаков отличия равносильно, исполняла в этих странах какую-либо дипломатическую миссию.

Монте-Кристо был занят тем, что так же подробно, как и первый, рассматривал этот портрет, как вдруг отворилась боковая дверь, и появился сам граф де Морсер.

Это был мужчина лет сорока пяти, но на вид ему казалось по меньшей мере пятьдесят; его черные усы и брови выглядели странно в контрасте с почти совсем белыми волосами, остриженными по-военному; он был в штатском, и полосатая ленточка в его петлице напоминала о разнообразных пожалованных ему орденах. Осанка его была довольно благородна, и вошел он с очень радушным видом. Монте-Кристо не сделал ни шагу ему навстречу; казалось, ноги его приросли к полу, а глаза впились в лицо графа де Морсера.

— Отец, — сказал Альбер, — имею честь представить вам графа Монте-Кристо, великодушного друга, которого, как вы знаете, я имел счастье встретить в трудную минуту.

— Граф у нас желанный гость, — сказал граф де Морсер, с улыбкой приветствуя Монте-Кристо. — Он сохранил нашей семье ее единственного наследника, и мы ему безгранично благодарны.

С этими словами граф де Морсер указал Монте-Кристо на кресло и сел против окна.

Монте-Кристо, усаживаясь в предложенное ему кресло, постарался остаться в тени широких бархатных занавесей, чтобы незаметно читать на усталом и озабоченном лице графа повесть тайных страданий, запечатлевшихся в каждой из его преждевременных морщин.

— Графиня одевалась, когда виконт прислал ей сказать, что она будет иметь удовольствие познакомиться с вами, — сказал Морсер. — Через десять минут она будет здесь.

— Для меня большая честь, — сказал Монте-Кристо, — в первый же день моего приезда в Париж встретиться с человеком, заслуги которого равны его славе и к которому судьба, в виде исключения, была справедлива; но, быть может, на равнинах Митиджи или в горах Атласа она готовит вам еще и маршальский жезл?

— О нет, — возразил, слегка краснея, Морсер, — я оставил службу, граф. Возведенный во время Реставрации в звание пэра, я участвовал в первых походах и служил под началом маршала де Бурмона; я мог, следовательно, рассчитывать на высшую командную должность, и кто знает, что произошло бы, оставайся на троне старшая ветвь! Но, как видно, Июльская революция была столь блестяща, что могла позволить себе быть неблагодарной по отношению ко всем заслугам, не восходившим к императорскому периоду. Поэтому мне пришлось подать в отставку; кто, как я, добыл эполеты на поле брани, тот не умеет маневрировать на скользком паркете гостиных. Я бросил военную службу, занялся политикой, промышленностью, изучал прикладные искусства. Я всегда интересовался этими вещами, но за двадцать лет службы не имел времени всем этим заниматься.

— Вот откуда превосходство вашего народа над другими, граф, — отвечал Монте-Кристо. — Вы, потомок знатного рода, обладатель крупного состояния, пошли добывать первые чины, служа простым солдатом; это случается редко; и, став генералом, пэром Франции, командором Почетного легиона, вы начинаете учиться чему-то новому не ради наград, но только для того, чтобы принести пользу своим ближним... Да, это прекрасно; скажу больше, поразительно.

Альбер смотрел и слушал с удивлением: такой энтузиазм в Монте-Кристо был для него неожиданностью.

— К сожалению, мы, в Италии, не таковы, — продолжал чужестранец, как бы желая рассеять чуть заметную тень, которую вызвали его слова на лице Морсера, — мы растем так, как свойственно нашей породе, и всю жизнь сохраняем ту же листву, тот же облик и нередко ту же бесполезность.

— Но для такого человека, как вы, Италия — неподходящее отечество, — возразил граф де Морсер. — Франция раскрывает вам свои объятия; ответьте на ее призыв. Она не всегда неблагодарна; она дурно обходится со своими детьми, но по большей части радушно встречает иноземцев.

— Видно, что вы не знаете графа Монте-Кристо, отец, — прервал его с улыбкой Альбер. — То, что может его удовлетворить, находится за пределами нашего мира; он не гонится за почестями и берет от них только то, что умещается в паспорте.

— Вот самое верное суждение обо мне, которое я когда-либо слышал, — заметил Монте-Кристо.

— Граф имел возможность устроить свою жизнь, как хотел, — сказал граф де Морсер со вздохом, — и выбрал дорогу, усеянную цветами.

— Вот именно, — ответил Монте-Кристо с улыбкой, которой не передал бы ни один живописец и не объяснил бы ни один физиономист.

— Если бы я не боялся вас утомить, — сказал генерал, явно очарованный обращением гостя, — я повел бы вас в Палату; сегодняшнее заседание любопытно для всякого, кто не знаком с нашими современными сенаторами.

— Я буду вам очень признателен, если вы мне это предложите в другой раз, но сегодня я надеюсь быть представленным графине, и я подожду.

— А вот и матушка! — воскликнул виконт.

И Монте-Кристо, быстро обернувшись, увидел на пороге гостиной г-жу де Морсер; она стояла в дверях, противоположных тем, в которые вошел ее муж, неподвижная и бледная; когда Монте-Кристо повернулся к ней, она опустила руку, которою почему-то опиралась на золоченый наличник двери. Она стояла там уже несколько секунд и слышала последние слова гостя.

Тот встал и низко поклонился графине, которая молча, церемонно ответила на его поклон.

— Что с вами, графиня? — спросил граф де Морсер. — Вы нездоровы? Может быть, здесь слишком жарко?

— Матушка, вам дурно? — воскликнул виконт, бросаясь к Мерседес.

Она поблагодарила их улыбкой.

— Нет, — сказала она, — просто меня взволновала встреча с графом. Ведь если бы не он, мы были бы теперь погружены в печаль и траур. Граф, — продолжала она, подходя к нему с величием королевы, — я обязана вам жизнью моего сына, и за это благодеяние я от всего сердца благословляю вас. Я счастлива, что могу наконец высказать вам свою благодарность.

Граф снова поклонился, еще ниже, чем в первый раз, и был еще бледнее, чем Мерседес.

— Вы слишком великодушны, графиня, — сказал он необычайно мягко и почтительно. — Я ничего необыкновенного не сделал. Спасти человека, избавить отца от мучений, а женщину от слез — вовсе не доброе дело, это человеческий долг.

— Как счастлив мой сын, что у него такой друг, как вы, граф, — с глубоким чувством ответила г-жа де Морсер. — Я благодарю бога, что он так судил.

И Мерседес подняла к небу свои прекрасные глаза с выражением бесконечной благодарности; графу даже показалось, будто в них блеснули слезы.

Г-н де Морсер подошел к ней.

— Я уже просил у графа прощения, что должен оставить его, — сказал он. — Надеюсь, вы также попросите его извинить меня. Заседание открывается в два часа, теперь три, а я должен выступать.

— Поезжайте, я постараюсь, чтобы наш гость не скучал в ваше отсутствие, — сказала графиня все еще взволнованным голосом. — Граф, — продолжала она, обращаясь к Монте-Кристо, — не окажете ли вы нам честь провести у нас весь день?

— Я очень благодарен вам, графиня, поверьте мне. Но я вышел у ваших дверей из дорожной кареты. Я еще не знаю, как меня устроили в Париже, даже едва знаю где. Это, конечно, пустяки, но все-таки я немного беспокоюсь.

— Но вы обещаете по крайней мере доставить нам это удовольствие в другой раз? — спросила графиня.

Монте-Кристо поклонился молча, и его поклон можно было принять за знак согласия.

— В таком случае я вас не удерживаю, — сказала графиня, — я не хочу, чтобы моя благодарность обращалась в неделикатность или назойливость.

— Дорогой граф, — сказал Альбер, — если вы разрешите, я постараюсь отплатить вам в Париже за вашу любезность в Риме и предоставлю в ваше распоряжение мою карету, пока вы еще не обзавелись выездом.

— Весьма благодарен, виконт, — сказал Монте-Кристо, — но я надеюсь, что Бертуччо провел не без пользы четыре с половиной часа, которыми он располагал, и что у ваших дверей меня ждет какой-нибудь экипаж.

Альбер привык к повадкам графа, знал, что тот, как Нерон, всегда гонится за невозможным, и потому уже ничему не удивлялся; он только хотел лично удостовериться в том, как исполнены приказания графа, и проводил его до дверей.

Монте-Кристо не ошибся: как только он вышел в прихожую графа де Морсера, лакей, тот самый, который в Риме приносил Альберу и Францу визитную карточку графа, бросился вон, и когда знатный путешественник показался на крыльце, его уже в самом деле ждал экипаж. Это была двухместная карета работы Келлера и в нее была запряжена та самая пара, которую Дрэй накануне, как то было известно всем парижским щеголям, отказался уступить за восемнадцать тысяч франков.

— Виконт, — сказал граф Альберу, — я не приглашаю вас сейчас к себе, потому что там пока все сделано наскоро, а, как вы знаете, я дорожу репутацией человека, умеющего устроиться с удобством даже во временном жилище. Дайте мне день сроку и затем позвольте пригласить вас. Тогда я буду вполне уверен, что не нарушу законов гостеприимства.

— Если вы просите один день, граф, то я могу быть уверен, что вы покажете мне не дом, а дворец. Положительно вам служит какой-нибудь добрый гений.

— Что ж, пусть думают так, — отвечал Монте-Кристо, ставя ногу на обитую бархатом подножку своей великолепной кареты, — это обеспечит мне некоторый успех у дам.

Граф сел в карету, дверца захлопнулась, и лошади понеслись галопом, но все же он успел заметить, как чуть заметно дрогнули занавески в окне гостиной, где он оставил г-жу де Морсер.

Когда Альбер вернулся к матери, то застал ее в будуаре, в глубоком бархатном кресле; комната была погружена в полумрак, только кое-где мерцали блики на вазах и по углам золоченых рам.

Альбер не мог рассмотреть лицо графини, терявшееся в дымке газа, который она накинула на голову; но ему показалось, что голос ее дрожит; к благоуханию роз и гелиотропов, наполнявших жардиньерку, примешивался острый и едкий запах нюхательной соли; и в самом деле Альбер с беспокойством заметил, что флакон графини вынут из шагреневого футляра и лежит в одной из плоских ваз, стоящих на камине.

— Вы больны? — воскликнул он, подходя к матери. — Вам стало дурно, пока я уходил?

— Нисколько, Альбер; но все эти розы, туберозы и померанцевые цветы так сильно пахнут теперь, когда настали жаркие дни...

— В таком случае надо их вынести, — сказал Морсер, дергая шнур звонка. — Вам в самом деле нездоровится; уже когда вы вошли в гостиную, вы были очень бледны.

— Очень бледна?

— Это вам к лицу, но мы с отцом испугались.

— Отец сказал тебе об этом? — быстро спросила Мерседес.

— Нет, но он сказал вам самой, помните?

— Не помню, — сказала графиня.

Вошел лакей; он явился на звонок Альбера.

— Вынесите цветы в переднюю, — сказал виконт, — они беспокоят графиню.

Лакей повиновался.

Пока он переносил цветы, длилось молчание.

— Что это за имя — Монте-Кристо? — спросила графиня, когда лакей унес последнюю вазу. — Фамилия или название поместья, или просто титул?

— Мне кажется, это только титул. Граф купил остров в Тосканском архипелаге и, судя по тому, что он говорил сегодня утром, учредил командорство. Вы ведь знаете, что это принято относительно ордена Святого Стефана во Флоренции, Святого Георгия в Парме и даже для Мальтийского креста. Впрочем, он и не чванится своим дворянством, называет себя случайным графом, хотя в Риме все убеждены, что он очень знатный вельможа.

— У него прекрасные манеры, — сказала графиня, — по крайней мере так мне показалось в те несколько минут, что я его видела.

— О, его манеры безукоризненны, они превосходят все, что я видел наиболее аристократического среди представителей трех самых гордых дворянств Европы: английского, испанского и немецкого.

Графиня задумалась, но после короткого колебания продолжала:

— Ведь ты видел, дорогой... я спрашиваю, как мать, ты понимаешь... ты видел графа Монте-Кристо у него в доме; ты проницателен, знаешь свет, у тебя больше такта, чем обычно бывает в твоем возрасте; считаешь ли ты графа тем, чем он кажется?

— А чем он кажется?

— Ты сам сейчас сказал: знатным вельможей.

— Так о нем думают.

— А что думаешь ты?

— Я, признаться, не составил себе о нем определенного мнения; думаю, что он мальтиец.

— Я спрашиваю не о его происхождении, а о нем самом как о человеке.

— А, это другое дело; мне с его стороны пришлось видеть столько странного, что я склонен рассматривать его как байроновского героя, которого несчастье отметило роковой печатью, как какого-нибудь Манфреда, или Лару, или Вернера, — словом, как обломок какого-нибудь древнего рода, лишенный наследия своих отцов и вновь обретший богатство силою своего предприимчивого гения, вознесшего его выше законов общества.

— Ты хочешь сказать...

— Я хочу сказать, что Монте-Кристо — остров в Средиземном море, без жителей, без гарнизона, убежище контрабандистов всех наций и пиратов со всего света. Как знать, может быть, эти достойные дельцы платят своему хозяину за гостеприимство?

— Это возможно, — сказала графиня в раздумье.

— Но контрабандист он или нет, — продолжал Альбер, — во всяком случае, граф Монте-Кристо — человек замечательный. Я уверен, вы согласитесь с этим, потому что сами его видели. Он будет иметь огромный успех в парижских гостиных. Не далее как сегодня утром у меня он начал свое вступление в свет тем, что поразил всех, даже самого Шато-Рено.

— А сколько ему может быть лет? — спросила Мерседес, видимо, придавая этому вопросу большое значение.

— Лет тридцать пять — тридцать шесть.

— Так молод! Не может быть! — сказала Мерседес, отвечая одновременно и на слова Альбера, и на свою собственную мысль.

— А между тем это так. Несколько раз он говорил мне, и, конечно, непреднамеренно: «Тогда мне было пять лет, тогда-то десять, а тогда-то двенадцать». Я из любопытства сравнивал числа, и они всегда совпадали. Очевидно, этому странному человеку, возраст которого не поддается определению, в самом деле тридцать пять лет. К тому же припомните, какие у него живые глаза, какие черные волосы; он бледен, но на лбу его нет ни одной морщины; это не только сильный человек, но и молодой еще.

Графиня опустила голову, словно поникшую от тяжести горьких дум.

— И этот человек дружески относится к тебе, Альбер? — с волнением спросила она.

— Мне кажется, да.

— А ты... ты тоже любишь его?

— Он мне нравится, что бы ни говорил Франц д'Эпине, который хотел уверить меня, что это выходец с того света.

Графиня вздрогнула.

— Альбер, — сказала она изменившимся голосом, — я всегда предостерегала тебя от новых знакомств. Теперь ты уже взрослый и сам мог бы давать мне советы; однако я повторяю: будь осторожен.

— И все-таки, для того чтобы ваш совет мог принести мне

пользу, дорогая, мне следовало бы заранее знать, чего остерегаться. Граф не играет в карты, пьет только воду, подкрашенную каплей испанского вина; он, по всей видимости, так богат, что, если бы он попросил у меня взаймы, мне оставалось бы только расхохотаться ему в лицо; чего же мне опасаться с его стороны?

— Ты прав, — отвечала графиня, — мои опасения вздорны, тем более что дело идет о человеке, который спас тебе жизнь. Кстати, Альбер, хорошо ли отец его принял? Нам надо быть исключительно внимательными к графу. Твой отец часто занят, озабочен делами и, может быть, невольно...

— Он был безукоризнен, — прервал Альбер. — Скажу больше: ему, по-видимому, очень польстили чрезвычайно удачные комплименты, которые граф сказал ему так кстати, как будто знает его лет тридцать. Все эти лестные замечания, несомненно, были приятны отцу, — прибавил Альбер, смеясь, — так что они расстались наилучшими друзьями, и отец даже хотел повезти графа в Палату, чтобы тот послушал его речь.

Графиня ничего не ответила; она так глубоко задумалась, что даже закрыла глаза. Альбер, стоя перед нею, смотрел на нее с той сыновней любовью, которая бывает особенно нежна и проникновенна, когда мать еще молода и красива; увидев, что она закрыла глаза, и прислушавшись к ее ровному дыханию, он решил, что она заснула, на цыпочках вышел и осторожно прикрыл за собой дверь.

— Это не человек, а дьявол, — прошептал он, качая головой, — я еще в Риме предсказывал, что его появление произведет сенсацию в обществе; теперь меру его влияния показывает непогрешимый термометр: если моя мать обратила на него внимание, значит — он, бесспорно, замечательный человек.

И он отправился в свою конюшню не без тайной досады на то, что граф Монте-Кристо, не пошевельнув пальцем, получил запряжку, перед которой в глазах знатоков его собственные гнедые отодвигались на второе место.

— Положительно, — сказал он, — равенства людей не существует; надо будет попросить отца развить эту мысль в Верхней палате.

IV. Господин Бертуччо

Между тем граф прибыл к себе; на дорогу ушло шесть минут. Этих шести минут было достаточно, чтобы на него обратили внимание десятка два молодых людей, знавших цену этой запряжки, которую им было не под силу приобрести самим. Они пустили в галоп своих лошадей, чтобы хоть мельком взглянуть на великолепного вельможу, позволяющего себе покупать лошадей по десять тысяч франков каждая.

Дом, выбранный Али для городской квартиры Монте-Кристо, находился на правой стороне Елисейских полей, если ехать в гору, и был расположен между двором и садом. Густая группа деревьев, возвышавшаяся посреди двора, закрывала часть фасада; по правую и по левую сторону этой группы простирались, подобно двум рукам, две аллеи, служившие для проезда экипажей от ворот к двойному крыльцу, на каждой ступени которого по углам стояли фарфоровые вазы, полные цветов. Дом одиноко стоял посреди большого открытого пространства; кроме парадного крыльца, был еще и другой выход, на улицу Понтье.

Прежде чем кучер успел кликнуть привратника, тяжелые ворота распахнулись; графа увидели издали, а в Париже, так же как и в Риме, да и вообще всюду, ему прислуживали с молниеносной быстротой. Так что кучер, не умеряя бега лошадей, въехал во двор и описал полукруг, ворота за ним захлопнулись раньше, чем замер скрип колес на песке аллеи.

Карета остановилась с левой стороны крыльца, и у ее дверцы очутились два человека: один из них был Али, с самой искренней радостью улыбавшийся своему господину и вознагражденный всего только взглядом Монте-Кристо; второй почтительно поклонился и протянул руку, как бы желая помочь графу выйти из кареты.

– Благодарю вас, Бертуччо, – сказал граф, легко соскакивая с трех ступенек подножки. – А нотариус?

– Ждет в маленькой гостиной, ваше сиятельство, – отвечал Бертуччо.

– А визитные карточки, которые вы должны были заказать, как только узнаете номер дома?

– Ваше сиятельство, они уже готовы; я был у лучшего гравера в Пале-Рояле, и он сделал их при мне; первая изготовленная карточка была немедленно же, как вы приказали, отнесена к господину барону Данглару, депутату, улица Шоссе д'Антен, номер семь, остальные лежат в спальне вашего сиятельства на камине.

– Хорошо. Который час?

– Четыре часа.

Монте-Кристо отдал перчатки, шляпу и трость тому лакею-французу, который кинулся из передней графа де Морсера позвать экипаж, затем он прошел в маленькую гостиную следом за Бертуччо, который указывал ему дорогу.

– Какие жалкие статуи в этой передней, – сказал Монте-Кристо. – Я надеюсь, что их уберут отсюда.

Бертуччо молча поклонился.

Как и сказал управляющий, нотариус ожидал в маленькой гостиной.

Это был человек с достойной внешностью столичного конторщика, возвысившегося до блестящего положения пригородного нотариуса.

– Вам поручено вести переговоры о продаже загородного дома, который я собираюсь купить? – спросил Монте-Кристо.

– Да, господин граф, – ответил нотариус.

– Купчая готова?

– Да, господин граф.

– Она у вас с собой?

– Вот она.

– Превосходно. А где этот дом, который я покупаю? – небрежно спросил Монте-Кристо, обращаясь не то к Бертуччо, не то к нотариусу.

Управляющий жестом показал, что не знает.

Нотариус с изумлением взглянул на Монте-Кристо.

– Как? – сказал он. – Господин граф не знает, где находится тот дом, который он покупает?

– Признаться, не знаю, – отвечал граф.

– Граф не видал его?

– Как я мог его видеть? Я только сегодня утром приехал из Кадикса, никогда раньше не бывал в Париже, и даже во Франции я в первый раз.

– Это другое дело, – сказал нотариус. – Дом, который граф собирается купить, находится в Отейле.

Бертуччо побледнел, услышав эти слова.

– А где это Отейль? – спросил граф.

– В двух шагах отсюда, граф, – отвечал нотариус. – Сейчас же за Пасси; прелестное место, посреди Булонского леса.

– Так близко? – сказал Монте-Кристо. – Какой же это загородный дом? Какого же вы черта, Бертуччо, выбрали мне дом у самой заставы?

— Я! — воскликнул Бертуччо с необычной поспешностью. — Помилуйте! Ваше сиятельство никогда не поручали мне выбирать вам загородный дом; может быть, ваше сиятельство соизволит вспомнить.

— Да, правда, — сказал Монте-Кристо, — теперь припоминаю; я прочел в газете объявление, и меня соблазнили обманчивые слова: «загородный дом».

— Еще не поздно, — живо заговорил Бертуччо, — и, если вашему сиятельству будет угодно поручить мне поискать в другом месте, я найду что-нибудь лучшее, либо в Ангеле, либо в Фонтенэ-Роз, либо в Бельвю.

— В общем, это не важно, — небрежно возразил Монте-Кристо, — раз уж есть этот дом, пусть он и остается.

— И ваше сиятельство совершенно правы, — подхватил нотариус, боявшийся лишиться вознаграждения, — это прелестная усадьба: проточная вода, густые рощи, уютный дом, хоть и давно заброшенный, не говоря уж об обстановке; она хоть и не новая, но представляет довольно большую ценность, особенно в наше время, когда старинные вещи в моде. Прошу меня извинить, но мне кажется, что ваше сиятельство тоже разделяет современный вкус.

— Продолжайте, не стесняйтесь, — сказал Монте-Кристо. — Так это приличный дом?

— Граф, он не только приличен, он прямо-таки великолепен.

— Что ж, не следует упускать такой случай, — сказал Монте-Кристо. — Давайте сюда купчую, господин нотариус.

И он быстро подписал бумагу, бросив только взгляд на тот пункт, где были указаны местонахождение дома и имена владельцев.

— Бертуччо, — сказал он, — принесите господину нотариусу пятьдесят тысяч франков.

Управляющий нетвердым шагом вышел и возвратился с пачкой банковых билетов; нотариус пересчитал их с тщательностью человека, знающего, что в эту сумму включен его гонорар.

— Теперь, — спросил граф, — мы покончили со всеми формальностями?

— Со всеми, господин граф.

— Ключи у вас?

— Они у привратника, который стережет дом; но вот приказ, по которому он введет вас во владение.

— Очень хорошо.

И Монте-Кристо кивнул нотариусу головой, что означало: «Вы мне больше не нужны, можете идти».

— Но мне кажется, — решился сказать честный нотариус, — господин граф ошибся; мне, со всеми издержками, следует только пятьдесят тысяч.

— А ваше вознаграждение?

— Входит в эту сумму, господин граф.

— Но вы приехали сюда из Отейля?

— Да, конечно.

— Так надо же заплатить вам за беспокойство, — сказал граф.

И движением руки он отпустил его.

Нотариус вышел, пятясь задом и кланяясь до земли; в первый раз, с тех пор как он был внесен в списки нотариусов, встречал он такого клиента.

— Проводите господина нотариуса, — сказал граф управляющему.

Бертуччо вышел.

Оставшись один, граф тотчас же вынул из кармана запирающийся на замок бумажник и отпер его ключиком, который он носил на шее и с которым никогда не расставался.

Порывшись в бумажнике, он остановился на листке бумаги, на

котором были сделаны кое-какие заметки, и сличил их с лежавшей на столе купчей, словно проверяя свою память.

— Отейль, улица Фонтен, номер двадцать восемь; так и есть, — сказал он. — Теперь вопрос: насколько можно верить признанию, сделанному под влиянием религиозного страха или страха физического? Впрочем, через час я все узнаю.

— Бертуччо! — крикнул он, ударяя чем-то вроде маленького молоточка со складной ручкой по звонку, который издал резкий, протяжный звук, похожий на звук тамтама. — Бертуччо!

На пороге появился управляющий.

— Господин Бертуччо, — сказал граф, — вы мне когда-то говорили, что вы бывали во Франции?

— Да, ваше сиятельство, в некоторых местах бывал.

— Вы, вероятно, знакомы с окрестностями Парижа?

— Нет, ваше сиятельство, нет, — ответил управляющий с нервной дрожью, которую Монте-Кристо, отлично разбиравшийся в таких вещах, правильно приписал сильному волнению.

— Досадно, что вы не бывали в окрестностях Парижа, — сказал он, — потому что я хочу сегодня же вечером осмотреть свое новое владение, и, сопровождая меня, вы, наверное, могли бы дать мне ценные указания.

— В Отейль! — воскликнул Бертуччо, смуглое лицо которого стало мертвенно-бледным. — Мне ехать в Отейль!

— Да что же удивительного в том, что вы поедете в Отейль, скажите на милость? Когда я буду жить в Отейле, вам придется бывать там, раз вы состоите при мне.

Под властным взглядом своего господина Бертуччо опустил голову и стоял неподвижно и безмолвно.

— Что это значит? Что с вами? Прикажете звонить два раза, чтобы мне подали карету? — сказал Монте-Кристо тем тоном, которым Людовик XIV произнес свое знаменитое: «Мне чуть было не пришлось дожидаться».

Бертуччо метнулся из гостиной в переднюю и глухим голосом крикнул:

— Карету его сиятельства!

Монте-Кристо написал несколько писем; когда он запечатывал последнее, управляющий показался в дверях.

— Карета его сиятельства подана, — сказал он.

— Хорошо! Возьмите шляпу и перчатки, — сказал Монте-Кристо.

— Так я еду с вашим сиятельством? — воскликнул Бертуччо.

— Разумеется, ведь вам необходимо кое-чем распорядиться, раз я собираюсь там жить.

Не было примера, чтобы графу возражали, и управляющий беспрекословно последовал за ним; тот сел в карету и знаком предложил Бертуччо сделать то же.

Управляющий почтительно уселся на переднем сиденье.

V. Дом в отейле

Монте-Кристо заметил, что Бертуччо, спускаясь с крыльца, перекрестился по-корсикански, то есть провел большим пальцем крест в воздухе, а садясь в экипаж, прошептал коротенькую молитву. Всякий другой, нелюбопытный человек сжалился бы над странным отвращением, которое почтенный управляющий проявлял к задуманной графом загородной прогулке, но, по-видимому, Монте-Кристо был слишком любопытен, чтобы освободить Бертуччо от этой поездки.

Через двадцать минут они были уже в Отейле. Волнение управляющего все возрастало. Когда въехали в селение, Бертуччо, забившийся в угол кареты, начал с лихорадочным волнением вглядываться в каждый дом, мимо которого они проезжали.

— Велите остановиться на улице Фонтен, у номера двадцать восемь, — приказал граф, неумолимо глядя на управляющего.

Пот выступил на лице Бертуччо, однако он повиновался, высунулся из экипажа и крикнул кучеру:

— Улица Фонтен, номер двадцать восемь.

Этот дом находился в самом конце селения. Пока они ехали, совершенно стемнело — вернее, все небо заволокла черная туча, насыщенная электричеством и придававшая этим преждевременным сумеркам торжественность драматической сцены.

Экипаж остановился, и лакей бросился открывать дверцу.

— Ну что же, Бертуччо, — сказал граф, — вы не выходите? Или вы собираетесь оставаться в карете? Да что с вами сегодня?

Бертуччо выскочил из кареты и подставил графу плечо, на которое тот оперся, медленно спускаясь по трем ступенькам подножки.

— Постучите, — сказал граф, — и скажите, что я приехал.

Бертуччо постучал, дверь отворилась, и появился привратник.

— Что нужно? — спросил он.

— Приехал ваш новый хозяин, — сказал лакей.

И он протянул привратнику выданное нотариусом удостоверение.

— Так дом продан? — спросил привратник. — И этот господин будет здесь жить?

— Да, друг мой, — отвечал граф, — и я постараюсь, чтобы вы не пожалели о прежнем хозяине.

— Признаться, сударь, — сказал привратник, — мне не приходится о нем жалеть, потому что мы его почти никогда не видали. Вот уже пять лет, как он у нас не был, и он хорошо сделал, что продал дом, не приносивший ему никакого дохода.

— А как звали вашего прежнего хозяина? — спросил Монте-Кристо.

— Маркиз де Сен-Меран. Я уверен, что ему не пришлось взять за дом то, что он ему стоил.

— Маркиз де Сен-Меран, — повторил Монте-Кристо. — Мне это имя как будто знакомо; маркиз де Сен-Меран… — И он сделал вид, что старается вспомнить.

— Старый дворянин, — продолжал привратник, — верный слуга Бурбонов. У него была единственная дочь, он выдал ее за господина де Вильфора, который служил королевским прокурором сначала в Ниме, потом в Версале.

Монте-Кристо взглянул на Бертуччо: тот был белее стены, к которой прислонился, чтобы не упасть.

— И дочь его умерла? — спросил граф. — Я припоминаю, что слышал про это.

— Да, сударь, тому уже двадцать один год, и с тех пор мы и трех раз не видели бедного маркиза.

— Так, благодарю вас, — сказал Монте-Кристо, рассудив при взгляде на изнемогающего Бертуччо, что не следует больше натягивать струну, чтобы она не лопнула, — благодарю вас. А теперь дайте нам огня.

— Прикажете проводить вас?

— Нет, не нужно. Бертуччо мне посветит.

И Монте-Кристо присоединил к этим словам две золотые монеты, вызвавшие взрыв благословений и вздохов.

— Сударь, — сказал привратник, тщетно пошарив на выступе камина и на полках, — у меня здесь нет ни одной свечи.

— Возьмите с экипажа фонарь, Бертуччо, и пойдем посмотрим

комнаты, – сказал граф.

Управляющий молча повиновался, но по дрожанию фонаря в его руке было видно, чего это ему стоило.

Они обошли довольно обширный нижний этаж, затем второй этаж, состоявший из гостиной, ванной и двух спален. Одна из этих спален сообщалась с винтовой лестницей, выходившей в сад.

– Посмотрите, вот отдельный выход, – сказал граф, – это довольно удобно. Посветите мне, Бертуччо. Идите вперед, и посмотрим, куда ведет эта лестница.

– В сад, ваше сиятельство, – сказал Бертуччо.

– А откуда вы это знаете, скажите на милость?

– Я хочу сказать, что она должна вести в сад.

– Ну что ж, проверим.

Бертуччо тяжко вздохнул и пошел вперед. Лестница точно вела в сад.

У наружной двери управляющий остановился.

– Ну что же вы? – сказал граф.

Но тот, к кому он обращался, не двигался с места, ошеломленный, остолбенелый, подавленный. Его блуждающие глаза как бы искали в окружающем следы ужасного прошлого, а его судорожно сжатые руки, казалось, отталкивали какие-то страшные воспоминания.

– Ну? – повторил граф.

– Нет, нет, – воскликнул Бертуччо, опуская фонарь и прислоняясь к стене, – нет, ваше сиятельство, я дальше не пойду, это невозможно!

– Что это значит? – произнес непреклонным голосом Монте-Кристо.

– Да вы же видите, ваше сиятельство, – воскликнул управляющий, – что тут какая-то чертовщина; собираясь купить в Париже дом, вы покупаете его именно в Отейле, и в Отейле попадаете как раз на номер двадцать восемь по улице Фонтен. Ах, почему я еще дома не сказал вам все! Вы, конечно, не потребовали бы, чтобы я ехал с вами. Но я надеялся, что вы все-таки купили не этот дом. Как будто нет в Отейле других домов, кроме того, где совершилось убийство!

– Что за мерзости вы говорите! – сказал Монте-Кристо, внезапно останавливаясь. – Ну и человек! Настоящий корсиканец. Вечно какие-нибудь тайны и суеверия! Берите фонарь и осмотрим сад: со мной вам не будет страшно, надеюсь.

Бертуччо поднял фонарь и повиновался. Дверь распахнулась, открывая тусклое небо, где луна тщетно боролась с целым морем облаков, которые застилали ее своими темными, на миг озаряемыми волнами и затем исчезали, еще более темные, в глубинах бесконечности.

Управляющий хотел повернуть налево.

– Нет, нет, – сказал Монте-Кристо, – зачем нам идти по аллеям? Вот отличная лужайка; пойдем прямо.

Бертуччо отер пот, струившийся по его лицу, но повиновался; однако он все-таки подвигался влево.

Монте-Кристо, напротив, шел вправо; подойдя к группе деревьев, он остановился.

Управляющий не мог больше сдерживаться.

– Уйдите отсюда, ваше сиятельство, – воскликнул он, – уйдите отсюда, умоляю вас, ведь вы как раз стоите на том самом месте!

– На каком месте?

– На том месте, где он свалился.

– Дорогой Бертуччо, – сказал граф смеясь, – придите в себя, прошу вас; ведь мы здесь не в Сартене или Корте. Здесь не лесная трущоба, а английский сад, очень запущенный, правда, но все-таки не к чему за это клеветать на него.

— Не стойте тут, сударь, не стойте тут, умоляю вас!

— Мне кажется, вы сходите с ума, маэстро Бертуччо, – холодно отвечал граф. – Если так, скажите, и я отправлю вас в лечебницу, пока не случилось несчастья.

— Ах, ваше сиятельство, – сказал Бертуччо, тряся головой и всплескивая руками с таким потерянным видом, что, наверное, рассмешил бы графа, если бы того в эту минуту не занимали более важные мысли, – несчастье уже произошло...

— Бертуччо, – сказал граф, – я считаю долгом предупредить вас, что, размахивая руками, вы их вдобавок отчаянно ломаете и вращаете белками как одержимый, в которого вселился бес; а я давно уже заметил, что самый упрямый из бесов – это тайна. Я знал, что вы корсиканец, я всегда знал вас мрачным и погруженным в размышления о какой-то вендетте, но в Италии я не обращал на это внимания, потому что в Италии такого рода вещи приняты; но во Франции убийство обычно считают поступком весьма дурного тона; здесь имеются жандармы, которые им интересуются, судьи, которые за него судят, и эшафот, который за него мстит.

Бертуччо с мольбой сложил руки, а так как он все еще держал фонарь, то свет упал на его искаженное страхом лицо.

Монте-Кристо посмотрел на него тем взглядом, каким он в Риме созерцал казнь Андреа; потом произнес шепотом, от которого бедного управляющего снова бросило в дрожь:

— Так, значит, аббат Бузони мне солгал, когда, после своего путешествия во Францию в тысяча восемьсот двадцать девятом году, прислал вас ко мне с рекомендательным письмом, в котором так превозносил вас? Что ж, я напишу аббату; он должен отвечать за свою рекомендацию, и я, вероятно, узнаю, о каком убийстве идет речь. Только предупреждаю вас, Бертуччо, что, когда я живу в какой-нибудь стране, я имею обыкновение уважать ее законы и отнюдь не желаю из-за вас ссориться с французским правосудием.

— Не делайте этого, ваше сиятельство! – в отчаянии воскликнул Бертуччо. – Разве я не служил вам верой и правдой? Я всегда был честным человеком и старался, насколько мог, делать людям добро.

— Против этого я не спорю, – отвечал граф, – но тогда почему же вы, черт возьми, так взволнованны? Это плохой знак; если совесть чиста, человек не бледнеет так и руки его так не трясутся...

— Но, ваше сиятельство, – нерешительно возразил Бертуччо, – ведь вы говорили мне, что аббат Бузони, которому я покаялся в нимской тюрьме, предупредил вас, направляя меня к вам, что на моей совести лежит тяжкое бремя?

— Да, конечно, но так как он мне рекомендовал вас как прекрасного управляющего, то я подумал, что дело идет о какой-нибудь краже, только и всего.

— Что вы, ваше сиятельство! – воскликнул Бертуччо с презрением.

— Или же что вы, по обычаю корсиканцев, не удержались и «сделали кожу»,[38] как выражаются в этой стране, когда ее с кого-нибудь снимают.

— Да, ваше сиятельство, да, в том-то и дело! – воскликнул Бертуччо, бросаясь к ногам графа. – Это была месть, клянусь вам, просто месть.

— Я это понимаю; не понимаю только, почему именно этот дом приводит вас в такое состояние.

— Но это естественно, ваше сиятельство, – отвечал Бертуччо, –

---

[38] То есть убили.

ведь именно в этом доме все и произошло.

– Как, в моем доме?

– Ведь он тогда еще не был вашим, – наивно возразил Бертуччо.

– А чей он был? Привратник сказал, кажется, маркиза де Сен-Мерана? За что же вы, черт возьми, могли мстить маркизу де Сен-Мерану?

– Ваше сиятельство, я мстил не ему – другому.

– Какое странное совпадение, – сказал Монте-Кристо, по-видимому, просто размышляя вслух, – что вы вот так, случайно, очутились в том самом доме, где произошло событие, вызывающее у вас такое мучительное раскаяние.

– Ваше сиятельство, – сказал управляющий, – это судьба, я знаю. Начать с того, что вы покупаете дом именно в Отейле и он оказывается тем самым, где я совершил убийство; вы спускаетесь в сад именно по той лестнице, по которой спустился он; вы останавливаетесь на том самом месте, где я нанес удар; в двух шагах отсюда, под этим платаном, была яма, где он закопал младенца; нет, все это не случайно, потому что тогда случай был бы слишком похож на провидение.

– Хорошо, господин корсиканец, предположим, что это провидение; я всегда согласен предполагать все что угодно, тем более что надо же уступать людям с больным рассудком. А теперь соберитесь с мыслями и расскажите мне все.

– Я рассказывал это только раз в жизни, и то аббату Бузони. Такие вещи, – прибавил, качая головой, Бертуччо, – рассказывают только на исповеди.

– В таком случае, мой дорогой, – сказал граф, – я отошлю вас к вашему духовнику; вы можете стать, как он, картезианцем или бернардинцем и беседовать с ним о ваших тайнах. Что же касается меня, то я опасаюсь домоправителя, одержимого такими химерами; мне не нравится, если мои слуги боятся по вечерам гулять в моем саду. Кроме того, сознаюсь, я вовсе не хочу, чтобы меня навестил полицейский комиссар; ибо, имейте в виду, господин Бертуччо: в Италии правосудие получает деньги за бездействие, а во Франции, наоборот, – только когда оно деятельно. Я считал вас отчасти корсиканцем, отчасти контрабандистом, но чрезвычайно искусным управляющим, а теперь вижу, что вы гораздо более разносторонний человек, господин Бертуччо. Вы мне больше не нужны.

– Ваше сиятельство, ваше сиятельство! – воскликнул управляющий в ужасе от этой угрозы. – Если вы только поэтому хотите меня уволить, я все расскажу, во всем признаюсь; лучше мне взойти на эшафот, чем расстаться с вами.

– Это другое дело, – сказал Монте-Кристо, – но подумайте: если вы собираетесь лгать, лучше не рассказывайте ничего.

– Клянусь спасением моей души, я вам скажу все! Ведь даже аббат Бузони знал только часть моей тайны. Но прежде всего умоляю вас, отойдите от этого платана. Вот луна выходит из-за облака, а вы стоите здесь, завернувшись в плащ, он скрывает вашу фигуру, и он так похож на плащ господина де Вильфора…

– Как, – воскликнул Монте-Кристо, – так это Вильфор…

– Ваше сиятельство его знает?

– Он был королевским прокурором в Ниме?

– Да.

– И женился на дочери маркиза де Сен-Мерана?

– Да.

– И пользовался репутацией самого честного, самого строгого и самого нелицеприятного судьи?

– Так вот, ваше сиятельство, – воскликнул Бертуччо, – этот человек с безупречной репутацией…

— Да?

— ...был негодяй.

— Это невозможно, — сказал Монте-Кристо.

— А все-таки это правда.

— Да неужели! — сказал Монте-Кристо. — И у вас есть доказательства?

— Во всяком случае, были.

— И вы, глупец, потеряли их?

— Да, но, если хорошенько поискать, их можно найти.

— Вот как! — сказал граф. — Расскажите-ка мне об этом, Бертуччо. Это в самом деле становится интересно.

И граф, напевая мелодию из «Лючии», направился к скамейке и сел; Бертуччо последовал за ним, стараясь разобраться в своих воспоминаниях.

Он остался стоять перед графом.

VI. Вендетта

— С чего, ваше сиятельство, прикажете начать? — спросил Бертуччо.

— Да с чего хотите, — сказал Монте-Кристо, — ведь я вообще ничего не знаю.

— Мне, однако же, казалось, что аббат Бузони сказал вашему сиятельству...

— Да, кое-какие подробности; но прошло уже семь или восемь лет, и я все забыл.

— Так я могу, не боясь наскучить вашему сиятельству...

— Рассказывайте, Бертуччо, рассказывайте, вы мне замените вечернюю газету.

— Это началось в тысяча восемьсот пятнадцатом году.

— Вот как! — сказал Монте-Кристо. — Это старая история.

— Да, ваше сиятельство, а между тем все подробности так свежи в моей памяти, словно это случилось вчера. У меня был старший брат, он служил в императорской армии и дослужился до чина поручика в полку, который весь состоял из корсиканцев. Брат этот был моим единственным другом; мы остались сиротами, когда ему было восемнадцать лет, а мне — пять; он воспитывал меня как сына. В тысяча восемьсот четырнадцатом году, при Бурбонах, он женился. Император вернулся с острова Эльба, брат тотчас же вновь пошел в солдаты, был легко ранен при Ватерлоо и отступил с армией за Луару.

— Да вы мне рассказываете историю Ста дней, Бертуччо, — прервал граф, — а она, если не ошибаюсь, уже давно написана.

— Прошу прощения, ваше сиятельство, но эти подробности для начала необходимы, и вы обещали терпеливо выслушать меня.

— Ну-ну, рассказывайте. Я дал слово и сдержу его.

— Однажды мы получили письмо, — надо вам сказать, что мы жили в маленькой деревушке Рольяно, на самой оконечности мыса Корс, — письмо было от брата, он писал нам, что армия распущена, что он возвращается домой через Шатору, Клермон-Ферран, Пюи и Ним, и просил, если у меня есть деньги, прислать их ему в Ним, знакомому трактирщику, с которым у меня были кое-какие дела.

— По контрабанде, — вставил Монте-Кристо.

— Ваше сиятельство, жить-то ведь надо.

— Разумеется, продолжайте.

— Я уже сказал, что горячо любил брата; я решил денег ему не посылать, а отвезти. У меня было около тысячи франков; пятьсот я оставил Ассунте, моей невестке, а с остальными отправился в Ним. Это было не трудно: у меня была лодка, мне предстояло принять в море груз — все складывалось благоприятно. Но когда я принял груз, ветер переменился, и четыре дня мы не могли войти в Рону. Наконец нам это удалось, и мы поднялись до Арля; лодку я оставил между Бельгардом и Бокером, а сам направился в Ним.

— Мы подходим к сути дела, не так ли?

— Да, ваше сиятельство; прошу прощения, но, как ваше сиятельство сами убедитесь, я рассказываю только самое необходимое. В то время на юге Франции происходила резня. Там были три разбойника, их звали Трестальон, Трюфеми и Граффан, – они убивали на улицах всех, кого подозревали в бонапартизме. Ваше сиятельство, верно, слышали об этих убийствах?

— Слышал кое-что; я был тогда далеко от Франции. Продолжайте.

— В Ниме приходилось буквально ступать по лужам крови; на каждом шагу валялись трупы; убийцы бродили шайками, резали, грабили и жгли.

При виде этой бойни я задрожал: не за себя, – мне, простому корсиканскому рыбаку, нечего было бояться, напротив, для нас, контрабандистов, это было золотое время, – но я боялся за брата: он, императорский солдат, возвращался из Луарской армии в мундире и с эполетами, и ему надо было всего опасаться.

Я побежал к нашему трактирщику. Предчувствие не обмануло меня. Брат мой накануне прибыл в Ним и был убит на пороге того самого дома, где думал найти приют.

Я всеми силами старался разузнать, кто были убийцы, но никто не смел назвать их, так все их боялись. Тогда я вспомнил о хваленом французском правосудии, которое никого не боится, и пошел к королевскому прокурору.

— И королевского прокурора звали Вильфор? – спросил небрежно Монте-Кристо.

— Да, ваше сиятельство, он прибыл из Марселя, где он был помощником прокурора. Он получил повышение за усердную службу. Он один из первых, как говорили, сообщил Бурбонам о высадке Наполеона.

— Итак, вы пошли к нему, – прервал Монте-Кристо.

— «Господин прокурор, – сказал я ему, – моего брата вчера убили на улице Нима; кто убил – не знаю, но ваш долг отыскать убийцу. Вы здесь – глава правосудия, а оно должно мстить за тех, кого не сумело защитить».

«Кто был ваш брат?» – спросил королевский прокурор.

«Поручик корсиканского батальона».

«То есть солдат узурпатора?»

«Солдат французской армии».

«Ну что ж? – возразил он. – Он вынул меч и от меча погиб».

«Вы ошибаетесь, сударь; он погиб от кинжала».

«Чего же вы хотите от меня?» – спросил прокурор.

«Я уже сказал вам: чтобы вы за него отомстили».

«Кому?»

«Его убийцам».

«Да разве я их знаю?»

«Велите их разыскать».

«А для чего? Ваш брат, вероятно, поссорился с кем-нибудь и дрался на дуэли. Все эти старые вояки склонны к буйству; при императоре это сходило им с рук, но теперь – другое дело, а наши южане не любят ни вояк, ни буйства».

«Господин прокурор, – сказал я, – я прошу не за себя. Я буду горевать или мстить, – это мое дело. Но мой несчастный брат был женат. Если и со мной что-нибудь случится, бедная женщина умрет с голоду: она жила только трудами своего мужа. Назначьте ей хоть небольшую пенсию».

«Каждая революция влечет за собою жертвы, – отвечал Вильфор. – Ваш брат пал жертвой последнего переворота – это несчастье, но правительство не обязано за это платить вашему семейству. Если бы нам пришлось судить всех приверженцев узурпатора, которые мстили роялистам, когда были у власти, то, может быть, теперь ваш брат был бы приговорен к смерти. То, что произошло, вполне естественно – это закон возмездия».

«Что же это такое? – воскликнул я. – И так рассуждаете вы, представитель правосудия!..»

«Честное слово, все эти корсиканцы – сумасшедшие и воображают, что их соотечественник все еще император, – ответил Вильфор. – Вы упустили время, любезный; вам следовало так говорить со мною два месяца тому назад. Теперь слишком поздно. Убирайтесь отсюда, или я велю вас вывести».

Я смотрел на него, думая, не помогут ли новые просьбы.

Но это был не человек, а камень. Я подошел к нему.

«Ладно, – сказал я вполголоса, – если вы так хорошо знаете корсиканцев, вы должны знать, как они держат слово. По-вашему, убийцы правильно сделали, убив моего брата, потому что он был бонапартистом, а вы роялист. Хорошо же! Я тоже бонапартист, и я предупреждаю вас: я вас убью. С этой минуты я объявляю вам вендетту, поэтому берегитесь: в первый же день, когда мы встретимся с вами лицом к лицу, пробьет ваш последний час».

И, прежде чем он успел опомниться, я отворил дверь и убежал.

– Вот как, Бертуччо, – сказал Монте-Кристо. – Вы с вашей честной физиономией способны говорить такие вещи, да еще королевскому прокурору. Нехорошо! Знал ли он по крайней мере, что значит вендетта?

– Знал так хорошо, что с этой минуты никогда не выходил один и заперся дома, приказав искать меня повсюду. К счастью, у меня было такое хорошее убежище, что он не мог отыскать меня. Тогда ему стало страшно; он боялся оставаться в Ниме, просил, чтобы его перевели в другое место, а так как он был влиятельный человек, то его перевели в Версаль; но, как вам известно, для корсиканца, поклявшегося отомстить врагу, расстояния не существует. Как он ни спешил, его карета ни разу не опередила меня больше чем на полдня пути, хоть я и шел пешком.

Важно было не просто убить его – сто раз я имел возможность это сделать, – его надо было так убить, чтобы меня не приметили и не задержали. Ведь я больше не принадлежал себе: я должен был кормить невестку. Целых три месяца я подстерегал Вильфора; за эти три месяца он не сделал ни шагу, чтобы мой взгляд не следил за ним. Наконец я узнал, что он тайком ездит в Отейль; я продолжал следить и увидел, что он посещает этот самый дом, где мы сейчас находимся; только он не входил в главные ворота, как все; он приезжал верхом или в карете, оставлял лошадь или экипаж в гостинице и входил вон через ту калитку, видите?

Монте-Кристо кивнул в знак того, что он в темноте видит вход, на который указывает Бертуччо.

– Мне больше нечего было делать в Версале, я переселился в Отейль и стал собирать сведения. Очевидно, если я хотел его поймать, именно здесь надо было подстроить ловушку.

Дом принадлежал, как вашему сиятельству сказал привратник, маркизу де Сен-Мерану, тестю Вильфора. Маркиз жил в Марселе, этот загородный дом ему был не нужен; маркиз, по слухам, сдал его молодой вдове, которую знали здесь только под именем баронессы.

Однажды вечером, заглянув через ограду, я увидел в саду женщину, она гуляла одна и часто взглядывала на калитку. Я понял, что в этот вечер она ждала Вильфора. Когда она подошла ко мне так близко, что я в темноте мог разглядеть черты ее лица, я увидел, что это молодая и красивая женщина лет восемнадцати, высокая и белокурая. На ней был простой капот, ничто не стягивало ее талии, и я заметил, что она беременна и что, по-видимому, роды уже близко.

Через несколько минут калитка отворилась, и вошел мужчина; молодая женщина поспешила, насколько могла, ему навстречу; они обнялись, нежно поцеловались и вместе вошли в дом.

Этот мужчина был Вильфор. Я рассчитывал, что, возвращаясь, особенно ночью, он должен будет пройти один через весь сад.

– А узнали вы потом имя этой женщины? – спросил граф.

– Нет, ваше сиятельство, – отвечал Бертуччо, – вы сейчас сами увидите, что у меня не было для этого времени.

– Продолжайте.

– В этот вечер я мог бы, вероятно, убить королевского прокурора, но я еще не изучил сада во всех подробностях. Я боялся, что не убью его наповал, и если на его крики кто-нибудь прибежит, то я не смогу скрыться. Я решил отложить это до следующего свидания и, чтобы лучше за всем следить, нанял комнатку, выходившую окнами на ту улицу, которая шла вдоль стены сада.

Три дня спустя, около семи часов вечера, я увидел, как из дома выехал верхом слуга и поскакал в сторону Севрской дороги; я догадался, что он поехал в Версаль, и не ошибся. Через три часа он воротился, весь в пыли, исполнив поручение. Прошло еще минут десять, и пешеход, закутанный в плащ, отпер калитку, вошел в сад и запер ее за собой.

Я бросился из дому. Я не видел лица Вильфора, но узнал его по биению моего сердца. Я перешел через улицу к тумбе, которая находилась возле угла садовой стены и при помощи которой я в первый раз заглядывал в сад.

На этот раз я не удовольствовался наблюдением, а вытащил из кармана нож, проверил, хорошо ли он отточен, и перескочил через ограду.

Прежде всего я подбежал к калитке; он оставил ключ в замке и только из предосторожности два раза повернул его.

Таким образом, ничто не мешало мне бежать этим путем. Я стал осматриваться. Посреди сада расстилалась ровная лужайка, по углам ее росли деревья с густой листвой и кусты осенних цветов. Чтобы пройти из дома к калитке или дойти от калитки до дома, Вильфор должен был миновать эти деревья.

Был конец сентября, дул сильный ветер; бледную луну все время закрывали несущиеся по небу черные тучи; она освещала только песок на аллеях, ведущих к дому, а под деревьями тень была такая густая, что там вполне мог спрятаться человек, не опасаясь, что его заметят.

Я спрятался там, где ближе всего должен был пройти Вильфор; едва я успел скрыться, как сквозь свист ветра, гнущего деревья, мне послышались стоны. Но вы знаете, ваше сиятельство, или лучше сказать, вы не знаете, что тому, кто готовится совершить убийство, всегда чудятся глухие крики. Прошло два часа, и за это время мне несколько раз слышались те же стоны. Пробило полночь.

Еще не замер унылый и гулкий отзвук последнего удара, как я увидел слабый свет в окнах той потайной лестницы, по которой мы с вами только что спустились.

Дверь отворилась, и снова появился человек в плаще.

Наступила страшная минута, но я так долго готовился к ней, что во мне ничто не дрогнуло; я вытащил нож, раскрыл его и стоял наготове.

Человек в плаще шел прямо на меня; пока он подходил по открытому пространству, мне показалось, что он держит в правой руке какое-то оружие; я испугался – не борьбы, а неудачи. Но когда он очутился всего в нескольких шагах от меня, я разглядел, что это не оружие, а просто заступ.

Не успел я еще сообразить, зачем ему заступ, как Вильфор остановился у самой опушки, огляделся по сторонам и принялся рыть яму. Только тут я увидел, что под плащом, который Вильфор положил на лужайку, чтобы он ему не мешал, что-то спрятано.

Тут, признаться, к моей ненависти примешалось любопытство: мне хотелось узнать, что он затеял. Я стоял, не шевелясь, затаив дыхание; я ждал.

Потом у меня мелькнула мысль; я еще больше утвердился в ней, когда увидел, что королевский прокурор вытащил из-под плаща маленький ящик в два фута длиной и дюймов в семь шириной.

Я дал ему опустить ящик в яму, которую он затем засыпал землей; потом он принялся утаптывать свежую землю ногами, чтобы скрыть все следы своей ночной работы. Тогда я бросился на него и вонзил ему в грудь нож. Я сказал:

«Я Джованни Бертуччо! За смерть моего брата ты платишь своей смертью, твой клад достанется его вдове; видишь, моя месть удалась даже лучше, чем я надеялся».

– Не знаю, слышал ли он мои слова; не думаю; он упал, даже не вскрикнув. Я почувствовал, как его горячая кровь брызнула мне на руки и в лицо, но я опьянел, обезумел; эта кровь освежала меня, а не жгла. В одну минуту я заступом открыл ящик; потом, чтобы не заметили, что я его вынул, я снова засыпал яму, перебросил заступ через ограду, выскочил из калитки, запер ее снаружи, а ключ унес с собой.

– Вот как, – сказал Монте-Кристо, – я вижу, что это было всего лишь убийство, осложненное кражей.

– Нет, ваше сиятельство, – возразил Бертуччо, – это была вендетта с возвратом долга.

– По крайней мере сумма была значительная?

– Это были не деньги.

– Ах да, – сказал Монте-Кристо, – вы что-то говорили о ребенке.

– Вот именно, ваше сиятельство. Я побежал к реке, уселся на берегу и, торопясь увидеть, что лежит в ящике, взломал замок ножом.

Там, завернутый в пеленки из тончайшего батиста, лежал новорожденный младенец; лицо у него было багровое, руки посинели, – видно, он умер оттого, что пуповина обмоталась вокруг шеи и удушила его. Однако он еще не похолодел, и я не решался бросить его в реку, протекавшую у моих ног. Через минуту мне показалось, что сердце его тихонько бьется. Я освободил его шею от опутавшей ее пуповины, и так как я был когда-то санитаром в госпитале в Бастии, я сделал то, что сделал бы в этом случае врач: принялся вдувать ему в легкие воздух; и через четверть часа после неимоверных моих усилий ребенок начал дышать и вскрикнул. Я и сам вскрикнул, но от радости. «Значит, бог не проклял меня, – подумал я, – раз он позволяет мне возвратить жизнь его созданию, взамен той, которую я отнял у другого!»

– А что же вы сделали с ребенком? – спросил Монте-Кристо. – Такой багаж не совсем удобен для человека, которому необходимо бежать.

– Вот поэтому у меня ни минуты не было мысли оставить его у себя; но я знал, что в Париже есть Воспитательный дом, где принимают таких несчастных малюток. На заставе я объявил, что нашел ребенка на дороге, и спросил, где Воспитательный дом. Ящик подтверждал мои слова; батистовые пеленки указывали, что ребенок принадлежит к богатому семейству; кровь, которой я был испачкан, могла с таким же успехом быть кровью ребенка, как и всякого другого. Мой рассказ не встретил никаких возражений; мне указали Воспитательный дом, помещавшийся в самом конце улицы Анфер. Я разрезал пеленку пополам, так что одна из двух букв, которыми она была помечена, осталась при ребенке, а другая у меня, потом положил мою ношу у порога, позвонил и убежал со всех ног. Через две недели я уже был в Рольяно и сказал Ассунте:

«Утешься, сестра; Израэле умер, но я отомстил за него».

Тогда она спросила у меня, что это значит, и я рассказал ей все!

«Джованни, – сказала мне Ассунта, – тебе следовало взять ребенка с собой; мы заменили бы ему родителей, которых он лишился; мы назвали бы его Бенедетто,[39] и за это доброе дело господь благословил бы нас».

Вместо ответа я подал ей половину пеленки, которую сохранил, чтобы вытребовать ребенка, когда мы станем побогаче.

– А какими буквами были помечены пеленки? – спросил Монте-Кристо.

– H и N, под баронской короной.

– Да вы, кажется, разбираетесь в геральдике, Бертуччо? Где это вы, черт возьми, обучались гербоведению?

– У вас на службе, ваше сиятельство, всему можно научиться.

– Продолжайте; мне хочется знать две вещи.

– Какие, ваше сиятельство?

– Что сталось с этим мальчиком? Вы, кажется, сказали, что это был мальчик.

– Нет, ваше сиятельство, я не помню, чтобы я это говорил.

– Значит, мне послышалось. Я ошибся.

– Нет, вы не ошиблись, это и был мальчик. Но ваше сиятельство желали узнать две вещи: какая же вторая?

– Я хотел еще знать, в каком преступлении вас обвиняли, когда вы попросили духовника и к вам в нимскую тюрьму пришел аббат Бузони.

– Это, пожалуй, будет очень длинный рассказ, ваше сиятельство.

– Так что же? Сейчас только десять часов; вы знаете, что я сплю мало, да и вам, думаю, теперь не до сна.

Бертуччо поклонился и продолжал свой рассказ:

– Отчасти чтобы заглушить преследовавшие меня воспоминания, отчасти для того, чтобы заработать бедной вдове на жизнь, я снова занялся контрабандой; это стало легче, потому что законы стали мягче, как всегда бывает после революции. Хуже всего охранялось южное побережье из-за непрерывных волнений то в Авиньоне, то в Ниме, то в Юзесе. Мы воспользовались этой передышкой, которую нам давало правительство, и завязали сношения с жителями всего побережья. С тех пор как моего брата убили в Ниме, я больше не хотел возвращаться в этот город. Поэтому трактирщик, с которым мы вели дела, видя, что мы его покинули, сам явился к нам и открыл отделение своего трактира (на дороге из Бельгарда в Бокер, под вывеской «Гарский мост»). Мы имели на дорогах в Эг-Морт, Мартиг и Бук с десяток складочных мест, где мы прятали товары, а в случае нужды находили убежище от таможенных досмотрщиков и жандармов. Ремесло контрабандиста очень выгодно, когда занимаешься им с умом и энергией. Я жил в горах – теперь я вдвойне остерегался жандармов и таможенных досмотрщиков, потому что если бы меня поймали, то началось бы следствие; всякое следствие интересуется прошлым, а в моем прошлом могли найти

---

[39] Благословенный *(ит.)*.

кое-что поважнее провезенных беспошлинно сигар или контрабандных бочонков спирта. Так что, тысячу раз предпочитая смерть аресту, я действовал смело и не раз убеждался в том, что преувеличенные заботы о собственной шкуре больше всего мешают успеху в предприятиях, требующих быстрого решения и отваги. И в самом деле, если решил не дорожить жизнью, то становишься не похож на других людей, или, лучше сказать, другие люди на тебя не похожи; кто принял такое решение, тот сразу же чувствует, как увеличиваются его силы и расширяется его горизонт.

– Вы философствуете, Бертуччо! – прервал его граф. – Вы, по-видимому, занимались в жизни всем понемножку.

– Прошу прощения, ваше сиятельство.

– Пожалуйста, пожалуйста, но только философствовать в половине одиннадцатого ночи поздновато. Впрочем, других возражений я не имею, потому что нахожу вашу философию совершенно справедливою, а это можно сказать не про всякую философскую систему.

– Мои поездки становились все более дальними и приносили мне все больше дохода. Ассунта была хорошая хозяйка, и наше маленькое состояние росло. Однажды, когда я собирался в путь, она сказала: «Поезжай, а к твоему возвращению я приготовлю тебе сюрприз».

Сколько я ее ни расспрашивал, она ничего не хотела говорить, и я уехал.

Я был в отсутствии больше полутора месяцев; мы взяли в Лукке масло, а в Ливорно – английские бумажные материи. Выгрузились мы очень удачно, продали все с большим барышом и, радостные, вернулись по домам.

Первое, что я, войдя в дом, увидел на самом видном месте в комнате Ассунты, был младенец месяцев восьми, в роскошной, по сравнению с остальной обстановкой, колыбели. Я вскрикнул от радости. С тех пор как я убил королевского прокурора, меня мучила только одна мысль – мысль о покинутом ребенке. Надо сказать, что о самом убийстве я ничуть не жалел.

Бедная Ассунта все угадала; она воспользовалась моим отсутствием и, захватив половину пеленки и записав для памяти точный день и час, когда ребенок был оставлен на пороге Воспитательного дома, явилась за ним в Париж. Ей без всяких возражений отдали ребенка.

Должен вам признаться, ваше сиятельство, что, когда я увидел это бедное создание спящим в колыбельке, я даже прослезился.

«Ассунта, – сказал я, – ты хорошая женщина, и бог благословит тебя».

– Вот это не так справедливо, как ваша философия, – заметил Монте-Кристо. – Правда, это уже вопрос веры.

– Вы правы, ваше сиятельство – вздохнул Бертуччо. – Господь избрал этого ребенка орудием моей кары. Я не знаю примера, чтобы дурные наклонности проявлялись так рано, как у него, а между тем нельзя сказать, чтобы его плохо воспитывали, потому что невестка моя заботилась о нем, как о княжеском сыне. Это был прехорошенький мальчик, с глазами светло-голубого цвета, какой бывает на китайском фарфоре и так гармонирует с молочной белизной кожи; только золотистые, слишком яркие волосы придавали его лицу несколько странный вид, особенно при его живом взгляде и лукавой улыбке. Существует пословица, что рыжие люди либо очень хороши, либо очень дурны; к несчастью, пословица эта вполне оправдалась на Бенедетто, и с самого своего детства он проявлял одни только дурные наклонности. Правда, что и кротость его приемной матери потворствовала этим задаткам; ребенок, ради которого моя бедная невестка нередко ходила на рынок за пять лье покупать первые фрукты и самые дорогие лакомства, предпочитал пальским апельсинам и генуэзским сушеным фруктам каштаны, украденные в саду у соседа, или сушеные яблоки с его чердака, хотя в его распоряжении были каштаны и яблоки нашего собственного сада.

Однажды, когда Бенедетто было не больше шести лет, наш сосед Василио пожаловался нам, что у него из кошелька исчез луидор. По нашему корсиканскому обычаю, Василио никогда не запирал ни своего кошелька, ни своих драгоценностей, потому что, как его сиятельству известно, на Корсике нет воров. Мы думали, что он плохо сосчитал деньги, но он утверждал, что не ошибся. В этот день Бенедетто с самого утра ушел из дому, и мы очень беспокоились о нем, как вдруг вечером он вернулся, таща за собой обезьяну; он сказал, что нашел ее привязанной на цепочке к дереву. Уже с месяц злой мальчик, вечно полный всяких причуд, непременно хотел иметь обезьяну. Должно быть, эту нелепую фантазию внушил ему фокусник, побывавший в Рольяно, – у него было несколько обезьян, выделывавших всевозможные штуки, и Бенедетто пришел в восторг от них.

«В наших лесах нет обезьян, – сказал я ему, – особенно цепных. Признавайся, как ты ее достал».

Бенедетто настаивал на своем и рассказал целую кучу подробностей, делавших больше чести его изобретательности, чем правдивости; я вышел из себя, он рассмеялся; я пригрозил ему, он попятился от меня.

«Ты не смеешь меня бить, – сказал он, – не имеешь права: ты мне не отец».

Мы до сих пор не знаем, кто открыл ему эту роковую тайну, которую мы так тщательно скрывали от него. Как бы то ни было, этот ответ, в котором выразился весь характер ребенка, почти испугал меня, и рука у меня опустилась сама собой, не коснувшись его. Он торжествовал, и эта победа придала ему смелости. С этой минуты все деньги Ассунты, которая любила его тем сильнее, чем меньше он этого стоил, шли на удовлетворение его прихотей, которым она не умела противостоять, и вздорных желаний, в которых у нее не хватало духу ему отказывать. Когда я жил в Рольяно, было еще сносно, но стоило мне уехать, как Бенедетто делался главою дома, и все шло отвратительно. Ему едва исполнилось одиннадцать лет, а товарищей он выбирал себе среди восемнадцатилетних парней, самых отъявленных шалопаев Бастии и Корты; за некоторые проделки, заслуживающие более серьезного названия, мы уже несколько раз получали предостережение от властей.

Я начал тревожиться: всякое расследование могло иметь для меня самые тяжелые последствия. Мне как раз предстояла очень важная поездка. Я долго раздумывал и, предчувствуя, что избегну этим большой беды, решил взять Бенедетто с собой. Я надеялся, что суровая и деятельная жизнь контрабандистов, строгая судовая дисциплина благотворно подействуют на этот испорченный, если еще не до конца развращенный характер.

Я подозвал Бенедетто и предложил ему ехать со мной, сопровождая это предложение всякими обещаниями, какие могут соблазнить двенадцатилетнего мальчика.

Он выслушал меня и, когда я кончил, расхохотался.

«Да вы с ума сошли, дядя! – сказал он. (Так он называл меня, когда бывал в духе.) – Чтобы я стал менять свою жизнь, свое славное безделье на вашу ужасную работу! Ночью мерзнуть, днем жариться, вечно прятаться, чуть покажешься – попадать под пули, и все это, чтобы заработать немного денег! Денег у меня сколько угодно, Ассунта дает их мне, как только я попрошу. Вы сами видите, что я был бы дурак, если бы поехал с вами».

Я был поражен такой дерзостью. Бенедетто вернулся к своим товарищам, и я издали видел, что он показывает им на меня и насмехается надо мной.

– Очаровательный ребенок! – прошептал Монте-Кристо.

– О, будь он мой, – продолжал Бертуччо, – будь он моим сыном или хотя бы племянником, я бы еще вернул его на правильный путь, потому что сознание права дает силу. Но мысль, что я буду бить сына человека, которого я убил, лишала меня всякой возможности его исправить. Я подавал добрые советы невестке, которая во время наших споров всегда защищала несчастного мальчишку; а так как она неоднократно признавалась мне, что у нее пропадают довольно значительные суммы денег, то я указал ей место, куда она могла прятать наше скромное достояние. Что же касается меня, мое решение было уже принято. Бенедетто хорошо читал, писал и считал, потому что если у него появлялась охота заниматься, то он в один день выучивался тому, на что другим требовалась неделя. Мое решение, как я уже сказал, было принято: я хотел устроить его письмоводителем на какое-нибудь судно дальнего плавания и, ни о чем не предупреждая, забрать его в одно прекрасное утро и доставить на корабль; я поручил бы его заботам капитана, и, таким образом, его будущность зависела бы всецело от него самого.

Приняв это решение, я уехал во Францию.

На этот раз все наши операции должны были совершиться в Лионском заливе; они стали теперь гораздо труднее и опаснее, так как шел уже тысяча восемьсот двадцать девятый год. Спокойствие было восстановлено вполне, и прибрежный надзор велся правильнее и строже, чем когда-либо. Надзор этот временно еще усилился благодаря тому, что в Бокере как раз открылась ярмарка.

Сначала все шло прекрасно. Лодку нашу, у которой было двойное дно, где мы прятали запрещенные товары, мы поставили посреди множества других лодок, причаленных у обоих берегов Роны, от Бокера до Арля. Прибыв туда, мы начали по ночам выгружать нашу контрабанду и переправлять в город через людей, поддерживавших с нами связь, или трактирщиков, у которых мы имели склады. То ли успех заставил нас позабыть об осторожности, то ли нас предали, но однажды, около пяти часов вечера, когда мы собрались ужинать, к нам подбежал в тревоге наш маленький юнга и сообщил, что он видел целый отряд таможенных досмотрщиков, направлявшихся в нашу сторону. В сущности, нас испугал не самый отряд – по берегам Роны, особенно в то время, бродили целые роты, – а те предосторожности, которые, по словам мальчика, этот отряд принимал, чтобы не быть замеченным. Мы сразу повскакивали на ноги, но было уже поздно: наша лодка, несомненно, являвшаяся предметом розыска, была окружена со всех сторон. Среди таможенных досмотрщиков я заметил жандармов, их вид всегда пугал меня, в то время как просто солдат я обычно не страшился, а потому я быстро спустился в трюм и, проскользнув в грузовой люк, бросился в реку. Я плыл под водой, только изредка набирая воздух, так что, никем не замеченный, доплыл до недавно вырытого рва, соединявшего Рону с каналом, идущим из Бокера в Эг-Морт. Как только я добрался до этого места, я почувствовал себя спасенным, потому что мог плыть незамеченным вдоль рва. Таким образом, я без всяких злоключений добрался до канала. Я выбрал этот путь не случайно: я уже рассказывал вашему сиятельству об одном нимском трактирщике, державшем на дороге из Бельгарда в Бокер небольшую гостиницу.

– Прекрасно помню, – сказал Монте-Кристо. – Этот достойный человек, если не ошибаюсь, был даже вашим компаньоном.

— Вот-вот! Но лет за семь до этого он передал свое заведение одному бывшему портному из Марселя, который, разорившись на своем ремесле, решил попытать счастья в другом. Разумеется, те связи, которые у нас были с первым владельцем, продолжались и со следующим; вот у этого человека я и надеялся найти пристанище.

— А как его звали? — спросил граф, который, по-видимому, снова заинтересовался рассказом Бертуччо.

— Гаспар Кадрусс, он был женат на женщине из села Карконта, и мы все только под этим именем ее и знали; эта бледная женщина страдала болотной лихорадкой и медленно умирала от истощения. Сам же он был здоровый малый, лет сорока пяти, и уже не раз показал себя в трудные для нас минуты человеком находчивым и храбрым.

— И когда, вы говорите, это происходило? — спросил Монте-Кристо.

— В тысяча восемьсот двадцать девятом году, ваше сиятельство.

— В каком месяце?

— Июне.

— В начале или в конце?

— Это было вечером третьего июня.

— Так! — заметил Монте-Кристо. — Третьего июня тысяча восемьсот двадцать девятого года... Продолжайте.

— Так вот, у этого Кадрусса я и собирался попросить пристанища; но так как обычно, даже при спокойной обстановке, мы никогда не входили к нему через дверь, выходящую на дорогу, то я решил не изменять этому правилу; я перескочил через садовую изгородь, прополз под низенькими масличными деревцами и дикими смоковницами и, опасаясь, что в трактире у Кадрусса может находиться какой-нибудь путник, добрался до пристройки, в которой я уже не раз проводил ночь не хуже, чем в самой лучшей постели.

Эта пристройка отделялась от комнаты в нижнем этаже только дощатой перегородкой, в которой нарочно для нас были оставлены щели, чтобы мы могли улучить благоприятную минуту и дать знать, что мы находимся по соседству. Я рассчитывал, в случае если у Кадрусса никого не будет, уведомить его о моем прибытии, закончить у него ужин, прерванный появлением таможенных досмотрщиков, и, пользуясь надвигающейся грозой, вернуться на берег Роны и узнать, что сталось с лодкой и теми, кто был в ней. Итак, я тихонько пробрался в пристройку; это вышло очень кстати, потому что в ту самую минуту вернулся домой Кадрусс и привел с собой незнакомца.

Я притих и стал ждать не потому, что хотел подслушать тайны трактирщика, а просто потому, что не мог поступить иначе; к тому же так бывало уже раз десять.

Человек, который пришел с Кадруссом, несомненно, не принадлежал к обитателям Южной Франции; это был один из тех негоциантов, которые приезжают на ярмарку в Бокер, чтобы торговать драгоценностями, и за месяц, пока длится эта ярмарка, привлекающая торговцев и покупателей со всех концов Европы, заключают иногда сделки на сто, а то и на полтораста тысяч франков.

Кадрусс вошел первым, быстрыми шагами. Затем, увидев, что нижняя комната пуста, как всегда, и что ее охраняет только пес, он позвал жену.

«Эй, Карконта, — крикнул он, — священник не обманул нас: алмаз настоящий».

Послышалось радостное восклицание, и ступеньки лестницы заскрипели под нетвердыми от слабости и болезни шагами.

«Что ты говоришь?» — спросила Карконта.

«Говорю, что алмаз настоящий, и вот этот господин, один из первых парижских ювелиров, готов дать нам за него пятьдесят тысяч франков. Но только он хочет окончательно убедиться в том, что камень действительно наш: так ты расскажи ему, как рассказал и я, каким чудесным образом он попал в наши руки. А пока, сударь, присядьте, пожалуйста: сейчас так душно, я принесу вам чего-нибудь освежиться».

Ювелир внимательно разглядывал внутренность трактира и бросающуюся в глаза бедность людей, которые предлагали ему купить алмаз, достойный княжеской шкатулки.

«Рассказывайте, сударыня», – сказал он, желая, по-видимому, воспользоваться отсутствием мужа, чтобы тот не мог как-нибудь повлиять на жену и чтобы посмотреть, насколько оба рассказа совпадут.

«Ах, господи, – затараторила женщина, – это божье благословение, мы ничего такого не ожидали. Представьте себе, дорогой господин, что мой муж дружил в тысяча восемьсот четырнадцатом или тысяча восемьсот пятнадцатом году с одним моряком, которого звали Эдмон Дантес; этот бедный малый, которого Кадрусс совершенно забыл, помнил о нем, и, умирая, оставил ему тот алмаз, который вы видели».

«А каким же образом оказался у него этот алмаз? – спросил ювелир. – Или он был у Дантеса до того, как он попал в тюрьму?»

«Нет, сударь, – отвечала женщина, – но в тюрьме он познакомился с очень богатым англичанином; тот заболел, и Дантес ухаживал за ним, как за родным братом; за это англичанин, выходя на свободу, оставил ему вот этот алмаз. Бедному Дантесу не посчастливилось, он так в тюрьме и умер, алмаз перед смертью завещал нам и поручил почтенному аббату, который был у нас сегодня утром, передать его нам».

«Она говорит то же самое, – прошептал ювелир. – В конце концов, может быть, все это так и было, хотя на первый взгляд и кажется неправдоподобным. В таком случае, – сказал он громко, – дело только в цене, о которой мы все еще не сговорились».

«Как не сговорились! – воскликнул вошедший Кадрусс. – Я был уверен, что вы согласны на мою цену».

«То есть, – возразил ювелир, – я вам предложил за него сорок тысяч франков».

«Сорок тысяч! – возмутилась Карконта. – Уж, конечно, мы его не отдадим за эту цену. Аббат сказал нам, что он стоит пятьдесят тысяч, не считая оправы».

«А как звали этого аббата?»

«Аббат Бузони».

«Так он иностранец?»

«Он итальянец, из окрестностей Мантуи, кажется».

«Покажите мне алмаз, – продолжал ювелир, – я хочу его еще раз посмотреть; иной раз с первого взгляда ошибаешься в камнях».

Кадрусс вынул из кармана маленький черный футляр из шагреневой кожи, открыл его и передал ювелиру. При виде алмаза, который был величиною с небольшой орешек (я как сейчас это вижу), глаза Карконты загорелись алчностью.

– А что вы думали обо всем этом, господин подслушиватель? – спросил Монте-Кристо. – Вы поверили этой сказке?

– Да, ваше сиятельство; я считал Кадрусса неплохим человеком и думал, что он не способен совершить преступление или украсть.

– Это делает больше чести вашему доброму сердцу, чем житейской опытности, господин Бертуччо. А знавали вы этого Эдмона Дантеса, о котором шла речь?

– Нет, ваше сиятельство, я никогда ничего о нем не слышал ни раньше, ни после; только еще один раз от самого аббата Бузони, когда он был у меня в нимской тюрьме.

– Хорошо, продолжайте.

— Ювелир взял из рук Кадрусса перстень и достал из кармана маленькие стальные щипчики и крошечные медные весы; потом, отогнув золотые крючки, державшие камень, он вынул алмаз из оправы и осторожно положил его на весы.

«Я дам сорок пять тысяч франков, – сказал он, – и ни гроша больше: это красная цена алмазу, я взял с собой только эту сумму».

«Это не важно, – сказал Кадрусс, – я вернусь вместе с вами в Бокер за остальными пятью тысячами».

«Нет, – отвечал ювелир, отдавая Кадруссу оправу и алмаз, – нет, это крайняя цена, и я даже жалею, что предложил вам эту сумму, потому что в камне есть изъян, который я вначале не заметил; но делать нечего, я не беру назад своего слова; я сказал сорок пять тысяч франков и не отказываюсь от этой цифры».

«По крайней мере вставьте камень обратно», – сердито сказала Карконта.

«Вы правы», – сказал ювелир.

И он вставил камень в оправу.

«Не беда, – проворчал Кадрусс, пряча футляр в карман, – продадим кому-нибудь другому».

«Конечно, – отвечал ювелир, – только другой не будет так сговорчив, как я; другой не удовлетворится теми сведениями, которые вы сообщили мне; это совершенно неестественно, чтобы человек в вашем положении обладал перстнем в пятьдесят тысяч франков; он сообщит властям, придется разыскивать аббата Бузони, а разыскивать аббатов, раздающих алмазы ценою в две тысячи луидоров, нелегкое дело; правосудие для начала наложит на него руку, вас засадят в тюрьму, а если обнаружится, что вы ни в чем не виновны, и вас через три или четыре месяца освободят, то окажется, что перстень затерялся в какой-нибудь канцелярии, или вам всучат фальшивый камень, франка в три ценою, вместо алмаза, стоящего пятьдесят, может быть, даже пятьдесят пять тысяч франков, но покупка которого, согласитесь, сопряжена с некоторым риском».

Кадрусс и его жена переглянулись.

«Нет, – заявил Кадрусс, – мы не настолько богаты, чтобы терять пять тысяч франков».

«Как вам угодно, любезный друг, – сказал ювелир, – а между тем я, как видите, принес с собой деньги наличными».

И он вытащил из одного кармана горсть золотых монет, засверкавших перед восхищенными глазами трактирщика, а из другого – пачку ассигнаций.

В душе Кадрусса явно происходила тяжелая борьба: было ясно, что маленький футляр шагреневой кожи, который он вертел в руке, казался ему не соответствующим по своей ценности огромной сумме денег, прельщавшей его взоры.

Он повернулся к жене.

«Что ты скажешь?» – тихо спросил он ее.

«Отдавай, отдавай, – сказала она, – если он вернется в Бокер без алмаза, он донесет на нас; и он верно говорит: кто знает, удастся ли нам когда-нибудь разыскать аббата Бузони».

«Ну что ж, так и быть! – сказал Кадрусс. – Берите камень за сорок пять тысяч франков; но моей жене хочется иметь золотую цепочку, а мне пару серебряных пряжек».

Ювелир вытащил из кармана длинную плоскую коробку, в которой находилось несколько образцов названных предметов.

«Берите, – сказал он, – в делах я не мелочен, выбирайте».

Жена выбрала золотую цепочку, стоившую, вероятно, луидоров пять, а муж пару пряжек, цена которым была франков пятнадцать.

«Надеюсь, теперь вы довольны?» – сказал ювелир.

«Аббат говорил, что ему цена пятьдесят тысяч франков», –

пробормотал Кадрусс.

«Ну, ну, ладно! Вот несносный человек, – продолжал ювелир, беря у него из рук перстень, – я даю ему сорок пять тысяч франков, две с половиной тысячи ливров годового дохода, то есть капитал, от которого я сам не отказался бы, а он еще недоволен!»

«А сорок пять тысяч франков? – спросил Кадрусс хриплым голосом. – Где они у вас?»

«Вот, извольте», – сказал ювелир.

И он отсчитал на столе пятнадцать тысяч франков золотом и тридцать тысяч ассигнациями.

«Подождите, я зажгу лампу, – сказала Карконта, – уже темно, легко ошибиться».

В самом деле, пока они спорили, настала ночь, а с нею пришла и гроза, уже с полчаса как надвигавшаяся. В отдалении глухо грохотал гром; но ни ювелир, ни Кадрусс, ни Карконта не обращали на него никакого внимания, всецело поглощенные бесом наживы.

Я и сам испытывал странное очарование при виде всего этого золота и бумажных денег. Мне казалось, что я вижу все это во сне, и, как во сне, я чувствовал себя прикованным к месту.

Кадрусс сосчитал и пересчитал деньги и банковые билеты, потом передал их жене, которая, в свою очередь, сосчитала и пересчитала их.

Тем временем ювелир вертел перстень при свете лампы, и алмаз метал такие молнии, что он не замечал тех, которые уже полыхали в окнах, предвещая грозу.

«Ну что же? Счет верен?» – спросил ювелир.

«Да, – сказал Кадрусс, – принеси кошелек, Карконта, и отыщи какой-нибудь мешок».

Карконта подошла к шкафу и вернулась со старым кожаным бумажником; из него вынули несколько старых засаленных писем и на их место положили ассигнации: она принесла и мешок, где лежало два или три экю по шесть ливров – по-видимому, все состояние жалкой четы.

«Ну вот, – сказал Кадрусс, – хоть вы нас и ограбили, может быть, тысяч на десять франков, но не отужинаете ли вы с нами? Я предлагаю от души».

«Благодарю вас, – отвечал ювелир, – но, должно быть, уже поздно, и мне пора в Бокер, а то жена начнет беспокоиться. – Он посмотрел на часы. – Черт возьми! – воскликнул он. – Уже скоро девять, я раньше полуночи не попаду домой. Прощайте, друзья; если к вам еще когда-нибудь забредет такой аббат Бузони, вспомните обо мне».

«Через неделю вас уже не будет в Бокере, – сказал Кадрусс, – ведь ярмарка закрывается на будущей неделе».

«Да, но это ничего не значит, напишите мне в Париж: господину Жоаннесу, Пале-Рояль, галерея Пьер, номер сорок пять; я нарочно приеду, если надо будет».

Раздался удар грома, и молния сверкнула так ярко, что почти затмила свет лампы.

«Ого, – сказал Кадрусс, – как же вы пойдете в такую погоду?»

«Я не боюсь грозы», – сказал ювелир.

«А грабителей? – спросила Карконта. – Во время ярмарки на дорогах всегда пошаливают».

«Что касается грабителей, – сказал Жоаннес, – то у меня для них кое-что припасено».

И он вытащил из кармана пару маленьких пистолетов, заряженных до самой мушки.

«Вот, – сказал он, – собачки, которые и лают и кусают; это для первых двух, которые польстились бы на ваш алмаз, дядюшка

Кадрусс».

Кадрусс с женой обменялись мрачным взглядом. Казалось, у них у обоих одновременно мелькнула какая-то ужасная мысль.

«В таком случае счастливого пути!» – сказал Кадрусс.

«Благодарю!» – отвечал ювелир.

Он взял свою трость, прислоненную к старому ларю, и вышел. В то время как он открывал дверь, в комнату ворвался такой сильный порыв ветра, что лампа едва не погасла.

«Ну и погодка, – сказал он, – а ведь мне идти два лье пешком!»

«Оставайтесь, – сказал Кадрусс, – переночуете здесь».

«Да, оставайтесь, – дрожащим голосом сказала Карконта, – мы позаботимся, чтобы вам было удобно».

«Никак нельзя. Мне необходимо вернуться к ночи в Бокер. Прощайте!»

Кадрусс медленно подошел к порогу.

«Ни зги не видно, – проговорил ювелир уже за дверью. – Куда мне повернуть, направо или налево?»

«Направо, – сказал Кадрусс, – с пути не собьетесь, дорога с обеих сторон обсажена деревьями».

«Вижу, вижу», – донесся издали слабый голос.

«Да закрой же дверь! – сказала Карконта. – Я не выношу открытых дверей, когда гремит гром».

«И когда в доме имеются деньги, верно?» – отвечал Кадрусс, дважды поворачивая ключ в замке.

Он подошел к шкафу, вновь достал мешок и бумажки, и оба принялись в третий раз пересчитывать свое золото и ассигнации.

Я никогда не видел такой алчности, какую выражали эти два лица, освещенные тусклой лампой. Особенно отвратительна была женщина; лихорадочная дрожь, которая всегда ее трясла, еще усилилась, и без того бледное лицо сделалось мертвенным, ввалившиеся глаза пылали.

«Для чего ты ему предлагал переночевать здесь?» – спросила она глухим голосом.

«Да... для того, чтобы избавить его от тяжелого пути в Бокер», – вздрогнув, ответил Кадрусс.

«Ах, вот что, – сказала женщина с непередаваемым выражением, – а я-то вообразила, что не для этого».

«Жена, жена! – воскликнул Кадрусс. – Откуда у тебя такие мысли, и почему ты не держишь их про себя?»

«Что ни говори, – сказала Карконта, помолчав, – а ты не мужчина».

«Это почему?» – спросил Кадрусс.

«Если бы ты был мужчина, он бы не ушел отсюда».

«Жена!»

«Или не дошел бы до Бокера».

«Жена!»

«Дорога заворачивает, и он не знает другой дороги, а вдоль канала есть тропинка, которая срезает путь».

«Жена, ты гневишь бога. Вот, слышишь?»

Всю комнату озарила голубоватая молния, одновременно раздался ужасающий удар грома, и медленно замирающие раскаты, казалось, неохотно удалялись от проклятого дома.

«Господи!» – сказала, крестясь, Карконта.

В ту же минуту, посреди жуткой тишины, которая обычно следует за ударом грома, послышался стук в дверь.

Кадрусс с женой вздрогнули и в ужасе переглянулись.

«Кто там?» – крикнул Кадрусс, вставая с места, и, сгребя в кучу золото и бумажки, разбросанные по столу, прикрыл их обеими руками.

«Это я!» – ответил чей-то голос.

«Кто вы?»

«Да я же! Ювелир Жоаннес!»

«Ну вот! А еще говорил, что я гневлю господа!.. – заявила с гнусной улыбкой Карконта. – Сам господь вернул его к нам».

Кадрусс, бледный и дрожащий, упал на стул.

Карконта, напротив, встала и твердыми шагами пошла отворять.

«Входите, дорогой господин Жоаннес», – сказала она.

«Право, – сказал ювелир, весь мокрый от дождя, – можно подумать, что сам черт мешает мне вернуться сегодня в Бокер. Из двух зол надо выбирать меньшее, господин Кадрусс: вы предложили мне гостеприимство, я принимаю его и возвращаюсь к вам ночевать».

Кадрусс пробормотал что-то, отирая пот со лба.

Карконта, впустив ювелира, дважды повернула ключ в замке.

VII. Кровавый дождь

Ювелир, войдя, окинул комнату испытующим взглядом, но там не было ничего, что могло бы вызвать в нем подозрения или же укрепить их.

Кадрусс все еще прикрывал обеими руками бумажки и золото. Карконта улыбалась гостю насколько могла приветливее.

«Ага, – сказал ювелир, – вы, по-видимому, все еще боялись, не просчитались ли, если после моего ухода опять стали пересчитывать свое богатство?»

«Да нет, – сказал Кадрусс, – но самый случай, который дал нам его, настолько неожиданный, что мы никак не можем поверить нашему счастью, и если у нас перед глазами не лежит вещественное доказательство, то нам все еще кажется, что это сон».

Ювелир улыбнулся.

«Ночует у вас тут кто-нибудь?» – спросил он.

«Нет, – отвечал Кадрусс, – это у нас не заведено; до города недалеко, и на ночь у нас никто не остается».

«Значит, я вас очень стесню?»

«Да что вы, сударь! – любезно сказала Карконта. – Нисколько не стесните, уверяю вас».

«Где же вы меня поместите?»

«В комнате наверху».

«Но ведь это ваша комната?»

«Это не важно; у нас есть вторая кровать в комнате рядом с этой».

Кадрусс удивленно взглянул на жену.

Ювелир стал напевать какую-то песенку, греясь у камина, куда Карконта подбросила охапку хвороста, чтобы гость мог обсушиться.

Тем временем она расстелила на краю стола салфетку и поставила на него остатки скудного обеда и яичницу.

Кадрусс снова спрятал ассигнации в бумажник, золото в мешок, а все вместе – в шкаф. Он в мрачном раздумье ходил взад и вперед по комнате, время от времени поглядывая на ювелира, который в облаке пара стоял у камина и, пообсохнув с одного бока, поворачивался к огню другим.

«Вот! – сказала Карконта, ставя на стол бутылку вина. – Если угодно, можете приниматься за ужин».

«А вы?» – спросил Жоаннес.

«Я ужинать не буду», – отвечал Кадрусс.

«Мы очень поздно обедали», – поспешила добавить Карконта.

«Так мне придется ужинать одному?» – спросил ювелир.

«Мы будем вам прислуживать», – ответила Карконта с

готовностью, какой она никогда не проявляла даже по отношению к платным посетителям.

Время от времени Кадрусс бросал на нее быстрый, как молния, взгляд.

Гроза все еще продолжалась.

«Слышите, слышите? – сказала Карконта. – Право, хорошо сделали, что вернулись».

«Но если, пока я ужинаю, буря утихнет, я все-таки пойду», – сказал ювелир.

«Это мистраль, – сказал, покачивая головой, Кадрусс, – это протянется до завтра».

И он тяжело вздохнул.

«Ну, что делать, – сказал ювелир, садясь к столу, – тем хуже для тех, кто сейчас в пути».

«Да, – отвечала Карконта, – они проведут плохую ночь».

Ювелир принялся за ужин, а Карконта продолжала оказывать ему всяческие услуги, как подобает внимательной хозяйке; она, всегда такая сварливая и своенравная, была образцом предупредительности и учтивости. Если бы ювелир знал ее раньше, такая разительная перемена, конечно, удивила бы его и не могла бы не возбудить в нем подозрений. Что касается Кадрусса, то он продолжал молча шагать по комнате и, казалось, избегал даже смотреть на гостя.

Когда тот поужинал, Кадрусс пошел открыть дверь.

«Гроза как будто проходит», – сказал он.

Но в эту минуту, словно чтобы показать, что он ошибается, оглушительный раскат грома потряс весь дом; порыв ветра вместе с дождем ворвался в дверь и потушил лампу. Кадрусс снова запер дверь; его жена угольком из догоравшего камина зажгла свечу.

«Вы, должно быть, устали, – сказала она ювелиру, – я постлала чистые простыни, идите наверх и спите спокойно».

Жоаннес подождал еще немного, чтобы посмотреть, не утихает ли буря, и, убедившись, что гроза и дождь только усиливаются, пожелал хозяевам спокойной ночи и ушел наверх.

Он шел по лестнице над моей головой, и я слышал, как ступеньки скрипели под его ногами.

Карконта проводила его алчным взглядом, тогда как Кадрусс, напротив, стоял к нему спиной и даже не смотрел в его сторону.

Все эти подробности, о которых я вспомнил позже, ничуть меня не поразили, пока все это происходило у меня перед глазами; в общем, все, что случилось, было вполне естественно, и, если не считать истории с алмазом, которая показалась мне довольно неправдоподобной, все вытекало одно из другого.

Я смертельно устал, но собирался воспользоваться первой минутой, когда уймется дождь и уляжется буря, а потому решил поспать несколько часов и убраться отсюда среди ночи.

Я слышал, как наверху ювелир поудобнее устраивался на ночь. Вскоре под ним заскрипела кровать; он улегся.

Я чувствовал, что мои глаза слипаются, а так как у меня не возникало ни малейшего подозрения, то я и не пытался бороться со сном; в последний раз я заглянул в соседнюю комнату. Кадрусс сидел у стола, на деревянной скамейке, которая в деревенских трактирах заменяет стулья; он сидел ко мне спиной, так что я не мог видеть его лица, да и сиди он иначе, я все равно не мог бы его разглядеть, потому что голову он склонил на руки.

Карконта некоторое время молча наблюдала за ним, потом пожала плечами и села напротив него.

В эту минуту потухающее пламя охватило еще не тронутый сухой сук; в темной комнате стало немного светлее. Карконта не сводила глаз с мужа, а так как он сидел все в той же позе, она протянула свои скрюченные пальцы и дотронулась до его лба.

Кадрусс вздрогнул. Мне показалось, что губы Карконты шевелились; но или она говорила слишком тихо, или сон уже притупил мои чувства, только звук ее голоса не долетал до меня. Глаза мои тоже заволакивались туманом, и я уже не отдавал себе отчета, наяву я все это вижу или во сне. Наконец веки мои сомкнулись, и я перестал сознавать окружающее.

Я спал глубоким сном, как вдруг меня разбудил выстрел и за ним ужасный крик. Наверху раздались нетвердые шаги, и что-то грузно рухнуло на лестнице, как раз над моей головой.

Я еще не совсем пришел в себя. Мне слышались стоны, потом заглушенные крики, как будто где-то происходила борьба.

Последний крик, протяжнее, чем остальные, сменившийся затем стонами, окончательно вывел меня из оцепенения.

Я приподнялся на локте, открыл глаза, но не мог в темноте ничего разглядеть и дотронулся до своего лба, на который, как мне показалось, падали сквозь доски лестницы частые капли теплого дождя.

За разбудившим меня шумом наступила полная тишина. Я слышал над своей головой мужские шаги; заскрипела лестница. Мужчина спустился в нижнюю комнату, подошел к камину и зажег свечу.

Это был Кадрусс; он был очень бледен, и его рубашка была вся в крови.

Затеплив свечу, он быстро поднялся по лестнице, и я вновь услышал его быстрые, тревожные шаги.

Через минуту он снова сошел вниз. В руке он держал футляр; удостоверившись, что алмаз лежит внутри, он начал совать его то в один, то в другой карман; затем, решив, вероятно, что карман недостаточно надежное место, закатал его в свой красный платок и обернул им шею.

Потом он бросился к шкафу, вытащил оттуда золото и ассигнации, рассовал их в карманы штанов и в карманы куртки, захватил две-три рубашки и выскочил за дверь. Тогда мне все стало ясно; я упрекал себя за случившееся, как будто сам был в этом виноват. Мне показалось, что я слышу стоны; быть может, несчастный ювелир был еще жив; быть может, оказав ему помощь, я мог отчасти загладить зло, которое я не то чтобы совершил, но которому дал совершиться. Я налег спиной на плохо скрепленные доски, отделявшие от нижней комнаты подобие пристройки, где я лежал; доски подались, и я проник в дом.

Я схватил свечу и бросился вверх по лестнице; поперек нее лежало чье-то тело; это был труп Карконты.

Слышанный мною выстрел был сделан по ней; пуля пробила ей шею навылет, кровь текла из двойной раны и струей била изо рта.

Она была мертва.

Я перешагнул через труп и побежал дальше.

Спальня была в ужасном беспорядке. Часть мебели была опрокинута; простыни, за которые судорожно хватался несчастный ювелир, были разбросаны по комнате; сам он лежал на полу, головой к стене, в луже крови, вытекшей из трех больших ран на груди.

Из четвертой торчала рукоятка огромного кухонного ножа.

Мне под ноги попался второй пистолет, неразряженный, вероятно, потому, что порох отсырел.

Я подошел к ювелиру, он был еще жив; от шума моих шагов, а главное от сотрясения пола, он открыл мутные глаза, остановил их на мне, пошевелил губами, словно желая что-то сказать, и испустил дух.

От этого страшного зрелища я почти обезумел; раз я никому уже не мог помочь, мне хотелось только одного: бежать. Я схватился за голову и с криком ужаса выскочил на лестницу.

В нижней комнате оказалось человек шесть таможенных досмотрщиков и два-три жандарма – целый вооруженный отряд.

Меня схватили; я даже не пытался сопротивляться, я больше не владел собой. Я пытался говорить, но издавал только нечленораздельные звуки.

Я увидел, что таможенники и жандармы показывают на меня пальцами; я оглядел себя – я был весь в крови. Тот теплый дождь, который капал на меня сквозь доски лестницы, был кровью Карконты.

Я указал пальцем на то место, где я прятался.

«Что он хочет сказать?» – спросил один из жандармов.

Один из таможенников заглянул туда.

«Он хочет сказать, что прошел оттуда», – ответил он.

И он указал на пролом, через который я в самом деле прошел.

Тогда я понял, что меня принимают за убийцу. Ко мне вернулся голос, ко мне вернулись силы; я вырвался из рук державших меня людей и крикнул:

«Это не я! Не я!»

Два жандарма навели на меня свои карабины.

«Если ты пошевелишься, – сказали они, – тебе конец».

«Но я же вам говорю, – воскликнул я, – что это не я!»

«Все это ты можешь рассказывать судьям в Ниме, – отвечали они. – А пока иди за нами; и наш тебе совет – не сопротивляйся».

Да я и не думал сопротивляться; я был охвачен ужасом, подавлен. На меня надели наручники, привязали к лошадиному хвосту и отвели в Ним.

Оказывается, меня выследил один из таможенников; поблизости от трактира он потерял меня из виду, предположил, что я там проведу ночь, и отправился предупредить своих товарищей; они явились сюда как раз, когда грянул выстрел, и захватили меня при таких явных уликах, что я сразу понял, как трудно мне будет доказать свою невиновность.

Тогда все мои усилия свелись к одному: прежде всего я попросил следователя, чтобы он велел разыскать некоего аббата Бузони, заезжавшего в этот самый день в трактир «Гарский мост». Если Кадрусс все выдумал, если этого аббата не существовало – значит, я пропал, разве что поймали бы самого Кадрусса и он бы во всем сознался.

Прошло два месяца, во время которых, должен это сказать к чести моего следователя, были приняты все меры для разыскания аббата. Я уже потерял всякую надежду. Кадрусса не нашли. Меня должны были судить в ближайшую сессию, как вдруг восьмого сентября, то есть через три месяца и пять дней после убийства, в тюрьму явился аббат Бузони, которого я уже и не ждал, и сказал, что слышал, будто один из заключенных хочет поговорить с ним. Он, по его словам, узнал об этом в Марселе и поспешил явиться на мой зов.

Вы можете себе представить, с какой радостью я его принял; я рассказал ему все, что видел и слышал; волнуясь, приступил я к истории с алмазом; против всякого моего ожидания она оказалась чистой правдой; и, опять-таки против всякого моего ожидания, он вполне поверил всему, что я рассказал.

Я был пленен его кротким милосердием, видел, что ему хорошо известны нравы моей родины, – и тогда в надежде, что, быть может, из этих милосердных уст я получу прощение за единственное свое преступление, я рассказал ему на исповеди, во всех подробностях, что произошло в Отейле. То, что я сделал по сердечному влечению, имело такое же последствие, как если бы я сделал это из расчета: мое сознание в этом первом убийстве, к которому меня ничто не принуждало, убедило его, что я не совершил второго, и он, уходя, велел мне надеяться и обещал сделать все от него зависящее, чтобы убедить судей в моей невиновности.

Я понял, что он занялся мною, когда увидел, что для меня постепенно смягчается тюремный режим, и узнал, что мое дело отложено до следующей сессии.

В этот промежуток времени провидению угодно было, чтобы за границей схватили Кадрусса и доставили во Францию. Он во всем сознался, свалив на свою жену весь умысел преступления и подстрекательство к нему. Его приговорили к пожизненной каторге, а меня освободили.

— И тогда, — сказал Монте-Кристо, — вы явились ко мне с рекомендательным письмом от аббата Бузони.

— Да, ваше сиятельство, он принял во мне живое участие.

«Ваше ремесло контрабандиста погубит вас, — сказал он мне. — Если вы выйдете отсюда, бросьте это».

«Но, отец мой, — спросил я, — как же мне жить и содержать мою несчастную невестку?»

«Один из моих духовных сыновей, — ответил он, — относится ко мне с большим уважением и поручил мне отыскать ему человека, которому он мог бы доверять. Хотите быть этим человеком? Я ему вас рекомендую».

«Отец мой! — воскликнул я. — Как вы добры!»

«Но вы обещаете мне, что я никогда в этом не раскаюсь?»

Я поднял руку, чтобы дать клятву.

«Этого не нужно, — сказал он, — я знаю и люблю корсиканцев; вот вам рекомендация».

И он написал несколько строк, которые я вам передал и на основании которых ваше сиятельство взяли меня к себе на службу. Теперь я могу с гордостью спросить, имели ли когда-нибудь ваше сиятельство причины быть мною недовольным?

— Нет, — отвечал граф, — я с удовольствием признаю, что вы хороший слуга, Бертуччо, хоть вы и недостаточно доверяете мне.

— Я, ваше сиятельство?

— Да, вы. Как это могло случиться, что у вас есть невестка и приемный сын, а вы мне никогда о них не говорили?

— Увы, ваше сиятельство, мне остается поведать вам самую грустную часть моей жизни. Я уехал на Корсику. Вы сами понимаете, что я торопился повидать и утешить мою бедную невестку; но в Рольяно меня ждало несчастье; в моем доме произошло нечто такое ужасное, что об этом и до сих пор еще помнят соседи. Следуя моим советам, моя бедная невестка отказывала Бенедетто, который постоянно требовал денег. Однажды утром он пригрозил ей и исчез на целый день. Бедная Ассунта, любившая этого негодяя, как родного сына, горько плакала. Пришел вечер; она ждала его и не ложилась спать. В одиннадцать часов вечера он вернулся в сопровождении двух приятелей — обычных сотоварищей его проделок; она хотела обнять его, но они схватили ее, и один из них, — боюсь, что это и был этот проклятый мальчишка, — воскликнул:

«Мы сыграем в пытку, и ей придется сказать, где у нее спрятаны деньги».

Наш сосед Василио уехал в Бастию, и дома оставалась только его жена. Кроме нее, никто не мог ни увидеть, ни услышать того, что происходило в доме невестки. Двое крепко держали Ассунту, которая не представляла себе возможности такого преступления и ласково улыбалась своим будущим палачам; третий наглухо забаррикадировал двери и окна, потом вернулся к остальным, и все трое, стараясь заглушить крики ужаса, вырывавшиеся у Ассунты при виде этих грозных приготовлений, поднесли ее ногами к пылающему очагу. Они ждали, что это заставит ее указать, где спрятаны наши деньги; но, пока она боролась с ними, вспыхнула ее одежда; тогда они бросили несчастную, боясь, чтобы огонь не перекинулся на них. Вся охваченная пламенем, она бросилась к выходу, но дверь была заперта. Она кинулась к окну; но окно было забито.

И вот соседка услышала ужасные крики: это Ассунта звала на помощь. Потом ее голос стал глуше; крики перешли в стоны. На следующий день, после целой ночи ужаса и тревоги, жена Василио наконец решилась выйти из дома, и судебные власти, которым она дала знать, взломали дверь нашего дома. Ассунту нашли полуобгоревшей, но еще живой, шкафы оказались взломаны, деньги исчезли. Что до Бенедетто, то он навсегда исчез из Рольяно: с тех пор я его не видел и даже не слышал о нем.

– Узнав об этом печальном происшествии, – продолжал Бертуччо, – я и отправился к вашему сиятельству. Мне уже не к чему было рассказывать вам ни о Бенедетто, потому что он исчез, ни о моей невестке, потому что она умерла.

– И что вы думали об этом происшествии? – спросил Монте-Кристо.

– Что это была кара за мое преступление, – ответил Бертуччо. – О, эти Вильфоры, проклятый род!

– Я то же думаю, – мрачно прошептал граф.

– Теперь, – продолжал Бертуччо, – ваше сиятельство понимает, почему этот дом, где я с тех пор не был, этот сад, где я неожиданно очутился, это место, где я убил человека, могли вызвать во мне мучительное волнение, причину которого вам угодно было узнать; признаюсь, я не уверен, что здесь, у моих ног, в той самой могиле, которую он выкопал для своего ребенка, не лежит господин де Вильфор.

– Что ж, все возможно, – сказал Монте-Кристо, вставая, – даже и то, – добавил он чуть слышно, – что королевский прокурор еще жив. Аббат Бузони хорошо сделал, что прислал вас ко мне. И вы тоже хорошо сделали, что рассказали мне свою историю, потому что теперь я уже не буду дурно о вас думать. А что этот, так неудачно названный, Бенедетто? Вы так и не старались напасть на его след, не пытались узнать, что с ним сталось?

– Никогда. Если бы я даже знал, где он, я не старался бы увидеть его, а бежал бы от него, как от чудовища. Нет, к счастью, я никогда ни от кого ничего о нем не слышал; надеюсь, что его нет в живых.

– Не надейтесь, Бертуччо, – сказал граф. – Злодеи так не умирают: господь охраняет их, чтобы сделать орудием своего отмщения.

– Пусть так, – сказал Бертуччо. – Я только молю бога, чтобы мне не привелось с ним встретиться. Теперь, – продолжал, опуская голову, управляющий, – вы знаете все, ваше сиятельство; на земле вы мой судья, как господь – на небе; не скажете ли вы мне что-нибудь в утешение?

– Да, вы правы, и я могу повторить то, что сказал бы вам аббат Бузони; этот Вильфор, на которого вы подняли руку, заслуживал возмездия за свой поступок с вами, и, может быть, еще кое за что. Если Бенедетто жив, то он послужит, как я вам уже сказал, орудием божьей кары, а потом и сам понесет наказание. Вы же, собственно говоря, можете упрекнуть себя только в одном: спросите себя, почему, спасши этого ребенка от смерти, вы не возвратили его матери; вот в чем ваша вина, Бертуччо.

– Да, ваше сиятельство, в этом я виновен, я поступил малодушно. Когда я вернул ребенку жизнь, мне оставалось только, как вы говорите, отдать его матери. Но для этого мне нужно было собрать кое-какие сведения, обратить на себя внимание, может быть, выдать себя. Мне не хотелось умирать, меня привязывали к жизни моя невестка, мое врожденное самолюбие корсиканца, который хочет мстить победоносно и до конца, и, наконец, я просто любил жизнь. Я не так храбр, как мой несчастный брат!

Бертуччо закрыл лицо руками, а Монте-Кристо вперил в него долгий, загадочный взгляд.

Потом, после минутного молчания, которому время и место придавали еще больше торжественности, граф сказал с непривычной для него печалью в голосе:

– Чтобы достойно окончить нашу беседу, последнюю по поводу всех этих событий, Бертуччо, запомните мои слова, которые я часто слышал от аббата Бузони: «От всякой беды есть два лекарства – время и молчание». А теперь я хочу пройтись по саду. То, что тягостно для вас, участника ужасных событий, вызовет во мне скорее приятные ощущения и удвоит для меня ценность этого поместья. Видите ли, Бертуччо, деревья милы только тем, что дают тень, а самая тень мила лишь потому, что вызывает грезы и мечты. Вот я приобрел сад, считая, что покупаю лишь огороженное место, – а это огороженное место вдруг оказывается садом, в котором бродят привидения, не предусмотренные контрактом. А я любитель привидений, я никогда не слышал, чтобы мертвецы за шесть тысяч лет наделали столько зла, сколько его делают живые за один день. Возвращайтесь домой, Бертуччо, и спите спокойно. Если в последний час ваш духовник будет к вам не так милосерден, как аббат Бузони, позовите меня, если я еще буду жив, и я найду слова, которые тихо убаюкают вашу душу, когда она будет готовиться в трудный путь, который зовется вечностью.

Бертуччо почтительно склонился перед графом и, тяжело вздохнув, удалился.

Монте-Кристо остался один; он сделал несколько шагов.

– Здесь, около этого платана, могила, куда был положен младенец, – прошептал он, – там – калитка, через которую входили в сад; в том углу – потайная лестница, ведущая в спальню. Не думаю, чтобы требовалось заносить все это в записную книжку, потому что у меня здесь перед глазами, под ногами вокруг – рельефный живой план.

И граф, еще раз обойдя сад, направился к карете Бертуччо, видя его задумчивость, молча сел рядом с кучером. Карета покатила в Париж.

В тот же вечер, вернувшись в свой дом на Елисейских полях, граф Монте-Кристо обошел все помещение, как мог бы это сделать человек, знакомый с ним уже многие годы; и хотя он шел впереди других, он ни разу не ошибся дверью и не направился по такой лестнице или коридору, которые не привели бы его прямо туда, куда он хотел попасть. Али сопровождал его в этом ночном обходе. Граф отдал Бертуччо кое-какие распоряжения, касавшиеся украшения или назначения комнат, и, взглянув на часы, сказал внимательно слушавшему нубийцу:

– Уже половина двенадцатого. Гайде должна скоро приехать. Предупреждены ли французские служанки?

Али показал рукой на половину, предназначенную для прекрасной албанки; она была так тщательно скрыта, что, если завесить дверь ковром, можно было обойти весь дом и не догадаться, что там есть еще гостиная и две жилые комнаты; Али, как мы уже сказали, показал рукой на эту дверь, поднял три пальца левой руки и, положив голову на ладонь этой руки, закрыл глаза, изображая сон.

– Понимаю, – сказал Монте-Кристо, привыкший к такому способу разговора, – все три дожидаются ее в спальне, не так ли?

– Да, – кивнул Али.

— Госпожа будет утомлена сегодня, — продолжал Монте-Кристо, — и, должно быть, сразу захочет лечь; не надо ни о чем с ней разговаривать; служанки-француженки должны только приветствовать свою новую госпожу и удалиться; последи, чтобы служанка-гречанка не общалась с француженками.

Али поклонился.

Вскоре послышался голос, зовущий привратника; ворота распахнулись, в аллею въехал экипаж и остановился у крыльца.

Граф сошел вниз; дверца кареты была уже открыта; он подал руку молодой девушке, закутанной с головы до ног в шелковую зеленую накидку, сплошь расшитую золотом.

Девушка взяла протянутую ей руку, любовно и почтительно поцеловала ее и произнесла несколько ласковых слов, на которые граф отвечал с нежной серьезностью на том звучном языке, который старик Гомер вложил в уста своих богов.

Затем, предшествуемая Али, несшим розовую восковую свечу, девушка — та самая красавица албанка, что была спутницей Монте-Кристо в Италии, — прошла на свою половину, после чего граф удалился к себе.

В половине первого в доме погасли все огни, и можно было подумать, что все мирно спят.

VIII. Неограниченный кредит

На следующий день, около двух часов пополудни, экипаж, запряженный парой великолепных английских лошадей, остановился у ворот Монте-Кристо. Мужчина в синем фраке с шелковыми пуговицами того же цвета, в белом жилете, пересеченном огромной золотой цепью, и в панталонах орехового цвета, с волосами, настолько черными и так низко спускающимися на лоб, что легко было усомниться в их естественности, тем более что они мало соответствовали глубоким надбровным морщинам, которых они никак не могли скрыть, — словом, мужчина лет пятидесяти пяти, но желавший казаться сорокалетним, выглянул из окна кареты, на дверцах которой была изображена баронская корона, и послал грума спросить у привратника, дома ли граф Монте-Кристо.

В ожидании ответа этот человек с любопытством, граничившим с неделикатностью, рассматривал дом, доступную взорам часть сада и ливрею слуг, мелькавших за оградой. Глаза у него были живые, но скорее хитрые, чем умные. Губы были так тонки, что вместо того, чтобы выдаваться вперед, они западали внутрь; наконец, его широкие и сильно выдающиеся скулы — верный признак коварства, низкий лоб, выпуклый затылок, огромные, отнюдь не аристократические уши заставили бы всякого физиономиста назвать почти отталкивающим характер этого человека, производившего на непосвященных немалое впечатление своим великолепным выездом, огромным бриллиантом, вдетым вместо запонки в манишку, и красной орденской лентой, тянувшейся от одной петлицы до другой.

Грум постучал в окно привратника и спросил:

— Здесь живет граф Монте-Кристо?

— Да, его сиятельство живет здесь, — отвечал привратник, — но...

Он вопросительно взглянул на Али.

Али сделал отрицательный знак.

— Но?.. — спросил грум.

— Но его сиятельство не принимает, — отвечал привратник.

— В таком случае вот вам карточка моего господина, барона Данглара. Передайте ее графу Монте-Кристо и скажите ему, что по дороге в Палату мой господин заезжал сюда, чтобы иметь честь его видеть.

— Я не имею права разговаривать с его сиятельством, — сказал привратник, — ваше поручение исполнит камердинер.

Грум вернулся к экипажу.

— Ну что? — спросил Данглар.

Мальчик, пристыженный полученным уроком, передал ответ привратника своему господину.

— Ого, — сказал тот, — видно, важная птица этот приезжий, которого величают его сиятельством, раз с ним имеет право разговаривать только его камердинер; все равно, раз он аккредитован на мой банк, мне придется с ним встретиться, когда ему понадобятся деньги.

И Данглар откинулся в глубь кареты и так, чтобы было слышно через дорогу, крикнул кучеру:

— В Палату депутатов!

Сквозь жалюзи своего флигеля Монте-Кристо, вовремя предупрежденный, видел барона и успел разглядеть его в превосходный бинокль, причем проявил не меньше любопытства, чем сам Данглар, когда тот исследовал дом, сад и ливреи.

— Положительно, — сказал он с отвращением, ввинчивая обратно трубки бинокля в костяную оправу, — положительно этот человек гнусен; как можно увидеть его и не распознать в нем с первого же взгляда змею по плоскому лбу, коршуна по выпуклому черепу и сарыча по острому клюву!

— Али! — крикнул он, потом ударил один раз по медному гонгу. Вошел Али. — Позови Бертуччо, — сказал Монте-Кристо.

В ту же минуту вошел Бертуччо.

— Ваше сиятельство спрашивали меня? — сказал он.

— Да, — отвечал граф. — Видели вы лошадей, которые только что стояли у моих ворот?

— Разумеется, ваше сиятельство, и нахожу их превосходными.

— Каким же образом, — спросил Монте-Кристо нахмурясь, — когда я потребовал, чтобы вы приобрели мне лучшую пару в Париже, в Париже нашлась еще пара, равная моей, и эти лошади не стоят в моей конюшне?

Видя сдвинутые брови графа и слыша его строгий голос, Али опустил голову.

— Ты тут ни при чем, мой добрый Али, — сказал по-арабски граф с такой лаской в голосе и в выражении лица, которой от него трудно было ожидать, — ты ведь ничего не понимаешь в английских лошадях.

Лицо Али снова прояснилось.

— Ваше сиятельство, — сказал Бертуччо, — лошади, о которых вы говорите, не продавались.

Монте-Кристо пожал плечами.

— Знайте, господин управляющий, нет ничего, что не продавалось бы, когда умеешь предложить нужную цену.

— Господин Данглар заплатил за них шестнадцать тысяч франков, ваше сиятельство.

— Так надо было предложить ему тридцать две тысячи; он банкир, а банкир никогда не упустит случая удвоить свой капитал.

— Ваше сиятельство говорит серьезно? — спросил Бертуччо.

Монте-Кристо посмотрел на управляющего взглядом человека, который удивлен, что ему осмеливаются задавать вопросы.

— Сегодня вечером, — сказал он, — мне надо отдать визит: я хочу, чтобы эти лошади были заложены в мою карету и в новой упряжи.

Бертуччо поклонился и отошел; у двери он остановился.

— В котором часу ваше сиятельство поедет с визитом? — спросил он.

— В пять часов, — ответил Монте-Кристо.

— Я позволю себе заметить, ваше сиятельство, что сейчас уже

два часа, — нерешительно сказал управляющий.

— Знаю, — коротко ответил Монте-Кристо.

Потом он повернулся к Али:

— Проведи всех лошадей перед госпожой, пусть она выберет ту запряжку, которая ей понравится; узнай, желает ли она обедать вместе со мной: тогда пусть обед подадут у нее в комнатах. Ступай и пришли ко мне камердинера.

Едва Али успел уйти, как вошел камердинер.

— Батистен, — сказал граф, — вы служите у меня уже год; этот срок я обычно назначаю для испытания своих слуг; вы мне подходите.

Батистен поклонился.

— Остается только узнать, подхожу ли я вам.

— О, ваше сиятельство!

— Дослушайте до конца, — продолжал граф. — Вы получаете полторы тысячи франков в год, то есть содержание хорошего, храброго офицера, каждый день рискующего своей жизнью; вы получаете стол, которому позавидовали бы многие начальники канцелярий — несчастные служаки, бесконечно больше обремененные работой, чем вы. Вы слуга, но вы сами имеете слуг, которые заботятся о вашем белье и одежде. Помимо полутора тысяч франков жалованья, вы, делая покупки для моего туалета, обкрадываете меня еще примерно на полторы тысячи франков в год.

— О, ваше сиятельство!

— Я не жалуюсь, Батистен, это скромно; однако я желал бы, чтобы этой суммы вы не превышали. Следовательно, вы нигде не найдете места лучше того, на которое вам посчастливилось попасть. Я никогда не бью своих слуг, никогда не браню их, никогда не сержусь, всегда прощаю ошибку и никогда не прощаю небрежности или забывчивости. Мои распоряжения кратки, но ясны и точны; мне приятнее повторить их два и даже три раза, чем видеть их непонятыми. Я достаточно богат, чтобы знать все, что меня интересует, а я очень любопытен, предупреждаю вас. Поэтому, если я когда-нибудь узнаю, что вы обо мне говорили — все равно, хорошо или дурно, — обсуждали мои поступки, следили за моим поведением, вы в ту же минуту будете уволены. Я предупреждаю своих слуг только один раз; вы предупреждены, ступайте!

Батистен поклонился и сделал несколько шагов к двери.

— Кстати, — продолжал граф, — а забыл вам сказать, что ежегодно я кладу известную сумму на имя моих слуг. Те, кого я увольняю, естественно, теряют эти деньги в пользу остальных, которые получат их после моей смерти. Вы служите у меня уже год; начало вашего состояния положено; от вас зависит увеличить его.

Эта речь, произнесенная при Али, который оставался невозмутим, ибо ни слова не понимал по-французски, произвела на Батистена впечатление, понятное всякому, кто знаком с психологией французского слуги.

— Я постараюсь согласоваться во всем с желаниями вашего сиятельства, — сказал он. — Притом же я буду руководствоваться примером господина Али.

— Ни в коем случае, — ледяным тоном возразил граф. — У Али, при всех его достоинствах, много недостатков; не берите с него примера, ибо Али — исключение; жалованья он не получает; это не слуга, это мой раб, моя собака: если он нарушит свой долг, я его не прогоню, я его убью.

Батистен вытаращил глаза.

— Вы не верите? — спросил Монте-Кристо. И он повторил Али то, что перед тем сказал по-французски Батистену.

Али выслушал его, улыбнулся, подошел к своему господину, стал на одно колено и почтительно поцеловал ему руку.

Этот наглядный урок окончательно убедил Батистена.

Граф сделал ему знак удалиться. Али последовал за своим господином. Они прошли в кабинет и долго там беседовали.

В пять часов граф три раза ударил по звонку. Одним звонком он вызывал Али, двумя Батистена, тремя Бертуччо.

Управляющий явился.

— Лошадей! — сказал Монте-Кристо.

— Лошади поданы, — отвечал Бертуччо. — Должен ли я сопровождать ваше сиятельство?

— Нет, только кучер, Батистен и Али.

Граф вышел на крыльцо и увидел свой экипаж, запряженный той самой парой, которой он любовался утром, когда на ней приезжал Данглар.

Проходя мимо лошадей, он окинул их взглядом.

— Они в самом деле великолепны, — сказал он, — вы хорошо сделали, что купили их; правда, это было сделано немного поздно.

— Ваше сиятельство, — сказал Бертуччо, — мне стоило большого труда добыть их, и они обошлись очень дорого.

Граф пожал плечами.

— Разве лошади стали хуже от этого?

— Если ваше сиятельство довольны, — сказал Бертуччо, — то все хорошо. Куда прикажете ехать?

— На улицу Шоссе д'Антен, к барону Данглару. Да, вот что, Бертуччо, — добавил граф. — Мне нужен участок на морском берегу, скажем в Нормандии, между Гавром и Булонью. Я, как видите, не стесняю вас в выборе. Необходимо, чтобы на том участке, который вы приобретете, были маленькая гавань, бухточка или залив, где бы мог стоять мой корвет; его осадка всего пятнадцать футов. Судно должно быть готово выйти в море в любое время дня и ночи. Вы наведете справки у всех нотариусов относительно участка, отвечающего этим условиям; когда вы соберете сведения, вы отправитесь посмотреть и, если одобрите, купите на свое имя. Корвет, вероятно, уже на пути в Фекан?

— В тот самый вечер, когда мы покидали Марсель, я видел, как он вышел в море.

— А яхта?

— Яхте отдан приказ стоять в Мартиге.

— Хорошо! Вы время от времени будете сноситься с обоими капитанами, чтобы они не засыпали.

— А как с пароходом?

— Который стоит в Шалоне?

— Да.

— Те же распоряжения, что и относительно обоих парусников.

— Слушаю.

— Как только вы купите участок, позаботьтесь, чтобы на северной дороге и на южной были приготовлены подставы через каждые десять лье.

— Ваше сиятельство может на меня положиться.

Граф кивнул, вскочил в карету, великолепные кони рванулись и остановились только у дома банкира.

Данглар председательствовал на заседании железнодорожной комиссии, когда ему доложили о визите графа Монте-Кристо. Впрочем, заседание уже подходило к концу.

При имени графа Данглар поднялся с места.

— Господа, — сказал он, обращаясь к своим коллегам, из которых иные были почтенные члены Верхней или Нижней палаты, — простите, что я принужден вас покинуть; но представьте, фирма Томсон и Френч в Риме направила ко мне некоего графа Монте-Кристо, открыв ему неограниченный кредит. Такой нелепой шутки еще никогда не позволяли себе мои корреспонденты. Разумеется, меня обуяло любопытство; сегодня утром я заезжал к этому квазиграфу. Будь он настоящим графом, вы сами понимаете, он не был бы так богат. Они не соизволили меня принять. Что вы на это скажете? Ведь только высочайшие особы или хорошенькие женщины обращаются с людьми так, как этот господин Монте-Кристо! Впрочем, дом его на Елисейских полях в самом деле принадлежит ему и, кажется, очень недурен. Но неограниченный кредит, – продолжал Данглар, улыбаясь своей гнусной улыбкой, – сильно повышает требования того банкира, у которого он открыт. Так что мне не терпится посмотреть на этого господина. По-видимому, меня мистифицируют. Но они там не знают, с кем имеют дело; еще посмотрим, кто посмеется последним.

Произнеся эти слова с такой выразительностью, что даже ноздри его раздулись, господин барон покинул своих гостей и перешел в белую с золотом гостиную, славившуюся на все Шоссе д'Антен. Туда-то он и приказал провести посетителя, чтобы сразу же поразить его.

Граф стоял, рассматривая копии с полотен Альбани и Фаторе, проданные банкиру за оригиналы, но, и будучи только копиями, они никак не подходили к аляповатым золотым завитушкам, украшавшим потолок.

Услышав шаги Данглара, граф обернулся.

Данглар слегка кивнул и жестом пригласил графа сесть в кресло золоченого дерева, обитое белым атласом, затканным золотом. Граф сел.

– Я имею честь разговаривать с господином де Монте-Кристо?

– А я, – отвечал граф, – с господином бароном Дангларом, кавалером Почетного легиона, членом Палаты депутатов?

Монте-Кристо повторял все титулы, которые он прочитал на визитной карточке барона.

Данглар понял насмешку и закусил губу.

– Прошу извинить меня, – сказал он, – если я не назвал вас сразу тем титулом, под каким мне доложили о вас; но, как вы знаете, мы живем при демократическом правительстве, и я являюсь представителем народных интересов.

– Так что, сохранив привычку называть себя бароном, – отвечал Монте-Кристо, – вы отвыкли именовать других графами.

– О, я и сам к этому равнодушен, – небрежно отвечал Данглар, – мне дали титул барона и сделали кавалером Почетного легиона во внимание к некоторым моим заслугам, но...

– Но вы отказались от своих титулов, как некогда Монморанси и Лафайет? Пример, достойный подражания.

– Не совсем, конечно, – возразил смущенный Данглар, – вы понимаете, из-за слуг...

– Да, ваши слуги называют вас «ваша милость»; для журналистов вы – милостивый государь, а для ваших избирателей – гражданин. Эти оттенки очень в ходу при конституционном строе. Я прекрасно вас понимаю.

Данглар поджал губы; он убедился, что на этой почве Монте-Кристо сильнее, и решил вернуться в более привычную область.

– Граф, – сказал он с поклоном, – я получил уведомление от банкирского дома Томсон и Френч.

– Очень приятно, барон. Разрешите мне титуловать вас так, как титулуют вас ваши слуги; это дурная привычка, усвоенная в странах, где еще существуют бароны именно потому, что там не делают новых. Итак, повторяю, мне это очень приятно – это меня избавляет от необходимости представляться самому, что всегда довольно неудобно. Стало быть, вы получили уведомление?

— Да, — сказал Данглар, — но должен признаться, что я не вполне уяснил себе его смысл.

— Да что вы!

— И я даже имел честь заезжать к вам, чтобы попросить у вас некоторых разъяснений.

— Пожалуйста, я вас слушаю.

— Уведомление, — сказал Данглар, — кажется, при мне, — он пошарил в кармане, — да, вот оно; это уведомление открывает графу Монте-Кристо неограниченный кредит в моем банке.

— В чем же дело, барон? Что тут для вас неясно?

— Ничего; только слово «неограниченный»...

— Разве это неправильно выражено? Вы понимаете, это пишут англичане...

— Нет, нет, в отношении грамматики все правильно, но в отношении бухгалтерии дело не так просто.

— Разве банкирский дом Томсон и Френч, по вашему мнению, не совсем надежен, барон? — спросил насколько мог наивнее Монте-Кристо. — Черт возьми, это было бы весьма неприятно, у меня там лежат кое-какие деньги.

— Нет, он вполне надежен, — отвечал Данглар почти насмешливо, — но самый смысл слова «неограниченный», в приложении к финансам, настолько туманен...

— Что не имеет границ, да? — сказал Монте-Кристо.

— Я именно это и хотел сказать. Все неясное возбуждает сомнения, а в сомнении, говорит мудрец, воздержись.

— Из чего следует, — продолжал Монте-Кристо, — что если банкирский дом Томсон и Френч поступает легкомысленно, то фирма Данглар не склонна следовать его примеру.

— То есть?

— Да очень просто; господа Томсон и Френч не связаны размером суммы; а для господина Данглара существует предел; он человек мудрый, как он только что сказал.

— Господин граф, — гордо отвечал банкир, — никто моей кассы еще не считал.

— В таком случае, — холодно возразил Монте-Кристо, — по-видимому, я буду первый, кому это предстоит сделать.

— Почему вы так думаете?

— Потому что разъяснения, которых вы от меня требуете, очень похожи на колебания.

Данглар нахмурился; уже второй раз этот человек побивал его, и теперь уже на такой почве, где он считал себя дома. Его насмешливая учтивость была деланной и граничила с полной своей противоположностью, то есть с дерзостью. Монте-Кристо, напротив, улыбался самым приветливым образом и по желанию принимал наивный вид, дававший ему немалые преимущества.

— Словом, сударь, — сказал Данглар, помолчав, — я хотел бы, чтобы вы меня поняли, и прошу вас назначить ту сумму, которую вы желали бы от меня получить.

— Но, сударь, — сказал Монте-Кристо, решивший в этом споре не уступать ни пяди, — если я просил о неограниченном кредите, то это именно потому, что я не могу знать заранее, какие суммы мне могут понадобиться.

Банкиру показалось, что наступила минута его торжества; с высокомерной улыбкой он откинулся в кресле.

— Говорите смело, — сказал он, — вы сможете убедиться, что наличность фирмы Данглар, хоть и ограниченная, способна удовлетворить самые высокие требования, и если бы даже вы спросили миллион...

— Простите? — сказал Монте-Кристо.

— Я говорю миллион, — повторил Данглар с глупейшим апломбом.

— А на что мне миллион? — сказал граф. — Боже милостивый! Если бы мне нужен был только миллион, то я из-за такого пустяка не стал бы и говорить о кредите. Миллион! Да у меня с собой всегда есть миллион в бумажнике или в дорожном несессере.

Монте-Кристо вынул из маленькой книжечки, где лежали его визитные карточки, две облигации казначейства на предъявителя, по пятьсот тысяч франков каждая.

Такого человека, как Данглар, надо было именно хватить обухом по голове, а не уколоть. Удар обухом возымел свое действие: банкир покачнулся и почувствовал головокружение; он уставился на Монте-Кристо бессмысленным взглядом, и зрачки его дико расширились.

— Послушайте, — сказал Монте-Кристо, — признайтесь, что вы просто не доверяете банкирскому дому Томсон и Френч. Ну что же, я предвидел это, и хоть и мало смыслю в делах, но все же принял некоторые меры предосторожности; вот тут еще два таких же уведомления, как то, которое адресовано вам; одно от венского банкирского дома Арштейн и Эсколес к барону Ротшильду, а другое от лондонского банкирского дома Беринг к господину Лаффиту. Вам стоит только сказать слово, и я избавлю вас от всяких забот, обратившись в один из этих банков.

Это решило исход: Данглар был побежден. Он с заметным трепетом развернул венское и лондонское уведомления, брезгливо протянутые ему графом, и проверил подлинность подписей с тщательностью, которая могла бы показаться Монте-Кристо оскорбительной, если бы он не отнес ее за счет растерянности банкира.

— Да, эти три подписи стоят многих миллионов, — сказал Данглар, вставая, словно желая почтить могущество золота, олицетворенное в сидящем перед ним человеке. — Три неограниченных кредита. Простите, граф, но, и перестав сомневаться, можно все-таки остаться изумленным.

— О, ваш банкирский дом ничем не удивишь, — сказал со всей возможной учтивостью Монте-Кристо. — Так, значит, вы могли бы прислать мне некоторую сумму денег?

— Назовите ее, граф, я к вашим услугам.

— Ну что ж, — проговорил Монте-Кристо, — раз мы пришли к соглашению, а ведь мы пришли к соглашению, верно?

Данглар кивнул.

— И вы уже не сомневаетесь? — продолжал Монте-Кристо.

— Что вы, граф, — воскликнул банкир. — Я никогда и не сомневался.

— Нет, вы только хотели получить доказательства, не более. Итак, — повторил граф, — раз мы пришли к соглашению, раз у вас больше нет никаких сомнений, назначим, если вам угодно, какую-нибудь общую сумму на первый год: скажем, шесть миллионов.

— Шесть миллионов? Отлично! — произнес, задыхаясь, Данглар.

— Если мне понадобится больше, — небрежно продолжал Монте-Кристо, — мы назначим больше; но я не намерен оставаться во Франции больше года и не думаю, чтобы за этот год я превысил эту цифру... ну, там видно будет... Для начала, пожалуйста, распорядитесь доставить мне завтра пятьсот тысяч франков, я буду дома до полудня; а, впрочем, если меня и не будет, то я оставлю своему управляющему расписку.

— Деньги будут у вас завтра в десять часов утра, граф, — отвечал

Данглар. — Как вы желаете, золотом, бумажками или серебром?

— Пополам золотом и бумажками, пожалуйста.

И граф поднялся.

— Должен вам сознаться, граф, — сказал Данглар, — я считал, что точно осведомлен о всех крупных состояниях Европы, а между тем ваше состояние, по-видимому, очень значительное, было мне совершенно неизвестно; оно недавнего происхождения?

— Нет, сударь, — возразил Монте-Кристо, — напротив того, оно происхождения очень старого; это было нечто вроде семейного клада, который запрещено было трогать, так что накопившиеся проценты утроили капитал; назначенный завещателем срок истек всего лишь несколько лет тому назад, так что я пользуюсь им с недавнего времени; естественно, что вы ничего о нем не знаете; впрочем, скоро вы с ним познакомитесь ближе.

При этих словах граф улыбнулся той мертвенной улыбкой, что наводила такой ужас на Франца д'Эпине.

— С вашими вкусами и намерениями, — продолжал Данглар, — вы в нашей столице заведете такую роскошь, что затмите всех нас, жалких миллионеров; но так как вы, по-видимому, любитель искусств, — помнится, когда я вошел, вы рассматривали мои картины, — то все-таки разрешите показать вам мою галерею: все старые картины знаменитых мастеров, с ручательством за подлинность; я не люблю новых.

— Вы совершенно правы, у них у всех один большой недостаток: они еще не успели сделаться старыми.

— Я вам покажу несколько скульптур Торвальдсена, Бартолони, Кановы — все иностранных скульпторов. Как видите, я не поклонник французских мастеров.

— Вы имеете право быть несправедливым к ним, ведь они ваши соотечественники.

— Но все это мы отложим до того времени, когда познакомимся ближе; сегодня я удовольствуюсь тем, что представлю вас, если позволите, баронессе Данглар; простите мою поспешность, граф, но такой клиент, как вы, становится почти членом семейства.

Монте-Кристо поклонился в знак того, что принимает лестное предложение финансиста.

Данглар позвонил; вошел лакей в пышной ливрее.

— Баронесса у себя? — спросил Данглар.

— Да, господин барон.

— Она одна?

— Нет, у баронессы гости.

— Надеюсь, граф, не будет нескромностью, если я представлю вас в присутствии друзей? Вы не собираетесь сохранять инкогнито?

— Нет, барон, — сказал с улыбкой Монте-Кристо, — я не чувствую за собой права на это.

— А кто у баронессы? Господин Дебрэ? — спросил простодушно Данглар, что заставило внутренне улыбнуться Монте-Кристо, уже осведомленного о прозрачных тайнах семейной жизни Данглара.

— Да, господин барон.

Данглар кивнул. Потом обратился к Монте-Кристо.

— Господин Люсьен Дебрэ, — сказал он, — это наш старый друг, личный секретарь министра внутренних дел; что касается моей жены, то она, выходя за меня, соглашалась на неравный брак, потому что она очень старинного рода: урожденная де Сервьер, а по первому браку — вдова маркиза де Наргон.

— Я не имею чести быть знакомым с баронессой Данглар; но я уже встречался с господином Люсьеном Дебрэ.

— Вот как! — сказал Данглар. — Где же это?

— У господина де Морсера.

— Вы знакомы с виконтом?

— Мы встречались с ним в Риме во время карнавала.

— Ах да, — сказал Данглар, — я что-то слышал о каком-то необыкновенном приключении с разбойниками и грабителями в каких-то развалинах. Он каким-то чудесным образом спасся. Он как будто рассказывал об этом моей жене и дочери, когда вернулся из Италии.

— Баронесса просит вас пожаловать, — доложил лакей.

— Я пройду вперед, чтобы указать вам дорогу, — сказал с поклоном Данглар.

— Следую за вами, — ответил Монте-Кристо.

IX. Серая в яблоках пара

Барон в сопровождении графа прошел длинный ряд комнат, отличавшихся тяжелой роскошью и пышной безвкусицей, и дошел до будуара г-жи Данглар, небольшой восьмиугольной комнаты, стены которой были обтянуты розовым атласом и задрапированы индийской кисеей. Здесь стояли старинные золоченые кресла, обитые старинной парчой; над дверьми были нарисованы пастушеские сцены в манере Буше; две прелестные пастели в форме медальона гармонировали с остальной обстановкой и придавали этой маленькой комнате, единственной во всем доме, некоторое своеобразие; правда, ей посчастливилось не попасть в общий план, выработанный Дангларом и его архитектором, одной из самых больших знаменитостей Империи, — ее убранством занимались сама баронесса и Люсьен Дебрэ. Поэтому Данглар, большой поклонник старины, как ее понимали во времена Директории, относился весьма пренебрежительно к этому кокетливому уголку, где его, впрочем, принимали только с тем условием, чтобы он оправдал свое присутствие, приведя кого-нибудь; так что на самом деле не Данглар представлял других, а, наоборот, его принимали лучше или хуже, смотря по тому, насколько наружность гостя была приятна или неприятна баронессе.

Госпожа Данглар, красота которой еще заслуживала того, чтобы о ней говорили, хотя ей было уже тридцать шесть лет, сидела за роялем маркетри, маленьким чудом искусства, между тем как Люсьен Дебрэ у рабочего столика перелистывал альбом.

Еще до прихода графа Люсьен успел достаточно рассказать о нем баронессе. Читатели уже знают, какое сильное впечатление произвел Монте-Кристо за завтраком у Альбера на его гостей; и несмотря на то, что Дебрэ трудно было чем-нибудь поразить, это впечатление у него еще не изгладилось, что и отразилось на сведениях, сообщенных им баронессе. Таким образом, любопытство г-жи Данглар, возбужденное прежними рассказами Морсера и новыми подробностями, услышанными от Люсьена, было доведено до крайности. И рояль, и альбом были всего лишь светской уловкой, помогающей скрыть подлинное волнение. Вследствие всего этого баронесса встретила г-на Данглара улыбкой, что было у нее не в обычае. Графу, в ответ на его поклон, был сделан церемонный, но вместе с тем грациозный реверанс.

Со своей стороны, Люсьен приветствовал графа, как недавнего знакомого, а Данглара дружески.

— Баронесса, — сказал Данглар, — разрешите представить вам графа Монте-Кристо, которого усиленно рекомендуют мне мои римские корреспонденты; я лично могу добавить только одно, но это сразу же сделает его кумиром всех наших прекрасных дам: он приехал в Париж с намерением пробыть здесь год и за это время истратить шесть миллионов; это сулит нам целую серию балов, обедов и ужинов; причем, надеюсь, граф не забудет и нас, так же как и мы его не забудем в случае какого-нибудь маленького торжества в нашем доме.

Хотя это представление и отдавало грубой лестью, но так редко случается встретить человека, приехавшего в Париж с целью истратить в один год княжеское состояние, что г-жа Данглар окинула графа взглядом, не лишенным некоторого интереса.

– И вы приехали, граф... – спросила она.

– Вчера утром, баронесса.

– И приехали, согласно вашей привычке, о которой я уже слышала, с того края света?

– На этот раз всего-навсего из Кадикса.

– Но вы приехали в самое плохое время года. Летом Париж отвратителен: нет ни балов, ни раутов, ни праздников. Итальянская опера уехала в Лондон, Французская опера кочует бог знает где; а Французского театра, как вам известно, вообще больше нет. Для развлечения у нас остались только плохонькие скачки на Марсовом поле и в Сатори. Будут ли ваши лошади, граф, участвовать в скачках?

– Я буду делать все, что принято в Париже, – сказал Монте-Кристо, – если мне посчастливится встретить кого-нибудь, кто преподаст мне необходимые знания о французских обычаях.

– Вы любите лошадей?

– Я провел часть жизни на Востоке, баронесса, а восточные народы ценят только две вещи на свете: благородство лошадей и женскую красоту.

– Вам следовало бы, любезности ради, назвать женщин первыми.

– Вот видите, баронесса, как я был прав, когда выражал желание иметь наставника, который мог бы обучить меня французским обычаям.

В эту минуту вошла горничная баронессы Данглар и, подойдя к своей госпоже, шепнула ей на ухо несколько слов.

Госпожа Данглар побледнела.

– Не может быть! – сказала она.

– Это истинная правда, сударыня, – возразила горничная.

Госпожа Данглар обернулась к мужу:

– Неужели это правда?

– Что именно? – спросил видимо взволнованный Данглар.

– То, что мне сказала горничная...

– А что она вам сказала?

– Она говорит, что когда мой кучер пошел закладывать моих лошадей, их в конюшне не оказалось; что это значит, позвольте вас спросить?

– Сударыня, – сказал Данглар, – выслушайте меня.

– Да, я вас слушаю, сударь, потому что мне любопытно узнать, что вы мне скажете; пусть эти господа рассудят нас, а я начну с того, что расскажу им все по порядку. Господа, – продолжала баронесса, – у барона Данглара в конюшне стоят десять лошадей; из этих десяти лошадей две принадлежат мне, дивные лошади, лучшая пара в Париже; да вы их знаете, Дебрэ, мои серые в яблоках. И вот в тот самый день, как госпожа де Вильфор просит меня предоставить ей мой выезд, когда я уже обещала ей его на завтра для прогулки в Булонском лесу, эта пара исчезает! Господину Данглару, очевидно, представился случай нажить на них несколько тысяч франков, и он их продал. Боже, что за отвратительные люди эти торгаши!

– Сударыня, – отвечал Данглар, – лошади были слишком резвы, ведь это были четырехлетки, и я вечно дрожал за вас.

– Вы отлично знаете, – сказала баронесса, – что у меня уже месяц служит лучший кучер Парижа, если только вы его не продали вместе с лошадьми.

— Мой друг, я вам найду такую же пару, даже еще лучше, если это возможно; но лошадей смирных, спокойных, которые не будут внушать мне такого страха, как эти.

Баронесса с глубоким презрением пожала плечами.

Данглар сделал вид, что не заметил этого жеста, задевающего его супружескую честь, и обратился к Монте-Кристо.

— Право, граф, я сожалею, что не познакомился с вами раньше, — сказал он, — ведь вы сейчас устраиваетесь?

— Конечно, — сказал граф.

— Я бы вам их предложил. Представьте себе, что я продал их за бесценок; но, как я уже сказал, я рад был избавиться от них; такие лошади годятся только для молодого человека.

— Я вам очень благодарен, — возразил граф, — я приобрел сегодня довольно сносную пару, и недорого. Да вот, посмотрите, господин Дебрэ, вы, кажется, любитель?

В то время как Дебрэ направлялся к окну, Данглар подошел к жене.

— Понимаете, — сказал он ей шепотом, — мне предложили за эту пару сумасшедшую цену. Не знаю, кто этот решившийся разориться безумец, который послал ко мне сегодня своего управляющего, но я нажил на ней шестнадцать тысяч франков; не сердитесь, я дам вам из них четыре тысячи и две тысячи Эжени.

Госпожа Данглар кинула на мужа уничтожающий взгляд.

— Господи боже! — воскликнул Дебрэ.

— Что такое? — спросила баронесса.

— Нет, я не ошибаюсь, это ваша пара, ваши лошади запряжены в карету графа.

— Мои серые в яблоках! — воскликнула г-жа Данглар.

И она подбежала к окну.

— В самом деле это они, — сказала она.

Данглар разинул рот.

— Не может быть! — с деланным изумлением сказал Монте-Кристо.

— Невероятно! — пробормотал банкир.

Баронесса шепнула два слова Дебрэ, и тот подошел к Монте-Кристо.

— Баронесса просит вас сказать, сколько ее муж взял с вас за ее выезд?

— Право, не знаю, — сказал граф, — это мой управляющий сделал мне сюрприз, и… он, кажется, обошелся мне тысяч в тридцать.

Дебрэ пошел передать этот ответ баронессе.

Данглар был так бледен и расстроен, что граф сделал вид, что жалеет его.

— Вот видите, — сказал он ему, — до чего женщины неблагодарны: ваша предупредительность нисколько не тронула баронессу; неблагодарны — не то слово, следовало бы сказать — безумны. Но что поделаешь! Все, что опасно, привлекает; поверьте, любезный барон, проще всего — предоставить им поступать, как им вздумается; если они разобьют себе голову, им по крайней мере придется пенять только на себя.

Данглар ничего не ответил; он предчувствовал, что в недалеком будущем его ждет жестокая сцена: брови баронессы уже сдвинулись и, подобно челу Юпитера Громовержца, предвещали грозу. Дебрэ, чувствуя, что она надвигается, сослался на дела и ушел. Монте-Кристо, не желая повредить положению, которое он рассчитывал занять, решил не оставаться дольше, откланялся г-же Данглар и удалился, предоставив барона гневу его жены.

«Отлично! — думал, уходя, Монте-Кристо. — Произошло именно

то, чего я хотел; теперь в моей власти восстановить семейный мир и овладеть зараз сердцем мужа и сердцем жены. Какая удача! Однако, – прибавил он про себя, – я не был представлен мадемуазель Эжени Данглар, с которой мне очень хотелось бы познакомиться. Ничего, – продолжал он со своей обычной улыбкой, – мы в Париже, и время терпит... Это от нас не уйдет!..»

С этими мыслями граф сел в экипаж и поехал домой.

Два часа спустя г-жа Данглар получила от графа Монте-Кристо очаровательное письмо: он писал, что, не желая начинать свою парижскую жизнь с того, чтобы огорчать красивую женщину, он умоляет баронессу принять от него обратно лошадей.

Они были в той же упряжи, в какой она их видела днем, только в каждую из розеток, надетых им на уши, граф велел вставить по алмазу.

Данглар тоже получил письмо. Граф просил его позволить баронессе исполнить этот каприз миллионера и простить ему восточную манеру, с которой он возвращает лошадей.

Вечером Монте-Кристо уехал в Отейль в сопровождении Али.

На следующий день, около трех часов дня, вызванный звонком, Али вошел в кабинет графа.

– Али, – сказал ему граф, – ты мне часто говорил, что ловко бросаешь лассо.

Али кивнул головой и горделиво выпрямился.

– Отлично!.. Так что при помощи лассо ты сумел бы остановить быка?

Али снова кивнул.

– И тигра?

Али кивнул.

– И льва?

Али сделал жест человека, кидающего лассо, и изобразил сдавленное рычание.

– Да, я понимаю, – сказал Монте-Кристо, – ты охотился на львов.

Али гордо кивнул головой.

– А сумеешь ты остановить взбесившихся лошадей?

Али улыбнулся.

– Так слушай, – сказал Монте-Кристо. – Скоро мимо нас промчится экипаж с двумя взбесившимися лошадьми, серыми в яблоках, теми самыми, которые у меня были вчера. Пусть тебя раздавит, но ты должен остановить экипаж у моих ворот.

Али вышел на улицу и провел у ворот черту поперек мостовой, потом вернулся в дом и показал черту графу, следившему за ним глазами.

Граф тихонько похлопал его по плечу; этим он обычно выражал Али свою благодарность. После этого нубиец снова вышел из дому, уселся на угловой тумбе и закурил трубку, между тем как Монте-Кристо ушел к себе, не заботясь больше ни о чем.

Однако к пяти часам, когда граф поджидал экипаж, в его поведении стали заметны легкие признаки нетерпения; он ходил взад и вперед по комнате, окна которой выходили на улицу, временами прислушиваясь и подходя к окну, из которого ему был виден Али, выпускавший клубы дыма с размеренностью, указывавшей, что нубиец всецело поглощен этим важным занятием.

Вдруг послышался отдаленный стук колес, он приближался с быстротой молнии; потом показалась коляска, кучер которой тщетно старался сдержать взмыленных лошадей, мчавшихся бешеным галопом.

В коляске сидели молодая женщина и ребенок лет семи; они тесно прижимались друг к другу и от безмерного ужаса потеряли даже способность кричать; коляска трещала; наскочи колесо на камень или зацепись за дерево, она, несомненно, разбилась бы вдребезги. Она неслась посреди мостовой, и со всех сторон раздавались крики ужаса.

Тогда Али откладывает в сторону свой чубук, вынимает из кармана лассо, кидает его и тройным кольцом охватывает передние ноги левой лошади; она тащит его за собой еще несколько шагов, потом, опутанная лассо, падает, ломает дышло и мешает той лошади, что осталась на ногах, двинуться дальше. Кучер воспользовался этой задержкой и спрыгнул с козел; но Али уже зажал своими железными пальцами ноздри второй лошади, и она, заржав от боли, судорожно дергаясь, повалилась рядом с левой.

На все это потребовалось не больше времени, чем требуется пуле, чтобы попасть в цель.

Однако этого времени оказалось достаточно, чтобы из дома, перед которым все это произошло, успел выскочить мужчина в сопровождении нескольких слуг. Едва кучер распахнул дверцу, как он вынес из коляски даму, которая одной рукой еще цеплялась за подушку, а другой прижимала к груди потерявшего сознание сына. Монте-Кристо понес обоих в гостиную и положил на диван.

— Вам больше нечего бояться, сударыня, — сказал он, — вы спасены.

Женщина пришла в себя и вместо ответа указала ему глазами на сына; взгляд ее умолял красноречивее всяких слов.

В самом деле, ребенок все еще был в обмороке.

— Понимаю, сударыня, — сказал граф, осматривая ребенка, — но не беспокойтесь, с ним ничего не случилось, это просто от страха.

— Ради бога, — воскликнула мать, — может быть, вы только успокаиваете меня? Смотрите, как он бледен! Мальчик мой! Эдуард! Откликнись! Скорее пошлите за доктором. Я все отдам, чтобы спасти моего сына!

Монте-Кристо сделал рукою знак, пытаясь ее успокоить, затем открыл какой-то ящичек, достал инкрустированный золотом флакон из богемского хрусталя, наполненный красной, как кровь, жидкостью, и дал упасть одной капле на губы ребенка.

Мальчик, все еще бледный, тотчас же открыл глаза.

Видя это, мать чуть не обезумела от радости.

— Да где же я? — воскликнула она. — И кому я обязана этим счастьем после такого ужаса?

— Вы находитесь в доме человека, который счастлив, что мог избавить вас от горя, — ответил Монте-Кристо.

— О, проклятое любопытство! — сказала дама. — Весь Париж говорил о великолепных лошадях госпожи Данглар, и я была так безумна, что захотела покататься на них.

— Как? — воскликнул граф с виртуозно разыгранным изумлением. — Разве это лошади баронессы?

— Да, сударь; вы знакомы с ней?

— С госпожой Данглар?.. Я имею честь быть с ней знакомым, и я вдвойне рад, что вы избежали опасности, которой вы подвергались из-за этих лошадей, потому что вы могли бы винить в несчастье меня; этих лошадей я вчера купил у барона, но баронесса была так огорчена, что я вчера же отослал их обратно, прося принять их от меня.

— Так, значит, вы граф Монте-Кристо, о котором так много говорила Эрмина?

— Да, сударыня, — ответил граф.

— А меня зовут Элоиза де Вильфор.

Граф поклонился с видом человека, которому называют совершенно незнакомое имя.

— Как благодарен вам будет господин де Вильфор! — продолжала Элоиза. — Ведь вы спасли нам обоим жизнь; вы вернули ему жену и сына. Если бы не ваш храбрый слуга, мы бы оба погибли.

— Сударыня, мне страшно подумать, какой опасности вы подвергались.

— Но, я надеюсь, вы разрешите мне вознаградить достойным образом самоотверженность этого человека?

— Нет, прошу вас, — отвечал Монте-Кристо, — не портите мне Али ни похвалами, ни наградами; я не хочу приучать его к этому. Али — мой раб; спасая вам жизнь, он тем самым служит мне, а служить мне — его долг.

— Но он рисковал жизнью! — возразила г-жа де Вильфор, подавленная повелительным тоном.

— Эту жизнь я ему спас, — отвечал Монте-Кристо, — следовательно, она принадлежит мне.

Госпожа де Вильфор замолчала; быть может, она задумалась о том, почему этот человек с первого же взгляда производил такое сильное впечатление на окружающих.

Тем временем граф рассматривал ребенка, которого мать покрывала поцелуями. Он был маленький и хрупкий, с белой кожей, какая бывает у рыжеволосых детей; а между тем его выпуклый лоб закрывали густые черные волосы, не поддающиеся завивке, и, обрамляя его лицо, спускались до плеч, оттеняя живость взгляда, в котором светились затаенная озороватость и капризность; у него был большой рот с тонкими губами, которые только слегка порозовели. Этому восьмилетнему ребенку можно было по выражению его лица дать по крайней мере двенадцать лет. Едва придя в себя, он резким движением вырвался из объятий матери и побежал открыть ящичек, из которого граф достал эликсир; затем, ни у кого не спросясь, как ребенок, привыкший исполнять все свои прихоти, он начал откупоривать флаконы.

— Не трогай этого, дружок, — поспешно сказал граф, — некоторые из этих жидкостей опасно не только пить, но даже и нюхать.

Госпожа де Вильфор побледнела и отвела руку сына, притянув его к себе; но, успокоившись, она все же кинула на ящичек быстрый, но выразительный взгляд, на лету перехваченный графом.

В эту минуту вошел Али.

Госпожа де Вильфор ласково взглянула на него и еще крепче прижала к себе ребенка.

— Эдуард, — сказала она, — посмотри на этого достойного слугу; он очень храбрый, он рисковал своей жизнью, чтобы остановить наших взбесившихся лошадей и готовую разбиться коляску. Поблагодари его: если бы не он, нас обоих, вероятно, сейчас уже не было бы в живых.

Мальчик надул губы и презрительно отвернулся.

— Какой урод! — сказал он.

Граф улыбнулся, как будто ребенок поступил именно так, как он того ожидал; г-жа де Вильфор пожурила сына, но так мягко, что это вряд ли пришлось бы по вкусу Жан-Жаку Руссо, если бы маленького Эдуарда звали Эмилем.

— Видишь, — сказал граф по-арабски Али, — эта дама просит сына поблагодарить тебя за то, что ты спас им жизнь, а ребенок говорит, что ты слишком уродлив.

Али повернул свое умное лицо и посмотрел на ребенка, не меняя выражения; но по дрожанию его ноздрей Монте-Кристо понял, что араб обижен до глубины души.

— Граф, — сказала г-жа де Вильфор, вставая и собираясь идти, — вы всегда живете в этом доме?

— Нет, сударыня, — отвечал граф, — сюда я наезжаю только по временам; я живу на Елисейских полях, номер тридцать. Но я вижу, что вы совершенно оправились и собирается идти. Я уже распорядился, чтобы этих самых лошадей запрягли в мою карету, и Али, этот урод, – сказал он, улыбаясь мальчику, – отвезет вас домой, а ваш кучер останется здесь, чтобы присмотреть за починкой коляски. Как только это будет сделано, одна из моих запряжек доставит ее прямо к госпоже Данглар.

– Но я ни за что не решусь ехать на этих лошадях, – сказала г-жа де Вильфор.

– Вы увидите, – отвечал Монте-Кристо, – что в руках Али они станут кроткими, как овечки.

Между тем Али подошел к лошадям, которых с большим трудом подняли на ноги. В руках он держал маленькую губку, пропитанную ароматическим уксусом; он потер ею ноздри и виски покрытых пеной и потом лошадей; они тотчас же стали громко фыркать и несколько секунд дрожали всем телом.

Потом, на глазах у собравшейся перед домом густой толпы, привлеченной зрелищем разбитой коляски и слухами о случившемся, Али велел впрячь лошадей в карету графа, взял в руки вожжи и взобрался на козлы. К великому изумлению всех, кто видел, как эти лошади только что неслись вихрем, ему пришлось усиленно стегать их кнутом, чтобы заставить тронуться с места, и то от этих хваленых серых, совершенно остолбеневших, окаменевших, помертвелых лошадей ему удалось добиться только самой неуверенной и вялой рыси; г-же де Вильфор потребовалось около двух часов, чтобы добраться до предместья Сент-Оноре, где она жила.

Как только она вернулась домой и первое волнение в семье утихло, она написала г-же Данглар следующее письмо:

«Дорогая Эрмина!

Меня и моего сына только что чудесным образом спас от смерти тот самый граф Монте-Кристо, о котором мы столько говорили вчера вечером и которого я никак не ожидала встретить сегодня. Вчера вы говорили мне о нем с восхищением, над которым я смеялась со всем доступным мне остроумием, но сегодня я нахожу, что ваше восхищение еще слишком мало для оценки человека, внушившего его вам. В Ранелаге ваши лошади понесли, и мы, несомненно, разбились бы насмерть о первое встречное дерево или первую тумбу в деревне, если бы вдруг какой-то араб, негр, нубиец – словом, какой-то чернокожий, слуга графа, кажется, по его приказу, не остановил мчавшихся лошадей, рискуя собственной жизнью; и поистине чудо, что он уцелел. Тут подоспел граф, отнес нас к себе и вернул моего Эдуарда к жизни. Домой нас доставили в собственной карете графа; вашу коляску вернут вам завтра. Ваши лошади очень ослабели после этого несчастного случая, они точно одурели; можно подумать, будто они не могут себе простить, что дали человеку усмирить их. Граф поручил мне передать вам, что если они проведут спокойно два дня в конюшне, питаясь только ячменем, то они снова будут в таком же цветущем, то есть устрашающем состоянии, как вчера.

До свидания! Я не благодарю вас за прогулку; но все-таки с моей стороны было бы неблагодарностью сердиться на вас за капризы вашей пары, потому что такому капризу я обязана знакомством с графом Монте-Кристо, а этот знатный иностранец представляется мне, даже если забыть о его миллионах, столь любопытной загадкой, что я постараюсь разгадать ее, даже если бы мне для этого пришлось снова прокатиться по Булонскому лесу на ваших лошадях.

Эдуард перенес все случившееся с поразительным мужеством. Он, правда, потерял сознание, но до этого ни разу не вскрикнул, а после не пролил ни слезинки. Вы мне снова скажете, что меня ослепляет материнская любовь, но в этом хрупком и нежном теле живет железный дух.

Валентина шлет сердечный привет вашей милой Эжени, а я от всего сердца целую вас.
Элоиза де Вильфор.

P.S. Дайте мне возможность каким-нибудь образом встретиться у вас с этим графом Монте-Кристо, я непременно хочу его снова увидеть. Между прочим, мне удалось убедить г-на де Вильфора отдать ему визит; я надеюсь, что он сделает это».

Вечером отейльское происшествие было у всех на устах; Альбер рассказывал о нем своей матери, Шато-Рено – в Жокей-клубе, Дебрэ – в салоне министра; даже Бошан оказал графу внимание, посвятив ему в своей газете двадцать строчек в отделе происшествий, что сделало благородного чужестранца героем в глазах всех женщин высшего света. Очень многие оставляли свои карточки у г-жи де Вильфор, чтобы иметь возможность при случае повторить свой визит и услышать из ее уст подлинный рассказ об этом необычайном событии.

Что касается г-на де Вильфора, то, как писала Элоиза, он надел черный фрак, белые перчатки, нарядил лакеев в самые лучшие ливреи и, сев в свой парадный экипаж, в тот же вечер отправился в дом № 30 на Елисейских полях.

X. Философия

Если бы граф Монте-Кристо дольше вращался в парижском свете, он по достоинству оценил бы поступок г-на де Вильфора. Хорошо принятый при дворе – безразлично, был ли на троне король из старшей линии или из младшей, был ли первый министр доктринером, либералом или консерватором, – почитаемый всеми за человека искусного, как то обычно бывает с людьми, никогда не терпевшими политических неудач, ненавидимый многими, но горячо защищаемый некоторыми, хоть и не любимый никем, – Вильфор занимал высокое положение в судебном ведомстве и держался на этой высоте, как какой-нибудь Арлэ или Моле.[40] Его салон, хоть и оживленный присутствием молодой жены и восемнадцатилетней дочери от первого брака, был одним из тех строгих парижских салонов, где царят культ традиций и религия этикета. Холодная

---

[40] Председатели парижского парламента в XVII веке.

учтивость, абсолютная верность принципам правительства, глубокое презрение к теориям и теоретикам, глубокая ненависть ко всяким философствованиям – вот что составляло видимую сущность частной и общественной жизни г-на де Вильфора. Вильфор был не только судебным деятелем, но почти дипломатом. Его отношения к прежнему двору, о которых он всегда упоминал почтительно и с достоинством, заставляли и нынешний относиться к нему с уважением, и он столько знал, что с ним не только всегда считались, но даже иногда прибегали к его советам. Может быть, все было бы иначе, если бы нашлась возможность избавиться от Вильфора; но он, подобно непокорным своему сюзерену феодальным властителям, заперся в неприступной крепости. Этой крепостью было его положение королевского прокурора, преимуществами которого он отлично умел пользоваться и с которым он расстался бы лишь для депутатского кресла, что позволило бы ему сменить нейтралитет на оппозицию.

Обычно Вильфор мало кому делал или отдавал визиты. Это делала за него его жена; в свете уже привыкли к этому и приписывали многочисленным и важным занятиям судьи то, что в действительности делалось из расчетливого высокомерия, из подчеркнутого аристократизма, применительно к аксиоме: «Показывай, что уважаешь себя, – и тебя будут уважать»; эта аксиома куда более полезна в нашем мире, чем греческое: «Познай самого себя», – ныне замененное гораздо менее трудным и более выгодным искусством познавать других. Для своих друзей Вильфор был могущественным покровителем; для недругов – тайным, но непримиримым противником; для равнодушных – скорее изваянием, изображающим закон, чем живым человеком; высокомерный вид, бесстрастное лицо, бесцветный, тусклый или дерзко пронизывающий и испытующий взор – таков был этот человек, чей пьедестал сначала соорудили, а затем укрепили четыре удачно нагроможденные друг на друга революции.

Вильфор пользовался репутацией наименее любопытного и наименее банального человека во Франции: он ежегодно давал бал, где появлялся только на четверть часа, то есть на сорок пять минут меньше, чем король на придворных балах; его никогда не видели ни в театрах, ни в концертах – словом, ни в одном общественном месте; изредка он играл партию в вист, и в этом случае ему старались подобрать достойных партнеров: какого-нибудь посланника, архиепископа, князя, какого-нибудь президента или, наконец, вдовствующую герцогиню.

Вот каков был человек, экипаж которого остановился у дверей графа Монте-Кристо.

Камердинер доложил о г-не де Вильфоре в ту минуту, когда граф, наклонившись над большим столом, изучал на карте путь из Санкт-Петербурга в Китай.

Королевский прокурор вошел в комнату тем же степенным, размеренным шагом, каким входил в залу суда; это был тот же человек, или, вернее, продолжение того самого человека, которого мы некогда знали в Марселе как помощника прокурора. Природа, всегда последовательная, ничего не изменила и для него в своем течении. Из тонкого он стал тощим, из бледного – желтым; его глубоко сидящие глаза ввалились, так что его очки в золотой оправе, сливаясь с глазными впадинами, казались частью его лица; за исключением белого галстука весь его костюм был черный, и этот траурный цвет нарушала лишь едва заметная красная ленточка в петлице, напоминавшая нанесенный кистью кровяной мазок.

Как ни владел собою Монте-Кристо, все же, отвечая на поклон, он с явным любопытством взглянул на прокурора. Вильфор, со своей стороны, недоверчивый по привычке и не имевший обыкновения слепо восхищаться чудесами светской жизни, был более склонен смотреть на благородного чужестранца – так уже прозвали Монте-Кристо, – как на авантюриста, избравшего новую арену деятельности, или как на сбежавшего преступника, чем как на князя папского престола или султана из «Тысячи и одной ночи».

– Милостивый государь, – сказал Вильфор тем визгливым голосом, к которому прибегают прокуроры в своих ораторских выступлениях и от которого они не могут или не хотят отрешиться и в разговорной речи, – милостивый государь, исключительная услуга, оказанная вами вчера моей жене и моему сыну, налагает на меня в отношении вас долг, который я и явился исполнить. Позвольте выразить вам мою признательность.

И при этих словах суровый взгляд Вильфора был полон всегдашнего высокомерия. Он произнес их обычным своим тоном главного прокурора, с той окоченелостью шеи и плеч, которая заставляла его льстецов утверждать, что он живая статуя закона.

– Милостивый государь, – отвечал с такой же ледяной холодностью граф, – я счастлив, что мог сохранить матери ее ребенка, потому что материнская любовь, как говорят, самое святое из чувств; и это счастье, выпавшее на мою долю, избавляло вас от необходимости выполнять то, что вы называете долгом и что для меня является честью, которою я, разумеется, очень дорожу, так как знаю, что господин де Вильфор редко кого ею удостаивает, но которая, сколь высоко я ее ни ставлю, менее ценна в моих глазах, чем внутреннее удовлетворение.

Вильфор, изумленный этим неожиданным для него выпадом, вздрогнул, как воин, чувствующий сквозь броню нанесенный ему удар, и около его губ появилась презрительная складка, указывающая, что он никогда и не причислял графа Монте-Кристо к отменно учтивым людям. Он окинул взглядом комнату, ища другой темы, чтобы возобновить разговор, казалось, безнадежно погибший. Он увидел карту, которую Монте-Кристо изучал в ту минуту, когда он вошел, и заметил:

– Вы интересуетесь географией? Это обширная область, особенно для вас, который, как уверяют, посетил столько стран, сколько их изображено в этом атласе.

– Да, – отвечал граф, – я задался целью произвести на человечестве в целом то, что вы ежедневно проделываете на исключениях, – то есть психологическое исследование. Я считал, что впоследствии мне будет легче перейти от целого к части, чем от части к целому. Алгебраическая аксиома требует, чтобы из известного выводили неизвестное, а не из неизвестного известное... Но садитесь же, прошу вас.

И Монте-Кристо жестом указал королевскому прокурору на кресло, которое тот был вынужден собственноручно придвинуть к столу, а сам просто опустился в то, на которое опирался коленом, когда вошел Вильфор; таким образом, граф теперь сидел вполоборота к своему гостю, спиною к окну и опираясь локтями на географическую карту, о которой шла речь. Разговор принимал характер, совершенно аналогичный той беседе, которая велась у Морсера и у Данглара; разница была лишь в обстановке.

– Да вы философствуете, – начал Вильфор после паузы, во время которой он собирался с силами, как атлет, встретивший опасного противника. – Честное слово, если бы мне, как вам, нечего было делать, я выбрал бы себе менее унылое занятие.

– Вы правы, – ответил Монте-Кристо, – когда при солнечном свете изучаешь человеческую натуру, она выглядит довольно мерзко. Но вы, кажется, изволили сказать, что мне нечего делать? А скажите, кстати, вы-то сами, по-вашему, что-нибудь делаете? Проще говоря, считаете ли вы, что то, что вы делаете, достойно называться делом?

Изумление Вильфора удвоилось при этом новом резком выпаде странного противника; давно уже прокурор не слышал такого смелого парадокса, вернее, он слышал его в первый раз.

Королевский прокурор решил ответить.

— Вы иностранец, — сказал он, — и вы, кажется, сами говорили, что часть вашей жизни протекла на Востоке; вы, следовательно, не можете знать, насколько человеческое правосудие, стремительное в варварских странах, действует у нас осторожно и методически.

— Как же, как же: это pede claudo[41] древних. Я все это знаю, потому что в каждой стране я больше всего интересовался именно правосудием и сравнивал уголовное судопроизводство каждой нации с естественным правосудием; и я должен сказать, что закон первобытных народов, закон возмездия, по-моему, всего угоднее богу.

— Если бы этот закон был введен, — сказал королевский прокурор, — он бы весьма упростил наши уложения о наказаниях, и в этом случае нашим судьям, как вы сказали, действительно нечего было бы делать.

— К этому, может быть, мы еще придем, — отвечал Монте-Кристо. — Вы ведь знаете, что людские изобретения от сложного переходят к простому; а простое всегда совершенно.

— Но пока, — сказал прокурор, — существуют наши законы с их противоречивыми статьями, почерпнутыми из галльских обычаев, из римского права, из франкских традиций; и вы должны согласиться, что знание всех этих законов приобретается не так легко и требует долгий труд, чтобы приобрести это знание, и немалые умственные способности, чтобы, изучив эту науку, не забыть ее.

— Я того же мнения, но все, что вы знаете о французских законах, я знаю о законах всех наций: законы английские, турецкие, японские, индусские мне так же хорошо известны, как и французские; поэтому я был прав, говоря, что по сравнению с тем, что я проделал, вы мало что делаете, и по сравнению с тем, что я изучил, вы знаете мало, вам еще многому надо поучиться.

— Но для чего вы изучали все это? — спросил удивленный Вильфор.

Монте-Кристо улыбнулся.

— Знаете, — сказал он, — я вижу, что, несмотря на вашу репутацию необыкновенного человека, вы смотрите на вещи с общественной точки зрения, материальной и обыденной, начинающейся и кончающейся человеком, то есть с самой ограниченной и узкой точки зрения, возможной для человеческого разума.

— Что вы хотите этим сказать? — возразил, все более изумляясь, Вильфор. — Я вас... не совсем понимаю.

— Я хочу сказать, что взором, направленным на социальную организацию народов, вы видите лишь механизм машины, а не того совершенного мастера, который приводит ее в движение; вы замечаете вокруг себя только чиновников, назначенных на свои должности министрами или королем, а люди, которых бог поставил выше чиновников, министров и королей, поручив им выполнение миссии, а не исполнение должности, — эти люди ускользают от ваших близоруких взоров. Это свойство человеческого ничтожества с его несовершенными и слабыми органами. Товия принял ангела, явившегося возвратить ему зрение, за обыкновенного юношу. Народы

---

[41] Pede Poena claudo (Гораций. Оды, III, 2) — хромоногая (то есть медлительная) кара *(лат.)*.

считали Аттилу, явившегося уничтожить их, таким же завоевателем, как и все остальные. Им обоим пришлось открыть свое божественное назначение, чтобы быть узнанными; одному пришлось сказать: «Я ангел господень», а другому: «Я божий молот», чтобы их божественная сущность открылась.

— И вы, — сказал Вильфор, удивленный, думая, что он говорит с фанатиком или безумцем, — вы считаете себя одним из этих необыкновенных существ, о которых вы только что говорили?

— А почему бы нет? — холодно спросил Монте-Кристо.

— Прошу извинить меня, — возразил сбитый с толку Вильфор, — но, являясь к вам, я не знал, что знакомлюсь с человеком, чьи познания и ум настолько превышают обыкновенные познания и обычный разум человека. У нас, несчастных людей, испорченных цивилизацией, не принято, чтобы подобные вам знатные обладатели огромных состояний — так по крайней мере уверяют: вы видите, я ни о чем не спрашиваю, а только повторяю молву, — так вот, у нас не принято, чтобы эти баловни фортуны теряли время на социальные проблемы, на философские мечтания, созданные разве что для утешения тех, кому судьба отказала в земных благах.

— Скажите, — отвечал граф, — неужели вы достигли занимаемого вами высокого положения, ни разу не подумав и не увидев, что возможны исключения; и неужели вы своим взором, которому следовало бы быть таким верным и острым, никогда не пытались проникнуть в самую сущность человека, на которого он упал? Разве судья не должен быть не только лучшим применителем закона, не только самым хитроумным истолкователем темных статей, но стальным зондом, исследующим людские сердца, пробным камнем для того золота, из которого сделана всякая душа, с большей или меньшей примесью лигатуры?

— Вы, право, ставите меня в тупик, — сказал Вильфор, — я никогда не слышал, чтобы кто-нибудь говорил так, как вы.

— Это потому, что вы никогда не выходили из круга обычных жизненных условий и никогда не осмеливались вознестись в высшие сферы, которые бог населил невидимыми и исключительными созданиями.

— И вы допускаете, что эти сферы существуют, что исключительные и невидимые создания окружают нас?

— А почему бы нет? Разве вы видите воздух, которым дышите и без которого не могли бы существовать?

— Но в таком случае мы не видим тех, о которых вы говорите?

— Нет, вы их видите, когда богу угодно, чтобы они материализовались; вы их касаетесь, сталкиваетесь с ними, разговариваете с ними, и они вам отвечают.

— Признаюсь, — сказал, улыбаясь, Вильфор, — очень бы хотел, чтобы меня предупредили, когда одно из таких созданий столкнется со мной.

— Ваше желание исполнилось: вас уже предупредили, и я еще раз предупреждаю вас.

— Так что, вы сами…

— Да, я одно из этих исключительных созданий, и думаю, что до сих пор ни один человек в мире не был в таком положении, как я. Державы царей ограничены — либо горами, либо реками, либо чуждыми нравами и обычаями, либо иноязычием. Мое же царство необъятно, как мир, ибо я ни итальянец, ни француз, ни индус, ни американец, ни испанец — я космополит. Ни одно государство не может считать себя моей родиной, и только богу известно, в какой стране я умру. Я принимаю все обычаи, я говорю на всех языках. Вам кажется, что я француз, не правда ли, потому что я говорю по-французски так же свободно и так же чисто, как вы? А вот Али, мой нубиец, принимает меня за араба; Бертуччо, мой управляющий, – за уроженца Рима; Гайде, моя невольница, считает меня греком. Я не принадлежу ни к одной стране, не ищу защиты ни у одного правительства, ни одного человека не считаю своим братом, и потому ни одно из тех сомнений, которые связывают могущественных, и ни одно из тех препятствий, которые останавливают слабых, меня не останавливает и не связывает. У меня только два противника, я не скажу – победителя, потому что своей настойчивостью я покоряю их, – это время и расстояние. Третий, и самый страшный, – это мое положение смертного. Смерть одна может остановить меня на своем пути, и раньше, чем я достигну намеченной цели; все остальное я рассчитал. То, что люди называют превратностями судьбы – разорение, перемены, случайности, – все это я предвидел; некоторые из них могут задеть меня, но ни одно не может меня свалить. Пока я не умру, я всегда останусь тем же, что теперь; вот почему я говорю вам такие вещи, которых вы никогда не слышали, даже из королевских уст, потому что короли в вас нуждаются, а остальные люди боятся вас. Ведь кто не говорит себе в нашем, так смешно устроенном обществе: «Может быть, и мне когда-нибудь придется иметь дело с королевским прокурором!»

— А разве к вам самим это не относится? Ведь раз вы живете во Франции, вы, естественно, подчинены французским законам.

— Я это знаю, – отвечал Монте-Кристо. – Но когда я собираюсь в какую-нибудь страну, я начинаю с того, что известными мне путями стараюсь изучить всех тех людей, которые могут быть мне чем-нибудь полезны или опасны, и в конце концов я знаю их так же хорошо, а может быть, даже и лучше, чем они сами себя знают. Это приводит к тому, что какой бы то ни было королевский прокурор, с которым мне придется иметь дело, несомненно, окажется в более затруднительном положении, чем я.

— Вы хотите сказать, – возразил с некоторым колебанием Вильфор, – что так как человеческая природа слаба, то всякий человек, по-вашему, совершал в жизни… ошибки?

— Ошибки… или преступления, – небрежно отвечал Монте-Кристо.

— И что вы единственный из всех людей, которых вы, по вашим же словам, не признаете братьями, – продолжал слегка изменившимся голосом Вильфор, – вы единственный совершенны?

— Не то чтобы совершенен, – отвечал граф, – непроницаем, только и всего. Но прекратим этот разговор, если он вам не по душе; мне не более угрожает ваше правосудие, чем вам моя прозорливость.

— Нет, нет, – с живостью сказал Вильфор, явно опасавшийся, что графу покажется, будто он желает оставить эту тему, – зачем же! Вашей блестящей и почти вдохновенной беседой вы вознесли меня над обычным уровнем; мы уже не разговариваем, мы рассуждаем. А богословы с сорбоннской кафедры или философы в своих спорах, вы сами знаете, иногда говорят друг другу жестокие истины; предположим, что мы занимаемся социальным богословием или богословской философией; и я вам скажу следующую истину, какой бы горькой она ни была: «Брат мой, вас обуяла гордыня; вы превыше других, но превыше вас бог».

— Превыше всех, – проговорил Монте-Кристо так проникновенно, что Вильфор невольно вздрогнул, – моя гордость – для людей, этих гадов, всегда готовых подняться против того, кто выше их и кто не попирает их ногами. Но я повергаю свою гордость перед богом, который вывел меня из ничтожества и сделал тем, что я теперь.

— В таком случае, граф, я восхищаюсь вами, – сказал Вильфор, впервые в продолжение этого странного разговора назвав своего собеседника этим титулом. — Да, если вы в самом деле обладаете силой, если вы высшее существо, если вы святой или непроницаемый человек, вы правы; это, в сущности, почти одно и то же, — тогда ваша гордость понятна: на этом зиждется власть. Однако есть же что-нибудь, чего вы домогаетесь?

— Да, было.

— Что именно?

— И я так же, как это случается раз в жизни со всяким человеком, был вознесен сатаною на самую высокую гору мира; оттуда он показал мне на мир и, как некогда Христу, сказал: «Скажи мне, сын человеческий, чего ты просишь, чтобы поклониться мне?» Тогда я впал в долгое раздумье, потому что уже длительное время душу мою снедала страшная мечта. Потом я ответил ему: «Послушай, я всегда слышал о провидении, а между тем я никогда не видел ни его, ни чего-либо похожего на него и стал думать, что его не существует; я хочу стать провидением, потому что не знаю в мире ничего выше, прекраснее и совершеннее, чем награждать и карать». Но сатана склонил голову и вздохнул. «Ты ошибаешься, — сказал он, — провидение существует, только ты не видишь его, ибо, дитя господне, оно так же невидимо, как и его отец. Ты не видел ничего похожего на него, ибо и оно движет тайными пружинами и шествует по темным путям; все, что я могу сделать для тебя, — это обратить тебя в одно из орудий провидения». Наш договор был заключен; быть может, я погубил свою душу. Но все равно, — продолжал Монте-Кристо, — если бы пришлось снова заключать договор, я заключил бы его снова.

Вильфор смотрел на Монте-Кристо, полный бесконечного изумления.

— Граф, — спросил он, — у вас есть родные?

— Нет, я один на свете.

— Тем хуже!

— Почему? — спросил Монте-Кристо.

— Потому что вам, может быть, пришлось бы стать свидетелем зрелища, которое разбило бы вашу гордость. Вы говорите, что вас страшит только смерть?

— Я не говорю, что она меня страшит; я говорю, что только она может мне помешать.

— А старость?

— Моя миссия будет закончена до того, как наступит моя старость.

— А сумасшествие?

— Я уже был на пороге безумия, а вы знаете правило: non bis idem;[42] это правило уголовного права и, следовательно, относится к вашей компетенции.

— Страшны не только смерть, старость или безумие, — сказал Вильфор, — существует, например, апоплексия — это громовой удар, он поражает вас, но не уничтожает и, однако, после него все кончено. Это все еще вы и уже не вы; вы, который, словно Ариель, был почти ангелом, становитесь недвижной массой, которая, подобно Калибану, уже почти животное; на человеческом языке это называется, как я уже сказал, попросту апоплексией. Прошу вас заехать когда-нибудь ко мне, граф, чтобы продолжить эту беседу, если у вас явится желание встретиться с противником, способным вас понять и жаждущим вас опровергнуть, и я покажу вам моего отца, господина Нуартье де Вильфора, одного из самых ярых якобинцев времен первой революции, сочетание самой блестящей отваги с самым крепким телосложением; этот человек если и не видел, подобно вам, все

---

[42] Дважды за одно не отвечают *(лат.)*.

государства мира, то участвовал в ниспровержении одного из самых могущественных; он, как и вы, считал себя одним из посланцев если не бога, то верховного существа, если не провидения, то судьбы; и что же – разрыв кровеносного сосуда в мозгу уничтожил все это, и не в день, не в час, а в одну секунду. Еще накануне Нуартье, якобинец, сенатор, карбонарий, которому нипочем ни гильотина, ни пушка, ни кинжал, Нуартье, играющий революциями, Нуартье, для которого Франция была лишь огромной шахматной доской, где должны были исчезнуть и пешки, и туры, и кони, и королева, лишь бы королю был сделан мат, – этот грозный Нуартье на следующий день обратился в «несчастного Нуартье», неподвижного старца, попавшего под власть самого слабого члена семьи, своей внучки Валентины, в немой и застывший труп, который живет без страданий, только чтобы дать время материи дойти понемногу до окончательного разложения.

– К сожалению, – сказал Монте-Кристо, – в этом зрелище не будет ничего нового ни для моих глаз, ни для моего ума; я немного врач, и я так же, как и мои собратья, не раз искал душу в живой материи или в материи мертвой; но, подобно провидению, она осталась невидимой для моих глаз, хотя сердце ее и чувствовало. Сотни авторов вслед за Сократом, за Сенекой, за святым Августином или Галлем приводили в стихах и прозе то же сравнение, что и вы; но я понимаю, что страдания отца могут сильно изменить образ мыслей сына. Поскольку вы делаете мне честь, приглашая меня, я приеду к вам поучиться смирению на том тягостном зрелище, которое должно так печалить вашу семью.

– Это, несомненно, так бы и было, если бы господь не даровал мне щедрого возмещения. Рядом с этим старцем, который медленными шагами сходит в могилу, у порога жизни стоят двое детей: Валентина, моя дочь от первого брака с мадемуазель Рене де Сен-Меран, и Эдуард, мой сын, которого вы спасли от смерти.

– Какой же вы делаете вывод из этого возмещения? – спросил Монте-Кристо.

– Тот вывод, – отвечал Вильфор, – что мой отец, обуреваемый страстями, совершил одну из тех ошибок, которые ускользают от людского правосудия, но не уходят от божьего суда!.. И что бог, желая покарать только одного человека, поразил лишь его одного.

Монте-Кристо, продолжая улыбаться, издал в глубине сердца такое рычание, что, если бы Вильфор мог его слышать, он бежал бы без оглядки.

– До свидания, сударь, – продолжал королевский прокурор, уже несколько времени перед тем вставший с кресла и разговаривавший стоя, – я покидаю вас с чувством глубокого уважения, которое, надеюсь, будет вам приятно, когда вы поближе познакомитесь со мною, потому что я, во всяком случае, не банальный человек. К тому же в госпоже де Вильфор вы приобрели друга на всю жизнь.

Граф поклонился и проводил Вильфора только до двери кабинета; королевский прокурор спустился к своей карете, предшествуемый двумя лакеями, которые, по его знаку, поспешили распахнуть дверцу.

Когда королевский прокурор исчез из виду, Монте-Кристо с усилием перевел дыхание и улыбнулся.

– Нет, – сказал он, – нет, довольно яда; и раз мое сердце им переполнено, поищем противоядия.

Он ударил один раз в гулкий гонг.

– Я буду у госпожи, – сказал он вошедшему Али, – и через полчаса пусть подадут карету.

XI. Гайде

Читатель помнит, кто были новые или, вернее, старые знакомые графа Монте-Кристо, жившие на улице Меле, – это были Максимилиан, Жюли и Эмманюель.

Ожидание этой милой встречи, этих нескольких счастливых минут, этого райского луча, озаряющего ад, куда он добровольно вверг себя, наложило, чуть только уехал Вильфор, чудесную ясность на лицо Монте-Кристо. Прибежавший на звонок Али, увидя это лицо, сияющее такой необычайной радостью, удалился на цыпочках и затаив дыхание, словно боясь спугнуть приятные мысли, которые, казалось ему, витали вокруг его господина.

Был уже полдень; граф оставил себе свободный час, чтобы провести его с Гайде; радость не сразу овладевала этой истерзанной душой, которой нужно было как бы подготовиться к сладостным ощущениям, подобно тому как другим душам необходимо подготовиться к ощущениям сильным.

Молодая гречанка, как мы уже сказали, занимала комнаты, совершенно отделенные от комнат графа. Все они были обставлены на восточный лад: паркет был устлан толстыми турецкими коврами, стены завешаны парчой, и в каждой комнате вдоль стен тянулся широкий диван с грудами в беспорядке раскиданных подушек.

У Гайде были три служанки-француженки и одна гречанка. Все три француженки находились в первой комнате, готовые прибежать по первому звуку золотого колокольчика и выполнить приказания невольницы-гречанки, достаточно хорошо владевшей французским языком, чтобы передавать желания своей госпожи ее трем камеристкам, которым Монте-Кристо предписал относиться к Гайде столь же почтительно, как к королеве.

Молодая девушка находилась в самой дальней из своих комнат, то есть в круглом будуаре, куда дневной свет проникал только сверху, сквозь розовые стекла. Она лежала на полу, на подушках из голубого атласа, затканных серебром, легко прислонившись спиной к дивану; закинув за голову мягким изгибом правую руку, левой она подносила к губам коралловый мундштук с прикрепленной к нему гибкой трубкой кальяна, чтобы табачный дым попадал в ее рот только пропитанный бензоевой водой, через которую его заставляло проходить ее нежное дыхание.

Ее поза, вполне естественная для восточной женщины, показалась бы аффектированно-кокетливой, будь на ее месте француженка.

На ней был обычный костюм эпирских женщин: белые атласные затканные розовыми цветами шаровары, доходившие до крошечных детских ступней, которые показались бы изваянными из паросского мрамора, если бы они не подкидывали двух маленьких, вышитых золотом и жемчугом сандалий с загнутыми носками; рубашка с продольными белыми и голубыми полосами, с широкими откидными рукавами, оставлявшими руки свободными, с серебряными петлями и жемчужными пуговицами; и, наконец, нечто вроде корсажа, застегнутого на три бриллиантовые пуговицы, треугольный вырез которого позволял видеть шею и верхнюю часть груди. Ее талию охватывал яркий пояс с длинной шелковой бахромой – предмет мечтаний наших парижских модниц.

На ее голове была золотая, вышитая жемчугом шапочка, слегка сдвинутая набок, и в иссиня-черные волосы была воткнута чудесная живая пурпурная роза.

Что касается красоты этого лица, то это была греческая красота во всем ее совершенстве; большие черные бархатные глаза, прямой нос, коралловый рот и жемчужные зубы.

И все это очарование было озарено весною молодости, во всем ее блеске и благоухании: Гайде было не больше девятнадцати или двадцати лет.

Монте-Кристо вызвал прислужницу-гречанку и велел спросить у Гайде разрешения посетить ее.

Вместо ответа Гайде знаком велела служанке приподнять портьеру, закрывавшую дверь, и в ее четырехугольной раме, словно прелестная картина, возникла лежащая молодая девушка.

Монте-Кристо вошел в комнату.

Гайде приподнялась на локте, не выпуская кальян, и с улыбкой протянула графу свободную руку.

– Почему, – сказала она на звучном языке женщин Спарты и Афин, – почему ты спрашиваешь у меня позволения войти ко мне? Разве ты больше не господин мой, разве я больше не раба твоя?

Монте-Кристо тоже улыбнулся.

– Гайде, – сказал он, – вы знаете...

– Почему ты не говоришь мне «ты», как всегда? – прервала его молодая гречанка. – Разве я чем-нибудь провинилась? В таком случае меня следует наказать, но не говорить мне «вы».

– Гайде, – продолжал граф, – ты знаешь, что мы находимся во Франции и что, следовательно, ты свободна.

– Свободна в чем? – спросила молодая девушка.

– Свободна покинуть меня.

– Покинуть тебя!.. А зачем мне покидать тебя?

– Как знать? Мы будем встречаться с людьми...

– Я никого не хочу видеть.

– А если среди тех красивых молодых людей, с которыми тебе придется встретиться, кто-нибудь понравится тебе, я не буду так жесток...

– Я никого не встречала красивее тебя и никого не любила, кроме моего отца и тебя.

– Бедное дитя, – сказал Монте-Кристо, – ведь ты никогда ни с кем и не говорила, кроме твоего отца и меня.

– Так что ж! Я больше ни с кем и не хочу говорить. Мой отец называл меня «моя радость», ты называешь меня «моя любовь», и оба вы зовете меня «мое дитя».

– Ты еще помнишь твоего отца, Гайде?

Девушка улыбнулась.

– Он тут и тут, – сказала она, прикладывая руку к глазам и к сердцу.

– А я где? – улыбаясь, спросил Монте-Кристо.

– Ты, – отвечала она, – ты везде.

Монте-Кристо взял руку Гайде и хотел поцеловать ее, но простодушное дитя отдернуло руку и подставило ему лоб.

– Теперь ты знаешь, Гайде, – сказал он, – что ты свободна, что ты госпожа, что ты царица; ты можешь по-прежнему носить свой костюм и можешь расстаться с ним; если хочешь – оставайся дома, если хочешь – выезжай; для тебя всегда будет готов экипаж; Али и Мирто будут сопровождать тебя всюду и исполнять твои приказания, но только я прошу тебя об одном...

– Я слушаю тебя.

– Храни тайну твоего рождения, не говори ни слова о твоем прошлом, ни в коем случае не произноси имени твоего прославленного отца и твоей несчастной матери.

– Я уже сказала тебе, господин, я ни с кем не буду встречаться.

– Послушай, Гайде, быть может, такое восточное затворничество станет в Париже невозможным; продолжай изучать нравы северных стран, как ты это делала в Риме, Флоренции, Милане и Мадриде; это послужит тебе на пользу, будешь ли ты жить здесь, или вернешься на Восток.

Молодая девушка подняла на графа свои большие влажные

глаза и ответила:

— Или мы вернемся на Восток, хочешь ты сказать, господин мой?

— Да, дитя мое, — сказал Монте-Кристо, — ты же знаешь, я никогда не покину тебя. Не дерево расстается с цветком, а цветок расстается с деревом.

— Я никогда не покину тебя, господин, — сказала Гайде, — я знаю, что не смогу жить без тебя.

— Бедное дитя! Через десять лет я буду уже старик, а ты через десять лет все еще будешь молода.

— У моего отца была длинная седая борода. Это не мешало мне любить его; моему отцу было шестьдесят лет, и он казался мне прекраснее всех молодых людей, которых я встречала.

— Но скажи, как ты думаешь, привыкнешь ли ты к этой стране?

— Буду я видеть тебя?

— Каждый день.

— Так о чем же ты спрашиваешь меня, господин?

— Я боюсь, что ты соскучишься.

— Нет, господин, ведь по утрам я буду думать о том, что ты придешь, а по вечерам вспоминать, что ты приходил; и потом, когда я одна, я вспоминаю, я вижу огромные картины, широкие горизонты, с Пиндом и Олимпом вдали; а в сердце моем обитают три чувства, с которыми никогда не соскучишься: печаль, любовь и благодарность.

— Ты достойная дочь Эпира, Гайде, нежная и поэтичная, и видно, что ты происходишь от богинь, которых породила твоя земля. Будь же спокойна, дитя мое, я сделаю все, чтобы твоя молодость не прошла даром, потому что если ты любишь меня, как отца, то я люблю тебя, как свое дитя.

— Ты ошибаешься, господин; я любила отца не так, как тебя; моя любовь к тебе — не такая любовь; мой отец умер — и я осталась жива, а если ты умрешь — умру и я.

С улыбкой, полной глубокой нежности, граф протянул девушке руку; она, как обычно, поднесла ее к губам.

Граф, таким образом подготовясь к свиданию с семьей Моррель, удалился, шепча стихи Пиндара:

— «Юность — цветок, и любовь — его плод... Блажен виноградарь, для которого он медленно зрел!»

Карета, как он велел, ожидала его. Он сел, и лошади, как всегда, помчались во весь опор.

XII. Семья Моррель

Через несколько минут граф прибыл на улицу Меле, № 7.

Дом был белый, веселый, и двор перед ним украшали небольшие цветочные клумбы.

В привратнике, открывшем ему ворота, граф узнал старого Коклеса. Но так как этот последний, как читатели помнят, был крив на один глаз, а здоровый глаз за эти девять лет сильно ослабел, то Коклес не узнал графа.

Для того чтобы подъехать к крыльцу, экипаж должен был обогнуть небольшой фонтан, бивший из бассейна, обложенного раковинами и камнями, — роскошь, которая возбудила среди соседей немалую зависть и послужила причиной тому, что этот дом прозвали «Маленьким Версалем». Нечего добавлять, что в бассейне сновало множество красных и желтых рыбок.

В самом доме, не считая нижнего этажа, занятого кухнями и погребами, были еще два этажа и чердачное помещение. Молодые люди приобрели его вместе с огромной мастерской и садом с двумя павильонами. Эммануэль сразу же понял, что из этого расположения построек можно будет извлечь небольшую выгоду. Он оставил себе дом и половину сада и отделил все это, то есть построил стену между своим владением и мастерской, которую и сдал в аренду вместе с павильонами и прилегающей частью сада; так что он устроился очень недорого и так же обособленно, как самый придирчивый обитатель Сен-Жерменского предместья.

Столовая была вся дубовая; гостиная – красного дерева и обита синим бархатом; спальня – лимонного дерева и обита зеленой камкой; кроме того, имелся рабочий кабинет Эмманюеля, не занимавшегося никакой работой, и музыкальная комната для Жюли, не игравшей ни на одном инструменте.

Весь третий этаж был в распоряжении Максимилиана; это было точное повторение квартиры его сестры, только столовая была обращена в бильярдную, куда он приводил своих приятелей. Он следил за чисткой своей лошади и курил сигару, стоя у входа в сад, когда у ворот остановилась карета графа.

Коклес, как мы уже сказали, отворил ворота, а Батистен, соскочив с козел, спросил, может ли граф Монте-Кристо видеть господина и госпожу Эрбо и господина Максимилиана Морреля.

– Граф Монте-Кристо! – воскликнул Моррель, бросая сигару и спеша навстречу посетителю. – Еще бы мы были не рады его видеть. Благодарю вас, граф, тысячу раз благодарю, что вы не забыли о своем обещании.

И молодой офицер так сердечно пожал руку графа, что тот не мог усомниться в искренности приема и ясно увидел, что его ждали с нетерпением и встречают с радостью.

– Идемте, идемте, – сказал Максимилиан, – я сам познакомлю вас; о таком человеке, как вы, не должен докладывать слуга; сестра в саду, она срезает отцветшие розы; зять читает свои газеты, «Прессу» и «Дебаты», в шести шагах от нее, ибо, где бы ни находилась госпожа Эрбо, вы можете быть заранее уверены, что встретите в орбите не шире четырех метров и Эмманюеля, и обратно, как говорят в Политехнической школе.

Молодая женщина в шелковом капоте, тщательно обрывавшая увядшие лепестки с куста желтых роз, подняла голову, услышав их шаги.

Эта женщина была знакомая нам маленькая Жюли, превратившаяся, как ей и предсказывал уполномоченный фирмы Томсон и Френч, в госпожу Эмманюель Эрбо. Увидев постороннего, она вскрикнула. Максимилиан рассмеялся.

– Не пугайся, сестра, – сказал он, – хотя граф всего несколько дней в Париже, но он уже знает, что такое рантьерша из Марэ, а если еще не знает, то сейчас увидит.

– Ах, сударь, – сказала Жюли, – привести вас так – это предательство со стороны моего брата; он совершенно не заботится о том, какой вид у его бедной сестры... Пенелон!.. Пенелон!..

Старик, окапывавший бенгальские розы, всадил в землю свой заступ и, сняв фуражку, подошел к ним, жуя жвачку, которую он тотчас же задвинул поглубже за щеку. В его еще густых волосах серебрилось несколько белых прядей, а коричневое лицо и смелый, острый взгляд изобличали в нем старого моряка, загоревшего под солнцем экватора и знакомого с бурями.

– Вы меня звали, мадемуазель Жюли? – спросил он. – Что вам угодно?

Пенелон по старой привычке звал дочь своего хозяина мадемуазель Жюли и никак не мог привыкнуть называть ее госпожой Эрбо.

– Пенелон, – сказала Жюли, – скажите господину Эмманюелю, что у нас дорогой гость, а Максимилиан проводит графа в гостиную. –

Потом она обратилась к Монте-Кристо: – Вы, надеюсь, разрешите мне оставить вас на минуту?

И, не дожидаясь согласия графа, она обежала клумбу и бросилась к дому по боковой дорожке.

– Послушайте, дорогой господин Моррель, – сказал Монте-Кристо, – я с огорчением вижу, что нарушил покой вашей семьи.

– Взгляните, взгляните, – отвечал, смеясь, Максимилиан, – вот и муж побежал менять куртку на сюртук! Ведь вас знают на улице Меле, вас ждали, поверьте мне.

– У вас, мне кажется, счастливая семья, – сказал граф, как бы отвечая на собственные мысли.

– Несомненно, граф. Что ж, ведь у них есть все, что надо для счастья: они молоды, жизнерадостны, любят друг друга и, хоть им и приходилось видеть огромные состояния, они со своими двадцатью пятью тысячами франков дохода считают себя богатыми, как Ротшильд.

– А между тем двадцать пять тысяч франков дохода – это немного, – сказал Монте-Кристо, и в его голосе было столько нежности, что он отозвался в сердце Максимилиана, как голос любящего отца, – но ведь это не предел для нашей молодой четы, они, вероятно, тоже станут миллионерами. Ваш зять адвокат или доктор?..

– Он был негоциантом, граф, и продолжал дело моего покойного отца. Господин Моррель скончался, оставив после себя капитал в пятьсот тысяч франков; из них половина досталась мне и половина сестре, потому что нас было только двое. Ее муж, вступая с нею в брак, не обладал ничем, кроме благородной честности, ясного ума и незапятнанной репутации. Он пожелал иметь столько же, сколько и его жена; он работал до тех пор, пока не собрал двухсот пятидесяти тысяч франков; для этого понадобилось шесть лет. Клянусь вам, граф, было трогательно смотреть на них – такие трудолюбивые, такие дружные, они, при их способностях, могли бы достигнуть значительного богатства, но не пожелали ничего менять в обычаях отцовской фирмы и употребили шесть лет на то, на что людям нового склада потребовалось бы года два или три; весь Марсель до сих пор восторгается их мужественной самоотверженностью. Наконец однажды Эммануэль подошел к своей жене, которая заканчивала выплату по обязательствам.

«Жюли, – обратился он к ней, – вот сверток с последней сотней франков, ее только что передал мне Коклес, и она дополняет те двести пятьдесят тысяч франков, которые мы назначили себе пределом. Удовольствуешься ли ты тем немногим, чем нам придется теперь ограничиваться? Наша фирма делает в год миллионный оборот и может давать сорок тысяч франков прибыли. Если мы захотим, мы можем через час продать за триста тысяч франков нашу клиентуру: вот письмо от господина Делоне, он предлагает нам эту сумму за нашу фирму, которую он хочет присоединить к своей. Решай, как поступить».

«Друг мой, – ответила моя сестра, – фирму Моррель может вести только Моррель. Разве не стоит отказаться от трехсот тысяч франков, чтобы раз навсегда оградить имя нашего отца от превратностей судьбы?»

«Я тоже так думал, – сказал Эммануэль, – но я хотел знать твое мнение».

«Ну, так вот оно. Мы получили все, что нам следовало, выплатили по всем нашим обязательствам; мы можем подвести итог и закрыть кассу; подведем же этот итог и закроем кассу».

И они немедленно это сделали. Это было в три часа; в четверть четвертого явился клиент, чтобы застраховать два судна, это составляло пятнадцать тысяч франков чистой прибыли.

«Будьте любезны, – сказал ему Эмманюель, – обратиться с этой страховкой к нашему коллеге господину Делоне. Что касается нас, мы ликвидировали наше дело». «Давно ли?» – спросил удивленный клиент. «Четверть часа тому назад».

– И вот каким образом случилось, – продолжал Максимилиан, улыбаясь, – что у моей сестры и зятя только двадцать пять тысяч годового дохода.

Максимилиан едва успел кончить свой рассказ, который все сильнее радовал сердце графа, как появился принарядившийся Эмманюель, в сюртуке и шляпе. Он поклонился с видом человека, высоко ценящего честь, оказанную ему гостем, потом, обойдя с графом свой цветущий сад, провел его в дом.

Гостиная благоухала цветами, наполнявшими огромную японскую вазу. На пороге, приветствуя графа, стояла Жюли, должным образом одетая и кокетливо причесанная (она ухитрилась потратить на это не более десяти минут!)

В вольере весело щебетали птицы; ветви ракитника и розовой акации с их цветущими гроздьями заглядывали в окно из-за синих бархатных драпировок, в этом очаровательном уголке все дышало миром – от песни птиц до улыбки хозяев.

Едва войдя в этот дом, граф почувствовал, что и его коснулось счастье этих людей; он оставался безмолвным и задумчивым, забывая, что ему надлежит вернуться к беседе, прервавшейся после первых приветствий.

Вдруг он заметил воцарившееся неловкое молчание и с усилием оторвался от своих грез.

– Сударыня, – сказал он наконец, – простите мне мое волнение. Оно, вероятно, показалось вам странным – вы привыкли к этому покою и счастью, но для меня так ново видеть довольное лицо, что я не могу оторвать глаз от вас и вашего супруга.

– Мы действительно очень счастливы, – сказала Жюли, – но нам пришлось очень долго страдать, и мало кто заплатил так дорого за свое счастье.

На лице графа отразилось любопытство.

– Это длинная семейная история, как вам уже говорил Шато-Рено, – сказал Максимилиан. – Вы, граф, привыкли видеть большие катастрофы и величественные радости, для вас мало интересна эта домашняя картина. Но Жюли права: мы перенесли немало страданий, хоть они и ограничивались узкой рамкой семьи...

– И бог, как всегда, послал вам утешение в страданиях? – спросил Монте-Кристо.

– Да, граф, – отвечала Жюли, – мы должны это признать, потому что он поступил с нами, как со своими избранниками: он послал нам своего ангела.

Краска залила лицо графа, и, чтобы скрыть свое волнение, он закашлялся и поднес к губам платок.

– Тот, кто родился в порфире и никогда ничего не желал, – сказал Эмманюель, – не знает счастья жизни, так же как не умеет ценить ясного неба тот, кто никогда не вверял свою жизнь четырем доскам, носящимся по разъяренному морю.

Монте-Кристо встал и, ничего не ответив, потому что дрожь в его голосе выдала бы охватившее его волнение, начал медленно ходить взад и вперед по гостиной.

– Вас, вероятно, смешит наша роскошь, граф, – сказал Максимилиан, следивший глазами за Монте-Кристо.

– Нет, нет, – отвечал Монте-Кристо, очень бледный, прижав руку к сильно бьющемуся сердцу, а другой рукой указывая на хрустальный колпак, под которым на черной бархатной подушке был бережно положен шелковый вязаный кошелек. – Я просто смотрю, что это за кошелек, в котором как будто с одной стороны лежит какая-то бумажка, а с другой – недурной алмаз.

Лицо Максимилиана стало серьезным, и он ответил:

– Здесь, граф, самое драгоценное из наших семейных сокровищ.

– В самом деле, алмаз довольно хорош, – сказал Монте-Кристо.

– Нет, мой брат говорит не о стоимости камня, хоть его и оценивают в сто тысяч франков, он хочет сказать, что вещи, находящиеся в этом кошельке, дороги нам: их оставил тот добрый ангел, о котором мы вам говорили.

– Я не понимаю ваших слов, сударыня, а между тем не смею просить объяснения, – с поклоном ответил Монте-Кристо. – Простите, я не хотел быть неделикатным.

– Неделикатным, граф? Напротив, мы рады рассказать об этом! Если бы мы хотели сохранить в тайне благородный поступок, о котором напоминает этот кошелек, мы бы не выставляли его таким образом напоказ. Нет, мы хотели бы иметь возможность разгласить о нем всему свету, чтобы наш неведомый благодетель хотя бы трепетанием крыльев открыл себя.

– Вот как! – проговорил Монте-Кристо глухим голосом.

– Граф, – сказал Максимилиан, приподнимая хрустальный колпак и благоговейно прикасаясь губами к вязаному кошельку, – это держал в своих руках человек, который спас моего отца от смерти, нас от разорения, а наше имя от бесчестья, – человек, благодаря которому мы, несчастные дети, обреченные горю и нищете, теперь со всех сторон слышим, как люди восторгаются нашим счастьем. Это письмо, – и Максимилиан, вынув из кошелька записку, протянул ее графу, – это письмо было им написано в тот день, когда мой отец принял отчаянное решение, а этот алмаз великодушный незнакомец предназначил в приданое моей сестре.

Монте-Кристо развернул письмо и прочел его с чувством невыразимого счастья; это была записка, знакомая нашим читателям, адресованная Жюли и подписанная Синдбадом-мореходом.

– Незнакомец, говорите вы? Таким образом, человек, оказавший вам эту услугу, остался вам неизвестен?

– Да, нам так и не выпало счастья пожать ему руку, – отвечал Максимилиан, – и не потому, что мы не молили бога об этой милости. Но во всем этом событии было столько таинственности, что мы до сих пор не можем в нем разобраться: все направляла невидимая рука, могущественная, как рука чародея.

– Но я все еще не потеряла надежды поцеловать когда-нибудь эту руку, как я целую кошелек, которого она касалась, – сказала Жюли. – Четыре года тому назад Пенелон был в Триесте; Пенелон, граф, это тот старый моряк, которого вы видели с заступом в руках и который из боцмана превратился в садовника. В Триесте он видел на набережной англичанина, собиравшегося отплыть на яхте, и узнал в нем человека, посетившего моего отца пятого июня тысяча восемьсот двадцать девятого года и пославшего мне пятого сентября эту записку. Это был, несомненно, тот самый незнакомец, как утверждает Пенелон, но он не решился заговорить с ним.

– Англичанин! – произнес задумчиво Монте-Кристо, которого тревожил каждый взгляд Жюли. – Англичанин, говорите вы?

– Да, – сказал Максимилиан, – англичанин, явившийся к нам как уполномоченный римской фирмы Томсон и Френч. Вот почему я вздрогнул, когда вы сказали у Морсера, что Томсон и Френч ваши банкиры. Дело происходило, как мы вам уже сказали, в тысяча восемьсот двадцать девятом году; пожалуйста, граф, скажите, вы не знали этого англичанина?

– Но вы говорили, будто фирма Томсон и Френч неизменно

отрицала, что она оказала вам эту услугу?

— Да.

— В таком случае, может быть, тот англичанин просто был благодарен вашему отцу за какой-нибудь добрый поступок, им самим позабытый, и воспользовался предлогом, чтобы оказать ему услугу?

— Тут можно предположить что угодно, даже чудо.

— Как его звали? — спросил Монте-Кристо.

— Он не назвал другого имени, — отвечала Жюли, внимательнее вглядываясь в графа, — только то, которым он подписал записку: Синдбад-мореход.

— Но ведь это, очевидно, не имя, а псевдоним.

Видя, что Жюли смотрит на него еще пристальнее и вслушивается в звук его голоса, граф добавил:

— Послушайте, не был ли он приблизительно одного роста со мной, может быть, чуть-чуть повыше, немного тоньше, в высоком воротничке, туго затянутом галстуке, в облегающем и наглухо застегнутом сюртуке и с неизменным карандашом в руках?

— Так вы его знаете? — воскликнула Жюли с заблестевшими от радости глазами.

— Нет, — сказал Монте-Кристо, — я только высказываю предположение. Я знавал некоего лорда Уилмора, который был щедр на такие благодеяния.

— Не открывая, кто он?

— Это был странный человек, не веривший в благодарность.

— Господи, — воскликнула Жюли, с непередаваемым выражением всплеснув руками, — во что же он верит, несчастный!

— Во всяком случае, он не верил в нее в то время, когда я с ним встречался, — сказал Монте-Кристо, бесконечно взволнованный этим возгласом, вырвавшимся из глубины души. — Может быть, с тех пор ему и пришлось самому убедиться, что благодарность существует.

— И вы знакомы с этим человеком, граф? — спросил Эмманюель.

— Если вы знакомы с ним, — воскликнула Жюли, — скажите, можете ли вы свести нас к нему, показать нам его, сказать нам, где он находится? Послушай, Максимилиан, послушай, Эмманюель, ведь если мы когда-нибудь встретимся с ним, он не сможет не поверить в память сердца!

Монте-Кристо почувствовал, что на глаза у него навернулись слезы; он снова прошелся по гостиной.

— Ради бога, граф, — сказал Максимилиан, — если вы что-нибудь знаете об этом человеке, скажите нам все, что вы знаете!

— Увы, — отвечал Монте-Кристо, стараясь скрыть волнение, звучащее в его голосе, — если ваш благодетель действительно лорд Уилмор, то я боюсь, что вам никогда не придется с ним встретиться. Я расстался с ним года три тому назад в Палермо, и он собирался в самые сказочные страны, так что я очень сомневаюсь, чтобы он когда-либо вернулся.

— Как жестоко то, что вы говорите! — воскликнула Жюли в полном отчаянии, и глаза ее наполнились слезами.

— Если бы лорд Уилмор видел то, что вижу я, — сказал проникновенно Монте-Кристо, глядя на прозрачные жемчужины, струившиеся по щекам Жюли, — он снова полюбил бы жизнь, потому что слезы, которые вы проливаете, примирили бы его с человечеством.

Он протянул ей руку; она подала ему свою, завороженная взглядом и голосом графа.

— Но ведь у этого лорда Уилмора, — сказала она, цепляясь за последнюю надежду, — были же родина, семья, родные, знал же его кто-нибудь? Разве мы не могли бы...

— Не стоит искать, — сказал граф, — не возводите сладких грез на словах, которые у меня вырвались. Едва ли лорд Уилмор – тот человек, которого вы разыскиваете; мы были с ним дружны, я знал все его тайны, он рассказал бы мне и эту.

– А он ничего не говорил вам? – воскликнула Жюли.
– Ничего.
– Никогда ни слова, из которого вы могли бы предположить?..
– Никогда.
– Однако вы сразу назвали его имя.
– Знаете… мало ли что приходит в голову.
– Сестра, – сказал Максимилиан, желая помочь графу, – наш гость прав. Вспомни, что нам так часто говорил отец: не англичанин принес нам это счастье.

Монте-Кристо вздрогнул.

– Ваш отец, господин Моррель, говорил вам?.. – с живостью воскликнул он.

– Мой отец смотрел на это происшествие как на чудо. Мой отец верил, что наш благодетель встал из гроба. Это была такая трогательная вера, что, сам не разделяя ее, я не хотел ее убивать в его благородном сердце! Как часто он задумывался, шепча имя дорогого погибшего друга! На пороге смерти, когда близость вечности придала его мыслям какое-то потустороннее озарение, это предположение перешло в уверенность, и последние слова, которые он произнес, умирая, были: «Максимилиан, это был Эдмон Дантес!»

Бледность, все сильнее покрывавшая лицо графа, при этих словах стала ужасной. Вся кровь хлынула ему к сердцу, он не мог произнести ни слова; он посмотрел на часы, словно вспомнив о времени, взял шляпу, как-то внезапно и смущенно простился с г-жой Эрбо и пожал руки Эмманюэлю и Максимилиану.

– Сударыня, – сказал он, – разрешите мне иногда навещать вас. Мне хорошо в вашей семье, и я благодарен вам за прием, потому что у вас я в первый раз за много лет позабыл о времени.

И он вышел быстрыми шагами.

– Какой странный человек этот граф Монте-Кристо, – сказал Эмманюэль.

– Да, – отвечал Максимилиан, – но мне кажется, у него золотое сердце, и я уверен, что мы ему симпатичны.

– Его голос проник мне в самое сердце, – сказала Жюли, – и мне даже показалось, будто я слышу его не в первый раз.

XIII. Пирам и Фисба

Если пройти две трети предместья Сент-Оноре, то можно увидеть позади прекрасного особняка, заметного даже среди великолепных домов этого богатого квартала, обширный сад; его густые каштановые деревья возвышаются над огромными, почти крепостными стенами, роняя каждую весну свои белые и розовые цветы в две бороздчатые каменные вазы, стоящие на четырехугольных столбах, в которые вделана железная решетка времен Людовика XIII.

Хотя в этих вазах растут чудесные герани, колебля на ветру свои пурпурные цветы и крапчатые листья, этим величественным входом не пользуются с того уже давнего времени, когда владельцы особняка решили оставить за собой только самый дом, обсаженный деревьями, двор с выходом в предместье и сад, обнесенный решеткой, за которой в прежнее время находился прекрасный огород, принадлежавший этой же усадьбе. Но явился демон спекуляции, наметил рядом с огородом улицу, которая должна была соперничать с огромной артерией Парижа, называемой предместьем Сент-Оноре. И так как эта новая улица, благодаря железной дощечке еще до своего возникновения получившая название, должна была застраиваться, то огород продали.

Но когда дело касается спекуляции, то человек предполагает, а капитал располагает; уже окрещенная улица погибла в колыбели. Приобретателю огорода, заплатившему за него сполна, не удалось перепродать его за желаемую сумму, и в ожидании повышения цен, которое рано или поздно должно было с лихвой вознаградить его за потраченные деньги и лежащий втуне капитал, он ограничился тем, что сдал участок в аренду огородникам за пятьсот франков в год.

Таким образом, он получает за свои деньги только полпроцента, что очень скромно по теперешним временам, когда многие получают по пятидесяти процентов и еще находят, что деньги приносят нищенский доход.

Как бы то ни было, садовые ворота, некогда выходившие в огород, закрыты, и петли их ест ржавчина; мало того: чтобы презренные огородники не смели осквернить своими плебейскими взорами внутренность аристократического сада, ворота на шесть футов от земли заколотили досками. Правда, доски не настолько плотно пригнаны друг к другу, чтобы нельзя было бросить в щелку беглый взгляд, но этот дом – почтенный дом и не боится нескромных взоров.

В том огороде вместо капусты, моркови, редиски, горошка и дынь растет высокая люцерна – единственное свидетельство, что кто-то помнит еще об этом пустынном месте. Низенькая калитка, выходящая на намеченную улицу, служит входом в этот окруженный стенами участок, который арендаторы недавно совсем покинули из-за его неплодородности, так что вот уже неделя, как вместо прежнего полупроцента он не приносит ровно ничего.

Со стороны особняка над оградой склоняются уже упомянутые нами каштаны, что не мешает и другим цветущим и буйным деревьям протягивать между ними свои жаждущие воздуха ветви. В одном углу, где сквозь густую листву едва пробивается свет, широкая каменная скамья и несколько садовых стульев указывают на место встреч или на излюбленное убежище кого-нибудь из обитателей особняка, расположенного в ста шагах и едва различимого сквозь зеленую чащу. Словом, выбор этого уединенного местечка объясняется и его недоступностью для солнечных лучей, и неизменной, даже в самые знойные летние дни, прохладой, полной щебетания птиц, и одновременной удаленностью и от дома, и от улицы – то есть от деловых тревог и шума.

Под вечер одного из самых жарких дней, подаренных этою весною жителям Парижа, на этой каменной скамье лежали книга, зонтик, рабочая корзинка и батистовый платочек с начатой вышивкой; а неподалеку от скамьи, у заколоченных досками ворот, нагнувшись к щели, стояла молодая девушка и глядела в знакомый нам пустынный огород.

Почти в ту же минуту бесшумно открылась калитка огорода, и вошел высокий, мужественный молодой человек в блузе сурового полотна и бархатном картузе, причем этой простонародной одежде несколько противоречили холеные черные волосы, усы и борода; торопливо оглянувшись, чтобы удостовериться, что никто за ним не следит, он закрыл калитку и быстрыми шагами направился к воротам.

При виде того, кого она поджидала, но, по-видимому, не в таком костюме, девушка испуганно отшатнулась.

Однако пришедший быстрым взглядом влюбленного успел заметить сквозь щели ограды, как мелькнули белое платье и длинный голубой пояс. Он подбежал к воротам и приложил губы к щели.

– Не бойтесь, Валентина, – сказал он, – это я.

Девушка подошла ближе.

— Почему вы так поздно сегодня? — сказала она. — Вы ведь знаете, что скоро обед и что мне нужно много дипломатии и осторожности, чтобы освободиться от мачехи, которая следит за каждым моим шагом, от горничной, которая шпионит за мной, от брата, который мне надоедает, и прийти сюда с моей работой; боюсь, что я еще не скоро кончу эту работу. А когда вы мне объясните, почему вы задержались, вы мне скажете еще, что означает этот костюм; из-за него я сначала даже не узнала вас.

— Милая Валентина, — отвечал молодой человек, — вы так недосягаемы для моей любви, что я не смею говорить вам о ней, и все-таки, когда я вас вижу, я не могу удержаться и не сказать, что я обожаю вас. И эхо моих собственных слов утешает меня потом в разлуке с вами. А теперь спасибо вам за выговор; он очарователен, он доказывает, что вы, я не смею этого сказать, ждали меня, что вы думали обо мне. Вы хотите знать, почему я опоздал и почему я так одет? Я вам это сейчас скажу, и, надеюсь, тогда вы меня простите: я выбрал себе профессию.

— Профессию!.. Что вы хотите этим сказать, Максимилиан? Разве мы с вами так уже счастливы, чтобы шутить над тем, что нас так близко касается?

— Боже меня упаси шутить над тем, что для меня дороже жизни, — сказал молодой человек, — но я устал бродить по пустырям и перелезать через заборы, и меня всерьез пугала мысль, что ваш отец когда-нибудь отдаст меня под суд как вора, — это опозорило бы всю французскую армию! — и в то же время я опасаюсь, что постоянное присутствие капитана спаги в этих местах, где нет ни одной самой маленькой осажденной крепости и ни одного требующего защиты форта, может вызвать подозрения. Поэтому я сделался огородником и облекся в подобающий моему званию костюм.

— Что за безумие!

— Напротив, я считаю, что это самый разумный поступок за всю мою жизнь, потому что он обеспечивает нам безопасность.

— Да объясните же, в чем дело.

— Пожалуйста! Я был у владельца этого огорода; срок договора с предыдущим арендатором истек, и я снял его сам. Вся эта люцерна теперь моя; ничто не мешает мне построить среди этой травы шалаш и жить отныне в двух шагах от вас! Я счастлив, я не в силах сдержать свою радость! И подумайте, Валентина, что все это можно купить за деньги. Невероятно, правда? А между тем все это блаженство, счастье, радость, за которые я бы отдал десять лет моей жизни, стоят мне — угадайте, сколько?.. — пятьсот франков в год, с уплатой по третям! Так что, видите, мне нечего больше бояться. Я здесь у себя, я могу приставить к ограде лестницу и смотреть в ваш сад и, не опасаясь никаких патрулей, имею право говорить вам о своей любви, если только ваша гордость не возмутится тем, что это слово исходит из уст бедного поденщика в рабочей блузе и картузе.

От радостного удивления Валентина слегка вскрикнула; потом вдруг, как будто завистливая тучка неожиданно омрачила зажегшийся в ее сердце солнечный луч, она сказала печально:

— Теперь мы будем слишком свободны, Максимилиан. Я боюсь, что наше счастье — соблазн, и если мы злоупотребим нашей безопасностью, она погубит нас.

— Как вы можете говорить это! Ведь с тех пор как я вас знаю, я ежедневно доказываю вам, что подчинил свои мысли и самую свою жизнь вашей жизни и вашим мыслям. Что вам помогло довериться мне? Моя честь. Разве не так? Вы мне сказали, что вас тревожит необъяснимое предчувствие грозящей опасности, — и я предложил вам свою помощь и преданность, не требуя от вас никакой награды, кроме счастья служить вам. Разве с тех пор я хоть словом, хоть знаком дал вам повод раскаиваться в том, что вы отличили меня среди всех тех, кто был бы счастлив отдать за вас свою жизнь? Вы сказали мне, бедняжка, что вы обручены с господином д'Эпине, что этот брак решен вашим отцом и, следовательно, неминуем, ибо решения господина де Вильфора бесповоротны. И что же, я остался в тени, возложил все надежды не на свою волю, не на вашу, а на время, на провидение, на бога... а между тем вы любите меня, Валентина, вы жалеете меня, и вы мне это сказали; благодарю вас за эти бесценные слова и прошу только о том, чтобы хоть изредка вы их мне повторяли, это даст мне силу ни о чем другом не думать.

– Вот это и придало вам смелости, Максимилиан, это сделало мою жизнь и радостной, и несчастной. Я даже часто спрашиваю себя, что для меня лучше: горе, которое мне причиняет суровость мачехи и ее слепая любовь к сыну, или полное опасностей счастье, которое я испытываю в вашем присутствии?

– Опасность! – воскликнул Максимилиан. – Как вы можете произносить такое жестокое и несправедливое слово! Разве я не самый покорнейший из рабов? Вы позволили мне иногда говорить с вами, Валентина, но вы запретили мне искать встречи с вами; я покорился. С тех пор как я нашел способ пробираться в этот огород, говорить с вами через эти ворота – словом, быть так близко от вас, не видя вас, – скажите, просил ли я хоть раз позволения прикоснуться сквозь эту решетку к краю вашего платья? Пытался ли я хоть раз перебраться через эту ограду, смехотворное препятствие для молодого и сильного человека? Разве я когда-нибудь упрекал вас в суровости, говорил вам о своих желаниях? Я был связан своим словом, как рыцарь былых времен. Признайте хоть это, чтобы я не считал вас несправедливой.

– Это правда, – сказала Валентина, просовывая в щель между двумя досками кончик пальца, к которому Максимилиан приник губами, – это правда, вы честный друг. Но ведь в конце концов вы поступали так в своих собственных интересах, мой дорогой Максимилиан: вы же отлично знали, что в тот день, когда раб станет требователен, он лишится всего. Вы обещали мне братскую дружбу, мне, у кого нет друзей, кого отец забыл, а мачеха преследует, мне, чье единственное утешение – недвижимый старик, немой, холодный, – он не может пошевелить рукой, чтобы пожать мою руку, он говорит со мной только глазами, и в его сердце, должно быть, сохранилось для меня немного нежности. Да, судьба горько посмеялась надо мной, она сделала меня врагом и жертвой всех, кто сильнее меня, и оставила мне другом и поддержкой – труп! Право, Максимилиан, я очень несчастлива, и вы хорошо делаете, что, любя меня, думаете обо мне, а не о себе!

– Валентина, – отвечал Максимилиан с глубоким волнением, – я не скажу вам, что только одну вас люблю на свете, – я люблю и свою сестру и зятя, но это любовь нежная, спокойная, совсем не похожая на мое чувство к вам. Когда я думаю о вас, вся моя кровь кипит, мне трудно дышать, сердце бьется, как безумное; все эти силы, весь пыл, всю сверхчеловеческую мощь я вкладываю в свою любовь к вам. Но в тот день, когда вы мне скажете, я отдам их для вашего счастья. Говорят, что Франц д'Эпине будет отсутствовать еще год; а за год сколько может представиться счастливых случаев, сколько благоприятных обстоятельств! Будем надеяться – надежда так хороша, так сладостна! Вы упрекаете меня в эгоизме, Валентина, а чем вы были для меня? Прекрасной и холодной статуей целомудренной Венеры. Что вы обещали мне взамен моей преданности, послушания, сдержанности? Ничего. Что вы дарили мне? Крохи. Вы говорите со мной о господине д'Эпине, вашем женихе, и вздыхаете при мысли, что будете когда-нибудь принадлежать ему. Послушайте, Валентина, неужели это все, что у вас есть в душе? Как! Я отдаю вам свою жизнь, свою душу, только для вас одной бьется мое сердце, и вот, когда я всецело принадлежу вам, когда я мысленно говорю себе, что умру, если потеряю вас, – вас даже не ужасает мысль, что вы будете принадлежать другому! Нет, если бы я был на вашем месте, если бы я чувствовал, что меня любят так, как я вас люблю, я бы уже сто раз протянул руку сквозь прутья этой решетки и сжал руку несчастного Максимилиана со словами: «Я буду вашей, только вашей, Максимилиан, в этом мире и в том».

Валентина ничего не ответила, но Максимилиан услышал, что она вздыхает и плачет. Он сразу опомнился.

– Валентина, Валентина! – воскликнул он. – Забудьте мои слова, если я огорчил вас!

– Нет, – сказала она, – все это верно, но разве вы не видите, как я несчастна и одинока. Я живу почти в чужом доме, потому что мой отец почти чужой мне; вот уже десять лет мою волю каждый день, каждый час, каждую минуту подавляет железная воля моих властителей. Никто не видит моих страданий, и я сказала о них только вам. Кажется, будто все добры ко мне, все меня любят; на самом деле все враждебны мне. Люди говорят: господин де Вильфор слишком серьезный и слишком строгий человек, чтобы проявлять к дочери большую нежность, но зато она должна быть счастлива, что нашла в госпоже де Вильфор вторую мать. Так вот, люди ошибаются: отец совершенно равнодушен ко мне, а мачеха жестоко ненавидит меня, и эта ненависть тем ужаснее, что она прикрывается вечной улыбкой.

– Ненавидит вас, Валентина? Как можно вас ненавидеть?

– Друг мой, – сказала Валентина, – я должна сознаться, что ее ненависть ко мне объясняется очень просто. Она обожает своего сына – моего брата Эдуарда.

– Так что же?

– Право, мне как-то странно примешивать сюда денежные вопросы, но все-таки, мне кажется, ее ненависть вызывается именно этим. У нее самой нет никакого состояния, я же получила большое наследство после моей матери, и это богатство еще удвоится тем, что я когда-нибудь унаследую от господина и госпожи де Сен-Меран; ну вот, мне и кажется, что она завидует. Боже мой, если бы я могла отдать ей половину своего состояния, лишь бы чувствовать себя родной дочерью в доме моего отца, я, конечно, сейчас же сделала бы это.

– Бедная моя Валентина!

– Да, я чувствую себя скованной и в то же время такой слабой, что мне кажется, будто мои оковы поддерживают меня, и я боюсь их сбросить. К тому же мой отец не из тех людей, которых можно безнаказанно ослушаться; он повелевает мной, он повелевал бы и вами и даже самим королем, потому что он силен своим незапятнанным прошлым и своим почти неприступным положением. Клянусь вам, Максимилиан, я не вступаю в борьбу, потому что боюсь этим погубить вас вместе с собой.

– И все же, Валентина, – возразил Максимилиан, – зачем отчаиваться и смотреть так мрачно на будущее?

– Друг мой, я сужу о нем по прошлому.

– Но послушайте, если с аристократической точки зрения я и не представляю блестящей партии, то я все же во многих отношениях принадлежу к тому обществу, среди которого вы живете. Прошло то время, когда во Франции существовали две Франции: знать времен монархии слилась со знатью Империи, аристократия меча сроднилась с аристократией пушки... А я принадлежу к этой последней: в армии меня ждет прекрасное будущее; у меня хоть и небольшое, но независимое состояние; наконец, в наших краях помнят и чтут моего отца как одного из самых благородных негоциантов, когда-либо существовавших. Я говорю: «в наших краях», Валентина, потому что вы тоже почти из Марселя.

— Не говорите мне о Марселе, Максимилиан, одно это слово напоминает мне мою мать, этого всеми оплакиваемого ангела, который недолгое время охранял свою дочь на земле и – я верю – продолжает охранять ее, взирая на нее из вечной обители! Ах, Максимилиан, будь жива моя бедная мать, мне нечего было бы опасаться; я сказала бы ей, что люблю вас, и она защитила бы нас.

— Будь она жива, — возразил Максимилиан, — я не знал бы вас, потому что вы сами сказали, вы были бы тогда счастливы, а счастливая Валентина не снизошла бы ко мне.

— Друг мой, — воскликнула Валентина, — теперь вы несправедливы ко мне… Но скажите…

— Что вы хотите, чтобы я вам сказал? — спросил Максимилиан, заметив ее колебание.

— Скажите мне, — продолжала молодая девушка, — не было ли когда-нибудь в Марселе какого-нибудь недоразумения между вашим отцом и моим?

— Нет, я никогда не слыхал об этом, — ответил Максимилиан, — если не считать того, что ваш отец был более чем ревностным приверженцем Бурбонов, а мой отец был предан императору. Я полагаю, что в этом было единственное их разногласие. Но почему вы об этом спрашиваете?

— Сейчас объясню, — сказала молодая девушка, — вам следует все знать. Это произошло в тот день, когда в газетах напечатали о вашем производстве в кавалеры Почетного легиона. Мы все были у дедушки Нуартье, и там был еще Данглар, — знаете, этот банкир, его лошади третьего дня чуть не убили мою мачеху и брата. Я читала дедушке газету, а остальные обсуждали брак мадемуазель Данглар. Когда я дошла до места, которое относилось к вам и которое я уже знала, потому что еще накануне утром вы сообщили мне эту приятную новость, — так вот когда я дошла до этого места, я почувствовала себя очень счастливой… и я была очень взволнована, потому что надо было произнести ваше имя вслух, — я, конечно, пропустила бы его, если бы не боялась, что мое умолчание будет дурно истолковано, — так что я собрала все свое мужество и прочитала его.

— Милая Валентина!

— И вот, как только ваше имя было произнесено, мой отец обернулся. Я была настолько убеждена, что ваше имя сразит всех, как удар грома (видите, какая я сумасшедшая!), что мне показалось, будто мой отец вздрогнул, так же как и господин Данглар (это уж, я уверена, было просто мое воображение).

«Моррель, — сказал мой отец, — постойте, постойте! (Он нахмурил брови.) Не из тех ли он марсельских Моррелей, отъявленных бонапартистов, с которыми нам пришлось столько возиться в тысяча восемьсот пятнадцатом году?»

«Да, — ответил Данглар, — мне даже кажется, что это сын арматора».

— Вот как! — проговорил Максимилиан. — А что же сказал ваш отец?

— Ужасную вещь, я даже не решаюсь вам повторить.

— Скажите все-таки, — с улыбкой попросил Максимилиан.

«Их император, — продолжал он, хмуря брови, — умел их ставить на место, всех этих фанатиков; он называл их пушечным мясом, и это было подходящее название. Я с радостью вижу, что новое правительство снова проводит этот спасительный принцип. Если бы оно только для этого сохранило Алжир, я приветствовал бы правительство, хоть Алжир и дороговато нам обходится».

— Это действительно довольно грубая политика, — сказал Максимилиан. — Но пусть вас не смущает то, что сказал господин де Вильфор: мой отец не уступал в этом смысле вашему и неизменно повторял: «Не могу понять, почему император, всегда так здраво поступающий, не наберет полка из судей и адвокатов, чтобы посылать их всякий раз на передовые позиции?» Как видите, дорогой друг, обе стороны не уступают друг другу в живописности своих выражений и мягкосердечии. А что ответил Данглар на выпад королевского прокурора?

— Он по обыкновению усмехнулся своей угрюмой усмешкой, которая мне кажется такой жестокой; а через минуту они встали и вышли. Только тогда я заметила, что дедушка очень взволнован. Надо вам сказать, Максимилиан, что только я одна замечаю, когда бедный паралитик волнуется. Впрочем, я догадывалась, что этот разговор должен был произвести на него тяжелое впечатление. Ведь на бедного дедушку никто уже не обращает внимания; осуждали его императора, а он, по-видимому, был фанатично ему предан.

— Его имя действительно было одно из самых известных во времена Империи, — сказал Максимилиан, — он был сенатором, и, как вы знаете, Валентина, а может быть, и не знаете, он участвовал почти во всех бонапартистских заговорах времен Реставрации.

— Да, я иногда слышу, как шепотом говорят об этом, и это мне кажется очень странным: дед бонапартист, отец роялист; странно, правда?.. Так вот, я обернулась к нему. Он взглядом указал мне на газету.

«Что с вами, дедушка? — спросила я. — Вы довольны?»

Он сделал мне глазами знак, что да.

«Тем, что сказал мой отец?» — спросила я.

Он сделал знак, что нет.

«Тем, что сказал господин Данглар?»

Он снова сделал знак, что нет.

«Так, значит, тем, что господин Моррель, — я не посмела сказать „Максимилиан", — произведен в кавалеры Почетного легиона?»

Он сделал знак, что да.

— Подумайте, Максимилиан, он был доволен, что вы стали кавалером Почетного легиона, а ведь он незнаком с вами. Может быть, это у него признак безумия, потому что, говорят, он впадает в детство, но мне он доставил много радости этим «да».

— Как это странно, — сказал в раздумье Максимилиан. — Значит, ваш отец ненавидит меня, тогда как, напротив, ваш дедушка... Какая странная вещь эти политические симпатии и антипатии!

— Тише! — воскликнула вдруг Валентина. — Спрячьтесь, бегите, сюда идут!

Максимилиан схватил заступ и начал безжалостно окапывать люцерну.

— Мадемуазель! Мадемуазель! — кричал чей-то голос из-за деревьев: — Госпожа де Вильфор зовет вас; в гостиной сидит гость.

— Гость? — сказала взволнованная Валентина. — Кто бы это мог быть?

— Знатный гость! Говорят, вельможа, граф Монте-Кристо.

— Иду, иду, — громко сказала Валентина.

Стоявший по ту сторону ворот человек, для которого «иду, иду» Валентины служило прощанием после каждого свидания, вздрогнул, услышав это имя.

«Вот как! — подумал Максимилиан, задумчиво опираясь на заступ. — Откуда граф Монте-Кристо знаком с Вильфором?»

XIV. Токсикология

Это был в самом деле граф Монте-Кристо, явившийся к г-же де Вильфор с намерением отдать визит королевскому прокурору, и вполне понятно, что, услышав это имя, весь дом пришел в волнение.

Госпожа де Вильфор, находившаяся в гостиной в ту минуту, когда ей доложили о посетителе, тотчас же послала за сыном, чтобы мальчик мог снова поблагодарить графа. Эдуард, за эти два дня наслышавшийся разговоров о знатной особе, сразу прибежал не из послушания матери, не для того, чтобы поблагодарить графа, а из любопытства и из желания что-нибудь схватить на лету и вставить какое-нибудь глупое словцо, всякий раз вызывавшее у матери восклицание: «Ах, какой несносный ребенок! Но я не могу на него сердиться, он так умен!»

После обмена обычными приветствиями граф осведомился о г-не де Вильфоре.

— Мой муж обедает у министра юстиции, — отвечала молодая женщина, — он только что уехал и, я уверена, будет очень жалеть, что не имел счастья вас видеть.

Два посетителя, которых граф застал в гостиной и которые не спускали с него глаз, встали и удалились, помедлив несколько минут не столько из приличия, сколько из любопытства.

— Кстати, что делает твоя сестра Валентина? — спросила Эдуарда г-жа Вильфор. — Пусть ее позовут, чтобы я могла представить ее графу.

— У вас есть дочь, сударыня? — спросил граф. — Но это еще, должно быть, совсем дитя?

— Это дочь господина де Вильфора от первого брака, взрослая красивая девушка.

— Но меланхоличная, — вставил маленький Эдуард, вырывая, чтобы сделать себе султан на шляпу, перья из хвоста великолепного ара, испускавшего от боли отчаянные крики на своем золоченом шесте.

Госпожа де Вильфор ограничилась замечанием:

— Замолчи, Эдуард! — Потом она добавила: — Этот маленький шалун недалек от истины, он повторяет то, что я не раз с грустью при нем говорила: у мадемуазель де Вильфор, несмотря на все наши старания развлечь ее, печальный и молчаливый характер, это отчасти нарушает очарование ее красоты. Но она что-то не идет; Эдуард, узнай, в чем дело.

— Это оттого, что ее ищут там, где ее нет.

— А где ее ищут?

— У дедушки Нуартье.

— А, по-твоему, ее там нет?

— Нет, нет, нет, нет, нет, ее там нет, — нараспев отвечал Эдуард.

— А где же она? Если знаешь, так скажи.

— Она у больших каштанов, — продолжал злой мальчишка, не обращая внимания на окрики матери и скармливая живых мух попугаю, по-видимому, большому любителю этой пищи.

Госпожа де Вильфор уже протянула руку к звонку, чтобы велеть горничной позвать Валентину, как вдруг в комнату вошла она сама.

Она действительно казалась очень грустной, и внимательный взгляд заметил бы, что она недавно плакала.

Валентина, которую мы в своем торопливом рассказе представили нашим читателям, не описав ее наружности, была высокая, стройная девушка девятнадцати лет, со светло-каштановыми волосами, с темно-синими глазами, с походкой томной и полной того несравненного изящества, которое так отличало ее мать; тонкие, белые руки, матовая, как жемчуг, шея, нежный румянец лица делали ее на первый взгляд похожей на тех прекрасных англичанок, которых так поэтично сравнивают с лебедями, глядящимися в зеркало вод.

Она вошла и, увидев рядом с мачехой иностранца, о котором она уже столько слышала, поклонилась ему без всякого девичьего жеманства и не опуская глаз, но с такой грацией, что граф еще внимательнее посмотрел на нее. Он встал.

— Мадемуазель де Вильфор, моя падчерица, — сказала г-жа де Вильфор, откидываясь на подушки дивана и указывая графу рукой на Валентину.

— И граф Монте-Кристо, король китайский, император кохинхинский, — сказал маленький сорванец, исподтишка разглядывая сестру.

На этот раз г-жа де Вильфор побледнела и готова была разгневаться на сына — этот семейный бич; но граф, напротив, улыбнулся и, казалось, ласково взглянул на ребенка, что наполнило сердце матери беспредельной радостью.

— Но, сударыня, — сказал граф, возобновляя беседу и по очереди вглядываясь в г-жу де Вильфор и Валентину, — я как будто уже имел честь где-то видеть вас и мадемуазель де Вильфор? У меня уже мелькала эта мысль, а когда вошла мадемуазель, ее вид, как луч света, прояснил мое смутное воспоминание, если я смею так выразиться.

— Едва ли это так; мадемуазель де Вильфор не любит общества, и мы редко выезжаем, — сказала молодая женщина.

— Я видел мадемуазель де Вильфор не в обществе, так же как и вас, сударыня, и этого очаровательного проказника. К тому же парижское общество мне совершенно незнакомо, потому что, как я, кажется, уже имел честь вам сказать, я нахожусь в Париже всего несколько дней. Нет, если вы разрешите мне постараться припомнить... позвольте...

Граф поднес руку ко лбу, как бы желая сосредоточиться на своих воспоминаниях.

— Нет, это было на свежем воздухе... это было... не знаю... мне почему-то в связи с этим вспоминается яркий солнечный день и что-то вроде церковного праздника... У мадемуазель де Вильфор были в руках цветы; мальчик гонялся по саду за красивым павлином, а мы сидели в беседке, обвитой виноградом... Помогите же мне, сударыня! Неужели то, что я сказал, ничего вам не напоминает?

— Нет, право, ничего, — отвечала г-жа де Вильфор, — а между тем, граф, я уверена, что, если бы я где-нибудь встретила вас, ваш образ не мог бы изгладиться из моей памяти.

— Может быть, граф видел нас в Италии? — робко сказала Валентина.

— В самом деле, в Италии... Возможно, — сказал Монте-Кристо. — Вы бывали в Италии, мадемуазель?

— Мы были там с госпожой де Вильфор два года тому назад. Врачи боялись за мои легкие и посоветовали мне пожить в Неаполе. Мы проездом были в Болонье, Перудже и Риме.

— Так и есть! — воскликнул Монте-Кристо, как будто это простое указание помогло ему разобраться в его воспоминаниях. — В Перудже, в день праздника тела господня, в саду Почтовой гостиницы, где случай свел всех нас — вас, сударыня, мадемуазель де Вильфор, вашего сына и меня, я и имел честь вас видеть.

— Я отлично помню Перуджу, и Почтовую гостиницу, и праздник, о котором вы говорите, граф, — сказала г-жа де Вильфор, — но сколько я ни роюсь в своих воспоминаниях и сколько ни стыжу себя за плохую память, я совершенно не помню, чтобы имела честь вас видеть.

— Это странно, и я тоже, — сказала Валентина, поднимая на Монте-Кристо свои прекрасные глаза.

— А я отлично помню, — заявил Эдуард.

— Я сейчас помогу вам, — продолжал граф. — День был очень жаркий; вы ждали лошадей, которых из-за праздника вам не торопились подавать. Мадемуазель удалилась в глубь сада, а ваш сын скрылся, гоняясь за павлином.

— Я поймал его, мама, помнишь, — сказал Эдуард, — и вырвал у него из хвоста три пера.

— Вы, сударыня, остались сидеть в виноградной беседке. Неужели вы не помните, что вы сидели на каменной скамье и, пока вашей дочери и сына, как я сказал, не было, довольно долго с кем-то разговаривали?

— Да, правда, — сказала г-жа де Вильфор, краснея, — я припоминаю, это был человек в длинном шерстяном плаще... доктор, кажется.

— Совершенно верно. Этот человек был я; я жил в этой гостинице уже недели две; я вылечил моего камердинера от лихорадки, а хозяина гостиницы от желтухи, так что меня принимали за знаменитого доктора. Мы довольно долго беседовали с вами на разные темы: о Перуджино, о Рафаэле, о нравах, о костюмах, о пресловутой аква-тофана, секретом которой, как вам говорили, еще владеет некто в Перудже.

— Да, да, — быстро и с некоторым беспокойством сказала г-жа Вильфор, — я припоминаю.

— Я уже подробно не помню ваших слов, — продолжал совершенно спокойно граф, — но я отлично помню, что, разделяя на мой счет всеобщее заблуждение, вы советовались со мной относительно здоровья мадемуазель де Вильфор.

— Но вы ведь действительно были врачом, раз вы вылечили нескольких больных, — сказала г-жа де Вильфор.

— Мольер и Бомарше ответили бы вам, что это именно потому, что я им не был, — не я вылечил своих больных, а просто они выздоровели; сам я могу только сказать вам, что я довольно основательно занимался химией и естественными науками, но лишь как любитель, вы понимаете...

В это время часы пробили шесть.

— Уже шесть часов, — сказала, по-видимому, очень взволнованная г-жа де Вильфор, — может быть, вы пойдете узнать, Валентина, не желает ли ваш дедушка обедать?

Валентина встала и, поклонившись графу, молча вышла из комнаты.

— Боже мой, сударыня, неужели это из-за меня вы отослали мадемуазель де Вильфор? — спросил граф, когда Валентина вышла.

— Нисколько, граф, — поспешно ответила молодая женщина, — но в это время мы кормим господина Нуартье тем скудным обедом, который поддерживает его жалкое существование. Вам известно, в каком плачевном состоянии находится отец моего мужа.

— Господин де Вильфор мне об этом говорил; он, кажется, разбит параличом?

— Да, к несчастью. Бедный старик не может сделать ни одного движения, только душа еще теплится в этом человеческом остове, слабая и дрожащая, как угасающий огонь в лампе. Но, простите, граф, что я посвящаю вас в наши семейные несчастья; я прервала вас в ту минуту, когда вы говорили мне, что вы искусный химик.

— Я этого не говорил, — ответил с улыбкой граф, — напротив, я изучал химию только потому, что, решив жить преимущественно на Востоке, хотел последовать примеру царя Митридата.

— Mithridates, ex Ponticus, — сказал маленький проказник, вырезая силуэты из листов прекрасного альбома, — тот самый, который каждое утро выпивал чашку яда со сливками.

— Эдуард, противный мальчишка! — воскликнула г-жа де Вильфор, вырывая из рук сына изуродованную книгу. — Ты нестерпим, ты надоедаешь нам. Уходи отсюда, ступай к сестре, в комнату дедушки Нуартье.

— Альбом... — сказал Эдуард.

— Что альбом?

— Да, я хочу альбом...

— Почему ты изрезал картинки?

— Потому что мне так нравится.

— Ступай отсюда! Уходи!

— Не уйду, если не получу альбома, — заявил мальчик, усаживаясь в глубокое кресло, верный своей привычке ни в чем не уступать.

— Бери и оставь нас в покое, — сказала г-жа де Вильфор.

Она дала альбом Эдуарду и довела его до дверей.

Граф следил глазами за г-жой де Вильфор.

— Посмотрим, закроет ли она за ним дверь, — пробормотал он.

Госпожа де Вильфор тщательно закрыла за ребенком дверь; граф сделал вид, что не заметил этого.

Потом, еще раз оглянувшись по сторонам, молодая женщина снова уселась на козетку.

— Позвольте мне сказать вам, — заявил граф, с уже знакомым нам простодушным видом, — что вы слишком строги с этим очаровательным проказником.

— Иначе нельзя, — возразила г-жа де Вильфор с истинно материнским апломбом.

— Эдуард цитировал нам Корнелия Непота, когда говорил о царе Митридате, — сказал граф, — и вы прервали его на цитате, доказывающей, что его учитель не теряет времени даром и что ваш сын очень развит для своих лет.

— Вы правы, граф, — отвечала польщенная мать, — он очень способный ребенок и запоминает все, что захочет. У него только один недостаток: он слишком своеволен... но, возвращаясь к тому, что он сказал, граф, верите ли вы, что Митридат принимал эти меры предосторожности и что они оказывались действенными?

— Я настолько этому верю, что сам прибегал к этому способу, чтобы не быть отравленным в Неаполе, Палермо и Смирне, то есть в трех случаях, когда мне пришлось бы проститься с жизнью, не прими я этих мер.

— И это помогло?

— Вполне.

— Да, верно; я вспоминаю, что вы мне нечто подобное уже рассказывали в Перудже.

— В самом деле? — сказал граф, мастерски притворяясь удивленным. — Я вовсе не помню этого.

— Я вас спрашивала, действуют ли яды одинаково на северян и на южан, и вы мне даже ответили, что холодный и лимфатический темперамент северян меньше подвержен действию яда, чем пылкая и энергичная природа южан.

— Это верно, — сказал Монте-Кристо, — мне случалось видеть, как русские поглощали без всякого вреда для здоровья растительные вещества, которые неминуемо убили бы неаполитанца или араба.

— И вы считаете, что у нас в этом смысле можно еще вернее добиться результатов, чем на Востоке, и что человек легче привыкнет поглощать яды, живя среди туманов и дождей, чем в более жарком климате?

— Безусловно; но это предохранит его только от того яда, к которому он приучил свой организм.

— Да, я понимаю; а как, например, вы стали бы приучать себя

или, вернее, как вы себя приучили?

— Это очень просто. Предположите, что вам заранее известно, какой яд вам собираются дать... предположите, что этим ядом будет... например, бруцин...

— Бруцин, кажется, добывается из лжеангустуровой коры,[43] — сказала г-жа де Вильфор.

— Совершенно верно, — отвечал Монте-Кристо, — но я вижу, мне нечему вас учить; позвольте мне вас поздравить: женщины редко обладают такими познаниями.

— Должна признаться, — сказала г-жа де Вильфор, — что я обожаю оккультные науки, которые волнуют воображение, как поэзия, и разрешаются цифрами, как алгебраическое уравнение; но, прошу вас, продолжайте: то, что вы говорите, меня очень интересует.

— Ну так вот! — продолжал Монте-Кристо. — Предположите, что этим ядом будет, например, бруцин и что вы в первый день примете миллиграмм, на второй день два миллиграмма; через десять дней вы, таким образом, дойдете до центиграмма; через двадцать дней, прибавляя в день еще по миллиграмму, вы дойдете до трех центиграммов, то есть будете поглощать без всяких дурных для себя последствий довольно большую дозу, которая была бы чрезвычайно опасна для всякого человека, не принявшего тех же предосторожностей; наконец, через месяц, выпив стакан отравленной воды из графина, которая убила бы человека, пившего ее одновременно с вами, сами вы только по легкому недомоганию чувствовали бы, что к этой воде было примешано ядовитое вещество.

— Вы не знаете другого противоядия?

— Нет, не знаю.

— Я не раз читала и перечитывала этот рассказ о Митридате, — сказала задумчиво г-жа де Вильфор, — но я считала его сказкой.

— Нет, вопреки обычаю историков это правда. Но, я вижу, тема нашего разговора для вас не случайный каприз; два года тому назад вы задавали мне подобные же вопросы и сами говорите, что рассказ о Митридате уже давно вас занимает.

— Это правда, граф; в юности я больше всего интересовалась ботаникой и минералогией; а когда я узнала, что изучение способов употребления лекарственных трав нередко дает ключ к пониманию всей истории восточных народов и всей жизни восточных людей, подобно тому как различные цветы служат выражением их понятий о любви, я пожалела, что не родилась мужчиной, чтобы сделаться каким-нибудь Фламелем, Фонтаной или Кабанисом.

— Тем более, сударыня, — отвечал Монте-Кристо, — что на Востоке люди делают себе из яда не только броню, как Митридат, они делают из него также и кинжал; наука становится в их руках не только оборонительным оружием, но и наступательным; одним они защищаются от телесных страданий, другим борются со своими врагами; опиум, белладонна, лжеангустура, ужовая целибуха, лавровишневое дерево помогают им усыплять тех, кто хотел бы их разбудить. Нет ни одной египтянки, турчанки или гречанки из тех, кого вы здесь зовете добрыми старушками, которая своими познаниями в химии не повергла бы в изумление любого врача, а своими сведениями в области психологии не привела бы в ужас любого духовника.

— Вот как! — сказала г-жа де Вильфор, глаза которой горели странным огнем во время этого разговора.

— Да, — продолжал Монте-Кристо, — все тайные драмы Востока обретают завязку в любовном зелье и развязку — в смертоносной траве

---

[43] Brucea ferruginea. — *Примеч. автора.*

или в напитке, раскрывающем человеку небеса, и в питье, повергающем его в ад. Здесь столько же различных оттенков, сколько прихотей и странностей в физической и моральной природе человека; скажу больше, искусство этих химиков умеет прекрасно сочетать болезни и лекарства со своими любовными вожделениями и жаждой мщения.

— Но, граф, — возразила молодая женщина, — это восточное общество, среди которого вы провели часть вашей жизни, по-видимому, столь же фантастично, как и сказки этих чудесных стран. И там можно безнаказанно уничтожить человека? Так, значит, действительно существуют Багдад и Бассора, описанные Галланом?[44] Значит, те султаны и визири, которые управляют этим обществом и представляют то, что во Франции называется правительством, действительно Харун-аль-Рашиды и Джаффары: они не только прощают отравителя, но и делают его первым министром, если его преступление было хитро и искусно, и приказывают вырезать историю этого преступления золотыми буквами, чтобы забавляться ею в часы скуки?

— Нет, сударыня, время необычайного миновало даже на Востоке; и там, под другими названиями и в другой одежде, тоже существуют полицейские комиссары, следователи, королевские прокуроры и эксперты. Там превосходно умеют вешать, обезглавливать и сажать на кол преступников; но эти последние, ловкие обманщики, умеют уйти от людского правосудия и обеспечить успех своим хитроумным планам. У нас глупец, обуреваемый демоном ненависти или алчности, желая покончить с врагом или умертвить престарелого родственника, отправляется к аптекарю, называет себя вымышленным именем, по которому его еще легче находят, чем если бы он назвал настоящее имя, и, под тем предлогом, что крысы не дают ему спать, покупает пять-шесть граммов мышьяку; если он очень предусмотрителен, он заходит к пяти или шести аптекарям, что в пять или шесть раз облегчает возможность его найти. Достав нужное средство, он дает своему врагу или престарелому родственнику такую дозу мышьяку, которая уложила бы на месте мамонта или мастодонта и от которой жертва, без всякой видимой причины, начинает испускать такие вопли, что вся улица приходит в волнение. Тогда налетает туча полицейских и жандармов, посылают за врачом, который вскрывает покойника и ложками извлекает из его желудка и кишок мышьяк. На следующий день в ста газетах появляется рассказ о происшествии с именами жертвы и убийцы. Вечером аптекарь или аптекари являются сообщить: «Это он у меня купил мышьяк»; им ничего не стоит опознать убийцу среди двадцати своих покупателей; тут преступного глупца хватают, сажают в тюрьму, допрашивают, делают ему очные ставки, уличают, осуждают и гильотинируют или, если это оказывается достаточно знатная дама, приговаривают к пожизненному заключению. Вот как ваши северяне обращаются с химией. Впрочем, Дерю, надо признать, был умнее.

— Что вы хотите, граф, — сказала, смеясь, г-жа де Вильфор, — люди делают что могут. Не все владеют тайнами Медичи или Борджиа.

— Теперь, — продолжал граф, пожав плечами, — хотите, я вам скажу, отчего совершаются все эти нелепости? Оттого, что в ваших театрах, насколько я мог судить, читая пьесы, которые там ставятся, люди то и дело залпом выпивают содержимое флакона или глотают заключенный в перстне яд и падают бездыханными; через пять минут

---

[44] Антуан Галлан (1646–1715) – французский востоковед, переводчик «Тысячи и одной ночи».

занавес опускается, и зрители расходятся по домам. Последствия убийства остаются неизвестными: вы никогда не увидите ни полицейского комиссара, опоясанного шарфом, ни капрала с четырьмя солдатами, и поэтому неразумные люди верят, будто в жизни все так и происходит. Но выезжайте за пределы Франции, отправляйтесь в Алеппо, в Каир или хотя бы в Неаполь или Рим, и вы встретите на улице стройных людей со свежим, розовым цветом лица, про которых хромой бес, столкнись вы с ним невзначай, мог бы вам сказать: «Этот господин уже три недели как отравлен и через месяц будет хладным трупом».

– Так, значит, – сказала г-жа де Вильфор, – они нашли секрет знаменитой аква-тофана, про который мне в Перудже говорили, что он утрачен?

– Да разве в мире что-нибудь теряется? Искусства кочуют и обходят вокруг света; вещи получают другие наименования и только, а чернь не разбирается в этом, но результат всегда один и тот же: яды поражают тот или иной орган, – один действует на желудок, другой на мозг, третий на кишечник. И вот яд вызывает кашель, кашель переходит в воспаление легких или какую-либо другую болезнь, отмеченную в книге науки, что не мешает ей быть безусловно смертельной, а если бы она и не была смертельна, то неминуемо стала бы таковой благодаря лекарствам: наши немудрые врачи чаще всего посредственные химики, и борются ли их снадобья с болезнью, или помогают ей – это дело случая. И вот человека убивают по всем правилам искусства, а закон бессилен, как говорил один из моих друзей, добрейший аббат Адельмонте из Таормины, искуснейший химик в Сицилии, хорошо изучивший эти национальные явления.

– Это страшно, но чудесно, – сказала молодая женщина, застывшая в напряженном внимании. – Сознаюсь, я считала все эти истории выдумками средневековья.

– Да, несомненно, но в наши дни они еще усовершенствовались. Для чего же и существует течение времени, всякие меры поощрения, медали, ордена, Монтионовские премии, как не для того, чтобы вести общество к наивысшему совершенству? А человек достигнет совершенства лишь тогда, когда сможет, подобно божеству, создавать и уничтожать по своему желанию; уничтожать он уже научился – значит, половина пути уже пройдена.

– Таким образом, – сказала г-жа де Вильфор, упорно возвращаясь к своей цели, – яды Борджиа, Медичи, Рене, Руджьери и, вероятно, позднее барона Тренка, которыми так злоупотребляли современная драма и роман…

– Были произведениями искусства, – отвечал граф. – Неужели вы думаете, что истинный ученый просто возьмется за нужного ему человека? Ни в коем случае. Наука любит рикошеты, фокусы, фантазию, если можно так выразиться. Так, например, милейший аббат Адельмонте, о котором я вам говорил, производил в этом отношении удивительные опыты.

– В самом деле?

– Да, и я вам приведу пример. У него был прекрасный сад, полный цветов, овощей и плодов; из этих овощей он выбирал какой-нибудь самый невинный – скажем, кочан капусты. В течение трех дней он поливал этот кочан раствором мышьяка; на третий день кочан заболевал и желтел, наступало время его срезать; в глазах всех он имел вид созревший и по-прежнему вполне невинный; только аббат Адельмонте знал, что он отравлен. Тогда он приносил этот кочан домой, брал кролика – у аббата Адельмонте была целая коллекция кроликов, кошек и морских свинок, ничуть не уступавшая его коллекции овощей, цветов и плодов, – итак, аббат Адельмонте брал кролика и давал ему съесть лист капусты; кролик околевал.

Какой следователь нашел бы в этом что-либо предосудительное? Какому королевскому прокурору могло бы прийти в голову возбудить дело против Маженди или Флуранса[45] по поводу умерщвленных ими кроликов, кошек и морских свинок? Ни одному. Таким образом, кролик околевает, не возбуждая внимания правосудия. Затем аббат Адельмонте велит своей кухарке выпотрошить мертвого кролика и бросает внутренности в навозную кучу. По этой навозной куче бродит курица; она клюет эти внутренности, тоже заболевает и на следующий день околевает. Пока она бьется в предсмертных судорогах, мимо пролетает ястреб (в стране аббата Адельмонте много ястребов), бросается на труп, уносит его на скалу и пожирает. Спустя три дня бедный ястреб, которому, с тех пор как он поел курицы, все время нездоровится, вдруг чувствует головокружение и прямо из-под облаков грузно падает в ваш садок; а щука, угорь и мурена, как вам известно, прожорливы, они набрасываются на ястреба. Ну так вот, представьте себе, что на следующий день к вашему столу подадут эту щуку, угря или мурену, отравленных в четвертом колене; ваш гость будет отравлен в пятом, – и дней через восемь или десять умрет от кишечных болей, от сердечных припадков, от нарыва в желудке. После вскрытия доктора скажут: «Смерть последовала от опухоли в печени или от тифа».

— Но, — сказала г-жа де Вильфор, — все это ваше сцепление обстоятельств может очень легко прерваться: ястреб может ведь не пролететь в нужный момент или упасть в ста шагах от садка.

— А вот в этом и заключается искусство. На Востоке, чтобы быть великим химиком, надо уметь управлять случайностями – и там это умеют.

Госпожа де Вильфор задумчиво слушала.

— Но, — сказала она, — следы мышьяка не исчезают: каким бы образом он ни попал в тело человека, он будет обнаружен, если его там достаточное количество, чтобы вызвать смерть.

— Вот, вот, — воскликнул Монте-Кристо, — именно это я и сказал добрейшему Адельмонте.

Он подумал, улыбнулся и ответил мне сицилианской пословицей, которая как будто имеется и во французском языке: «Сын мой, мир был создан не в один день, а в семь; приходите в воскресенье».

В воскресенье я снова пришел к нему; вместо того чтобы поливать кочан капусты мышьяком, он поливал его раствором соли, настоянным на стрихнине strychnos colubrina, как это называют в науке. На этот раз кочан капусты вовсе не казался больным, и у кролика не возникло никаких сомнений, а через пять минут кролик околел; курица поклевала кролика и скончалась на следующий день. Тогда мы изобразили ястребов, унесли к себе курицу и вскрыли ее. На этот раз исчезли все особые симптомы и налицо были только общие. Ни в одном органе не оказалось никаких специфических признаков: только раздражение нервной системы и следы прилива крови к мозгу; курица околела не от отравления, а от апоплексии. С курами это случается редко, я знаю, но у людей это обычное явление.

Госпожа де Вильфор становилась все задумчивее.

— Какое счастье, — сказала она, — что подобные препараты могут быть изготовлены только химиками; иначе, право, одна половина человечества отравила бы другую.

— Химиками или людьми, которые интересуются химией, — небрежно ответил Монте-Кристо.

— <u>И, кроме того,</u> — сказала г-жа де Вильфор, с усилием

---

[45] Французские физиологи.

отрываясь от своих мыслей, – как бы искусно ни было совершено преступление, оно всегда останется преступлением, и если его минует людское правосудие, ему не укрыться от божьего ока. У восточных народов не такая чуткая совесть, как у нас, и они благоразумно упразднили ад; в этом все дело.

– В такой чистой душе, как ваша, естественно, должны возникать подобные сомнения, но зрелое размышление заставит вас откинуть их. Темная сторона человеческой мысли целиком выражается в известном парадоксе Жан-Жака Руссо – вы знаете? – «Мандарин, которого убивают за пять тысяч миль, шевельнув кончиком пальца». Вся жизнь человека полна таких поступков, и его ум постоянно порождает такие мечты. Вы мало найдете людей, спокойно всаживающих нож в сердце своего ближнего или дающих ему, чтобы сжить его со свету, такую порцию мышьяку, как мы с вами говорили. Это действительно было бы эксцентрично или глупо. Для этого необходимо, чтобы кровь кипела, чтобы пульс неистово бился, чтобы вся душа перевернулась. Но, если, заменяя слово, как это делается в филологии, смягченным синонимом, вы производите простое устранение; если, вместо того чтобы совершить гнусное убийство, вы просто удаляете с вашего пути того, кто вам мешает, и делаете это тихо, без насилия, без того, чтобы это сопровождалось страданиями, пытками, которые делают из жертвы мученика, а из вас – в полном смысле слова кровожадного зверя; если нет ни крови, ни стонов, ни судорог, ни, главное, этого ужасного и подозрительного мгновенного конца, то вы избегаете возмездия человеческих законов, говорящих вам: «Не нарушай общественного спокойствия!» Вот таким образом действуют и достигают своей цели на Востоке, где люди серьезны и флегматичны и не жалеют времени, когда дело касается сколько-нибудь важных обстоятельств.

– А совесть? – взволнованно спросила г-жа де Вильфор, подавляя вздох.

– Да, – отвечал Монте-Кристо, – да, к счастью, существует совесть, иначе мы были бы очень несчастны. После всякого энергического поступка нас спасает наша совесть; она находит нам тысячу извинений, судьями которых являемся мы сами; и хоть эти доводы и сохраняют нам спокойный сон, они, пожалуй, не охранили бы нашу жизнь от приговора уголовного суда. Вероятно, совесть чудесно успокоила Ричарда Третьего после убийства обоих сыновей Эдуарда Четвертого; в самом деле, он мог сказать себе: «Эти дети жестокого короля-гонителя унаследовали пороки своего отца, чего, кроме меня, никто не распознал в их юношеских наклонностях; эти дети мешали мне составить благоденствие английского народа, которому они неминуемо принесли бы несчастье». Так же утешала совесть и леди Макбет, желавшая, что бы там ни говорил Шекспир, посадить на трон своего сына, а вовсе не мужа. Да, материнская любовь – это такая великая добродетель, такая могущественная движущая сила, что она многое оправдывает; и после смерти Дункана леди Макбет была бы очень несчастна, если бы не ее совесть.

Госпожа де Вильфор жадно упивалась этими страшными выводами и циничными парадоксами, которые граф высказывал со свойственной ему простодушной иронией.

После минутного молчания она сказала:

– Знаете, граф, ваши аргументы ужасны и вы видите мир в довольно мрачном свете! Или вы так судите о человечестве потому, что смотрите на него сквозь колбы и реторты? Ведь вы в самом деле выдающийся химик, и этот эликсир, который вы дали моему сыну и который так быстро вернул его к жизни...

– Не очень доверяйте ему, сударыня, – сказал Монте-Кристо, – капли этого эликсира было достаточно, чтобы вернуть к жизни умиравшего ребенка, но три капли вызвали бы у него такой прилив крови к легким, что у него сделалось бы сердцебиение; шесть капель захватили бы ему дыхание и вызвали бы гораздо более серьезный обморок, чем тот, в котором он находился; наконец, десять капель убили бы его на месте. Вы помните, как я отстранил его от флаконов, когда он хотел их тронуть?

– Так это очень сильный яд?

– Вовсе нет! Прежде всего установим, что ядов самих по себе не существует: медицина пользуется самыми сильными ядами, но, если их умело применять, они превращаются в спасительные лекарства.

– Так что же это было?

– Это был препарат, изобретенный моим другом, добрейшим аббатом Адельмонте, который и научил меня его применять.

– Должно быть, это прекрасное средство против судорог! – сказала г-жа де Вильфор.

– Превосходное, вы могли убедиться в этом, – отвечал граф, – и я часто пользуюсь им; со всяческой осторожностью, разумеется, – прибавил он смеясь.

– Еще бы, – тем же тоном возразила г-жа Вильфор. – А вот мне, такой нервной и так склонной к обморокам, был бы очень нужен доктор вроде Адельмонте, который придумал бы что-нибудь, чтобы я могла свободно дышать и не боялась умереть от удушья. Но так как во Франции подобного доктора найти нелегко, а ваш аббат едва ли склонен ради меня совершить путешествие в Париж, я должна пока что довольствоваться лекарствами господина Планша; я обычно принимаю мятные и гофманские капли. Посмотрите, вот лепешки, которые для меня изготовляют по особому заказу: они содержат двойную дозу.

Монте-Кристо открыл черепаховую коробочку, которую протягивала ему молодая женщина, и с видом любителя, знающего толк в таких препаратах, понюхал лепешки.

– Они превосходны, – сказал он, – но их необходимо глотать, что не всегда возможно, например, когда человек в обмороке. Я предпочитаю мое средство.

– Ну, разумеется, я тоже предпочла бы его, тем более что видела сама, как оно действует, но, вероятно, это секрет, и я не так нескромна, чтобы вас о нем расспрашивать.

– Но я настолько учтив, – сказал, вставая, Монте-Кристо, – что почту долгом вам его сообщить.

– Ах, граф!

– Но только помните: в маленькой дозе – это лекарство, в большой дозе – яд. Одна капля возвращает к жизни, как вы сами в этом убедились; пять или шесть неминуемо принесут смерть тем более внезапную, что, растворенные в рюмке вина, они совершенно не меняют его вкуса. Но я умолкаю, сударыня, можно подумать, что я вам даю советы.

Часы пробили половину седьмого; доложили о приезде приятельницы г-жи де Вильфор, которая должна была у нее обедать.

– Если бы я имела честь видеть вас уже третий или четвертый раз, граф, а не второй, – сказала г-жа де Вильфор, – если бы я имела честь быть вашим другом, а не только счастье быть вам обязанной, я бы настаивала на том, чтобы вы остались у меня обедать, и не приняла бы вашего отказа.

– Весьма признателен, – возразил Монте-Кристо, – но я связан обязательством, которого не могу не исполнить. Я обещал проводить в театр одну греческую княжну, мою знакомую, которая еще не видала Оперы и рассчитывает на меня, чтобы посетить ее.

– В таком случае до свидания, граф, но не забудьте о моем лекарстве.

— Ни в коем случае, сударыня; для этого нужно было бы забыть тот час, который я провел в беседе с вами, а это совершенно невозможно.

Монте-Кристо поклонился и вышел.

Госпожа де Вильфор задумалась.

— Вот странный человек, — сказала она себе, — и мне сдается, что его имя Адельмонте.

Что касается Монте-Кристо, то результат разговора превзошел все его ожидания. «Однако, — подумал он, уходя, — это благодатная почва; я убежден, что брошенное в нее семя не пропадет даром».

И на следующий день, верный своему слову, он послал обещанный рецепт.

XV. Роберт-дьявол

Ссылка на Оперу была тем более основательной, что в этот вечер в королевской Музыкальной академии должно было состояться большое торжество. Левассер, впервые после долгой болезни, выступал в роли Бертрама, и произведение модного композитора, как всегда, привлекло самое блестящее парижское общество.

У Альбера, как у большинства богатых молодых людей, было кресло в оркестре; кроме того, для него всегда нашлось бы место в десятке лож близких знакомых, не считая того, на которое он имел неотъемлемое право в ложе светской золотой молодежи.

Соседнее кресло принадлежало Шато-Рено.

Бошан, как подобает журналисту, был королем всей залы и мог сидеть где хотел.

В этот вечер Люсьен Дебрэ располагал министерской ложей и предложил ее графу де Морсеру, который, ввиду отказа Мерседес, передал ее Данглару, уведомив его, что попозже он навестит баронессу с дочерью, если дамы соблаговолят принять ложу. Дамы, разумеется, не отказались. Никто так не падок на даровые ложи, как миллионеры.

Что касается Данглара, то он заявил, что его политические принципы и положение депутата оппозиции не позволяют ему сидеть в министерской ложе. Поэтому баронесса послала Люсьену записку, прося заехать за ней, — не могла же она ехать в Оперу вдвоем с Эжени.

В самом деле, если бы дамы сидели в ложе вдвоем, это, наверное, сочли бы предосудительным, но если мадемуазель Данглар поедет в театр с матерью и ее возлюбленным, то против этого никто не возразит, — приходится мириться с общественными предрассудками.

Занавес взвился, как всегда, при почти пустой зале. Это опять-таки обычай нашего высшего света — приезжать в театр после начала спектакля; таким образом, во время первого действия те, кто приехал вовремя, не могут смотреть и слушать пьесу: они лишь созерцают прибывающих зрителей и слышат только хлопанье дверей и разговоры.

— Вот как! — сказал Альбер, увидев, что отворяется дверь в одной из нижних боковых лож. — Вот как! Графиня Г.

— Кто такая графиня Г.? — спросил Шато-Рено.

— Однако, барон, что за непростительный вопрос? Вы не знаете, кто такая графиня Г.?..

— Ах да, — сказал Шато-Рено, — это, вероятно, та самая очаровательная венецианка?

— Вот именно.

В эту минуту графиня Г. заметила Альбера и с улыбкой кивнула, отвечая на его поклон.

— Вы знакомы с ней? — спросил Шато-Рено.

– Да, – отвечал Альбер, – Франц представил меня ей в Риме.

– Не окажете ли вы мне в Париже ту же услугу, которую вам в Риме оказал Франц?

– С удовольствием.

– Тише! – крикнули в публике.

Молодые люди продолжали разговор, ничуть не считаясь с желанием партера слушать музыку.

– Она была на скачках на Марсовом поле, – сказал Шато-Рено.

– Сегодня?

– Да.

– В самом деле, ведь сегодня были скачки. Вы играли?

– Пустяки, на пятьдесят луидоров.

– И кто выиграл?

– Наутилус. Я ставил на него.

– Но ведь было три заезда?

– Да. Был приз Жокей-клуба, золотой кубок. Произошел даже довольно странный случай.

– Какой?

– Тише же! – снова крикнули им.

– Какой? – повторил Альбер.

– Эту скачку выиграла совершенно неизвестная лошадь с неизвестным жокеем.

– Каким образом?

– Да вот так. Никто не обратил внимания на лошадь, записанную под именем Вампа, и на жокея, записанного под именем Иова, как вдруг увидали чудного гнедого скакуна и крохотного жокея; пришлось насовать ему в карманы фунтов двадцать свинца, что не помешало ему опередить на три корпуса Ариеля и Барбаро, шедших вместе с ним.

– И так и не узнали, чья это лошадь?

– Нет.

– Вы говорите, она была записана под именем...

– Вампа.

– В таком случае, – сказал Альбер, – я более осведомлен, чем вы; я знаю, кому она принадлежала.

– Да замолчите же наконец! – в третий раз крикнули из партера.

На этот раз возмущение было настолько велико, что молодые люди наконец поняли, что возгласы относятся к ним. Они обернулись, ища в толпе человека, ответственного за такую дерзость, но никто не повторил окрика, и они снова повернулись к сцене.

В это время отворилась дверь в ложу министра, и г-жа Данглар, ее дочь и Люсьен Дебрэ заняли свои места.

– А вот и ваши знакомые, виконт, – сказал Шато-Рено. – Что это вы смотрите направо? Вас ищут.

Альбер обернулся и действительно встретился глазами с баронессой Данглар, которая движением веера приветствовала его. Что касается мадемуазель Эжени, то она едва соблаговолила опустить свои большие черные глаза к креслам оркестра.

– Право, дорогой мой, – сказал Шато-Рено, – если не говорить о мезальянсе, – а я не думаю, чтобы это обстоятельство вас очень беспокоило, – я совершенно не понимаю, что вы можете иметь против мадемуазель Данглар: она очень красива.

– Очень красива, разумеется, – сказал Альбер, – но, признаюсь, в смысле красоты я предпочел бы что-нибудь более нежное, более мягкое, словом, более женственное.

– Вот нынешние молодые люди, – возразил Шато-Рено, который с высоты своих тридцати лет обращался с Альбером по-отечески, – они никогда ничем не бывают довольны. Помилуйте, дорогой мой, вам предлагают невесту, созданную по образу

Дианы-охотницы, и вы еще жалуетесь!

— Вот именно, я предпочел бы что-нибудь вроде Венеры Милосской или Капуанской. Эта Диана-охотница, вечно окруженная своими нимфами, немного пугает меня; я боюсь, как бы меня не постигла участь Актеона.

В самом деле, взглянув на эту девушку, можно было, пожалуй, понять то чувство, в котором признавался Альбер. Мадемуазель Данглар была красива, но, как сказал Альбер, в красоте ее было что-то суровое; волосы ее были прекрасного черного цвета, вьющиеся от природы, но в их завитках чувствовалось как бы сопротивление желавшей покорить их руке; глаза ее, такие же черные, как волосы, под великолепными бровями, единственным недостатком которых было то, что они иногда хмурились, поражали выражением твердой воли, не свойственным женскому взгляду; нос ее был точно такой, каким ваятель снабдил бы Юнону; только рот был несколько велик, но зато прекрасны были зубы, еще более оттенявшие яркость губ, резко выделявшихся на ее бледном лице; наконец, черное родимое пятнышко в углу рта, более крупное, чем обычно бывают эти прихоти природы, еще сильнее подчеркивало решительный характер этого лица, несколько пугавший Альбера.

К тому же и фигура Эжени соответствовала лицу, которое мы попытались описать. Она, как сказал Шато-Рено, напоминала Диану-охотницу, но только в красоте ее было еще больше твердости и силы.

Если в полученном ею образовании можно было найти какой-либо недостаток, так это то, что, подобно некоторым чертам ее внешности, оно скорее подошло бы лицу другого пола. Она говорила на нескольких языках, мило рисовала, писала стихи и сочиняла музыку; этому искусству она предавалась с особенной страстью и изучала его с одной из своих школьных подруг, бедной девушкой, обладавшей, как уверяли, всеми необходимыми данными для того, чтобы стать превосходной певицей. Некий знаменитый композитор относился к ней, по слухам, с почти отеческой заботливостью и занимался с нею в надежде, что когда-нибудь ее голос принесет ей богатство. Возможность, что Луиза д'Армильи – так звали эту молодую певицу – выступит впоследствии на сцене, мешала мадемуазель Данглар показываться вместе с нею в обществе, хоть она и принимала ее у себя. Но, и не пользуясь в доме банкира независимым положением подруги, Луиза все же была более чем простая преподавательница.

Через несколько секунд после появления г-жи Данглар в ложе занавес упал: можно было во время получасового антракта погулять в фойе или навестить в ложах знакомых, и кресла оркестра почти опустели.

Альбер и Шато-Рено одними из первых покинули свои места. Одну минуту г-жа Данглар думала, что эта поспешность Альбера вызвана желанием приветствовать ее, и она наклонилась к дочери, чтобы предупредить ее об этом, но та только покачала головой и улыбнулась; в эту самую минуту, как бы подкрепляя недоверие Эжени, Альбер появился в боковой ложе первого яруса. Это была ложа графини Г.

— А, вот и вы, господин путешественник! — сказала графиня, протягивая ему руку с приветливостью старой знакомой. – Очень мило с вашей стороны, что вы узнали меня, а главное, что предпочли навестить меня первую.

— Поверьте, графиня, — отвечал Альбер, — если бы я знал, что вы в Париже, и если бы мне был известен ваш адрес, я не стал бы ждать так долго. Но разрешите мне представить вам моего друга, барона Шато-Рено, одного из немногих сохранившихся во Франции аристократов; он только что сообщил мне, что вы присутствовали на скачках на Марсовом поле.

Шато-Рено поклонился.

– Вы были на скачках? – с интересом спросила его графиня.

– Да, сударыня.

– Тогда не можете ли вы мне сказать, – живо продолжала она, – кому принадлежала лошадь, выигравшая приз Жокей-клуба?

– Не знаю, – отвечал Шато-Рено, – я только что задал этот самый вопрос Альберу.

– Вам это очень важно, графиня? – спросил Альбер.

– Что?

– Узнать имя владельца лошади?

– Бесконечно. Представьте себе... Но, может быть, вы его знаете, виконт?

– Графиня, вы хотели что-то рассказать. «Представьте себе», – сказали вы.

– Да, представьте себе, этот чудесный гнедой скакун и этот очаровательный маленький жокей в розовом с первого же взгляда внушили мне такую симпатию, что я от всей души желала им удачи, как будто я поставила на них половину моего состояния, а когда я увидела, что они пришли первыми, опередив остальных на три корпуса, я так обрадовалась, что стала хлопать, как безумная. Вообразите мое изумление, когда, вернувшись домой, я встретила у себя на лестнице маленького розового жокея! Я подумала, что победитель, вероятно, живет в одном доме со мной, но когда я открыла дверь моей гостиной, мне сразу бросился в глаза золотой кубок, выигранный сегодня неизвестной лошадью и неизвестным жокеем. В кубке лежала записка: «Графине Г. лорд Рутвен».

– Так и есть, – сказал Альбер.

– То есть как это? Что вы хотите сказать?

– Я хочу сказать, что это тот самый лорд Рутвен.

– Какой лорд Рутвен?

– Да наш вампир, которого мы видели в театре Арджентина.

– Неужели? – воскликнула графиня. – Разве он здесь?

– Конечно.

– И вы видитесь с ним? Он у вас бывает? Вы посещаете его?

– Это мой близкий друг, и даже господин де Шато-Рено имеет честь быть с ним знакомым.

– Почему вы думаете, что это именно он взял приз?

– Его лошадь записана под именем Вампа.

– Что же из этого?

– А разве вы не помните, как звали знаменитого разбойника, который взял меня в плен?

– Да, правда.

– Из рук которого меня чудесным образом спас граф?

– Да, да.

– Его звали Вампа. Теперь вы сами видите, что это он.

– Но почему он прислал этот кубок мне?

– Во-первых, графиня, потому, что я, можете поверить, много рассказывал ему о вас, а во-вторых, вероятно, потому, что он был очень рад встретить соотечественницу и счастлив тем интересом, который она к нему проявила.

– Я надеюсь, что вы ничего не рассказывали ему о тех глупостях, которые мы болтали на его счет!

– Откровенно говоря, я за это не поручусь, а то, что он преподнес вам этот кубок от имени лорда Рутвена...

– Да ведь это ужасно! Он меня возненавидит!

– Разве его поступок свидетельствует о враждебности?

– Признаться, нет.

— Вот видите!
— Так, значит, он в Париже!
— Да.
— И какое он произвел впечатление?
— Что ж, — сказал Альбер, — о нем поговорили неделю, потом случилась коронация английской королевы и кража бриллиантов у мадемуазель Марс, и стали говорить об этом.
— Дорогой мой, — сказал Шато-Рено, — сразу видно, что граф ваш друг, вы к нему соответственно относитесь. Не верьте ему, графиня, в Париже только и говорят, что о графе Монте-Кристо. Он начал с того, что подарил госпоже Данглар пару лошадей, стоивших тридцать тысяч франков; потом спас жизнь госпоже де Вильфор; затем, по-видимому, взял приз Жокей-клуба. Что бы ни говорил Морсер, я, напротив, утверждаю, что и сейчас все заинтересованы графом и еще целый месяц только о нем и будут говорить, если он будет продолжать оригинальничать; впрочем, по-видимому, это его обычное занятие.
— Может быть, — сказал Альбер. — Кстати, кто это занял бывшую ложу русского посла?
— Которая это? — спросила графиня.
— В первом ярусе между колонн; по-моему, ее совершенно заново отделали.
— В самом деле, — заметил Шато-Рено. — Был ли там кто-нибудь во время первого действия?
— Где?
— В этой ложе.
— Нет, — отвечала графиня, — я никого не заметила; так что, по-вашему, — продолжала она, возвращаясь к предыдущему разговору, — это ваш граф Монте-Кристо взял приз?
— Я в этом уверен.
— И это он послал мне кубок?
— Несомненно.
— Но я же с ним не знакома, — сказала графиня, — я бы очень хотела вернуть ему кубок.
— Не делайте этого: он пришлет вам другой, высеченный из цельного сапфира или вырезанный из рубина. Он всегда так делает, приходится с этим мириться.
В это время звонок возвестил начало второго действия. Альбер встал, чтобы вернуться на свое место.
— Я вас еще увижу? — спросила графиня.
— В антракте, если вы разрешите, я зайду осведомиться, не могу ли я быть вам чем-нибудь полезен в Париже.
— Господа, — сказала графиня, — по субботам, вечером, я дома для своих друзей, улица Риволи, двадцать два. Навестите меня.
Молодые люди поклонились и вышли из ложи.
Войдя в партер, они увидели, что вся публика стоит, глядя в одну точку залы; они взглянули туда же, и глаза их остановились на бывшей ложе русского посла. В нее только что вошел одетый в черное господин лет тридцати пяти — сорока в сопровождении молодой девушки в восточном костюме. Она была поразительно красива, а костюм ее до того роскошен, что, как мы уже сказали, все взоры немедленно обратились на нее.
— Да это Монте-Кристо со своей албанкой, — сказал Альбер.
Действительно, это были граф и Гайде.
Не прошло и нескольких минут, как Гайде привлекла к себе внимание не только партера, но и всей зрительной залы: дамы высовывались из своих лож, чтобы увидеть, как струится под огнями люстры искрящийся водопад алмазов.
Весь второй акт прошел под сдержанный гул, указывающий,

что собравшаяся толпа поражена и взволнованна. Никто не помышлял о том, чтобы восстановить тишину. Эта девушка, такая юная, такая красивая, такая ослепительная, была удивительнейшим из зрелищ.

На этот раз поданный Альберу знак ясно показывал, что г-жа Данглар желает видеть его в своей ложе в следующем антракте.

Альбер был слишком хорошо воспитан, чтобы заставлять себя ждать, если ему ясно показывали, что его ждут. Поэтому едва действие кончилось, он поспешил подняться в литерную ложу.

Он поклонился обеим дамам и пожал руку Дебрэ.

Баронесса встретила его очаровательной улыбкой, а Эжени со своей обычной холодностью.

— Дорогой мой, — сказал ему Дебрэ, — вы видите перед собой человека, дошедшего до полного отчаяния и призывающего вас на помощь. Баронесса засыпает меня расспросами о графе и требует, чтобы я знал, кто он, откуда он, куда направляется. Честное слово, я не Калиостро, и, чтобы как-нибудь выпутаться, я сказал: «Спросите об этом Морсера, он знает Монте-Кристо как свои пять пальцев». И вот вас призвали.

— Это невероятно, — сказала баронесса, — располагать полумиллионным секретным фондом и быть до такой степени неосведомленным!

— Поверьте, баронесса, — отвечал Люсьен, — что если бы я располагал полумиллионом, я употребил бы его на что-нибудь другое, а не на собирание сведений о графе Монте-Кристо, который, на мой взгляд, обладает только тем достоинством, что богат, как два набоба; но я уступаю место моему другу Морсеру: обратитесь к нему, меня это больше не касается.

— Едва ли набоб прислал бы мне пару лошадей ценой в тридцать тысяч франков, с четырьмя бриллиантами в ушах, по пять тысяч каждый.

— Бриллианты — его страсть, — засмеялся Альбер. — Мне кажется, что у него, как у Потемкина, ими всегда набиты карманы, и он сыплет ими, как мальчик-с-пальчик камешками.

— Он нашел где-нибудь алмазные копи, — сказала госпожа Данглар. — Вы знаете, что в банке барона у него неограниченный кредит?

— Нет, я не знал, — отвечал Альбер, — но меня это не удивляет.

— Он заявил господину Данглару, что собирается пробыть в Париже год и израсходовать шесть миллионов.

— Надо думать, что это персидский шах, путешествующий инкогнито.

— А какая красавица эта женщина! — сказала Эжени. — Вы заметили, господин Люсьен?

— Право, вы единственная из всех женщин, кого я знаю, которая отдает должное другим женщинам.

Люсьен вставил в глаз монокль.

— Очаровательна, — заявил он.

— А знает ли господин де Морсер, кто эта женщина?

— Знаю лишь приблизительно, как и все, что касается таинственной личности, о которой мы говорим, — сказал Альбер, отвечая на этот настойчивый вопрос. — Эта женщина — албанка.

— Это видно по ее костюму, и то, что вы нам сообщаете, уже известно всей публике.

— Мне очень жаль, что я такой невежественный чичероне, — сказал Альбер, — но должен сознаться, что на этом мои сведения кончаются; знаю еще только, что она музыкантша: однажды, завтракая у графа, я слышал звуки лютни, на которой, кроме нее, некому было играть.

— Так он принимает у себя гостей, ваш граф? — спросила г-жа

Данглар.
— И очень роскошно, смею вас уверить.
— Надо заставить Данглара дать ему обед или бал, чтобы он в ответ пригласил нас.
— Как, вы бы поехали к нему? – сказал, смеясь, Дебрэ.
— Почему бы нет? Вместе с мужем!
— Да ведь он холост, этот таинственный граф!
— Вы же видите, что нет, – в свою очередь, рассмеялась баронесса, указывая на красавицу албанку.
— Эта женщина – невольница; помните, Морсер, он сам нам об этом сказал у вас за завтраком.
— Согласитесь, дорогой Люсьен, – сказала баронесса, – что у нее скорее вид принцессы.
— Из «Тысячи и одной ночи», – вставил Альбер.
— Согласен, но что создает принцесс, дорогой мой? Бриллианты, а она ими осыпана.
— Их даже слишком много, – сказала Эжени, – без них она была бы еще красивее, потому что тогда были бы видны ее шея и руки, а они прелестны.
— Ах, эти художницы! – сказала г-жа Данглар. – Посмотрите, она уже загорелась.
— Я люблю все прекрасное, – ответила Эжени.
— В таком случае что вы скажете о графе? – спросил Дебрэ. – По-моему, он тоже недурен собою.
— Граф? – сказала Эжени, словно ей до сих пор не приходило в голову взглянуть на него. – Граф слишком бледен.
— Вот именно, – сказал Морсер, – как раз эта бледность и интересует нас. Знаете, графиня Г. утверждает, что он вампир.
— А разве графиня Г. вернулась? – спросила баронесса.
— Она сидит в боковой ложе, мама, – сказала Эжени, – почти против нас. Видите, вот женщина с чудесными золотистыми волосами – это она.
— Да, вижу, – сказала г-жа Данглар. – Знаете, что вам следовало бы сделать, Морсер?
— Приказывайте, баронесса.
— Вам следовало бы пойти навестить вашего графа Монте-Кристо и привести его к нам.
— Зачем это? – спросила Эжени.
— Да чтобы поговорить с ним; разве тебе не интересно видеть его?
— Нисколько.
— Странная девочка! – пробормотала баронесса.
— Он, вероятно, и сам придет, – сказал Альбер. – Вон он увидел вас, баронесса, и кланяется вам.
Баронесса, очаровательно улыбаясь, ответила графу на его поклон.
— Хорошо, – сказал Альбер, – я принесу себя в жертву: я покину вас и посмотрю, нельзя ли с ним поговорить.
— Пойдите к нему в ложу; нет ничего проще.
— Но я не был представлен.
— Кому?
— Красавице албанке.
— Но ведь вы говорите, что это невольница.
— Да, но вы утверждаете, что это принцесса... Но, может быть, увидав, что я иду, он выйдет тоже.
— Это возможно. Идите.
— Иду.
Альбер поклонился и вышел. Действительно, когда он проходил мимо ложи графа, дверь ее отворилась и вышел Монте-Кристо; он

сказал несколько слов по-арабски Али, стоявшему в коридоре, и взял Альбера под руку. Али закрыл дверь и встал перед ней; вокруг нубийца в коридоре образовалось целое сборище.

— Право, — сказал Монте-Кристо, — ваш Париж очень странный город, и ваши парижане удивительные люди. Можно подумать, что они в первый раз видят негра. Посмотрите, как они столпились около бедного Али, который не понимает, в чем дело. Смею вас заверить, что, если парижанин приедет в Тунис, Константинополь, Багдад или Каир, вокруг него нигде не соберется толпа.

— Это потому, что на Востоке люди обладают здравым смыслом и смотрят только на то, на что стоит смотреть, – но, поверьте, Али пользуется таким успехом только потому, что принадлежит вам, а вы сейчас самый модный человек в Париже.

— В самом деле? А чему я обязан этим счастьем?

— Да самому себе. Вы дарите запряжки в тысячу луидоров; вы спасаете жизнь женам королевских прокуроров; под именем майора Блэка вы посылаете на скачки кровных скакунов и жокеев ростом с обезьяну уистити; наконец, вы выигрываете золотые кубки и посылаете их хорошеньким женщинам.

— Кто это рассказал вам все эти басни?

— Первую — госпожа Данглар, которой до смерти хочется видеть вас в своей ложе, или, вернее, чтобы другие вас там видели; вторую – газета Бошана; а третью — моя собственная догадливость. Зачем вы называете свою лошадь Вампа, если хотите сохранить инкогнито?

— Да, действительно, — сказал граф, — это было неосторожно. Но скажите, разве граф де Морсер не бывает в Опере? Я внимательно смотрел, но нигде не видел его.

— Он будет сегодня.

— Где?

— Думаю, что в ложе баронессы.

— Эта очаровательная особа рядом с нею, вероятно, ее дочь?

— Да.

— Позвольте поздравить вас.

Альбер улыбнулся:

— Мы поговорим об этом подробнее в другой раз. Как вам нравится музыка?

— Какая музыка?

— Да та, которую мы сейчас слышали.

— Превосходная музыка, если принять во внимание, что ее сочинил человек и исполняют двуногие и бескрылые птицы, как говорил покойный Диоген.

— Вот как, дорогой граф? Можно подумать, что при желании вы можете услаждать ваш слух пением семи ангельских хоров?

— Почти что так, виконт. Когда мне хочется послушать восхитительную музыку, такую, которой никогда не слышало ухо смертного, я засыпаю.

— Ну, так вы попали как раз в надлежащее место; спите на здоровье, дорогой граф, опера для того и создана.

— Нет, говоря откровенно, ваш оркестр производит слишком много шуму. Чтобы спать тем сном, о котором я вам говорю, мне нужны покой и тишина и, кроме того, некоторая подготовка…

— Знаменитый гашиш?

— Вот именно. Виконт, когда вам захочется послушать музыку, приходите ко мне ужинать.

— Я уже слушал ее, когда завтракал у вас.

— В Риме?

— Да.

— А, это была лютня Гайде. Да, бедная изгнанница иногда развлекается тем, что играет мне песни своей родины.

Альбер не стал расспрашивать, замолчал и граф.

В эту минуту раздался звонок.

— Вы меня извините? — сказал граф, направляясь к своей ложе.

— Помилуйте.

— Прошу вас передать графине Г. привет от ее вампира.

— А баронессе?

— Передайте, что, если она разрешит, я в течение вечера буду иметь честь засвидетельствовать ей свое почтение.

Начался третий акт. Во время этого акта граф де Морсер, согласно своему обещанию, явился в ложу г-жи Данглар.

Граф был не из тех людей, которые приводят в смятение зрительную залу, так что никто, кроме тех, кто сидел в той же ложе, не заметил его появления.

Монте-Кристо все же заметил его, и легкая улыбка пробежала по его губам.

Что касается Гайде, то, чуть только поднимали занавес, она ничего уже не видела вокруг. Как все непосредственные натуры, ее увлекало все, что говорит слуху и зрению.

Третий акт прошел как всегда; балерины Нобле, Жюлиа и Леру проделали свои обычные антраша; Роберт-Марио бросил вызов принцу Гренадскому; наконец, величественный король, держа за руку дочь, прошелся по сцене, чтобы показать зрителям свою бархатную мантию; после чего занавес упал, и публика рассеялась по фойе и коридорам.

Граф вышел из своей ложи и через несколько секунд появился в ложе баронессы Данглар.

Баронесса не могла удержаться от возгласа радостного удивления.

— Ах, граф, как я рада вас видеть! — воскликнула она. — Мне так хотелось поскорее присоединить мою устную благодарность к той записке, которую я вам послала.

— Неужели вы еще помните об этой безделице, баронесса? Я уже совсем забыл о ней.

— Да, но нельзя забыть, что на следующий день вы спасли моего дорогого друга, госпожу де Вильфор, от опасности, которой она подвергалась из-за тех же самых лошадей.

— И за это я не заслуживаю вашей благодарности, сударыня; эту услугу имел счастье оказать госпоже де Вильфор мой нубиец Али.

— А моего сына от рук римских разбойников тоже спас Али? — спросил граф де Морсер.

— Нет, граф, — сказал Монте-Кристо, пожимая руку, которую ему протягивал генерал, — нет; на этот раз я принимаю благодарность, но ведь вы уже высказали мне ее, я ее выслушал, и, право, мне совестно, что вы еще вспоминаете об этом. Пожалуйста, окажите мне честь, баронесса, и представьте меня вашей дочери.

— Она уже знает вас, по крайней мере по имени, потому что вот уже несколько дней мы только о вас и говорим. Эжени, — продолжала баронесса, обращаясь к дочери, — это граф Монте-Кристо!

Граф поклонился; мадемуазель Данглар слегка кивнула головой.

— С вами в ложе сидит замечательная красавица, граф, — сказала она, — это ваша дочь?

— Нет, мадемуазель, — сказал Монте-Кристо, удивленный этой бесконечной наивностью или поразительным апломбом, — это несчастная албанка; я ее опекун.

— И ее зовут?

— Гайде, — отвечал Монте-Кристо.

— Албанка! — пробормотал граф де Морсер.

— Да, граф, — сказала ему г-жа Данглар, — и скажите, видали вы когда-нибудь при дворе Али-Тебелина, которому вы так славно служили, такой чудесный костюм, как у нее?

– Так вы служили в Янине, граф? – спросил Монте-Кристо.

– Я был генерал-инспектором войск паши, – отвечал Морсер, – и не скрою, тем незначительным состоянием, которым я владею, я обязан щедротам знаменитого албанского владыки.

– Да взгляните же на нее, – настаивала г-жа Данглар.

– Где она? – пробормотал Морсер.

– Вот! – сказал Монте-Кристо.

И, положив руку графу на плечо, он наклонился с ним через барьер ложи.

В эту минуту Гайде, искавшая глазами графа, заметила его бледное лицо рядом с лицом Морсера, которого он держал, обняв за плечо. Это зрелище произвело на молодую девушку такое же впечатление, как если бы она увидела голову Медузы; она наклонилась немного вперед, словно впиваясь в них взглядом, потом сразу же откинулась назад, испустив слабый крик, все же услышанный ближайшими соседями и Али, который немедленно открыл дверь.

– Посмотрите, – сказала Эжени, – что случилось с вашей питомицей, граф? Ей, кажется, дурно.

– В самом деле, – отвечал граф, – но вы не пугайтесь. Гайде очень нервна и поэтому очень чувствительна ко всяким запахам: антипатичный ей запах уже вызывает у нее обморок, но, – продолжал граф, вынимая из кармана флакон, – у меня есть средство от этого.

И, поклонившись баронессе и ее дочери, он еще раз пожал руку графу и Дебрэ и вышел из ложи г-жи Данглар.

Вернувшись в свою ложу, он нашел Гайде еще очень бледной; не успел он войти, как она схватила его за руку.

Монте-Кристо заметил, что руки молодой девушки влажны и холодны как лед.

– С кем это ты разговаривал, господин? – спросила она.

– Да с графом де Морсером, – отвечал Монте-Кристо, – он служил у твоего доблестного отца и говорит, что обязан ему своим состоянием.

– Негодяй! – воскликнула Гайде. – Это он продал его туркам, и его состояние – цена измены. Неужели ты этого не знал, мой дорогой господин?

– Я что-то слышал об этом в Эпире, – сказал Монте-Кристо, – но не знаю всех подробностей этой истории. Пойдем, дитя мое, ты мне все расскажешь, это, должно быть, очень любопытно.

– Да, да, уйдем, мне кажется, я умру, если еще останусь вблизи этого человека.

Гайде быстро встала, завернулась в свой бурнус из белого кашемира, вышитый жемчугом и кораллами, и поспешно вышла из ложи в ту минуту, как подымался занавес.

– Посмотрите, – сказала графиня Г. Альберу, который снова вернулся к ней, – этот человек ничего не делает так, как все! Он благоговейно слушает третий акт «Роберта» и уходит как раз в ту минуту, когда начинается четвертый.

XVI. Биржевая игра

Через несколько дней после этой встречи Альбер де Морсер посетил графа Монте-Кристо в его особняке на Елисейских полях, уже принявшем тот дворцовый облик, который граф благодаря своему огромному состоянию придавал даже временным своим жилищам. Он явился еще раз выразить ему от имени г-жи Данглар признательность, уже однажды высказанную ею в письме, подписанном баронессой

Данглар, урожденной Эрмини де Сервьер.

Альбера сопровождал Люсьен Дебрэ, присовокупивший к словам своего друга несколько любезностей, не носивших, конечно, официального характера, но источник которых не мог укрыться от наблюдательного взора графа. Ему даже показалось, что Люсьен приехал к нему движимый двойным любопытством и что половина этого чувства исходит от обитателей улицы Шоссе д'Антен. В самом деле, он, не боясь ошибиться, легко мог предположить, что г-жа Данглар, лишенная возможности увидеть собственными глазами, как живет человек, который дарит лошадей в тридцать тысяч франков и ездит в театр с невольницей, увешанной бриллиантами, поручила глазам, которым она имела обыкновение доверять, собрать кое-какие сведения о его домашней жизни.

Но граф не подал вида, что ему понятна связь этого визита Люсьена с любопытством баронессы.

– Вы часто встречаетесь с бароном Дангларом? – спросил он Альбера.

– Конечно, граф; вы же помните, что я вам говорил.

– Значит, все по-прежнему?

– Более чем когда-либо, – сказал Люсьен, – это дело решенное.

И находя, по-видимому, что он принял уже достаточное участие в разговоре, Люсьен вставил в глаз черепаховый монокль и, покусывая золотой набалдашник трости, начал обходить комнату, рассматривая оружие и картины.

– Но, судя по вашим словам, мне казалось, что окончательное решение еще не так близко, – сказал Монте-Кристо Альберу.

– Что поделаешь? Дела идут так быстро, что и не замечаешь этого; не думаешь о них, а они думают о тебе; и когда оглянешься, остается только удивляться, как далеко они зашли. Мой отец и господин Данглар вместе служили в Испании, мой отец в войсках, а господин Данглар по провиантской части. Именно там мой отец, разоренный революцией, положил начало своей недурной политической и военной карьере, а господин Данглар, никогда не обладавший достатком, – своей изумительной политической и финансовой карьере.

– В самом деле, – сказал Монте-Кристо, – я припоминаю, что господин Данглар, когда я у него был, рассказывал мне об этом. – Он взглянул на Люсьена, перелистывавшего альбом, и прибавил: – А ведь она хорошенькая, мадемуазель Эжени! Помнится, ее зовут Эжени, не так ли?

– Очень хорошенькая, или, вернее, очень красивая, – отвечал Альбер, – но я не ценитель этого рода красоты. Я недостоин!

– Вы говорите об этом, словно она уже ваша жена!

– Ох, – вздохнул Альбер, посмотрев, в свою очередь, чем занят Люсьен.

– Мне кажется, – сказал Монте-Кристо, понижая голос, – что вы не очень восторженно относитесь к этому браку.

– Мадемуазель Данглар, на мой взгляд, слишком богата, это меня пугает.

– Вот так причина! – отвечал Монте-Кристо. – Разве вы сами не богаты?

– У моего отца что-то около пятидесяти тысяч ливров годового дохода, и, когда я женюсь, он, вероятно, выделит мне тысяч десять или двенадцать.

– Конечно, это довольно скромно, – сказал граф, – особенно для Парижа, но богатство еще не все – знатное имя и положение в обществе тоже что-нибудь да значат. У вас знаменитое имя, великолепное общественное положение; к тому же граф де Морсер – солдат, и приятно видеть, когда неподкупность Байяра сочетается с бедностью Дюгесклена. Бескорыстие – тот солнечный луч, в котором ярче всего блещет благородный меч. Я, напротив, считаю этот брак как нельзя более подходящим; мадемуазель Данглар принесет вам богатство, а вы ей – благородное имя!

Альбер задумчиво покачал головой.

– Есть еще одно обстоятельство, – сказал он.

– Признаюсь, – продолжал граф, – мне трудно понять ваше отвращение к богатой и красивой девушке.

– Знаете, – сказал Морсер, – если это можно назвать отвращением, то я не один испытываю его.

– А кто же еще? Ведь вы говорили, что ваш отец желает этого брака.

– Моя мать, а у нее зоркий и верный глаз. И вот моей матери этот брак не нравится; у нее какое-то предубеждение против Дангларов.

– Ну, это понятно, – сказал граф, слегка натянутым тоном, – графиню де Морсер, олицетворение изысканности, аристократичности, душевной тонкости, немного пугает прикосновение тяжелой и грубой плебейской руки, это естественно.

– Право, не знаю, так ли это, – отвечал Альбер, – но я знаю, что, если этот брак состоится, она будет несчастна. Уже полтора месяца назад решено было собраться, чтобы обсудить деловую сторону вопроса, но у меня начались такие мигрени…

– Подлинные? – спросил, улыбаясь, граф.

– Самые настоящие – вероятно, от страха… из-за них совещание отложили на два месяца. Вы понимаете, дело не к спеху: мне еще нет двадцати одного года, и Эжени только семнадцать, но двухмесячная отсрочка истекает на будущей неделе. Придется выполнить обязательство. Вы не можете себе представить, дорогой граф, как это меня смущает… Ах, как вы счастливы, что вы свободный человек!

– Да кто же вам мешает быть тоже свободным?

– Для моего отца было бы слишком большим разочарованием, если бы я не женился на мадемуазель Данглар.

– Ну так женитесь на ней, – сказал граф, как-то особенно передернув плечами.

– Да, – возразил Альбер, – но для моей матери это будет уже не разочарованием, а горем.

– Тогда не женитесь, – сказал граф.

– Я подумаю, я попытаюсь; вы не откажете мне в советах, правда? Может быть, вы могли бы выручить меня? Знаете, чтобы не огорчать мою матушку, я, пожалуй, пойду на ссору с отцом.

Монте-Кристо отвернулся; он казался взволнованным.

– Чем это вы занимаетесь, – обратился он к Дебрэ, который сидел в глубоком кресле на другом конце гостиной, держа в правой руке карандаш, а в левой записную книжку, – срисовываете Пуссена?

– Срисовываю? Как бы не так! – спокойно отвечал тот. – Я для этого слишком люблю живопись! Нет, я делаю как раз обратное, я подсчитываю.

– Подсчитываете?

– Да, я произвожу расчеты; это косвенно касается и вас, виконт; я подсчитываю, что заработал банк Данглара на последнем повышении Гаити; в три дня акции поднялись с двухсот шести до четырехсот девяти, а предусмотрительный банкир купил большую партию по двести шесть. По моим расчетам, он должен был заработать тысяч триста.

– Это еще не самое удачное его дело, – сказал Альбер, – заработал же он в этом году миллион на испанских облигациях.

– Послушайте, дорогой мой, – заметил Люсьен, – граф

Монте-Кристо мог бы вам ответить вместе с итальянцами:

> Danaro e santita –
> Metá della metá.[46]

И это еще слишком много. Так что, когда мне рассказывают что-нибудь в этом роде, я только пожимаю плечами.

— Но ведь вы сами рассказали о Гаити, — сказал Монте-Кристо.

— Гаити — другое дело; Гаити — это биржевое экарте. Можно любить бульот, увлекаться вистом, обожать бостон и все же наконец остыть к ним; но экарте никогда не теряет своей прелести — это приправа. Итак, Данглар продал вчера по четыреста шесть и положил в карман триста тысяч франков; подожди он до сегодня, бумаги снова упали бы до двухсот пяти, и вместо того чтобы выиграть триста тысяч франков, он потерял бы тысяч двадцать — двадцать пять.

— А почему они упали с четырехсот девяти до двухсот пяти? — спросил Монте-Кристо. — Прошу извинить меня, но я полный невежда во всех этих биржевых интригах.

— Потому, — смеясь, ответил Альбер, — что известия чередуются и не совпадают.

— Черт возьми! — воскликнул граф. — Так господин Данглар рискует в один день выиграть или проиграть триста тысяч франков? Значит, он несметно богат?

— Играет вовсе не он, а госпожа Данглар, — живо воскликнул Люсьен, — это удивительно смелая женщина.

— Но ведь вы благоразумный человек, Люсьен, и, находясь у самого первоисточника, отлично знаете цену известиям; вам следовало бы останавливать ее, — заметил с улыбкой Альбер.

— Как я могу, когда даже ее мужу это не удается? — спросил Люсьен. — Вы знаете характер баронессы: она не поддается ничьему влиянию и делает только то, что захочет.

— Ну, будь я на вашем месте… — сказал Альбер.

— Что тогда?

— Я бы излечил ее; это была бы большая услуга ее будущему зятю.

— Каким образом?

— Очень просто. Я дал бы ей урок.

— Урок?

— Да. Ваше положение личного секретаря министра делает вас авторитетом в отношении всякого рода новостей, вам стоит только открыть рот, как все ваши слова немедленно стенографируются биржевиками; заставьте ее раз за разом проиграть тысяч сто франков, и она станет осторожнее.

— Я не понимаю вас, — пробормотал Люсьен.

— А между тем это очень ясно, — отвечал с неподдельным чистосердечием Альбер, — сообщите ей в одно прекрасное утро что-нибудь неслыханное, — телеграмму, содержание которой может быть известно только вам; ну, например, что накануне у Габриэль видели Генриха Четвертого, это вызовет повышение на бирже, она захочет воспользоваться этим и, несомненно, проиграет, когда на следующий день Бошан напечатает в своей газете:

«Утверждение осведомленных людей, будто бы короля Генриха Четвертого видели третьего дня у Габриэль, не соответствует действительности; этот факт никогда не имел места; король Генрих Четвертый не покидал Нового моста».

Люсьен кисло усмехнулся. Монте-Кристо, сидевший во время

---

[46] Деньги и святость — половина и половина *(ит.)*.

этого разговора с безучастным видом, не пропустил, однако, ни слова, и от его проницательного взора не укрылось тайное смущение личного секретаря.

Вследствие этого смущения, совершенно не замеченного Альбером, Люсьен сократил свой визит. Ему было явно не по себе. Провожая его, граф сказал ему, понизив голос, несколько слов, и тот ответил:

– Очень охотно, граф, я согласен.

Граф вернулся к молодому Морсеру.

– Не находите ли вы, по зрелом размышлении, – сказал он ему, – что при господине Дебрэ вам не следовало так говорить о вашей теще?

– Прошу вас, граф, – сказал Морсер, – не употребляйте раньше времени это слово.

– В самом деле, без преувеличения, графиня до такой степени настроена против этого брака?

– До такой степени, что баронесса очень редко бывает у нас, а моя мать, я думаю, и двух раз в жизни не была у госпожи Данглар.

– В таком случае, – сказал граф, – я решаюсь говорить с вами откровенно: господин Данглар – мой банкир, господин де Вильфор осыпал меня любезностями в ответ на услугу, которую счастливый случай помог мне ему оказать. Поэтому я предвижу целую лавину званых обедов и раутов. А для того чтобы не казалось, будто я высокомерно всем этим пренебрегаю, и даже, если угодно, чтобы самому предупредить других, я приглашаю на мою виллу в Отейле господина и госпожу Данглар, господина и госпожу де Вильфор. Если я к этому обеду приглашу вас, так же как графа и графиню де Морсер, то не будет ли это похоже на какую-то встречу перед свадьбой? По крайней мере не покажется ли так графине де Морсер, особенно если барон Данглар окажет мне честь привезти с собой свою дочь? Графиня может тогда меня возненавидеть, а я ни в коем случае не желал бы этого; наоборот – и прошу вас при случае ее в этом заверить, – я очень дорожу ее хорошим мнением обо мне.

– Поверьте, граф, – отвечал Морсер, – я вам очень признателен за вашу откровенность и согласен не присутствовать на вашем обеде. Вы говорите, что дорожите мнением моей матери, – так ведь она прекрасно к вам относится.

– Вы так думаете? – с большим интересом спросил Монте-Кристо.

– Я в этом убежден. После того как вы у нас были, мы целый час о вас беседовали; но вернемся к нашему разговору. Так вот, если бы моя мать узнала о вашем внимании по отношению к ней – а я возьму на себя смелость ей об этом рассказать, – я уверен, она была бы вам чрезвычайно признательна. Правда, отец пришел бы в ярость.

Граф рассмеялся.

– Ну вот, – сказал он Альберу, – теперь вы знаете, как обстоит дело. Кстати, не только ваш отец будет взбешен: господин и госпожа Данглар будут смотреть на меня, как на крайне невоспитанного человека. Они знают, что мы видимся с вами запросто, что в Париже вы мой самый старый знакомый, и вдруг вас не будет у меня на обеде; они меня спросят, почему я вас не пригласил. Попытайтесь по крайней мере заручиться заранее сколько-нибудь правдоподобным приглашением и предупредите меня об этом запиской. Вы же знаете, для банкиров только письменные доказательства имеют значение.

– Я сделаю лучше, граф, – сказал Альбер. – Моя мать хочет поехать куда-нибудь подышать морским воздухом. На какой день назначен ваш обед?

– На субботу.

– Прекрасно. Сегодня у нас вторник. Мы уедем завтра вечером, а послезавтра будем в Трепоре. Знаете, граф, это страшно мило с вашей стороны, что вы позволяете людям не стесняться.

– Право, вы меня переоцениваете; мне просто хочется быть вам приятным.

– Когда вы разослали ваши приглашения?

– Сегодня.

– Отлично! Я сейчас же отправлюсь к Данглару и сообщу ему, что мы с матерью завтра покидаем Париж. Я с вами не виделся, следовательно, ничего не знаю о вашем обеде.

– Опомнитесь! А Дебрэ, который только что видел вас у меня!

– Да, правда.

– Напротив, я вас видел и здесь же, без всякой официальности, пригласил, а вы мне чистосердечно ответили, что не можете быть моим гостем, потому что уезжаете в Трепор.

– Ну вот, так и решим. Но, может быть, вы навестите мою мать до ее отъезда?

– До ее отъезда это довольно трудно сделать; кроме того, я помешаю вашим сборам.

– Ну так сделайте еще лучше! До сих пор вы были только очаровательным человеком, заслужите наше обожание.

– Что я должен сделать, чтобы достичь этого совершенства?

– Что вы должны сделать?

– Да, я хочу знать.

– Вы сегодня, кажется, свободны; поедем к нам обедать; мы будем совсем одни, вы, матушка и я. Вы видели графиню только мельком; теперь вы познакомитесь с ней ближе. Это удивительная женщина, и я жалею только о том, что на свете не существует второй такой же, но моложе лет на двадцать; клянусь, что очень скоро, кроме графини де Морсер, появилась бы еще и виконтесса де Морсер. Моего отца вы не увидите; у него сегодня комиссия, и он обедает у референдария. Поедем поговорим о путешествиях. Вы видели весь мир – расскажите нам о своих приключениях, расскажите историю той красавицы албанки, которая была с вами в Опере и которую вы называете вашей невольницей, а обращаетесь с ней, как с принцессой. Мы будем говорить, по-итальянски, по-испански. Да соглашайтесь же! Графиня будет вам признательна.

– Я вам очень благодарен, – отвечал граф, – предложение ваше как нельзя более лестно для меня, и я очень сожалею, что не могу его принять. Вы напрасно думаете, что я свободен: у меня, напротив, чрезвычайно важное свидание.

– Берегитесь, вы только что научили меня, как можно избавиться от неприятного обеда. Мне нужны доказательства. Я, к счастью, не банкир, как Данглар, но предупреждаю вас: я так же недоверчив, как и он.

– Так я дам вам доказательства, – сказал граф.

И он позвонил.

– Однако вы уже второй раз отказываетесь пообедать у моей матери, граф, – сказал Морсер. – Видимо, у вас есть на то основания.

Монте-Кристо вздрогнул.

– Я надеюсь, что вы этого не думаете, – сказал он, – кстати, вот идет мое доказательство.

Вошел Батистен и остановился у двери.

– Ведь я не был предупрежден о вашем посещении, не так ли?

– Как сказать! Вы такой необыкновенный человек, что я не поручусь.

– Во всяком случае, я не мог предвидеть, что вы пригласите меня обедать.

– Ну, это, пожалуй, верно.

– Прекрасно. Послушайте, Батистен, что я вам сказал сегодня

утром, когда позвал к себе в кабинет?

– Не принимать никого, кто приедет к вашему сиятельству после пяти часов.

– А затем?

– Но, граф... – начал Альбер.

– Нет, нет, я во что бы то ни стало хочу избавиться от той таинственной репутации, которую вы мне создали, дорогой виконт. Слишком тягостно всегда изображать Манфреда. Я хочу жить на виду у всех. Затем?.. Продолжайте, Батистен.

– Затем принять только господина майора Бартоломео Кавальканти с сыном.

– Вы слышите: майора Бартоломео Кавальканти, отпрыска одного из древнейших родов Италии, генеалогией которого соблаговолил заняться сам Данте... как вы помните, а может быть, и не помните, в десятой песне «Ада»; и, кроме того, его сына, очень милого молодого человека ваших лет, виконт, и носящего тот же титул; он вступает в парижское общество, опираясь на миллионы своего отца. Майор приведет ко мне сегодня своего сына – контино, как говорят у нас в Италии. Он мне его поручает. Я буду направлять его, если он того стоит. Вы поможете мне, хорошо?

– Разумеется! Так этот майор Кавальканти – ваш старый друг? – спросил Альбер.

– Ничуть; это очень достойный господин, очень вежливый, очень скромный, очень тактичный, таких в Италии великое множество, это потомки захиревших старинных родов. Я несколько раз встречался с ним и во Флоренции, и в Болонье, и в Лукке, и он известил меня о своем приезде сюда. Дорожные знакомые – очень требовательные люди: они повсюду ждут от вас того дружелюбного отношения, которое вы к ним однажды случайно проявили, как будто у культурного человека, который умеет со всяким провести приятный час, не бывает скрытых побуждений! Добрейший майор Кавальканти собирается снова взглянуть на Париж, который он видел только проездом, во времена Империи, отправляясь замерзать в Москву. Я угощу его хорошим обедом; он мне поручит своего сына, я пообещаю присмотреть за ним и предоставлю ему развлекаться, как ему вздумается; таким образом, мы будем квиты.

– Чудесно! – сказал Альбер. – Я вижу, вы неоценимый наставник. Итак, до свидания; мы вернемся в воскресенье. Кстати, я получил письмо от Франца.

– Вот как! – сказал Монте-Кристо. – Он по-прежнему доволен Италией?

– Мне кажется, да; но он жалеет о вашем отсутствии... Он говорит, что вы были солнцем Рима и что без вас там пасмурно. Я даже не поручусь, не утверждает ли он, что там идет дождь.

– Значит, ваш друг изменил свое мнение обо мне?

– Напротив, он продолжает утверждать, что вы прежде всего – существо фантастическое; поэтому он и жалеет о вашем отсутствии.

– Очень приятный человек! – сказал Монте-Кристо. – Я почувствовал к нему живейшую симпатию в первый же вечер нашего знакомства, когда он был занят поисками ужина и любезно согласился поужинать со мной. Если не ошибаюсь, он сын генерала д'Эпине?

– Совершенно верно.

– Того самого, которого так подло убили в тысяча восемьсот пятнадцатом году?

– Да, бонапартисты.

– Вот-вот! Право, он мне очень нравится. Не собираются ли женить и его?

– Да, он женится на мадемуазель де Вильфор.

– Это решено?

— Так же, как моя женитьба на мадемуазель Данглар, — смеясь, ответил Альбер.

— Вы смеетесь?..

— Да.

— Почему?

— Потому что мне кажется, что в этом браке столько же обоюдной симпатии, как в моем с мадемуазель Данглар. Но, право, граф, мы с вами болтаем о женщинах, совсем как женщины болтают о мужчинах; это непростительно!

Альбер встал.

— Вы уже уходите?

— Это мило! Уже два часа я вам надоедаю, и вы настолько любезны, что спрашиваете меня, ухожу ли я. Поистине, граф, вы самый вежливый человек на свете! А как вышколены ваши слуги! Особенно Батистен. Я никогда не мог заполучить такого. У меня они всегда как будто подражают лакеям из Французского театра, которые именно потому, что им надо произнести одно только слово, всякий раз подходят для этого к самой рампе. Так что, если вы захотите расстаться с Батистеном, уступите его мне.

— Это решено, виконт.

— Подождите, это еще не все. Передайте, пожалуйста, мой привет вашему скромному приезжему из Лукки, синьору Кавальканти деи Кавальканти, и если бы оказалось, что он не прочь женить своего сына, постарайтесь найти ему жену, очень богатую, очень родовитую, хотя бы по женской линии, и баронессу по отцу. Я вам в этом помогу.

— Однако, — воскликнул Монте-Кристо, — неужели дело обстоит так?

— Да.

— Не зарекайтесь, мало ли что может случиться.

— Ах, граф, — воскликнул Морсер, — какую бы вы мне оказали услугу! Я на сто раз сильнее полюбил бы вас, если бы благодаря вам остался холостым, хотя бы еще десять лет!

— Все возможно, — серьезно ответил Монте-Кристо.

И, простившись с Альбером, он вернулся к себе и три раза позвонил.

Вошел Бертуччо.

— Бертуччо, — сказал он, — имейте в виду, что я в субботу принимаю гостей на моей вилле в Отейле.

Бертуччо слегка вздрогнул.

— Слушаю, ваше сиятельство, — сказал он.

— Вы мне необходимы, чтобы все как следует устроить, — продолжал граф. — Это прекрасный дом, или, во всяком случае, он может стать прекрасным.

— Для этого его надо целиком обновить, ваше сиятельство; обивка стен очень выцвела.

— Тогда перемените ее всюду, кроме спальни, обитой красным штофом; ее оставьте точно в таком же виде, как она есть.

Бертуччо поклонился.

— Точно так же ничего не трогайте в саду; зато со двором делайте все что хотите; мне было бы даже приятно, если бы он стал неузнаваем.

— Я сделаю все, что могу, чтобы угодить вашему сиятельству, но я был бы спокойнее, если бы ваше сиятельство соблаговолили дать мне указания относительно обеда.

— Право, дорогой Бертуччо, — сказал граф, — я нахожу, что с тех пор, как мы в Париже, вы не в своей тарелке, вы полны сомнений; разве вы разучились понимать меня?

— Но, может быть, ваше сиятельство, хотя бы сообщите мне, кого вы приглашаете?

— Я еще и сам не знаю, и вам тоже незачем знать. Лукулл обедает у Лукулла, вот и все.

Бертуччо поклонился и вышел.

XVII. Майор Кавальканти

Ни граф, ни Батистен не лгали, сообщая Альберу о визите луккского майора, из-за которого Монте-Кристо отклонил приглашение на обед.

Только что пробило семь часов, и прошло уже два часа с тех пор, как Бертуччо, исполняя приказание графа, уехал в Отейль, когда у ворот остановился извозчик, и словно сконфуженный, немедленно отъехал, высадив человека лет пятидесяти двух, облаченного в один из тех зеленых сюртуков с черными шнурами, которые, по-видимому, никогда не переведутся в Европе. На приехавшем были также широкие синие суконные панталоны, высокие, еще довольно новые, хоть и несколько тусклые сапоги на слишком, пожалуй, толстой подошве, замшевые перчатки, шляпа, напоминающая головной убор жандарма, и черный воротник с белой выпушкой, который можно было бы принять за железный ошейник, если бы владелец не носил его по доброй воле. Личность в таком живописном костюме позвонила у калитки, осведомилась, живет ли в доме № 30 по авеню Елисейских полей граф Монте-Кристо, и, после утвердительного ответа привратника, вошла в калитку, закрыла ее за собой и направилась к крыльцу.

Батистен, заранее получивший подробное описание внешности посетителя и ожидавший его в вестибюле, узнал его по маленькой острой голове, седеющим волосам и густым белым усам, — и не успел тот назвать себя расторопному камердинеру, как уже о его прибытии было доложено Монте-Кристо.

Чужестранца ввели в самую скромную из гостиных. Граф уже ожидал его там и, улыбаясь, пошел ему навстречу.

— А, любезный майор, — сказал он, — добро пожаловать. Я вас ждал.

— Неужели? — спросил приезжий из Лукки. — Ваше сиятельство меня ждали?

— Да, я был предупрежден, что вы явитесь ко мне сегодня в семь часов.

— Что я к вам явлюсь? Предупреждены?

— Вот именно.

— Тем лучше; по правде говоря, я боялся, что забудут принять эту предосторожность.

— Какую?

— Предупредить вас.

— О нет!

— Но вы уверены, что не ошибаетесь?

— Уверен.

— Ваше сиятельство сегодня в семь часов ждали именно меня?

— Именно вас. Впрочем, мы можем проверить.

— Нет, если вы меня ждали, — сказал приезжий из Лукки, — тогда не стоит.

— Но почему же? — возразил Монте-Кристо.

Приезжий из Лукки, казалось, слегка встревожился.

— Послушайте, — сказал Монте-Кристо, — ведь вы маркиз Бартоломео Кавальканти?

— Бартоломео Кавальканти, — обрадованно повторил приезжий из Лукки, — совершенно верно.

— Отставной майор австрийской армии?

— Разве я был майором? — робко осведомился старый воин.

— Да, — сказал Монте-Кристо, — вы были майором. Так называют во Франции тот чин, который вы носили в Италии.

— Хорошо, — ответил приезжий из Лукки, — мне-то, вы понимаете, безразлично...

— Впрочем, вы приехали сюда не по собственному побуждению, — продолжал Монте-Кристо.

— Ну еще бы!

— Вас направили ко мне?

— Да.

— Добрейший аббат Бузони?

— Да, да, — радостно воскликнул майор.

— И вы привезли с собой письмо?

— Вот оно.

— Ну, вот видите! Давайте сюда!

И Монте-Кристо взял письмо, распечатал его и прочел. Майор смотрел на графа выпученными, удивленными глазами; взгляд его с любопытством окидывал комнату, но неизменно возвращался к ее владельцу.

— Так оно и есть... аббат пишет... «майор Кавальканти, знатный луккский патриций, потомок флорентийских Кавальканти, — продолжал, пробегая глазами письмо, Монте-Кристо, — обладающий годовым доходом в полмиллиона...»

Монте-Кристо поднял глаза от письма и отвесил поклон.

— Полмиллиона! — сказал он. — Черт возьми, дорогой господин Кавальканти!

— Разве там написано полмиллиона? — спросил приезжий из Лукки.

— Черным по белому: так оно, несомненно, и есть; аббат Бузони лучше, чем кто бы то ни было, осведомлен о всех крупных состояниях в Европе.

— Что ж, пусть будет полмиллиона, — сказал приезжий из Лукки, — но, честное слово, я не думал, что цифра будет так велика.

— Потому что ваш управляющий вас обкрадывает; что поделаешь, дорогой господин Кавальканти, это наш общий удел!

— Вы открыли мне глаза, — серьезно заметил приезжий из Лукки, — придется прогнать негодяя.

Монте-Кристо продолжал:

— «Для полного счастья ему недостает только одного».

— Боже мой, да! Только одного! — сказал со вздохом приезжий из Лукки.

— «Найти обожаемого сына».

— Обожаемого сына!

— «Похищенного в детстве врагом его благородной семьи или цыганами».

— В пятилетнем возрасте, сударь! — сказал с тяжким вздохом приезжий из Лукки, возводя глаза к небу.

— Несчастный отец! — сказал Монте-Кристо. Потом продолжал читать: — «Я вернул ему надежду, я вернул ему жизнь, граф, сообщив, что вы можете помочь ему найти сына, которого он тщетно ищет вот уже пятнадцать лет».

Приезжий из Лукки взглянул на Монте-Кристо с каким-то смутным беспокойством.

— Я могу это сделать, — ответил Монте-Кристо.

Майор выпрямился.

— А, — сказал он, — значит, все в письме оказалось правдой?

— Неужели вы сомневались в этом, дорогой господин Бартоломео?

— Нет, нет, ни одной минуты! Что вы! Такой серьезный человек, в духовном сане, как аббат Бузони, не позволил бы себе подобной шутки, но вы еще не все прочли, ваше сиятельство.

— Ах да, — сказал Монте-Кристо, — имеется еще приписка.

— Да… — повторил приезжий из Лукки, — приписка…

— «Чтобы не затруднять майора Кавальканти переводом денег из одного банка в другой, я посылаю ему на путевые расходы чек на две тысячи франков и перевожу на него сумму в сорок восемь тысяч франков, которую вы оставались мне должны».

Майор с видимой тревогой следил за чтением этой приписки.

— Так, — сказал граф.

— Он сказал мне, — пробормотал приезжий из Лукки. — Так что… граф… — продолжал он.

— Так что? — спросил Монте-Кристо.

— Так что приписка…

— Что приписка?..

— Принята вами так же благосклонно, как и все письмо?

— Разумеется. У нас свои счеты с аббатом Бузони; я в точности не помню, должен ли я ему именно сорок восемь тысяч ливров, но несколько лишних ассигнаций в ту или другую сторону нас не обеспокоят. А что, вы придавали большое значение этой приписке, дорогой господин Кавальканти?

— Должен вам признаться, — отвечал приезжий из Лукки, — что, вполне доверяя подписи аббата Бузони, я не запасся другими деньгами; так что, если бы мои надежды на эту сумму не оправдались, я оказался бы в Париже в очень затруднительном положении.

— Полно, разве такой человек, как вы, может где-либо попасть в затруднительное положение? — сказал Монте-Кристо.

— Но если никого не знаешь… — заметил приезжий из Лукки.

— Зато вас все знают.

— Да, меня знают, так что…

— Я вас слушаю, дорогой господин Кавальканти.

— Так что вы вручите мне эти сорок восемь тысяч ливров?

— По первому вашему требованию.

Майор вытаращил глаза от изумления.

— Да присядьте же, пожалуйста, — сказал Монте-Кристо, — право, я не знаю, что со мной… Я держу вас на ногах уже четверть часа.

— Помилуйте!

Майор придвинул кресло и сел.

— Разрешите что-нибудь предложить вам, — сказал граф, — рюмку хереса, портвейна, аликанте?

— Аликанте, если позволите; это мое любимое вино.

— У меня найдется отличное. И кусочек бисквита, не правда ли?

— И кусочек бисквита, раз уж вы настаиваете.

Монте-Кристо позвонил. Явился Батистен.

Граф подошел к нему.

— Ну что?.. — тихо спросил он.

— Молодой человек уже здесь, — ответил так же тихо камердинер.

— Отлично; куда вы его провели?

— В голубую гостиную, как велели ваше сиятельство.

— Превосходно. Подайте бутылку аликанте и бисквиты.

Батистен вышел.

— Право, сударь, — заметил приезжий из Лукки, — я очень смущен, что доставляю вам столько хлопот.

— Ну что вы! — сказал Монте-Кристо.

Батистен вернулся, неся вино, рюмки и бисквиты.

Граф наполнил одну рюмку, а в другую налил только несколько капель того жидкого рубина, который заключала в себе бутылка, вся покрытая паутиной и прочими признаками, красноречивее свидетельствующими о возрасте вина, чем морщины о годах человека.

Майор не ошибся в выборе: он взял полную рюмку и бисквит.

Граф приказал Батистену поставить поднос рядом с гостем, который сначала едва пригубил вино, потом сделал одобрительную гримасу и осторожно обмакнул в рюмку бисквит.

— Итак, сударь, — сказал Монте-Кристо, — вы жили в Лукке, были богатым человеком, благородного происхождения, пользовались всеобщим уважением, у вас было все, чтобы быть счастливым?

— Все, ваше сиятельство, — отвечал майор, поглощая бисквит, — решительно все.

— И для полного счастья вам недоставало только одного?

— Только одного, — ответил приезжий из Лукки.

— Найти вашего сына?

— Ах, — сказал почтенный майор, беря второй бисквит, — этого мне очень не хватало.

Он поднял глаза к небу и сделал попытку вздохнуть.

— Теперь скажите, дорогой господин Кавальканти, — сказал Монте-Кристо, — что это за сын, о котором вы так тоскуете? Ведь мне говорили, что вы холостяк.

— Все это думали, — отвечал майор, — и я сам...

— Да, — продолжал Монте-Кристо, — и вы сами не опровергали этого слуха. Грех юности, который вы хотели скрыть.

Приезжий из Лукки выпрямился в своем кресле, принял самый спокойный и почтенный вид и при этом скромно опустил глаза — не то для того, чтобы чувствовать себя увереннее, не то, чтобы помочь своему воображению; в то же время он исподлобья поглядывал на графа, чья застывшая на губах улыбка свидетельствовала все о том же доброжелательном любопытстве.

— Да, сударь, — сказал он, — я хотел скрыть эту ошибку.

— Не ради себя, — сказал Монте-Кристо, — мужчинам это не ставится в вину.

— Нет, разумеется, не ради себя, — сказал майор, с улыбкой качая головой.

— Но ради его матери, — сказал граф.

— Ради его матери! — воскликнул приезжий из Лукки, принимаясь за третий бисквит. — Ради его бедной матери!

— Да пейте же, пожалуйста, дорогой господин Кавальканти, — сказал Монте-Кристо, наливая гостю вторую рюмку аликанте. — Волнение душит вас.

— Ради его бедной матери! — прошептал приезжий из Лукки, пытаясь силой воли воздействовать на слезную железу, дабы увлажнить глаза притворной слезой.

— Она принадлежала, насколько я помню, к одному из знатнейших семейств в Италии?

— Патрицианка из Фьезоле, граф!

— И ее звали?..

— Вы желаете знать ее имя?

— Бог мой, — сказал Монте-Кристо, — можете не говорить; оно мне известно.

— Вашему сиятельству известно все, — сказал с поклоном приезжий из Лукки.

— Олива Корсинари, не правда ли?

— Олива Корсинари!

— Маркиза?

— Маркиза!

— И, несмотря на противодействие семьи, вам в конце концов удалось жениться на ней?

— В конце концов удалось.

— И вы привезли с собой все необходимые документы? —

продолжал Монте-Кристо.

— Какие документы? — спросил приезжий из Лукки.

— Да ваше брачное свидетельство и метрику сына.

— Метрику сына?

— Метрику Андреа Кавальканти, вашего сына; разве его зовут не Андреа?

— Кажется, да, — сказал приезжий из Лукки.

— То есть как это кажется?

— Видите, я не смею этого утверждать, он так давно исчез.

— Вы правы, — сказал Монте-Кристо. — Но документы у вас с собой?

— Граф, я должен вам с прискорбием заявить, что, не будучи предупрежден о необходимости запастись этими документами, я не позаботился взять их с собою.

— Черт возьми! — сказал Монте-Кристо.

— Разве они так нужны?

— Необходимы!

Приезжий из Лукки почесал лоб.

— A, per Bacco! — сказал он. — Необходимы!

— Разумеется, а вдруг здесь возникнут какие-нибудь сомнения в том, действителен ли ваш брак, законно ли рождение вашего сына?

— Вы правы, могут возникнуть сомнения.

— Вашему сыну это было бы крайне неприятно.

— Это было бы для него роковым ударом.

— Из-за этого он может потерять великолепную невесту.

— O, peccato![47]

— Во Франции, понимаете ли, на это смотрят строго; здесь нельзя, как в Италии, пойти к священнику и заявить: «Мы любим друг друга, повенчайте нас». Во Франции установлен гражданский брак, а для совершения гражданского брака нужны документы, удостоверяющие личность.

— Вот беда, у меня нет этих документов.

— Хорошо, что они есть у меня, — сказал Монте-Кристо.

— У вас?

— Да.

— Они у вас есть?

— Есть.

— Вот уж действительно, — сказал приезжий из Лукки, который, видя, что отсутствие бумаг лишает его путешествие всякого смысла, испугался, как бы это упущение не вызвало затруднений в вопросе о сорока восьми тысячах, — вот уж действительно это большое счастье. Да, — продолжал он, — это большое счастье: ведь я об этом и не подумал.

— Еще бы, охотно вам верю; обо всем не подумаешь. Но на ваше счастье, аббат Бузони об этом подумал.

— Уж этот милый аббат!

— Предусмотрительный человек.

— Замечательный человек, — сказал приезжий из Лукки, — и он вам переслал их?

— Вот они.

Приезжий из Лукки в знак восхищения молитвенно сложил руки.

— Вы венчались с Оливой Корсинари в церкви Святого Павла в Монте-Каттини; вот удостоверение священника.

— Да, действительно, вот оно, — сказал майор, с удивлением разглядывая бумагу.

---

[47] как жаль *(ит.)*.

— А вот свидетельство о крещении Андреа Кавальканти, выданное священником в Саравецце.

— Все в порядке, — сказал майор.

— В таком случае возьмите эти бумаги, мне они не нужны; передайте их вашему сыну, у него они будут в сохранности.

— Еще бы!.. Если бы он их потерял...

— Да? Если бы он их потерял? — спросил Монте-Кристо.

— Ну, пришлось бы писать туда, — сказал приезжий из Лукки, — и очень долго доставать новые.

— Да, это было бы трудно, — сказал Монте-Кристо.

— Почти невозможно, — ответил приезжий из Лукки.

— Я очень рад, что вы понимаете ценность этих документов.

— Я считаю, что они просто неоценимы.

— Теперь, — сказал Монте-Кристо, — что касается матери молодого человека...

— Что касается матери молодого человека... — с беспокойством повторил майор.

— Что касается маркизы Корсинари...

— Боже мой! — сказал приезжий из Лукки, под ногами которого вырастали все новые препятствия, — неужели она может понадобиться?

— Нет, — сказал Монте-Кристо. — Впрочем, ведь она...

— Да, да... она...

— Отдала дань природе...

— Увы, да, — подхватил приезжий из Лукки.

— Я это знал, — продолжал Монте-Кристо, — уже десять лет, как она умерла.

— И я все еще оплакиваю ее смерть, — сказал приезжий из Лукки, вытаскивая из кармана клетчатый платок и вытирая сначала левый глаз, а затем правый.

— Что поделаешь, — сказал Монте-Кристо, — все мы смертны. Теперь вы понимаете, дорогой господин Кавальканти, что во Франции не к чему говорить о том, что вы были пятнадцать лет в разлуке с сыном. Все эти истории с цыганами, которые крадут детей, у нас не в моде. Он у вас воспитывался в провинциальном коллеже, а теперь вы желаете, чтобы он завершил свое образование в парижском свете. Поэтому вы и покинули Виа-Реджо, где вы жили после смерти вашей жены. Этого будет вполне достаточно.

— Вы так полагаете?

— Конечно.

— Тогда все прекрасно.

— Если бы откуда-нибудь возникли слухи об этой разлуке...

— Что же я тогда скажу?

— Что вероломный воспитатель, продавшийся врагам вашей семьи...

— То есть этим Корсинари?

— Конечно... похитил ребенка, чтобы ваш род угас.

— Правильно, ведь он единственный сын.

— А теперь, когда мы обо всем сговорились, когда вы освежили ваши воспоминания и они уже вас не подведут, вы, надеюсь, догадываетесь, что я приготовил вам сюрприз?

— Приятный? — спросил приезжий из Лукки.

— Я вижу, — сказал Монте-Кристо, — что нельзя обмануть глаз и сердце отца.

— Гм! — пробормотал майор.

— Кто-нибудь уже проговорился вам или, вернее, вы догадались, что он здесь?

— Кто здесь?

— Ваше дитя, ваш сын, ваш Андреа.

— Я догадался, — ответил приезжий из Лукки с полным хладнокровием. — Так он здесь?

— Здесь, рядом, — сказал Монте-Кристо, — когда мой камердинер приходил сюда, он доложил мне о нем.

— Превосходно! Превосходно! — сказал майор, расправляя при каждом возгласе петлицы своей венгерки.

— Дорогой господин Кавальканти, — сказал Монте-Кристо, — ваше волнение мне понятно. Надо дать вам время прийти в себя; кроме того, я хотел бы приготовить к этой счастливой встрече и молодого человека, который, я полагаю, обуреваем таким же нетерпением, как и вы.

— Не сомневаюсь, — сказал Кавальканти.

— Ну так вот, через каких-нибудь четверть часа мы предстанем перед вами.

— Так вы приведете его ко мне? Вы так добры, что хотите сами мне его представить?

— Нет, я не хочу становиться между отцом и сыном; но не беспокойтесь: даже если бы голос крови безмолвствовал, вы не сможете ошибиться: он войдет в эту дверь. Это красивый молодой человек, белокурый, пожалуй, даже слишком белокурый, с приятными манерами; впрочем, вы сами увидите.

— Кстати, — сказал майор, — я, знаете ли, взял с собой только две тысячи франков, которые я получил через посредство добрейшего аббата Бузони. Часть из них я потратил на дорогу, и...

— И вам нужны деньги... это вполне естественно, дорогой господин Кавальканти. Вот вам для ровного счета восемь тысячефранковых билетов.

Глаза майора засверкали, как карбункулы.

— Значит, за мной еще сорок тысяч франков, — сказал Монте-Кристо.

— Может быть, ваше сиятельство желает получить расписку? — спросил майор, пряча деньги во внутренний карман своей венгерки.

— Зачем? — сказал граф.

— Да как оправдательный документ при ваших расчетах с аббатом Бузони.

— Вы дадите мне общую расписку, когда получите остальные сорок тысяч франков. Между честными людьми эти предосторожности излишни.

— Да, верно, между честными людьми, — сказал майор.

— Еще одно слово, маркиз.

— К вашим услугам.

— Вы разрешите мне дать вам небольшой совет?

— Еще бы! Прошу вас!

— Было бы неплохо, если бы вы расстались с этим сюртуком.

— В самом деле? — сказал майор, не без самодовольства оглядывая свое одеяние.

— Да, такие еще носят в Виа-Реджо, но в Париже, несмотря на всю свою элегантность, этот костюм уже давно вышел из моды.

— Это досадно, — сказал приезжий из Лукки.

— Ну, если он вам так нравится, вы его опять наденете при отъезде.

— Но что же я буду носить?

— То, что найдется у вас в чемоданах.

— Как в чемоданах? У меня с собой только дорожный мешок.

— При вас, разумеется. Какой смысл затруднять себя лишними вещами? К тому же старый воин любит ходить налегке.

— Вот потому-то...

— Но вы человек предусмотрительный и отправили свои вещи вперед. Они вчера прибыли в гостиницу Принцев, на улице Ришелье, где вы заказали себе помещение.

— Значит, в чемоданах?..

— Я полагаю, вы распорядились, чтобы ваш камердинер уложил в них все необходимое: штатское платье, мундиры. В особо торжественных случаях надевайте мундир, это очень эффектно. Не забывайте ордена. Во Франции над ними посмеиваются, но все-таки носят.

— Прекрасно, прекрасно, прекрасно! – сказал майор, все более и более изумляясь.

— А теперь, – сказал Монте-Кристо, – когда ваше сердце закалено для глубоких волнений, приготовьтесь, господин Кавальканти, увидеть вашего сына Андреа.

И, с обворожительной улыбкой поклонившись восхищенному майору, Монте-Кристо исчез за портьерой.

XVIII. Андреа Кавальканти

Граф Монте-Кристо вошел в гостиную, которую Батистен назвал голубой; там его уже ждал молодой человек, довольно изящно одетый, которого за полчаса до этого подвез к воротам особняка наемный кабриолет.

Батистен без труда узнал его: это был именно тот высокий молодой человек со светлыми волосами, рыжеватой бородкой и черными глазами, с ослепительно белой кожей, чью внешность Батистену описал его хозяин. В ту минуту, когда граф вошел в гостиную, молодой человек, небрежно развалясь на софе, рассеянно постукивал по башмаку тросточкой с золотым набалдашником.

Заметив входящего Монте-Кристо, он быстро поднялся.

— Граф Монте-Кристо? – спросил он.

— Да, – ответил тот, – и я, по-видимому, имею честь говорить с виконтом Андреа Кавальканти?

— С виконтом Андреа Кавальканти, – повторил молодой человек, непринужденно кланяясь.

— У вас должно быть адресованное мне письмо? – спросил Монте-Кристо.

— Я не упомянул о нем из-за подписи, она показалась мне довольно странной.

— Синдбад-мореход, не правда ли?

— Совершенно верно. А так как я никогда не слышал о другом Синдбаде-мореходе, кроме того, который описан в «Тысяче и одной ночи»...

— Так это один из его потомков, мой приятель, богатейший человек, англичанин, более чем оригинал, почти сумасшедший; его настоящее имя лорд Уилмор.

— А, теперь мне все понятно, – сказал Андреа. – Тогда все чудесно складывается. Это тот самый англичанин, с которым я познакомился... в... да, отлично... Граф, я к вашим услугам.

— Если то, что я имею честь слышать от вас, соответствует истине, – возразил с улыбкой граф, – то, надеюсь, вы не откажетесь сообщить мне некоторые подробности о себе и о своих родных.

— Охотно, граф, – отвечал молодой человек с легкостью, свидетельствовавшей о его хорошей памяти. – Я, как вы сами сказали, виконт Андреа Кавальканти, сын майора Бартоломео Кавальканти, потомок тех Кавальканти, что записаны в золотую книгу Флоренции. Наша семья до сих пор очень состоятельна, так как мой отец обладает полумиллионом годового дохода, но испытала много несчастий; я сам, когда мне было лет пять или шесть, был похищен предателем-гувернером и целых пятнадцать лет не видел своего родителя. С тех пор как я стал взрослым, с тех пор как я свободен и завишу только от себя, я разыскиваю его, но тщетно. И вот это письмо вашего друга Синдбада извещает меня, что он в Париже и разрешает мне обратиться к вам, чтобы узнать о нем.

— В самом деле, все, что вы рассказываете, чрезвычайно интересно, — сказал граф, глядя с мрачным удовольствием на развязного молодого человека, отмеченного какой-то сатанинской красотой. — Вы прекрасно сделали, что последовали совету моего друга Синдбада, потому что ваш отец здесь и разыскивает вас.

Граф, с той самой минуты как вошел в гостиную, не сводил глаз с молодого человека; он восхищался уверенностью его взгляда и твердостью его голоса, но при столь естественных словах, как: «Ваш отец здесь и разыскивает вас», Андреа подскочил и воскликнул:

— Мой отец! Мой отец здесь!

— Разумеется, — отвечал Монте-Кристо, — ваш отец майор Бартоломео Кавальканти.

Ужас, написанный на лице молодого человека, мгновенно исчез.

— Да, правда, — сказал он, — майор Бартоломео Кавальканти. Так вы говорите, граф, что мой дорогой отец здесь?

— Да, сударь. Мало того, я только что с ним разговаривал; все, что он мне рассказал о своем любимом сыне, давно потерянном, меня очень растрогало, поистине его страдания, его опасения, его надежды могли бы составить трогательную поэму. И вот однажды его уведомили, что похитители его сына предлагают возвратить его или сообщить, где он находится, за довольно значительную сумму. Но ничто не могло остановить любящего отца; эта сумма была им отослана на пьемонтскую границу, и вместе с ней визированный паспорт для Италии. Вы, кажется, были в то время на юге Франции?

— Да, граф, — отвечал с несколько смущенным видом Андреа, — да, я был на юге Франции.

— Вас в Ницце должен был ожидать экипаж?

— Совершенно верно: он доставил меня из Ниццы в Геную; из Генуи в Турин, из Турина в Шамбери, из Шамбери в Пон-де-Бовуазен, из Пон-де-Бовуазена в Париж.

— Превосходно! Он все время надеялся встретить вас в пути, так как ехал той же дорогой, вот почему и для вас был намечен такой маршрут.

— Но, — заметил Андреа, — если бы мой дорогой отец меня и встретил, я сомневаюсь, чтобы он меня узнал; я несколько изменился, с тех пор как мы потеряли друг друга из виду.

— А голос крови! — сказал Монте-Кристо.

— Да, верно, — ответил молодой человек, — я не подумал о голосе крови!

— Одно только беспокоит маркиза Кавальканти, — продолжал Монте-Кристо, — а именно: что вы делали, пока были в разлуке с ним? как обращались с вами ваши угнетатели? относились ли к вам с тем уважением, которого требовало ваше происхождение? не потускнели ли вследствие ваших нравственных страданий, в сто раз более тяжелых, чем страдания физические, дарования, которыми так щедро наделила вас природа, и считаете ли вы себя в состоянии снова занять то высокое положение, на которое вы имеете право?

— Я надеюсь, сударь, — растерянно пробормотал молодой человек, — что никакое ложное донесение...

— Что вы! Я в первый раз услышал про вас от моего друга Уилмора, филантропа. Он мне сказал, что нашел вас в затруднительном положении, не знаю каком; я не стал спрашивать — я не любопытен. Раз он проявил к вам сочувствие, значит, в вас было что-то, достойное участия. Он сказал, что хочет вернуть вам то положение в свете, которого вы лишились, что он будет разыскивать вашего отца и найдет его; он принялся его разыскивать и, очевидно, нашел, потому что отец ваш здесь: наконец, вчера он предупредил меня о вашем прибытии в дал мне кое-какие указания, касающиеся вашего имущества, – вот и все. Я знаю, что мой друг Уилмор большой оригинал, но так как в то же время он человек верный, богатый, как золотая россыпь, и, следовательно, имеет возможность оригинальничать, не опасаясь разорения, то я обещал следовать его указаниям. Теперь, сударь, я прошу вас, не обижайтесь на мой вопрос: так как я должен буду немного вам покровительствовать, я хотел бы знать, не сделали ли вас ваши несчастья – несчастья, в которых вы неповинны и которые ничуть не умаляют моего к вам уважения, – несколько чуждым тому обществу, в котором ваше состояние и ваше имя дают вам право занять такое видное положение?

– На этот счет будьте совершенно спокойны, сударь, – отвечал молодой человек, к которому, пока граф говорил, возвращался его апломб. – Похитители, по-видимому, намеревались, как они это и сделали, впоследствии продать меня ему; они рассчитали, что, для того чтобы извлечь из меня наибольшую пользу, им следует не умалять моей ценности, а, если возможно, даже увеличить ее. Поэтому я получил недурное образование, и эти похитители младенцев обращались со мной приблизительно так, как малоазийские рабовладельцы обращались с невольниками, делая из них ученых грамматиков, врачей и философов, чтобы подороже продать их.

Монте-Кристо удовлетворенно улыбнулся: по-видимому, он ожидал меньшего от Андреа Кавальканти.

– Впрочем, – продолжал Андреа, – если бы во мне и сказался некоторый недостаток воспитания, или, вернее, привычки к светскому обществу, я надеюсь, что ко мне будут снисходительны, принимая во внимание несчастья, сопровождавшие мое детство и юность.

– Ну что же, – небрежно сказал Монте-Кристо, – вы поступите, как вам будет угодно, виконт, – это ваше личное дело и только вас касается. Но поверьте, я бы не обмолвился на вашем месте ни словом обо всех этих приключениях; ваша жизнь похожа на роман, а свет, обожающий романы в желтой обложке, до странности недоверчиво относится к тем, которые жизнь переплетает в живую кожу, даже если она и позолоченная, как ваша. Вот на это затруднение я и позволю себе указать вам, виконт; не успеете вы рассказать кому-нибудь трогательную историю вашей жизни, как она уже обежит весь Париж в совершенно искаженном виде. Вам придется разыгрывать из себя Антони, а время таких Антони уже прошло. Быть может, вы вызовете любопытство, и это даст вам некоторый успех, но не всякому приятно быть мишенью для пересудов. Вам это может показаться утомительным.

– Я думаю, что вы правы, граф, – сказал Андреа, невольно бледнея под пристальным взглядом Монте-Кристо, – это серьезное неудобство.

– Ну, не следует и преувеличивать, – сказал Монте-Кристо, – желая избежать ошибки, можно сделать глупость. Нет, надо просто вести себя обдуманно, а для такого умного человека, как вы, это тем легче сделать, что совпадает с вашими интересами. Все темное, что может оказаться в вашем прошлом, надо опровергать доказательствами и свидетельством достойных друзей.

Андреа был, видимо, смущен.

– Я бы охотно был вашим поручителем, – продолжал Монте-Кристо, – но у меня привычка сомневаться в лучших друзьях и какая-то потребность возбуждать сомнения в других; так что я был бы не в своем амплуа, как говорят актеры, и рисковал бы быть освистанным, а это уже лишнее.

— Однако, граф, — решился возразить Андреа, — из уважения к лорду Уилмору, который вам меня рекомендовал…

— Да, разумеется, — сказал Монте-Кристо, — но лорд Уилмор не скрыл от меня, что вы провели несколько бурную молодость. Нет, нет, — заметил граф, уловив движение Андреа, — я от вас не требую исповеди; впрочем, для того и вызвали из Лукки вашего отца, чтобы вы ни в ком другом не нуждались. Вы его сейчас увидите; он суховат, держится немного неестественно, но это из-за мундира, и когда узнают, что он уже восемнадцать лет служит в австрийских войсках, с него не станут взыскивать: мы вообще нетребовательны к австрийцам. В конечном счете как отец он вполне приличен, уверяю вас.

— Вы меня успокаиваете, граф; я так давно разлучен с ним, что совсем его не помню.

— А кроме того, знаете, крупное состояние заставляет на многое смотреть снисходительно.

— Так мой отец действительно богат?

— Он миллионер… пятьсот тысяч ливров годового дохода.

— Значит, — с надеждой спросил молодой человек, — мое положение будет довольно… приятное?

— Чрезвычайно приятное, мой дорогой, он назначил вам по пятьдесят тысяч ливров в год на все время, пока вы будете жить в Париже.

— В таком случае я буду здесь жить всегда.

— Гм! Кто может ручаться за будущее, дорогой виконт? Человек предполагает, а бог располагает.

Андреа вздохнул.

— Но во всяком случае, — сказал он, — пока я в Париже и… пока обстоятельства не вынудят меня уехать, эти деньги, о которых вы упомянули, мне обеспечены?

— Разумеется.

— Моим отцом? — с беспокойством осведомился Андреа.

— Да, но под ручательством лорда Уилмора, который, по просьбе вашего отца, открыл вам ежемесячный кредит в пять тысяч франков у господина Данглара, одного из самых солидных парижских банкиров.

— А мой отец собирается долго пробыть в Париже?

— Только несколько дней, — отвечал Монте-Кристо. — Он не может оставить свою службу дольше, чем на две-три недели.

— Ах, милый отец! — сказал Андреа, явно обрадованный этим скорым отъездом.

— Поэтому, — сказал Монте-Кристо, делая вид, что не понял тона этих слов, — я не хочу больше оттягивать ни на минуту ваше свидание. Готовы ли вы обнять почтенного господина Кавальканти?

— Надеюсь, вы не сомневаетесь в этом?

— Ну так пройдите в эту гостиную, мой друг: там вы найдете своего отца, он вас ждет.

Андреа поклонился графу и прошел в гостиную.

Граф проводил его глазами и, когда он вышел, надавил пружину, скрытую в одной из картин, которая, выдвинувшись из рамы, образовала щель, позволявшую видеть все, что происходит в гостиной.

Андреа закрыл за собой дверь и подошел к майору, который встал, как только заслышал шаги.

— О, мой дорогой отец, — громко сказал Андреа, так чтобы граф мог его услышать из-за закрытой двери, — неужели это вы?

— Здравствуйте, мой милый сын, — серьезно произнес майор.

— Какое счастье вновь увидеться с вами после стольких лет разлуки, — сказал Андреа, бросая взгляд на дверь.

— Действительно, разлука была долгая.

— Обнимемся? – предложил Андреа.

— Извольте, мой сын, – ответил майор.

И они поцеловались, как целуются во Французском театре: приложившись щека к щеке.

— Итак, мы снова вместе! – сказал Андреа.

— Мы снова вместе, – повторил майор.

— Чтобы никогда больше не расставаться?

— Напротив, дорогой сын: ведь для вас, я думаю, Франция стала теперь вторым отечеством?

— Должен признаться, – сказал молодой человек, – что я был бы в отчаянии, если бы мне пришлось покинуть Париж.

— А я не мог бы жить вдали от Лукки. Так что я возвращаюсь в Италию при первой возможности.

— Но раньше, чем уехать, дорогой отец, вы, конечно, передадите мне документы, на основании которых я мог бы доказать свое происхождение?

— Само собой: ведь именно для этого я и приехал, и мне стоило таких трудов разыскать вас, чтобы передать их вам, что было бы немыслимо проделать это вторично. На это ушли бы последние дни моей жизни.

— И эти документы...

— Вот они.

Андреа жадно схватил брачное свидетельство своего отца и свою метрику и, развернув их с вполне естественным сыновним нетерпением, пробежал оба акта быстрым и привычным взглядом, свидетельствовавшим о немалой опытности, так же как о живейшем интересе.

Когда он кончил, лицо его засияло невыразимой радостью, и он со странной улыбкой взглянул на майора.

— Вот как! – сказал он на чистейшем тосканском наречии. – Что же, в Италии нет больше каторги?

Майор выпрямился.

— Это к чему? – сказал он.

— Да к тому, что там безнаказанно фабрикуют такие бумаги. За половину такой проделки, мой дорогой отец, вас во Франции отправили бы проветриться в Тулон лет на пять.

— Что вы сказали? – спросил майор, пытаясь принять величественный вид.

— Дорогой господин Кавальканти, – сказал Андреа, беря майора за локоть, – сколько вам платят за то, чтобы вы были моим отцом?

Майор хотел ответить.

— Шш, – сказал Андреа, понизив голос, – я подам вам пример доверия: мне дают пятьдесят тысяч франков в год, чтобы я изображал вашего сына; таким образом, вы понимаете, у меня нет никакой охоты отрицать, что вы мой отец.

Майор с беспокойством оглянулся.

— Не беспокойтесь, здесь никого нет, – сказал Андреа, – притом мы говорим по-итальянски.

— Ну, а мне, – сказал приезжий из Лукки, – дают единовременно пятьдесят тысяч франков.

— Господин Кавальканти, – спросил Андреа, – верите ли вы в волшебные сказки?

— Раньше не верил, но теперь приходится поверить.

— Так у вас появились доказательства?

Майор вытащил из кармана пригоршню луидоров.

— Осязаемые, как видите.

— Так, по-вашему, я могу доверять данным мне обещаниям?

— По-моему, да.

— И этот милейший граф их выполнит?

– В точности, но вы сами понимаете, чтобы достигнуть этого, мы должны хорошо играть свою роль.

– Ну еще бы!..

– Я – нежного отца...

– А я – почтительного сына, раз они желают, чтобы я был вашим сыном.

– Кто это – «они»?

– Ну, не знаю, – те, кто вам писал: ведь вы получили письмо?

– Получил.

– От кого?

– От какого-то аббата Бузони.

– Вы его не знаете?

– Никогда его не видел.

– Что ж было в этом письме?

– Вы меня не выдадите?

– Зачем мне это делать? Интересы у нас общие.

– Ну так читайте.

И майор подал молодому человеку письмо.

Андреа вполголоса прочел:

> *– «Вы бедны, вас ожидает несчастная старость. Хотите сделаться если не богатым, то, во всяком случае, независимым человеком?*
>
> *Немедленно выезжайте в Париж и отправляйтесь к графу Монте-Кристо, авеню Елисейских полей, № 30. Вы его спросите о вашем сыне, рожденном от брака с маркизой Корсинари и похищенном у вас в пятилетнем возрасте.*
>
> *Этого сына зовут Андреа Кавальканти.*
>
> *Дабы у вас не возникло сомнений в том, что нижеподписавшийся желает вам добра, вы найдете приложенными к сему:*
>
> *1. Чек на две тысячи четыреста тосканских ливров, выписанный на банк г. Гоцци во Флоренции.*
>
> *2. Рекомендательное письмо к графу Монте-Кристо, который по моему поручению выплатит вам сорок восемь тысяч франков.*
>
> *Явитесь к графу 26 мая, в 7 часов вечера.*
>
> **Аббат Бузони».**

– Так и есть.

– Что значит «так и есть»? Что вы хотите этим сказать? – спросил майор.

– Что получил почти такое же письмо.

– Вы?

– Да, я.

– От аббата Бузони?

– Нет.

– А от кого же?

– От одного англичанина, некоего лорда Уилмора, который называет себя Синдбадом-мореходом.

– И которого вы знаете не больше, чем я – аббата Бузони.

– Нет, я больше осведомлен, чем вы.

– Вы его видали?

– Да, однажды.

– Где это?

– Вот этого я не могу сказать; вы тогда знали бы столько же, сколько и я, а это лишнее.

— И что же в этом письме?..
— Читайте.
— *«Вы бедны, и вам предстоит печальная будущность. Хотите получить знатное имя, быть свободным, быть богатым?»*
— Черт возьми, — сказал Андреа, раскачиваясь на каблуках, — как будто об этом надо спрашивать.
— *«Садитесь в почтовую карету, которая будет ждать вас при выезде из Ниццы, у Генуэзских ворот. Поезжайте через Турин, Шамбери и Пон-де-Бовуазен. Явитесь к графу Монте-Кристо, авеню Елисейских полей, № 30, двадцать шестого мая, в семь часов вечера, и спросите у него о вашем отце.*

Вы сын маркиза Бартоломео Кавальканти и маркизы Оливы Корсинари, как это удостоверяют документы, которые вам передаст маркиз и которые позволят вам появиться под этим именем в парижском обществе.

Что касается вашего положения, то годовой доход в пятьдесят тысяч ливров позволит вам его достойно поддержать.

При сем прилагаю чек на пять тысяч ливров, выписанный на банк г. Ферреа в Ницце, и рекомендательное письмо к графу Монте-Кристо, которому я поручил заботиться о ваших нуждах.

Синдбад-мореход».

— Недурно! — заметил майор.
— Не правда ли?
— Вы видели графа?
— Я только что от него.
— И он подтвердил написанное?
— Полностью.
— Вы что-нибудь понимаете в этом?
— По правде говоря, нет.
— Тут кого-то надувают.
— Во всяком случае, не нас с вами?
— Нет, разумеется.
— Ну, тогда...
— Не все ли нам равно, правда?
— Именно это я хотел сказать: доиграем до конца и дружно.
— Идет, вы увидите, что я достоин быть вашим партнером.
— Я ни минуты в этом не сомневался, дорогой отец.
— Вы оказываете мне большую честь, дорогой сын.

Монте-Кристо выбрал эту минуту, чтобы вернуться в гостиную. Услышав его шаги, собеседники бросились друг другу в объятия; так их застал граф.

— Ну что, маркиз? — сказал Монте-Кристо. — По-видимому, вы довольны своим сыном?
— Ах, граф, я задыхаюсь от радости.
— А вы, молодой человек?
— Ах, граф, я сам не свой от счастья.
— Счастливый отец! Счастливое дитя! — сказал граф.
— Одно меня огорчает, — сказал майор, — необходимость так быстро покинуть Париж.
— Но, дорогой господин Кавальканти, — сказал Монте-Кристо, — надеюсь, вы не уедете, не дав мне возможности познакомить вас кое с кем из друзей!
— Я весь к услугам вашего сиятельства, — отвечал майор.
— Теперь, молодой человек, исповедайтесь.
— Кому?
— Да вашему отцу, скажите ему откровенно, в каком состоянии ваши денежные дела.

— Черт возьми, — заявил Андреа, — вы коснулись больного места.
— Слышите, майор? — сказал Монте-Кристо.
— Конечно, слышу.
— Да, но понимаете ли вы?
— Великолепно.
— Он говорит, что нуждается в деньгах, этот милый мальчик.
— А что же я должен сделать?
— Дать их ему.
— Я?
— Да, вы.

Монте-Кристо стал между ними.

— Возьмите, — сказал он Андреа, сунув ему в руку пачку ассигнаций.
— Что это такое?
— Ответ вашего отца.
— Моего отца?
— Да. Ведь вы ему намекнули, что вам нужны деньги?
— Да. Ну и что же?
— Ну и вот. Он поручает мне передать вам это.
— В счет моих доходов?
— Нет, на расходы по обзаведению.
— Дорогой отец!
— Тише! — сказал Монте-Кристо. — Вы же видите, он не хочет, чтобы я говорил, что это от него.
— Я очень ценю его деликатность, — сказал Андреа, засовывая деньги в карман.
— Хорошо, — сказал граф, — а теперь идите!
— А когда мы будем иметь честь снова увидеться с вашим сиятельством? — спросил Кавальканти.
— Да, верно, — сказал Андреа, — когда мы будем иметь эту честь?
— Если угодно, хоть в субботу... да... отлично... в субботу. У меня на вилле в Отейле, улица Фонтен, номер двадцать восемь, будет к обеду несколько человек, и между прочим господин Данглар, ваш банкир. Я вас с ним познакомлю: надо же ему знать вас обоих, раз он будет выплачивать вам деньги.
— В парадной форме? — спросил вполголоса майор.
— В парадной форме: мундир, ордена, короткие панталоны.
— А я? — спросил Андреа.
— Вы совсем просто: черные панталоны, лакированные башмаки, белый жилет, черный или синий фрак, длинный галстук; закажите платье у Блена или Вероника. Если вы не знаете их адреса, Батистен вам скажет. Чем менее претенциозно вы, при ваших средствах, будете одеты, тем лучше. Покупая лошадей, обратитесь к Деведё, а фаэтон закажите у Батиста.
— В котором часу мы можем явиться? — спросил Андреа.
— Около половины седьмого.
— Хорошо, — сказал майор, берясь за шляпу.

Оба Кавальканти откланялись и удалились.

Граф подошел к окну и смотрел, как они под руку переходят двор.

— Вот уж поистине два негодяя! — сказал он. — Какая жалость, что это не на самом деле отец и сын!

Он постоял минуту в мрачном раздумье.

— Поеду к Моррелям, — сказал он. — Кажется, меня душит не столько ненависть, сколько отвращение.

XIX. Огород, засеянный люцерной

Теперь мы вернемся в огород, смежный с домом г-на де

Вильфора, и у решетки, потонувшей в каштановых деревьях, мы снова встретим наших знакомых.

На этот раз первым явился Максимилиан. Это он прижался лицом к доскам ограды и сторожит, не мелькнет ли в глубине сада знакомая тень, не захрустит ли под атласной туфелькой песок аллеи.

Наконец послышались шаги, но вместо одной тени появились две. Валентина опоздала из-за визита г-жи Данглар и Эжени, затянувшегося дольше того часа, когда она должна была явиться на свидание. Тогда, чтобы не пропустить его, Валентина предложила мадемуазель Данглар пройтись по саду, желая показать Максимилиану, что она не виновата в этой задержке.

Моррель так и понял, с быстротой интуиции, присущей влюбленным, и у него стало легче на душе. К тому же, хоть и не приближаясь на расстояние голоса, Валентина направляла свои шаги так, чтобы Максимилиан мог все время видеть ее, и всякий раз, когда она проходила мимо, взгляд, незаметно для спутницы брошенный ею в сторону ворот, говорил ему: «Потерпите, друг, вы видите, что я не виновата».

И Максимилиан запасался терпением, восхищаясь тем контрастом, который являли обе девушки: блондинка с томным взглядом, гибкая, как молодая ива, и брюнетка, с гордыми глазами, стройная, как тополь; разумеется, все преимущества, по крайней мере в глазах Морреля, оказывались на стороне Валентины.

Погуляв полчаса, девушки удалились: Максимилиан понял, что визит г-жи Данглар пришел к концу.

В самом деле, через минуту Валентина вернулась уже одна. Боясь, как бы нескромный взгляд не следил за ее возвращением, она шла медленно; и вместо того чтобы прямо подойти к воротам, она села на скамейку, предварительно, как бы невзначай, окинув взглядом все кусты и заглянув во все аллеи. Приняв все эти меры предосторожности, она подбежала к воротам.

— Валентина, — произнес голос из-за ограды.

— Здравствуйте, Максимилиан. Я заставила вас ждать, но вы видели, почему так вышло.

— Да, я узнал мадемуазель Данглар, я не думал, что вы так дружны с нею.

— А кто вам сказал, что мы дружим?

— Никто, но мне это показалось по тому, как вы гуляли под руку, как вы беседовали, словно школьные подруги, которые делятся своими тайнами.

— Мы действительно откровенничали, — сказала Валентина, — она призналась мне, что ей не хочется выходить замуж за господина де Морсера, а я ей говорила, каким несчастьем будет для меня брак с господином д'Эпине.

— Милая Валентина!

— Вот почему вам показалось, что мы с Эжени большие друзья, — продолжала девушка. — Ведь говоря о человеке, которого я не люблю, я думала о том, кого я люблю.

— Какая вы хорошая, Валентина, и как много в вас того, чего никогда не будет у мадемуазель Данглар, — того неизъяснимого очарования, которое для женщины то же самое, что аромат для цветка и сладость для плода: ведь и цветку и плоду мало одной красоты.

— Это вам кажется потому, что вы меня любите.

— Нет, Валентина, клянусь вам. Вот сейчас я смотрел на вас обеих, и, честное слово, отдавая должное красоте мадемуазель Данглар, я не понимал, как можно в нее влюбиться.

— Это потому, что, как вы сами говорите, я была тут и мое присутствие делало вас пристрастным.

— Нет... но скажите мне... я спрашиваю просто из любопытства, которое объясняется моим мнением о мадемуазель Данглар...

— И, наверное, несправедливым мнением, хоть я и не знаю, о чем идет речь. Когда вы судите нас, бедных женщин, нам не приходится рассчитывать на снисхождение.

— Можно подумать, что, когда вы говорите между собою, вы очень справедливы друг к другу!

— Это оттого, что наши суждения почти всегда бывают пристрастны. Но что вы хотели спросить?

— Разве мадемуазель Данглар кого-нибудь любит, что не хочет выходить замуж за господина де Морсера?

— Максимилиан, я уже вам сказала, что Эжени мне вовсе не подруга.

— Да ведь и не будучи подругами, девушки поверяют друг другу свои тайны, — сказал Моррель. — Сознайтесь, что вы расспрашивали ее об этом. А, я вижу, вы улыбаетесь!

— Видимо, вам не очень мешает эта деревянная перегородка?

— Так что же она вам сказала?

— Сказала, что никого не любит, — отвечала Валентина, — что с ужасом думает о замужестве; что ей больше всего хотелось бы вести жизнь свободную и независимую и что она почти желает, чтобы ее отец разорился, тогда она сможет стать артисткой, как ее приятельница Луиза д'Армильи.

— Вот видите!

— Что же это доказывает? — спросила Валентина.

— Ничего, — улыбаясь, ответил Максимилиан.

— Так почему же вы улыбаетесь?

— Вот видите, — сказал Максимилиан, — вы тоже смотрите сюда.

— Хотите, я отойду?

— Нет, нет! Но поговорим о вас.

— Да, вы правы: нам осталось только десять минут.

— Это ужасно! — горестно воскликнул Максимилиан.

— Да, вы правы, я плохой друг, — с грустью сказала Валентина. — Какую жизнь вы из-за меня ведете, бедный Максимилиан, а ведь вы созданы для счастья! Поверьте, я горько упрекаю себя за это.

— Не все ли равно, Валентина: ведь в этом мое счастье! Ведь это вечное ожидание искупают пять минут, проведенных с вами, два слова, слетевшие с ваших уст. Я глубоко убежден, что бог не мог создать два столь созвучных сердца и не мог соединить их столь чудесным образом только для того, чтобы их разлучить.

— Благодарю, Максимилиан. Продолжайте надеяться за нас обоих, что делает меня почти счастливой.

— Что у вас опять случилось, Валентина, почему вы должны так скоро уйти?

— Не знаю; госпожа де Вильфор просила меня зайти к ней; она хочет сообщить мне что-то, от чего, как она говорит, зависит часть моего состояния. Боже мой, я слишком богата, пусть возьмут себе мое состояние, пусть оставят мне только покой и свободу, — вы меня будете любить и бедной, правда, Моррель?

— Я всегда буду любить вас! Что мне бедность или богатство, лишь бы моя Валентина была со мной и я был уверен, что никто не может ее у меня отнять! Но скажите, это сообщение не может относиться к вашему замужеству?

— Не думаю.

— Послушайте, Валентина, и не пугайтесь, потому что, пока я жив, я не буду принадлежать другой.

— Вы думаете, это меня успокаивает, Максимилиан?

— Простите! Вы правы, я сказал нехорошо. Да, так я хотел сказать вам, что я на днях встретил Морсера.

— Да?

— Вы знаете, что Франц его друг?
— Да, так что же?
— Он получил от Франца письмо; Франц пишет, что скоро вернется.

Валентина побледнела и прислонилась к воротам.
— Господи, — сказала она, — неужели? Но нет, об этом мне сообщила бы не госпожа де Вильфор.
— Почему?
— Почему... сама не знаю... но мне кажется, что госпожа де Вильфор, хоть она открыто и не против этого брака, в душе не сочувствует ему.
— Знаете, Валентина, я, кажется, начну обожать госпожу де Вильфор!
— Не спешите, Максимилиан, — сказала Валентина, грустно улыбаясь.
— Но если этот брак ей неприятен, то, может быть, чтобы помешать ему, она отнесется благосклонно к какому-нибудь другому предложению?
— Не надейтесь на это, Максимилиан; госпожа де Вильфор отвергает не мужей, а замужество.
— Как замужество? Если она против брака, зачем же она сама вышла замуж?
— Вы не понимаете, Максимилиан. Когда я год тому назад заговорила о том, что хочу уйти в монастырь, она, хоть и считала нужным возражать, приняла эту мысль с радостью; даже мой отец согласился — и это благодаря ее увещаниям, я уверена; меня удержал только мой бедный дедушка. Вы не можете себе представить, Максимилиан, как выразительны глаза этого несчастного старика, который любит на всем свете только меня одну и, — да простит мне бог, если я клевещу! — которого люблю только я одна. Если бы вы знали, как он смотрел на меня, когда узнал о моем решении, сколько было упрека в этом взгляде и сколько отчаяния в его слезах, которые текли без жалоб, без вздохов по его неподвижному лицу. Мне стало стыдно, я бросилась к его ногам и воскликнула: «Простите! Простите, дедушка! Пусть со мной будет что угодно, я никогда с вами не расстанусь». Тогда он поднял глаза к небу... Максимилиан, мне, может быть, придется много страдать, но за все страдания меня заранее вознаградил этот взгляд моего старого деда.
— Дорогая Валентина, вы ангел, и я, право, не знаю, чем я заслужил, когда направо и налево рубил бедуинов, — разве что бог принял во внимание, что это неверные, — чем я заслужил счастье вас узнать. Но послушайте, почему же госпожа де Вильфор может не хотеть, чтобы вы вышли замуж?
— Разве вы не слышали, как я только что сказала, что я богата, слишком богата? После матери я унаследовала пятьдесят тысяч ливров годового дохода; мои дедушка и бабушка, маркиз и маркиза де Сен-Меран, оставят мне столько же; господин Нуартье, очевидно, намерен сделать меня своей единственной наследницей. Таким образом, по сравнению со мной мой брат Эдуард беден. Со стороны госпожи де Вильфор ему ждать нечего. А она обожает этого ребенка. Если я уйду в монастырь, все мое состояние достанется моему отцу, который будет наследником маркиза, маркизы и моим, а потом перейдет к его сыну.
— Странно, откуда такая жадность в молодой, красивой женщине?
— Заметьте, что она думает не о себе, а о своем сыне, и то, что вы ставите ей в вину, с точки зрения материнской любви почти добродетель.
— Послушайте, Валентина, — сказал Моррель, — а если бы вы

отдали часть своего имущества ее сыну?

— Как предложить это женщине, которая вечно твердит о своем бескорыстии?

— Валентина, моя любовь была для меня всегда священна, и, как все священное, я таил ее под покровом своего благоговения и хранил в глубине сердца; никто в мире, даже моя сестра, не подозревает об этой любви, тайну ее я не доверил ни одному человеку. Валентина, вы мне позволите рассказать о ней другу?

Валентина вздрогнула.

— Другу? — сказала она. — Максимилиан, мне страшно даже слышать об этом. А кто этот друг?

— Послушайте, Валентина, испытывали ли вы по отношению к кому-нибудь такую неодолимую симпатию, что, видя этого человека в первый раз, вы чувствуете, будто знаете его уже давно, и спрашиваете себя, где и когда его видели, и, не в силах припомнить, начинаете верить, что это было раньше, в другом мире, и что эта симпатия — только проснувшееся воспоминание?

— Да.

— Ну вот, это я испытал в первый же раз, когда увидел этого необыкновенного человека.

— Необыкновенного человека?

— Да.

— И вы с ним давно знакомы?

— Какую-нибудь неделю или дней десять.

— И вы называете другом человека, которого знаете всего неделю? Я думала, Максимилиан, что вы не так щедро раздаете прекрасное имя — друг.

— Логически вы правы, Валентина; но говорите, что угодно, я не откажусь от этого инстинктивного чувства. Я убежден, что этот человек сыграет роль во всем, что со мной в будущем случится хорошего, и мне иногда кажется, что он своим глубоким взглядом проникает в это будущее и направляет его своей властной рукой.

— Так это предсказатель? — улыбаясь, спросила Валентина.

— Право, — сказал Максимилиан, — я порой готов поверить, что он предугадывает... особенно хорошее.

— Познакомьте меня с ним, пусть он мне скажет, найду ли я в любви награду за все мои страдания!

— Мой бедный друг! Но вы его знаете.

— Я?

— Да. Он спас жизнь вашей мачехе и ее сыну.

— Граф Монте-Кристо?

— Да, он.

— Нет, — воскликнула Валентина, — он никогда не будет моим другом, он слишком дружен с моей мачехой.

— Граф — друг вашей мачехи, Валентина? Нет, мое чувство не может до такой степени меня обманывать; я уверен, что вы ошибаетесь.

— Если бы вы только знали, Максимилиан! У нас в доме царит уже не Эдуард, а граф. Мачеха преклоняется перед ним и считает его кладезем всех человеческих познаний. Отец восхищается, — слышите, восхищается им и говорит, что никогда не слышал, чтобы кто-нибудь так красноречиво высказывал такие возвышенные мысли. Эдуард его обожает и, хоть и боится его больших черных глаз, бежит к нему навстречу, как только его увидит, и всегда получает из его рук какую-нибудь восхитительную игрушку; в нашем доме граф Монте-Кристо уже не гость моего отца или госпожи де Вильфор — граф Монте-Кристо у себя дома.

— Ну что же, если все это так, как вы рассказываете, то вы должны были уже почувствовать или скоро почувствуете его магическое влияние. Он встречает в Италии Альбера де Морсера – и выручает его из рук разбойников; он знакомится с госпожой Данглар – и делает ей царский подарок; ваша мачеха и брат проносятся мимо его дома – и его нубиец спасает им жизнь. Этот человек явно обладает даром влиять на окружающее. Я ни в ком не встречал соединения более простых вкусов с большим великолепием. Когда он мне улыбается, в его улыбке столько нежности, что я не могу понять, как другие находят ее горькой. Скажите, Валентина, улыбнулся ли он вам так? Если да, вы будете счастливы.

– Я! – воскликнула молодая девушка. – Максимилиан, он даже не смотрит на меня или, вернее, если я прохожу мимо, он отворачивается от меня. Нет, он совсем не великодушен или не обладает проницательностью, которую вы ему приписываете, и не умеет читать в сердцах людей. Если бы он был великодушным человеком, то, увидав, как я печальна и одинока в этом доме, он защитил бы меня своим влиянием, и если он действительно, как вы говорите, играет роль солнца, то он согрел бы мое сердце своими лучами. Вы говорите, что он вас любит, Максимилиан; а откуда вы это знаете? Люди приветливо улыбаются сильному офицеру пяти футов и шести дюймов ростом, с длинными усами и большой саблей, но они, не задумываясь, раздавят несчастную плачущую девушку.

– Валентина, клянусь, вы ошибаетесь!

– Подумайте, Максимилиан, если бы это было иначе, если бы он обращался со мной дипломатически, как человек, который стремится так или иначе утвердиться в доме, он хоть раз подарил бы меня той улыбкой, которую вы так восхваляете. Но нет, он видит, что я несчастна, он понимает, что не может иметь от меня никакой пользы, и даже не обращает на меня внимания. Кто знает, может быть, желая угодить моему отцу, госпоже де Вильфор или моему брату, он тоже станет преследовать меня, если это будет в его власти? Давайте будем откровенны: я ведь не такая женщина, которую можно вот так, без причины, презирать; вы сами это говорили. Простите меня, – продолжала она, заметив, какое впечатление ее слова производят на Максимилиана, – я дурная и высказываю вам сейчас мысли, которых сама в себе не подозревала. Да, я не отрицаю, что в этом человеке есть сила, о которой вы говорите, и она действует даже на меня, но, как видите, действует вредно и губит добрые чувства.

– Хорошо, – со вздохом произнес Моррель, – не будем говорить об этом. Я не скажу ему ни слова.

– Я огорчаю вас, мой друг, – сказала Валентина. – Почему я не могу пожать вам руку, чтобы попросить у вас прощения? Но я и сама была бы рада, если бы вы меня переубедили; скажите, что же, собственно, сделал для вас граф Монте-Кристо?

– Признаться, вы ставите меня в трудное положение, когда спрашиваете, что именно сделал для меня граф, – ничего определенного, я это сам понимаю. Мое чувство к нему совершенно бессознательно, в нем нет ничего разумно обоснованного. Разве солнце что-нибудь сделало для меня? Нет. Оно согревает меня, и при его свете я вижу вас, вот и все. Разве тот или иной аромат сделал что-нибудь для меня? Нет. Он просто приятен. Мне больше нечего сказать, если меня спрашивают, почему я люблю этот запах. Так и в моем дружеском чувстве к графу есть что-то необъяснимое, как и в его отношении ко мне. Внутренний голос говорит мне, что эта взаимная и неожиданная симпатия не случайна. Я чувствую какую-то связь между малейшими его поступками, между самыми сокровенными его мыслями и моими поступками и мыслями. Вы опять будете смеяться надо мной, Валентина, но с тех пор как я познакомился с этим человеком, у меня возникла нелепая мысль, что все, что со мной происходит хорошего, исходит от него. А ведь я прожил на свете тридцать лет, не чувствуя никакой потребности в таком покровителе, правда? Все равно, вот вам пример: он пригласил меня на субботу к обеду; это вполне естественно при наших отношениях, так? И что же я потом узнал? К этому обеду приглашены ваш отец и ваша мачеха. Я встречусь с ними, и кто знает, к чему может привести эта встреча? Казалось бы, самый простой случай, но я чувствую в нем нечто необыкновенное: он вселяет в меня какую-то странную уверенность. Я говорю себе, что этот человек, необычайный человек, который все знает и все понимает, хотел устроить мне встречу с господином и госпожой де Вильфор. Порой даже, клянусь вам, я стараюсь прочесть в его глазах, не угадал ли он мою любовь.

— Друг мой, — сказала Валентина, — я бы сочла вас за духовидца и не на шутку испугалась бы за ваш рассудок, если бы слышала от вас только такие рассуждения. Как, вам кажется, что эта встреча — не случайность? Но подумайте хорошенько. Мой отец, который никогда нигде не бывает, раз десять пробовал заставить госпожу де Вильфор отказаться от этого приглашения, но она, напротив, горит желанием побывать в доме этого необыкновенного набоба и, хоть с большим трудом, добилась все-таки, чтобы он ее сопровождал. Нет, нет, поверьте, на этом свете, кроме вас, Максимилиан, мне не от кого ждать помощи, как только от дедушки, живого трупа, не у кого искать поддержки, кроме моей матери, бесплотной тени!

— Я чувствую, что вы правы, Валентина, и что логика на вашей стороне, — сказал Максимилиан, — но ваш нежный голос, всегда так властно на меня действующий, сегодня не убеждает меня.

— А ваш меня, — отвечала Валентина, — и признаюсь, что если у вас нет другого примера...

— У меня есть еще один, — нерешительно проговорил Максимилиан, — но я должен сам признаться, что он еще более нелеп, чем первый.

— Тем хуже, — сказала, улыбаясь, Валентина.

— А все-таки, — продолжал Моррель, — для меня он убедителен, потому что я человек чувства, интуиции и за десять лет службы не раз обязан был жизнью молниеносному наитию, которое вдруг подсказывает отклониться вправо или влево, чтобы пуля, несущая смерть, пролетела мимо.

— Дорогой Максимилиан, почему вы не приписываете моим молитвам, что пули отклоняются от своего пути? Когда вы там, я молю бога и свою мать уже не за себя, а за вас.

— Да, с тех пор как мы узнали друг друга, — с улыбкой сказал Моррель, — но прежде, когда я еще не знал вас, Валентина?

— Ну, хорошо, злой вы; если вы не хотите быть мне ничем обязанным, вернемся к примеру, который вы сами признаете нелепым.

— Так вот посмотрите в щелку: видите там, под деревом, новую лошадь, на которой я приехал?

— Какой чудный конь! Почему вы не подвели его сюда? Я бы поговорила с ним.

— Вы сами видите, это очень дорогая лошадь, — сказал Максимилиан. — А вы знаете, что мои средства ограниченны, Валентина, и я, что называется, человек благоразумный. Ну так вот, я увидел у одного торговца этого великолепного Медеа, как я его зову. Я справился о цене; мне ответили: четыре с половиной тысячи франков; я, само собой, должен был перестать им восхищаться и ушел, признаюсь, очень огорченный, потому что лошадь смотрела на меня приветливо, ласкалась ко мне и гарцевала подо мной самым кокетливым и очаровательным образом. В тот вечер у меня собрались приятели — Шато-Рено, Дебрэ и еще человек пять-шесть повес, которых вы имеете счастье не знать даже по именам. Вздумали играть в бульот; я никогда не играю в карты, потому что я не так богат, чтобы проигрывать, и не так беден, чтобы стремиться выиграть. Но это происходило у меня в доме, и мне не оставалось ничего другого, как послать за картами.

Когда мы садились играть, приехал граф Монте-Кристо. Он сел к столу, стали играть, и я выиграл – я едва решаюсь вам в этом признаться, Валентина, – я выиграл пять тысяч франков. Гости разошлись около полуночи. Я не выдержал, нанял кабриолет и поехал к этому торговцу. Дрожа от волнения, я позвонил, тот, кто открыл мне дверь, вероятно, принял меня за сумасшедшего. Я бросился в конюшню, заглянул в стойло. О счастье! Медеа мирно жевал сено. Я хватаю седло, сам седлаю лошадь, надеваю уздечку. Медеа подчиняется всему этому с полной охотой. Затем, сунув в руки ошеломленному торговцу четыре с половиной тысячи франков, я возвращаюсь домой – вернее, всю ночь езжу взад и вперед по Елисейским полям. И знаете? В окнах графа горел свет, мне показалось, что я вижу на шторах его тень. Так вот, Валентина, я готов поклясться, что граф знал, как мне хочется иметь эту лошадь, и нарочно проиграл, чтобы я мог ее купить.

– Милый Максимилиан, – сказала Валентина, – вы, право, слишком большой фантазер... Вы недолго будете меня любить... Человек, который, подобно вам, витает в поэтических грезах, не сможет прозябать в такой монотонной любви, как наша... Но, боже мой, меня зовут... Слышите?

– Валентина, – сказал Максимилиан, – через щелку... ваш самый маленький пальчик... чтоб я мог поцеловать его.

– Максимилиан, ведь мы условились, что будем друг для друга только два голоса, две тени!

– Как хотите, Валентина.

– Вы будете рады, если я исполню ваше желание?

– О да!

Валентина взобралась на скамейку и протянула не мизинец в щелку, а всю руку поверх перегородки.

Максимилиан вскрикнул, вскочил на тумбу, схватил эту обожаемую руку и припал к ней жаркими губами, но в тот же миг маленькая ручка выскользнула из его рук, и Моррель слышал только, как убегала Валентина, быть может, испуганная пережитым ощущением.

www.ingramcontent.com/pod-product-compliance
Lightning Source LLC
LaVergne TN
LVHW021316130825
818504LV00044B/768